Todesschuss

Karen Rose

# Todesschuss

Thriller

Aus dem Amerikanischen von
Kerstin Winter

**Weltbild**

Die amerikanische Originalausgabe erschien 2013 unter dem Titel
*Watch Your Back* bei Headline Book Publishing.

Besuchen Sie uns im Internet
*www.weltbild.de*

Genehmigte Lizenzausgabe für Verlagsgruppe Weltbild GmbH,
Steinerne Furt, 86167 Augsburg
Copyright der Originalausgabe © 2013 by Karen Rose Hafer
Published by Arrangement with Karen Rose Books Inc.
Copyright der deutschsprachigen Ausgabe © 2014 by Knaur Verlag.
Ein Unternehmen der Droemerschen Verlagsanstalt
Th. Knaur Nachf. GmbH & Co. KG, München
Übersetzung: Kerstin Winter
Umschlaggestaltung: Alexandra Dohse, München, www.grafikkiosk.de
Umschlagmotiv: Corbis, Düsseldorf (© Gadd)
Gesamtherstellung: GGP Media GmbH, Pößneck
Printed in the EU
ISBN 978-3-86365-361-3

2017   2016   2015   2014
Die letzte Jahreszahl gibt die aktuelle Lizenzausgabe an..

*Für meine liebe Freundin Mandy, die Retterin der Pferde.
Und der Katzen, Hunde, Ziegen, Hühner und Kühe.
LOL. Danke, dass du mein Leben bereicherst.
Und wie immer für Martin,
meinen ganz persönlichen Helden.
Ich liebe dich.*

# Prolog

*Acht Jahre zuvor*
*Baltimore, Maryland*
*Dienstag, 15. März, 17.45 Uhr*

*Ich kann nicht. Ich kann das nicht.*
Die Worte dröhnten so laut in John Hudsons Kopf, dass sie das Piepen der Kasse vorne im Laden übertönten. Die Kundin zahlte ihre Einkäufe und ging, ohne zu ahnen, dass vor dem Regal mit dem Motoröl ein kaltblütiger Mörder stand.
*Ich bin kein Mörder.* Noch nicht.
*Aber gleich. In weniger als fünf Minuten wirst du einer sein.* Die Verzweiflung zog ihm die Kehle zu und brannte in seinem Magen. Sein Herz schlug plötzlich zu schnell und zu fest. *Ich kann das nicht. Hilf mir, Gott, ich kann nicht.*
*Du musst aber.* Die kleingedruckte Schrift auf der Rückseite der Ölflasche, die zu lesen er vorgab, verschwamm, als Tränen in seine Augen stiegen. Er wusste, was er zu tun hatte.
Mit zitternder Hand stellte John die Flasche zurück ins Regal. Er schloss die Augen und spürte das Brennen der heißen Tränen, die ihm über die vom Wind geröteten Wangen liefen. Er wischte sich mit dem Fingerknöchel die Augen, die rauhe Wolle der Handschuhe kratzte auf seiner wunden Haut. Blind griff er nach einer anderen Plastikflasche. Die Sekunden tickten. Er kannte das Risiko, er wusste, was es ihn kosten würde, wenn er ausführte, was man ihm aufgetragen hatte. Aber er wusste auch, welchen Preis er zahlen musste, wenn er es nicht tat.
Die SMS war heute Morgen gekommen. Eine SMS ohne Worte. Es waren auch keine nötig gewesen. Das angehängte Bild hatte alles gesagt.
*Sam. Mein Junge.*

Sein Sohn war längst kein Junge mehr. John wusste das. Mit zweiundzwanzig war sein Sohn ein Mann. Aber John hatte die besten Jahre im Leben seines Sohnes verpasst, weil er sich an nicht mehr viel erinnern konnte. In jener Zeit hatte sich bei ihm alles immer nur um den nächsten Schuss gedreht, um all das Zeug, ohne das er nicht leben zu können geglaubt hatte. Auch jetzt war er high, wenn auch nur gerade genug, um zu funktionieren – nicht jedoch, um ihn gegen das Grauen dessen, was er zu tun hatte, abzustumpfen.

Seine Sucht hatte ihn öfter, als er zählen konnte, mit dem Tod in Berührung gebracht. Im Rausch hatte er seine Frau verprügelt und manchmal fast umgebracht, und nun schien es, als würde er seinen Sohn umbringen.

Sam hatte es geschafft, ihr Viertel zu verlassen, clean zu bleiben, etwas aus sich zu machen. Sam hatte eine Zukunft. Vielmehr, er *konnte* eine haben, wenn John tat, was ihm aufgetragen worden war.

*Mein Gott. Wie schaffe ich das nur?* Mit bebender Hand klappte John sein Handy auf und betrachtete das Bild, das ihm mit der SMS geschickt worden war: sein Sohn, bewusstlos, an einen Stuhl gefesselt, aus dem Mundwinkel rann ein dünner Faden Blut. Sein Kopf hing schlaff zur Seite, eine behandschuhte Hand hielt ihm einen Pistolenlauf an die Schläfe.

*Wie kann ich das tun? Wie kann ich* nicht?

Der Auftrag war ursprünglich am Tag zuvor per SMS gekommen, von einer Nummer, die John nie mehr hatte sehen wollen. Aber er hatte einen Pakt mit dem Teufel geschlossen, und nun musste er seine Schuld bezahlen. Man hatte ihm das Zielobjekt durchgegeben, Ort und Zeit ebenso.

Das Zielobjekt kam jeden Abend auf dem Heimweg von der Arbeit in diesen Laden. John musste nur pünktlich aufkreuzen. Den Job erledigen. Es wie einen Zufall aussehen lassen. Falscher Ort, falsche Zeit.

Aber er hatte es gestern nicht geschafft. War nicht in der Lage gewesen, den Mini-Markt zu betreten. Hatte sich nicht dazu durchringen können, den Abzug durchzudrücken.

Also war der Einsatz erhöht und eine zweite SMS geschickt worden, diesmal mit dem Foto als Anhang. Und Sam war das Druckmittel. *Mein Sohn. Es tut mir leid. Es tut mir so leid.*

John hörte das leise Piepen, das beim Öffnen der Türen ertönte. *Bitte lass es nicht ihn sein. Bitte lass ihn heute nicht vorbeikommen. Bitte nicht!*

*Aber wenn er es nicht ist, kannst du ihn auch nicht umbringen. Und dann wird Sam sterben.*

»Hey, Paul.« Die Stimme kam von der Kassiererin, eine Afroamerikanerin über fünfzig, die viele Kunden mit Namen begrüßte. »Was gibt's Neues aus den geheiligten Hallen?«

Johns Herz sank. *Er ist es. Also tu, was du tun musst.*

»Gar nichts«, antwortete Paul. Er klang müde, wodurch John seine Aufgabe irgendwie noch grausiger vorkam. »Es ist immer dasselbe. Die Cops stecken sie in den Knast, und wir geben alles, damit sie dort auch bleiben, aber meistens sind sie so schnell wieder auf der Straße, dass die Tür sie nicht mal mehr in den Hintern trifft.«

»Verteidiger. Miese Bande«, murmelte die Kassiererin. »Immer dasselbe, auch was die Zahlen angeht?«

»Meine Mutter ist ein Gewohnheitstier«, sagte Paul und grinste ein wenig schief.

»Und Sie sind ein guter Junge, dass Sie für sie jeden Abend die Lottoscheine holen.«

»Das macht sie glücklich«, erwiderte er schlicht. »Sie braucht nicht viel.«

*Tu es endlich. Bevor er dir noch sympathischer wird.*

Langsam bewegte er sich ans Ende des Ganges, um sich der Kasse zu nähern. Er tat, als müsse er sich am Kopf kratzen, griff unter seine Orioles-Baseballkappe und zog die Skimaske, die er darunter versteckt hatte, über sein Gesicht. Es hätte schlimmer kommen können. Er, die Kassiererin und sein Zielobjekt waren die Einzigen im Laden. Wenn er auch noch viele Zeugen töten müsste ... *Wenigstens das bleibt mir erspart!*

»Das macht dann zehn Dollar«, sagte die Kassiererin. »Und wie geht's Ihrer Frau? Schwangerschaft problemlos?«

*Seine Frau ist schwanger. Tu das nicht. Tu das nicht!*
Ohne auf das Geschrei in seinem Kopf zu achten, wirbelte John herum und zog dabei seine Waffe.
»Stehen bleiben, keiner bewegt sich«, knurrte er. »Hände hoch, so dass ich sie sehen kann.«
Die Kassiererin erstarrte. Johns Zielobjekt erbleichte, doch es hob die Hände und drehte die Handflächen nach vorne. »Geben Sie ihm, was er will, Lilah«, sagte Paul ruhig. »Nichts in diesem Laden ist Ihr Leben wert.«
»Was wollen Sie?«, flüsterte Lilah.
*Das nicht. Das hier nicht.*
*Tu es. Oder Sam wird sterben.* Daran zweifelte John nicht. Das Foto der SMS stieg vor Johns geistigem Auge auf. Die Hand, die die Waffe an Sams Kopf hielt, hatte bereits getötet. Sie würde Sam erschießen.
*Tu. Es.*
Mit zitternder Hand richtete John den Lauf auf Pauls Brust und drückte ab. Lilah schrie auf, als der Mann zu Boden ging. John sah eine Bewegung im Augenwinkel. Lilah hatte eine Waffe unter der Theke hervorgezogen. Mit zusammengepressten Kiefern schoss John ein zweites Mal, und Lilah sackte über der Theke zusammen. Blut rann aus dem Loch im Kopf, das John ihr verpasst hatte.
*Es ist getan.* John wurde übel. *Raus hier, bevor du dich übergeben musst.*
Er ging auf die Tür zu, als er plötzlich verblüfft erstarrte. Paul mühte sich wieder auf die Füße. Auf seinem weißen Hemd war kein Blut zu sehen. Löcher, ja, aber kein Blut. John dämmerte es. Der Mann trug eine Schutzweste.
*Verdammt!* John hob die Waffe und zielte diesmal auf die Stirn. Plötzlich vernahm er das Piepen der sich öffnenden Tür. Johns Blick huschte nach links.
»Daddy!«
*Oh, nein. Ein kleiner Junge.* Der Teufel hatte nichts von einem Kind gesagt.

*Verdammt, verdammt! Was jetzt? Was soll ich tun?*
Und dann passierte alles rasend schnell. Viel zu schnell. Paul stürzte sich auf John und griff nach der Waffe. Sie rangen, während John versuchte, die Hand des anderen von der Pistole zu lösen.
*Ich muss zielen können. Nur einmal richtig zielen.* Er richtete den Lauf der Waffe auf den Arm seines Opfers, damit dieses ihn losließ, als der kleine Junge mit geballten Fäusten auf ihn zusprang. »Daddy!«
John schoss, und Paul schrie vor Schmerz auf. Das Kind verstummte.
Entsetzt blickten John und Paul zu Boden, wo der Junge in einer sich schnell ausbreitenden Blutpfütze lag. Die Kugel hatte Pauls Arm durchschlagen und war in die Brust des Kindes gedrungen. Es atmete nicht mehr.
*Nein. Es wird sterben. Ich habe ein Kind erschossen. Nein.*
»Nein«, presste er hervor.
Paul sackte auf die Knie und warf sich über den Jungen. »Weg von ihm«, knurrte er. Er überprüfte den Puls, versuchte hektisch, mit den Händen den Blutfluss zu stoppen, doch sie zitterten zu sehr. »Paulie!«, brüllte er. »Paulie, ich bin's, Daddy. Ich bin hier. Ich kümmere mich um dich. Alles wird wieder gut. Du musst mir nur zuhören, okay? Hör auf meine Stimme. Alles wird wieder gut!«
John hatte schon einen Schritt nach vorne getan, bevor er es bemerkte. Er hatte helfen wollen. Den Jungen retten wollen.
Kummer und Zorn brachten Paul dazu, sich auf die Knie zu stemmen, und er richtete sich auf, um John die Waffe aus der Hand zu schlagen. Gleichzeitig schirmte er das Kind mit seinem Körper ab. »Du Dreckschwein! Geh weg von meinem Sohn!«
*Sam.* John musste es beenden, andernfalls würden beide Söhne umsonst sterben. Er zwang seine Hand zur Ruhe, hob die Waffe und zielte auf Pauls Kopf. Dann feuerte er. Der Mann plumpste zu Boden und fiel über das Kind.
»Es tut mir so leid. Gott, es tut mir so leid.« John taumelte aus

dem Laden und schaffte es bis zu seinem Wagen, doch seine Finger zitterten so sehr, dass er eine Weile erfolglos versuchte, den Schlüssel ins Zündschloss zu stecken, bis er endlich traf. Mit quietschenden Reifen fuhr er vom Parkplatz. Schon konnte er Sirenen hören.

Er musste weg. Musste Meldung machen, um Sam zurückzubekommen. Und dann ... war ihm alles egal. Wenn die Cops ihn fassten ... egal. Er musste nur Sam in Sicherheit bringen. Er verließ die Hauptstraße und fuhr wie betäubt durch die kleinen Straßen und Gassen, die er so gut kannte. Er war auf Autopilot.

Er war ... innerlich wie tot. *Ich habe die Frau umgebracht. Den Mann. Ich habe den kleinen Jungen umgebracht.*

*Ich habe ein Kind erschossen. Ich. Habe. Ein Kind. Erschossen.* Seine Kehle verschloss sich. Er konnte nicht mehr atmen. Er hatte seinen eigenen Sohn gerettet. Und den eines anderen getötet. Sam würde das nicht gutheißen. Sam würde ihn mehr denn je hassen, denn sein Sohn hatte eine sehr klare Vorstellung von Gut und Böse, Richtig und Falsch. Sam hätte nie zugelassen, dass sein Vater töten würde, um sein Leben zu retten.

*Also darf er es nicht wissen. Ich werde es ihm einfach nicht sagen.*

Er hatte den Treffpunkt erreicht, wo man ihm Sam zurückzugeben versprochen hatte. John stieg aus dem Wagen, doch seine Beine gaben unter ihm nach. Er plumpste auf Hände und Knie und rang keuchend und würgend nach Luft. Doch so viele Atemzüge er auch tat, keiner brachte Erleichterung. Er würde ersticken. Er atmete zwar, aber seine Lungen bekamen einfach nicht genug Luft.

*Ich habe ein Kind umgebracht. Ein unschuldiges Kind. Dafür muss ich büßen. Aber erst brauche ich Sam wieder. Dann ...*

»Ich werde mich stellen«, flüsterte er heiser. Aber noch bevor er diese Worte formuliert hatte, wusste er schon, dass er es nicht tun würde. Er war schon zweimal im Gefängnis gewesen. Niemals würde er dorthin zurückkehren. Er würde das schändliche Geheimnis dessen, was er getan hatte, mit ins Grab nehmen.

Er stemmte sich hoch, taumelte zurück zum Wagen, setzte sich hinters Steuer und gab eine SMS ein.

*Es ist getan. Jetzt will ich meinen Sohn. Lebendig. Sofort. Wenn nicht, verrate ich alles.* Er drückte auf Senden, steckte das Handy in die Tasche, lehnte sich zurück und schloss die Augen.

Ein paar Sekunden später summte es. Eine SMS war eingetroffen. Aber er hatte keine Vibration in seiner Tasche gespürt. Er wollte sich gerade aufsetzen, als er ein anderes Geräusch hörte, das er nur zu gut kannte. Das Klicken einer Pistole, die entsichert wurde.

Er schaute auf. Sah das Gesicht im Rückspiegel. Der Teufel selbst. Der Mann, mit dem er vor einem Jahr eine Abmachung getroffen hatte.

*Ich hätte die Verurteilung akzeptieren und in den Knast gehen sollen.*

Es wäre seine dritte Haftstrafe gewesen. *Aller guten Dinge sind drei.* Er wäre Jahre von Sam getrennt gewesen. *Tja, das werde ich jetzt wohl sowieso sein. Für immer.*

Weil der Teufel selbst ihm einen Lauf an den Hinterkopf hielt.

»Ich habe getan, was Sie wollten«, flüsterte John. »Ich habe alles getan, was Sie wollten.«

»Ich weiß. Und du hast es gut gemacht.«

»Was ist mit meinem Sohn?«

»Er wird freigelassen. Und er wird sich an nichts erinnern können.«

»Gut.« Es lag ihm ein »Danke« auf der Zunge, aber er beherrschte sich. Es gab nichts zu danken. Eine Frau, ein Mann und ein Kind waren tot. Er hätte den Hahn niemals durchgezogen, wenn der Teufel ihn nicht dazu gezwungen hätte.

*Der Teufel hat mich dazu gezwungen.* Er lachte laut auf und wusste, dass er hysterisch klang. Das Letzte, was er sah, war den Teufel, der im Rückspiegel den Kopf schüttelte.

# 1. Kapitel

*Baltimore, Maryland*
*Freitag, 14. März, 22.30 Uhr*
*Acht Jahre später*

Als es an der Bürotür klopfte, hob Todd Robinette den Blick und starrte düster auf das dunkle Holz. Er musste nicht fragen, wer dort draußen stand, er wusste es genau. Wenn Robinette rief, kamen seine Leute im Laufschritt. An jedem anderen Tag und zu jedem anderen Anlass wäre er über ihr bedingungsloses Engagement erfreut gewesen. Heute jedoch nicht. Und zu diesem Anlass ganz sicher nicht.

*Haut ab*, hätte er am liebsten geknurrt. *Ich will das allein machen. Denn wenn du willst, dass etwas richtig gemacht wird ...* Aber er wusste, dass es nicht darum ging. Sein Personal war das beste. Seine Leute würden auftauchen, den Job erledigen, wieder verschwinden. Kein Chaos. Keine Schweinerei. Keine hässlichen Spuren, die die verdammten Cops finden konnten. Keine Sorgen.

*Also belüg dich nicht selbst, Arschloch.* Er stieß langsam den Atem aus. *Na gut. Ich will das hier selbst machen. Ich will Chaos. Ich will eine Schweinerei. Ich will, dass die Cop-Schlampe mich um Gnade anfleht.*

Das war die ungeschminkte Wahrheit. Er wollte, dass sie starb, aber das war nicht genug. Seit acht langen Jahren wünschte er sich, dass sie litt. Weil das, was sie ihm angetan hatte, mit einem simplen Tod nicht wiedergutzumachen war.

*Ich könnte es tun. Ich hätte es verdient.* Niemand würde es herausfinden. Niemand würde auch nur etwas vermuten.

Doch leider ließ sich niemals voraussagen, ob nicht doch jemand etwas sah. Es brauchte nur einen übereifrigen Zeugen, und alles brach zusammen und erforderte eine blitzschnelle Rettungsaktion. Blitzschnelle Rettungsaktionen neigten dazu, unsauber ausgeführt zu werden. Oder verdammt viel Geld zu kosten.

Diese Lektion hatte er vor acht Jahren gelernt, als er noch allein auf sich gestellt gewesen war, ein Bursche mit einem Job, dem kaum jemand Beachtung geschenkt hatte. Heute war sie gültiger denn je. Er hatte an Macht gewonnen, aber mit der Macht war auch das öffentliche Interesse an ihm gekommen. Heute berief er Vorstandssitzungen ein und hielt Reden vor potenziellen Spendern. Er konnte nicht einfach losziehen und Leute ermorden. Was eigentlich ausgesprochen ärgerlich war.

Auf der anderen Seite war seine öffentliche Präsenz auch ein großartiges Alibi, und zum Glück brauchte all die Macht auch Personal. Er hatte eine Direktorin für Public Relations, eine Sicherheitsmannschaft und eine Abteilung für Produktentwicklung – alle mit Experten besetzt. Noch wichtiger vielleicht: Er besaß eine Putzkolonne, die darauf spezialisiert war, Bedrohungen zu beseitigen, sobald sie auftraten. Ein kluger Mann würde diese Leute die Arbeit machen lassen, für die sie gut bezahlt wurden, und Todd Robinette war ein kluger Mann.

Er warf einen Blick auf das Foto auf seinem Schreibtisch. *Ich bin ein kluger Mann, der zu viel geopfert hat, um nun alles zu verlieren.*

Wie viele Nächte hatte er wach gelegen und sich Sorgen gemacht, sein Opfer könnte vielleicht doch nicht genug gewesen sein? Viel mehr, als er in Erinnerung behalten mochte, vor allem im ersten Jahr.

Und wie viele Nächte hatte er sich vorgestellt, wie es wäre, wenn er *sie* dauerhaft zum Verstummen brächte? Ebenfalls mehr, als er zählen mochte, vor allem im vergangenen Jahr. Die letzten zwölf Monate hatten seine Nerven arg strapaziert, aber er war ruhig geblieben und hatte sich zusammengerissen. Denn der richtige Zeitpunkt war noch nicht da gewesen.

*Jetzt aber ist es so weit.* Jetzt war nicht nur der richtige Zeitpunkt, sondern der *ideale* Zeitpunkt. Eine solche Chance würde er vielleicht nie wieder bekommen. *Und es spielt keine Rolle, wer die Aufgabe erledigt, solange* sie *nachher tot ist.*

Als es wieder klopfte, knurrte Robinette: »Herein.«

Henderson, das vertrauenswürdigste Mitglied seiner Reinigungsmannschaft, schloss die Tür hinter sich und blieb vor dem Schreibtisch stehen. Die Augen leuchteten bei der Aussicht auf ein neues Abenteuer. »Robbie. Was hast du für mich?«

Robinette holte tief Luft. »Einen wichtigen Job.« Er schloss den Schrank hinter seinem Schreibtisch auf, zog eine Mappe heraus und schob sie über die polierte schwarze Granitplatte, auf der sich neben dem gerahmten Foto nur noch ein schlanker Laptop und ein vielbenutzter Zauberwürfel befanden. »Detective Stefania Nicolescu Mazzetti, Mordabteilung. Wird Stevie genannt.« Henderson betrachtete Mazzettis Foto, das an den Ordner geheftet war. »Darf ich fragen, warum?«

*Sie hat mich gedemütigt. Fast vernichtet. Sie verhöhnt mich mit der bloßen Tatsache ihrer Existenz. Und sie kann mich unter die Erde bringen.*

Aber er sprach nichts davon aus. Wie nah sie daran gewesen war, ihn in Handschellen abzuführen, wusste niemand. Zumindest niemand, der noch am Leben war.

Robinette drehte den silbernen Bilderrahmen so, dass Henderson das Gesicht auf dem Foto sehen konnte. »Sie hat meinen Sohn getötet.«

»Ah. Sie ist also diejenige, die Levi auf dem Gewissen hat.« Mit verengten Augen und unverhohlener Abneigung prägte sich Henderson Mazzettis persönliches Profil ein. »Sonst noch etwas, was ich wissen müsste?«

»Ja. Sie ist im Augenblick ausgesprochen wachsam. Allein in dieser Woche ist sie dreimal körperlich angegriffen worden. Das erste Mal war es eine Messerattacke, das zweite Mal hat ein Koloss von einem Mann ihr eine satte Gerade verpassen wollen. Heute Nachtmittag hat man auf sie geschossen. Keiner hat nennenswerten Schaden angerichtet.«

»Keiner? Waren es Leute von uns?«

Robinette schnaubte. Als ob er derartige Inkompetenz tolerieren würde. »Unsinn. Diese Polizistin hat mehr Feinde als ein Krokodil Zähne. Wenn die vordersten Reihen wegbrechen, wachsen sofort neue nach.«

»Wir könnten unseren Angriff also den ›Krokodilzähnen‹ in die Schuhe schieben«, schloss Henderson trocken.

»Ganz genau.« Weswegen der Zeitpunkt derart ideal war.

»Konnte einer der Angreifer entkommen?«

»Der dritte. Der Schütze.« Was Robinette von großem Nutzen sein konnte. »Den Kerl mit dem Messer hat sie entwaffnen können und dann am Boden gehalten, bis Verstärkung kam. Dem Boxer ist es nicht viel besser ergangen. Der Schütze jedoch saß in einem weißen Camry, mit dem er nach dem Schuss abgehauen ist.«

Henderson war wider Willen beeindruckt. »Sie ist nur eins sechzig groß? Scheint einiges auf dem Kasten zu haben.«

»Dummerweise ja. Deshalb will ich, dass du das übernimmst. Du hast noch mehr auf dem Kasten.« Zum Beispiel ein Scharfschützenabzeichen der Armee, eine atemberaubende Trefferquote, eine roboterhafte Konzentrationsfähigkeit und eine kaltblütige Zähigkeit, die jeden Terrier beschämt hätte.

Beim Militär war Henderson einer der wenigen Menschen gewesen, in deren Gegenwart Robinette sich sicher gefühlt hatte. Das hatte sich nicht geändert. Was sich dagegen geändert hatte, war die Flagge, unter der sie kämpften. Vor langer Zeit und weit, weit weg war sie rot, weiß und blau gewesen. Nun war sie hundertprozentig grün. Und mit Bildchen von Franklin, Lincoln und sogar Washington versehen. Geld. Kalt, hart, ergiebig. Das Einzige, was wirklich zählte.

»Jemand muss sich um Mazzetti kümmern«, fuhr er fort. »Und du bist von all meinen Leuten am besten dazu ausgebildet.«

Henderson nickte knapp. »Das ist wahr. Warum sind all die anderen hinter ihr her?«

»Ihr ehemaliger Partner war bestechlich. Er ließ sich von reichen Eltern anheuern, die ihre missverstandenen Kinderchen davor bewahren wollten, für begangene Verbrechen ins Gefängnis zu wandern. Der Partner streute falsche Beweise aus, verhaftete die Falschen, kassierte viel Geld dafür, und alle waren zufrieden ... bis er erwischt wurde. Jetzt ist er tot.«

»Und sie war auch daran beteiligt?«

»Ich denke ja«, log er, »aber das tut außer mir offenbar keiner.« Sein Leben wäre so viel leichter gewesen, wenn sie ebenfalls in diese Sache verstrickt gewesen wäre. »Sie sind hinter ihr her, weil sie versucht, all das, was Silas Dandridge verbockt hat, wieder geradezubiegen.«

Die kalten, blauen Augen leuchteten auf. »Silas Dandridge? An den Namen kann ich mich erinnern. Als ich im Sudan war, kam ein Artikel über ihn über den Newsfeed, das muss im März vergangenen Jahres gewesen sein. Er hat doch für den Anwalt gearbeitet, der ein ganzes Team von korrupten Cops unter sich hatte, nicht wahr?«

»Cops und Ex-Häftlinge. Stuart Lippman stand auf Chancengleichheit bei seinen Angestellten. Nun ist auch er tot.«

Henderson zog nachdenklich die Brauen zusammen. »Ich kann mich erinnern, in dem Artikel gelesen zu haben, dass Lippman eine Datei all seiner Handlanger und deren Verbrechen besaß, die ›im Falle seines gewaltsamen oder ungewöhnlichen Todes‹ automatisch an die Staatsanwaltschaft gehen sollte.«

*Zum Glück war die Liste nicht vollständig*, dachte Robinette, nickte jedoch. »Diese Datei war Lippmans Lebensversicherung. Sie hielt seine Handlanger davon ab, ihn umzubringen, und sorgte außerdem dafür, dass sie sich gegenseitig im Auge behielten. Wenn jemand den Boss verraten hätte, hätten alle darunter gelitten.«

»Schlau. Warum also hat diese Polizistin so viele Feinde, wenn niemand glaubt, dass sie daran beteiligt war?«

»Weil sie in den wiederaufgenommenen Lippman-Fällen ermittelt. Allein im vergangenen Monat konnte sie vier abschließen: drei Vergewaltiger und ein bewaffneter Räuber, für die drei

Unschuldige in Zellen saßen und für fremde Sünden bezahlten. Es gibt Leute, die gar nicht glücklich darüber sind, dass sie ausgerechnet in dieses Wespennest gestochen hat.«

»Kann ich mir denken. Drei Vergewaltiger und ein bewaffneter Räuber. Die Lady ist wirklich umtriebig.«

Robinette zuckte die Achseln. »Sie hat gerade ein bisschen Zeit zur Verfügung.«

»Hat man ihr gekündigt, nachdem die Sache aufgeflogen war? Mit gefangen, mit gehangen?«

*Schön wär's.* »Nein. Nach Dandridges Enttarnung hat es eine Untersuchung der Dienstaufsichtsbehörde gegeben, aber sie wurde entlastet.« Sogar hundertprozentig und ganz ohne Zuhilfenahme von grünen Scheinchen. Sie war ein Cop, den man nicht kaufen konnte. »Sie ist momentan krankgeschrieben. Eine der irren Ku-Klux-Klan-Groupies im Millhouse-Fall hat sie vor dem Gerichtshof angeschossen.«

»Ach ja, das habe ich im Fernsehen gesehen. Als ich zwischen zwei Aufträgen in Madrid war, schaffte die Meldung es in die internationalen Nachrichten. War das nicht kurz vor Weihnachten? Eine Sechzehnjährige hat sich aufgeregt, weil der Vater ihres Kindes wegen Mordes schuldig gesprochen worden war, und vor dem Gerichtsgebäude wild um sich geschossen. Sie hat mindestens zwei Cops erwischt, richtig? Und ist sie nicht anschließend ebenfalls erschossen worden?«

»Ja. Von Mazzetti.«

»*Das* war Mazzetti? Sie hat die Kleine mitten zwischen den Augen erwischt, obwohl sie selbst blutete wie ein angestochenes ...« Henderson brach abrupt ab. »Tut mir leid, Robbie. Das war sehr taktlos von mir.«

Robinette hob die Schultern. »Das war es zwar, deswegen ist es aber nicht weniger wahr. Wir hatten ja bereits festgestellt, dass Mazzetti durchaus gewisse Fähigkeiten besitzt.« Er verstummte verbittert. Auch seinen Sohn hatte Mazzetti direkt zwischen die Augen getroffen. »Zwei der drei letzten Angriffe wurden von reichen Eltern initiiert, die verärgert sind, dass sie ihre Sprösslinge nun doch zur Rechenschaft zieht. Der Schütze ist nicht erwischt worden, aber ich gehe von einem ähnlichen Motiv aus. Solche Attacken werden sich wahrscheinlich fortsetzen. Bis jemand sie endlich ausschaltet.«

»An welcher Stelle ich ins Spiel komme.«

»Ja. Und du musst losschlagen, bevor die Cops sie in irgendein sicheres Haus stecken. Falls das geschieht, haben wir unsere Chance vertan. Das würde mich ziemlich ärgern.«

»Keine Sorge. Ich werde mich darum kümmern.«

»Gut. Um dir deinen Job ein bisschen einfacher zu machen, kann ich dir verraten, dass sie morgen Nachmittag um drei im Harbor House Restaurant sein wird.«

Henderson runzelte die Stirn. »Und woher weißt du das?«

»Weil morgen der fünfzehnte März ist. Seit sieben Jahren geht sie jeden fünfzehnten März um drei Uhr dorthin.« Was er wusste, weil er sie seit so langer Zeit beschatten ließ. »Sie trifft eine Psychologin, die aus Florida kommt. Dr. Emma Townsend.«

Henderson blätterte durch die Seiten der Mappe. »Kein Foto von dieser Townsend?«

»Google sie. Sie hat eine Seite bei Amazon. Sie schreibt Selbsthilfebücher zur Trauerbewältigung. Mir wär's lieb, wenn sie nicht stirbt, aber wenn du Mazzetti nicht anders erwischen kannst, dann tu, was du tun musst.«

Ausdruckslos schaute Henderson von der Akte auf. »Mazzetti hat ein Kind?«

»Cordelia«, sagte Robinette. »Sie ist sieben. Falls Mazzetti sich im Restaurant nicht blicken lässt, kommst du über ihre Tochter an sie heran. Sie hat Samstagnachmittag Ballettunterricht.«

»Ja, ich sehe es. Stanislaskis Studio. Also gut. Ich rufe an, sobald die Sache erledigt ist.«

»Nein, tust du nicht. Und ich brauche die Akte zurück.«

Henderson reichte ihm die Mappe, und Robinette schob den Inhalt in den Schredder unter seinem Tisch. »Ich will keine zurückverfolgbare Spur, weder in Papierform noch elektronisch.

Nichts, was die Cops finden könnten. Wenn du es geschafft hast, werde ich auf CNN davon erfahren. Okay – das ist alles.«

Henderson ging, aber Robinettes Bürotür schloss sich nicht ganz. Wieder klopfte jemand leicht gegen den Türrahmen. »Robbie? Hast du einen Moment Zeit?« Fletcher steckte den Kopf zur Tür herein.

»Klar.« Robinette winkte den Leiter seiner Entwicklungsabteilung ins Zimmer. »Nicht dass ich noch zum Arbeiten kommen könnte.«

»Wann ist das schon je der Fall?« Beim Anblick von Levis Bild, das nicht mehr an seinem gewohnten Platz stand, schwand Fletchers Grinsen. »Du willst es also endgültig tun.«

»Es« musste nicht näher bezeichnet werden. Fletcher war auf Levis Beerdigung für ihn da gewesen – Fletcher, Henderson, Miller und Westmoreland. Seine Freunde. Ein vertrauenswürdiges Team.

Die Begräbniszeremonie hatte mit offenem Sarg stattgefunden, weil Stevie Mazzetti wirklich eine verdammt gute Schützin war. Das Loch, das ihre Kugel in Levis Kopf hinterlassen hatte, war so sauber gewesen, dass der Visagist des Beerdigungsinstituts keine Mühe gehabt hatte, es zu überschminken.

Und wie sein Sohn so dagelegen hatte ... so friedlich hatte er seit Jahren nicht ausgesehen.

Robinette stellte den Silberrahmen wieder an die ursprüngliche Stelle. »Ja. Ich werde es endlich tun. Das heißt, Henderson wird es tun.«

»Das wurde auch Zeit«, sagte Fletcher mit belegter Stimme.

»Wir hätten es auch schon vor acht Jahren für dich erledigt, aber ich verstehe, warum du warten wolltest. Du hast mehr Geduld als wir anderen.«

»Nein, eigentlich nicht.« *Nur weniger Lust, in den Knast zu wandern.* »Aber wo wir gerade von Geduld sprechen – was haben die Tests ergeben? Bringt das unanständig teure Equipment, das wir deiner Meinung nach so dringend gebraucht haben, tatsächlich die erwünschten Ergebnisse?«

Fletcher schob ihm ein schlichtes Blatt Papier über den Tisch. »Hier. Bilde dir selbst ein Urteil.«

Auf dem Zettel war kein Firmenlogo zu sehen. Nichts deutete auf eine Verbindung zwischen Fletchers Lieblingsprojekt und Filbert Pharmaceutical Labs hin. Oder zum Präsidenten des Unternehmens. *Zu mir also.* Oder zum Vorstandsvorsitzenden. *Ebenfalls zu mir also.*

Denn alle anderen Führungskräfte des Unternehmens waren tot. Robinette warf einen raschen Blick auf den bunten Zauberwürfel. *Mögen sie in Frieden ruhen.*

Robinette las die Zusammenfassung, die in Fletchers präziser Handschrift erstellt war. Die Neuigkeiten waren gut. Sehr gut sogar. Er senkte das Blatt und nickte Fletcher knapp zu. »Du bist ein verdammtes Genie.«

»Ich weiß«, sagte Fletcher feierlich und grinste. »Es ist noch nicht so gut, wie es irgendwann einmal sein wird, aber in der Zusammensetzung jetzt schon doppelt so lange haltbar wie alles andere, was es bisher gibt.«

»Hat sich die Kunde schon verbreitet?«

»Oh, ja. Ich habe die Bestätigung von drei Gruppen, die Demoproben erhalten haben. Im Einsatz war die Wirkkraft genauso groß wie am Tag der Herstellung – wie versprochen. Man ist beeindruckt.«

Robinette zog die Brauen zusammen. »An wem ist es getestet worden?«

»Wen kümmert's? Nichts ist in die Nachrichten gedrungen. Ich habe sehr genau hingehört und -gesehen.«

»Gut. Einen Vorfall, der das Interesse der Medien weckt, können wir nicht gebrauchen.«

»Mach dir keine Gedanken. Unsere Kunden sind immer diskret gewesen. Außerdem wissen sie, dass wir ihnen nichts mehr verkaufen, wenn sie erwischt werden.« Fletchers Augenbraue wanderte aufwärts. »Und sie *wollen* mehr. So viel ich herstellen kann und so schnell wie möglich.«

Robinette überschlug rasch im Kopf, welchen Gewinn sie damit erzielen konnten, und nickte zufrieden. »Wie bald kannst du die erste Ladung für den Versand fertig machen?«

»Ist schon alles verpackt. Wir rechnen damit, dass die nächste Charge Impfstoff bis Freitag versandfertig ist. Westmoreland und Henderson werden die Fracht begleiten.«

Bis dahin würde Henderson Robinettes Sonderauftrag erledigt haben. »Wunderbar. Nicht dass unser Gut in die falschen Hände gerät.«

Fletchers Augen leuchteten gierig auf. »Wobei die falschen Hände die sind, die uns kein Geld hinhalten.«

»Sehr richtig.« Robinette steckte auch diesen Zettel in den Schredder. »Nimm dir das Wochenende frei. Du hast es dir verdient.«

»Ein paar von uns wollen morgen Abend in die Stadt. Ein, zwei Bier trinken, ein bisschen Spaß haben. Du solltest mitkommen. Wie in alten Zeiten.«

»Ich kann nicht. Brenda Lee meint, ich darf in der Öffentlichkeit nicht mehr trinken – schlechte PR angesichts meiner Bemühungen zur Bekämpfung von Drogen- und Alkoholmissbrauch bei Jugendlichen.« Fletcher war im Bereich Chemie ein Genie, doch Brenda Lee Miller war eine wahre PR-Zauberin. »Außerdem ist sie noch immer sauer wegen der bierseligen ›Auseinandersetzung‹ von damals.«

Sie, der es gelungen war, Robinette von einem Mordverdächtigen in eine Stütze der Gesellschaft zu verwandeln, war nicht gerade entzückt gewesen, als sie im Jahr zuvor eine Kneipenschlägerei zu verwischen hatte. Sie hatte recht gehabt: Beinahe wären acht Jahre harter Arbeit ruiniert worden, nur weil Robinette diesem Vollidioten ein paar Hiebe verpassen musste. Zum Glück war Brenda Lee außerdem seine Anwältin, so dass sie die Sache diskret, still und gründlich erledigt hatte.

Robinette hätte sich gewünscht, dass seine Frau ebenso still und diskret reagiert hätte. Doch Lisa war so wütend gewesen, dass sie das Thema noch heute immer wieder zur Sprache brachte.

Fletcher zuckte die Achseln. »Dann trinkst du eben nicht. Spaß haben kannst du trotzdem. Ich hab's jedenfalls nötig. Und sei mir nicht böse, wenn ich das mal so sage: du auch.«

»Ich könnte mir vorstellen, dass Lisa böse wäre, wenn du das mal so sagst«, erwiderte Robinette trocken. Er hatte erwartet, dass Fletcher die Augen verdrehen würde, und wurde nicht enttäuscht. »Nun ja, sie *ist* schließlich meine Frau.«

»Ja, doch, ich erinnere mich. Ich war auf der Hochzeit. Sie ist ... oh, ich bin sicher, dass sie auch Vorzüge hat. Zum Beispiel ...« Fletcher gab vor, intensiv zu grübeln, zuckte dann aber wieder die Acheln. »Mist. Mir will nichts einfallen.«

Robinette schnaubte. »Sie hat Geld und großartige Verbindungen, und sie sieht verdammt gut aus.« *Und durch sie vergisst der Rest der Welt meine unglückselige Vergangenheit.* »Denk sie dir einfach als geschäftliches Accessoire, wie eine teure Krawatte.«

»Eher wie ein Galgenstrick.«

»Fletch«, murmelte Robinette warnend. »Das lass ich dir nur durchgehen, weil wir schon so lange befreundet sind.«

»Und weil ich das verdammte Genie bin, das dich unanständig reich macht.«

»Auch das. Aber hüte dich. Sie ist meine Frau, ob du sie nun magst oder nicht. Im Übrigen könnte ich sowieso nicht mit euch um die Häuser ziehen. Lisa und ich müssen morgen an einer Veranstaltung teilnehmen.«

Fletcher zog die Stirn in Falten. »Wieder eine Preisverleihung für den ›Wohltäter des Jahres‹? So eine Trophäe hast du doch gerade bekommen, nicht wahr?«

»Brenda Lee hat die Anlässe wie Dominosteine arrangiert. Dieser Preis folgt auf die Eröffnung einer weiteren Jugendentzugsklinik, die sie auf Levis Todestag gelegt hat.« Sein Sohn war high gewesen, als er vor Mazzetti und ihrer sogenannten Ermittlung geflohen war. Nachdem Mazzetti erst Robinette beschuldigt hatte, seine zweite Frau ermordet zu haben, hatte sie ihre Meinung geändert und stattdessen Levi des Mordes bezichtigt. Robinettes Sohn hatte die Angst gepackt, und er hatte panisch und völlig desorientiert die Flucht ergriffen. Mazzetti hatte sein Kind auf der Flucht abgeknallt wie einen räudigen Köter.

»Na, dann wünsche ich euch viel Spaß«, sagte Fletcher säuerlich. »Ich muss jetzt los.«

Als Robinette wieder allein war, lehnte er sich auf seinem Stuhl zurück. Und schloss die Augen. Morgen um die gleiche Zeit würden seine Probleme vorbei sein. Dank Henderson wäre Stevie Mazzetti nicht mehr am Leben. Und dank Fletcher würden Robinettes private Schatztruhen bald schon überquellen.

*Samstag, 15. März, 13.59 Uhr*

Eine Treppe. *Mist.* An die Treppe hatte sie gar nicht mehr gedacht.

Detective Stevie Mazzetti blieb stehen und musterte finster die vier Stufen, die hinauf zur Eingangstür des Harbor House Restaurants führten. Obwohl sie seit vielen Jahren regelmäßig hierherkam, hatte sie sie noch nie bemerkt. Und nun kamen sie ihr vor wie ein verdammter Berg!

Sie umklammerte den Griff ihres Gehstocks so fest, dass ihre Knöchel zu schmerzen begannen. *Es sind bloß vier Stufen. Die wirst du ja wohl schaffen.* Aber würde sie sie auch schnell schaffen?

Mit einem Blick über die Schulter vergewisserte sie sich, dass nirgendwo messerschwingende Fieslinge lauerten, die nur darauf warteten, dass sie sich einen Moment Verwundbarkeit gönnte. Sie konnte sich, wie sich in der vergangenen Woche bereits gezeigt hatte, auch jetzt durchaus gegen einen Idioten mit einem Messer oder einen prügelnden Möchtegernboxer wehren, und sie würde es notfalls noch einmal tun.

Wenn es sich allerdings um einen Schützen handelte, saß sie wie auf dem Präsentierteller. Gestern hatte sie Glück gehabt. Der Schütze hatte sie nicht richtig anvisieren können, war aber dumm genug gewesen, dennoch auf sie zu feuern. Daher hatte er sie verfehlt.

Doch die Straßen hier in der Innenstadt boten sehr viel mehr Möglichkeiten, um sich zu verbergen und dennoch hervorragend zielen zu können. Normalerweise hätte sie es vermieden, auf eigene Faust draußen unterwegs zu sein, zumindest bis die laufenden Ermittlungen endlich abgeschlossen waren. Aber heute war der fünfzehnte März.

Heute vor acht Jahren hatte man ihren Mann und ihren Sohn kaltblütig ermordet und von jetzt auf gleich aus Stevies Leben gerissen. Aber Stevie hatte sich aus der Dunkelheit und der tiefen Depression herausgearbeitet, und das hatte sie vor allem der Frau zu verdanken, die nun im Restaurant auf sie wartete.

Seit acht Jahren war dieser Lunch mit ihrer alten Freundin Emma eine Verabredung, die sie niemals sausen ließ, was immer in ihrem Leben gerade geschah.

Und wer immer auch in der Nähe lauern und auf einen Moment der Unachtsamkeit von ihrer Seite warten mochte: Stevie weigerte sich, sich zu verstecken, obwohl Familie und Freunde sie unaufhörlich dazu drängten.

*Das ist mein Leben. Ich will es nicht wie eine Gefangene im eigenen Haus verbringen.*

Zum Glück sah sie niemanden, der ihr verdächtig vorkam. Dafür entdeckte sie nun ein Schild, das sie auf den Behinderteneingang hinwies, doch bei dem Tempo, mit dem sie sich im Moment vorwärtsbewegte, würde sie vermutlich zehnmal so lange brauchen, als wenn sie diese verdammten vier Stufen in Angriff nahm. Wodurch sie zehnmal so lange im Freien wäre.

*Und ich bin ohnehin schon zu spät.* War ja klar. Seit sie am Tag der Urteilsverkündung in einem kontroversen Mordfall auf der Treppe zum Gerichtshof angeschossen worden war, brauchte sie für alles viel länger. Sie hatte damals erwartet, dass es gefährlich werden würde, die Anklägerin zu beschützen. Sie hatte jedoch nicht erwartet, mit einem tiefen Loch im Bein auf der Intensivstation zu erwachen. Nun, drei Monate später, hatte sie immer noch Mühe, zur Normalität zurückzukehren. *Was zum Teufel Normalität auch sein mag.*

Sie spannte alle Muskeln an, packte das Geländer und hievte sich so rasch sie konnte die kurze Treppe hinauf. Ein paar weitere plumpe Schritte, und sie hatte das Vordach erreicht. Außer Sicht von der Straße, lehnte sie sich gegen einen Stützpfeiler. Sie brauchte die Deckung, um sich einen Moment zu erholen.

Weil sie nach Atem rang, als habe sie einen Marathon hinter sich anstelle von vier Stufen, Herrgott noch mal. Sie schwitzte und zitterte, und dann kam der Schmerz, der ihr in die Hüfte fuhr und das Bein entlangschoss. Sie biss die Zähne zusammen, ballte hilflos eine Hand zur Faust und krampfte die andere um den Griff des Gehstocks, während die Woge über sie hinwegspülte. In ihrem Sog brach der Zorn, der stets am Rand ihres Bewusstseins lauerte und nun von Schmerz und Frustration befeuert wurde, mit aller Macht hervor.

*Zur Hölle mit dir, Marina Craig.* War es nicht schlimm genug, dass sie wegen des kleinen Miststücks fast über den Jordan gegangen wäre? Musste sie jetzt auch noch jede Treppe hochkriechen wie ein ... wie ein Krüppel?

*Krüppel.* Der Begriff war nicht politisch korrekt, aber das war Stevie egal. Es war schließlich ihr Körper. Ihr ruiniertes Bein. *Ich kann dafür jedes verdammte Wort benutzen, das ich benutzen will.*

*Hör auf.* Die Stimme der Vernunft schnitt durch ihre stumme, kindische Schimpftirade. *Es geht dir besser. Jeden Tag schaffst du ein bisschen mehr. Und immerhin bist du am Leben.* Der letzte Satz rüttelte sie jedes Mal wach.

Sie lebte. Andere hatten kein solches Glück gehabt. Marina Craig schon gar nicht. Nachdem ihre Kugel sie von den Füßen gerissen hatte, hatte Stevie ebenfalls das Feuer eröffnet. Marina war tot gewesen, bevor sie noch auf der Treppe zu Boden gegangen war. Erst sechzehn Jahre alt.

Aber sie war auch eine eiskalte Killerin gewesen, die erbarmungslos jeden, der sich an jenem Tag vor dem Gericht eingefunden hatte, abgeknallt hätte. Denn die Staatsanwaltschaft hatte ihren Freund, einen achtzehnjährigen weißen Rassisten, des zweifachen Mordes angeklagt. Und Marina war bestens vorbereitet zum Gerichtsgebäude gekommen: Mit ihrer modifizierten Glock hätte sie noch größeren Schaden anrichten können, wäre sie nicht gestoppt worden.

*Ich habe das Richtige getan. Ich habe Leben gerettet. Meins eingeschlossen. Ich bin am Leben.*

Und dafür war sie dankbar. Wahrhaft dankbar. Aber sie war es auch leid, sich dadurch ... so unzulänglich zu fühlen. *Bald.* Nur noch ein bisschen mehr Zeit, ein bisschen mehr Reha. Bald wäre sie wieder wie früher.

»Und dann wird alles gut«, flüsterte sie. »Alles wird gut.«

Das musste es auch, denn das hatte sie ihrer Tochter versprochen, und sie hatte Cordelia noch nie angelogen.

»Alles wird wieder gut«, hatte sie ihr vor zwölf Stunden ins Ohr geflüstert, während sie sie in den Armen gehalten und sich mit ihr gewiegt hatte, bis das Schluchzen ihrer Tochter abgeebbt war. Es war der Satz, den sie ihr in jeder Nacht, die Cordelia aus Alpträumen aufschreckte, ins Ohr flüsterte. Was zum Glück langsam seltener vorzukommen schien. Offenbar zeigten die Sitzungen mit der Kinderpsychologin endlich Wirkung.

Bald würde auch Cordelia wieder normal sein. *Und dann wird wirklich alles wieder gut.*

Im Moment war das Leben alles andere als gut. Wie lange war es schon nicht mehr normal? Wie lange war es her, dass ihre Tochter die Nächte durchgeschlafen hatte?

Die Antwort durchfuhr sie wie ein Stich. *Ein Jahr.* Es war ein ganzes Jahr her. *Das letzte Mal, als alles normal gewesen ist, habe ich hier gestanden. Genau hier.*

Nur wenige Wochen nach ihrem letzten Jahrestreffen mit Emma war ihre Welt zusammengebrochen – dank Silas Dandridge, pensionierter Detective der Mordabteilung und ihr ehemaliger Partner. Stevie hatte ihn als Mentor betrachtet, als Freund. Bei der Arbeit hatte er ihr Rückendeckung gegeben. Privat hätte sie ihm jederzeit ihr Kind anvertraut.

Doch dann hatte Silas Cordelias Leben bedroht, ihr einen Pistolenlauf in die Rippen gerammt. Er hatte ihr Vertrauen verraten. Er hatte sie alle verraten. *Fahr zur Hölle, Silas Dandridge. Ich hoffe, es gefällt dir dort.*

Und es war ebenfalls Silas zu verdanken, dass Stevie sich in diesem Augenblick hinter einem Pfeiler verbergen musste, weil es keineswegs abwegig war, dass einer seiner ehemaligen Kunden – oder schlimmer noch: ein ehemaliger Komplize – dort draußen auf sie wartete, um sie ein für alle Mal mundtot zu machen. Was ihr höllisch auf die Nerven ging. *Aber wenigstens kann ich auf mich selbst aufpassen.*

Ihre Tochter war eine ganz andere Geschichte. Cordelia war erst sieben. Silas war das Ungeheuer, das durch ihre Alpträume spukte, doch endlich schien der Schrecken nachzulassen.

Genau wie ihr Zittern. Doch sie war durch die Ereignisse der vergangenen Woche noch immer hochgradig angespannt, und sie konnte das Restaurant nicht als Nervenbündel betreten – Emma würde es sofort bemerken. Psychologen neigten ärgerlicherweise dazu, in dieser Hinsicht ausgesprochen sensibel zu sein.

Stevie sammelte sich, atmete ein paarmal ein und aus und drückte die Tür auf. Sie war entschlossen, die Zeit, die sie mit Emma hatte, nicht zu vergeuden. Ihre Freundin hatte ihr über Pauls Tod hinweggeholfen, wie keine andere Person es hätte tun können.

Sieben Jahre lang hatte Stevie sich am Ende dieser Essensverabredung jedes Mal besser gefühlt. Gestärkt. Sie war nicht sicher, ob die Erwartung, sich besser zu fühlen, heute nicht etwas zu hoch gegriffen war, aber sie würde sich durchaus mit ein wenig Frieden bescheiden.

*Samstag, 15. März, 14.02 Uhr*

*Ach, verdammt.* Henderson fuhr am Restaurant vorbei, bog rechts ab und beobachtete im Rückspiegel, wie Stevie Mazzetti das Restaurant betrat.

Die einzigen wertvollen Informationen aus Robinettes Akte betrafen Ort und Datum der Verabredung. Alles andere war nicht zu gebrauchen.

Mazzetti hätte laut den Angaben erst um drei hier auftauchen dürfen, doch nun betrat sie den Laden eine Stunde früher als erwartet. Wäre sie um drei eingetroffen, wäre sie um diese Zeit gestorben. *Weil ich auf dem Dach des Gebäudes gegenüber auf sie gewartet und sie erschossen hätte, sobald sie die Stufen zur Tür hinaufgegangen wäre.*

Wäre Mazzetti pünktlich gekommen, wäre ihre Erschießung der einfachste Tötungsauftrag in der Geschichte der Menschheit gewesen. Die Polizistin hatte fast eine Minute gebraucht, um die vier Stufen zu bewältigen. Sie wäre wie eine Zielscheibe auf dem Schießstand gewesen.

*Aber nein.* Sie war zu früh. Eine verdammte Stunde zu früh.

Henderson hätte es dennoch rechtzeitig aufs Dach geschafft, wenn nicht die Suche nach dem Töchterchen ebenfalls länger gedauert hätte als geplant. Denn die kleine Cordelia war keinesfalls beim Ballett, wie Robinette ihm versichert hatte. Sie und ihre Tante waren an einen Ort gefahren, der gute zwanzig Minuten weiter entfernt lag.

*Also bin ich zwar noch gut in der Zeit, aber dennoch zu spät.* Die Schuld Robinettes Fehlinformationen zuzuschreiben war jedoch absolut sinnlos. Das hatte Henderson auf die harte Tour gelernt, und die Erinnerung daran war bitter. *Verdammt.* Der Wagen schlingerte ein wenig, und Henderson blickte verblüfft aufs Lenkrad. *Meine Hände zittern.* Dieser Auftrag erwies sich als anstrengender als erwartet. Ein Drink würde das Zittern beheben.

*Erst wenn du fertig bist. Du kannst feiern, wenn du den Job erledigt hast. Jetzt wird geplant.*

Henderson parkte den weißen, gemieteten Camry hinter dem Gebäude dem Restaurant gegenüber. Eine morgendliche Erkundungsfahrt hatte ergeben, dass dieses Haus den besten Schusswinkel bot. *Und wenn mich jemand sieht, wird er der Polizei berichten, dass es sich um einen weißen Camry gehandelt hat – das-*

*selbe Modell, in dem der glücklose Schütze von gestern entkommen ist.* Somit würde man auch nach dieser Tat nach dem gestrigen Schützen suchen, so dass kein Verdacht auf Robinette fallen würde. *Oder auf mich, was das angeht.*

Die Spannung verdichtete sich, bis sie förmlich in der Luft zu spüren war. *An die Arbeit.* Es war Zeit, den Tod von Levi Robinette zu rächen. Es war an der Zeit, Robbie den lange überfälligen Frieden zu verschaffen.

## 2. Kapitel

*Hunt Valley, Maryland*
*Samstag, 15. März, 14.05 Uhr*

Osterglocken. Der Anblick der Blumen, die die Auffahrt zur Farm säumten, erinnerte Clay Maynard an strammstehende Soldaten. Er machte sich nicht viel aus Blumen, bewunderte aber die Zähigkeit der kleinen gelben Blüten. Es war noch so kalt, dass er seinen Atem sah, aber die Osterglocken schien das nicht zu stören.

Seine Mutter hatte Narzissen geliebt. Die Erinnerung, wie sie sich um ihre Blumen kümmerte, war eine, die er hütete und oft heraufbeschwor, wenn alles um ihn herum in Dunkelheit zu versinken drohte. Heute war ein solcher Tag.

Der fünfzehnte März. Der Tag, an dem Stevie Mazzettis Mann und Sohn ermordet worden waren. Der Tag, an dem ihr Dasein derart in seinen Grundfesten erschüttert worden war, dass sie sich bis zum heutigen Tag auf keinen anderen Mann mehr einlassen wollte. *Auf keinen anderen? Oder nur nicht auf dich?*

Er holte vorsichtig Luft und schob den Gedanken rigoros aus seinem Bewusstsein. Schob Stevie aus seinem Bewusstsein. Oder zumindest in einen Winkel. Er hatte schon viele, viele Male versucht, sie gänzlich aus seinen Gedanken zu verbannen, aber es klappte nie, und er hatte es aufgegeben. Sie wollte ihn nicht, er sie jedoch immer noch, sosehr er sich auch dafür hätte verfluchen mögen. Und so war es, seit er sie zum ersten Mal gesehen hatte – sie, Polizistin mit Leib und Seele auf der Spur eines Mörders und Löwenmutter, die ihr Kind beschützte.

Damals war sie am Boden zerstört und wild entschlossen zugleich gewesen. Und sie hatte ihn begehrt, was sie sehr unglücklich gemacht hatte. Er wollte aber, dass es sie glücklich machte, wollte der Mann sein, der sie den Verlust ihres Ehemannes vergessen ließ. Er wollte der Mann sein, mit dem sie noch einmal neu begann.

Er wollte, dass sie die Frau war, mit der er noch einmal neu begann.

*Man kriegt aber nicht immer, was man will.* Clay hatte keine Ahnung, wie oft er sich diesen Spruch von seinem Dad hatte anhören müssen. Aber wie gewöhnlich hatte sein Vater recht.

Wenigstens hatte Clay sich seine Würde bewahren können, nachdem Stevie ihm im Dezember mit ihrem klaren Nein den Boden unter den Füßen weggezogen hatte. Er war seitdem kein einziges Mal an ihrem Haus vorbeigefahren, nicht einmal, um sich zu vergewissern, dass es ihr gutging. Für den Rest der Welt sollte es so aussehen, als sei Clay darüber hinweg und nun unterwegs zu neuen Ufern. Und vielleicht würde es eines Tages tatsächlich so sein.

Ganz plötzlich sah er an einer Seite einen großen gelben Klecks, wo die Blumen ihre ordentlichen Reihen aufgegeben hatten und buchstäblich zu einer Wiese explodiert waren.

Seine Mutter hätte den Anblick von so viel Gelb geliebt. Er beschloss, heute früh Feierabend zu machen und ihr ein paar Osterglocken aufs Grab zu legen. Das hätte ihr gefallen. Und es würde auch seinen Vater glücklich machen. Weiß Gott, er hatte dem alten Herrn in letzter Zeit wenig Aufmerksamkeit geschenkt. Vielleicht würde er heute noch zur Küste fahren und ihn zum Essen einladen.

Als zu seiner Rechten ein Pfiff ertönte, warf Clay einen Blick zum Beifahrersitz hinüber. Sein IT-Techniker Alec Vaughn betrachtete mit großen Augen zwei nagelneue Stallgebäude und eingezäunte Weiden, auf denen ein gutes Dutzend Pferde grasten.

»Wow«, sagte Alec atemlos. »Wenn Daphne etwas beschlossen hat, dann wird keine Zeit vergeudet.«

»Nein, wahrhaftig nicht.«

Die Farm und die Anbauten gehörten der Staatsanwältin

Daphne Montgomery, eine gute Freundin und Kundin Clays. Daphne besaß ein Privatvermögen, das sie der Scheidung einer sehr unglücklichen Ehe verdankte. Der Preis für ihren Reichtum war hoch gewesen, aber nun genoss sie die Möglichkeit, Projekte zu fördern, an die sie glaubte. Vor drei Monaten hatte Daphne verkündet, dass sie ihrer ohnehin schon stattlichen Liste von Wohltätigkeitsaufgaben eine neue hinzufügen würde. Sie wollte Kindern, die Opfer von Gewaltverbrechen geworden waren, die Chance bieten, sich mit Pferden anzufreunden, denn eine innige Beziehung zu einem Tier schien vielen zu helfen, ihr Trauma zu überwinden. Clay verstand nicht so recht, was die Menschen an Pferden fanden, aber um ihn ging es hier ja auch nicht.

»Daphne hat schon Anmeldungen aus dem ganzen Land«, erzählte er Alec. »Kinderschutzbunde, staatliche Einrichtungen, verzweifelte Eltern. Also hat sie Gas gegeben. Die neuen Ställe stehen erst seit vergangener Woche. Die Bauinspektion hat am Mittwoch ihren Segen gegeben, und die Pferde sind am Donnerstag angekommen. Sie will mit der ersten Gruppe beginnen, sobald wir das Gelände sicher gemacht haben.«

Daher ihr heutiger Ausflug zur Farm. Das eine Standbein von Clays Unternehmen – Privatermittlung – war immer dann gefordert, wenn bereits Probleme aufgetreten waren. Das Sicherheitssegment dagegen zeigte potenzielle Schwachstellen auf und richtete Systeme ein, die die Entstehung bestimmter Probleme verhindern sollten. Überwachungstechnik und Personenschutzmaßnahmen waren Clays Spezialität.

Durch ihre Arbeit für die Staatsanwaltschaft war Daphne einem hohen Risiko ausgesetzt, und ihr Vermögen machte sie als Opfer noch sehr viel attraktiver. Nun brachte sie noch Kinder auf das Anwesen. Kinder, die bereits traumatisiert waren, zogen Kriminelle an wie Magneten. *Aber nicht, solange ich hier aufpasse.*

»Ich wusste gar nicht, dass man sich bereits anmelden kann«, sagte Alec. »Als ich gestern Abend auf dem Server einen Security-Check gemacht habe, stand noch nichts auf der Website.«

»Daphne hat noch kein offizielles Formular entworfen. Sie hat nur diese eine Ankündigung vor ein, zwei Monaten in den Lokalnachrichten gemacht. Die Sendung ist über die Website des Senders abrufbar, und seitdem trudeln ständig neue E-Mails mit Anfragen ein. Sie hat mir ein paar gezeigt.«

»Und?«

Clay atmete geräuschvoll aus. »Und sie ...« ... *sind entsetzlich zu lesen.* »Sie weisen auf einen enormen Bedarf hin. Kinder, die seit Jahren in Therapie sind, aber immer noch starke Kontaktschwierigkeiten haben. Was mich allerdings nicht sonderlich überrascht hat.« In den zehn Jahren beim Marine Corps und weiteren zehn bei der Polizei waren ihm zahllose Kinder begegnet, die Opfer von Gewaltverbrechen geworden waren.

Dazu gehörte auch der junge Mann, der auf dem Beifahrersitz seines Trucks saß. Zum Glück hatte Alec sein Trauma schon vor Jahren verarbeitet, doch natürlich hatte die Erfahrung ihn nachhaltig verändert. Unter anderem hatte Alec eine einzigartige Sensibilität für das Leiden anderer entwickelt. Der Junge sah Emotionen, die andere Menschen verzweifelt zu verbergen versuchten. *Meine eingeschlossen.*

Doch obwohl ihm das ein gewisses Unbehagen bereitete, hatte Clay gelernt, sich auf diese Sensibilität zu verlassen. Alecs IT-Fähigkeiten verschafften ihnen erschreckend leichten Zugang zu den unterschiedlichsten Online-Quellen, aber gerade sein Einfühlungsvermögen, besonders schwer zugängliche menschliche Quellen betreffend, hatte sie schon mehr als einmal bei ihren Ermittlungen weitergebracht.

Die Auffahrt endete vor dem größten Stallgebäude, vor dem bereits ein halbes Dutzend Fahrzeuge eine Reihe bildeten. Clay stellte sich hinter den Chevy Suburban, der Daphnes Sohn Ford gehörte, und schaltete den Motor ab. Lange würde es nicht mehr hell sein. Sie mussten sich an die Arbeit machen.

»Daphne nennt das neue Programm ›Pferdetherapie‹«, fügte Clay mit einem Seufzen hinzu. »Aber ich nenne es Sicherheitsalptraum.«

»›Alptraum‹ ist ein wenig dramatisch, denkst du nicht? Wir reden hier über kleine Kinder, nicht über al-Qaida.«

»Stimmt, wir reden über Kinder. Aber wir müssen auch die ehrenamtlichen Helfer, die Therapeuten, die Pferdetrainer und die Stallburschen überprüfen. Sogar die Eltern und die gesetzlichen Vormunde.«

Alec nickte nachdenklich. »Tja, du hast recht. Das sind verflixt viele Leute.«

»Und ob. Jede Person, die sich hier aufhält, muss überprüft und überwacht werden.« Zumal zu viele Menschen in Daphne eine Möglichkeit sahen, bei einem gerichtlichen Vergleich Kasse zu machen. Sie brauchte genauso viel Schutz wie die Kinder. »Wir müssen möglichst alle Risiken für Gewalt gegen Daphne oder ihre Schutzbefohlenen ausschließen. Es würde mich nicht wundern, wenn irgendein Mistkerl, den sie vor Gericht gebracht hat, versuchte, sich hier als Freiwilliger einzuschleichen, um sich an Daphne persönlich zu rächen.«

Aber Daphne kümmerte es natürlich einen feuchten Kehricht, dass sie sich in Gefahr begab. Ihr Verlobter sah das allerdings anders. FBI Special Agent Joseph Carter hatte Clay ein überaus großzügiges Budget zur Verfügung gestellt, damit er sie – und jeden, dem sie helfen wollte – beschützte.

Clay besaß nicht viele echte Freunde, aber Daphne gehörte definitiv dazu. Er hätte diesen Job auch umsonst gemacht. Aber er war nicht dumm. Wenn Carter gewillt war, ihm einen Blankoscheck zu geben, würde er ihn ganz sicher annehmen. Aufträge wie diese sicherten ihnen die Brötchen. Die Ermittlersparte wurde längst nicht so gut bezahlt, und Fälle wie dieser waren eher rar. Aber auch seine Leute mussten essen und Miete zahlen.

»Ich sorge schon dafür, dass du alles und jeden auf diesem Grundstück im Blick hast«, versprach Alec. »Wir werden in jedem Stall eine Kamera installieren.«

»Nicht nur eine in jedem Stall. Ich will in jeder Box eine. In jedem Winkel jeder Weide. Ich will über jedes Eichhörnchen informiert sein, das über die Wiese huscht.«

»Das wird aber ziemlich viel Arbeit«, sagte Alec skeptisch. »Weit mehr, als ich eingeplant habe. Außerdem habe ich gar nicht so viele Kameras bestellt. Natürlich kann ich den Lieferumfang noch einmal erhöhen, aber es wird ein paar Tage dauern, alle zu installieren. Okay. Fangen wir heute einfach mit dem an, was wir haben.«

»Klingt gut. Ich schätze, dass wir mindestens vier Tage hierfür brauchen, vielleicht sogar länger. Du arbeitest mit DeMarco und Julliard zusammen.«

Alec zog die Brauen zusammen. »An die Namen kann ich mich gar nicht erinnern.«

»Weil du sie nicht kennst. Seit du bei uns bist, haben wir noch keine Installation von einer solchen Größenordnung vorgenommen. Die beiden haben früher schon für mich gearbeitet, und ich vertraue ihnen hundertprozentig. Sie werden die Gräben ziehen und die Kabel verlegen. Deine Rolle wird es sein, sicherzustellen, dass jede Kamera betriebsbereit und mit der Schaltstelle verbunden ist. Ich bleibe heute hier, um mich zu vergewissern, dass alles seinen Gang nimmt, dann komme ich einmal täglich her. Fragen?«

»Nein. Ich leg dann mal los.« Alec fing an, Kameras zu entladen und sie in den Stall zu tragen.

Clay ließ ihn allein und nahm sich einen Moment Zeit, das Anwesen in Augenschein zu nehmen. DeMarco wanderte den runden Trainingsbereich ab, den Daphne die »Arena« nannte. Bei diesem Wort musste Clay unwillkürlich an Gladiatoren und Löwen statt an Kinder und Pferde denken, aber egal.

Daphne selbst befand sich in ebenjener Arena. Sie trug einen leuchtend pinkfarbenen Anzug und hielt ein großes graues Pferd an der Longe. Sie winkte ihm zu, dann wandte sie sich um und schickte dem Mann, der am Zaun lehnte, einen Luftkuss. Dass Joseph Carter hier war, überraschte ihn nicht. Es hätte ihn eher verwundert, wenn dem nicht so gewesen wäre. Der Bundesagent hob eine Hand zum Gruß, und Clay schlug seine Richtung ein.

Fast wäre er gestolpert, als er plötzlich den Minivan bemerkte, der verborgen zwischen dem Escalade des Agenten und DeMarcos schmutzigem Truck geparkt war. Das war Stevies Minivan. *Herrgott.*

Clay biss die Zähne zusammen und zwang seine Füße, weiterzugehen. Falls sie hier war, würde er verschwinden. Aber nicht, bevor er nicht wenigstens einen Blick auf sie geworfen hatte. Nur einen kurzen Blick. *Was bist du doch für ein Jammerlappen.*

Er blieb neben Joseph stehen und war stolz auf sich, dass er die circa fünfzig Schritte bewältigt hatte, ohne sich den Hals auf der Suche nach der Frau zu verrenken, die nichts mit ihm zu tun haben wollte. »Hey, Carter.«

»Sie ist nicht hier«, antwortete Joseph ruhig. »Nur Izzy und Cordelia.«

Clay atmete tief ein, spürte das Brennen der kalten Luft in seinen Lungen und stieß sie pustend wieder aus. Stevies Schwester und Tochter. Nicht Stevie selbst. *Das ist gut*, ermahnte er sich mit Nachdruck. »Und was machen sie hier?«

»Izzy will Fotos für die Broschüre schießen«, erklärte Joseph. »Daphne hat eine Benefizveranstaltung geplant und Izzy engagiert, die Fotos für das PR-Material zu machen. Sie wird auch bei dem Event selbst fotografieren.«

»Ich wusste gar nicht, dass Izzy Fotografin ist.«

»Ist sie eigentlich auch nicht. Sie hat im Januar ihre Stelle im Kaufhaus verloren. Fotografieren ist ihr Hobby, das sie zu einem Job auszubauen versucht, bis sich vielleicht eine andere Möglichkeit auftut.«

»Ist sie gut?«

»Sie ist sogar sehr gut«, ließ sich eine gutgelaunte Stimme hinter ihnen vernehmen. Clay wandte sich um und sah Izzy mit einer teuren Kamera um den Hals vor sich. Sie grinste frech, aber ihre dunklen Augen, die denen ihrer Schwester so ähnlich waren, musterten ihn ernst. »Clay. Schön, dich zu sehen.«

»Gleichfalls. Wie geht's Cordelia?« Stevies kleine Tochter hatte Clay schon vor Monaten ein Stückchen vom Herzen gestohlen.

»Sie ist im Stall beim Striegeln. Sie freut sich bestimmt, dich zu sehen, wenn du ein bisschen Zeit hast.« Sie wandte sich an Joseph. »Ich bin in ein paar Minuten fertig. Ich habe eigentlich fast alles, was ich brauche, aber die Sonne ist inzwischen gewandert, und die Schatten fallen anders. Danke«, fügte sie hinzu, als Joseph das Tor für sie öffnete. »Cordy ist in der zweiten Box auf der rechten Seite«, sagte sie mit Blick zu Clay.

Clay stieß sich vom Zaun ab. »Ich schau eben bei Cordelia rein, dann mache ich mich an die Arbeit.«

»Hey, Clay, warte noch.« Joseph stellte sich so, dass er mit Clay sprechen und gleichzeitig Daphne im Auge behalten konnte. »Daphne will eine Brautparty für Paige organisieren.«

Clay verzog das Gesicht. Paige Holden war seine Partnerin bei den Ermittlungen und die Verlobte von Josephs Bruder Grayson. Mit dem dritten Dan in Karate und ihrer Waffenexpertise war Paige für sein Unternehmen sehr wertvoll, als Freundin allerdings noch mehr. Grayson konnte sich glücklich schätzen, und er wusste es.

Aber eine Brautparty ... Daphne hatte ihn, halb im Scherz, dazu eingeladen, aber Clays Vorstellung von Freundschaft erstreckte sich nicht auf derartig fremdes, potenziell feindliches Gebiet.

»Ja, ich weiß. Ich habe vor, an diesem Abend weit, weit weg zu sein.«

»Grayson und ich auch. Wir werden uns ein Boot mieten und zum Angeln rausfahren. Grayson hat dazu mehr Lust als auf einen Junggesellenabend. Bislang sind es nur J. D., Grayson und ich, aber wir würden uns freuen, wenn du mitkämst – sofern du Zeit hast.«

Eine angenehme Wärme durchströmte Clay und löste ein paar der Knoten in seiner Brust, eine wahre Wohltat nach dem Schock, den ihm die Anwesenheit von Stevies Wagen versetzt hatte. »Dafür nehme ich mir gerne frei. Habt ihr schon ein Boot gechartert?«

»Noch nicht. Warum?«

»Mein Vater besitzt eins, das in Wight's Landing liegt. Manchmal nimmt er Kleingruppen mit. Er kennt die besten Stellen für Rotbarsche. Er macht euch bestimmt einen guten Preis.«

»Wunderbar. Schick mir seine Kontaktdaten per SMS, ja? Dann buche ich.«

»Mach ich. Bis später.« Clay setzte sich in Richtung Stall in Bewegung, um Cordelia Mazzetti zu begrüßen. Anschließend würde er DeMarco und Julliard helfen, die Kanäle für die Kabel zu graben. Wenn er sich körperlich restlos verausgabte, würde es ihm vielleicht gelingen, Cordelias Mutter aus seinem Kopf zu verbannen.

*Baltimore, Maryland*
*Samstag, 15. März, 14.10 Uhr*

Der Anblick ihrer Freundin beruhigte Stevie sofort. Ihre Sorge, ihr Zorn und ihre Traurigkeit waren noch da, aber sehr viel gedämpfter. Erträglich. »Emma.«

Emma wandte den Kopf, und ein strahlendes Lächeln erblühte auf ihrem Gesicht, als sie sich erhob und ihr die Arme entgegenstreckte. »Stevie.«

Stevie drückte sie fest an sich. Von der Größe her passten die beiden hervorragend zueinander. Stevie war auf Strümpfen ehrliche eins sechzig. Emma Townsend Walker behauptete, sie sei eins achtundfünfzig, aber das war gelogen, denn ihre Freundin brauchte schon Absätze, um auf eins fünfundfünfzig zu kommen.

In jeder anderen Hinsicht waren sie diametral verschieden. Emma war ganz Mädchen, liebte Kleider, Make-up und Schmuck, während Stevie sich in Jeans und T-Shirt und der Waffe im Schulterholster am wohlsten fühlte. Emma war Akademikerin und hatte schon mehrere Bücher veröffentlicht. Stevie konnte meist nie lange genug still sitzen, um ein Buch zu lesen.

Eine bemerkenswerte Ausnahme war allerdings *Grünes Ei mit Speck*, das früher Cordelias Lieblingsbuch gewesen war. Stevie hatte viele schöne Erinnerungen an Vorlesestunden mit ihrer kleinen Tochter, die auf ihrem Schoß gesessen und ihr mit kleinen dicken Fingern beim Umblättern geholfen hatte.

Eine zweite Ausnahme, vielleicht noch bemerkenswerter, war Emmas Buch *Mundgerecht*, das von Traumabewältigung handelte. Stevie hatte es wieder und wieder gelesen, bis sie den Text im Schlaf hätte aufsagen können, bis die Worte in ihrem Kopf lauter waren als das Gebrüll der Einsamkeit. *Mundgerecht* hatte Stevie geholfen, die unbeschreibliche Trauer des fünfzehnten März zu ertragen.

Damals hatte Stevie nicht geglaubt, dass sie diesen Tag überleben könnte. Und wäre nicht das Baby gewesen, das in ihrem Bauch herangewachsen war, dann hätte sie das vielleicht auch nicht. Cordelia hatte ihr Grund gegeben, am Leben zu bleiben. Emma hatte ihr dabei geholfen, die richtige Methode dafür zu finden. Und so war sie einen Tag nach dem anderen angegangen. *Man kann sogar einen Elefanten essen, wenn man immer ein Häppchen nach dem anderen zu sich nimmt,* sagte Emma gerne. »Ich bin so froh, dass du hier bist«, flüsterte Emma eindringlich.

»Ich habe die Schießerei vom Dezember im Fernsehen gesehen und hatte solche Angst, dass wir dich verloren hätten. Bist du in Ordnung? Wirklich in Ordnung?«

»An manchen Tagen mehr als an anderen.« Stevie machte sich los und stützte sich schwer auf den Stock, um das Gleichgewicht zu bewahren. »Aber ich bin immer noch hier, und dafür bin ich verdammt dankbar.«

»Um Himmels willen, jetzt setz dich endlich«, befahl Emma, und beide Frauen nahmen Platz. Emma musterte Stevie prüfend. »Du siehst besser aus, als ich erwartet hatte. Deine Haare sind länger als sonst. Gefällt mir gut.«

Verlegen zupfte Stevie an einer Strähne. Tatsächlich hatte sie sie seit Jahren nicht mehr so lang getragen. »Ich hatte irgendwie immer zu viel zu tun, um zum Friseur zu gehen.«

Emma verengte leicht die Augen, und Stevie fürchtete einen Moment lang, sie würde fragen, wieso sie nicht einmal die Zeit für einen Haarschnitt hatte. »Es steht dir«, sagte sie jedoch nur. »Du solltest es so lassen, wenn du wieder zur Arbeit gehst.«

»Sobald es so weit ist«, erwiderte Stevie resolut. Sie *würde* wieder den Dienst antreten, und zwar nicht irgendeinen lahmen Schreibtischjob, sondern den echten Dienst. Sie würde mit dem verdammten Bein trainieren, bis es ihr wieder gehorchte. *Oh, und ob.*

Emmas Lippen zuckten. »Ich habe dich eben über den Bürgersteig gehen sehen. Dein Stock funkelte wie ein Zauberstab. Lass mich raten – Cordelia?«

»Wer sonst? Sie hat Glitter drübergestreut und ihn unter den Weihnachtsbaum gelegt. Ich glaube, dass sie ihn alle paar Tage auffrischt, denn wir finden das Zeug immer noch überall – an unserer Kleidung, im Haar, unter den Schuhen ...«

»Ich hätte sie so gerne gesehen«, sagte Emma sehnsüchtig. »Aber ich habe Christopher versprochen, pünktlich bei dem Symposium in Vegas zu erscheinen, um seine Rede zu hören. Ich muss um halb fünf am Flughafen sein. Ich hoffe nur, ich habe mit meiner Bitte, unsere Verabredung vorzuverlegen, bei dir nicht alles durcheinandergebracht.«

»Hast du nicht. Izzy bringt sie seit der Schießerei zum Ballett, daher bin ich flexibel.«

Emma beugte sich vor. »Und wie geht es Cordelia?«

*Wird jeden Tag empfindlicher.* »Sie ist zu ernst.« Ihre Kleine hatte so viel durchgemacht.

»Hilft die Therapie?«

»Ich denke schon. Sie geht einmal, manchmal auch zweimal wöchentlich. Ihre Alpträume werden seltener. Vielleicht würde ihr ein Tapetenwechsel guttun. Wie wär's, wenn wir beide demnächst nach Florida kämen, um dich und die Jungs zu besuchen? Wie geht es den beiden überhaupt? Und Megan?«

»Megan ist wirklich gerne auf der Uni. C.J. hat zu Weihnachten einen Chemiekasten geschenkt bekommen, und ich habe bisher noch kein einziges Mal die Feuerwehr rufen müssen, worüber ich sehr froh bin. Liam hat einen NFL-Football von Wills Vater gekriegt.«

Will war Emmas erster Mann gewesen. Genau wie Paul und Paulie war Will bei einem Raubüberfall in einem kleinen Supermarkt getötet worden. Es war diese gemeinsame Erfahrung, die Emma und Stevie ursprünglich dazu gebracht hatte, sich zu treffen. Doch anders als Stevie hatte Emma es geschafft, ein neues Kapitel ihres Lebens aufzuschlagen und ihren Highschool-Freund Christopher zu heiraten, mit dem sie inzwischen zwei wundervolle Söhne hatte. Außerdem hatte sie Chris' Tochter aus erster Ehe wie ihre eigene ins Herz geschlossen.

Stevie freute sich sehr für sie, obwohl sie sie auch um ihr Glück beneidete. Doch plötzlich zog sie die Stirn in Falten, als ihr klarwurde, was Emma gesagt hatte. »Moment mal. Wills Vater hat ihm den Ball geschenkt? Nicht Christophers?«

»Wills Papa hat den Ball gekauft, als Will und ich unsere Verlobung angekündigt haben«, sagte Emma mit einem traurigen Lächeln. »Will war ein Einzelkind, aber seine Eltern haben mich immer als ihre Tochter bezeichnet. Sie behandeln meine Kinder wie ihre eigenen Enkelkinder, obwohl Christopher der Vater ist. Es ist wirklich toll. Wills Vater hat den Ball die ganzen Jahre behalten und nur darauf gewartet, dass er ihn einem Enkel schenken kann – dem richtigen Enkel allerdings. C.J. hätte das Geschenk nicht so zu schätzen gewusst wie Liam, und Megan war aus dem Football-Alter raus, als Chris und ich geheiratet haben.«

»Cordelia hat mit Sport praktisch gar nichts am Hut. Sie liebt Ballett, aber ich habe den Verdacht, dass es ihr mehr um die Schuhe und das Tutu geht.« Stevie schluckte. »Pauls Vater hat die Spielzeuge, die er Paulie nicht mehr geben konnte, auch alle behalten. Ich sage ihm immer, dass er sie spenden soll, aber er bringt es nicht übers Herz.«

»Vielleicht …«, begann Emma, aber die Kellnerin unterbrach, um ihre Bestellungen aufzunehmen. Sie teilten ihr ihre Wünsche mit, ohne auch nur auf die Karte zu sehen, was einer der Vorteile war, wenn man jedes Jahr dasselbe Restaurant besuchte.

»Aber was ich eigentlich sagen wollte«, setzte Emma wieder an, als die Kellnerin weg war. »Vielleicht bewahrt Pauls Vater diese Dinge aus demselben Grund auf wie Wills Vater. Man weiß nie, was noch alles geschehen wird. Du bist erst sechsunddreißig. Du könntest noch Kinder bekommen. Ein paar Jährchen bist du noch gebärfähig«, fügte sie gedehnt hinzu. »Die Hüften dazu hast du ja!« Sie grinste. »Das hat Christophers Vater direkt vor der Hochzeit zu mir gesagt.«

»Und du redest noch mit ihm?«, fragte Stevie trocken.

»Klar. Er kann wunderbar mit den Jungs umgehen. Sie haben diese Woche Ferien, und alle vier Großeltern fahren mit ihnen nach Disney World.«

»Vereint, um der geballten Enkel-Power Paroli zu bieten?«

»Du sagst es. Und Christopher und ich dürfen derweil einen Trip nach Vegas unternehmen. Allein. Ohne Kinder. Er holt sich seine Chemie-Dröhnung tagsüber auf dem Symposium und ich mir meine am Abend.« Ihre Augen funkelten verschmitzt. »Du könntest mitfahren, und ich verkuppele dich mit einem von Chris' Freunden.«

Stevie kniff die Augen zusammen. »Fang gar nicht erst so an, Emma. Ernsthaft. Ich will nicht verkuppelt werden.«

»Schon gut, schon gut.« Emma hob ergeben die Hände. »Ich dachte ja bloß, dass du vielleicht offen für jemand Neuen wärst, jetzt, wo das mit diesem Privatermittler nichts wird.«

Stevie sah sie verblüfft an. *Clay Maynard.* Sofort brach eine Flut von Erinnerungen über sie herein. Wie sie im Krankenhaus wieder zu sich gekommen war und er neben ihr gesessen hatte. Der Blick aus seinen dunklen Augen war so ungeheuer erleichtert gewesen, dass sie aufgewacht, dass sie noch am Leben war. Doch dann war aus der Erleichterung Schmerz und Trauer geworden, denn sie hatte ihm gesagt, er solle sich eine andere Frau suchen, der er seine Liebe schenken konnte.

Als er fort gewesen war, hatte sie geweint. Und sich gewünscht, sie hätte das Gesagte zurücknehmen können. Aber das konnte, durfte, würde sie nicht. Sie hatte getan, was getan werden musste. Es war das Richtige gewesen. Und das Beste für beide.

Allein dass sie heute, ausgerechnet an diesem Tag, an Clay dachte, verursachte ihr ein schlechtes Gewissen. Niemand konnte Pauls Platz einnehmen. Clay zu erlauben, es zu versuchen, würde in einer Katastrophe enden. *Für uns beide.* Sie würde ihn niemals so lieben können, wie sie Paul geliebt hatte, und letztendlich ...

*Würde er mich dafür hassen.* Es war ihr lieber, dass er sie jetzt hasste, statt später, wenn sie sich erst einmal erlaubt hatte, Gefühle für ihn zu entwickeln. Es würde ihr nur erneut den Boden unter den Füßen wegziehen. Und schlimmer noch – nicht nur ihr, sondern auch Cordelia.

*Was niemanden etwas angeht, auch nicht Emma.*

»Woher weißt du von dem Privatermittler?«, fragte Stevie, sorgsam darauf bedacht, ihre Verstimmung nicht zu zeigen.

Emma verzog das Gesicht. »Dein Bruder hat mir erzählt, dass es im Krankenhaus zum Bruch gekommen ist.«

*Warte nur, Sorin, dir trete ich in den Hintern.* Ihr Zwillingsbruder war schlimmer als ein Waschweib. Außerdem hatte er größte Angst, dass sie einsam sterben würde, weswegen er sie ständig bedrängte, sie solle sich die Sache mit Clay noch einmal überlegen.

»Zwischen uns war nichts, was mit einem Bruch hätte beendet werden können, was immer man dir erzählt hat«, sagte sie, und das war die Wahrheit. »Wir haben uns kein einziges Mal verabredet, und er hat mich einmal im Krankenhaus geküsst, das war alles. Er lungerte in meinem Zimmer herum wie ein streunender Hund, der darauf hofft, dass man ihn aufnimmt. Deswegen habe ich die Leine abgemacht und ihn laufen lassen.« Und das grober, als es nötig gewesen wäre. Aber sie hatte nicht riskieren wollen, dass er weiterhin hoffte. Das wäre einfach nicht fair gewesen.

*Wem gegenüber? Ihm? Oder dir?*

Emma betrachtete sie eingehend, und in Stevie wuchs der Verdacht, dass ihre Fassade nicht so überzeugend wirkte, wie sie dachte. »Und *warum* hast du ihn laufen lassen? War er unfreundlich zu dir? Ist er unattraktiv?«

Unattraktiv? *Grundgütiger – nein!* Stevies Herzschlag stolperte jedes Mal, wenn sie an ihn dachte. Groß, dunkel, stark. Sein Gesicht war ... schön. Sein Herz voller Ehrgefühl.

*Er hat mir das Leben gerettet und dabei seins aufs Spiel gesetzt.* Clay war an ihre Seite gehastet, während Marina auf der Treppe vor dem Gericht noch um sich schoss, und hatte die Blutung gestoppt, die sie andernfalls – dessen waren die Ärzte sich sicher gewesen – getötet hätte. Er hatte sie im Leben verankert, als sie bereits davonzutreiben begonnen hatte. *Du wirst nicht sterben, verdammt noch mal. Du wirst mich nicht verlassen. Du wirst Cordelia nicht verlassen. Verdammt, Stevie, wir brauchen dich. Ich brauche dich.*

Unfreundlich? *Oh, nein.* Eher war das Gegenteil der Fall: Er war zu freundlich, zu mitfühlend. Und zu geduldig. Er würde ewig auf sie warten, wenn sie es zuließe. Aber das konnte sie nicht. Er hatte es verdient, etwas Gutes aus seinem Leben zu machen. Vor allem mehr, als sie ihm geben konnte.

»Emma ...« Sie seufzte. »Bitte. Ich möchte jetzt nicht darüber sprechen. Nicht ausgerechnet heute.«

»Okay.« Doch Emma sah nicht so aus, als würde sie es dabei belassen. »Sag mal, auch Cordelia hat doch Frühlingsferien, oder? Wie wäre es denn, wenn du dir zwei Tickets nach Orlando für heute Abend kaufst? Ich fliege nach Vegas, bleibe bei Christopher, bis er seine wichtige Rede gehalten hat, und fliege dann morgen nach Florida zurück. Wir treffen uns und ziehen mit den Jungs und den Großeltern los. Cordelia wird bestimmt begeistert sein. Also – was sagst du?«

Stevie überkam leichte Panik. »Nein!«

»Wieso denn nicht? Du hast doch gesagt, du willst demnächst mit ihr nach Florida kommen.«

»Demnächst. Nicht morgen!«

»Wenn es eine Geldfrage ist, dann mach dir keine Gedanken. Ich habe genug.«

»Nein, es ist nicht das Geld.« Stevie hob das Kinn, eine Trotzgeste, die sie als solche erkannte, aber dennoch nicht verhindern konnte. »Ich kann gar nicht so lange laufen.«

»Dann miete dir einen Scooter.« In Emmas Augen stand kein Mitgefühl. »Die sieht man inzwischen überall.«

Zorn flammte in Stevie auf. »Ich fahre doch nicht mit so einem Elektromobil durch die Gegend.«

»Warum nicht? Wir schmücken ihn mit Glitzer, dann passt er zu deinem Stock.«

»Ich sagte nein.« Stevie musste sich alle Mühe geben, nicht die Kiefer zusammenzupressen. »Das Ding hier ...« Sie zeigte auf den Stock. »... ist nur eine vorübergehende Hilfe.«

»Genau wie ein Elektromobil«, sagte Emma. »Du könntest dir einfach eine schöne Zeit mit Cordelia machen, anstatt an alten Fällen zu arbeiten, während du eigentlich wieder zu Kräften kommen sollst. Du könntest in Cinderellas Schloss frühstücken, statt mit deinem Glitzerstab Schurken abzuwehren.«

Stevie sah sie wütend an. »Das ist nicht dein Problem«, sagte sie warnend.

Emmas Augen blitzten auf. »Von wegen. Was ist denn, wenn der nächste Spinner erfolgreich ist? Wenn dich irgendein Verbrecher absticht, bevor du dich wehren kannst? Gestern hast du Glück gehabt. Was, wenn die nächste Kugel trifft und dein Privatdetektiv nicht schnell genug bei dir sein kann, um dich zu retten, weil du ihn einfach weggeschickt hast?«

Nur mit größter Mühe kämpfte Stevie ihren Zorn nieder. »Sorin«, knurrte sie finster. Hatten ihr Bruder und Emma das gemeinsam geplant? »Er hatte kein Recht, dir das zu erzählen. Nichts von meinem Gesundheitszustand, meinem Liebesleben oder meinem Job. *Er hatte kein Recht dazu.*«

»Ja, das mag stimmen, aber das macht es nicht weniger wahr. Mir ist nicht ganz klar, wieso du diesen Todeswunsch hegst, Stevie, aber wenn du weiterhin in den alten Fällen herumstocherst, dann könnte er sich bald erfüllen. Irgendwann wird dich jemand erstechen, erschießen oder deinen Wagen in die Luft jagen, wenn du gerade eingestiegen bist. Und wenn du dann im Sterben liegst ...« Emmas Augen füllten sich mit Tränen. »Dann wünschst du dir vielleicht, du hättest diesen Privatdetektiv nicht in die Wüste geschickt. Ganz bestimmt wirst du dir aber wünschen, dass du das Cinderella-Frühstück mit deiner Tochter mitgenommen hättest. Nur ist es dann zu spät, weil du endlich erreicht hast, wonach du so eifrig strebst: Du bist tot.«

Stevie verbiss sich den Sturm der Worte, die sie niemals würde zurücknehmen können. »Ich muss mal eben zur Toilette.« Sie brauchte einen Moment Ruhe, um ihren Jähzorn einzudämmen, der mit jedem Tag mehr Macht zu erhalten schien. Eilig sprang sie auf die Füße, packte ihren Stock und fuhr herum ... nur um frontal mit der Kellnerin zusammenzustoßen, deren Tablett schwer mit Trinkgläsern beladen war.

Als sie und die Kellnerin in einem Getöse aus schepperndem Metall und berstendem Glas zu Boden gingen, hörte Stevie Schreie. Und Emmas Stimme, die ihren Namen rief. Stevie rappelte sich auf Knie und Hände hoch, um zu sehen, wie es der Kellnerin ging. Die Frau lag in den Scherben auf dem Rücken und starrte an die Decke. Ohne zu blinzeln.

Aus ihrer Schläfe sprudelte Blut.

Aber das ergab keinen Sinn. Es handelte sich doch nur um ein paar zerbrochene Weingläser. Stevie richtete sich auf, um nach den Servietten auf dem Tisch zu greifen und die Blutung zu stoppen, und erstarrte.

Das Fenster, an dem sie gesessen hatte, war zersprungen, und Emma war fort.

»Emma!«, schrie sie entsetzt.

»Ich bin hier. Hinter dir.« Emma kniete bei der Frau, die am Tisch neben ihnen gesessen hatte. Nun lag sie genau wie die Kellnerin am Boden. Emma presste zwei Finger auf ihren Puls am Hals.

Der Begleiter der Frau kniete auf ihrer anderen Seite und hatte ebenfalls nach den Servietten gegriffen, die er auf die Wunde presste. Tränen liefen ihm über das entsetzte Gesicht.

»Elissa, bleib bei mir«, befahl er mit bebender Stimme. »Bleib bei mir. Lass mich nicht allein.« Seine Stimme brach, als sie weiterhin zur Decke starrte. »Bitte, Liebes. Bleib bei mir!«

In ihrem Kopf hörte Stevie Clays Stimme, die sie anflehte, während sie blutend auf der Treppe zum Gericht lag. *Wag es ja nicht, mich zu verlassen!* Doch dann gab sie sich einen Ruck und kehrte zurück in die Gegenwart.

»Alle auf den Boden und unten bleiben!«, rief sie laut, während sie ihr Handy hervorholte und die Neun-elf eingab. »Hier spricht Detective Mazzetti, Mordabteilung. Schüsse im Harbor House Restaurant. Zwei Opfer. Eine weiße Frau, um die fünfzig. Schusswunde in der Brust.«

Stevie tastete nach dem Puls der Kellnerin und fand keinen. »Das zweite Opfer ist ebenfalls weiß, weiblich, ungefähr fünfundzwanzig. Kopfschuss.« Nun, da sie genauer hinsah, entdeckte sie, dass der Hinterkopf der Frau fort war. Sie war definitiv tot.

Sie kroch zum Fenster und spähte über den Sims, während sie den Eintrittswinkel einzuschätzen versuchte. »Der Schuss könnte vom Dach des Hauses gegenüber abgefeuert worden sein«, sagte sie der Zentrale. »Kein Schütze zu sehen.«

»Sind das alle?«, fragte die Frau in der Zentrale mit ruhiger Stimme. »Oder gibt es noch weitere Opfer?«

Stevie sah sich um, und ein Dutzend verschreckter Augenpaare blickten ihr entgegen. »Ist sonst noch jemand verletzt?«

Zuerst antwortete niemand. Dann deutete ein Mann auf Stevie. »Sie.«

Stevie blickte auf ihren Arm herab. Ihr Pullover war mit Blut getränkt, und ... *Autsch.* Es brannte höllisch. Aber es war nicht schlimm. Sie hatte schon weit Schlimmeres eingesteckt.

»Nur ich«, sagte sie ins Telefon. »Aber bloß ein Streifschuss. Mir geht's gut.«

»Hilfe ist unterwegs, Detective«, sagte die Frau. »Geschätzte Ankunftszeit in weniger als zwei Minuten. Bleiben Sie in der Leitung, bis die Leute da sind.«

»Mach ich. Bitte fordern Sie Detective J. D. Fitzpatrick und

Lieutenant Peter Hyatt an.« Stevie holte tief Luft. Ihr Partner und ihr Chef würden ihr dabei helfen, dies hier zu begreifen.

Obwohl sie es im Grunde bereits tat. *Gestern hat man auf mich geschossen, heute wieder.* Stevie klammerte sich verzweifelt an ihre ruhige Fassade. *Man hat versucht, mich umzubringen, und stattdessen zwei andere umgebracht.* In meiner Nähe ist keiner mehr sicher.

»In ein, zwei Minuten ist Hilfe da«, sagte sie zu Emma, die nun diejenige war, die die Stoffservietten auf die Brust der Frau drückte, während der Mann zwischen Beatmung und Herzdruckmassage abwechselte.

Emma wandte den Kopf und begegnete Stevies Blick. »Ich glaube, es ist zu spät«, sagte sie tonlos. »Ich glaube, sie ist tot.«

# 3. Kapitel

*Baltimore, Maryland*
*Samstag, 15. März, 14.18 Uhr*

*Shit, shit, shit!* Mit raschen, geübten Handgriffen verstaute Henderson das Gewehr im Kasten. *Ich kann's nicht fassen! Das gibt's doch gar nicht!*
Mazzetti zu erschießen hätte ein Kinderspiel sein müssen. Robinette würde gar nicht entzückt sein. Rückzug war für ihn nichts anderes als eine Niederlage. Aber manchmal war es klüger, sich zurückzuziehen und es später erneut zu versuchen.
*Also zieh dich zurück. Hau ab.* Bald würde es hier von Cops wimmeln.
Der Treffer durchs Fenster hätte perfekt plaziert sein müssen. Henderson hatte den Finger am Abzug gehabt, langsam durchgezogen ...
Und dann war Mazzetti mir nichts, dir nichts aufgesprungen, hatte die Kellnerin umgestoßen und war mit ihr zu Boden gegangen. Es war gerade noch Zeit für einen zweiten Schuss gewesen.
*Ich glaube, ich habe sie gestreift. Aber nicht getötet. Verflucht!* Manche würden nun vermutlich behaupten, die Polizistin hätte einen Schutzengel, aber Henderson glaubte nicht an solchen Schwachsinn. Mazzetti hatte einfach Glück gehabt. Extremes Glück.
Dass das Visier sich durch zitternde Hände um einen Millimeter verschoben hatte, war so gut wie ausgeschlossen. *Es war nicht meine Schuld.*
Henderson schlüpfte durch die Tür, die hinaus auf die Straße führte. *Niemand zu sehen. Kein Zeuge, den ich beseitigen muss. Also habe ich wohl auch ein bisschen Glück heute.*

Es war Zeit für einen Plan B, denn die Polizistin würde nun hyperwachsam sein. Beim nächsten Mal würde es nicht mehr so leicht sein, sich ihr zu nähern. Sich einem Kind zu nähern war dagegen sehr viel einfacher.

*Zumal ich weiß, wo das Kind gerade steckt.* Was jedoch nicht Robinettes Mappe zu verdanken war und auch nichts mit Glück zu tun hatte, sondern schlicht Ergebnis sauberer und kluger Vorausplanung war.

Das Dumme am Glück war seine Unbeständigkeit. Auf den Verstand dagegen konnte man sich verlassen.

Henderson erreichte den weißen Camry, startete den Motor und nahm einen Schluck aus der Wasserflasche. Die klare Flüssigkeit brannte in der Kehle, was beruhigend wirkte.

*Gepriesen sei der Wodka.* Das Beste, was die Russen je erfunden hatten.

*Hunt Valley, Maryland*
*Samstag, 15. März, 14.20 Uhr*

Clay fand Cordelia Mazzetti in der zweiten Box zur Rechten, genau wie Izzy ihm gesagt hatte. Sie striegelte eifrig ein dunkles Pferd mit einem weißen Stern auf der Stirn. Eine lange Weile stand Clay schweigend an der Boxentür, weil er das große Tier nicht erschrecken wollte.

Nicht, solange ein Kind von Cordelias Größe ungeschützt bei ihm stand. Sie hätte nicht allein hier sein dürfen. Passte denn niemand auf sie auf? Im Stall war keine Menschenseele zu sehen. Nirgendwo ein Erwachsener, der ...

*Oh.* Die Box ging hinaus auf einen eingezäunten Auslauf. Und dort, auf einem Hocker, saß eine Gestalt und tat, als poliere sie einen Sattel, während sie den Blick kein einziges Mal von dem Kind abwandte. Maggie VanDorn, die Managerin der Farm.

Dass Maggie auf Cordelia aufpasste, hätte ihn natürlich nicht überraschen dürfen. Cordelia Mazzetti hatte mit ihren fast acht

Jahren schon zu viel durchgemacht. Sie hatte ihren Vater verloren, ohne ihn jemals kennengelernt zu haben, und war vor zwei Jahren von einem Massenmörder verfolgt worden. Im vergangenen Jahr war sie von einem Mann mit einer Waffe bedroht worden, dem ihre Mutter einst bedingungslos vertraut hatte. Stevies ehemaliger Partner. Ihr Mentor. Ihr Freund. Ein korrupter Cop. In Clays Bauch tobte machtloser Zorn. Fast wünschte er sich, Silas Dandridge wäre nicht getötet worden, damit er es selbst hätte tun können. Silas war gewillt gewesen, Cordelia vor den Augen ihrer Mutter umzubringen. Dass er um das Leben seines eigenen Kindes gekämpft hatte, war dabei nebensächlich.

*Man tauscht nicht ein Leben gegen das andere aus. Schon gar nicht das Leben eines Kindes.*

Er fuhr zusammen, blickte herab und sah, dass er die Boxentür so fest gepackt hielt, dass er sich einen Splitter in den Daumen getrieben hatte. Er zupfte ihn heraus und saugte an der Wunde, während er Cordelias Stimme lauschte. Leise, aber kraftvoll. Wohltuend. Und süß wie Musik. Aber erst als Clay sich tatsächlich darauf konzentrierte, hörte er, dass das, was sie erzählte, alles andere als süß war.

»Endlich hab ich mal nicht geschrien«, vertraute sie dem Pferd an, »also hab ich auch meine Mom nicht geweckt. Aber schlafen konnte ich trotzdem nicht mehr. Und dann war es schon wieder Zeit, in die Schule zu gehen, aber ich war so müde, dass ich in der Lesestunde eingeschlafen bin und die Lehrerin mich angeschnauzt hat. Sie hat sich bei Tante Izzy beschwert, und ich hab Ärger gekriegt.« Ihre Stimme kippte. »Das war gemein. Aber Mama sagt, das Leben ist nicht gerecht, also müssen wir wohl damit umgehen.« Ein Schniefen, dann ein leises Räuspern. »Träumst du auch? Wenn ja, dann hoffe ich, dass du von saftigem Gras träumst und davon, dass du so schnell rennen darfst, wie du kannst.«

»Hi, Cordelia«, sagte Clay leise.

Sie spähte um die breite Brust des Pferdes herum. Ihre Augen weiteten sich, und ihre Wangen nahmen eine hübsche rosa Farbe an. »Mr. Maynard. Ich wusste nicht, dass Sie hier sind.«

»Da geht es dir wie mir. Ich wusste auch nicht, dass du hier bist. Stellst du mir deine Begleitung vor?«

Sie legte ihre Wange an den Pferdehals. »Das ist Gracie.«

Clay lächelte. »Ein hübscher Name.«

»Daphne nennt die Pferde nach berühmten Schauspielern. Gracie ist nach Grace Kelly benannt worden. Sie war ganz früher mal berühmt. Damals, als Filme noch *Inhalt* hatten«, fügte sie mit fester Stimme hinzu.

Clays Lächeln wurde noch breiter. »Wer hat das gesagt? Das mit dem Inhalt, meine ich?«

»Meine Oma. Sie findet, die Filme heutzutage sind Schund.« Sie zögerte, dann seufzte sie. »Sie haben gehört, was ich zu Gracie gesagt habe, oder?«

»Nur, wenn du das willst. Andernfalls habe ich nichts gehört.« Cordelias Lippen verzogen sich traurig, und Clay wurde das Herz schwer. »Ist auch egal«, sagte sie. »Kinder träumen eben oft schlecht. Und die Träume bedeuten nichts. Man muss bloß lernen, wie man damit umgeht.«

Clay beugte sich vor und stützte die Unterarme auf die Boxentür. »Und wer hat *das* gesagt?«

»Meine Mama.«

»Hm. Ich denke, deine Mama hat recht, dass man damit umgehen muss.« Er zögerte, weil es ihm widerstrebte, sich über Stevies Erziehung hinwegzusetzen. »Ich bin mir aber nicht sicher, ob es stimmt, dass Träume nichts bedeuten. Oder vielleicht hat sie nicht dieselben Träume wie ich. Ich träume nämlich auch sehr oft, Cordelia.«

Cordelias Kopf fuhr in die Höhe. »Ehrlich? Was denn?«

»Oft ganz albernes Zeug, zum Beispiel, dass mir Zombies den Frischkäse vom Bagel klauen oder dass ich wieder in der Schule bin und nicht für die Abschlussprüfung gelernt habe. Aber manchmal sind es gar keine echten Träume, sondern eher ...

Erinnerungen, die nicht weggehen.« Sie verengte die Augen, und er wusste, dass er einen Nerv getroffen hatte. »Als ob jemand meine schlimmsten Momente gefilmt hätte und jetzt immer wieder abspielte. Das ist nicht ›nichts‹, sondern ziemlich viel.«

»Was träumen Sie denn? Wenn Sie die Filme träumen?«, fügte sie der Klarheit halber hinzu. »Nicht die Zombies, obwohl ich die auch gruselig finde.« Ihre Worte klangen freundlich, als wollte sie nicht, dass er sich dumm vorkam, und wieder flog ihr ein Stück von seinem Herzen entgegen.

»Ich träume Sachen, die im Krieg passiert sind.«

»Sie waren im Krieg?«

Er nickte. »In Somalia, das liegt in Afrika. Das war schlimm. Ich habe viel Schreckliches gesehen. Und dann war ich bei der Polizei, und da habe ich auch viele schreckliche Sachen gesehen. Von denen träume ich ebenfalls.«

»Jetzt sind Sie ein Privatdetektiv.« Nachdenklich zog sie die Stirn in Falten. »Sie untersuchen Verbrechen für Leute, die nicht so gerne zur Polizei gehen. Und Ihr Partner ist getötet worden. Nicht Miss Paige, sondern ein anderer.«

*Welchen meinst du genau?*, lag ihm auf der Zunge, aber er sprach die Frage natürlich nicht aus. Er hatte zwei Partner verloren, beide Freunde, beide waren ermordet worden. Vor drei Monaten hatte er Tuzak fast enthauptet wie Abfall zwischen Mülltonnen in einer Gasse gefunden. Zwei Jahre zuvor war es Nicki gewesen, die ein Mörder ausgeweidet auf ihrem Bett hatte liegen lassen. Noch immer wachte er schreiend auf, wenn sein Unterbewusstsein ihn die Szenen immer wieder aufs Neue durchleben ließ. Aber es gab noch einen Clip, der in einer Art Endlosschleife in seinem Kopf lief, ob er nun schlief oder wach war. Und er nahm an, dass es Cordelia ähnlich ging.

»Was träumst du denn, Cordelia?«

Sie schauderte. »Fast jede Nacht träume ich, wie meiner Mutter etwas passiert. Selbst wenn ich nicht schlafe«, flüsterte sie gequält. »Ich hab's damals im Fernsehen gesehen. In den Nachrichten.«

*Mein Gott.* Ihm war nicht klar gewesen, dass sie tatsächlich live im Fernsehen miterlebt hatte, wie man auf ihre Mutter geschossen hatte. »Du hast gesehen, was vor dem Gericht geschehen ist?«

Sie nickte. »Jetzt lässt mich Tante Izzy nur noch DVDs gucken. Aber ich sehe es im Kopf immer noch. Ganz oft. Und in meinem Traum steht sie nicht wieder auf.« Eine Träne kullerte über ihre Wange. »Sie steht einfach nicht wieder auf.«

»Ich weiß«, murmelte er. »Denselben Traum habe ich auch, Schätzchen.«

Sie blickte mit Tränen in den Augen zu ihm auf. »Aber Sie haben sie gerettet. Sie sind ein Held.«

Ihre Bewunderung tat ihm ungemein gut. »Kein echter Held. Ich bin einfach nur ein Mensch, der auch oft furchtbare Angst hat. Ich will dich nicht anlügen. An dem Tag habe mich entsetzlich hilflos gefühlt. Und wahrscheinlich ist es das, was in meinen Träumen hängengeblieben ist. Manchmal wache ich auf und zittere, weil es sich so echt angefühlt hat.«

»Ich auch«, flüsterte sie.

»Ich würde viel darum geben, wenn du nicht mit angesehen hättest, wie deiner Mutter etwas geschieht. Aber es ist nun einmal passiert, und das kann man nicht rückgängig machen.«

»Ich weiß«, antwortete Cordelia so finster, dass er lächeln musste. »Und da hat deine Mama wiederum recht, Schätzchen. Man muss lernen, mit diesen Dingen umzugehen. Du bist ein Mädchen, das wachsen muss und daher seinen Schlaf braucht. Wichtig ist also, dass du weißt, wie man seine Träume austrickst, so dass man sich hinlegen kann, ohne fürchten zu müssen, dass sie wiederkommen. Weißt du, wie das geht?«

Sie schüttelte den Kopf. »Nein, Sir.«

»Na ja, man muss sich ein neues Ende ausdenken. Das kann man, glaub mir – das geht. Wenn du also deine Mutter im Traum verletzt am Boden liegen siehst und danach voller Angst wach liegst, dann stellst du dir vor, wie sie aufsteht und sich die Kleidung abklopft. Vielleicht macht sie sogar ein kleines Freudentänzchen. Willst du das nicht mal ausprobieren?«

Sie schien einen Moment darüber nachzudenken. »Ich kann's versuchen.«

»Das ist ein guter Anfang. Was träumst du noch?«

»Dass ich bei Onkel ...« Sie schnitt ein Gesicht. »... bei Mr. Dandridge bin und er eine Pistole hat. Der Lauf...« Sie blickte zur Seite, doch er sah, dass ihr Kinn zitterte.

*Der Lauf drückt ihr in die Rippen.* Es war nicht leicht, aber Clay schaffte es, seine Stimme ruhig zu halten. »Schon gut, Cordelia. Mehr musst du nicht sagen.«

»Und Mom kann nicht rechtzeitig bei mir sein, und dann erschießt er mich«, platzte es aus ihr heraus, als hätte er nichts gesagt.

Zum hundertsten Mal wünschte Clay sich, Silas Dandridge selbst umbringen zu können. »Die meisten Menschen, die so was erlebt haben, würden Alpträume kriegen.«

»Mama nicht. Sie ist so mutig.« Sie verzog das Gesicht. »Nicht, dass Sie nicht mutig sind. Das meinte ich damit nicht.«

Er lächelte. »Du bist auch ganz schön mutig.«

»Stimmt gar nicht. Ich hab einfach nur dagesessen und nichts gemacht.«

*Oh, Liebes.* Clays Augen brannten. Sie war noch so klein. Sich schon jetzt mit solchen Gedanken rumzuschlagen ... Er schluckte, bevor er sprach. »Hör mal. Du kennst Miss Paige, oder? Meine Partnerin?«

Sie nickte ernst. »Klar. Ich gehe in ihre Karateschule.« Sie hob stolz das Kinn. »Ich habe schon den Gelbgurt. Sensei Holden sagt, mein Tritt sei echter Wahnsinn.«

»Klasse«, lobte er. »Und meinst du, dass Sensei Holden mutig ist?«

Cordelia riss die Augen auf. »Na klar!«

Ihr Entsetzen über seine Frage brachte ihn zum Grinsen. »Sensei Holden hat es auch mal erlebt, dass man ihr eine Waffe an den Kopf gehalten hat. Bevor sie nach Baltimore gezogen ist.« Cordelia betrachtete ihn prüfend, als müsse sie sich vergewissern, dass er die Wahrheit sagte. »Und was ist mit ihr passiert?« »Sie konnte nichts tun und wurde verwundet. Jetzt geht es ihr gut, aber denk mal drüber nach: Sie hat einen schwarzen Gürtel und konnte genauso wenig tun wie du. Wenn du also eine Stimme in deinem Kopf hörst, die behauptet, du seist nicht mutig, weil du dich nicht gegen Mr. Dandridge gewehrt hast, dann sagst du laut: ›Halt die Klappe.‹«

Ihre Augen wurden groß. »›Halt die Klappe‹ darf ich nicht sagen.«

Er verbiss sich das Grinsen. »Dann sag ihr, sie soll aufhören. Sag dir selbst, dass du mutig bist. Sag es laut. Jetzt.«

Wieder ruckte ihr Kinn ein Stückchen in die Höhe. »Ich bin mutig!« Ihre Stimme klang entschieden, und er nickte ihr stolz zu.

»Sehr gut. Und was die Träume mit der Pistole angeht – solche hatte ich auch, und ich hatte echte Angst.«

»Wie alt waren Sie da? Als Sie so Angst hatten?«

Er zog kurz in Erwägung, sie zu beschwindeln, aber er überlegte es sich anders. Dieses Kind hatte Aufrichtigkeit verdient. »Einundvierzig«, sagte er, und sie blinzelte. Diese Antwort hatte sie eindeutig nicht erwartet.

»Und wie alt sind Sie jetzt?«, fragte sie vorsichtig.

»Einundvierzig«, antwortete er trocken, und sie musste grinsen. »Weißt du, welche Strategie ich immer anwende? Ich spiele die Szene im Kopf durch, aber ich lasse Blumen aus dem Lauf kommen. Oder Regenbogen oder Gummibärchen oder niedliche Tiere, was immer für dich passt und dir keine Angst macht. Es ist auch gut, wenn man lachen muss.«

Sie sah ihn mit gerunzelter Stirn an, dann nickte sie langsam. »Okay. Das mach ich. Ich versuch's wenigstens.«

»Mehr kann niemand tun, Cordelia. Aber man sollte es zumindest versuchen.«

Sie zog die Nase kraus. »Das sagt meine Therapeutin auch immer.«

»Hast du ihr von den Träumen erzählt?«

»Ja, ein bisschen. Aber ...« Sie zuckte die Achseln. »Meine Mutter ist auch immer da.«

»In dem Zimmer, während du mit der Therapeutin sprichst?«
Clay war überrascht.
»Nein. Aber wenn ich mit der Therapeutin gesprochen habe, spricht sie mit meiner Mom.«
»Aber sie sagt ihr bestimmt nicht, was du ihr erzählt hast. Das verstößt gegen das Therapeutengesetz.«
Sie zuckte wieder die Achseln. Er hatte sie nicht überzeugt.
»Waren Sie denn schon bei einer Therapeutin?«
Clay überlegte gerade, wie er die Frage am besten beantworten sollte, als Izzys atemlose Stimme ihn davor bewahrte.
»Cordelia? Cordy?«
Clay winkte Izzy zu, die in den Stall gerannt kam. »Sie ist hier, Izzy. Was ist denn los?«
»Nichts!« Izzy kam an der Boxentür zum Stehen. »Wir müssen nur nach Hause.«
»Aber warum denn?«, rief Cordelia. »Wir sind doch gar nicht lange hier. Ich wollte noch reiten.«
»Ich weiß, und es tut mir auch leid, aber ich muss schnell nach Hause und mich umziehen. Man hat mich gerade wegen einer Hochzeit angerufen. Die Fotografin, die ursprünglich Bilder machen sollte, hat eine Lebensmittelvergiftung und meine Nummer als Vertretung angegeben.« Sie blickte Cordelia flehend an. »Ich brauche das Geld, Cordy. Es tut mir leid.«
»Ich kann sie nach Hause fahren«, sagte Clay. »Kein Problem.«
Cordelia und Izzy starrten einander an. »Ich hole meine Sachen«, flüsterte das Mädchen schließlich niedergeschlagen.
Stirnrunzelnd wandte Clay sich zu Izzy um. »Wieso kann ich sie nicht nach Hause bringen?«
Izzy sah verlegen zur Seite. »Es liegt nicht an dir. Na ja ... jedenfalls nicht so, wie du denkst.«
»Aha? Und wie soll ich stattdessen denken?«
Izzy zögerte, dann entfernte sie sich ein paar Schritte von der Box und winkte Clay, ihr zu folgen. »Cordelia sollte gar nicht hier sein, okay? Stevie ... Ach, Mist. Stevie glaubt, sie sei beim Ballett.«

Clays Brauen zogen sich noch weiter zusammen. »Und warum?«

»Weil Stevie nicht will, dass sie hierherkommt. Auf die Farm.« Sie hob trotzig das Kinn. »Obwohl die Pferde für Cordy genau die Therapie bedeuten, die sie meiner Meinung nach braucht.«

Clay verlor langsam die Geduld. »Und warum will Stevie nicht, dass sie hier ist? Mag sie keine Pferde?«

»Doch, schon.« Sie stieß den Atem aus. »Okay, es *liegt* an dir«, sagte sie mit gesenkter Stimme. »Stevie will nicht, dass ihre Tochter dort ist, wo du vielleicht auch sein könntest.«

Clay fuhr zurück, erst verblüfft, dann entsetzt. Dann grantig. »*Bitte?* Ich habe ihr doch noch nie etwas getan.«

»Nein. Stevie weiß genau, dass du ihr nie etwas tun würdest, wirklich.«

»Verdammt noch mal, worum geht es denn dann?«, schnauzte er. »Scht. Es geht darum, dass Cordelia dich anbetet. Dich Schutzengel nennt. Stevie will einfach nicht, dass sie ihr Herz an dich hängt.«

*Schutzengel.* Clay musste an den Kühlschrank in seiner Küche denken. Mit Magneten befestigt hing dort das Bild, das Cordelia ihm geschenkt hatte, als ihre Mutter im Krankenhaus um ihr Leben gekämpft hatte. Sie hatte Stevie gemalt, wie sie im Bett lag und Blut von ihrem Bein tropfte. Daneben stand Clay mit einem Heiligenschein über dem Kopf. Er hatte vor, dieses Bild bis in alle Ewigkeit an seinem Kühlschrank hängen zu lassen.

Er rieb sich die Stirn und atmete schwer aus. »Verdammt, Izzy. So was kannst du doch nicht hinter Stevies Rücken machen. Und auch Cordelia gegenüber ist es nicht fair. Wann kommst du mit ihr denn immer her?«

»Jeden Samstagnachmittag. Seit ein paar Monaten. Seit ...«

»Seit Stevie angeschossen wurde. Sie hat mir erzählt, dass sie es im Fernsehen gesehen hat.«

»Das weiß Stevie aber nicht, und es würde sie umbringen, wenn sie es wüsste. Als ich angefangen habe, für Daphnes Broschüre Fotos zu machen, habe ich sie mitgenommen. Maggie hat Cordelia unter ihre Fittiche genommen, und seitdem geht es ihr stetig besser. Sie schreit sogar nur noch alle paar Nächte statt jede Nacht«, fügte sie verbittert hinzu. »Die Alpträume kommen seltener.«

*Nein*, dachte Clay. *Sie lernt gerade nur, wie sie die Schreie unterdrückt, damit sie euch nicht aufweckt.* »Weiß Stevie, dass ihre Tochter seltener Alpträume hat?«

»Ja. Cordelia ist seit ungefähr einem Jahr in Therapie, und Stevie denkt, dass sie endlich anschlägt. Aber es ist die Pferdetherapie, die wirklich etwas verbessert hat. Sie muss einfach herkommen dürfen.«

»Ja, das sehe ich auch so.« Denn er hatte den Verdacht, dass Cordelia der Therapeutin nichts von dem sagte, was sie dem Pferd ins Ohr geflüstert hatte. Sie brauchte eine Möglichkeit, ihre Gedanken auszusprechen, ohne dass jemand etwas davon weitergab. »Überlass mir die Sache, Izzy. Ich bringe Cordelia nach Hause und lasse Stevie wissen, dass ich samstags hier nicht mehr aufkreuzen werde. Dann hat Cordelia freie Bahn.«

Izzy biss sich auf die Lippe. »Aber dann kapiert Stevie sofort, dass ich ihr Vertrauen missbraucht habe. Wegen Cordy war es das wert, aber sie wird trotzdem stinksauer sein.«

»Du weißt doch, wie es läuft, Izzy. Die Suppe, die man sich einbrockt, muss man auch auslöffeln.« Er klopfte ihr auf die Schulter. »Sie hätte es ohnehin irgendwann rausgefunden. Deine Schwester ist nicht dumm.«

»Da bin ich mir nicht so sicher. Schließlich hat sie dich gehen lassen.« Izzy begegnete traurig seinem Blick. »Sie hat einfach nur Angst, Clay. Gib ihr Zeit.«

»Nein. Spar dir die Worte, Izzy.« Er presste die Kiefer aufeinander. »Sie hat nein gesagt, und das muss ich akzeptieren. Ich mag mich nicht aufdrängen. Lass es gut sein. Bitte.«

»Okay«, sagte sie in einem Tonfall, der klarmachte, dass es alles andere als okay war. »Ich muss jetzt sowieso los. Ich habe gerade noch genug Zeit, mich umzuziehen und auf der Hochzeit aufzukreuzen.« Sie stellte sich auf die Zehenspitzen und drückte Clay impulsiv an sich. »Danke. Für alles.«

»Gern geschehen«, murmelte er schroff. Als sie weg war, trat er wieder an die Boxentür und stützte sich auf den Rahmen. Cordelia räumte gerade die Bürsten und Striegel weg. »Planänderung. Du kannst noch bleiben.«

Das Mädchen sah ihn wachsam an. »Für wie lange?«

»Solange du magst. Ich bringe dich nach Hause. Und ich sorge dafür, dass deine Mutter nicht sauer auf dich ist.«

»Weil sie stattdessen wütend auf Sie ist«, gab Cordelia zurück. *Na und? Das wäre ja nichts Neues.* »Ich bin schon groß, ich kann das wegstecken. Also dann ... aufsatteln oder was immer du vorhin vorhattest.«

Ihr Lächeln kehrte zurück. »Danke, Mr. Maynard«, sagte sie höflich.

»Mach ich gern«, sagte er. »Aber bitte sag in Zukunft deiner Mutter die Wahrheit, auch wenn du dich davor fürchtest. Es ist nicht fair, sie im Dunkeln zu lassen.«

»Ja, Sir!«, rief sie und rannte schon davon, um Maggie Van-Dorn zu suchen und den Sattel zu holen.

Einen langen Augenblick sah Clay ihr nach, während er überlegte, was er zu Stevie sagen sollte. Er wünschte sich, sein Herzschlag hätte bei dem Gedanken, sie wiederzusehen, nicht sofort an Tempo aufgenommen, aber er sehnte sich so sehr danach. Selbst wenn er sich dann erneut anhören musste, dass er verschwinden solle.

*Baltimore, Maryland*
*Samstag, 15. März, 14.42 Uhr*

Die Frau würde sterben. Emma saß ein gutes Stück von dem zerborstenen Fenster entfernt auf dem Boden und sah zu, wie die Sanitäter sich um die verletzte Frau kümmerten, während ihr Mann hilflos danebenstand und sich nicht darum scherte, dass ihm die Tränen übers Gesicht rannen. Emma hatte bei der Frau keinen Puls mehr fühlen können. Die Sanitäter schon, aber er war sehr, sehr schwach. Sie hatte schon so viel Blut verloren. Zu viel. »Verdammt noch mal«, flüsterte Emma.

»Besser kann man es nicht ausdrücken.«

Sie blickte auf und war nicht überrascht, einen Detective vor sich knien zu sehen. Sie hatte den Mann vor langer, langer Zeit kennengelernt, lange bevor er und Stevie in der Mordabteilung der Polizei in Baltimore zu Partnern wurden.

Es war vor über sieben Jahren bei Cordelias Taufe gewesen. J. D. Fitzpatrick war Cordelias Pate. Emmas Weg hatte seinen seitdem nicht mehr gekreuzt. Bis heute. Sie fragte sich, ob er wusste, wer sie war, ob Stevie jemandem außerhalb ihrer unmittelbaren Familie von diesen jährlichen Verabredungen erzählt hatte.

Wahrscheinlich nicht; es wäre typisch für Stevie gewesen. Sie war eine Frau, die ihr Privatleben eifersüchtig hütete. Was ein Teil ihres Problems war. Stevie blieb viel zu gerne für sich. Und sie war verbittert.

*Und ich hab's ganz sicher nicht besser gemacht. Tolle Leistung, Dr. Walker.* Sie hatte vorgehabt, Stevie weit rücksichtsvoller und subtiler auf ihre selbstzerstörerischen Tendenzen aufmerksam zu machen, aber dann war sie wütend geworden. Sie seufzte innerlich. *Ich habe sie provoziert, bis sie wütend geworden ist. Dabei wollte ich das gar nicht.*

Fitzpatrick zog einen Block aus seiner Tasche. »Ich muss Ihnen ein paar Fragen stellen, Ma'am.«

»Tun Sie das. Obwohl ich fürchte, dass ich Ihnen keine große Hilfe sein kann. Ich habe den Täter nicht gesehen.« Ihre Stimme blieb ruhig, aber sie schauderte. Er hätte Stevie töten können. *Die Kellnerin hat er getötet. Und die arme Frau, der ich zu helfen versucht habe, wahrscheinlich auch.*

»Erzählen Sie mir einfach, was Sie können. Ich bin Detective Fitzpatrick.«

»Ich weiß. Sie sind ihr Partner.« Sie warf einen Blick zu Stevie, die in einiger Entfernung mit zwei Sanitätern diskutierte. »Bitte überreden Sie sie, dass sie sich ins Krankenhaus bringen lässt, auch wenn sie das nicht will.«

»Sie haben mit Detective Mazzetti am Tisch gesessen?«
»Ja.«

Er wartete auf eine Erklärung. Als sie nichts weiter sagte, zog er die Stirn in Falten. »Und Sie sind?«

»Emma Walker. Dr. Walker«, fügte sie erklärend hinzu. »Wir sind uns schon begegnet. Bei Cordelias Taufe. Stevie hat mich als Dr. Townsend vorgestellt. Ich bin die Therapeutin, die Stevie dabei geholfen hat, die Trauerbewältigungsgruppen bei der Polizei einzurichten.«

Seine Augen verengten sich, als er eins und eins zusammenzählte. »Dr. Emma Townsend. Sie haben auch das Buch geschrieben, das Stevie bei diesen Gruppen einsetzt. Ich habe es gelesen. Es hat mir nach dem Tod meiner ersten Frau geholfen.«

»Das freut mich«, erwiderte sie ruhig.

Fitzpatricks Miene wurde weicher. »Sie haben ihr geholfen, Pauls Tod zu verarbeiten. Und den von Paulie natürlich.« Er schloss die Augen. »Heute ist der Jahrestag. Wie habe ich das nur vergessen können? Normalerweise gehe ich an diesem Tag immer mit Cordelia Eis essen. Ich hab's vergessen. Verdammt noch mal.«

»Sie haben ein kleines Kind, nicht wahr? Erst drei Monate alt.« Er nickte. »Jeremiah.«

Emma schenkte ihm ein aufmunterndes Lächeln. »Stevie hat es mir gesagt. Sie war regelrecht aus dem Häuschen, dass sie die Patin sein soll. Sie schlafen bestimmt kaum eine Nacht durch.«

»Das ist keine Entschuldigung. Cordy ist meine Patentochter. Ich hätte das nicht vergessen dürfen!«

»Ich denke, sie wird das verstehen, Detective. Cordelia hat ein gutes Herz.«

»Und Sie offenbar auch.« Er deutete auf ihre Bluse, die elfenbeinfarben gewesen war, nun aber große Blutflecken aufwies. »Das ist nicht Ihr Blut, oder? Die Sanitäter sagten, Sie seien unverletzt ...?«

»Ja. Das meiste davon stammt von Elissa.« Emma glaubte nicht, dass sie jemals vergessen würde, wie der Mann den Namen seiner Frau gerufen hatte, um sie daran zu hindern, das Bewusstsein zu verlieren. »Das ältere Opfer. Ein bisschen Blut ist von Stevie.«

»Der Manager gibt an, Sie hätten versucht, die Blutung des Opfers zu stoppen und den Ehemann zu beruhigen, während Detective Mazzetti den Schauplatz gesichert hat.«

»Ich fand Stevie sehr beeindruckend. Ich habe sie bisher nie in Aktion gesehen.« Nachdem Stevie die Polizei angerufen hatte, hatte sie sich an der Wand herabrutschen lassen. Zunächst hatte Emma gedacht, ihre Freundin sei vom Blutverlust geschwächt gewesen, aber in Wirklichkeit hatte sie sich einen Überblick verschafft und kurz danach die Gäste mit knappen Befehlen in einen Raum ohne Fenster geschickt. Sie hatte sich eine Serviette um die Wunde gebunden und das Personal angewiesen, alle Vorhänge zuzuziehen, um dem Schützen draußen kein weiteres Ziel zu bieten, falls er noch einmal anlegen sollte.

»Ja, sie ist gut«, pflichtete Fitzpatrick ihr bei. »Sie ist ausgebildet, in Extremsituationen wie dieser einen kühlen Kopf zu bewahren.«

»Dummerweise ist sie in Bezug auf sich selbst weit weniger vernünftig. Sie hat den Sanitätern gesagt, dass es sich bloß um eine ›Fleischwunde‹ handele und sie schon Schlimmeres erlebt habe. Was zwar stimmt, aber dennoch vollkommen irrelevant ist. Sie hofft offensichtlich, die Jungs davon abbringen zu können, sie mit ins Krankenhaus zu nehmen.«

»Keine Sorge, sie fährt mit. Dafür sorgt *er* schon.« Fitzpatrick deutete zur Tür, wo ein kahler Mann mit tonnenartiger Brust stand. Er hatte die Fäuste in die Hüften gestemmt und betrachtete finster das Bild, das sich ihm bot. »Unser Chef.«

»Peter Hyatt«, murmelte Emma. »Auch ihn habe ich auf der Taufe kennengelernt.«

»Sie und Stevie sind also immer noch befreundet. Das wusste ich gar nicht.«

»Ich bin auch nicht davon ausgegangen, dass sie es erzählt. Wir sehen uns an jedem Jahrestag zum Mittagessen. Zuerst, weil sie ihren Weg finden musste, später, weil sie mit der Gruppe angefangen hatte und ich sie beraten konnte. Und jetzt ... weil wir Freundinnen sind. Manchmal treffen wir uns auch in Florida. Obwohl das letzte Mal inzwischen schon ziemlich lange her ist. Ich rede zu viel, nicht wahr?«

»Das ist normal«, sagte er freundlich. »Aber jetzt erzählen Sie mir bitte, was Sie gesehen haben.«

»Stevie und ich saßen am Tisch dort. Und stritten uns«, fügte sie mit einer Grimasse hinzu. »Und dann ganz plötzlich ... *Bumm!* Das Fenster zerbarst, und alles schrie. Einen Moment lang habe ich einfach nur dagesessen und rausgesehen, wo vorher das Fenster war. Ich glaube, ich ... ich hatte ...«

»Einen Schock?«

»Ich nehme es an. Dann endlich setzte mein Verstand wieder ein, und ich ließ mich zu Boden fallen. Ich sah, dass die Frau neben uns getroffen war, kroch zu ihr und versuchte zu helfen.

Stevie schrie nach mir, und ich konnte sehen, dass auch sie blutete. Allerdings nicht so schlimm wie die Frau, bei der ich saß, also blieb ich, wo ich war. Stevie rief die Neun-elf und brachte die anderen in Sicherheit. Erst als alle aus dem Raum raus waren, begriff ich, dass die Kellnerin tot war.«

»Was wissen Sie über das Paar, das neben Ihnen saß?«

»Nur das, was der Mann mir erzählt hat, während wir auf den Krankenwagen warteten. Die beiden heißen Elissa und Al Selmon. Sie hatten heute Hochzeitstag.« Ihre Stimme brach, und sie räusperte sich hastig. »Ihren dreißigsten.«

»Hat er eine Andeutung gemacht, wer geschossen haben könnte?«

Sie blinzelte verdattert. »Nein. Ganz und gar nicht. Ich habe angenommen ... Ich dachte, hier ginge es um Stevie.«

»Und wie kommen Sie darauf?«

Müde ließ sie die Augen zufallen. »Weil sie allein in der vergangenen Woche dreimal angegriffen worden ist, was Sie ganz sicher wissen. Weil der letzte Mistkerl, der zum Glück ein richtig mieser Schütze war, abhauen konnte. Und weil der jetzige Täter es ein zweites Mal versucht hat, nachdem die erste Kugel danebengegangen ist.« Sie schlug die Lider wieder auf und starrte Fitzpatrick irritiert an. »Wie kommen Sie darauf, dass sie *nicht* das Ziel war?«

»Weil Sie beide vor einem Fenster gesessen haben. Wenn jemand Stevie hätte erschießen wollen, hätte sie eine großartige Zielscheibe abgegeben. Dennoch hat sie nur einen Streifschuss an der Schulter. Daher hat es vielleicht doch nichts mit ihr zu tun. Vielleicht waren sogar Sie das Ziel, Dr. Walker.«

Emma zog nachdenklich die Stirn in Falten, verwarf den Gedanken jedoch als unsinnig. Auch er glaubte nicht daran, sie wusste es. »Stevie ist diejenige, die sich Feinde gemacht hat. Da ist es wohl sehr viel wahrscheinlicher, dass der Schütze sie einfach verfehlt hat. Sie hat sich in diesem Moment unerwartet heftig bewegt. Wir hatten eine Auseinandersetzung. Ich habe ein paar Dinge gesagt, die sie wütend gemacht haben. Sie stand abrupt auf und drehte sich um. Dabei ist sie mit der Kellnerin zusammengestoßen und hat sie mit sich zu Boden gerissen.«

»Und worüber haben Sie gestritten?«

Sie zögerte. »Ich bin nicht ihre Therapeutin. Das wissen Sie. Ich bin eine Freundin.«

»Daher fällt nichts, was Sie mir sagen könnten, unter das Ärztegeheimnis. Verstanden. Also, worüber haben Sie gestritten?«

Emma seufzte. »Hauptsächlich über die Dinge, die ihr meiner Meinung nach nicht guttun. Sie achtet nicht genug auf sich selbst, rollt die Fälle ihres ehemaligen Partners wieder auf, setzt sich permanent irgendeiner Gefahr aus.«

»Darüber habe ich mit ihr auch schon gestritten. Aber sie ist nicht wirklich wütend gewesen. Höchstens genervt.«

»Ich habe außerdem ihr Liebesleben angesprochen. Vielmehr das nicht vorhandene. Und dabei möchte ich es jetzt wirklich gerne belassen.«

Fitzpatrick zog die Brauen hoch. »Sie haben ihr vorgeworfen, dass sie Clay Maynard den Laufpass gegeben hat?«

Wieder blinzelte Emma verdattert. »Sie wissen von Clay Maynard?«

»Na ja, wer nicht? Aber ich war bisher nicht wagemutig genug, sie darauf anzusprechen.«

»Ich habe sie gekränkt. Natürlich war das nicht meine Absicht. Wie ich schon sagte, bin ich nicht als ihre Therapeutin, sondern als ihre Freundin hier. Ich habe mich aufgeregt und blödsinnig reagiert. Wirklich blödsinnig.«

»Sie wird's überleben. Wörtlich und bildlich gesprochen. Hätten Sie sich nicht gestritten, hätte sie am Fenster im Fadenkreuz gesessen, als die Kugel durch die Scheibe kam. Aber noch mal zu Ihrem jährlichen Lunch ... Erzählen Sie mir Genaues zur Logistik. Wo treffen Sie sich normalerweise?«

»Immer hier und immer um drei. Bis auf dieses Mal.« Emma runzelte die Stirn. »Dieses Jahr haben wir uns zum ersten Mal um zwei getroffen. Ich hatte eigentlich vor, nach Las Vegas zu fliegen, sobald wir uns verabschiedet hätten.«

»Vegas?«

»Mein Mann ist dort auf einer Tagung.«

»Sie sind also zum ersten Mal von Ihren Gewohnheiten abgewichen. Wer weiß von diesen Treffen?«

»Mein Mann und die Kinder, Izzy, Cordelia, Stevies Bruder. Meine Eltern. Ihre vielleicht auch.«

»Wieso sind ihre Eltern ein ›Vielleicht‹?«

»Es sind wunderbare Menschen, und sie lieben Stevie innig. Sie sind bloß nicht besonders gut in Trauerbewältigung. Nicht jeder kann über Gefühle reden. Das ist einer der Gründe, warum Stevie und ich uns jedes Jahr treffen. Um zu reden.«

»Verstehe. Wer wusste, dass Sie den Termin vorgezogen hatten?«

»Mein Mann. Und das Restaurant, weil ich die Reservierung geändert habe. Von Stevies Seite weiß ich es nicht. Da müssen Sie sie selbst fragen.«

»Das mach ich. Danke, Dr. Walker.« Fitzpatrick stand auf.

»Kann ich Sie irgendwohin bringen lassen?«

»Ins Krankenhaus. Ich fahre mit ihr.«

*Hunt Valley, Maryland*
*Samstag, 15. März, 17.00 Uhr*

Clay sah in den Rückspiegel und zog die Stirn in Falten. Der weiße Camry war immer noch da.

Alec reckte den Hals, um aus der Heckscheibe zu sehen. »Wie lange ist der jetzt hinter uns?«, raunte er.

Es war still in der Fahrerkabine des Trucks. Cordelia war auf dem Rücksitz eingeschlafen.

»Mindestens seit wir bei dem Blumenladen gehalten haben«, antwortete Clay genauso leise. Nachdem Cordelias Reitstunde zu Ende gewesen war, hatten sie im Ort einen Stopp eingelegt, um die Narzissen für das Grab von Clays Mutter zu besorgen. Cordelia hatte gefragt, ob sie Stevie auch Blumen mitbringen könne; sie hoffte, ihre Mutter damit milde zu stimmen, wenn sie ihr von der Pferdetherapie erzählten. Nun lagen die Rosen, die Cordelia ausgesucht hatte, neben ihr auf dem Rücksitz.

»Ich dachte, wir hätten ihn schon an der Eisdiele abgehängt, aber der Fahrer hat uns wohl ausgetrickst.« Wer immer sie verfolgte, verstand sein Geschäft, denn er blieb stets im richtigen Abstand hinter ihnen, so dass sie das Nummernschild nicht erkennen konnten.

»Keiner von unseren gegenwärtigen Fällen bringt einen weißen Camry ins Spiel«, sagte Alec und hielt sein Handy hoch. »Ich habe in unserer Datenbank nachgesehen.«

»Danke.« Clay blickte wieder in den Spiegel. Der Camry war zwei Autos weiter hinter ihnen. »Ist Cordelia noch richtig angeschnallt?«

»Ja. Wieso?«

»Weil ich vorhabe, den Kerl auf dem Parkway loszuwerden.« Er fädelte sich auf die sechsspurige Autobahn ein und beobachtete, wie der Camry ihnen folgte. Dann fuhr er in gleichmäßigem Tempo, bis die nächste Ausfahrt in Sicht kam, zog abrupt nach rechts auf den Seitenstreifen und stieg auf die Bremse. Der Camry schoss vorbei, ohne noch schnell in die Ausfahrt einbiegen zu können. Clay fädelte sich vorsichtig auf der Ausfahrtsspur ein. »Die restliche Strecke nehmen wir die Kleinstraßen. Wir werden zwar etwas länger brauchen, gehen aber auf Nummer sicher. Wir müssen den Kerl, der hinter uns her war, ja nicht noch zu Stevies Haus führen.«

Alec sah über die Schulter. »Die Kleine schläft immer noch. Unglaublich, dass sie davon nicht aufgewacht ist.«

Tatsächlich hatte sich Cordelia nicht gerührt. »Sie schläft nachts nicht gut. Vermutlich hat sie einiges aufzuholen.«

»Kann nicht behaupten, dass mich das überrascht«, gab Alec leise zurück. »Das arme Ding hat ganz schön viel mitgemacht.« Sein Handy piepte, und er blickte aufs Display. »Gemietet. Der Camry, meine ich.«

Clay warf ihm einen erstaunten Blick zu. »Woher weißt du das?«

»Ich habe das Nummernschild gesehen, als er an uns vorbeigerauscht ist. Und dann habe ich recherchiert.«

»Übers Handy. Klar. Gott, ich bin echt alt. Wer hat den Wagen gemietet?«

»Diese Suchmaschine gibt mir keine Namen. Wir müssen bei der Mietwagenfirma direkt nachhaken.«

»Die Filialen am Flughafen müssten auch Samstagabend noch offen haben. Wir fahren rüber, nachdem wir Cordelia bei ihrer Mutter abgesetzt haben.«

Es war eine Erleichterung, nun eine konkrete Aufgabe vor sich zu haben, denn sich zu beschäftigen schien das Einzige zu sein, das ihn rettete, wann immer Stevie Mazzetti ihn erneut aus ihrem Leben stieß. Und dass sie das heute Abend ebenfalls tun würde, stand außer Frage. Er fuhr also sehenden Auges in einen Tornado und kannte den Preis.

Und wenn das nicht echter Wahnsinn war, was dann?

# 4. Kapitel

*Baltimore, Maryland*
*Samstag, 15. März, 17.30 Uhr*

»Hey, Mom.« Officer Sam Hudson stand in der Küche seiner Mutter und öffnete die Tür zum Keller. »Mom, bist du da unten?«

»Ja, mein Junge.« Atemlos mühte sie sich mit dem Wäschekorb ab.

*Oh, Herrgott noch mal.* »Mom, lass das doch!« Er rannte die Treppe hinunter, immer zwei Stufen auf einmal nehmend, und griff nach dem Korb. »Du sollst doch keine schweren Sachen tragen. Du hattest eine Herz-OP. Dreifacher Bypass, du erinnerst dich, ja?« Verärgert stapfte er die Stufen hinauf, ohne ihre Antwort abzuwarten.

»Ja, mein Junge«, wiederholte sie, während sie ihm nach oben folgte. »Ich erinnere mich. Ich war nämlich dabei, direkt auf dem Operationstisch. Genau wie damals, als du auf die Welt kamst. Hm ... lass mich nachdenken. Wann ist das noch mal gewesen? Oh, ja. Erst vor dreißig Jahren. Ich bin, sofern mein Verstand mich nicht trügt, zweiundsechzig. Was bedeutet, dass ich erstens älter bin als du und zweitens deine Mutter. Also hör auf, mir zu sagen, was ich zu tun habe. Das ist *mein* Job.«

Er stellte den Korb auf den Küchentisch. »Dir zu sagen, was du tun sollst, oder mir?«

»Beides.« Sie schubste ihn sanft aus dem Weg, um den Topfdeckel zu öffnen. Köstliche Düfte strömten heraus. »Fakt ist, dass ich die Dienstältere bin und du meinen Job in diesem Leben nicht mehr übernehmen kannst.«

Er schnupperte anerkennend. »Du hast Gulasch gemacht. Du bist die Königin aller Mütter!«

»Ich weiß«, sagte sie würdevoll und lachte.

Sam lächelte. Es war schön, sie lachen zu hören. Er hatte solche Angst gehabt, sie während der OP zu verlieren, niemals wieder ihr Lachen zu hören. »Und du bist ein echter Fuchs, mit Essensduft davon abzulenken, dass dein Verhalten nach wie vor falsch ist.«

»Der Zweck heiligt die Mittel«, erwiderte sie fröhlich. »Wenn du mir helfen willst, dann deck den Tisch.«

Sam nahm Teller aus dem Regal, hielt aber inne, als er auf der Arbeitsplatte einen dicken Luftpolsterumschlag entdeckte. Er steckte aufrecht zwischen den Salz- und Pfefferstreuern in Obeliskform, die das Washington Monument darstellten und die er auf einem Schulausflug nach Washington für seine Mutter gekauft hatte, als er elf Jahre alt gewesen war. Es handelte sich um billige Souvenirs, aber er hatte sie von selbst verdientem Geld gekauft, weil seine Mutter kurz darauf Geburtstag gehabt hatte.

Und weil er gewusst hatte, dass sein Vater es vergessen würde, da er entweder high oder auf der Jagd nach dem nächsten Schuss sein würde. Seine Mutter hatte auf sein Geschenk so begeistert reagiert, als bestünde es aus massivem Gold, und seitdem standen die Streuer auf der Küchentheke.

Sam nahm den Umschlag und las *Samuel J. Hudson* auf dem sauber getippten Adressfeld. »Mom? Wann ist der denn gekommen?«

Sie blickte von den Kartoffeln auf, die sie stampfte. »Heute. Es steht kein Absender drauf. Erst dachte ich, es handelt sich nur um Werbung, aber ich war mir nicht sicher. Jedenfalls ist etwas drin. Kein Anthrax, dazu ist es zu schwer.«

Er musste ein Lachen unterdrücken, wusste er doch, dass sie es ernst meinte. Seine Mutter sah viel zu viel fern. »Mom, komm schon. Wer sollte mir denn Anthrax schicken?«

Sie zuckte die Achseln. »Du bist Polizist. Es kann doch jemand wütend auf dich sein.«

»Das ist kein Anthrax«, murmelte er, während er den Umschlag öffnete.

»Hab ich doch gesagt. Also – was ist es?«

»Sehen wir nach.« Behutsam kippte er den Inhalt auf den Tisch. Und hörte, wie sie nach Luft schnappte. Eine alte Baseballkappe der Orioles, die Sam sofort erkannte, ein Dutzend alter, abgegriffener Fotos. Und oben auf den Fotos lag ein schlichter, goldener Ehering.

Seine Mutter war bleich wie ein Leintuch und hatte unwillkürlich die Hand zum Mund erhoben. Ihre Augen füllten sich mit Tränen. »Oh, mein Gott«, flüsterte sie. »Sam. Oh, lieber Gott.« Mit zitternden Händen nahm sie den Ring zwischen Daumen und Zeigefinger. »Das ist er. Der Ring deines Vaters. Die Initialen stehen auf der Innenseite. Ich habe sie am Tag vor der Hochzeit eingravieren lassen.«

Sam breitete die Fotos auf dem Tisch aus. Es handelte sich entweder um brieftaschengroße Portraits oder um Aufnahmen, die auf die Größe zurechtgeschnitten worden waren. Seine Eltern auf ihrer Hochzeit. Ein Bild von ihm und seiner Mutter mit Blumenketten auf einer Reise nach Hawaii, dem einzigen Familienurlaub, den sie jemals gemacht hatten. Bilder von Sam, alle aus der Grundschule.

Aus einer Zeit, in der sie noch eine Familie gewesen waren. Bevor sein Vater zu einem Junkie geworden war, der sie belogen und betrogen und sogar auf sie eingeprügelt hatte, wenn er dringend einen Schuss benötigte.

Das einzige neuere Foto war am Tag von Sams Abschlussprüfung auf der Polizeiakademie aufgenommen worden. Sein Vater war rasiert und clean aufgetaucht und hatte sich gut benommen, und Sam und seine Mutter hatten neue Hoffnung geschöpft.

Ein halbes Jahr später war Sams Vater wieder auf Drogen. Und dann war er eines Tages einfach verschwunden. Spurlos. Ohne ein Wort. Sie hatten nie wieder etwas von ihm gehört oder gesehen ... bis heute.

»Warum?«, brachte seine Mutter leise hervor. »Was hat das zu bedeuten?«

»Ich weiß nicht, Mom.« Aber das entsprach nicht der Wahrheit. Er wusste genau, was das zu bedeuten hatte – und sie wahrscheinlich auch. Es bedeutete, dass sein Vater tot war, und das vielleicht schon seit langer Zeit. Dass jemand die Sachen entweder gerade erst entdeckt hatte oder sie, aus welchen Gründen auch immer, erst jetzt hatte schicken können.

»Er hatte den Ring.« Ihre Stimme brach, und ihre Schultern begannen unter den Schluchzern zu beben. »Er hatte den Ring die ganze Zeit. Ich ... Oh, Sam, ich habe ihn beschuldigt, ihn verkauft zu haben. Um sich Drogen zu verschaffen. Er hat mir versichert, dass er es nicht getan hat, aber als ich ihn das letzte Mal gesehen habe, hat er ihn nicht getragen.«

Sam hatte seine Mutter noch nie weinen sehen können, obwohl er das schon unzählige Male erlebt hatte, was einer der Gründe war, wieso er seinen Vater so verabscheute. Behutsam zog er sie in seine Arme und tätschelte ihren Rücken. Wenn er nur gewusst hätte, wie er sie trösten sollte!

Wie oft hatte er das schon getan? Sie im Arm gehalten, ihr hilflos den Rücken getätschelt und um die richtigen Worte gerungen, während sie herzzerreißend geschluchzt hatte? In den letzten acht Jahren hatte sie nicht mehr geweint. Nicht mehr, seit sein Vater ohne Vorankündigung verschwunden war. Dass jemand nach all der Zeit seiner Mutter so etwas antat ...

Sie hielt den Ehering in der geballten Faust, das Gesicht an Sams Hemdbrust gedrückt. »Für mich war es damals der Tropfen, der das Fass zum Überlaufen brachte ... seine Hand ohne den Ring zu sehen. Erneut eine Lüge zu hören, weil er behauptete, ihn nicht verkauft zu haben. Ich sagte ihm, er solle verschwinden und nie wiederkommen. Und das hat er getan. Bei Gott, das hat er getan.« Ihre Schluchzer wurden verzweifelter, und sie schien immer stärker nach Atem zu ringen. Aus Sams Hilflosigkeit wurde Angst.

»Mom, bitte, beruhige dich. Sonst kriegst du wieder einen Herzanfall.«

Sie schüttelte den Kopf. »Dabei hat er mich gar nicht belogen. Er hatte den Ring noch. Aber warum hat er ihn nicht getragen?«

Gott allein wusste, welche Beweggründe sein Vater gehabt haben mochte. Vielleicht hatte er den Ring als Pfand eingesetzt, um an Stoff zu kommen, vielleicht hatte er ihn auch abgenommen, weil er etwas mit einer anderen gehabt hatte.

»Ich weiß nicht, Mom. Ich weiß es nicht. Du musstest ihn rausschmeißen. Er wäre niemals clean geworden.«

Ihr Schluchzen ebbte zu einem Wimmern ab. »Aber vielleicht wäre er jetzt noch am Leben.«

»Das kannst du so nicht sagen«, widersprach Sam leise. »Er war süchtig. Er hätte sich nicht geändert. Das hat nichts mit dir oder dem, was du gesagt hast, zu tun.«

Wieder ein tiefer Seufzer. »Wahrscheinlich nicht.«

»Ganz sicher nicht.« Er tippte ihr unters Kinn, bis sie den Kopf hob. »Geh dir schnell das Gesicht waschen. Ich stampfe die Kartoffeln zu Ende und decke den Tisch.«

Sie nahm die Schultern zurück und machte sich auf den Weg ins Bad, aber ihr Gang schien noch wackeliger als zuvor, und wieder einmal hoffte Sam, dass sein Vater in der Hölle schmoren mochte. Sogar tot schaffte es der alte Mann noch, seiner Mutter das Herz zu brechen.

Er dehnte die Öffnung des Umschlags, um Kappe und Fotos wieder hineinzustecken, hielt aber inne. Ganz unten steckte ein Streichholzbriefchen im Luftpolster fest. Vorsichtig zupfte er daran und zog es heraus. Und erstarrte. Auf dem Deckblatt sah man die Zeichnung einer Frau, die nichts außer Hasenohren trug. Darunter stand der Aufdruck *The Rabbit Hole.*

Sein Herz hämmerte plötzlich so heftig, dass er nichts anderes mehr hörte. Die Tür zum Bad war noch geschlossen. Seine Mutter hatte nichts gesehen. Zum Glück.

Dass sich dieses Streichholzbriefchen unter den Sachen seines Vaters befand, hätte ihn nicht überraschen dürfen. Es war genau die Art von halbseidenem Etablissement, in dem sich sein Vater gerne aufgehalten hatte, kein Ort jedoch, den Sam besuchen würde. Seine Mutter hatte ihn anders erzogen. Er war nie dort gewesen.

Bis auf dieses eine Mal.

Diese eine Nacht. Die er so gerne vergessen wollte.

*Oh, mein Gott.* Plötzlich wurde ihm in vollem Ausmaß bewusst, an welchem Datum der Umschlag in seinen Händen eingetroffen war, und er musste gegen eine Woge der Übelkeit ankämpfen.

*Das kann nicht sein. Das ist einfach unmöglich.*

Das Wasser wurde abgedreht, und er hörte die schlurfenden Schritte seiner Mutter im Flur. Schuldbewusst schob Sam das Streichholzbriefchen in seine Tasche.

Seine Mutter kehrte in die Küche zurück und ließ sich auf einen Stuhl sinken, erschöpfter denn je. Langsam öffnete sie die Faust und betrachtete den Ring. »Ich verstehe nur nicht, warum die Sachen ausgerechnet heute kamen«, sagte sie müde. »Wer kann so grausam sein? Wer weiß überhaupt davon?« Sie nahm ihren Blick nicht von dem Ring. »Wann ist der Brief abgeschickt worden?«

Sams Hand zitterte, als er den Umschlag drehte, um nach dem Stempel zu sehen. »Gestern.« *Oh, Gott. Das kann doch nicht wirklich passieren.* Aber es passierte. »In Baltimore.«

»Gestern«, wiederholte sie wie betäubt. »Gestern vor genau acht Jahren habe ich ihn rausgeworfen.«

Sam packte die Tischkante, da seine Knie nachzugeben drohten. »Ich wusste nicht, dass das der Tag war, an dem du ihn rausgeworfen hast. Ich dachte, das hättest du schon Wochen vorher getan.«

»Habe ich auch. Aber an diesem Abend kam er wieder, und er trug den Ring nicht mehr. Also sagte ich, er solle verschwinden und nie wiederkommen. Genau das hat er getan.«

*An diesem Abend ...* Der Abend, an dem er ins Rabbit Hole gegangen war, war gestern vor acht Jahren gewesen.

Die Nacht, nach der er in einem schmuddeligen Hotelzimmer in der falschen Gegend der Stadt verkatert und nach Bier stinkend aufgewacht war.

Neben ihm auf dem Boden hatte ein Revolver gelegen. Nicht

seine Dienstwaffe vom BPD. Ein Revolver, der kurz zuvor abgefeuert worden war.

Der Morgen, an dem er erwacht war, war keinesfalls der nächste Tag gewesen. Er war erst dreißig Stunden später kurz vor der Morgendämmerung aufgewacht. Und er konnte sich an nichts erinnern, was in diesen dreißig Stunden vorgefallen war.

Er hatte einen ganzen Tag seines Lebens verloren. Er hatte *diesen* Tag, der nun acht Jahre her war, verloren.

*Dad, was zum Teufel hast du getan?* Sam atmete kontrolliert aus. *Und was zum Teufel habe ich getan?*

*Samstag, 15. März, 18.05 Uhr*

Zwei Frauen waren tot, und ihre Gesichter hatten sich in Stevies Verstand gebrannt. Die Frau, die mit ihrem Mann bei einem schönen Mittagessen den dreißigsten Hochzeitstag gefeiert hatte, war noch auf dem Weg ins Krankenhaus gestorben. Gestorben wie die Kellnerin, die nichts weiter getan hatte, als zur Arbeit zu gehen. *Denn beide Kugeln waren für mich bestimmt.*

Stevie hielt am Fuß der Treppe inne, die zu ihrer Veranda hinaufführte, und blickte entschlossen zur Haustür hoch. *Déjà-vu.* Vor ein paar Stunden erst hatte sie so vor dem Harbor House Restaurant gestanden und jede Stufe, ihr nutzloses Bein und die irre Göre verflucht, die sie vor drei Monaten angeschossen hatte.

Nun verfluchte sie die Stufen, ihr nutzloses Bein, die irre Göre, die sie vor drei Monaten angeschossen hatte, und den Schützen, der sie vor vier Stunden angeschossen hatte. Es war nicht viel mehr als ein Kratzer. Trotzdem tat es höllisch weh.

*Aber du lebst. Anders als Elissa Selmon und Angie Thurman.* Tränen brannten plötzlich in ihren Augen, und sie blinzelte heftig, um sie zurückzudrängen. *Verdammt und zugenäht!*

Das Haus war dunkel. Und still. Der Minivan stand nicht in der Auffahrt, also waren Cordelia und Izzy noch nicht zu Hause. Was ganz wunderbar gewesen wäre, wenn Stevie wenigstens eine

Ahnung gehabt hätte, wo sie waren, denn Izzy hatte auf keine SMS, keine Nachricht per Voicemail, auf keine E-Mail geantwortet.

*Verdammt, Izzy, wo steckst du? Wo ist meine Tochter? Bitte mach, dass alles in Ordnung ist. Bitte lass ihnen nichts passiert sein. Bitte lass sie nicht –*

*Stopp! Hör auf damit. Mit Panik hilfst du niemandem weiter. Cordelia geht es gut.*

Sie *musste* gesund und munter sein. Wo immer sie und Izzy sich aufhielten.

Wenigstens waren sie nicht hier. Stevie wollte sie nicht in ihrer Nähe haben. Sie wollte niemanden mehr in ihrer Nähe haben. *Auf meinen Kopf ist ein Preis ausgesetzt. Und das Inkassounternehmen schert sich nicht gerade um Kollateralschäden.*

»Ähm, Stevie?« Emmas ruhige Stimme ertönte direkt rechts hinter ihr. »Du bist noch immer Zielscheibe, Liebes. Komm, rauf mit dir und rein ins Haus.«

»Oder ich schmeiß dich über die Schulter und schlepp dich rauf«, sagte J. D. links hinter ihr.

Stevie biss die Zähne zusammen, packte das Geländer und zog sich hoch. »Ich brauche weder Bodyguard noch Babysitter. Wenn du mich anfasst, J. D., kannst du die nächste Woche über Sopran singen.«

»Ja, ja, schon klar«, brummte er. »Zum letzten Mal, Stevie: Geh verdammt noch mal in ein sicheres Haus.«

»Zum letzten Mal, J. D. – *nein!* Ich lasse mich nicht aus meinem Zuhause vertreiben.« Stevie fluchte leise, als der Schlüssel am Schloss vorbeiging. Ihre Hand zitterte stark. Verdammt! *Wie bei einer alten Frau!*

Oder wie bei einer Frau, die gerade zwei andere hatte sterben sehen. *Und zwar nur, weil du nicht klein beigeben willst. Weil du Silas' alte Fälle nachermittelst. Weil du es einfach nicht gut sein lassen kannst.*

Die innere Stimme, die sie verhöhnte, verwandelte sich von ihrer eigenen in die ihres Bruders. Sorin war ungeheuer aufgebracht gewesen, als er sie am Abend zuvor angerufen hatte, um sie anzuflehen, die Ermittlungen einzustellen. Was sie tat, weckte doch nur schlafende Hunde. Sorin hatte sie gebeten, es den anderen Cops zu überlassen, die alten Fälle ihres ehemaligen Partners erneut durchzugehen.

Sie hörte Liebe und Furcht in seiner Stimme ... und hilflosen Zorn, als sie sich weigerte, von ihrem Vorhaben abzulassen, obwohl das BPD bereits ermittelte. Man hatte eine spezielle Einsatztruppe gebildet, die das gesamte vergangene Jahr damit verbracht hatte, Dutzende von Fällen neu aufzurollen, die korrupte Polizisten im Dienst von noch korrupteren Verteidigern einfach unter den Teppich gekehrt hatten. Es gab so viele dieser Fälle, und Silas war nicht der einzige bestechliche Cop gewesen. *Aber er war mein Partner. Meine Verantwortung.* Und davor konnte sie nicht einfach die Augen verschließen – egal, was das Police Department von Baltimore tat.

Inzwischen zeichnete sich ab, dass die Fälle, von denen das BPD wusste, vielleicht nur die Spitze des Eisbergs waren. Dass noch sehr, sehr viele Polizisten durch die Straßen liefen, die die Hand aufhielten und ihre Marke missbrauchten, wie Silas es viele Jahre lang getan hatte.

Sollte sie etwa *davor* die Augen verschließen?

Aber das hatte sie ihrem Bruder nicht sagen können. Stattdessen hatte sie seine Wut stumm über sich ergehen lassen, was er als Sturheit interpretiert hatte.

*Wenn du dir schon nichts aus deinem eigenen Leben machst, dann hab wenigstens den Anstand, an das Leben der Menschen in deiner Nähe zu denken. Unserer Schwester. Unserer Eltern. Deiner Tochter. Wenn die nächste Kugel ihr Ziel trifft, dann trauern wir. Und stell dir mal vor, was passiert, wenn die nächste Kugel danebengeht und stattdessen jemanden aus deiner Familie trifft? Was dann?* Seine Stimme war gekippt, und er hatte die Tränen herunterschlucken müssen. *Ich liebe dich, Stefania, und es ist schrecklich, mit ansehen zu müssen, wie du dich selbst zerstörst.*

Sie spürte, wie ein Schluchzen in ihrer Brust aufstieg, doch sie unterdrückte es. Er hatte recht gehabt. Er hatte ja so recht gehabt. Zwei Frauen waren tot. *Es tut mir so schrecklich leid.* Aber es änderte nichts.

Sorin verstand es nicht. Niemand verstand es. Sie *konnte* ihre Ermittlungen nicht einstellen. Zu viel Schlimmes war geschehen. Zu viele Unschuldige hatten für die Verbrechen anderer büßen müssen. Und alles direkt vor ihrer Nase. All die Jahre lang ...

Sie *musste* einen Teil davon wiedergutmachen.

Ihre Sicht verschwamm, und der Schlüssel verfehlte erneut das Loch. »Mist«, flüsterte sie.

Emma nahm ihr den Schlüssel aus der Hand und öffnete wortlos die Tür.

J. D. durchsuchte rasch die Räume unten, dann rannte er mit gezogener Waffe die Treppe hinauf. Es war so typisch für ihn, dass er nach Ungeheuern unter dem Bett suchte.

Emma verriegelte die Vordertür und fing an, die Fensterläden zu schließen und die Rollos herunterzulassen, so dass der Raum bald darauf in Zwielicht getaucht war. »Setz dich«, wies sie ihre Freundin mit ruhiger Stimme an. »Bestimmt tut dir alles weh.« Stevie gehorchte und verzog das Gesicht, als sie sich vorsichtig auf dem Sofa niederließ. *Elissa, Angie, es tut mir so leid.*

Aber nichts machte die Frauen wieder lebendig. Alles, was sie noch für sie tun konnte, war, den Schützen zu schnappen und für immer wegsperren zu lassen, doch von einem sicheren Haus aus würde ihr das nicht gelingen.

Nach einem kurzen Blick auf Emma sah Stevie zum zweihundertsten Mal auf ihr Handy. Und runzelte die Stirn.

»Noch nichts von deiner Schwester?«, fragte Emma.

»Nein. Cordys Ballettstunde ist schon seit einer Stunde vorbei. Sie hätten längst nach Hause kommen müssen.« Sie nahm das schnurlose Telefon von der Station und schaute aufs Display. Kein eingegangener Anruf von Izzy. »Sie hätte mich doch anrufen müssen. Sie weiß, dass ich mir Sorgen mache.«

»Stevie, hör zu. Heute war ein schlimmer Tag für dich, und er war schon anstrengend, bevor der Irrsinn im Restaurant passierte. Aber es ist auch ein anstrengender Tag für Cordy.«

»Sie hat ihren Vater verloren«, murmelte Stevie. »Ohne ihn je gekannt zu haben.«

»Ja, klar, das auch. Aber ich glaube, dass es ihr eher Stress verursacht, dich unglücklich zu sehen.«

»Sie weiß nicht, dass ich unglücklich bin. Ich zeige es ihr nicht.« Emma zog skeptisch die Brauen hoch. »Red dir das ruhig ein, wenn es dir damit bessergeht. Schau, ich würde wetten, dass Izzy mit ihr irgendwohin gefahren ist, wo sie auf andere Gedanken kommt. Vielleicht sind sie im Kino, und Izzy hat das Handy abgeschaltet.«

Stevie schloss die Augen und ließ Emmas Worte sacken, aber die böse Vorahnung ließ sich nicht unterdrücken. »Und wenn ihnen doch etwas zugestoßen ist? Das könnte ich mir nie verzeihen.«

»Die Polizei hat ihre Beschreibungen, oder? Wenn also etwas passiert wäre, dann wüsstest du es bereits. Es ist sehr viel wahrscheinlicher, dass sie sich einfach gut amüsieren.«

Stevie atmete tief ein. »Du hast recht.« Sie konzentrierte sich auf den nächsten Punkt ihrer Sorgenliste – Emma. Die auch nicht hier sein sollte! »Du hast deinen Flug verpasst.«

»Schon okay. Ich habe Christopher angerufen, ihm erzählt, was passiert ist, und gesagt, dass ich ein paar Tage bei dir bleiben will.«

*Ein paar Tage?* Unter anderen Umständen hätte Stevie sich darüber gefreut, ein paar Tage mit Emma zu verbringen. Aber nicht jetzt. Außerdem konnte sie sich nicht vorstellen, dass Emmas Mann damit einverstanden war, dass seine Frau in der Schusslinie saß. »Und das findet er okay?«

Emmas leichtes Zögern war Antwort genug. »Er findet es nicht okay, aber auch nicht nicht-okay.«

»Aha.«

»Na ja, natürlich hat er Angst um mich. Ich habe ihn einfach so lange seine Einwände vorbringen lassen, bis er alle grässlichen Szenarien aus dem Kopf heraus hatte. Anschließend habe ich ihm noch einmal versichert, dass es mir gutgeht und dir auch.«

Sie seufzte. »Und ich habe mich nicht dagegen gewehrt, als er sagte, er würde den Nachtflug nach Baltimore nehmen, sobald er seine Rede gehalten hat. Ich hole ihn morgen früh vom Flughafen ab.«

»Ich habe eine bessere Idee. Lass ihn nach Orlando zurückfliegen. Und nimm auch du den nächsten Flug nach Orlando. Dann holst du ihn dort am Flughafen ab, und ihr zwei macht euch eine tolle Zeit mit euren Jungs.«

Emma sah sie leicht amüsiert an, als hätte sie etwas Ähnliches erwartet. »Schöner Versuch. Aber leider vergeblich.«

»Herrgott, Emma. Du solltest nicht hier sein. In Baltimore nicht, und hier schon gar nicht. Hier bei mir. Geh wenigstens ins Hotel. Wo du in Sicherheit bist!«

Emma musterte sie scharf. »Du willst also nicht in ein sicheres Haus, wohl aber alle anderen in Sicherheit wissen? Läuft es darauf hinaus?«

»In etwa, ja«, erwiderte Stevie ungerührt. »Wenn J. D. fährt, fährst du am besten mit.«

»Tut mir leid, daraus wird nichts. Ich bleibe.« Emma setzte sich in den Sessel in einer der Zimmerecken, weit weg von den Fenstern, wie Stevie bemerkte. Obwohl die Vorhänge zugezogen waren, wollte Emma kein Risiko eingehen.

»Emma. Sei doch vernünftig.«

Sie schnaubte. »Willst du mich auf den Arm nehmen? Du verlangst, dass ich vernünftig bin und ins Hotel gehe? Okay, dann komm mit mir. Und bevor du mir drohst, mich mit Gewalt durch die Tür zu befördern, denk dran, dass ich dabei war, als der Rettungssanitäter dich untersucht hat, weshalb ich alle Stellen kenne, die dir weh tun. Ein gut plazierter Pikser, und du gehst zu Boden.«

»Die Frau gefällt mir«, sagte J. D., der gerade die Treppe herunterkam. »Sie ist clever.«

Stevie sah beide finster an. »Sie ist eine dickköpfige Nervensäge.«

Emma zuckte die Schultern. »Das sagt die Richtige. Also, Detective Fitzpatrick, müssen wir uns Sorgen machen, dass ein schwarzer Mann aus dem Schrank springt, wenn wir nachher schlafen gehen?«

»Nein. Zuerst dachte ich, jemand hätte Izzys Zimmer durchwühlt, aber ich denke, es war Izzy selbst. Überall Klamotten. Der halbe Schrank liegt auf dem Bett verstreut.«

Stevie zog die Brauen zusammen. »Ihr Zimmer war aufgeräumt, als wir heute losfuhren.«

»Dann ist sie entweder zum Umziehen zurückgekommen, oder Goldlöckchen hat ihre Kleider anprobiert, ihr Make-up aufgelegt und ihr Schmuckkästchen wieder abgeschlossen, bevor es zu den drei Bären abgezogen ist.«

Stevie kam auf die Füße. »Ich sehe mir das mal an.«

»Woher wissen Sie, dass jemand Make-up aufgelegt hat?«, fragte Emma.

»Der Schminkpinsel war noch feucht, und auf der Kommode lagen Taschentücher mit Lippenstiftabdrücken.« J. D. hob die Schultern. »Ich bin mit einer Frau verheiratet, die Make-up liebt. Ich muss immer erst alle Utensilien aus dem Weg schieben, um ein bisschen Platz zum Rasieren zu haben.«

»Du Armer«, murmelte Stevie, als sie sich an ihm vorbeischob und die Treppe hinaufhievte. Emma folgte ihr, und J. D. schloss sich an. In Izzys Zimmer herrschte Chaos, was für ihre hyperordentliche Schwester sehr untypisch war. »Hier sieht es ja aus, als sei ein Tornado hindurchgefegt.«

»Fehlt etwas?«, fragte J. D.

Stevie fasste Izzys Schrank ins Auge. »Ihre gläsernen Schuhe sind weg.«

Emma steckte den Kopf in den Schrank. »Izzy hat gläserne Schuhe?«

»In Wirklichkeit sind sie wohl aus Acryl oder so was, aber Cordelia hat sie so genannt, als sie noch ganz klein war, und die Bezeichnung ist hängengeblieben. Izzy trägt sie immer nur zu ihrem besten Kleid.« Stevie ging die Bügel durch. »Das ebenfalls weg ist.« Sie suchte die Regale ab und deutete auf eine leere

Stelle, an der erkennbar vorher etwas gestanden hatte. »Ihre Kamera fehlt. Die Objektive und Filter auch.«

»Vielleicht hat sie Cordelia beim Ballett fotografiert?«, fragte Emma.

»Kann sein. Obwohl es sich heute nur um eine normale Stunde gehandelt hat. Die Prüfung ist erst im nächsten Monat.« *Oder? Oh, bitte, lass es nicht heute gewesen sein.* Sie hatte die Ballettlehrerin schon viermal angerufen, aber normalerweise rief diese erst zurück, wenn sämtliche Nachmittagskurse vorbei waren. Was inzwischen der Fall war. Sie hastete in Cordelias Zimmer und wählte erneut.

Reva Stanislaski ging an den Apparat, als Stevie gerade Cordelias Schranktür öffnete. Der Anzug und die Schuhe waren weg, aber das rosafarbene Tutu, das sie zu Prüfungen anzog, hing noch dort.

»Mrs. Stanislaski, hallo. Hier ist Stevie Mazzetti, Cordelias Mutter.«

»Mrs. Mazzetti, ich freue mich, von Ihnen zu hören. Geht es Cordelia gut?«

Zwischen Stevies Augen bildete sich eine steile Falte. »Was soll das heißen? Sie haben sie doch vorhin noch gesehen!« Es entstand eine Pause, und Stevies Herz begann zu rasen. »Ging es ihr nicht gut? Stimmt etwas nicht?«

»Ich habe sie heute nicht gesehen, Mrs. Mazzetti. Genauer gesagt habe ich Cordelia seit über zwei Monaten nicht mehr gesehen.«

»Aber das ... das kann doch nicht sein. Cordelia geht jeden Samstag zur Ballettstunde. Meine Schwester Izabela bringt sie hin.«

»Izabela hat sie Anfang Januar aus meinem Kurs genommen. Cordelia schien gewisse ... Schwierigkeiten zu haben.«

»Was für Schwierigkeiten?«, fragte Stevie ohne Umschweife.

»Sie regte sich sehr leicht auf. Beim kleinsten Patzer brach sie in Tränen aus.«

Sofort setzten Stevies mütterliche Verteidigungsmechanismen ein. »Möglicherweise lag es daran, wie sie verbessert wurde.«

»Ich habe sie niemals verbessert«, widersprach Mrs. Stanislaski traurig. »Cordelia war sich ihrer Fehler stets sehr wohl bewusst. Ich habe versucht, sie dazu zu bringen, es lockerer anzugehen. Sie sollte Spaß beim Tanzen haben. Aber sie wurde immer ...«

»Empfindlicher«, murmelte Stevie.

»Ja, das Wort habe ich gesucht. Daher hat Ihre Schwester sie erst einmal aus meinem Kurs genommen. Cordelia solle eine Pause vom Ballett einlegen. Ich bin davon ausgegangen, dass Sie Bescheid wüssten.«

»Nein, davon wusste ich nichts. Ich danke Ihnen, Mrs. Stanislaski. Ich ... also, danke noch mal.« Stevie legte auf und drehte sich langsam von Cordelias Schrank zu Emma und J. D. um, die sie mit besorgten Mienen anblickten. »Cordelia ist seit Monaten nicht mehr beim Ballett gewesen. Izzy hat sie rausgenommen. Aber sie waren dennoch jeden Samstag weg.«

»Izzy hat bestimmt eine gute Erklärung«, sagte J. D. ruhig.

Stevie biss sich auf die Innenseite ihrer Wange. Zorn stieg in ihr auf. »Wenn mit Cordelia etwas nicht stimmte, dann hätte Izzy mir das sagen müssen.« Sie hörte gleichzeitig mit J. D. das Motorengeräusch, das von draußen kam. Beide stürzten zum zugezogenen Fenster, jeder an eine Seite. »Emma, du wartest im Flur.«

»Schon klar«, sagte Emma. »Ich bin nicht doof, Stevie.«

Emma hatte vermutet, dass Cordelia Probleme hatte, und das, obwohl sie sie seit einem Jahr nicht gesehen hatte. Nein, ihre Freundin war alles andere als dumm. *Ich dagegen ...*

Stevie versteifte sich beim Anblick des schwarzen Trucks, der in die Auffahrt einbog. Der Fahrer hatte etwas an sich, das ihr ... vertraut vorkam. Er stoppte den Wagen und schaute auf, um die Fenster abzusuchen. Stevies Herz begann zu flattern. *Das kann nicht sein. Unmöglich. Das kann nicht er sein!*

»Wer ist das?«, fragte J. D. und hauchte ein »Oh« hinterher, als der Fahrer ausstieg.

*Ja, oh.* Wie in *Oh, mein Gott.*

Stevies flatterndes Herz setzte einen Schlag aus. Der Mann

stand nun in voller Größe auf dem Weg zu ihrer Haustür. Ja, er war es. Dunkel. Groß. Breite Schultern. Muskelpakete.

»Wer ist das?«, fragte Emma ungeduldig aus dem Flur. »Soll ich die Neun-elf rufen?«

J. D. gab Stevie ein paar Sekunden zum Antworten. Als sie dann noch immer keine Anstalten machte, etwas auf die Frage ihrer Freundin zu erwidern, rief J. D. zurück: »Clay Maynard. Der Privatermittler.«

»Ach? Was macht der denn hier?« Emma betrat den Raum, blieb hinter Stevie stehen und blickte ihr über die Schulter. »Oh, Mann«, flüsterte sie anerkennend. »Mannomann!«

*Oh, Mann*, da hatte Emma recht. Clays Gesicht sah hart und kantig aus, als habe man es aus solidem Stein gehauen, aber Stevie wusste, dass das nicht stimmte. Sie wusste, dass sein Mund weich war, seine Haut warm und lebendig, und dass seine Augen mehr sahen, als sie irgendwen sehen lassen wollte. Wenn er sie anblickte ... *fühlte* sie mehr, als sie je wieder fühlen wollte.

*Nicht heute. Bitte. Das schaffe ich heute nicht.* Clay ging um das Auto herum, um die Tür zum Rücksitz zu öffnen, und heraus sprang Cordelia und schaute mit einem bewundernden Lächeln zu ihm auf.

Stevie starrte mit offenem Mund hinaus. Plötzlich ergab Izzys Ballett-Täuschung einen Sinn. Ihre Schwester hatte nie verstanden, dass Stevie Clay den Laufpass gegeben hatte. Sie hatte sie sogar angefleht, doch »Vernunft anzunehmen«.

Cordelia war bei Clay gewesen. Die ganze Zeit. *Obwohl ich es ausdrücklich verboten hatte!*

Für Cordelia war der Mann ein Gott. Und wer wollte es ihr verübeln? Sie wusste, dass Clay ihrer Mutter das Leben gerettet hatte, und es war ganz natürlich für eine Siebenjährige, dass sie ihn auf einen Sockel hob. *Was er auch verdient hat. Weil er, na ja, mein Leben gerettet hat.*

*Und dafür bin ich ihm unendlich dankbar. Er soll sich nur raushalten aus dem Leben, das er gerettet hat.*

Was Izzy einfach dreist ignoriert hatte. *Verdammt noch mal.*

*Wenn sie glaubt, dass er sich irgendwie in mein Herz stehlen kann, nur weil Cordelia sich an ihn gewöhnt hat, dann wird sie sich wundern!*

Das war nicht richtig. Nicht fair. Weder Cordelia noch Clay gegenüber. *Oder mir.*

Stevie war nicht kalt wie ein Fisch, wie andere sie gerne sahen. Sie war einsam. Sie sehnte sich nach Gesellschaft. Männlicher Gesellschaft. Sie sehnte sich nach Clay. Welche Frau, die noch bei Verstand war, würde das nicht tun? Aber sie wusste, dass sie ihn niemals lieben könnte – nicht so, wie sie Paul geliebt hatte. Und Clay hatte mehr verdient, auch wenn er das nicht akzeptieren wollte. Wenn sie sich auf ihn einließe, würde sie ihn irgendwann verletzen. Cordelia würde darunter leiden. *Und ich auch. Das tue ich jetzt schon.*

*Denn jetzt muss ich ihn erneut aus meinem Leben verbannen.* Und dieses Mal würde es noch schlimmer weh tun als das erste Mal. *Also tu es einfach. Bring es hinter dich.*

Stevie sammelte sich, nahm entschlossen die Schultern zurück und spürte, wie sich ihr Puls vor Wut beschleunigte. *Izzy, dich mach ich um einen Kopf kürzer!* Dann stob sie die Treppe hinunter, ohne auf das schmerzende Bein, Emmas erschrecktes Quieken und J. D.s warnende Rufe zu achten.

*Samstag, 15. März, 18.15 Uhr*

»Es war ein wirklich schöner Tag, Mr. Maynard. Danke.«

Clay sah auf Stevies Tochter hinab und nahm sich einen Moment Zeit, sich das Lächeln auf ihrem Gesicht einzuprägen, das er anschließend wohl nicht mehr sehen würde. Stevie wollte ihr Kind davor schützen, sein Herz an einen Mann zu hängen, der in ihrem Leben keinen Platz hatte. Er verstand das, und er würde es respektieren. Aber es tat weh. Er war überrascht, wie sehr es weh tat.

Er mochte Cordelia Mazzetti. Sie war hübsch und lustig und

einer der Gründe, warum er sich immer wieder wünschte, Stevie würde für ihn dasselbe empfinden wie er für sie. Dass Cordelia mit Dankbarkeit, Zuneigung und sogar Ehrfurcht zu ihm aufblickte, machte es ihm noch viel, viel schwerer, die Sache auf sich beruhen zu lassen. Er hätte diesem Kind den Vater ersetzen können, das wusste er, aber er würde keine Chance dazu bekommen. Er schluckte und lächelte. »Gern geschehen. Lass mich das nehmen«, fügte er hinzu, als Cordelia nach ihrem rosafarbenen Tinkerbell-Turnbeutel griff, in dem ihre Ballettsachen steckten. Sie hatte sich ihren Turnanzug und die Schuhe anziehen wollen, wie sie es immer tat, bevor sie am Samstag zu ihrer Mutter zurückkehrte, aber Clay hatte es nicht erlaubt. Cordelia musste mit ihrer Mutter in Bezug auf die Pferdetherapie ins Reine kommen, daher trug sie auch noch die verstärkten Stiefel, die Izzy gebraucht auf eBay erstanden hatte.

Izzy hatte das Herz auf dem rechten Fleck. Trotzdem durfte sie Stevie nicht anlügen.

*Stevie. Sie ist hier. Im Haus.* Clays Wunsch, sie wiederzusehen, grenzte an Verzweiflung, auch wenn er sich gleichzeitig vor dieser Begegnung fürchtete. Den Schmerz fürchtete, wenn er die Frau vor sich sah, nach der er sich seit so langer Zeit verzehrte, ohne sie berühren, ohne sie haben zu dürfen.

*Hier geht es nicht um dich*, rief er sich in Erinnerung. Hier ging es darum, was für Cordelia das Beste war. *Aber wann geht es eigentlich mal um mich?* Vermutlich nie. Er räusperte sich.

»Vergiss die Blumen nicht«, sagte er zu Cordelia.

»Hab sie schon.« Sie hielt den Strauß Rosen hoch, die sie ausgesucht hatte. »Sie mag Blumen. Ich hoffe, sie ist nicht so böse, wenn ich ihr die gebe.«

Clay hängte sich die rosa Tasche mit dem Feenaufdruck über die Schulter und wappnete sich. »Ich denke, sie wird eher auf mich wütend sein. Ich versuche, die Wogen zu glätten, okay?«

Sie hatten zwei Schritte auf die Tür zu getan, als diese aufflog. Stevie polterte die Stufen herab, eine Hand am Geländer, die andere auf dem Knauf eines glitzernden Gehstocks.

Sie war fuchsteufelswild. Wunderschön und fuchsteufelswild. Genau wie das erste Mal, als er sie gesehen hatte. Am liebsten hätte er sie an sich gezogen und geküsst, bis sie keine Luft mehr bekam. Bis keiner von ihnen mehr Luft bekam.

Das würde ihr gefallen. Das hatte ihr schon einmal gefallen. Das eine Mal, als seine Lippen die ihren berührt hatten. Auch wenn es ihr nicht gefiel, dass es ihr gefallen hatte. Wenn sie es hasste, dass sie es wollte. Dass sie ihn begehrte.

In gewisser Hinsicht war es ihm egal, dass sie ihn nicht wollen wollte. In gewisser Hinsicht wünschte er sich bloß, ihr zu zeigen, wie gut es sein konnte. Wünschte sich, dass sie ihn um mehr anflehte.

Aber er würde nichts unternehmen. Würde nicht und konnte nicht. Aus welchen Gründen auch immer – Stevie hatte klipp und klar nein gesagt. Also würde er erneut den Rückzug antreten. *Und wenn es noch so weh tut.*

Stevie blieb etwa auf der Hälfte der Strecke vom Haus bis zu seinem Auto stehen. Zorn und Erschöpfung ließen sie so schwer atmen, dass ihre Brust sich hob und senkte.

Cordelia näherte sich ihr langsam um den Truck herum. Sie hielt den Rosenstrauß hinter ihrem Rücken, und als Clay sah, dass ihre Hände zitterten, konnte er nicht anders, als einzugreifen.

»Stevie – es ist nicht ihre Schuld ...«, begann er, aber sie schnitt ihm mit einer Geste das Wort ab.

»Geh auf dein Zimmer, Cordelia. Offenbar muss ich Mr. Maynard – mal wieder! – ein paar Dinge erklären.«

Clay zuckte innerlich zusammen. Das hier würde sogar noch schmerzhafter werden, als er es sich vorgestellt hatte.

Cordelia erbleichte. Nickte. Und zog die Blumen hinter ihrem Rücken hervor. »Die sind für dich«, flüsterte sie. »Tut mir leid, Mama. Ich hätte dich nicht anlügen dürfen. Ich wollte doch nur bei den Pferden sein.«

Stevie blickte auf die Rosen, als hätte sie noch nie zuvor welche gesehen. Sie streckte die Hand danach aus, dann überlegte sie es sich anders und zog Cordelia fest in die Arme, so dass die Blumen zwischen ihnen zerdrückt wurden.

Clay, der den Anblick kaum ertragen konnte, drehte den Kopf zur Seite. Er sah den Wagen herankommen. Einen ganz normalen Wagen. Einen roten Chevy Impala, vielleicht fünf Jahre alt, der ungefähr fünfundzwanzig Meilen im Wohngebiet fuhr. Nichts Besonderes. Doch dann wurde das Auto langsamer, und in Clays Nacken richteten sich die Härchen auf. Die Sekunden tickten in seinem Kopf, jede lauter als die letzte.

*Tick.* Der Fahrer trug eine Skimaske.

*Tick.* Er schob einen Arm aus dem Fahrerfenster.

*Tick.* In der behandschuhten Hand hielt er eine Pistole.

Clay machte einen Satz nach vorne und riss Stevie und ihre Tochter zu Boden. Mit dem linken Arm zog er sie an sich in der Hoffnung, die Wucht des Aufpralls mit seiner Schulter abfangen zu können, während er mit der rechten Hand die Waffe aus dem Holster riss.

Er hörte Holz bersten. Ein schriller Aufschrei von der Veranda.

Ein angstvoller Schrei unter ihm. *Cordelia.*

*Keine Angst, Schätzchen. Ich hab dich.*

Doch bevor er die Worte aussprechen konnte, wurde ihm die Luft aus den Lungen gepresst und sein Körper nach vorne geschleudert. Zwei Treffer in rascher Folge. Zwei Schüsse.

Die Kevlar-Weste, ohne die er nie aus dem Haus ging, fing die Kugeln auf. Er riss die Hand hoch, visierte den Fahrer des Chevy an und feuerte einmal. Er glaubte, den Arm des Fahrers zucken zu sehen, zog aber rasch den Kopf ein, als er das helle Geräusch von Kugeln auf Blech und das Splittern von Glas hörte. Der Kerl schoss auf seinen Truck. *Alec ist noch drin.* Während er betete, dass der Junge Zeit gehabt hatte, in Deckung zu gehen, rollte er sich auf der Straße zusammen, um Stevie und Cordelia in seinem Arm zu schützen.

Laute Flüche kamen von der Veranda, dann rannten große Füße an ihm vorbei und auf die Straße zu. Der Motor des Wagens brüllte auf, Reifen quietschten. Der Schütze floh! *Verdammt!*

Clay blieb, wo er war, und zählte die Herzschläge, die in seinen Schläfen pochten. Er hörte Cordelia keuchen. Stevie dagegen lag sehr ruhig in seinem Arm. Sie hielt ihre Tochter noch immer umklammert, und er spürte ihren Atem in Form von raschen, kurzen Luftstößen an seinem Hals.

Jemand kniete sich neben ihn. »Sie sind weg«, sagte eine Männerstimme. »Jemand verletzt?«

Clay stemmte sich auf Hände und Knie hoch und blickte auf Stevie hinab. Ihre dunklen Augen waren riesengroß, als sie zu ihm aufblickte. Riesengroß, aber hellwach. Und seltsamerweise nicht überrascht. »Alles okay mit dir?«, krächzte er. Er bekam noch immer nicht genug Luft.

»Ich glaube ja.« Stevie warf dem Mann neben ihm einen Blick zu. »Clay ist getroffen worden. Zweimal.«

Clay schaute auf. J. D. Fitzpatrick musterte sie mit verengten Augen. »Kannst du aufstehen?«, fragte er, während er ihm schon eine Hand hinhielt, um ihm aufzuhelfen.

»Ja.« Clay ließ sich hochziehen und sah entsetzt, was der Schütze aus seinem Wagen gemacht hatte. Alle Scheiben waren kaputt, die Türen durchlöchert, und Alec war nirgendwo zu sehen. »*Alec!*«

»Alles klar«, kam eine zittrige Stimme zurück. Der Junge kam um die Front des Trucks herumgekrochen, und Clay musste sich alle Mühe geben, um nicht vor Erleichterung zusammenzusacken. *Gott.* »Ich war direkt hinter dir. Ich habe mich fallen lassen, als du losgesprungen bist.«

*Wäre er im Truck geblieben, wäre er jetzt tot.* Clay schüttelte den Gedanken ab. Alec war nicht im Truck gewesen. Er war okay. Alle waren okay. »Los, ins Haus. Bleibt nicht stehen.« Clay ging in die Hocke und hob Cordelia in seine Arme, die Waffe noch immer in der Hand. »Bring Stevie rein«, sagte er zu J. D. und marschierte ohne Umschweife auf die Eingangstür zu, warf aber noch einen kurzen Blick über die Schulter, um zu sehen, ob J. D. und Stevie hinterherkamen. Allein der kurze Blick zurück tat höllisch weh.

Die Kevlar-Weste hatte ihm schon ein, zwei Mal das Leben gerettet, aber die Treffer schmerzten dennoch stark, und er würde sich einige Tage lang kaum bewegen können. Er blickte hinab auf das kleine Mädchen in seinen Armen. Es starrte blicklos zu ihm auf, seine Zähne klapperten.

Die Blumen klebten zerdrückt an Cordelias Jacke.

Zorn kochte in ihm auf, aber er schaffte es, sich so weit zu beherrschen, dass er ihr nicht noch mehr Angst machte.

Als alle im Haus waren, warf J. D., der die humpelnde Stevie gestützt hatte, die Tür hinter ihnen zu. Alec ließ sich mit dem Rücken zur Wand zu Boden gleiten. Zum Glück war er unverletzt.

Eine kleine, blonde Frau, die Clay noch nie gesehen hatte, stand im Flur und hielt sich einen Telefonhörer ans Ohr. Sie sprach mit der Notrufzentrale. Ihre Stimme klang ruhig, aber ihr Gesicht war leichenblass, und sie presste sich den Handballen gegen den Solarplexus. Ihre Bluse war voller Blutflecken.

»Sind Sie getroffen?«, fragte Clay barsch, aber sie schüttelte den Kopf.

»Das ist noch von vorhin«, erklärte J. D. müde. »Die beiden haben gerade ihre zweite Schießerei erlebt. Für Stevie ist es die dritte seit gestern.«

»Die dritte ...?« Clay wäre fast gestolpert, fing sich aber gerade noch und setzte Cordelia sicher auf dem Fußboden ab. »J. D., was ist denn hier los?«

»Das fragst du besser Stevie. Keiner weiß es besser als sie«, sagte J. D. verbittert, während er Stevie ins Wohnzimmer zur Couch hinüber half.

Sobald sie saß, streckte sie den Arm nach ihrer Tochter aus. Ihr Blick flackerte vor Schmerz.

Jetzt bemerkte Clay das Blut, das durch den Ärmel ihres BPD-T-Shirts sickerte. Ein weißer Verband lugte darunter hervor. Drei Schießereien in zwei Tagen. Offenbar war sie getroffen worden.

»Gib sie mir. Bitte«, setzte sie heiser hinzu.

Clay übergab Cordelia ihrer Mutter und trat zurück. »Decken?«

»Oben«, flüsterte Stevie. »Im Flurschrank.«

J. D. packte Clay am Arm. »Ich hole sie. Setz dich. Du siehst bescheiden aus.«

»Die Cops werden in weniger als drei Minuten hier sein«, teilte die Blonde ihnen mit.

Clay schob die Waffe ins Holster zurück und setzte sich aufs andere Sofaende. Seine Lungen nahmen endlich wieder den Dienst auf. Er holte tief Luft und verzog gepeinigt das Gesicht. Die Lungen funktionierten, die Rippen streikten noch. Er atmete etwas flacher und wandte sich zu Stevie um.

Mit fest geschlossenen Augen wiegte sie ihre Tochter in den Armen. Ihre Lippen bewegten sich lautlos, und alles Blut war aus ihrem Gesicht gewichen. Am Tag, an dem sie auf der Treppe zum Gericht fast verblutet wäre, war sie blasser gewesen ... aber nicht viel.

Er konzentrierte sich auf ihren Mund und auf das, was sie sagte. *Es tut mir leid*, formten ihre Lippen. Wieder und wieder.

Eine Schießerei gestern, zwei heute. Und heute war der Todestag ihres Mannes, der vor acht Jahren erschossen worden war. Der Zufall war zu groß, um ein Zufall zu sein, außerdem hatte Clay noch nie an den Zufall geglaubt.

»Stevie«, sagte er sanft, weil er Cordelia nicht ängstigen wollte, die an der Schulter ihrer Mutter herzzerreißend weinte.

Stevie begegnete seinem Blick über den Kopf ihrer Tochter hinweg. Sie wirkte nicht mehr entsetzt. Sie wirkte gequält. Und schuldbewusst.

»Was zum Teufel ist hier los?«

# 5. Kapitel

*Baltimore, Maryland*
*Samstag, 15. März, 18.19 Uhr*

Stevie öffnete den Mund, aber kein Wort kam heraus. Clay starrte sie wütend an, seine Augen waren hart, die Kiefer zusammengepresst. Er atmete flach, aber wenigstens atmete er.

Er hatte sich zwei Kugeln eingefangen. *Für mich.* Sie zog Cordelia fester an sich. *Für uns.*

»Ich ... Ich k-ka...« Sie schüttelte den Kopf, wiegte ihre Tochter und verstummte.

Clays Miene wurde weicher. Aus Ärger wurde Besorgnis. Darauf bedacht, den Kopf nicht in Fensternähe zu halten, rutschte er vom Sofa und kniete sich vor sie. »Ist alles in Ordnung mit dir?«, fragte er leise.

Sie brachte ein Nicken zustande.

Er zögerte einen Moment, dann fuhr er mit dem Finger unter den Ärmel ihres T-Shirts und hob ihn an, um sich den Verband anzusehen. »Du blutest. Wie schlimm war es?«

»Sie ist genäht worden. Fünf Stiche«, antwortete die Blonde. »Der Arzt in der Ambulanz wollte sie zur Beobachtung über Nacht dabehalten, aber sie hat sich geweigert.«

Clay nickte. »Eine Fünf-Stiche-Naht ist gar nicht so schlimm.« Er strich sanft über Cordelias Haar. »Hast du gehört, Cordelia? Fünf Stiche sind praktisch nichts. Deiner Mom geht es blendend. Nick mal, wenn du mich gehört hast.«

Cordelias Gesicht blieb an der Brust ihrer Mutter verborgen, aber sie nickte.

»Gut, Liebes«, sagte Clay besänftigend. »Das ist gut. Bist du irgendwo verletzt, Cordelia? Ich weiß, ich bin schwer. Habe ich dich zerquetscht?«

Cordelia schüttelte den Kopf, und die Enge in Clays Hals ließ ein wenig nach.

»Okay, das freut mich.« Wieder streichelte er Cordelia übers Haar. »Ich hätte es schlimm gefunden, wenn ich dich zerquetscht hätte.«

Cordelia drehte den Kopf ein winziges Stückchen. »Meine Blumen«, flüsterte sie. »Die sind jetzt zerquetscht.«

»Wir kaufen neue«, murmelte er. »Deine Mom weiß, dass du sie für sie besorgt hast, und nur darauf kommt es an.« Er blickte Stevie an. »Tut dir sonst noch irgendwo etwas weh?«

Ihr tat alles weh, aber sie hätte nicht sagen können, ob die Schmerzen neu waren oder nicht. »Ich glaube nicht.«

»Okay.« Er sah über die Schulter, wobei er erneut zusammenzuckte. »Wir kennen uns noch nicht, denke ich«, sagte er, an Emma gewandt. »Ich bin Clay Maynard, und das ist mein Assistent Alec Vaughn.«

»Und ich bin Emma, eine Freundin von Stevie. Ich glaube, Sie haben sich die Schulter geprellt. Ich hole einen Eisbeutel.«

Alec sprang auf die Füße. »Nein, das mache ich. Dann kann ich auch gleich das Schloss an der Hintertür überprüfen. Es hat wenig Sinn, hier drinnen in Deckung zu gehen, wenn jeden Moment irgendein Spinner reinmarschieren kann.«

»Ich habe eine Weile die Straße beobachtet. Den roten Chevy habe ich nicht mehr gesehen, aber ich habe die Beschreibung bereits durchgegeben. Ebenso die des Fahrers, soweit ich ihn erkennen konnte, außerdem die Waf...«

Clay hustete laut. »Gummibärchen«, sagte er fest. »Regenbogen und Blumen.«

Stevie sah ihn verwirrt an, aber Cordelia schien zu wissen, worum es ging.

»Und Welpen«, flüsterte ihre Tochter mit abgewandtem Gesicht. »Ich mag Welpen.«

»Klar, wer nicht?«, gab Clay pragmatisch zurück.

Cordelia drückte die Stirn an Stevies Schulter, drehte leicht den Kopf und schaute Clay von unten an. »Mama sagt, die sabbern immer.«

Stevie verzog unwillkürlich das Gesicht über die nicht besonders subtil verpackte Kritik, aber Clay lächelte nur. »Welpen sabbern nicht. Sie kauen an allem. Am liebsten an Schuhen. Sabbern tun nur die großen Hunde.« Er strich Cordelia eine Strähne von der Wange und wurde wieder ernst. »Du denkst an Welpen, Cordelia. An süße, knuffige, auf Schuhen kauende Welpen. Versprich mir das.«

»Versprochen«, flüsterte sie.

»Braves Mädchen.« Er nahm eine der Decken von dem Stapel, den J. D. geholt hatte, und legte sie Stevie und Cordelia um, dann hockte er sich auf seine Fersen und fragte: »Wann wird die Polizei hier sein?«

»Sie ist schon da«, antwortete Emma und legte auf. »Behauptet die Zentrale jedenfalls.«

Alec kam mit ein paar Tüten gefrorener Erbsen um die Ecke. »Ich habe sie gerade kommen sehen.«

»Sie sichern den Vorgarten und errichten Straßensperren für den roten Wagen«, sagte J. D. »Ich habe ihnen die Daten durchgegeben, als wir hier alles halbwegs unter Kontrolle hatten. Sie werden gleich anklopfen, um unsere Aussagen aufzunehmen. Und wenn wir das Okay haben, wird die Ambulanz nach dir sehen, Clay.«

»Ist nicht nötig«, sagte Clay und runzelte die Stirn. »Soll ich etwa Gemüse zu mir nehmen?«

»Eisbeutel habe ich nicht gefunden«, erwiderte Alec. »Aber gefrorene Lebensmittel funktionieren genauso gut. Komm, wir ziehen dir deine Jacke aus.« Er legte die Erbsenbeutel auf den Boden und half Clay, die Lederjacke abzustreifen, unter der ein zartlila Hemd zum Vorschein kam.

An den meisten Männern hätte ein lila Hemd wohl weniger männlich ausgesehen. An Clay dagegen ... Stevie glaubte nicht, dass er in irgendetwas unmännlich wirkte, selbst dann nicht, wenn er Cordys rosafarbenen Feenturnbeutel durch die Gegend trug.

Sie schloss die Augen. *Ich dumme Kuh. Ich hätte mich nicht effektiver zur Zielscheibe machen können, wenn ich mir »Erschieß mich« auf den Rücken gepinselt hätte.* Und genau deshalb war nun Clay getroffen worden, auch wenn er Gott sei Dank eine Kevlar-Weste getragen hatte.

»Ich weiß nicht, ob du die Jacke noch anziehen kannst«, sagte Alec jetzt.

Sie öffnete die Augen und sah, wie dieser zwei Finger durch die Einschusslöcher bohrte.

»Klar kann ich.« Clay knöpfte sein Hemd mit langsamen, steifen Bewegungen auf. »Sie ist schon zehnmal geflickt worden, seit ich sie fünfundneunzig gekauft habe.« Er verzog gequält das Gesicht, als er versuchte, das Hemd abzustreifen.

»Meine Güte. Weiß hier eigentlich keiner, wie man um Hilfe bittet?«, fragte Emma barsch. Sie ging zu Clay hinüber, zog ihm das Hemd aus und ...

*Verflucht!* Der Anblick der schmalen Hände ihrer Freundin, die Clay beim Ausziehen halfen, verursachte Stevie Sodbrennen. Was in jeder Hinsicht lächerlich war. Emma war glücklich verheiratet. Und Clay ... *ist nicht mit mir zusammen. Er hätte es sein können, aber ich habe ihm einen Korb gegeben. Zu seinem eigenen Besten. Ich habe es zu seinem eigenen Besten getan.*

Stevie bemerkte, wie sich Clays Gesicht vor Schmerz verzerrte. Alecs Grimasse verriet ihr, dass sein Rücken schlimm aussehen musste.

Cordelia rutschte unruhig auf ihrem Schoß herum, offenbar waren auch ihr seine Verletzungen nicht entgangen. Clay schien ihren Blick bemerkt zu haben, denn er nickte der Kleinen beruhigend zu.

»Das geht wieder weg«, erklärte er ihr. »Das ist nicht mehr als ein dicker blauer Fleck. Es blutet nicht einmal, richtig, Alec?«

»Stimmt.« Alec hob die Kevlar-Weste hoch und zeigte Cordelia die Innenseite. »Siehst du? Nicht mal ein winziges Tröpfchen.« Er reichte die Weste an J. D. weiter und griff nach den Erbsen. »Zwanzig Minuten kühlen, dann weg damit. Bist du so weit?« Ohne auf eine Bestätigung zu warten, drückte er Clay auf beide Schultern jeweils eine Tüte. Clay zuckte zusammen. Seine Brustmuskeln spannten sich an. »Klar«, sagte er trocken. »Ich bin so weit.«

»Die Erbsen passen sich den geprellten Bereichen hervorragend an«, sagte Alec. »Sogar noch besser als Eisbeutel.«

»Er hat recht«, bestätigte Emma. »Ich habe auch immer ein paar Erbsentüten in meinem Tiefkühlfach. Sie eignen sich gut zur Schadensbehebung nach Heulorgien.«

Clay warf ihr einen fragenden Blick zu. »Heulen Sie oft?«

»Oh, nein, ich nicht. Aber meine Tochter ist gerade erst raus aus der Pubertät. Dramatische Trennungsszenarien, Pickel vor der großen Party, eine gemeine Freundin, die einem in den Rücken fällt ... egal. Eine Tüte Erbsen lässt dicke Augen in null Komma nichts auf Normalgröße schrumpfen.«

»Was bin ich froh, dass wir einen Jungen haben«, brummelte J. D. und blickte auf sein Handy. »SMS von Hyatt. Er will unsere Aussagen. Können wir dazu in die Küche gehen, Stevie?«

»Klar.« Stevie versuchte, Cordelia auf der Couch abzusetzen, um aufzustehen, aber diese klammerte sich an ihre Mutter. »Cordy, Schätzchen, ich muss mit meinem Chef sprechen. Ich gehe nicht aus dem Haus, okay?« Sie versuchte, die Arme ihrer Tochter von ihrem Hals zu lösen, doch Cordelia ließ nicht los und wimmerte leise. Stevie hätte beinahe Clay um Hilfe gebeten, doch glücklicherweise fiel ihr gerade noch rechtzeitig ein, dass sie das keinesfalls tun durfte.

Der Mann war hier, in ihrem Haus. Und nach noch nicht einmal fünfzehn Minuten war es so, als würde er hier hingehören. *Das tut er aber nicht. Das darf er nicht. Er gehört hier nicht hin.*

»Emma?«, sagte Stevie leise. »Kannst du mir helfen?«

Emma ließ sich neben ihr auf dem Sofa nieder. »Komm, Cordelia, setz dich zu mir. Wir bleiben hier in der Mitte, so dass du deine Mutter am Küchentisch sehen kannst, okay?« Cordelia gab nach und ließ sich widerstrebend von Stevies auf Emmas

Schoß heben. »Ich hab was für dich, von meinen Jungs. Wenn wir unter uns sind, gebe ich es dir.«

Cordelia zog die Brauen hoch. »Warum unter uns?«

»Weil deine Mutter dir alles wegfuttert, wenn sie es sieht.«

»Ich bin so froh, dass du hier bist«, murmelte Stevie, und Emma lächelte.

»Geh und tu, was zu tun ist. Cordelia und ich kommen schon klar.«

Es klingelte an der Tür, und Alec ging, um zu öffnen. J. D. zog Stevie auf die Füße, und sie hielt sich an seinem Arm fest, wobei sie sich nur allzu bewusst war, dass Clay sie beobachtete. »Wo ist mein Stock?«, fragte sie.

»Kommt schon.« Hyatt betrat mit ihrem glitzernden Stock das Wohnzimmer. »Sie haben ihn draußen fallen lassen.« Er inspizierte Clay mit einem raschen Blick und kniff fragend die Augen zusammen, als er die Erbsentüten entdeckte. Kopfschüttelnd wandte er sich an J. D. und Stevie. »Ich habe hinten und vor dem Haus Officers postiert, während die Spurensicherung ihre Arbeit macht. Und Sie erklären mir jetzt ganz genau, was in aller Welt hier eigentlich passiert ist.«

*Samstag, 15. März, 18.25 Uhr*

*Mistkerl.* In halsbrecherischem Tempo jagte Henderson durch die verschlafene Gegend. Nur eine Hand lag am Lenkrad, die andere war taub. *Mein ganzer Arm ist taub. Der Mistkerl hat mich erwischt.*

Blut sickerte aus der Schulterwunde, und einen Moment lang verschwamm die Straße. *Halt durch.*

Die ordentliche Wohngegend ging in weitläufige Wiesen und Felder über, dann kam der Wald. Henderson atmete erleichtert auf, als der Abbieger für die Seitenstraße angezeigt wurde. Zwischen den Bäumen parkte der gemietete weiße Camry. *Genau da, wo ich ihn hingestellt habe.*

Henderson fuhr rechts ran, stieg aus und hielt sich wankend

am Dach des gestohlenen roten Chevy fest. Es war ein Kinderspiel gewesen, den Wagen mitzunehmen, denn sein Besitzer hatte die Schlüssel einfach an einem Haken direkt neben der unverschlossenen Küchentür aufgehängt. *Gelobt sei das Landleben. Hier traut man einander noch.*

Den Arm abzubinden war keine leichte Aufgabe, und Henderson atmete schwer, als es schließlich geschafft war. *Wenigstens blute ich nicht mehr alles voll.*

Blieb die Frage, was mit dem roten Chevy zu tun war. Blut war in den Sitz gesickert. *Mein Blut. Aber es hätte schlimmer kommen können.*

Robinette hatte dafür gesorgt, dass alle Mitglieder seines Teams die notwendigen Anträge ausgefüllt hatten, mit denen ihre Daten inklusive DNS aus den militärischen Datenbanken gelöscht worden waren. Auch die Cops hatten nichts in ihren.

*Weil ich immer vorsichtig gewesen bin. Weil ich nie zuvor Blut oder Haare zurückgelassen habe. Weil ich nie so nah ans Opfer herangegangen bin, dass die Cops etwas hätten finden können.* Entfernung war des Scharfschützen beste Freundin. Nur heute leider nicht. *Sieh zu, dass du das Blut loswirst.* Bislang hatten die Cops nichts in ihrem System, und das sollte auch so bleiben.

Mit vor Schmerz zusammengebissenen Zähnen trennte Henderson den Sitz aus seinem Rahmen und warf ihn in den Kofferraum des Camry, tränkte das Gras um den Chevy mit Benzin und warf ein brennendes Streichholz zu Boden.

Als der Camry die Hauptstraße erreicht hatte, waren die Flammen schon höher als die Bäume. Von dem Chevy würde nichts übrig bleiben. Aber die Sache war knapp gewesen. Viel zu knapp.

Und nun, endlich in sicherer Entfernung, loderte Hendersons Wut auf. Wer zum Teufel war dieser Kerl vorhin überhaupt gewesen? Dass der Bursche es geschafft hatte, auf dem Parkway zu entwischen, war schlimm genug gewesen, aber sich dann noch über Mazzetti und das Kind zu werfen? *Herrgott.* Noch dazu konnte er schießen wie ein Army Ranger! *Er hat besser gezielt als ich.* Das war mehr als nur ein bisschen demütigend.

Wenn Henderson nicht außerordentliches Glück gehabt hatte, atmete Detective Stevie Mazzetti immer noch. *Gottverflucht!* Diese Frau hatte mehr Leben als eine Katze! Robinette würde gar nicht glücklich sein.

Ein Blick auf die Flasche im Halter zeigte, dass sie leer war – der Wodka war alle. Henderson krampfte die Finger ums Lenkrad. *Sieh zu, dass du nach Hause kommst. Da kannst du dich entspannen.*

*Samstag, 15. März, 18.30 Uhr*

Stevie warf noch einen letzten Blick zurück ins Wohnzimmer, bevor sie sich an den Küchentisch setzte. Cordelia hatte sich auf Emmas Schoß zusammengekauert und den Kopf an ihre Schulter gelegt.

»Stevie«, sagte Hyatt barsch. »Ich brauche Sie hier bei mir. Jetzt. Sie können später alle Zeit der Welt mit Ihrer Tochter verbringen.«

»Ja, ich weiß.« Vorsichtig setzte Stevie sich an den Tisch zwischen ihren Chef und ihren Partner. Jeder Muskel in ihrem Körper schrie nach einem heißen Bad.

Clay ließ sich ihr gegenüber nieder, stützte die Ellbogen auf den Tisch, senkte den Kopf und machte den Rücken krumm, um die Tüten mit dem Gemüse auf seinen Schultern zu balancieren. Alec nahm neben ihm Platz und warf immer wieder besorgte Blicke auf die Hämatome.

»Mr. Maynard«, begann Hyatt. »Sie scheinen stets in extrem angespannten Augenblicken an Detective Mazzettis Seite aufzutauchen.«

Clay sparte es sich, ihm einen Blick zuzuwerfen. »Das haben Sie schön ausgedrückt.«

Hyatts Lippen zuckten, wenn auch nur ansatzweise. »Nun, erzählen Sie mir doch bitte, wie Sie ausgerechnet heute Abend in Detective Mazzettis Vorgarten gelandet sind. Noch dazu mit einer Waffe.«

Stevie beugte sich vor. »Das würde ich ganz nebenbei auch gerne wissen. Nicht, dass ich dir nicht dankbar wäre, aber ich weiß nicht einmal, wo meine Schwester ist, und ich habe schon den ganzen Nachmittag versucht, sie zu erreichen.«

Mit ausdrucksloser Miene sah Clay zu Hyatt hinüber. »Izzy hat kurzfristig einen Fotojob bei einer Hochzeit bekommen. Ich hatte ihr angeboten, Cordelia nach Hause zu fahren.«

Eine Pause entstand. »Von wo?«, hakte Stevie nach und hoffte, dass er ihr nicht mit dem Ballettstudio kommen würde. Ihres Wissens hatte Clay Maynard sie niemals angelogen. *Bitte fang nicht jetzt damit an. Bitte nicht.*

»Von der Eisdiele.« Er warf J. D. einen Blick zu. »Sie sagte, du würdest sie am Todestag ihres Vaters immer zum Eisessen abholen, hättest es aber wohl vergessen.«

J. D. verzog schuldbewusst das Gesicht. »Das stimmt. Beides. Ich hole sie immer zum Eisessen ab. Und ich hab's vergessen.«

Stevie tätschelte J. D.s Hand. »Sie weiß, dass du jetzt auch ein Baby hast, und sie versteht es.«

»Ganz genau«, sagte Clay. »Sie hat mir gesagt, dass du gar nicht mehr schlafen kannst und sie dich in ein paar Wochen noch einmal daran erinnern will. Und vielleicht hättest du dann ein so schlechtes Gewissen, dass sie statt drei Kugeln einen richtigen Eisbecher bekäme.«

»Wow, die Kleine ist schon ganz schön schlau«, murmelte J. D.

»Ja«, pflichtete Clay ihm traurig bei und meinte damit vermutlich mehr als Cordelias Verhandlungstaktiken. »Vor der Eisdiele hielten wir bei einem Blumenladen. Ich wollte Blumen kaufen, und sie fragte, ob sie auch welche für ihre Mutter besorgen könnte. Dann würde sie vielleicht nicht so wütend auf sie sein.« Stevie runzelte die Stirn, als sie an die letzten Sekunden zurückdachte, bevor Clay sie niedergerissen hatte. Bevor ihnen die Kugeln um die Ohren geflogen waren. *Tut mir leid, Mama. Ich wollte doch nur bei den Pferden sein.* Stevie rutschte ein Stück vor und blickte mit zusammengekniffenen Augen ins Wohnzimmer, um Cordelias Füße zu betrachten. »Sie trägt Stiefel. Warum?«

»Weil Izzy sie zu Daphne zum Reiten bringt«, erklärte Clay.

»Zur Pferdetherapie«, fügte Alec hinzu. »Izzy ist der Meinung, das würde Cordelia weit mehr helfen als eine Gesprächstherapie.«

»Aha.« Izzy meinte es nur gut. Izzy meinte es immer gut. »Und wie lange geht das schon so, falls jemand mir das sagen kann?« Clay richtete seine Antwort an Hyatt. »Etwa zwei Monate lang. Ich bin zur Farm gefahren, weil wir Daphnes Sicherheitssystem ausbauen müssen. Cordelia und Izzy waren dort, als wir kamen.«

»Wozu braucht Daphne ein ausgebautes Sicherheitssystem?«, wollte Hyatt wissen.

»Für das neue Therapieangebot«, erklärte Clay. »Ab nächstem Monat treiben sich dort Kinder, Therapeuten, Pferdetrainer und weiß Gott wer herum, und wir versuchen, die Farm so sicher wie möglich zu machen.«

Eine Verantwortung, die er offenbar sehr ernst nahm. »Izzy ist also zu einer Hochzeit gerufen worden, und du hast ihr angeboten, Cordelia nach Hause zu bringen.«

Er nickte knapp, und zwar wieder in Hyatts Richtung. *Nicht in meine.*

»Woher wussten Sie, dass auf sie geschossen werden würde?«

»Instinkt, nehme ich an«, sagte Clay. »Ich sah den roten Wagen, sah, dass der Fahrer eine Skimaske trug, obwohl es nicht besonders kalt draußen ist. Ich bin wohl schon losgelaufen, bevor ich noch die Waffe gesehen habe.«

*Gummibärchen. Regenbogen, Blumen und an Schuhen nagende Welpen*, dachte Stevie. Offenbar hatten er und Cordelia sich über ihre Furcht vor Waffen unterhalten, und es schien etwas in ihr bewirkt zu haben.

»Verdammt guter Instinkt«, knurrte J. D. »Und gut gezielt.«

»J. D. sagt, Sie hätten auf den roten Wagen gefeuert.« Hyatt zog die Stirn in Falten. »Glauben Sie, Sie haben den Schützen getroffen?«

Clay hob eine Schulter, wodurch sich die Erbsentüte in Bewegung setzte und auf den Tisch plumpste. »Keine Ahnung. Ich dachte, ich hätte ihn zusammenzucken sehen, aber alles passierte so schnell.«

»Ganz genau.« Hyatts Miene wurde noch finsterer. »Sie sind bemerkenswert gut vorbereitet gewesen. Als hätten Sie Ärger erwartet. Wie kommt das?«

Alec öffnete den Mund, um zu protestieren, aber Clay brachte ihn mit einer Geste zum Schweigen. »Schon okay, Alec. Ich habe eine Schusswaffe abgefeuert. Mit einer solchen Frage war zu rechnen.« Er begegnete Hyatts Blick. »Ich war tatsächlich schon in Alarmbereitschaft, daher habe ich wahrscheinlich den Fahrer schneller als üblich als mögliche Gefahr erkannt und entsprechend reagiert.«

»In Alarmbereitschaft weswegen?«, wollte Hyatt wissen.

»Wir sind auf dem Weg hierher beschattet worden. Allerdings konnten wir den Wagen abschütteln und über Umwege herkommen. So etwas passiert nicht selten, wenn man in der Sicherheitsbranche arbeitet. Potenzielle Kunden wollen wissen, wie gut wir wirklich sind, und stellen uns auf die Probe. Manchmal hat man auch jemandem auf die Zehen getreten. Je nach Situation und Person stellen wir die Verfolger, aber wir hatten ein Kind im Auto, also merkten wir uns das Nummernschild und beschlossen, uns später darum zu kümmern.«

»Und das war nicht der rote Wagen?«

»Nein. Ein weißer.«

Stevie fuhr zusammen, als habe man ihr einen Stromschlag verpasst. »Weiß – und was für eine Marke?«

Endlich sah Clay sie an. Seine Augen waren zu Schlitzen verengt. »Ein weißer Toyota Camry. Wieso?«

*Ruhig, ganz ruhig.* Sie musste sich zwingen, auszuatmen. »Oh Gott.«

J. D. hatte sehr still zugehört. »Sie sagen, Sie hätten sich das Nummernschild gemerkt?«

Clay nickte und wandte sich Alec zu. »Gib's weiter.«

»Es war ein Mietwagen«, sagte Alec und ratterte die Nummer herunter.

J. D. stieß sich ab, kam auf die Füße und wählte eine Nummer auf seinem Handy, während er sich vom Tisch entfernte.

»Was ist denn hier los?«, fragte Clay. »Und sagen Sie mir nicht, dass mich das nichts angeht, denn die Löcher in meiner Lieblingsjacke erzählen mir etwas anderes.«

Hyatt beugte sich vor und senkte die Stimme, da J. D. die Nummer des Autos an die Zentrale durchgab. »Der Fahrer eines weißen Camry hat gestern auf Detective Mazzetti geschossen und konnte anschließend entkommen.«

Clays Blick schoss zu Stevie, doch er sagte nichts.

J. D. kehrte an den Tisch zurück. »Danke, Alec. Das Kennzeichen hatten wir nicht. Weder gestern noch heute.«

Stevie schüttelte den Kopf. »Heute? Moment mal. War der Wagen heute etwa auch da? Am Harbor House?«

J. D. nickte. »Wir haben die Aufzeichnungen der städtischen Kameras überprüft. Um die Zeit herum, als du in den Laden gegangen bist, fuhr ein weißer Camry über die Straße. Um zwei, als du dich mit Emma getroffen hast, herrschte dichter Verkehr, und die Autos klebten Stoßstange an Stoßstange, so dass wir das Nummernschild nicht sehen konnten. Anschließend hat ihn keine Kamera mehr aufgenommen.«

Clay nahm die andere Tüte von seiner Schulter, ließ sie auf den Tisch plumpsen und bewegte den Arm. »Wollen Sie damit sagen, dass ein und derselbe Kerl dreimal versucht hat, Detective Mazzetti umzubringen?« Er blickte von J. D. zu Hyatt. Seine Stimme war sehr ruhig.

»Ja«, antwortete J. D. grimmig.

Einen Moment lang herrschte Stille am Tisch.

»Aber der weiße Camry ist in den vergangenen Stunden nicht Detective Mazzetti gefolgt«, sagte Clay schließlich leise. »Sondern Cordelia, denn er wusste, dass die beiden letztendlich wieder zusammenkommen würden.«

Stevie spürte, wie ihr das Blut aus den Wangen wich. »Er hätte auch sie umgebracht.« Plötzlich begriff sie die volle Bedeutung seiner Worte. »Woher wusste er, dass Cordelia bei dir war?«

Und jetzt, endlich, sah er sie wirklich an, und sie entdeckte Furcht in seinen Augen. *Furcht um mein Kind. Und um mich.* Aber als er sprach, klang er ruhig und kontrolliert, und das half ihr wiederum, sich zu fassen.

»Er wusste offenbar bereits, wo du wohnst. Er ist mir nicht hierher gefolgt. Wir haben ihn auf dem Parkway abgeschüttelt. Wenn wir davon ausgehen, dass es sich um denselben Täter handelt, muss er den Camry irgendwo abgestellt haben, in den roten Chevy umgestiegen und direkt hierhergekommen sein. Möglicherweise ist er auch heute Mittag schon hier gewesen und Izzy und Cordelia zur Farm hinaus gefolgt.«

Stevie zwang sich zum Denken, damit der Schrecken sie nicht lähmen konnte. »Wo ist Daphnes Farm?«

»Hunt Valley«, sagte Clay.

Stevie nickte. »Zeitlich könnte es hinkommen. Izzy und Cordelia sind noch vor mir gefahren. Es wäre durchaus möglich gewesen, ihnen bis Hunt Valley zu folgen und dennoch pünktlich um zwei beim Harbor House Restaurant zu sein. Nach der Schießerei wimmelte es dort nur so von Einsatzfahrzeugen, anschließend waren wir in der Ambulanz ... Für den Schützen wäre es sicher sinnvoller gewesen, sich zurückzuziehen, zumal ihm klar gewesen sein muss, dass Cordelia und ich uns im Laufe des Tages wiedersehen würden. Aber wieso ist er nicht direkt hierhergekommen, wenn er doch wusste, wo ich wohne? Wieso ist er dir erst hinterhergefahren?«

Clay schloss die Augen, und sein Gesicht unter der Winterbräune wurde blasser. »Du wärest in höchster Alarmbereitschaft gewesen. Aber wenn du herausgekommen wärest, um Cordelia entgegenzugehen, wärest du unachtsamer und verwundbar gewesen.«

»Aber ich bin ja nur nach draußen gerannt, weil *du* mit ihr gekommen bist«, sagte Stevie. Dass J. D. und Hyatt den Austausch interessiert verfolgten, kümmerte sie nicht. »Wie kann er gewusst haben, dass ich das tun würde?«

Clay schlug die Augen auf und hielt ihren Blick fest. Selbst wenn sie es gewollt hätte, hätte sie nicht wegsehen können. »Er muss es nicht gewusst haben. Er hätte dich auch so nach draußen zwingen können.«

Und dann begriff sie. *Oh, mein Gott. Oh, mein Gott.* Sie versuchte zu atmen, versuchte, nicht ohnmächtig zu werden, aber sie spürte, wie alles Blut aus ihrem Kopf wich. »Er hätte sie beim Aussteigen erschossen, damit ich rausrennen würde. Er wollte meine Kleine als Köder benutzen.«

Samstag, 15. März, 18.50 Uhr

*Endlich kapiert sie.* Dennoch wünschte Clay, er hätte ihr diesen furchtbaren Schrecken nicht einjagen müssen.

*Nicht du hast ihr einen Schrecken eingejagt. Dieser Mistkerl, der sie und ihre Tochter umzubringen versucht, hat es getan.* Aber sein Verstand kümmerte sich einen Dreck um Logik, solange die Frau, die er begehrte, aussah, als habe er sie ins Gesicht geschlagen.

Doch ihr Blick blieb die ganze Zeit auf ihn gerichtet. Sogar noch, als der Lieutenant eine Hand auf ihre legte.

»Wir lassen nicht zu, dass sich jemand an Cordelia vergreift«, sagte Hyatt. »Aber Sie müssen versprechen, die Ermittlungen einzustellen. Sie sind noch immer krankgeschrieben, Sie sollen wieder gesund werden. Habe ich Ihr Wort?«

Dumpf nickte sie, ohne Clay aus den Augen zu lassen. »Ja. Natürlich.«

Auf ihrer anderen Seite seufzte J. D. müde. »Und jetzt gehst du auch in das sichere Haus?«

Ihr Nicken war mechanisch. »Ja, natürlich. Ich packe nur rasch ein paar Sachen.«

»Nein, bleiben Sie hier sitzen. Das kann eine Polizistin übernehmen.« Hyatt erhob sich, um die Anweisung weiterzugeben, blieb jedoch im Durchgang stehen. »Ich danke Ihnen, Mr. Maynard. Ich bin verdammt froh, dass Sie stets ausgerechnet in extrem angespannten Momenten zur Stelle sind. Haben Sie schon einmal überlegt, zur Polizei zurückzukehren?«

Clay warf ihm einen kurzen Blick zu, um nicht respektlos zu erscheinen, dann wandte er sich wieder Stevie zu. »Gern geschehen, Lieutenant. Und, nein, Sir. Kein einziges Mal.«

Hyatt lächelte bedauernd. »Dachte ich mir. J. D., bringen Sie Stevie zum sicheren Haus?«

»Ja, Sir.« Sobald Hyatt den Raum verlassen hatte, beugte sich J. D. zu Stevie. »Wohin willst du in Wirklichkeit?«

»An einen sicheren Ort. Aber nicht in ein sicheres Haus«, murmelte sie so leise, dass Clay es kaum hören konnte.

»Aber warum?«, flüsterte J. D.

»Weil ich sie noch nicht alle gefunden habe«, sagte sie genauso leise und tonlos wie zuvor.

Clay setzte sich auf den Stuhl, den Hyatt frei gemacht hatte. Mit einer Kopfbewegung schickte er Alec zur Tür, damit der Junge Cordelia im Blick behielt, die sich wie eine Schlingpflanze an Emma klammerte. »Was noch nicht gefunden?«, fragte Clay.

»Silas' Opfer. Ich habe seine alten Fälle nachrecherchiert und vier weitere entdeckt, bei denen er Unschuldige für die Verbrechen anderer hat büßen lassen. In dieser Woche sind vier Verhaftungen vorgenommen worden.«

Clay zog die Brauen zusammen. »Aber wieso müsst ihr ermitteln? Ich dachte, dieser Anwalt – Lippman –, für den Silas gearbeitet hat, hat eine Liste hinterlassen. Ich dachte, das BPD wüsste von all den fingierten Fällen und den Cops, die daran beteiligt gewesen sind.«

»Nein, nicht von allen. Die Liste war nicht vollständig. Als ich anfing, mir Silas' alte Fälle anzusehen, entdeckte ich Ungereimtheiten. Fälle, für die Lippman ihn bezahlt hatte, die er aber nicht allein gedreht haben kann, weil er die ganze Zeit mit mir zusammen gewesen ist. Bei einigen können ihm andere korrupte Cops geholfen haben, von denen wir bereits wissen, bei anderen dagegen nicht. Ich denke, es gibt noch einige andere, die nicht auf Lippmans Liste auftauchen.«

Sie sah zur Seite, und Clay wurde sich bewusst, dass sie alle Fragen bis auf eine beantwortet hatte – warum sie überhaupt damit angefangen hatte, die alten Fälle ihres ehemaligen Partners wieder aufzurollen. Er würde es noch herausfinden. Später. J. D. wirkte todmüde. »Hast du das der Dienstaufsicht mitgeteilt?«

»Ja, natürlich. Ich habe Hyatt Bescheid gegeben, sobald ich begriff, was ich entdeckt hatte. Das war am Montag, und gestern Morgen sind wir zusammen zur Dienstaufsicht gegangen. Mit den Angriffen auf mich ging es am Dienstag los. Die richtigen Schlüsse zu ziehen ist nicht schwer. Es gibt ein Leck bei uns. J. D., ich weiß, dass ich dir hundertprozentig vertrauen kann, und auch Hyatt ziehe ich nicht in Zweifel. Aber das kann ich nicht von den Polizisten sagen, die sich um den Schutz des sicheren Hauses kümmern werden.«

»Also frage ich dich noch einmal«, sagte J. D. »Wohin willst du?«

»Ich weiß es nicht. Aber ich verstecke mich nicht bei dir, J. D.« Sie bedachte ihren Partner mit einem entschlossenen Blick. »Ich werde nicht auch noch Lucy und das Baby in Gefahr bringen. Und erzähl mir nicht, du hättest nicht gerade darüber nachgedacht. Wer immer mich ...« Sie sah über ihre Schulter ins Wohnzimmer zu Cordelia und senkte ihre Stimme beträchtlich. »... umbringen will, macht sich offenbar keine Sorgen um die Sicherheit von Unbeteiligten.« Sie legte ihre Finger auf ihre Lippen, die plötzlich bebten. »Heute sind zwei Frauen gestorben, und Cordelia befand sich in großer Gefahr. Ich will nicht das Blut weiterer Menschen an meinen Händen wissen.«

Clay fiel Emmas blutverklebte Bluse ein. »Was ist denn in dem Restaurant passiert?«

J. D.s Brauen schossen hoch. »Hast du denn noch nichts in den Nachrichten gehört?«

»Nein. Wir hatten im Auto kein Radio an. Cordelia hat auf der Fahrt geschlafen. Was ist passiert?«

»Ein Heckenschütze«, erklärte J. D. »Auf dem Dach gegenüber. Er hat durchs Fenster geschossen, Stevie verwundet und eine Frau getötet. Ein zweiter Schuss hat eine zweite Frau getroffen.« Clays Herz begann erneut zu jagen. So fest, dass es weh tat. Sie war dem Tod heute so nah gekommen. Wie vielen Kugeln war sie schon ausgewichen? Er hatte sie im Dezember blutend in den Armen gehalten. Heute war er schon wieder kurz davor gewesen, sie zu verlieren.

*Nur kannst du nicht verlieren, was nicht dein ist.*

Die Erkenntnis traf ihn wie ein Hieb über den Schädel. *Und ob sie das ist!* Viel zu oft schon hatte er ausgerechnet in »extrem angespannten Augenblicken« ihren Weg gekreuzt, um nicht auf irgendeine schicksalhafte Weise mit ihr verbunden zu sein.

*Sie gehört zu mir, und ich werde darum kämpfen, dass das auch so bleibt.* Die relevante Frage lautete nun, wie er das anstellen sollte. Sie am Leben zu halten stand außer Frage. Und sie an seiner Seite zu halten? *Ja, auch das!*

»Ihr Blut klebt nicht an deinen Händen, Stevie«, sagte J. D. ernst. »Nicht du hast sie getötet.«

»Das ist mir klar. Aber nun, da ich weiß, dass jemand wild entschlossen ist, *mich* zu töten, liegt die Verantwortung für jeden, der Schaden davonträgt – egal, ob körperlich oder emotional –, nur weil er sich in meiner Nähe befindet, bei mir. Mach dir keine Sorgen, J. D. Ich werde an einen Ort verschwinden, wo ich niemanden in Gefahr bringe, der mir etwas bedeutet. Und das schließt dich mit ein.«

J. D. machte den Mund auf, um zu protestieren, aber sie hielt eine Hand hoch, um ihn daran zu hindern. »Meinst du wirklich, ich würde riskieren, dass Lucy durchmachen muss, was ich vor acht Jahren durchgemacht habe?«, fragte sie. »Dein Sohn soll einen Vater haben. Und du ...« Ihre Stimme brach, als sie an Paulie dachte, und sie musste schlucken. »Du wirst einen Sohn haben.«

»Aber du kannst doch nicht einfach verschwinden«, murmelte J. D. »Ich muss mich vergewissern können, dass du in Sicherheit bist. Wenn ich schon nicht wissen darf, wo du bist, dann sag mir wenigstens, mit wem du zusammen bist, damit ich dich, falls nötig, kontaktieren kann.«

Das Hämmern, das Clay den größten Teil des Tages in seinem Schädel gehört hatte, verstummte plötzlich. »Mit mir«, sagte er. »Sie kommt mit mir. Ich kann für ihre und Cordelias Sicherheit sorgen, während wir herausfinden, wer hinter den Anschlägen steckt.«

Mit großen Augen sah J. D. erst Clay, dann Stevie an, die genauso verblüfft wirkte wie ihr Partner. Der Detective drückte sich vom Tisch ab und erhob sich. »Na, wenn das nicht mein Stichwort ist, um zu verschwinden. Du solltest dich umziehen, Clay. Hast du eine Sporttasche im Auto, die ich dir holen kann? Wenn nicht, hätte ich noch ein T-Shirt übrig.«

»Ja, ich habe eine Tasche mit Wechselsachen auf dem Rücksitz. Danke, J. D.«

Und dann waren er und Stevie allein. Er wartete darauf, dass sie das Wort ergriff, und er brauchte nicht lange zu warten.

»Ich weiß dein Angebot wirklich zu schätzen, Clay, aber ich kann es nicht annehmen.«

»Und warum nicht?«

Sie schloss die Augen. »Das schaffe ich heute nicht.«

»Du hast keine Wahl«, entgegnete er so scharf, dass sie die Augen wieder aufriss. »Du und deine Tochter seid heute fast draufgegangen. Du hast gesagt, du willst niemanden gefährden, der dir etwas bedeutet, also wohin willst du? Zu deinen Eltern? Zu Grayson und Paige? Willst du sie der Gefahr aussetzen?«

Sie presste trotzig die Lippen aufeinander. »Graysons Haus hat eine Alarmanlage. Und einen großen Hund.«

Clay hätte fast gelächelt. Stevie mochte keine Hunde, war sich aber nicht zu schade, Paiges Rottweiler als Argument für sich zu nutzen. Nur leider führten sie hier kein kultiviertes Streitgespräch. »Du möchtest also deine Tochter in seinem Haus gefangen halten, bis du diesen Kerl erwischt hast? Was sollte ihn davon abhalten, jeden, der Grayson besuchen oder sein Haus verlassen will, abzuknallen, nur um dich herauszulocken? Die Masche hat es schon vor heute gegeben.«

Sie zog instinktiv den Kopf ein, hatte er doch den Finger genau auf eine Wunde gelegt. »Das war unter die Gürtellinie, Clay.« Es war ihr alter Partner Silas gewesen, der genau das ein Jahr zuvor getan hatte, als Grayson und Paige seine Zielobjekte gewesen waren. Silas hatte J. D. vor Graysons Haus niedergeschossen, um Grayson ins Freie zu locken. Stevie hatte den Schützen verfolgt – und Silas gestellt.

Sie hatte bereits wenige Stunden zuvor herausgefunden, dass der Mann, dem sie bedingungslos vertraute, korrupt war, aber Clay konnte sich gut vorstellen, dass sie es nicht hatte glauben wollen, bis Silas eine Waffe auf sie gerichtet hatte und geflohen war.

»Dass der Schlag unter der Gürtellinie gelandet ist, macht die Sache nicht weniger relevant. Die Taktik wird gerne angewandt, weil sie nämlich wirkt!«

Sie verschränkte in einer Geste der Verzweiflung die Hände vor der Brust. »Ich kann auf meine Tochter aufpassen.«

»Das bezweifle ich auch nicht.« *Und wer passt auf dich auf?*, hätte er gerne gefragt, war jedoch klug genug, sich zurückzuhalten. »Aber was ist, wenn du unterwegs bist, um zu ermitteln? Wer passt dann auf deine Tochter auf? Und denk nicht mal daran, mir einreden zu wollen, dass du die Sache auf sich beruhen lässt, nur weil dein Chef es dir befohlen hat. Du magst mich vielleicht nicht, Stevie, aber verkauf mich bitte nicht für dumm.« Ihr Blick flackerte einen Moment lang hektisch. »Das würde ich nie tun«, flüsterte sie.

»Na, wenigstens das, danke«, brummte er. »Du willst niemanden in Gefahr bringen, der dir am Herzen liegt, richtig? Dann bin ich die perfekte Wahl. Ich habe kein Kind zu beschützen, keine Frau, niemanden.«

Sie schloss die Augen, und eine Träne rann über ihre Wange. Er musste sich beherrschen, sie nicht wegzuwischen, Stevie nicht in seine Arme zu ziehen und ihr zu sagen, dass alles wieder gut werden würde.

»Warum?«, flüsterte sie. »Warum bist du so verdammt entschlossen, mich zu beschützen?«

Er verbiss sich die Antwort, die ihm auf der Zunge brannte. Sie wusste es bereits. Er hatte nicht vor, es noch einmal zu sagen, bis er sicher war, die Antwort zu hören, die er sich wünschte. *Ich bin ein geduldiger Mensch. Ich kann warten.*

»Weil deine Tochter schlechte Träume hat«, sagte er stattdessen.

»Sie hat Angst einzuschlafen.«

»Sie träumt von Silas«, erklärte Stevie, die Augen noch immer geschlossen. »Er hat sie mit der Waffe bedroht.«

»Und allein dafür würde ich ihn umbringen, wenn er nicht schon tot wäre. Aber er ist es gar nicht, von dem sie in letzter Zeit träumt. Du bist es, Stevie. Sie träumt davon, wie du vor dem Gericht verwundet wurdest. Sie hat es gesehen. Im Fernsehen. Wie du zu Boden gegangen bist. Und in ihrem Traum stehst du nicht wieder auf.«

Ihre Lider flogen auf, und jetzt konnte sie ihre Tränen nicht mehr zurückhalten. »Das hat sie gesehen? Oh, mein Gott. Das wusste ich nicht. Ich dachte, wir hatten ihr das ersparen können.«

»Das war kaum möglich, es lief doch auf jedem Sender. Cordelia sagt, Izzy lässt sie nur noch DVDs sehen, seit sie erfahren hat, dass Cordelia es weiß.« Er ließ sie eine Weile weinen, bevor er fortfuhr. »Stevie, hör mir zu. Heute ist der Alptraum deiner Tochter fast wahr geworden. Ich habe nicht die Absicht, das geschehen zu lassen. Ich weiß, du willst nicht, dass sie mich in ihr Herz schließt – Izzy hat es mir verraten. Sie hat mir erzählt, dass du sie deshalb nicht bei Daphne wissen willst. Und genau deswegen habe ich Cordelia nach Hause gebracht.«

»Um mir zu zeigen, dass ich es verbockt habe?«, fragte sie verbittert. »Denn wie es aussieht, habe ich ja bei so ziemlich allem danebengelegen. Und dadurch ganz nebenbei meine Tochter in Lebensgefahr gebracht.«

»Nein. Ich wollte dir eigentlich sagen, dass Cordelia in Daphnes Programm gehört. Dass sie leidet, aber nicht will, dass du leidest, weswegen sie es dir nicht zeigt. Ich wollte dir auch eigentlich sagen, dass ich deinen Wunsch respektiere, sie davon abzuhalten, sich an mich zu gewöhnen, weshalb ich von nun an samstags nicht mehr auf Daphnes Farm auftauchen werde.«

»Okay, so weit zu dem, was du mir eigentlich sagen wolltest. Und was sagst du mir jetzt wirklich?«

»Dass ich nicht müßig herumstehen und zusehen kann, wie der Kleinen etwas geschieht. Wenn sie sich dabei an mich gewöhnt, dann ist das eben so.«

»*Dann ist das eben so?* Du lässt zu, dass sie dich ins Herz schließt, und haust anschließend einfach ab? *Das* könntest du tun?«

Er zuckte zurück. »Nein, ich würde nicht ›einfach abhauen‹. Aber wenn du beschließt, dass ich sie nicht mehr besuchen darf, dann bleibt mir keine Wahl. Du bist die Mutter. Ich dagegen bin nur …« Er zuckte die Achseln und brachte sich dazu, auszusprechen, was, wie er hoffte, nicht der Wahrheit entsprach. »… wenig mehr als ein Fremder. Ich will keinesfalls, dass sie ihr Herz an mich hängt, nur um ihr dann weh zu tun, indem ich verschwinde. Ich weiß sehr gut, wie es sich anfühlt, verlassen zu werden. Aber lieber ist mir, dass sie am Leben ist und mich hasst, daher lautet meine Antwort: Ja. Das könnte ich tun, wenn ich sie auf diese Art schütze.«

Stevie blickte zur Seite. Und war eine lange, lange Weile still. Schließlich stieß sie resigniert den Atem aus. »Wohin würden wir gehen?«

*Ja!* »Ich habe ein paar Ideen. Reden wir auf dem Weg darüber.« Sie sah ihn noch immer nicht an. »Das hier ändert nichts an dem, was ich vorher gesagt habe. Als ich noch im Krankenhaus lag. Das musst du wissen. Und du musst es ernst nehmen.«

Er nickte ernüchtert. »Verstanden.« Wahrhaftig, das hatte er. Endlich begegnete sie seinem Blick, und er hatte das Gefühl, als sähe sie direkt in ihn hinein. »Ich tue das für Cordelia.«

»Ich auch.« Er machte Anstalten, sich zu erheben, aber sie legte eine Hand auf seinen Arm.

»Warte noch«, sagte sie. »Ich will, dass du mir etwas versprichst.«

Er zog bedeutungsvoll die Brauen hoch. »Ich soll gar nicht erst versuchen, dich umzustimmen, richtig?«

Sie wurde rot. »Nein. Ich meine, doch, das will ich auch von dir hören, aber ...« Sie pustete sich ein paar Strähnchen aus der Stirn. »Würdest du mir helfen herauszufinden, wer für das hier verantwortlich ist?«

»Das hatte ich ohnehin vor.«

»Ich weiß nicht mehr, welchen Polizisten ich trauen kann. Mir zu helfen könnte bedeuten, Dinge zu tun, die nicht ganz ... einwandfrei sind.«

Er grinste. »Und das soll mich abschrecken?«

Ihre Lippen zuckten leicht. »Irgendwie dachte ich mir schon, dass du so was sagen würdest.«

Er wurde wieder ernst. »Wenn wir die Person, die das hier zu verantworten hat, nicht finden, dann musst du dich bis an dein Lebensende verstecken.«

Ihre Augen wurden traurig. »Und wenn ich Cordelia nehme und weggehe, wenn alles vorbei ist?«

Er musste schlucken, bevor er antworten konnte. »Dann werde ich es überleben. Bis dahin passe ich auf euch auf.« Wieder machte er Anstalten, sich zu erheben, und dieses Mal hielt sie ihn nicht auf. »Ich rede mit J. D., damit er Bescheid weiß.« Er tippte mit dem Finger gegen die Tüte Erbsen, die nicht mehr gefroren, aber immer noch kalt war. »Du solltest dir das aufs Gesicht legen, wenn du nicht willst, dass Cordelia dich so verweint sieht.«

# 6. Kapitel

*Baltimore, Maryland*
*Samstag, 15. März, 19.00 Uhr*

»Er ist bis über beide Ohren in sie verknallt«, sagte Alec leise. Emma hörte auf, Clay und Stevie am Küchentisch zu mustern, und wandte sich dem jungen Mann neben ihr auf dem Sofa zu. »Das sehe ich.« Sie rückte Cordelia, die inzwischen eingeschlafen war, auf ihrem Schoß zurecht. »Und du machst dir Sorgen um ihn.«

»Er hat furchtbar gelitten, als sie ihn im Krankenhaus damals abgewiesen hat. Und trotzdem sitzt er da und meldet sich freiwillig für die nächste Abfuhr.«

»Er ist erwachsen, Alec. Ich glaube kaum, dass du in der Lage wärst, ihn davon abzubringen.«

»Ja, er hat einen ganz schönen Dickschädel.«

»Dann wird es ziemlich interessant, denn Stevies Kopf dürfte aus Schmiedeeisen sein.«

Alecs Mundwinkel wanderten aufwärts. »Sie kennen sie schon lange, hm?«

»Acht Jahre.«

Er nickte. »Seit ihr Mann gestorben ist. Schließen Sie immer mit Ihren Lesern Freundschaft?«

Sie blinzelte. »Woher weißt du denn, dass …«

»Ich habe Sie gegoogelt. Ihr Mann ist genau wie Stevies bei einem Raubüberfall umgekommen.«

»Ja. Ihr Bruder, Sorin, hatte mir eine Mail geschickt und gefragt, ob ich bereit wäre, mich mit ihr zu treffen. Kennst du das, dass du jemanden triffst und das Gefühl hast, du würdest ihn schon ewig kennen? Bei Stevie und mir war es so. Ja, sie ist furchtbar stur, aber sie ist auch einer der aufrichtigsten Menschen, die mir je begegnet sind. Aufrichtig und authentisch.«

In der Küche stand Clay auf. Seine Miene war steinern und ausdruckslos – was gerade eben noch nicht so gewesen war. Während des Gesprächs mit Stevie hatte sich eine erstaunliche Bandbreite von Emotionen auf seinem Gesicht abgezeichnet – von Trauer zu Zorn, von intensiver Sehnsucht zu trauriger Resignation war alles dabei gewesen.

Emma sah zu Clay auf, als er vor ihr stehen blieb. »Wie sieht der Plan aus?«

»Wo ist die Polizei?«

»Noch draußen und sichert Spuren«, antwortete Alec. »Vorne und an der Hintertür stehen Cops. Und oben packt eine Polizistin ein paar Sachen für Stevie und Cordelia ein.«

Clay ging vor ihnen in die Hocke. »Sie kommen mit mir«, sagte er leise, an Emma gewandt. »Sie fliegen nach Hause, zu Ihren Kindern.«

»Meine Kinder ziehen ihren Großeltern gerade am ›glücklichsten Ort auf Erden‹ das Geld aus der Tasche. Ich würde beim jährlichen Verwöhnprogramm bloß stören. Nein, ich bleibe. Noch ein paar Tage auf jeden Fall.«

Clay betrachtete die schlafende Cordelia stirnrunzelnd. »Ich muss außerhalb ihrer Hörweite mit Ihnen reden.«

»Sie schläft.«

»Vermutlich.« Er nahm ihr das Kind mit solch einer Vorsicht ab, dass es sie tief im Inneren berührte. Ein maskulines Männerexemplar mit freiem Oberkörper, das ein schlafendes Kind im Arm hielt, hatte etwas an sich, das eine Frau nervös machen konnte. Wieso hatte Stevie diesen Mann abgewiesen, wenn sie doch so eindeutig etwas für ihn empfand? Ihre Miene hatte es im Restaurant deutlich verraten, kurz bevor das Fenster neben ihnen in Scherben gegangen war.

*Das Fenster und die Existenzen mehrerer Menschen. Komm also in Gang, Emma. Du hast ein paar wichtige Dinge zu erledigen.*

Sie trat ein Stück vom Sofa weg, damit Clay die Kleine ablegen und sorgfältig die Decke um sie herum feststecken konnte. »Lass sie nicht aus den Augen«, befahl er Alec.

Cordelia öffnete die Augen und kniff sie wieder zusammen. »Ich will aber wissen, was jetzt passiert.«

Clays Lippen zuckten. »Ich dachte mir doch, dass du nur so tust, als würdest du schlafen. Sobald es möglich ist, erzähle ich es dir. Zumindest soweit ich kann.«

»Das sagen Erwachsene immer«, brummte sie beleidigt.

»Ja, ich weiß. Aber ich bin nicht so wie die meisten Erwachsenen. Ich werde es dir erzählen, versprochen. Im Augenblick kann ich dir allerdings nur sagen, dass ich dich und deine Mutter von hier wegbringe.«

Ihre Erleichterung war unmissverständlich. »Weil der Mann mit der Pistole noch mal wiederkommt?«

»Vielleicht. Jedenfalls will ich kein Risiko eingehen, dass dir etwas passiert. Oder deiner Mutter.« Er strich ihr das Haar aus dem Gesicht. »Wenn es etwas gibt, das du unbedingt mitnehmen musst, weil du ohne nicht schlafen kannst, sag es Alec. Er sorgt dafür, dass es eingepackt wird.«

Damit erhob er sich und bedeutete Emma, ihm zu folgen. Ins Bad? Tatsächlich machte er eine einladende Geste, trat nach ihr ein und deutete auf die Toilette.

»Das ist hier unten der einzige Raum mit Tür, und oben befindet sich Polizei. Setzen Sie sich.«

Sie gehorchte und musterte ihn, während er sie musterte. »Worum geht es? Was sollte ich wissen?«

»Der rote Wagen, aus dem geschossen wurde ... Der Fahrer ist Alec, Cordelia und mir gefolgt, wenngleich in einem anderen Fahrzeug. Ich konnte ihn abhängen, aber er hat die Autos getauscht und ist hierhergekommen. Er war auch am Restaurant. Nachdem er Stevie dort verfehlt hat, hatte er vor, Cordelia zu erschießen, sobald sie hier ankam, um Stevie hinauszulocken. Nehme ich zumindest an. Es muss wie ein Lottogewinn für ihn gewesen sein, als sie stocksauer und unachtsam nach draußen stürmte, um uns anzubrüllen. Emma, hören Sie mir bitte genau zu. Der Kerl hatte keine Probleme damit, ein kleines Kind zu verletzen oder sogar zu töten, um Stevie zu erwischen.«

»Gut, dass ich sitze.« Und dann begriff sie im vollen Ausmaß, was er da eben gesagt hatte, und vor Schreck begann ihr Herz zu jagen. »Sie meinen, er könnte sich auch an meinen Kindern vergreifen?«

»Ich meine, dass er skrupellos ist. Entweder hasst er Stevie, oder er wird von jemandem bezahlt, der es tut. Falls Ihnen oder Ihren Kindern etwas passiert, würde sie das umbringen. Bringen Sie bitte keinen von uns in eine solche Lage. Fahren Sie nach Hause.«

Emma rieb sich die Stirn, während sie versuchte, einen klaren Gedanken zu fassen. »Dieser Tag ist wirklich nicht meiner.«

»Was Sie nicht sagen.«

Sie zwang sich, klar zu denken. »Meine Kinder sind mit meinen Eltern und Schwiegereltern in Disneyland. Keiner von ihnen heißt Townsend – das ist der Name, unter dem ich veröffentliche –, also würde es schwierig werden, wenn man sie in einem Hotel aufzustöbern versuchte. Ich gebe nie etwas über mein Privatleben preis, und es stehen keine Kinderfotos im Netz. Man müsste schon sehr gründlich suchen, um Hinweise zu finden. Ich denke, sie sind sicherer, wenn ich keine irren Killer auf ihre Spur bringe, indem ich zu ihnen fahre, meinen Sie nicht?«

Clay schien einen Moment darüber nachzudenken. »Ja, möglicherweise. Aber wollen Sie das Risiko eingehen? Sie waren heute Mittag mit Stevie zusammen, heute Nachmittag sind Sie es wieder gewesen. Der Killer hat Sie zweimal gesehen. Er weiß, dass Sie Stevie wichtig sind.«

Sie kniff die Augen zu schmalen Schlitzen zusammen. »Sie sind gut. Jetzt kapiere ich, wieso Sie sie überreden konnten, mit Ihnen zu gehen.«

Sein Schulterzucken war bescheiden, der Blick jedoch scharf. Er sah nicht nur gut aus, so viel war klar.

»Mein erster Impuls ist es, nach Hause zu rennen, so schnell mich die Beine tragen«, gab sie zu. »Ein Flugzeug täte es zur Not auch.« Seine Mundwinkel verzogen sich zu einem schiefen Grinsen. »Der zweite, vielleicht weisere Impuls wäre es, meiner Familie Personenschutz zu verschaffen. Mit etwas Glück wird die ganze Sache schnell vorbei sein, so dass meine Kinder sich hoffentlich später nur daran erinnern, wie ihr Großvater sich im Teetassenkarussell übergeben hat. Manchmal rücken mir irre Stalker auf die Pelle, daher stehe ich schon mit einem Security-Unternehmen in Kontakt.«

Sie begegnete seinem Blick und fuhr fort: »Ihr braucht jemanden, der bei Cordelia bleibt, wenn ihr unterwegs seid und ermittelt. Es ist kaum der geeignete Zeitpunkt, um fremde Personen einzubeziehen oder das Kind von hochqualifizierten Ermittlern beaufsichtigen zu lassen, daher könnte ich euch nützlich sein. Ich kann auf sie aufpassen. Und ich kann mit einer Pistole umgehen. Zu Hause verlasse ich niemals ohne Waffe das Haus.«

Nun war sie nicht mehr zu stoppen. »Da euer Staat meine Erlaubnis zum Mitführen von Feuerwaffen nicht anerkennt, bin ich hier unbewaffnet, es sei denn, man würde das hier mitzählen.« Sie zog ein Springmesser aus der Tasche, ließ die Klinge herausschnellen und sah, wie sich seine Augen weiteten. »Ich bin schon einmal bedroht worden, deswegen habe ich gelernt, mich zu verteidigen. Ich habe keinen schwarzen Gürtel wie Ihre Partnerin, aber ich fürchte mich nicht davor, unfair zu kämpfen.«

Er beäugte das Messer wachsam. »Woher wissen Sie von meiner Partnerin?«

»Ich habe euch gegoogelt. Ihr seid nicht gerade schwer zu finden. Diskret im Untergrund gehalten habt ihr euch in der letzten Zeit jedenfalls nicht.«

Nach einem Moment nickte er. »Sagen Sie Ihrer Security-Firma, sie soll mich kontaktieren. Dann kann ich sie Briefen.«

»Das mache ich. Ich weiß die Hilfe zu schätzen.«

»Ich will Sie nicht lange von Ihrer Familie fernhalten, aber ehrlich gesagt bin ich froh, wenn Sie heute Abend bei Cordelia und Stevie bleiben können. Danke, Dr. Walker. Wirklich.«

»Emma. Und, ähm ... schweigen wir trotzdem fürs Erste darüber, dass ich mit euch komme, okay? Sonst rastet Stevie aus und macht unseren Plan zunichte.« Sie zwinkerte ihm zu.

»Siehst du? Ich lerne schnell.«

»Ich seh's.« Er öffnete die Tür und bedeutete ihr, voranzugehen.

»Nach dir.«

Ihr fiel etwas ein, als sie unter seinem Arm durchschlüpfte. »Was ist eigentlich mit Izzy?«

Er schnitt eine Grimasse. »Die habe ich ganz vergessen. Sie fotografiert eine Hochzeit. Sie hat mir eine SMS geschickt und gesagt, dass man sie gebeten hat zu bleiben. Der Empfang würde bis nach Mitternacht gehen. Aber das war, bevor all das hier passiert ist. Soll Stevie entscheiden, was wir ihr sagen.«

»Das wird nicht gerade angenehm in Anbetracht der Tatsache, dass Izzy sie belogen hat.« Emma zuckte die Schultern. »Aber wer sich die Suppe einbrockt, muss sie auch auslöffeln.«

»Genau das habe ich ihr auch gesagt. Ich denke, wir werden recht gut miteinander auskommen, Emma.«

Sie warf ihm einen schalkhaften Blick zu. »Bring meine Freundin zum Weinen, und wir werden genau das nicht tun.« Damit wandte sie sich der Treppe zu und musste grinsen, als sie ihn hinter sich leise lachen hörte. Doch ihr Grinsen schwand, als ihr einfiel, dass sie mit Christopher reden musste. Er würde entsetzt sein, was verständlich war. *Denn das bin ich schließlich auch.*

*Samstag, 15. März, 19.00 Uhr*

Robinette starrte hasserfüllt auf sein Abbild im Schlafzimmerspiegel. Stevie Mazzetti atmete also immer noch. Henderson hatte versagt. Nicht nur einmal, sondern gleich zweimal. Robinette konnte sich nicht erinnern, dass so etwas schon einmal vorgekommen war, was ihn unwillkürlich zu der Frage brachte, ob Henderson wieder trank.

Das allerdings war bereits vorgekommen und hatte Henderson damals beim Militär in ernste Schwierigkeiten gebracht. Die Robinette bereinigt hatte, und zwar wie von Zauberhand – oder wie man es nennen sollte, wenn man mitten in der Nacht in der Wüste eine Leiche verschwinden ließ. Wodurch Henderson nun für immer in seiner Schuld stand.

Die Schuld war mit Zinsen zurückgezahlt worden ... bis heute. Doch Hendersons Versagen machte die Sache viel schlimmer, als sie es je gewesen war. Bisher hatte nur das Risiko bestanden, dass Mazzettis unaufhörliches Herumschnüffeln irgendeine Verbindung zu Robinette zutage bringen würde. Jetzt dagegen hatten sie noch mehr Tote. Heute Nachmittag hatte man zwei Leichen aus einem Restaurant geholt.

Robinette kannte ihre Namen nicht. Sie interessierten ihn auch nicht. Aber die Cops würden nun nach dem Schützen suchen. Der Bürgermeister würde der Polizei auf die Nerven gehen, bis das BPD einen Verdächtigen präsentieren konnte. Es war schlecht für den Tourismus, wenn unschuldige Leute beim Lunch erschossen wurden, vor allem in hochpreisigen Restaurants in historischem Umfeld.

Die Polizei von Baltimore würde »jeden Stein umdrehen«, hatte der Leiter der Mordkommission den zwei Dutzend Reportern auf der Pressekonferenz am Nachmittag versichert. Großkotziger Pfau.

Zum Glück pflegten einige Soldaten aus der Armee des Lieutenants einen extravaganteren Lebensstil, als sich mit dem jämmerlichen Gehalt, das die Stadt zahlte, führen ließ. Robinettes Lohnzuschüsse sorgten dafür, dass er stets zeitnah Informationen erhielt und Probleme rasch gelöst wurden.

*Wenn ich vor acht Jahren das Geld gehabt hätte, das mir jetzt zur Verfügung steht, dann hätte ich diese Sorgen erst gar nicht.* Dann hätte er Mazzetti in aller Stille beseitigen lassen. Aber er war arm und verzweifelt gewesen.

Nie wieder würde er das eine oder andere sein.

Dummerweise war Hendersons Versagen wie ein Stich ins Wespennest. Mazzetti hätte beim Verlassen des Restaurants abgefangen und irgendwohin gelockt werden müssen, wo man sie in aller Ruhe hätte töten können.

Dann wäre es auch nicht nötig gewesen, die Frau vor ihrem Haus über den Haufen zu schießen, und es hätte keine Projektile gegeben, die wahrscheinlich just in diesem Moment in Plastiktütchen ins forensische Labor gebracht wurden. Zwei Kugeln im Restaurant. Gott allein wusste, wie viele im Gras von Mazzettis Vorgarten, in der Holzkonstruktion der Veranda und in dem Kerl mit dem übersteigerten Beschützerdrang stecken geblieben waren. Wer immer er war.

Bisher hatte keiner etwas verlauten lassen. Keiner seiner Kontakte kannte den Namen des Mannes. Er war kein Cop, so viel war sicher. Dennoch hatte er Schutzkleidung getragen. *Wer rennt denn an einem ganz normalen Tag mit Kevlar-Weste durch die Stadt, verdammt noch mal?*

All diese Kugeln waren nun dank Henderson Beweisstücke in einer Reihe von Gewalttaten, deren Aufklärung allerhöchste Priorität haben würde. Es würde Robinette ein hübsches Sümmchen kosten, alles auslöschen zu lassen. Wenn es ihm überhaupt gelang.

Es war anscheinend an der Zeit, Personal auszuwechseln. Rasch tätigte er die nötigen Anrufe – erstens mit dem Torhaus, um Henderson in Zukunft die Einfahrt zu verwehren. Zweitens mit Fletcher und Brenda Lee, da sie von nun an keinen Kontakt mehr mit dem Ex-Teammitglied pflegen würden. Der letzte Anruf ging an Westmoreland, der den Auftrag erhielt, alles zu vernichten, was auf eine Verbindung zwischen ihnen und Henderson hinwies. Einschließlich Henderson.

»Todd, Liebling. Du kommst zu spät zu deiner eigenen Preisverleihungsfeier.« Seine Frau stand in Abendgarderobe und entsprechendem Schmuck in der Tür zum Schlafzimmer. »Wieso brauchst du denn so lange?«

Er ließ sein Handy in die Tasche rutschen und hob hilflos die Hände. »Ich komme mit dem Binder nicht zurecht.«

Lisa lächelte und schwebte über den Teppich, der mehr gekostet hatte, als sein alter Herr im besten Jahr mit seiner jämmerlichen Farm hatte erwirtschaften können, auf ihn zu. Diese gottverlassene Farm in der Einöde, die sich ihr Zuhause geschimpft hatte. Ha. Es war eher die Hölle auf Erden gewesen. Aber er hatte es weit gebracht. Großes Haus. Schöne, ahnungslose Frau aus bester Familie. Erfolgreiches Geschäft.

Respekt. Todd Robinette hatte sich den Respekt der Stadt verdient.

»Komm, ich helfe dir«, sagte Lisa und band die Fliege mit geschickten Händen. Zum Abschluss zupfte sie neckend daran. »Hast du die Rede, die ich vorbereitet habe, bei dir?«

»Die habe ich.« Er klopfte auf die Tasche seines Smokings. Es war nicht die Rede, die Lisa vorbereitet hatte, sondern die kurze, herzliche und treffende Rede, die seine PR-Managerin ihm geschrieben hatte. Brenda Lee gelang es, jede drohende Katastrophe abzuwenden, und war ihr Gewicht in Gold wert. Sie war es gewesen, die die Idee gehabt hatte, dass er zunächst Impfstoffe an arme Länder spendete und dann eine Reihe von Entzugskliniken für Jugendliche als Tribut für seinen verlorenen Sohn einrichten ließ. Langsam, aber sicher hatte er sich von einem Mann, gegen den man wegen Mordes an seiner zweiten Frau ermittelte, zu einem beliebten Gutmenschen gewandelt, den die städtische Obrigkeit verehrte.

Brenda Lee war ein verdammtes Genie. Lisa war klug, aber sie konnte seiner PR-Frau nie und nimmer das Wasser reichen. Sie würde nicht gerade glücklich darüber sein, dass er nicht ihre Rede hielt, aber die Wogen würde er später schon glätten können.

»Dann lass uns gehen.« Lisa schenkte ihm ein verführerisches Lächeln. »Damit wir auch schnell wieder zu Hause sind.«

Er nahm ihren Arm und war sich einmal mehr bewusst, welches Bild sie beide abgaben. Man nannte sie ein »attraktives Paar«. Die Männer, die er gleich treffen würde, beneideten ihn. Die Frauen begehrten ihn.

Der Abend würde gut werden. Bis ihm wieder einfiel, dass Stevie Mazzetti immer noch quicklebendig herumlief und ihre Nase in Dinge stecken konnte, die sie nichts angingen.

Lisa rückte ein Stück von ihm ab und musterte ihn stirnrunzelnd. »Was ist los, Todd?«

Offenbar konnte man ihm seinen Ärger anmerken. »Nur eine geschäftliche Sache. Lästig, aber nichts, was sich nicht in Ordnung bringen ließe.«

*Henderson ist weg vom Fenster, Auftritt Westmoreland. Und wenn Wes es nicht hinkriegt, dann mache ich es selbst.* Robinette fand die Vorstellung ausgesprochen anziehend. Vielleicht weil es das war, was er ohnehin die ganze Zeit schon tun wollte.

Er bot ihr den Arm. »Gehen wir. Hauen wir sie aus den Schuhen.«

*Samstag, 15. März, 20.45 Uhr*

Sie hatten Stevies Haus in zwei Fahrzeugen verlassen. Stevie und Cordelia waren mit J. D. gefahren. Paige hatte Clay, Alec und Emma in ihrem alten Pick-up abgeholt, da Clays mit Kugeln durchsiebter Truck abgeschleppt worden war.

Und dann hatten sie sich getrennt. Clay und Paige fuhren Emma zu ihrem Hotel, J. D. und Stevie waren vermeintlich zu dem sicheren Haus unterwegs, das Hyatt ihnen durchgegeben hatte. Sie und Cordelia befanden sich auf dem Rücksitz. Cordelia war angeschnallt, aber Stevie nicht. Mit der Waffe in der Hand saß sie so dicht bei ihrer Tochter, wie sie konnte, ohne sich bei ihr auf den Schoß zu setzen.

Cordelia umklammerte ihr Lieblingsstofftier, ein Häschen, das Paul für sie gekauft hatte, kurz bevor er erschossen worden war. Ohne konnte sie nicht schlafen. Stevie hätte nicht daran gedacht, aber Clay hatte dafür gesorgt, dass ihre kleine Tochter alles hatte, was sie brauchte.

Nachdem er sie am Küchentisch hatte sitzen lassen, war er ausschließlich am Telefon gewesen und hatte organisiert und geplant. Stevie war nichts zu tun geblieben, außer ihrer Familie zu versichern, dass sie sich keine Sorgen machen musste. Und dass sie nicht versuchen sollte, sie aufzustöbern.

Wohin sie auch gehen würden. Clay hatte ihr nichts verraten, was sie wütend machte. Aber nur richtig war. Niemand außer ihm wusste Bescheid.

*Was zum Geier tue ich hier eigentlich?* Wie hatte er sie bloß dazu bringen können, ihm zu vertrauen? Klar, er hatte sie mit dunklen, traurigen Augen angesehen, seine Brustmuskeln spielen lassen, ihre mütterlichen Schuldgefühle geweckt und ... *Schluss! Hör auf damit.*

Er hatte nichts davon getan. Seine Augen hatten sie traurig angesehen, weil er traurig gewesen *war*. Dass seine Muskeln sich bewegt hatten, hatte sie sehen können, weil er ihr ohne Hemd am Tisch gegenübergesessen hatte – keine gesunde, normal funktionierende Frau hätte das nicht bemerkt.

Und ihre mütterlichen Schuldgefühle hatte er auch nicht geweckt. Zumindest nicht bewusst. Kein einziges Mal.

Er war ehrlich zu ihr gewesen. Sosehr es auch schmerzte, er hatte ihr die Wahrheit gesagt. Logische Argumente angeführt.

Normalerweise war sie ein Fan von logischen Argumenten. Und respektierte sie. Aber nicht, wenn sie eingesetzt wurden, um ihren Willen zu beugen. Und schon gar nicht, wenn sie im Unrecht war. Und das war sie gewesen.

Sie legte die Lippen auf Cordelias Scheitel. Ihre Tochter hatte gelitten, und Stevie hatte das nicht bemerkt. Hatte nicht begriffen, was das eigene Kind brauchte. »Ich liebe dich, meine Kleine«, flüsterte sie.

»Ich liebe dich auch, Mommy. Hab keine Angst. Alles wird gut.«

»Ich weiß, Spätzchen. Ganz bestimmt.«

»Ich hab Mr. Maynard gefragt, ob er dir nicht einen schwarzen Stock besorgen kann. Der glitzernde ist toll, aber damit sieht man dich schon von weitem.«

Stevie stellte fest, dass sie trotz allem noch lächeln konnte. »Du bist ein kluges Ding, weißt du das?«

Cordelias Strahlen war wie Balsam auf ihre geschundene Seele. »Wenn alles vorbei ist, darf ich dann zu den Pferden?«

Stevie musste lachen. *Gerissen, die Kleine.* »Du bist absolut Pa-

pas Tochter. Er konnte mit seinem Charme die Vögel von den Bäumen holen. Aber dann hat er sie wieder auf den Ast gesetzt, weil er Mitleid mit ihnen hatte.«

Cordelia betastete das Medaillon um ihren Hals. »Onkel J. D., ich habe die Kette mitgenommen, die du mir geschenkt hast.« Es war J. D.s Geschenk zum Kindergartenabschied gewesen. Darin war ein Foto von ihrem Vater. »Mr. Maynard hat gesagt, ich soll alles mitnehmen, ohne das ich nicht schlafen kann.«

Stevie blickte auf den Rucksack neben ihren Füßen herab. Zu ihr hatte Clay etwas ganz Ähnliches gesagt, und sie hatte weniger als fünf Minuten Zeit gehabt, sich zu überlegen, welche Sachen sie wirklich brauchte. Praktische Dinge. Kostbare Dinge. Unersetzliche Dinge. Ihr Computer. Pauls Lieblingssweatshirt, das sie noch nie gewaschen hatte und dem noch immer ein Hauch von seinem Geruch anhaftete. Der Teddy ihres Sohnes. Fast drei Minuten von den fünf, die Clay ihr gewährt hatte, hatte sie wie erstarrt in ihrem Schlafzimmer gestanden und versucht, sich zu entscheiden, was sie mitnehmen wollte. Die letzten beiden Minuten hatte sie zusammengerafft, was sich nun letztendlich in ihrer Tasche befand.

Cordelia hatte weniger als eine halbe Minuten gebraucht. Sie hatte den Hasen genommen, außerdem das Medaillon, das Emma ihr um den Hals legen musste. Stevies Hände hatten zu sehr gezittert, um mit dem Verschluss zurechtzukommen.

J. D. blickte im Rückspiegel nach hinten. »Das freut mich, Spatz. Dann hast du deinen Papa immer dabei.«

»Und dich auch. Ich hab mein Bild aus der anderen Hälfte rausgenommen und deins reingetan. Mich kann ich ja immer sehen. Wohin fahren wir denn?«

»Irgendwohin, wo es sicher ist. Mehr weiß ich nicht.« J. D. sprach ernst, aber aus seiner Stimme war unterdrücktes Lachen zu hören. Cordelia war ziemlich gut darin, anderen Informationen aus dem Kreuz zu leiern.

»Ich weiß auch nichts«, kam Stevie Cordelias Frage zuvor.

»Keine Ahnung, ehrlich nicht.«

Das frustrierte Seufzen ihrer Tochter spiegelte exakt das, was Stevie empfand.

Anschließend war es still in J. D.s Wagen, und das Dröhnen des Motors schläferte Stevie fast ein. Nachdem sie nahezu eine Stunde im Kreis gefahren waren, bog J. D. auf eine besonders einsame Straße in der Nähe des Flughafens, die weit weg von jeder Hauptstraße lag.

Scheinwerfer im Rückspiegel alarmierten Stevie. Sie umfasste den Griff der Pistole fester, und ihr Herz begann zu galoppieren, als nun auch noch ein roter SUV vor ihnen auf die Straße bog.

Sie waren eingekesselt.

»Entspann dich, Stevie«, sagte J. D. leise. »Das gehört zum Plan.«

Der rote SUV vor ihnen drosselte das Tempo, und hinter ihnen tauchten weitere Scheinwerfer auf. Zwei schwarze Escalades überholten sie links und rechts von J. D.s Auto. Und jetzt entspannte Stevie sich tatsächlich. Die Escalades kannte sie.

Der eine gehörte Grayson Smith, der im Büro der Staatsanwaltschaft arbeitete. Er war ein alter Freund. Der andere gehörte Joseph Carter, Graysons Bruder und Special Agent des FBI. Sie vertraute beiden Männern bedingungslos.

Allerdings hatte sie auch Silas bedingungslos vertraut. *Was sagt das also über deine Instinkte aus?*

*Nein. Hör auf damit.* Sie zwang die Selbstzweifel aus ihrem Kopf. Für Cordelia musste sie wach und wachsam bleiben. Was nicht der Fall war, wenn sie sich permanent selbst in Frage stellte.

Als J. D. den Wagen anhielt, sah sie durch die Rückscheibe und war nicht überrascht, Paiges alten Pick-up mit ihr am Steuer und Clay als Beifahrer zu sehen. Sie waren von allen Seiten geschützt.

Der Fahrer des roten SUV vor ihnen stieg aus, und Stevie blinzelte unwillkürlich. Im Scheinwerferlicht sah der Mann ... *denkwürdig* aus. Als sei er geradewegs einem Actionstreifen entsprungen. Er hatte weißes Haar und trug einen schwarzen Ledertrenchcoat, der im Wind flatterte. »Wer ist *das* denn?«

J. D. grinste. »Special Agent Deacon Novak. Er arbeitet für Joseph. Ich hatte im Dezember schon mit ihm zu tun, als du im Krankenhaus lagst. Er ist wirklich speziell.« Eine Rothaarige stieg auf der Beifahrerseite aus. Wie Novak trug sie die Schutzkleidung der Sondereinsatztruppe und ein automatisches Gewehr. »Und das ist Special Agent Kate Coppola«, setzte J. D. hinzu. »Joseph vertraut beiden blind. Und ich auch.«

»Die sehen aus, als sei mit ihnen nicht zu spaßen«, murmelte Stevie, sowohl gerührt als auch irgendwie getröstet. Beim Anblick der beiden fühlte sie sich sicherer.

Joseph stieg an ihrer Linken aus dem SUV und öffnete die Tür zur Rückbank, bevor er auch die Tür an Cordelias Seite aufzog. »Hey, Cordy«, sagte er. »Man munkelt, du hattest einen aufregenden Tag.«

»Das kann man wohl sagen«, sagte sie mit einem dramatischen Seufzen, das ihm ein Lächeln entlockte. »Kommst du mit uns?«

»Nee. Aber du darfst in meinem Escalade fahren. Er hat durchschusshemmende Scheiben«, sagte er, an Stevie gewandt. »Genau wie Graysons. Kein kugelsicheres Panzerglas, aber so gut, wie man es kriegen kann, wenn man nicht gerade an der Pennsylvania Avenue wohnt.«

Auch Cordelia wusste schon, dass sich an dieser Washingtoner Straße unter anderem das Weiße Haus befand.

»Das klingt doch prima«, sagte Stevie und war froh, dass ihre Stimme nicht bebte. »Danke, Joseph.«

»Du bist die Letzte, die mir danken sollte«, erwiderte er schroff.

»Du hast so viele Leben gerettet, Stevie. Jetzt sind wir dran, dir zu helfen.«

Stevie wusste, dass er auf die Kugel anspielte, die sie im Dezember Marina Craig in den Schädel gejagt hatte. Auf Marinas nächster Kugel hatte der Name seiner Verlobten Daphne gestanden.

Nun breitete Joseph die Arme für Cordelia aus. »Komm, Küken. Ab geht's.«

Sie schlang ihm die Arme um den Hals. »Ist Tasha auch da drin?«

Er schnaubte. »Geht's noch? Deine Mutter würde mir ein blaues Auge hauen.«

»Wer ist Tasha?«, fragte Stevie.

»Daphnes Hund«, antwortete Cordelia mit leicht quengelndem Unterton. Dann fiel ihr etwas ein, und ihr Gesicht leuchtete auf. »Sie rettet auch Leute. Sie hat schon Fords Leben gerettet. Frag Joseph. Er war nämlich dabei.«

»Stimmt«, sagte Joseph und zwinkerte Cordelia zu. »Hunde sind für Mädchen wirklich tolle Begleiter.«

»Du bist ja so was von deines Vaters Tochter«, murmelte Stevie und rutschte von J. D.s Rücksitz. Sie blieb stehen, als er sein Fenster herunterließ. »Du hast das also so geplant, damit du Hyatt ohne zu lügen weismachen kannst, ich hätte mich entführen lassen und du hättest keine Ahnung, wohin ich gefahren bin? Clever. Gib Jeremiah einen Kuss von seiner Patentante. Ich komme bald und mache es persönlich.«

»Wehe nicht«, sagte J. D. finster.

»Ich muss jetzt los. Ich sehe zu, dass ich Kontakt mit dir aufnehme, wenn ich irgendwo angekommen bin.«

Auch das Fenster des anderen Escalade wurde herabgelassen, und Graysons Gesicht erschien. »Wir werden Tag und Nacht an dieser Sache arbeiten«, sagte er. »Keine Sorge. Wir passen auf dich auf.«

»Daran zweifle ich nicht. Ich ...« Überwältigt musste sie schlucken. »Danke.«

Paige stieg aus ihrem Truck, half Emma vom Rücksitz und begleitete sie zu Josephs SUV. Stevie zog die Stirn in Falten.

»Emma! Du solltest gar nicht hier sein!«

»So ist es sicherer«, widersprach Emma. Mit grimmiger Miene glitt sie auf den Beifahrersitz. »Jemand ist in mein Hotelzimmer eingebrochen. Alles war durchwühlt.«

Stevie zog scharf die Luft ein. »Wann ist das passiert?«

»Irgendwann nach zwei heute Nachmittag. Da war das Zimmermädchen noch drin.«

Sofort fluteten die schlimmsten Szenarien Stevies Verstand. »Du hättest sie überraschen können. Und dann hätten sie dich umgebracht.«

»Nein, hätten sie nicht, denn ich war nicht mehr in meinem Zimmer. Paige ist reingegangen. Ich hatte ihr meinen Schlüssel gegeben, damit sie mir ein paar Sachen einpackt.«

Stevie sah zu Paige, die nickte. »Es herrschte Chaos«, bestätigte sie. »Da war jemand wirklich gründlich. Ich habe die Security gerufen, und Clay hat Hyatt informiert. Er ist dran.«

»Aber was haben sie denn …« Der Rest der Frage blieb Stevie im Hals stecken, denn sie wusste, was sie gesucht hatten. Wen sie gesucht hatten. »Dich, Emma. Sie wollten dich, weil du sie zu mir führen konntest. Du warst mit mir in dem Restaurant, und nun stehst auch du auf der Abschussliste. Du musst weg von hier. Du musst sofort nach Hause.«

Emma zitterte, aber das Glimmen in ihren Augen verriet, dass sie das nicht nur aus Angst tat, sondern auch aus Zorn. »Ich bin sicherer hier – jedenfalls im Augenblick.«

Clay hatte ihren Mommy-Knopf nicht gedrückt, doch Stevie hatte keine Probleme damit, es bei Emma zu tun. »Aber was ist mit deinen Kindern? Sind *sie* sicher?«

»Ja, das sind sie. Derjenige, der mein Zimmer durchwühlt hat, wird wahrscheinlich erwarten, dass ich nach Hause fliege, und auf den Flughäfen Ausschau halten. Falls ich es täte, würde ich ihn direkt zu meinen Kindern führen. Niemand weiß im Moment, wo sie sind, bis auf die Großeltern und Christopher. Die Hotelreservierung meiner Eltern und Christophers Reisepläne sind alle auf meinem Laptop zu finden, aber den haben sie nicht in die Finger bekommen, weil ich ihn gar nicht erst mitgebracht habe. Ich hatte Christopher ein arbeitsfreies Wochenende in Vegas versprochen, also habe ich das Ding zu Hause gelassen. Inzwischen habe ich die Polizei in unserer Gegend in Florida informiert. Unser Haus ist unberührt. Eine Freundin hat für mich den Laptop geholt.«

»Außerdem hat sie eine private Sicherheitsfirma beauftragt, auf ihre Familie aufzupassen«, fügte Paige hinzu. »Dennoch sind ihre Kids relativ schwer aufzuspüren. Deine Freundin ist ein schlauer Fuchs, Stevie.«

Und dickköpfig bis ins Mark, wie Stevie wusste. »Emma, es tut mir so schrecklich leid.«

Emma fuhr in ihrem Sitz herum und maß Stevie mit strengem Blick. »Das ist nicht deine Schuld. Und ich möchte das nicht noch einmal sagen müssen.«

Stevie musterte ihre kleine, zarte Freundin, deren Augen Funken sprühten. »Schon gut.«

»Ich bringe dir Sachen zum Wechseln, Emma«, schaltete sich Paige ein. »Und ich hole deinen Mann morgen vom Flughafen ab. Mach dir keine Sorgen.« Sie fing Cordelias Blick auf und verneigte sich vor ihr. »Und dich sehe ich nächste Woche wieder im Kurs, okay?«

»Ja, Sensei Holden«, erwiderte Cordelia respektvoll.

Paige beugte sich in den Escalade. »Das VCET hat den roten Chevrolet gefunden«, sagte sie mit gesenkter Stimme.

Stevie runzelte erneut die Stirn. Das VCET war das Violent Crime Enforcement Team, eine Sondereinheit von FBI und BPD, die Joseph Carter leitete. »Wann haben denn die den Fall übernommen?«

»Wahrscheinlich während du in der Notfallambulanz warst.« Paige blickte sie finster an. »Wo du uns spätestens hättest anrufen müssen. Dann wären wir sofort bei dir gewesen.«

»Es tut mir leid.« Stevie senkte den Blick. »Das hätte ich wirklich tun sollen. Ich habe nicht richtig nachgedacht.«

»Das kenne ich. Du wirst angegriffen, und vorübergehend schaltet sich dein Hirn aus. Ich dachte, Hyatt hätte dir das vom VCET schon mitgeteilt.«

»Hat er nicht. Niemand hat mir irgendwas gesagt. Das ist nicht okay.«

Paige zuckte die Achseln. »Sie versuchen, auf dich aufzupassen und dich nicht noch mehr in Panik zu versetzen, daher geizen sie mit Informationen. Ich persönlich halte allerdings nicht so viel von der Taktik.«

»Da geht's dir wie mir.« Sie würde Clay zur Rede stellen, sobald sie dort waren, wohin immer sie fuhren. »Und wo haben sie den roten Wagen gefunden?«

»Etwa zwanzig Meilen von deiner Adresse entfernt in einer Seitenstraße.« Paige zog eine Grimasse. »Total ausgebrannt.«

»Ach, Mist.« Jeder Hauch von Beweis war also in Flammen aufgegangen.

»Ja.« Paige sah über die Schulter. »Da kommt Clay. Du kannst ihn ja später ordentlich anbrüllen, dass er dir Informationen vorenthalten hat.«

»Mach ich. Danke, Paige. Ich weiß, was ihr alle getan habt.«

Clay glitt hinters Lenkrad von Josephs Escalade, und ihr kleiner Konvoi setzte sich in Bewegung, wobei sich alle Fahrzeuge so positionierten, dass ihr SUV in der Mitte war. »Was ist jetzt geplant?«, fragte Stevie mit fester Stimme.

»Wir fahren, bis wir da sind. Wir fangen die bösen Buben. Wir bleiben am Leben. Ende der Geschichte.«

»Sehr spaßig. Du solltest unbedingt damit aufhören, mir Informationen zu meinem eigenen Besten vorzuenthalten. Bitte.«

»Na schön. Wir fahren in Richtung Osten. Ich kenne einen Ort, wo Cordelia sicher ist und wir unsere nächsten Schritte planen können. In einem kleinen Kaff an der Küste, von dem du wahrscheinlich noch nie gehört hast. Das Grundstück ist auf dem Landweg nur über eine unbefestigte Straße erreichbar, auf dem Wasser über einen einzigen Anleger.«

»Gut zu verteidigen«, murmelte sie.

»Darum geht es.«

»Wem gehört es?«

Er zögerte. »Meinem Vater.«

Überrascht sah sie ihn an. Sie hatte Clay noch nie von seiner Familie sprechen hören. »Und deine Mutter?«

»Ist tot«, sagte er ruhig. »Seit ein paar Jahren.«

»Sie mochte gelbe Blumen«, flüsterte Cordelia. »Mr. Maynard hat welche gekauft, um sie ihr aufs Grab zu legen. Aber dann ist er nicht mehr dazu gekommen.«

*Weil jemand in meinem Vorgarten auf uns geschossen hat*, dachte Stevie. Jetzt verstand sie schon eher, wie Cordelia zu den Rosen gekommen war. »Das tut mir leid«, sagte sie, und er zuckte die Schultern.

»Kommt vor.« Er räusperte sich. »Aber weiter im Plan – zumindest die unmittelbaren Schritte. Wenn wir an die Hauptstraße kommen, trennen wir uns. Paige fährt zurück zu Emmas Hotel. Sie bleibt im Zimmer für den Fall, dass derjenige, der es verwüstet hat, noch einmal zurückkommt, weil er dich zu finden hofft.«

»Sie ist ein Lockvogel?«, fragte Stevie entsetzt.

»Ein ausgebildeter Lockvogel«, antwortete Clay. »Wenn es jemanden gibt, der auf sich selbst aufpassen kann, dann Paige.«

»Und Grayson weiß davon?«

»Es war seine Idee.«

»Na ja, eigentlich hat sie es so eingefädelt, dass er dachte, es sei seine Idee«, korrigierte Emma ihn.

Clay zuckte die Achseln. »Wie auch immer. Es läuft aufs Gleiche hinaus.«

»Und Alec?«

»Den haben wir an meinem Büro abgesetzt«, sagte Clay. »Wir brauchen ihn vielleicht für Recherchen, wenn wir in dieser Sache in die Tiefe gehen.«

»Hat er denn keinen Laptop?«

»Doch, natürlich, aber von dem Rechner im Büro aus lässt sich schneller recherchieren.«

»Macht ihr euch denn keine Sorgen um ihn? Er war doch da, als der Schütze vorbeigefahren ist. Genau wie Emma. Was, wenn Alec ebenfalls ein potenzielles Ziel ist?«, schaltete sich Stevie ein.

»Das glaube ich kaum«, sagte Clay, »zumal er im Restaurant nicht dabei war, so dass man kaum auf eine freundschaftliche Beziehung zwischen euch beiden schließen kann. Er würde dem Schützen nichts nützen. Aber zurück zum Plan: Grayson und Joseph fahren zu deinen Eltern. Hyatt hat ihnen Personenschutz geschickt, aber wir gehen kein Risiko ein. J. D. ist unterwegs zu dem sicheren Haus, das Hyatt für dich vorgesehen hat, und informiert ihn, dass du nicht kommst.«

Stevie biss sich auf die Lippe. »Hyatt wird ausrasten. Es gefällt mir nicht, ihn zu täuschen. Aber ich habe keine Ahnung, wen er alles in diese Sache eingeweiht hat.«

»J. D. wird schon damit umgehen können.«

»Ja, ich weiß, trotzdem ...«

Emma seufzte laut. »Du würdest dasselbe für J. D. tun, Stevie, und das weißt du genau, also sei endlich still.«

Ja, sie würde dasselbe für J. D. tun, aber es würde ihm genauso gefallen wie ihr in diesem Moment. Nämlich gar nicht. »Und was war mit dem roten SUV? In dem Josephs Leute saßen?«

»Sie begleiten uns die ganze Fahrt über und halten Wache.«

»Wie lange?«

»Mindestens das Wochenende über. Sie haben sich freiwillig gemeldet.«

Sie schüttelte ungläubig den Kopf. »Die kennen mich doch gar nicht.«

»Das ist auch nicht nötig«, sagte Clay. »Sie geben Joseph Deckung, und Joseph gibt dir Deckung. Die zwei übernehmen die Nachtschicht. Zwei weitere kommen morgen früh. Die kennen dich zwar auch nicht, aber du hast eine Menge Freunde, Stevie. Du brauchst keinen Alleingang zu starten.«

Ihre Kehle zog sich zu, und Emotionen drohten sie zu überwältigen. »Oh«, war alles, was sie hervorbrachte.

»Weitere Fragen?«, fragte Clay. Freundlich.

»Nein. Im Moment nicht.«

# 7. Kapitel

*Baltimore, Maryland*
*Samstag, 15. März, 21.45 Uhr*

Sam Hudson stellte erleichtert fest, dass seine Mutter endlich eingeschlafen war. Ihre Brust hob und senkte sich regelmäßig, aber ihr Gesicht war noch immer verschmiert von den Tränen, die sie unaufhörlich vergossen hatte.

Wie oft hatte er als Kind schlaflos im Bett gelegen und dem Schluchzen gelauscht, das sie vergeblich zu unterdrücken versucht hatte? Er hätte es nicht sagen können. Als er klein gewesen war, hatte er sich die Hände auf die Ohren gepresst, doch später hatte er sich dazu gezwungen, hinzuhören und sich die Prellungen in ihrem Gesicht vorzustellen, um seinen Hass zu schüren. Und er hatte sich detailliert vorgestellt, auf welche Arten er seinen Vater töten und wie er es möglichst schmerzhaft machen würde.

Nun, da er auf den Ring blickte, den seine Mutter ganz vorsichtig auf den Nachttisch gelegt hatte, konnte Sam sich an jede einzelne dieser Phantasien erinnern. Als er jünger gewesen war, hatten sie ihm eine gewisse, wenn auch schale Befriedigung verschafft. Heute jedoch erfüllten sie ihn mit Panik. Er hatte sich so sehr gewünscht, dass sein Vater sterben möge. Und aus dem Inhalt des Päckchens, das heute angekommen war, ließ sich schließen, dass sein Wunsch erfüllt worden war.

Aber wie war sein Vater gestorben? Überdosis? Mord? Und wer hatte diesen Mord begangen?

Wieder quoll Panik in ihm auf, wieder erinnerte er sich lebhaft daran, wie er in dem schmutzigen Hotelzimmer neben einer kürzlich abgefeuerten Waffe aufgewacht war. Sein Vater war exakt zu dieser Zeit verschwunden. Acht Jahre Polizeiarbeit hatten

Sam beigebracht, dass zufällige Übereinstimmungen sehr unwahrscheinlich waren.

*Ich? War ich es?*

*Nein, das kann nicht sein.* Seine Mutter hatte diesen Mistkerl geliebt, auch wenn Sam nie verstanden hatte, wieso. Dennoch hätte Sam ihr ihn niemals weggenommen. Doch irgendwer musste es getan haben.

Der nagende Zweifel machte ihn fertig. *Gott, steh mir bei. Kann tatsächlich ich es gewesen sein?*

*Reg dich ab, verdammt noch mal, und denk wie ein Cop.*

Er zog die Tür zum Zimmer seiner Mutter zu und schlich die Treppe hinunter ins Wohnzimmer. Mit bebender Hand holte er das Streichholzbriefchen aus seiner Tasche und legte es auf den Wohnzimmertisch, dann sank er aufs Sofa und starrte ins Leere.

Das Rabbit Hole. Das Streichholzbriefchen brachte die Erinnerung an jenen Abend in erstaunlicher Schärfe zurück – zumindest an die erste Stunde. Er war nur in die Bar gegangen, weil ein alter Kumpel dort eine Junggesellenparty feierte. Doch als er eingetroffen war, hatte keine Party stattgefunden. Niemand war da gewesen.

Nun – jede Menge Leute waren da gewesen, aber keiner, den er gekannt hätte. Oder den er hätte kennen wollen.

In dem Glauben, dass die Partytruppe erst noch eintreffen würde, hatte er sich ein Bier bestellt. Wenn seine Freunde nicht aufgetaucht waren, sobald er das Glas geleert hatte, würde er wieder gehen. Da er weder die anderen Gäste noch die Stripperinnen auf der Bühne hatte sehen wollen, hatte er vor sich hin auf die Theke gestarrt.

Einmal jedoch hatte er aufgeblickt. Die Kellnerin, die ihm sein Bier gebracht hatte, hatte ihn gefragt, ob er sich einen Tanz kaufen wolle, und bei ihrem Anblick hatte er eine Mischung aus Lust, Mitleid und Abscheu empfunden. Sie war vielleicht achtzehn Jahre alt gewesen und hatte schon ausgesehen wie eine verbrauchte alte Hure. Er hatte ihr einen Zwanziger gegeben und sie weggeschickt.

Als Nächstes war er dreißig Stunden später aufgewacht, entsetzlich frierend und stinkend wie eine Schnapsleiche.

Genau wie sein alter Herr. Das war sein erster Gedanke gewesen. *Ich bin genau wie mein Alter.*

Dann war sein Blick auf die Waffe auf dem Boden neben ihm gefallen, und sein Selbstekel hatte sich abrupt in Furcht verwandelt. *Oh, mein Gott. Was habe ich getan?*

Das Streichholzbriefchen im Umschlag war eine Botschaft, die sehr, sehr deutlich nach Drohung roch. *Man droht mir.*

Aber was hatte er getan? Sam holte tief Luft und stand auf. Er musste es herausfinden.

Eilig ging er zur Kellertür, stieg die Treppe hinab und ließ den Wäschekeller hinter sich. Selbst im Dunkeln fand er den Weg problemlos. Er war so oft hier unten gewesen, dass er sich selbst blind zurechtgefunden hätte. Er hielt an, als er den alten Kriechkeller erreicht hatte, den die Familie als Stauraum nutzte. In den Kisten und Kartons dort befanden sich Erinnerungen an schönere Zeiten: Fotos von Sam als Baby, als Kleinkind, als Kindergartenkind. Alle aufgenommen, bevor sein Vater süchtig geworden war.

Dinge von materiellem Wert waren schon lange nicht mehr darin: Sein Vater hatte die Kisten jahrelang geplündert, um alles, was sich versetzen ließ, für Drogen einzutauschen.

Auch Sams Habe war davor nicht gefeit gewesen. Seine Sammlung von Baseballkarten war genauso verschwunden wie die Taschenuhr, die er von seinem Großvater mütterlicherseits geerbt hatte. Sein Vater hatte ihm sogar das Glas mit dem Geld gestohlen, das er sich mit Rasenmähen in der Nachbarschaft verdient hatte. Sam hatte sich zwangsweise etwas einfallen lassen müssen.

In der Hocke suchte er zwischen den Kisten herum und tastete die Ziegelsteine an der Rückwand des Kellers ab. Am vierzehnten Stein zog er, bis dieser sich löste, und legte ihn vorsichtig auf dem Boden ab. Vier weitere Steine folgten und legten das Loch frei, das er mit dreizehn gegraben hatte, weil er beschlossen hatte, dass sein Vater ihm nichts mehr wegnehmen durfte.

Und tatsächlich hatte sein Vater dieses Versteck nicht gefunden. Niemand hatte es gefunden.

Der Metallkasten fühlte sich kalt an, als Sam ihn herausholte. Er war schwer, was ihn sowohl erleichterte als auch mit einer dumpfen Vorahnung erfüllte. Er nahm sein Handy, leuchtete mit dem Display, hob den Deckel an und sah hinein. In Zeitungspapier eingewickelt lag der Revolver darin, dessen sechs Kammern leer waren. Die vier Kugeln, die er ursprünglich darin gefunden hatte, lagen in einem Säckchen ebenfalls in der Kiste. Als Polizeianwärter, der er damals gewesen war, hatte er in den folgenden Wochen alle Polizeiberichte eingehend nach Vorfällen mit Schusswunden durchsucht, in denen die Waffe nicht gefunden worden war, aber er hatte nichts entdecken können. Irgendwann war er zu dem Schluss gekommen, dass durch diese Waffe niemand zu Schaden gekommen war.

Aber nun, in Anbetracht des Datums, an dem der Brief angekommen war, fragte er sich zwangsläufig, ob er sich nicht geirrt hatte.

Damals hatte er echten Hass auf seinen Vater empfunden, und insgeheim hatte er immer befürchtet, dass er den alten Mistkerl in einem trunkenen Wutanfall erschossen hatte. *Und wenn es so gewesen ist? Wirst du es Mom sagen? Wirst du es überhaupt jemandem anvertrauen?*

Sam stieß den Atem aus, den er unwillkürlich angehalten hatte. *Ja. Verdammt, nein. Ich weiß es einfach nicht.*

Er hatte auf keine dieser Fragen eine Antwort. Im Moment war ohnehin nur eine einzige wichtig: Welches Verbrechen, falls überhaupt eines, war mit dieser speziellen Feuerwaffe begangen worden?

Er erhob sich, kehrte nach oben zurück und ging hinaus zu seinem Auto, um die Metallkiste in seinem Kofferraum zu verstauen. Morgen früh würde er das Räderwerk in Gang setzen. Er konnte nur hoffen, dass das Ergebnis nicht sein Leben ruinierte.

*Samstag, 15. März, 23.30 Uhr*

Mit zusammengebissenen Zähnen konzentrierte Henderson sich auf das eintönige Landschaftsbild an der Wand des Hotelzimmers und schaffte es, nicht zu schreien. »Verdammt noch mal. Diese verfluchte Nadel tut *weh*.«

Fletcher sah auf, die Miene sowohl verärgert als auch gekränkt. »Wenn du es schmerzlos willst, geh ins Krankenhaus. Darf ich dich daran erinnern, dass du mich angerufen hast, damit ich dich wieder zusammenflicke?«

Henderson hatte nicht gewusst, wer sonst hätte helfen sollen. »Ich bin erstaunt, dass du überhaupt gekommen bist.«

Fletchers ernster Blick fixierte Hendersons Schulter. Anscheinend war die Wunde schlimmer, als Henderson angenommen hatte. »Einmal Doc, immer Trottel, schätze ich«, brummte Fletcher. »Du hast mich in eine wirklich haarige Situation gebracht, weißt du das?«

»Robinette hat auf keinen meiner Anrufe reagiert. Ich wusste nicht mehr, an wen ich mich wenden sollte. Ich habe versucht, in meine Wohnung zu kommen, aber in der Nähe hat es gebrannt, und es waren zu viele Einsatzfahrzeuge unterwegs. Ich wollte kein Risiko eingehen.«

»Robbie ist bei einem Galadinner gewesen. Das hat gedauert.«

»Oh, stimmt, das hatte ich vergessen. Nun, egal, jedenfalls dachte ich, dass du bestimmt noch weißt, wie man eine Wunde zusammennäht. Du hast uns mehr als einmal zusammengeflickt.« Die Zeit in einem der Sanitätszelte war eine von Hendersons besseren Erinnerungen an den Krieg. Die Schmerzen waren furchtbar gewesen, aber das Zelt war wie eine ... Zuflucht gewesen. Ein bisschen Frieden, etwas Zeit, um sich zu sammeln, bevor man wieder zu den Waffen greifen und hinausgehen musste.

»Tja, und man sieht ja, was es mir genutzt hat«, erwiderte Fletcher eisig.

Fletcher gehörte zu den Opfern des Krieges – aber zu jenen Opfern, die die Obrigkeit gerne unter den Teppich kehrte. Nach unzähligen zerfetzten Körpern, die sich nicht mehr hatten zusammenflicken lassen, hatte Fletch einen sehr, sehr üblen Nervenzusammenbruch erlitten, war wegen »mentaler Störungen« ausgemustert worden und in der Folge auch im zivilen Leben auf Jahre – vielleicht sogar für immer! – für die medizinische Praxis gesperrt.

»Ich bin davon ausgegangen, dass der Boss es nicht zu schätzen weiß, wenn ich in ein Krankenhaus marschiere«, versuchte Henderson, das Thema zu wechseln, als Fletcher erneut zustach. »Schusswunden müssen schließlich gemeldet werden.«

Fletcher hob den Kopf, und ihre Blicke begegneten sich. Und Hendersons Eingeweide ballten sich mit einem Mal zu einem kalten Klumpen zusammen.

»*Was?* Was verheimlichst du mir?«

Fletcher konzentrierte sich wieder auf die Wunde. »Robinette war sehr wütend über die ... Ausführung seiner Befehle.«

»Wie wütend?«

»Du ... du bist raus.«

»Raus? Raus aus dieser Geschichte?«

Diesmal sah Fletcher nicht auf. »Nein – raus. Ganz. Gefeuert. Er hat Westmoreland auf Mazzetti angesetzt.«

Henderson fuhr zurück. Fletchers Nadel traf einen Nerv, doch Henderson spürte den Schmerz kaum. »Wie bitte? Er hat mich gefeuert?« Noch nie war jemand aus der Organisation entlassen worden. Noch nie. »Ich bügle jeden verdammten Tag die Patzer aus, die Robinette verursacht, und er feuert mich, wenn ich einen einzigen kleinen Fehler mache?«

»Du hast nicht nur einen einzigen kleinen Fehler gemacht, Henderson, sondern zwei sehr große. Beide haben es bis in die Nachrichten geschafft. Beide haben uns die Cops zu Feinden gemacht. Und beide haben Spuren hinterlassen.«

»Meine Kugeln sind nicht zurückverfolgbar, und das weißt du.« Fletcher zuckte unverbindlich die Schultern. »Alles lässt sich zurückverfolgen, wenn man es nur schlau genug anstellt. Allein diese Wunde hier. Du musst doch eine Blutspur hinterlassen haben.«

»Habe ich nicht. Ich habe mich selbst verbunden, dann bin ich den Wagen losgeworden. Niemand wird auch nur einen Tropfen Blut finden, über den man mich identifizieren könnte. Er kann mich nicht feuern.«

»Was die Wache am Tor angeht, bist du nie angestellt gewesen. Deine Freigabe für das gesamte Anwesen ist gelöscht. Wenn du versuchst, mit Robinette Kontakt aufzunehmen, wird er behaupten, dass ihr früher zwar zusammen gedient habt, du aber jetzt offenbar seelisch aus dem Gleichgewicht geraten bist. Was immer du heute getan hast, liegt allein in deiner Verantwortung. Und der Brand in der Nähe deiner Wohnung? Das war *deine* Wohnung. Er hat den Befehl gegeben, sie abzufackeln.«

Henderson blieb schockiert der Mund offen stehen. »Wer hat das Feuer gelegt?«

»Westmoreland vermutlich. Du kanntest den Preis fürs Versagen«, fügte Fletch sanfter hinzu. »Das alles dürfte dich nicht überraschen.«

»Ich habe nur getan, was er mir aufgetragen hat.«

»Du hast in ein gut besuchtes Restaurant geschossen.«

»Er hat mir gesagt, dass ich sie dort finden kann.«

»Um auf sie zu warten. Ihr irgendwohin zu folgen, wo du sie in Ruhe hättest töten können. Nicht um ihr bis nach Hause nachzufahren und da im Beisein von vier Zeugen – fünf, wenn man das Kind mitzählt – auf sie zu schießen.«

»Er hat sich nicht klar ausgedrückt. Ich sollte sie töten. Viele Leute haben in letzter Zeit auf sie geschossen. Ich fand, dass die Öffentlichkeit gut zu den anderen Versuchen, sie umzulegen, passte.«

»Das mag durchaus sein, aber leider wissen die Cops, dass du getroffen bist. Alle Krankenhäuser und Kliniken sind in die Fahndung einbezogen. Du wirst gesucht.«

»Ich speziell?« Fletchers kühle Hand berührte Hendersons Stirn. »Oder irgendeiner, der auf jemanden geschossen hat und dabei selbst etwas abbekommen hat?«

»Letzteres. Dein Name ist nicht aufgetaucht.« Fletch zog die

Stirn in Falten. »Du glühst. Die Wunde hat sich entzündet. Ich habe nicht die richtigen Medikamente, um sie zu behandeln.«

Es stimmte. Hendersons Schulter brannte wie Feuer. »Kannst du was besorgen?«

»Nur den Wodka, und den habe ich aus meinem eigenen Barschrank genommen. Ich sollte nicht einmal hier sein.« Frustriert sah Fletcher auf. »Robinette hat uns allen den Kontakt mit dir verboten. Du bist wirklich raus.«

Der Job war weg, die Menschen, die zur Familie geworden waren, hatten sich abgewandt. »Und warum bist du dann hier?«

Fletcher verknotete den letzten Faden und verband die Naht. »Weil ich wahrscheinlich ein irrer Volltrottel bin.«

»Höchstens im medizinischen Sinn«, sagte Henderson trocken. Fletcher lachte und begann, die mitgebrachte Ausrüstung einzupacken. »Du wirst mir fehlen, Henderson.«

»Ich meinte die Frage ernst. Warum gehst du das Risiko ein, mir zu helfen?«

Fletcher sah zur Seite. »Weil es nicht richtig ist, dich zu verstoßen. Robinette hat die Kardinalsregel vergessen: Man lässt niemanden zurück. Ich frage mich schon länger, ob er anfängt, an seine eigenen ...«

»An seine eigenen was?«

Fletcher schüttelte vehement den Kopf. »Nein, vergiss es.«

»An seine eigenen PR-Sprüche zu glauben? Fragst du dich schon länger, ob Brenda Lee ihren Job, ihn in der Öffentlichkeit zu rehabilitieren, vielleicht zu gut gemacht hat? Dass er sich womöglich langsam tatsächlich für einen der guten Jungs hält? Ist es das, was du gerade sagen wolltest?«

»Lass gut sein, Henderson.«

»Das geht nicht. Ich kann schließlich nicht einfach einen neuen Job kriegen, nicht wahr? Ich kann mir nicht einmal simple Antibiotika besorgen, was das angeht. Das hier ist einfach nicht fair, Fletch, und das wissen wir beide.«

»Ich gehe jetzt.«

Henderson wandte sich um und sah Fletcher auf dem Weg zur

Tür nach. »Und Lisa? Hat sie auch zu deiner Entscheidung beigetragen?«

Fletcher drehte sich um. Der Blick aus den verengten Augen war kühl. »Was meinst du damit?«

»Komm schon. Jeder Depp sieht, was du für Robinette empfindest. Und für Lisa.«

»Er ist mein Chef und sie seine Frau!«

»Seine Frau« war mit genug Bitterkeit hervorgestoßen worden, um Hendersons Verdacht zu bestätigen. Vielleicht musste Fletch nur wütend genug sein, um sich ganz auf Hendersons Seite zu schlagen. »Er ist heute zu einem Dinner gegangen, das zu seinen Ehren veranstaltet wurde. Am Arm der schönen Lisa, die mit Daddys Juwelen behängt war. Sie ist reich, gebildet und öffnet ihm die Türen zu illustren Kreisen. Er ist stolz, sie vorzuzeigen. Und wie man hört, ist sie im Bett absolut scharf.«

Fletcher fuhr zurück und erbleichte. »Du undankbares Arschloch. Ich bin ein verdammt großes Risiko eingegangen, um herzukommen, und das ist der Dank?«

*Shit.* Zu spät erkannte Henderson den Fehler. »Verzeih mir, Fletch. Ich bin aufgebracht und habe um mich geschlagen.«

Ein kühles Nicken. »Ich schreib's dem Fieber zu, das dich dummerweise nicht umbringen wird. Aber ich hoffe, du hast Schmerzen.«

»Falls es dich beruhigt: Ja, habe ich. Also – wirst du jemandem verraten, dass ich hier bin?«

»Nein. Weil du recht hast. Robinette wird unsere Beziehung niemals öffentlich machen. So ein Mann ist er nicht. Und wenn ich bei ihm bleibe, dann im vollen Wissen dieser Tatsache.«

Fletcher zog die Brauen hoch. »Und weil er durch mich unanständig viel Geld verdient, von denen zwanzig Prozent mir gehören. Dieses Geld gebe ich nicht auf, egal, wem ich dafür in den Hintern kriechen muss. Sorg dafür, dass die Naht trocken bleibt. Falls du irgendwo Penizillin auftreiben kannst, nimm es. Und wenn nicht, halt die Wunde sauber und desinfiziere sie beim Verbandswechsel.«

Henderson stieß vorsichtig den Atem aus, als sich die Zimmertür leise schloss. Fletch war in Robinette verliebt. Ob der Chef das wusste?

Ex-Chef. *Denn man hat mich entsorgt.* Henderson überlegte verbittert, ob ein sauberer Tod Mazzettis die Dinge wohl wieder ins Lot bringen würde. *Aber würde ich wirklich zu Robinette zurückwollen?*

Schändlicherweise lautete die Antwort ja. Einerseits weil einem arbeitssuchendem Auftragskiller wohl nicht viele offene Stellen zur Verfügung standen und – falls doch – man wohl kaum mit einer simplen Bewerbung an Arbeit kam. Andererseits weil Henderson nun schon so lange für Robinette gearbeitet hatte, dass es unvorstellbar schien, von jemand anderem Befehle entgegenzunehmen. *Zumal meine Schuld Robinette gegenüber noch lange nicht abgetragen ist. Der Mann hat mir mein Leben gerettet. Mich vor dem Kriegsgericht bewahrt.*

Aber der Hauptgrund war das Geld. Fletcher bekam zwanzig Prozent dessen, was das Labor im letzten Jahr produziert hatte. Henderson hatte die vergangenen sieben Jahre Leib und Leben riskiert, um Robinettes höchst illegale und gefährliche Güter in die schmutzigsten und hinterletzten Winkel dieser Erde zu liefern. *Mir hat er nie einen Prozentsatz angeboten. Ich habe immer nur Cash bekommen.*

*Und wenn ich zurückkehre, dann verlange ich eine Partnerschaft.* Was nur durch höhere Gewalt zu erreichen wäre. Oder durch richtig gut fundierte Erpressung. Nicht zum ersten Mal dachte Henderson über den Skandal nach, mit dem sein ehemaliger Arbeitgeber sich vor acht Jahren hatte herumschlagen müssen.

*Kann ich den gegen Robinette verwenden? Kann ich ihn damit dazu bringen, mir einen Prozentsatz zu gewähren? Kann ich ihm danach je wieder trauen?* Die letzte Frage ließ sich mit einem klaren Nein beantworten. Doch mit weit offenen Augen zurückzukehren hatte seinen Reiz. Und Rache war dabei nicht der letzte Aspekt.

*Mich einfach vor die Tür zu setzen – geht's noch? Mich rauszu-*

*werfen, obwohl ich ihm während zweier höllischer Kampfeinsätze Deckung gegeben habe. Eher bringe ich ihn um, als dass ich mich einfach so aussondern lasse.*

Aber der Gedanke an einen toten Robinette ... *Nein. Das kann ich nicht. Sosehr ich ihn hasse, ich kann ihn nicht kaltblütig umbringen.* Was zugegebenermaßen seltsam war. Als Kopf von Robinettes Reinigungstruppe hatte Henderson schon öfter kaltblütig gemordet. *Aber da ging es um Leute, die mir nichts bedeutet haben. Nicht um Robinette.*

*Wenn er mir eine Waffe an den Kopf hielte, dann könnte ich es wohl. Aber sonst?*

Henderson legte sich aufs Bett und versuchte, all die Fragen, den Frust und die Verwirrung zurückzudrängen. Und in dem guten Wodka, den Fletcher ihm mitgebracht hatte, zu ertränken.

Morgen war noch immer Zeit zu planen. Die heutige Nacht war zum Schlafen da.

*Wight's Landing, Maryland
Samstag, 15. März, 23.45 Uhr*

Das zweistöckige Strandhaus sah aus wie alle anderen, an denen sie vorbeigekommen waren. Mit Ausnahme des zwei Meter hohen, schmiedeeisernen Zauns, der es umgab. Keines der anderen Häuser war umzäunt.

Ein Ort, wo sie sicher waren, hatte Clay ihr versprochen, und dieses Versprechen löste er wahrhaftig ein. Stevies persönliches Wohlgefühl wuchs. Mitsamt ihrer Bewunderung für den Mann am Steuer. Dabei hatte sie weder beeindruckt noch dankbar sein wollen. *Aber ich bin es, ich kann nicht anders.*

Die Zufahrt war durch ein massives Tor versperrt, das aufschwang, als Clay die Fernbedienung betätigte. Er fuhr hinein, wartete, bis das Tor sich wieder schloss, und öffnete dann die große Garage, in der sich ein einzelnes Fahrzeug, eine Limousine neueren Datums, befand.

Der rote SUV, der ihnen von Baltimore aus gefolgt war, blieb draußen vor dem Tor stehen und parkte quer, um die Zufahrt zu blockieren. Stevie drehte sich um und sah, dass die zwei Special Agents, die zu Joseph gehörten, mit Gewehren im Anschlag ausstiegen und das Grundstück abzusuchen begannen.

Dann wurde das Garagentor wieder heruntergelassen, und Clay drehte den Zündschlüssel.

»Sind wir da?«, fragte Cordelia in die Stille hinein.

»Das sind wir«, antwortete Clay. »Gerade noch rechtzeitig zur Schlafenszeit. Kommt rein. Mein Vater hat bestimmt schon alles vorbereitet.«

»Gibt es da ein Badezimmer?«, fragte Cordelia. »Ich muss nämlich ganz, ganz dringend aufs Klo.«

»Es gibt sogar drei Badezimmer«, sagte Clay und half ihr aus dem Fahrzeug.

Stevie nahm ihren Stock und den Rucksack und wollte die Tür öffnen, aber Clay war schneller, obwohl er zunächst Emmas Tür aufzog.

Emma ließ sich vom Vordersitz rutschen und schnitt eine Grimasse. »Dann hoffe ich nur, dass eins der Bäder auch eine Wanne hat. Ich würde meine Seele für ein Schaumbad verkaufen!« Und damit eilte sie davon und ließ sie allein.

Stevie blickte zögernd auf die Hand, die er ihr entgegenstreckte. »Ich will dir nur helfen«, erklärte er ungeduldig. »Nicht dir einen Antrag machen.«

Sie wappnete sich innerlich, bevor sie seine Hand nahm, konnte ein Schaudern aber nicht unterdrücken. Seine Hand war warm, und das war ihr plötzlich auch. Dass sie so reagierte, überraschte sie nicht, denn so war es immer, wenn sie ihn berührte.

Sobald ihre Füße auf dem Betonboden standen, ließ er sie los und trat zurück. »Ich zeige dir, wo ihr schlaft.« Er wandte sich der Tür zu und nahm die Wärme mit.

Sie schauderte wieder, diesmal weil ihr kalt war, was genauso viel mit den niedrigen Temperaturen in der Garage zu tun hatte wie mit der kalten Schulter, die er ihr zeigte. »Ich möchte gerne bei Cordelia bleiben«, sagte sie zu seinem Rücken. »Bitte.«

»Ja, das habe ich mir schon gedacht. Dafür ist gesorgt.« Er hielt ihr die Tür auf. »Schaffst du die Treppe allein?«

Zwei Stufen führten zum Haus hinauf, und es gab kein Geländer, an dem sie sich hochziehen konnte. Stevie stieß frustriert den Atem aus. »Heute nicht mehr«, gab sie zu. »Dazu bin ich zu müde.«

Bevor sie noch blinzeln konnte, hatte er ihr schon einen Arm um die Taille geschlungen und hob sie mühelos die beiden Stufen hinauf. Oben ließ er sie sofort wieder los, trat erneut zurück und bedeutete ihr, voranzugehen. »Nach dir.«

Sie hatte ein paar Schritte geschafft, als sie hörte, wie hinter ihr mehrere Riegel vorgeschoben wurden, aber als sie über die Schulter blickte, legte er gerade den einzigen um, den sie sehen konnte. »Was hast du gemacht?«

»Sicherheitstür«, erwiderte er knapp und erklärte ihr den Mechanismus. »Wenn man den Griff hochdrückt, dringen vertikale Stangen oben und unten in die Türzarge, die aus zehn Zentimeter Stahl besteht. Der Riegel bewegt horizontale Stangen. Um hier durchzubrechen, braucht man einen Presslufthammer.«

*Wow.* »Sind alle Türen so?«

»Ja.«

»Und die Fenster?«

»Durchschusshemmend bis hin zu Hochgeschwindigkeitsgewehrgeschossen. In dieses Haus kommt keiner. Du kannst heute Nacht in Ruhe schlafen, Stevie. Ich habe dir versprochen, dass ich Cordelia und dich in Sicherheit bringe, und ich habe mein Versprechen gehalten.«

Ihre Schultern fielen nach vorne. »Danke.« Doch plötzlich erklang Cordelias Lachen, und ihr wurde leichter ums Herz. Es war lange her, dass Stevie ihre Tochter lachen gehört hatte. *Viel zu lange.*

Mit schnellen Schritten durchquerte sie eine große Küche, hielt aber lange genug an, um zu schnuppern. Ein köstlicher

Duft drang aus einem blubbernden Topf auf dem Herd. »Gott, riecht das lecker.«

»Rindereintopf«, sagte Clay. »Dad dachte sich, dass ihr Hunger haben könntet.«

»Da hat er richtig gedacht.« Sie stieß eine Schwingtür auf und fand sich in einem riesigen Raum mit hohen Decken und einer gigantischen Fensterfront wieder, hinter der sich die Chesapeake Bay erstreckte. Hier zum Sonnenaufgang zu stehen musste atemberaubend sein.

Sie kam nicht umhin, sich zu fragen, wie viel es wohl gekostet haben mochte, ein Fenster von dieser Größe mit kugelsicherem Glas auszustatten. Und warum Clay Maynards Vater ein Strandhaus besaß, das wie Fort Knox gesichert war. Aber im Augenblick war es ihr eigentlich egal. Sie war bloß froh, dass es so war.

Und dann sah sie den Grund für Cordelias Lachen. Ihre Tochter kniete in einer Ecke auf dem Boden, wo vier Welpen tollpatschig miteinander spielten. Der eine, den sie auf den Arm genommen hatte, leckte ihr gerade über das Gesicht.

»War ja klar, dass es hier Hunde geben würde«, murmelte Stevie seufzend, aber als Cordelia kicherte und ein Quieken ausstieß, war sie auch dafür dankbar.

Cordelia warf ihr über die Schulter einen strahlenden Blick zu. »Mama, hier sind Welpen!«

Stevie konnte nicht anders, als ihr Lächeln zu erwidern. »Ich seh's, Schätzchen. Und ich höre es.«

Und sie spürte Clay. Er stand hinter ihr, gerade nah genug, dass seine Wärme sie wieder schaudern ließ.

»Entschuldige«, sagte er und umrundete sie, ohne sie zu berühren.

Dann ging er neben Cordelia in die Hocke, nahm einen der anderen Welpen auf den Arm und drückte ihn an seine Brust. »Die sind aber gewachsen. Als ich das letzte Mal hier war, waren sie nur halb so groß.«

»Wie alt sind sie denn?«, fragte Cordelia. »Gibt es Jungen und

Mädchen? Was für eine Rasse ist das? Haben sie schon Namen? Wem gehören die? Und wo sind ihre Eltern?«

Clay lachte in sich hinein. »Ungefähr acht Wochen. Jeweils zwei. Das sind Chesapeake-Bay-Retriever. Du hast Mannix. Das sind Rockford und Pepper. Und meiner hier ist Beckett.« Er zog die Brauen zusammen. »Was hast du noch gefragt? Oh, genau. Sie gehören meinem Papa. Und die Eltern müssen hier irgendwo sein.«

Eine Tür weiter hinten öffnete sich und ließ einen Schub kalte, salzige Luft herein. Mit ihr kam ein Mann mit einer Orioles-Kappe und zwei großen braunen Hunden, deren kurzes lockiges Fell mit Wassertröpfchen bedeckt war. Die Hunde stürmten sofort auf Clay los, aber der Mann donnerte: »Lacey, Colombo – sitz!«, und die Hunde gehorchten. Er trocknete das Fell der beiden mit einem Handtuch ab und richtete sich dann auf.

»Okay«, sagte er, woraufhin die Hunde zu Cordelia und Clay sprangen.

*Das also ist Clays Vater*, dachte Stevie mit einem Anflug von Panik. Hatte Clay ihm von ihr erzählt? Wusste er, dass sie seinem Sohn einen Korb gegeben hatte? Sie bekam ihre Antwort einen Moment später, als er sich seinen Windbreaker auszog und die Kappe an einen Haken neben der Tür hängte.

Dann durchquerte er die Halle und musterte sie so unverhohlen kritisch, dass sie sich am liebsten versteckt hätte. Er war von mittlerer Größe und Statur, hatte helle Haut und militärisch kurzgeschnittenes, ergrautes Haar, dem man den ursprünglich rötlichen Schimmer noch ansehen konnte. Seine Augen waren von einem hellen Blau, sein Mund lächelte nicht. Zwischen Vater und Sohn bestand keinerlei Ähnlichkeit.

»Sie sind also der Detective«, stellte er fest.

»Stevie Mazzetti«, sagte sie genauso ruhig. »Danke, dass Sie uns Unterschlupf gewähren, Mr. Maynard. Ich stehe in Ihrer Schuld.«

»Gern geschehen, und – nein, tun Sie nicht. Sie stehen in seiner Schuld.« Er deutete mit Nicken auf Clay. »Und ich bin nicht Mr. Maynard. Mein Name ist Tanner.«

Stevie blickte zu Boden, dann wieder auf. »Dann noch einmal danke, Mr. Tanner.«

»Nicht Mister. Nur Tanner.«

Clay kam auf die Füße. »Das ist mein Vater, Tanner St. James. Dad, das ist Cordelia Mazzetti.«

Tanner drehte sich zu Stevies Tochter um und nickte ihr zu. »Schön, dass du da bist«, sagte er, und es klang aufrichtig. »Aber ich dachte, es sei von dreien die Rede gewesen. Noch eine Lady?«

»Sie ist auf'm Klo«, flüsterte Cordelia sehr laut. »Zu viel Kaffee.«

Tanners Lippen zuckten. »Na, dann ist das die richtige Lösung. Hast du Hunger, kleines Mädchen?«

Cordelia warf Stevie einen fragenden Blick zu, dann nickte sie. »Ja, Sir.«

»Dann komm. Ich mache dir einen Teller Eintopf, anschließend kannst du satt und zufrieden schlafen. Lass den Welpen da und geh dir die Hände waschen.« Er drehte Stevie den Rücken zu, drückte die Schwingtür auf, ließ Cordelia hindurch und folgte ihr. Die Schwingtür fiel vor Stevies Nase zu.

*Yep. Er weiß bereits Bescheid.*

»Tut mir leid«, entschuldigte sich Clay. »Er ist mein Dad. Er hat sich, ähm, über dich geärgert. Wegen mir.«

»Okay, damit muss ich leben. Im umgekehrten Fall wäre es mir wohl nicht anders ergangen.«

Die Küchentür schwang erneut auf, und Tanner erschien mit einer großen Papiertüte, die er Clay wortlos reichte, bevor er in die Küche zurückkehrte.

Clay hielt die Tüte hoch. »Unser Abendessen. Wir essen, während wir reden.« Er trat an die Seitentür, durch die sein Vater mit den Hunden gekommen war, und blieb dann stirnrunzelnd stehen, als er sah, dass sie sich nicht geregt hatte. »Ich muss ganz genau wissen, womit ich es hier zu tun habe. Also komm bitte mit mir.«

Mit dem Gefühl, sie würde in ihr Verderben marschieren, gehorchte Stevie.

*Sonntag, 16. März, 00.05 Uhr*

Clay warf einen prüfenden Blick über den Strand, bevor er das Tor hinter ihnen schloss und verriegelte. Niemand zu sehen, so weit das Auge reichte. Auch am Horizont war kein Boot zu erkennen, und die Nacht war windig. Kaum einer würde sich bei solcher Witterung hinauswagen, wenn er nicht einen guten Grund hatte.

Oder Mordabsichten.

»Bleib bei mir«, sagte er und zog seine Waffe aus dem Schulterholster. Sie hatte ihre ebenfalls gezogen, hinkte aber langsam hinter ihm her, und bei jedem Schritt versank der Glitzerstock tief im Sand. Clay musterte ihn stirnrunzelnd. »Du brauchst einen schwarzen Stock. Wenn du damit rumläufst, kannst du ebenso gut eine Fackel in den Händen halten.«

»Cordelia sagte, sie habe dich schon darum gebeten. Machen wir uns darüber später Gedanken, okay? Wohin gehen wir?«

»Zum Bootshaus. Dort, auf dem Anleger.«

Ihr Kinn ruckte hoch, als sie die kleine Hütte am Ende des fünfzig Meter langen Stegs betrachtete. Die Aussicht behagte ihr nicht, das war eindeutig. »Warum?«

»Du fürchtest dich doch nicht vor Wasser, oder?«, fragte er überrascht.

Sie senkte die Brauen. »Nein, natürlich nicht. Nur verstehe ich nicht ... Warum bleiben wir nicht einfach im Haus?«

»Weil ich dir Fragen stellen will, deren Antworten Cordelia bestimmt nicht hören soll, oder?«

»Das Haus hat zwei Etagen, Clay«, entgegnete sie bemüht geduldig. »Gehen wir doch einfach rauf.«

Sofort stieg ein Bild vor seinem inneren Auge auf – sie in seinem Bett. Satt und zufrieden lächelnd. Das Bild war ihm vertraut, allerdings weil es ihn in seinen Träumen mit beharrlicher Regelmäßigkeit verhöhnte. Leider reagierte sein Körper dennoch.

Clay zog die Brauen hoch und verpackte seinen Frust in Sarkasmus. »Wir haben oben nur Schlafzimmer. Natürlich können wir dennoch hochgehen, wenn du willst.«

Ihre Augen weiteten sich verärgert, dann verengten sie sich zu Schlitzen, während ihr das Blut in die Wangen stieg. Sie setzte an, um etwas zu erwidern, was bestimmt nicht für Cordelias Ohren gedacht war, doch er schnitt ihr das Wort ab. »Im Bootshaus befinden sich bestimmte Ausrüstungsgegenstände, die wir uns ansehen sollten. Ich muss dir zeigen, wie alles funktioniert, falls du allein hier bist.«

»Warum hast du das nicht gleich gesagt?«, knurrte sie und schüttelte missmutig den Kopf. Dann nahm sie die Schultern zurück und marschierte entschlossen los. Doch der Sand machte sie so langsam, dass ihn allein das Zusehen schmerzte.

*Sie ist müde.* Er überlegte, sie einfach zum Bootshaus hinüber zu tragen, aber der kurze Kontakt, als er sie die zwei Stufen hinaufgehoben hatte, war schon zu viel für ihn gewesen. Und zwar genau deshalb, weil es nicht annähernd genug gewesen war und auch nie sein würde, falls sie nicht doch ihre Meinung änderte. Dennoch ... »Soll ich dir vielleicht helfen?«, fragte er leise.

Wieder ruckte ihr Kinn hoch, ihr Blick war wachsam. »Und wie?«

»Morgen kann ich Bretter auslegen, damit du dich leichter über den Sand bewegen kannst. Aber jetzt ...« Er hielt den Atem an, während sie auf seinen ausgestreckten Arm starrte, als würden dort jeden Moment giftige Dornen sprießen.

Sie zögerte ein paar Sekunden, dann klammerte sie sich an ihn, und als sich ihre Nägel in seinen Arm gruben, wurde ihm klar, dass sie nicht bloß müde war. Sie hatte Schmerzen. *Verdammt!* »Halt mal«, sagte er und reichte ihr die Tüte mit dem Essen. »Und schrei mich nicht an, okay?« Er hob sie auf die Arme, trug sie die letzten Meter durch den Sand und dann den Bootssteg entlang, bis sie den Schuppen erreicht hatten. Als er sie wieder absetzte, zitterte sie. Wie viel davon Erschöpfung war, hätte er nicht sagen können, aber er nahm an, dass die Wut überwog.

»Wag es nicht, das noch einmal zu tun«, fauchte sie, als er die Tür aufschloss. »Nie. Wieder.«

»Geh rein« war alles, was er antwortete. Was er antworten *konnte*. Er brauchte einen Augenblick, um sich wieder zu sammeln, damit er sie nicht gleich noch einmal in seine Arme zog. Denn sie fühlte sich darin genauso gut an, wie er es sich immer vorgestellt hatte. Perfekt sogar.

Er deutete auf einen Klappstuhl. »Setz dich. Das hier wird ein bisschen dauern.« Er zog einen kleinen Tisch heran und packte das Essen aus. »In der Tüte sollte sich eigentlich auch eine Thermoskanne mit Kaffee befinden.«

Ihre Miene war immer noch rebellisch. »Wieso hat dein Vater die Tüte schon fertig gehabt?«

»Weil ich ihn darum gebeten habe, als ich ihm sagte, dass du herkommen würdest. Er wusste, dass ich mit dir reden muss. Und zwar unter vier Augen.«

»Oh.« Sie machte sich stumm über den Eintopf her, während er Schwimmwesten und Planen zur Seite räumte, die seinen Geräteschrank tarnten. Er schloss ihn auf, öffnete beide Türen und begann schweigend, Schalter umzulegen und Bildschirme einzuschalten. Er ging davon aus, dass es höchstens eine Minute dauern würde, bis ihre Neugier die Oberhand gewann.

Es dauerte sogar keine dreißig Sekunden.

»Was zum Teufel soll das alles hier?«, flüsterte sie.

»Noch mehr Sicherheit. Wenn du mal rüberkommen willst, zeige ich dir, wie du dafür sorgen kannst, dass sich keiner vom Wasser aus an dich und Cordelia anschleichen kann.«

Sie stand auf und kam die paar Schritte zu ihm. Den Stuhl zog sie hinter sich her. Als sie wieder saß, begann er.

»Diese Monitore werden von sechs Unterwasserkameras gespeist, die in Pyramidenformation an Pfählen angebracht sind. Dies ist der Bildschirm der Wärmebildkamera. Und der hier ...«

»Stopp! Hör ... hör auf! Du hast einen hohen Zaun, ein Sicherheitstor, kugelsichere Fenster und Türen wie in einem Banktresor.«

»Durchschusshemmende Fenster«, korrigierte er.

»Egal. Dieses Haus, dieses Grundstück, alles hier kommt mir vor, als wäre ich versehentlich in einen James-Bond-Film geraten. Wer ist dein Vater, dass er so ein Schutzprogramm braucht? Ich habe nicht viel mit Politik am Hut, aber ich denke, selbst ich würde mich daran erinnern, wenn er mal irgendwann Präsident der Vereinigten Staaten gewesen wäre. Ist er eine Berühmtheit, von der ich aus irgendeinem Grund noch nie gehört habe? Vielleicht ein König im Exil? Das hier ist doch ein Strandhaus, Herrgott noch mal, und nicht das Pentagon. Was zum Teufel soll das also alles?«

Clay setzte sich rittlings auf einen weiteren Klappstuhl. »Zaun und Bewegungsmelder waren hauptsächlich für meine Mutter. Der Rest ist Geschäft. Mein Job.«

Sie runzelte die Stirn. »Du meinst, es geht mich nichts an?«

»Nein. Ich meine, es ist mein Unternehmen. Womit ich mein Geld verdiene.«

»Du bist Privatdetektiv.«

»Und Sicherheitsspezialist. Mein erster Partner und ich haben uns die Ermittlerlizenz besorgt, um die Angestellten unserer Kunden überprüfen zu können.«

»Dein erster Partner? Nicki?«

Nickis Namen zu hören tat selbst nach all dieser Zeit noch weh. Stevie hatte sie zwar nie kennengelernt, aber sie und J. D. hatten das Schwein geschnappt, das Nicki in ihrem eigenen Bett ausgeweidet hatte.

»Nein. Mein erster Partner war Ethan Buchanan. Er wohnt jetzt mit Frau und Kindern in Chicago. Er und ich waren in den Neunzigern zusammen im Corps. In Somalia. Nach zwei Einsätzen kehrte ich nach Hause zurück und trat der Washingtoner Polizei bei. Er blieb bei den Marines und wollte dort Karriere machen, wurde aber in Afghanistan verwundet. Er kam zurück in die Staaten, als ich gerade das DCPD verließ, daher passte es gut, dass wir uns zusammentaten. Ich habe Leute für den privaten und geschäftlichen Personenschutz ausgebildet.«

»Reiche Leute.«

»In den meisten Fällen ja. Ethan hatte ein paar Kontakte, die uns ins Geschäft brachten. Wir waren schnell ziemlich erfolgreich. Ethan hatte die Computersparte unseres Geschäfts unter sich. Er ist das, was man gemeinhin ›White Hat‹ nennt.«

»Ein Hacker, aber einer von den guten.«

»Richtig. Seine Spezialität ist es, sich in die ›sicheren‹ Server der Firmen einzuhacken, um ihnen zu demonstrieren, wie leicht sie anzugreifen sind. Danach engagieren die Unternehmen ihn so gut wie immer, um die Lecks in den Netzwerken zu stopfen. Echte Ermittlungsarbeit leisteten wir damals aber nicht, bis ...« Seine Miene wurde düster. »Bis Alec entführt wurde.«

Sie riss schockiert die Augen auf. »Was? Wann war das denn? Und wer hat ihn entführt?«

»Sue Conway, die bösartigste Frau, der zu begegnen ich je das Pech hatte. Es ist inzwischen sechs Jahre her. Ethan ist Alecs Patenonkel, musst du wissen. Als er hörte, dass der Junge verschwunden war, begann er, nach ihm zu suchen. Ich habe ihm geholfen. Es geschah übrigens hier. In diesem Haus.«

Ihre Augen verengten sich. »Das jetzt deinem Vater gehört?«

Sein Lächeln war etwas bemüht. »Wie das Schicksal so spielt. Das ist der Hauptgrund, warum Alec nicht mit uns gekommen ist. Ja, ich brauche ihn wirklich im Büro, aber er fühlt sich bis heute nicht ganz wohl hier.«

»Verständlich«, murmelte sie.

Clay fragte sich, ob ihr klar war, wie ähnlich Cordelias Situation war. Stevies Tochter hasste ihr eigenes Haus. Was absolut verständlich war in Anbetracht all der Gewalt, die sich darin zugetragen hatte.

»Und wie kommt es, dass dein Vater jetzt hier wohnt?«, fragte sie. »Und warum all das James-Bond-Spielzeug?«

»Na ja, wie ich schon sagte, Zaun und Alarmanlage waren hauptsächlich für meine Mutter bestimmt. Meine Eltern haben dieses Haus ein paar Jahre nach der Entführung gekauft. Meine Mutter verliebte sich in die Aussicht, und mein Vater war einverstanden, weil der Preis wirklich gut war. Was allerdings daran lag, dass das Haus schon zwei Jahre leer stand. Und hätten sie von den Verbrechen gewusst, die hier stattgefunden hatten, hätten sie es auch nicht gekauft. Mein Vater war fünfundzwanzig Jahre Polizist. Er wäre bestimmt nicht in ein Haus gezogen, das Schauplatz von Entführung und Mord gewesen war. Aber der Makler verschwieg es ihnen.«

Wieder riss sie die Augen auf. »Mord? Wer wurde denn ermordet?«

»Der Verlobte von Alecs Sprachtherapeutin wurde im Bootshaus getötet, aber nicht in dem Schuppen, in dem wir uns jetzt gerade befinden. Das alte Bootshaus hat am Strand gestanden. Und es war wirklich ein Bootshaus.«

»Nicht die Kommandozentrale von SEAL Team Six«, sagte sie trocken. »Ich habe meine ursprüngliche Frage aber trotzdem noch nicht vergessen. Warum haben deine Eltern dieses Haus gekauft? Stammt ihr aus diesem Ort?«

»Nein. Ich bin im Staat New York geboren, aber aufgewachsen bin ich am Stadtrand von Washington. Mein Vater hat meine Mutter geheiratet, als ich fünf war, und ist mit uns in sein damaliges Haus gezogen. Er war ein DC-Cop, also mussten wir in der Nähe der Hauptstadt wohnen.« Er zögerte einen Moment, dann fuhr er achselzuckend fort. »Meine Ex-Verlobte wohnt hier in Wight's Landing. Meine Eltern kauften dieses Haus, als sie glaubten, ich würde ebenfalls herziehen.«

Stevies Augen wurden erst groß und rund, dann klein und schmal. »Du warst mal verlobt?«

Sie klang einen Hauch angefressen, was Clay irgendwie gefiel.

»Wir haben uns vor vier Jahren getrennt.«

»Warum?«

»Weil wir bessere Freunde als zukünftige Ehepartner waren und es zum Glück herausfanden, bevor wir unsere Freundschaft zerstören konnten.«

»Wohnt sie noch immer hier in der Nähe?«

»Yep. Lou Moore ist der Sheriff. Du kennst ihre Schwester schon – Alyssa. Meine Verwaltungsassistentin.«

Sie zog die Brauen zusammen. »Stimmt, ich erinnere mich an Alyssa. Wo ist sie eigentlich?«

»Sie arbeitet immer noch für mich, ist aber im Urlaub. Ihr Freund studiert, und im Augenblick hat er Ferien. Spring Break. Sie sind campen gegangen.« Er zuckte die Achseln. »Mit Zelten.«

»Du zeltest nicht gerne?«, fragte sie.

»Ich habe seit meiner Zeit im Corps genug davon, auf dem Boden zu schlafen.«

»Okay. Also haben deine Eltern das Haus als Überraschung gekauft, aber ihr habt die Hochzeit abgesagt.«

Eigentlich hatte Lou das getan, aber Clay fand nicht, dass diese Kleinigkeit das Gespräch weiterbringen würde. »Und dann konnten sie es nicht mehr loswerden, weil potenzielle Käufer stets die Geschichte von irgendeinem Anwohner hörten. Und wenn meine Eltern es nicht geheim gehalten hätten, weil sie uns damit überraschen wollten, dann hätten sie es vermutlich auch auf diese Art erfahren. Da nun aber all ihre Ersparnisse hier hineingeflossen waren, konnten sie auch nicht mehr wegziehen.«

»Wie gemein.« Sie deutete auf die Computerbildschirme, die im Augenblick statische Bilder zeigten. »Und die James-Bond-Ausrüstung?«

Er seufzte. »Die Frau, die Alec entführt hatte, hat mehr als ein Dutzend Leute umgebracht, bevor sie gefasst wurde. Alec hätte fast dazugehört. Und Dana, Ethans spätere Frau, ebenfalls.«

»Wo ist die Mörderin jetzt?«

»Sitzt lebenslänglich in einem Gefängnis in Illinois, wo sie leider eine regelrechte Anhängerschaft um sich geschart hat. Es kommen haufenweise Irre her, die sehen wollen, wo Sue Conway ihren ›Rachefeldzug‹ begonnen hat. Zuerst war es nur ärgerlich. Dann ist eines Tages einer von den Irren hier eingedrungen und auf einem der Betten eingeschlafen. Meine Mutter hat das enorm mitgenommen. Also habe ich tags drauf verschiedene Sicherheitsanlagen installiert.«

»Zäune und Alarmanlagen.«

»Und die Außenkameras und Bewegungsmelder am Strand.

Damit fühlte sie sich sicherer. Dann stellte ich fest, dass ich plötzlich weit mehr von genau diesen Security-Anlagen verkaufte als vorher. Ich konnte nämlich sagen: ›Das ist etwas, was ich bei meiner Mutter eingebaut habe, und ich weiß, dass es funktioniert.‹ Im Laufe der Zeit fragte ich meine Eltern immer wieder, ob ich etwas Neues einbauen dürfe, und meiner Mutter gefiel der Gedanke. Mein Vater wollte lieber einen Panzer, mit dem er die Spinner ummähen konnte, aber meine Mutter hat dem einen Riegel vorgeschoben.«

Stevies Lippen verzogen sich zu einem kleinen Lächeln. »Kann ich mir vorstellen.«

»Manchmal will ein Kunde etwas Spezielles, mit dem ich keine Erfahrung habe. Ich besorge mir eine Testversion für mich selbst und verkaufe anschließend Unmengen davon. Daher dieses ganze Team-Six-Zeug, wie du es nennst. Ein prominenter Kunde hat ein Grundstück am Strand gekauft und wollte sich vor Paparazzi schützen. Als die Reporter anfingen, aus Booten zu springen und an seinen Privatstrand zu schwimmen, wurde er sauer. Jetzt hat er all das, was hier steht, nur besser und teurer, und seine Familie ist vor Belästigungen sicher.«

»Wie meine Tochter. Wenn du diesen Kunden wiedersiehst, dann danke ihm bitte von mir.«

»Mach ich.«

Ihr Blick huschte davon, kehrte dann aber zurück. Entschlossen sah sie ihm in die Augen. »Dein Vater hat recht, Clay. Ich stehe in deiner Schuld. Danke. Das hier ... das hier ist mehr, als ich erwartet habe.«

*Eines Tages ... wirst du das zu mir sagen. Du bist mehr, als ich erwartet habe.* Er ignorierte den Schmerz in seiner Brust. »Gern geschehen. Jetzt muss ich dir einige Fragen stellen.«

»Ich weiß. Frag. Ich gebe mir Mühe, dir zu antworten.«

»Warum schießt jemand auf dich?«

Sie lachte, womit sie ihn überraschte. »Du redest nicht lange um den heißen Brei herum, würde ich sagen.« Dann wurde sie wieder ernst und blies die Luft aus. »Wie ich schon sagte: Ich war gestern bei der Dienstaufsicht. Ich glaube, dass eine Menge mehr Cops in Silas Dandridges Verbrechen involviert waren.« »Das hast du erwähnt, ja, aber ich verstehe es nicht so recht. Ich dachte, all die korrupten Polizisten seien in dem postmortalen Klatschreport dieses Verteidigers angeprangert worden. Stuart Lippman, richtig? Vorhin in der Küche hast du gesagt, du hättest sie noch nicht alle aufgetrieben.«

»Lippman hat nicht nur korrupte Polizisten angeprangert. Es gab auch Ex-Häftlinge, die für ihn gearbeitet haben. Und weitere Anwälte. Wir sind zunächst davon ausgegangen, dass er sämtliche Namen genannt hat, aber ich habe entdeckt, dass es noch andere geben muss.«

»Und wie bist du darauf gestoßen?«

»Silas hatte einen Safe im Boden seines Schlafzimmers. Darin befanden sich Bücher über Einzahlungen auf ein Überseekonto.«

»Zahlungen von Lippman für geleistete Dienste?«

»Ganz genau. Silas hatte Summe und Datum notiert, aber keine näheren Aufzeichnungen, um welche Aufträge es sich handelte. Als Lippman umgebracht worden war und sein ›Klatschreport‹, wie du ihn nennst, freigegeben wurde, nahm ihn die Dienstaufsicht als Grundlage. Man gab die Bücher an Wirtschaftsprüfer der Polizei, die das Geld aufspüren sollten.«

»Und ich nehme an, irgendjemand erkannte irgendwann, dass die Kontobewegungen nicht mit Lippmans Lebensbeichte übereinstimmten«, sagte Clay, und Stevie nickte.

»Richtig. Und zwar ich. Die Wirtschaftsprüfer waren mit den Aufzeichnungen fertig – das Geld selbst wurde nie gefunden – und gaben die Beweise zurück in die Asservatenkammer. Ich bekam eine Kopie auf CD, die ich mir erst anschaute, als ich im Dezember aus dem Krankenhaus entlassen wurde. Ich zählte nach und stellte fest, dass es doppelt so viele Zahlungen gab wie Aufträge in Lippmans Bericht. Das teilte ich der Abteilung für Innere Angelegenheiten mit, und dort machte man sich an die Arbeit – aber es gab so viele Fälle, die ohnehin noch untersucht werden mussten, dass es nur zäh voranging.«

»Also hast du selbst angefangen zu ermitteln. Warum? Es ist doch egal, wie lange es dauert. Warum lässt du die Dienstaufsicht nicht einfach das tun, wozu sie bezahlt wird?«

»Weil sie nicht besonders gut vorankam«, wiederholte Stevie ungeduldig. »Ich war zu Hause, sollte mich erholen, konnte aber nur an all die Unschuldigen denken, die wegen Silas und Lippman im Gefängnis saßen. Und die Schuldigen konnten grinsend ihr Leben genießen, weil sie davongekommen waren. Das hat mich fuchsteufelswild gemacht. Ich entdeckte drei Vergewaltigungen und einen bewaffneten Raubüberfall, die mir irgendwie nicht stimmig vorkamen. Ich gab der IA die Daten und Namen der Verdächtigen, die ganz oben auf ihrer Liste hätten stehen sollen. Vier Unschuldige saßen seit Jahren im Gefängnis.«

»Aber du hast dafür gesorgt, dass sie wieder freikommen und die wahren Täter kriegen, was sie verdient haben.«

»Schon. Aber als ich mir die Daten der einen Vergewaltigung noch einmal genau ansah, stellte ich fest, dass nicht Silas den Fall manipuliert haben konnte, da er zu dem Zeitpunkt mit mir zusammen war. Wir hatten jemanden observiert, und zwar das ganze Wochenende über. Ich zerbrach mir den Kopf darüber, welcher von den bereits bekannten korrupten Polizisten an Silas' Stelle falsche Beweise ausgelegt haben konnte, aber bei zwei Fällen kam kein einziger in Frage, weil alle zum gegebenen Zeitpunkt woanders eingebunden waren.«

»Du denkst also, dass weitere Polizisten beteiligt waren«, murmelte Clay.

»Das möchte ich nicht denken. Aber wenige Stunden nachdem ich das Büro der IA verlassen hatte, wurde auf mich geschossen. Heute wieder, nur gleich zweimal und etwas geschickter.«

»Mir gefällt das Zusammentreffen auch nicht, das gebe ich zu, aber es könnte dennoch ein anderer sein, der weiß, dass du neu ermittelst. Vielleicht ein Täter aus einem manipulierten Fall, auf den du noch nicht einmal gestoßen bist.«

»Auch das ist möglich, klar. Oder vielleicht beides.« Sie richtete den Blick zur Decke und spähte aus den Augenwinkeln zu ihm. »Man hat mich auch schon angegriffen, bevor ich zur IA gegangen bin, aber wir haben beide Kerle geschnappt.«

»Beide? Du bist fünfmal attackiert worden? In einer einzigen Woche?«

»Wenn du das so ausdrückst, klingt es wirklich dramatisch.«

Er verdrehte entnervt die Augen. »Verdammt noch mal, Stevie. Also – was ist mit diesen ersten beiden?«

»Einer hatte ein Messer. Der andere bloß harte Fäuste. Beide sind in Haft.«

»Du konntest also entkommen und um Hilfe rufen?«

Sie hob die Nase. »*Ich* habe ihnen Handschellen angelegt. Der Stock ist nicht nur zum Gehen gut zu gebrauchen.«

Er musste grinsen. »Du hast ihnen den Gehstock übergezogen?«

»Allerdings. Beide Angreifer hatten mit Fällen zu tun, die nicht auf Lippmans Liste gestanden hatten. Beide wollten verhindern, dass ich meine Ermittlungen fortsetze.«

»Wusste dein Chef davon, dass du gestern wieder bei der Dienstaufsicht warst?«

»Ja. Als mir am Montag aufgegangen ist, dass es noch mehr korrupte Polizisten geben muss, bin ich sofort bei Hyatt gewesen. Er hat mich gestern zur IA begleitet. Deswegen war ich auch so überrascht, dass er auf das sichere Haus bestand. Es muss ihm doch klar sein, dass ich mich dort nicht sicher fühlen werde, schließlich wissen wir nicht, wem wir vertrauen können. Ich hoffe bloß, er lässt seinen Zorn nicht an J. D. aus. Was willst du noch wissen?«

»Wo sind deine Unterlagen?«

»Die meisten im Koffer, den du von J. D.s Wagen in den SUV umgepackt hast. Was immer ich runtergeladen habe, befindet sich auf meinem Laptop, der in meinem Rucksack steckt. Ich habe ihn im Haus stehen lassen.« Sie deutete mit dem Kopf hinter sich.

»Hast du irgendeinen Verdacht, welcher Polizist – oder welche Polizisten – in diese neuen Fälle verwickelt ist?«

»Nein. Die IA sagt nichts und Hyatt auch nicht. Noch was?«

Er sah ihr direkt in die Augen. So lange, bis sie wegsehen musste. *Ja. Warum willst du mich nicht? Und was muss ich tun, damit sich das ändert?*

Aber natürlich stellte er diese Fragen nicht. Er stand auf, klappte seinen Stuhl zusammen und lehnte ihn an die Wand. »Nein«, sagte er barsch. »Gehen wir zurück. Hoffentlich hat Cordelia genug mit den Welpen gespielt. Ihr seid bestimmt alle todmüde. Ihr solltet schlafen.«

*Und ich sollte das auch*, dachte er, während er die Tür aufmachte. *Aber ich tu's allein. Dabei hab ich es so verdammt satt, allein zu sein.*

»Clay, warte.«

Er wandte sich nicht einmal zu ihr um. »Du brauchst dich nicht ständig zu bedanken, Stevie.«

»Hatte ich nicht vor, obwohl ich es doch tun sollte. Ich wollte dir nur sagen, dass du dich in einer Hinsicht geirrt hast.« »Und in welcher?«

Er hörte, wie sie langsam ausatmete. »Als du mich zu überreden versucht hast, herzukommen, hast du gesagt, du wüsstest, dass ich dich nicht mag. Das stimmt nicht. Ich empfinde nicht so, wie du dir das wünschst, aber ich habe dich immer gemocht. Du bist ein wunderbarer Mensch, das musst du mir glauben.«

Dieses Mal wies sie ihn freundlicher ab. Dennoch ... tat es unglaublich weh. »Du hast vergessen zu erwähnen, wie glücklich sich die Frau schätzen darf, die mich als Ehemann bekommt«, brachte er verbittert hervor.

»Aber das stimmt!«

»Leider wirst nicht du diese Frau sein.«

»Das ist richtig. Ich kann es nicht sein.«

Ihre Worte klangen so traurig, dass er sich in der Tür umdrehte und sie anblickte. Sie saß noch immer auf dem Klappstuhl und sah so besiegt und niedergeschlagen aus, dass er einen Funken Hoffnung verspürte.

»Du kannst nicht oder willst nicht?«

»Was macht das für einen Unterschied?«

»Einen sehr großen.«

Sie stand auf und stützte sich schwer auf den Stock. »Es ist spät. Ich muss zusehen, dass Cordelia ins Bett kommt.«

Die Hoffnung wich Frust, und er trat einen Schritt vor und versperrte ihr den Weg. »Nein!«, sagte er mit fester Stimme und sah ihr direkt ins Gesicht. »Du kannst mich nicht immer mit solchen Sprüchen abspeisen. Ich will wissen, warum, Stevie. Wenigstens das schuldest du mir.«

Sie funkelte ihn wütend an, doch der Puls über ihrem Schlüsselbein flatterte. »Ich schulde dir gar nichts.«

»Oh, doch«, sagte er leise. »Das hast du vor nicht einmal zehn Minuten selbst gesagt. ›Ich stehe in deiner Schuld‹ waren deine genauen Worte. Und so möchte ich bezahlt werden: Nenn mir den Grund, warum du denkst, du könntest diese Frau nicht sein. Und nenn ihn mir jetzt.«

## 8. Kapitel

*Wight's Landing, Maryland*
*Sonntag, 16. März, 0.25 Uhr*

Stevie bekam kaum noch Luft. Clay war groß, so groß, dass sie nicht an ihm vorbeisehen konnte. Groß auf eine Art, wie es Paul nie gewesen war. *Vielleicht weil er sich niemals mit solch düsterer Miene vor mir aufgebaut hat.*

Paul hatte sie immer mit Charme entwaffnet, niemals offen provoziert. Clay stand so dicht vor ihr, dass sich ihre Zehen fast berührten, und beugte sich vor. *Er zwingt mich, zu ihm aufzusehen. Oder zur Seite.* Aber wegsehen konnte sie nicht, denn seine dunklen Augen hielten sie fest, verlangten eine Antwort und würden sie nicht loslassen, bevor sie ihm nicht gab, was er wollte. Tief in ihrem Inneren spürte sie einen Hauch Aufregung. Oder besser: Erregung. *Was absolut nicht sein darf.*

*Wenigstens das schuldest du mir*, hatte er gesagt. Und er hatte recht.

»Ich habe dir weh getan, obwohl ich das nie wollte. Bitte verzeih mir.«

Er regte sich nicht. »Das ist keine Antwort.«

»Ich weiß.« Und endlich gab sie dem Bedürfnis nach, einen Schritt zurückzuweichen, aber es half nichts. Sie hatte immer noch Mühe zu atmen. »Kannst du mir bitte etwas Luft lassen? Du machst die Sache nur noch schlimmer.«

Er richtete sich wieder ein bisschen auf. »Du weichst aus. Lass es, Stevie.«

»Ich habe meinen Mann geliebt.«

»Natürlich. Du liebst ihn vermutlich immer noch. Und?«

Das »Und?« warf sie aus dem Gleichgewicht. Sie blinzelte.

»Stört dich das nicht?«

»Wenn du ihn nicht geliebt hättest, hättest du ihn wohl kaum geheiratet. Würdest wohl kaum so sehr um ihn trauern.« Er zögerte, dann zuckte er die Schultern auf eine Art, die alles andere als unbekümmert war. »Man hört nicht auf, jemanden zu lieben, nur weil er plötzlich weg ist. Oder weil der andere einen nicht will.«

Sie schloss die Augen. Worauf er anspielte, war klar. »Ich kann niemanden so lieben, wie ich Paul geliebt habe.«

»Natürlich nicht. Davon geht auch niemand aus.«

Frustriert sah sie zu ihm auf. »Hör auf damit. Hör auf, mir ständig zuzustimmen.«

Er zog die Brauen hoch. »Ernsthaft?«

Sie knirschte mit den Zähnen. »Du machst mich wahnsinnig.«

»Da können wir uns die Hand reichen«, erklärte er trocken. »Du liebst ihn noch. Aber Paul ist nicht mehr da, Stevie, er ist tot. Er wird nicht zurückkommen. Denkst du, er will, dass du den Rest deines Lebens allein bleibst?«

»Das ist nicht der Punkt.«

»Ich warte noch immer auf den Punkt.«

»Der Punkt ist, dass ich niemals für dich empfinden kann, was ich für ihn empfunden habe. Du wärst immer der Zweitbeste. Immer. Und irgendwann würdest du mich dafür hassen.«

Etwas flackerte in seinem Blick auf, und sie wusste nicht, ob sie ihn verärgert oder gekränkt hatte. »Das ist doch unsinnig.«

Sie seufzte. »Dir gefällt meine Antwort einfach nur nicht. Ich habe deiner Bitte entsprochen, also lass mich jetzt bitte in Ruhe.«

Aber er bewegte sich immer noch nicht von der Stelle. »Ich möchte, dass du über etwas nachdenkst. Und zwar ernsthaft. Du hast an diesem Tag nicht nur deinen Mann verloren. Du hast auch deinen Sohn verloren.«

Sie zog schockiert die Luft ein. »Ja – und?«

»Du hast Cordelia. Liebst du sie weniger? Ist sie für dich nur die Zweitbeste?«

Stevie fiel die Kinnlade herab, als sie ihn wie betäubt anstarrte.

»Du Mistkerl«, flüsterte sie. »Wie kannst du nur?« Brodelnd vor Zorn stieß sie ihm beide Hände vor die Brust, aber er wich keinen Zentimeter zurück, also packte sie ihren Gehstock wie einen Schläger. »Lass mich durch, oder ich schlage zu, und das meine ich verdammt ernst.«

Endlich trat er einen Schritt zur Seite, um ihr Platz zu machen. »Denk einfach mal drüber nach«, wiederholte er. »Bitte.«

Sie hätte sich gewünscht, hoch erhobenen Hauptes an ihm vorbeistolzieren zu können, aber ihr Bein schmerzte, und sie konnte nur hinken. An der Tür blieb sie stehen und sagte, ohne sich umzudrehen: »Ich weiß es zu schätzen, dass wir heute Nacht hier unterkommen dürfen. Morgen suche ich für mich und Cordelia ein anderes Versteck.«

»Wie du willst«, erwiderte er ruhig.

Sie blickte den Steg entlang, während sie lauschte, wie er die Tür des Bootshauses hinter sich abschloss und ihr anschließend folgte. *Er passt noch immer auf mich auf.*

Es war ein zu gutes Gefühl gewesen, in seinen Armen geborgen zu sein. *Das wird nicht noch mal vorkommen.* Aber bei all dem James-Bond-Kram um sie herum hatte ohnehin niemand eine Chance, nah genug an sie heranzukommen, um sich an ihr zu vergreifen.

Inzwischen hatte sie das Ende des Stegs erreicht. Furcht packte sie. Das Stück Strand war höchstens dreißig Meter breit, erschien ihr im Augenblick jedoch endlos. Entschlossen hob sie das Kinn, packte den Stock fester und machte den ersten Schritt.

Und plumpste bäuchlings in den Sand, weil ihr Bein unter ihr nachgab.

Verdattert lag sie einen Moment da und spürte, wie ein Schluchzen in ihrer Kehle aufstieg. Fest biss sie die Zähne zusammen. *Nein. Du wirst jetzt nicht weinen.*

Sie konnte ihn hinter sich hören. Spüren. Er sagte nichts.

Sie stemmte sich hoch, kniete im Sand und wischte sich Jacke und Gesicht ab, während sie immer noch gegen die drohenden Tränen ankämpfte. Starke Hände packten sie an den Schultern, und er hob sie auf die Füße. Seine Hände verschwanden wieder, aber sie fühlte seine Wärme im Rücken. Noch immer sagte er nichts.

*Du hast deinen Sohn verloren. Ist Cordelia nur die Zweitbeste?* Und plötzlich war alles zu viel. Der Tag. Die Schüsse. Zwei tote Frauen. Ihr schmerzender Arm. Das verdammte Bein, das unter ihrer Last jämmerlich zitterte.

Sie sank auf die Knie und ließ das Schluchzen heraus. Die Arme um ihren Oberkörper geschlungen, wiegte sie sich hin und her und wünschte, dass er sie nicht so sehen würde.

Gleichzeitig war sie froh, dass er bei ihr war.

Einen Moment später lag sie wieder in seinen Armen und wurde durch den Sand getragen. Sie drehte ihr Gesicht an seine Brust und wimmerte erstickt.

Er durchquerte das Tor, aber anstatt sie ins Haus zu tragen, ging er zu einer Gartenschaukel auf der Veranda und ließ sich mit ihr darauf nieder. Die Arme fest um sie geschlungen, begann er zu schaukeln und ließ sie weinen.

Als irgendwann keine Tränen mehr kamen, fühlte sie sich leer. Er hätte wütend auf sie sein müssen. Hätte sie verabscheuen müssen. Sie verabscheuen *sollen*. Stattdessen hielt er sie zärtlich in den Armen, und Stevie hasste sich selbst. »Du elender Mistkerl«, flüsterte sie.

»Ich weiß«, flüsterte er zurück.

»Warum kannst du mich nicht einfach hassen?«

Sein leises Lachen polterte in seiner Brust und kitzelte ihre Wange. »Ich hab's ja versucht. Oh, und wie ich es versucht habe.«

Sie seufzte schaudernd. »Ich will nicht, dass Cordelia mich so sieht.«

»Auf meinem Schoß?«

Stevies Wangen wurden heiß. *Auch das nicht.* »Ich meinte, sie soll nicht wissen, dass ich geweint habe.«

Er tippte ihr unters Kinn und sah sie an. Verzog leicht das Gesicht. »Ich fürchte, das wird nichts. Aber ich müsste eigentlich noch gefrorene Erbsen im Tiefkühlfach haben.«

Sie lächelte traurig. »Es wäre viel einfacher, wenn du ein blöder Kerl wärst.«

»Wenn das Wörtchen wenn nicht wär«, murmelte er. »Können wir reingehen?«

»Ja. Es war ein langer Tag.« Aber sie regte sich nicht. Einen Moment lang blieb sie einfach nur in seinen Armen sitzen und genoss es. Weil es sich so gut anfühlte. Viel zu gut. *Du wirst ihm wieder weh tun.*

Wie auch immer es weitergehen würde, am Ende würde es darauf hinauslaufen. Wenn sie ihm nun ein für alle Mal den Laufpass gab, würde sie ihn zutiefst verletzen. Wenn sie zuließ, dass er sie weichkochte und sie wirklich eine Beziehung begännen, dann würde er irgendwann enttäuscht sein. Er würde gehen, und das wäre für alle schlimm.

Besonders für Cordelia. *Die natürlich nicht nur die Zweitbeste ist.* Sie zwang sich, von seinem Schoß zu rutschen, und belastete probeweise das Bein, bevor sie einen Schritt machte.

»Alles okay?«, fragte er.

*Nein. Ganz und gar nicht.* »Ja, danke.«

»Dann zeige ich dir jetzt, wo ihr schlaft. Morgen fahre ich euch, wohin ihr wollt.«

*Baltimore, Maryland*
*Sonntag, 16. März, 2.30 Uhr*

Das leise Piepen weckte ihn. Robinette rollte sich herum und griff nach dem Handy.

»Wer ist das?«, fragte Lisa schläfrig.

Er strich ihr mit dem Finger über den Rücken und drückte ihr einen Kuss auf die Schläfe. »Eine SMS von Jimmy Chan in Hongkong. Ich muss ihn anrufen.«

»Wie spät ist es?«

»Erst halb drei. Bei Chan ist es schon Nachmittag. Schlaf weiter.«

Er schlüpfte aus dem Bett, zog eine Hose an und ging in sein Büro. Dort wählte er rasch, doch nicht die Nummer eines Mr. Chan an der Hongkonger Börse. Die Nachricht war von seiner Quelle beim BPD gekommen. »Was gibt's?«, fragte Robinette.

»Die Adresse von Mazzettis sicherem Haus.«

Robinette lächelte. »Wunderbar. Wann wird sie dort sein?«

»Ist sie schon. Mit dem Kind.«

»Allein?«

»Ja. Das war ihre Bedingung – dass niemand sie dort belästigt.«

Ja, das klang ganz nach der Polizistin, die ihm das Leben zur Hölle gemacht hatte. Anmaßend und herrisch. So, wie sie durchs ganze Leben rauschte.

»Gib die Adresse an die Nummer 305-555-1592 weiter.« Westmorelands Handy. Robinette war zuversichtlich, dass Westmoreland in der Lage war, aus Hendersons Fehlern zu lernen. Mazzetti würde innerhalb der nächsten Stunde tot sein.

»Mach ich.«

Robinette legte zufrieden auf. Nun konnte das Leben wieder seinen normalen Gang gehen. *Und ich krieche zurück zu Lisa ins Bett.* Er fand diese Wohltätigkeitsessen tödlich langweilig, aber seine Frau blühte in teuren Kleidern und Schmuck und in Gesellschaft neidischer Frauen und lüsterner Männer förmlich auf. Wenn er seine Karten richtig ausspielte – und heute Nacht hatte er das getan –, schwappte ihre Erregung ins heimische Bett über. Sie war noch immer jung und abenteuerlustig und hatte einen Körper, der wie gemacht war für die Sünde – sofern sie in der richtigen Stimmung war.

Und wenn sie sich mit Migräne ins Bett legte, gab es immer noch Fletcher. Sie hatten sich im Bett stets gut verstanden, Fletcher und er. Fletch konnte Lisa zwar nicht leiden, war aber doch klug genug, niemals die Grenze zu überschreiten und mehr von ihrer einvernehmlichen, wenn auch heimlichen Beziehung zu verlangen. Auf diese Art konnten sie ebenfalls ein Stückchen vom Kuchen genießen.

Tatsächlich konnten sie sogar ein verdammt großes Stück Kuchen genießen. Fletchers verbesserte Formel würde Fletch reich und Robinette noch viel reicher machen.

Und mit einem solchen Vermögen brauchte sich Robinette auch keine Sorgen über den Stand seiner Ehe zu machen. Wenn er Lisa über hatte, würde er sich halt eine andere Frau beschaffen, die hübscher, gesellschaftlich bedeutender und – noch wichtiger – gefügiger war.

Er hielt mitten auf der Treppe inne, als er sich klarmachte, was er gerade gedacht hatte. Ihm war nicht bewusst gewesen, dass er sich mit Lisa zu langweilen begann. Blieb die Frage, wie man eine Scheidung in die Wege leitete.

Schließlich waren seine ersten beiden Frauen gestorben. Eine dritte tote Frau würde den Blick der Öffentlichkeit wieder auf ihn lenken, würde Verdacht erregen, und das wollte er um jeden Preis verhindern. Aber darüber konnte er sich später Sorgen machen. Lisa lag in seinem Bett, warm und willig. Fletcher war im Labor und arbeitete, um ihm Geld zu verschaffen.

Und Stevie Mazzetti würde bald tot sein. Alles in allem eine gute Nacht.

*Wight's Landing, Maryland*
*Sonntag, 16. März, 3.40 Uhr*

Es war ein sehr verhaltenes Geräusch. Leichtes Schlurfen. Clay hob alarmiert den Kopf vom Kissen, war eine halbe Sekunde später auf den Füßen und hielt die Pistole in der Hand. Jeder im Haus befand sich in einem der Schlafzimmer, bis auf seinen Vater, der unten Wache stand.

Leise trat Clay auf den Flur hinaus und seufzte stumm.

Cordelia saß auf dem Fußboden an der Wand, hatte die Knie an die Brust gezogen und ihr Gesicht im Nachthemd vergraben. Ihre Schultern bebten unter ihren Schluchzern.

Noch eine Mazzetti, die Trost brauchte. Er war froh, dass es sich um Cordelia handelte, denn ihr konnte er wenigstens helfen. Stevie weinen zu sehen drohte ihn innerlich zu zerreißen. Neben ihr hob sich wachsam ein Hundekopf. Colombo, der Chesapeake-Bay-Retriever seines Vaters, hatte in ihrem Zimmer geschlafen, am Fuß des Bettes, das sie mit ihrer Mutter teilte. Stevie hatte sich nicht mehr gegen die Gegenwart des Hundes gewehrt, als Cordelia ihr erzählt hatte, dass der Hund immer dort schlief.

»Wir liegen also in seinem Bett, Mom«, hatte sie flehend gesagt.

Eigentlich schliefen sie in Clays Bett, aber das hatte er nicht erwähnt. Es war einfach das beste und bequemste Bett im Haus, und er wollte, dass Stevie genug Ruhe bekam.

Wie es aussah, wollte Cordelia dasselbe. Sie hob den Kopf, als er sich neben sie setzte, und legte den Finger auf die Lippen. »Pssst. Meine Mama schläft«, flüsterte sie durch die Tränen und verbarg den Kopf wieder an ihren Knien.

»Wir wecken sie bestimmt nicht«, versprach Clay. Er streckte die Beine aus und legte dem Mädchen zögernd eine Hand aufs Haar. Schaudernd lehnte sie sich an ihn, also schlang er den Arm um ihre Schultern und drückte ihr einen Kuss auf den Scheitel. »Schlecht geträumt, Schätzchen?«

Sie nickte. »Es tut mir leid, dass ich Sie geweckt habe«, flüsterte sie und streckte ebenfalls ihre Beine aus. Ihre Füße, die nur bis zu seinen Knien reichten, waren winzig im Vergleich zu seinen. »Ich hab gehofft, dass Sie rauskommen. Tante Emma ist nett, aber ... na ja, Sie verstehen das bestimmt.«

Wärme breitete sich in seiner Brust aus. »Magst du mir erzählen, wovon du geträumt hast?«

Sie legte ihren Kopf an ihn und schloss die Augen mit einem winzigen Seufzer. »Von Mr. Dandridge.«

»In der Küche bei euch zu Hause?«

Wieder nickte sie. »Ich hasse die Küche«, gestand sie ihm.

Clay sah seinen Vater über den Treppenabsatz spähen und fragend die Augenbrauen hochziehen. Mit einem leichten Nicken bedeutete Clay ihm, sich wieder zurückzuziehen. »Alles okay«, formte er mit den Lippen.

Der ergrauende Kopf seines Vaters verschwand wieder.

»Das würde ich auch, wenn ich du wäre«, murmelte Clay.

»Da war es nämlich ...« Cordelia hielt den Atem an, schien sich zu verschlucken. »Da hat er mir die Pistole an die Seite gehalten. Mr. Dandridge, meine ich.«

»Ich weiß.« Clays Stimme blieb ruhig, obwohl er innerlich sofort wieder zu brodeln begann.

Sie drehte den Kopf zu ihm auf und sah ihn neugierig an. »Woher wissen Sie das denn?«

»Paige war doch da, weißt du noch? Sie hat es mir später erzählt.« Irgendwie war es ihnen gelungen, Cordelias Rolle in dem Fall aus den Zeitungen zu halten, so dass sie sich niemals würde sorgen müssen, wer sonst noch alles davon wusste. »Hast du mal versucht, nach dem Traum daran zu denken, dass Blumen oder Welpen aus der Pistole kommen?«

»Ja.« Sie ließ sich wieder an ihn sinken. »Aber es hat nicht geklappt. Ich hab immer noch Angst.« Sie gähnte.

»An was hast du denn gedacht? An Blumen oder Welpen?«

»An beides.« Sie gähnte wieder. »Vielleicht versuch ich's das nächste Mal mit Gummibärchen. Oder M&Ms.«

»M&Ms funktionieren bestimmt gut. Meine Mutter hat die für ihr Leben gern gefuttert.«

»Sie konnten die Blumen nicht aufs Grab legen. Das tut mir leid.«

»Nicht so schlimm.« Er zauste ihr liebevoll das Haar. »Das hätte meine Mom bestimmt verstanden.«

»Wir legen nie Blumen aufs Grab von meinem Dad.« Sie zögerte. »Oder auf das von meinem Bruder. Ich glaube, meine Mom geht auf den Friedhof, aber sie nimmt mich nie mit.«

»Sie glaubt wahrscheinlich, dass du dann traurig wirst.«

»Weil sie traurig wird?«

*Ich liebe ihn noch immer*, hatte sie gesagt. *Du wärest immer nur der Zweitbeste.* Clay musste schlucken. »Vielleicht. Sie möchte nicht, dass du sie weinen siehst.«

»Ich würde sie aber trösten. Das kann ich.« Sie ballte die kleine Faust. »Das muss ich doch.«

Sie klang so entschlossen. »Warum? Warum musst du das?«

»Weil ich alles bin, was sie noch hat«, flüsterte Cordelia.

»Liebes ... das stimmt nicht. Deine Mutter hat eine große Familie. Deine Großeltern, Tante Izzy, Onkel Sorin. Und sie hat viele Freunde, die sie sehr lieben. Du bist nicht alles, was sie noch hat.«

Cordelia sah ihn traurig an. »Aber das ist nicht dasselbe. Manchmal geht sie in das alte Zimmer von meinem Bruder und weint. Sie weiß nicht, dass ich das weiß. Aber später tröste ich sie immer.«

Clay seufzte. Und versuchte es noch einmal. »Du bist aber nicht verantwortlich dafür, dass deine Mom glücklich ist. Sie ist erwachsen. Sie ist für dich verantwortlich.«

Sie schüttelte den Kopf. »Ich bin alles, was sie noch hat«, beharrte sie.

Er hatte sich geirrt. Es war einfacher, Stevie zu trösten, denn dieses Kind trug eine Last, die ihm fast das Herz brach. Er konnte Cordelia so gut verstehen.

»Ich habe auch einmal so gedacht«, begann er. »Meine Mom war früher alleinerziehend, genau wie deine. Nur dass mein Vater nicht gestorben war. Wir waren ihm bloß egal, da ist er gegangen.«

»Das tut mir leid.«

»Schon okay, wirklich. Und eigentlich wurde es sogar erst dann richtig gut, weil sie Tanner St. James kennenlernen konnte. Sie war damals davon überzeugt, dass Männer keine Frau nehmen würden, die schon ein Kind hat, aber er hat sie genommen. Und er ... er ist der beste Vater, den ich mir vorstellen kann. Doch vor Tanner habe ich mich gefühlt wie du. Als müsste ich mich unbedingt um meine Mom kümmern. Und dafür sorgen, dass sie glücklich ist.« Er zögerte. »Manchmal habe ich mich sogar gefragt, ob sie mich wirklich noch haben wollte. Ob ihr Leben ohne mich nicht viel einfacher wäre.«

Cordelia sah ihn mit großen runden Augen an. Dann schweifte ihr Blick ab. Offenbar hatte er richtig vermutet. »Das stimmte allerdings ganz und gar nicht«, sagte er eindringlich. »Und bei deiner Mutter stimmt das auch nicht. Sie liebt dich von ganzem Herzen, Cordelia.«

Sie nickte und schmiegte ihr Gesicht an seine Seite. »Ich weiß.« Und dann fügte sie so leise, dass er sie kaum hören konnte, hinzu: »Weil ich alles bin, was sie noch hat.«

*Oje.* Seine Augen brannten, und er hatte keine Ahnung, wie er darauf reagieren sollte. Also saß er mit geschlossenen Augen da, hielt sie im Arm und lauschte ihrem Atem. Innerhalb weniger Minuten wurde er regelmäßiger, und ihr kleiner Körper entspannte sich endlich. Sie war eingeschlafen.

Beim Knarren einer Bodendiele riss er die Augen auf. Und ihm wurde schwer ums Herz. Stevie stand in der offenen Tür zu ihrem Zimmer. Sie war blass. Und wirkte total niedergeschmettert. Er blickte auf Cordelia herab, um zu sehen, ob sie wirklich schlief und nicht wieder nur so tat. Aber diesmal schien sie tatsächlich nichts mitzubekommen. »Wie viel hast du gehört?«, fragte er leise.

Stevie verschränkte die Arme vor dem Körper, wie um sich selbst zu umarmen. »Alles. Bis auf das Allerletzte. Was hat sie zu dir gesagt?«

Clay seufzte wieder. »Bringen wir sie ins Bett, dann können wir runtergehen und uns unterhalten.«

*Sonntag, 16. März, 4.10 Uhr*

Stevie saß in der Küche, hielt ihr Handy fest in der Hand und sah Clay zu, der am Herd stand und in einem Topf rührte. Heiße Schokolade. Der Mann machte ihr eine heiße Schokolade. Und zwar eine richtige.

»Ein Instant-Kakao hätte es auch getan«, murmelte sie dumpf. Sie fühlte sich wie betäubt. Sie konnte atmen, aber sie empfand nichts. *Ich bin alles, was sie noch hat.*

Die Worte, die ihre Tochter so vehement hervorgebracht hatte, hallten in ihrem Kopf wider. Und dann der Blick, den Cordelia ihm zugeworfen hatte, als er ihr erzählt hatte, er habe sich früher gefragt, ob das Leben seiner Mutter ohne ihn nicht leichter gewesen wäre. *Oh, Gott. Meine Kleine denkt das auch. Aber wie kommt sie nur auf eine solche Idee?*

Und was hatte sie am Schluss gesagt, dass Clay plötzlich ausgesehen hatte, als habe man ihn in den Magen geschlagen? *Deine Mom liebt dich von ganzem Herzen,* hatte er ihr versichert. Was hatte Cordelia darauf erwidert?

»Mein Vater hält nichts von Instant-Zeug«, sagte Clay. »Er mag keine halben Sachen. Entweder richtig oder gar nicht, lautet seine Devise.«

»Ich liebe deinen Vater. Deinen Stiefvater, meine ich.«

Er sah sie über die Schulter an. »Tanner St. James ist in jeder Hinsicht, auf die es ankommt, mein Vater.« Er wandte sich wieder zum Herd, rührte die Schokolade um und nahm anschließend zwei Becher vom Regal.

»Warum heißt du dann immer noch Maynard?«

»Er wollte mich adoptieren und meinen Namen ändern, aber mein biologischer Vater ist vor Gericht gegangen, um es zu verhindern. Clayton Maynard senior wollte weder mich noch meine Mutter, aber er war egoistisch genug, seinen Namen durchzusetzen, damit die Linie weitergeführt wurde. Damals reichte einem Richter das. Aber es ist nicht weiter schlimm.« Er schenkte ihr ein kurzes Grinsen. »Clay St. James hätte sich nach Pornostar angehört.«

Sie prustete überrascht los. »Stimmt.«

Er schob ihr einen Becher hin und setzte sich. Zu nah bei ihr. Er kam ihr schon wieder zu nah. Aber er war so schön warm, und Stevie war so versucht, sich an ihn zu lehnen.

Stattdessen nippte sie an ihrem Becher und genoss die Schokolade, die köstlich war, was sie jedoch kaum wunderte. Alles, was er tat, schien zu gelingen. *Dafür scheint bei mir in letzter Zeit alles danebenzugehen.*

»Was hat sie gesagt, Clay? Als du meintest, ich liebte sie von ganzem Herzen, was hat sie da geantwortet?«

»›Ich weiß. Weil ich alles bin, was sie noch hat.‹«

Stevie fuhr zurück. »Oh, mein Gott.« Sie schob den Becher weg und schlug sich die bebende Hand vor den Mund. Schmerz, Empörung und Entsetzen verschmolzen und stiegen ihr in der Kehle auf, während ihr Magen gegen die Schokolade rebellierte. »Sie glaubt, dass ich sie nur liebe, weil sie ...« *... alles ist, was ich noch habe.* Sie begegnete Clays traurigem Blick. »Das habe ich nie gesagt.« Stevies Stimme zitterte. »Niemals. Kein einziges Mal.«

»Das weiß ich«, gab er zurück. »Das war mir klar.«

»Aber wahrscheinlich ist das auch gar nicht nötig. Denn sie *ist* alles, was mir geblieben ist. Von Paul jedenfalls. Aber das ist doch nicht ... Das hat doch nichts mit meiner Liebe zu ihr zu tun. Sie ist mein Kind.«

»Ich weiß«, sagte er wieder.

»Du meine Güte! Wie soll ich sie bloß davon überzeugen, dass das so nicht stimmt?«

»Keine Ahnung. Mit so etwas habe ich keine Erfahrung.«

»Trotzdem scheinst du bestens mit ihr klarzukommen«, brummte Stevie, dann seufzte sie. »Tut mir leid. So meinte ich das nicht. Ich bin ja froh, dass sie mit dir spricht. Mit der Therapeutin spricht sie jedenfalls nicht.«

»Weil sie denkt, dass die Therapeutin dir alles weitersagt. Weil ihr befreundet seid.«

Stevie stieß ein bitteres Lachen aus. »Sie ist schlauer, als gut für sie ist. Und sie denkt zu viel.« Sie warf ihm einen Seitenblick zu und sah, was er dachte, aber aus Höflichkeit nicht aussprach. »Ganz wie die Mama.«

Wieder hob er zustimmend eine Schulter, doch auch jetzt erwiderte er nichts, sondern trank schweigend seinen Kakao.

»Ich rede mit ihr. Mir wird schon etwas einfallen.« Sie starrte auf ihr Telefon. »Mein Handy hat mich geweckt.« Nicht die Tatsache, dass ihre Tochter einen schrecklichen Alptraum gehabt hatte und aus dem Zimmer geschlichen war, um sich von jemand anderem trösten zu lassen. »Cordelia war nicht bei mir. Ich geriet in Panik, aber dann sah ich sie draußen im Flur mit dir und wusste, dass ihr nichts passieren kann.«

»Danke«, murmelte er.

»Danke, dass du für sie da bist. Und für mich.« Sie legte das Handy auf den Tisch. »Ich habe eine SMS von J. D. bekommen. Wir sollen ihn von einer sicheren Leitung aus anrufen. Ich dachte, du hättest so was bestimmt.«

Er war schon auf dem Weg zur Küchentür. »Warte hier. Ich bin gleich zurück.«

Und dann war sie allein mit ihren Gedanken und dem Becher Schokolade. Wie so oft, wenn sie sich wegen Cordelia Sorgen machte, stieg Pauls Gesicht vor ihrem inneren Auge auf.

»Ich habe wirklich Mist gebaut«, flüsterte sie. »Ich habe unser Kind zu einem Menschen erzogen, der ...« *Was?* Cordy war ein tolles Mädchen, freundlich, rücksichtsvoll, klug. *Und voller Angst, schlafen zu gehen, und ganz nebenbei davon überzeugt, dass ihre Mutter sie bloß liebt, weil sonst keiner mehr da ist.*

Paul wäre entsetzt gewesen.

*Aber du bist ja nicht mehr da, nicht wahr?*, dachte sie wütend. *Ich muss das hier allein stemmen, Kumpel, weil du nicht da bist.* Clay hatte recht. Paul würde nie mehr zurückkommen.

Müde legte sie ihren Kopf auf den Tisch. Das Holz war kühl an ihrer Wange. »Shit«, sagte sie laut, als die Küchentür aufschwang und Tanner St. James mit einem altmodischen Kabeltelefon hereinkam. Sein Blick war mitfühlend und ganz anders als der, mit dem er sie bei ihrer Ankunft bedacht hatte.

»Alles Ordnung mit Ihnen?«, fragte er, während er das Telefonkabel an einer Wand einsteckte.

»Ja, danke.« Sie wollte lieber nicht wissen, was er wusste. »Wozu das antike Ding da?«

»Clay sagte, Sie brauchten eine sichere Leitung. Das kabellose ist nicht sicher.«

Clay kehrte mit einem Lautsprecher in der Hand zurück. »Ich habe die Telefone mit Sensoren versehen, so dass wir nicht abgehört werden können.« Er setzte sich neben sie und brachte den Lautsprecher am Telefon an. »Ruf J. D. an.«

J. D. nahm beim ersten Tuten ab. »Wieso meldest du dich erst jetzt?«, fuhr er sie an.

»Tut mir leid«, gab Stevie zurück. »Ich habe Clay gerade eben von deiner SMS erzählt. Was ist denn los?«

»Ein toter Cop, das ist los.«

Sie und Clay sahen sich besorgt an. »Wer?«

J. D. stieß frustriert die Luft aus. »Sie hieß Justine Cleary. Sie war Undercover-Polizistin, etwa eins achtundfünfzig und hatte schulterlanges dunkelbraunes Haar.«

Stevie zupfte unsicher an ihrem schulterlangen, dunkelbraunen Haar. »Wo ist sie getötet worden? Wann? Und wisst ihr, wer der Täter war?«

»In einem Hotelzimmer in Silver Spring.« Was eine Dreiviertelstunde Autofahrt von Baltimore entfernt war. In der entgegengesetzten Richtung von Clays Strandhaus. »Vor eineinhalb Stunden. Von einem anderen Polizisten, den wir inzwischen verhaftet haben. Er liegt mit mehreren Schusswunden im Krankenhaus, sein Zustand ist kritisch.«

»Warst du dabei?«, fragte Stevie ruhig. Langsam rutschten einige Puzzleteile an ihren Platz.

»Ja«, sagte J. D. tonlos. »Ich habe ihn niedergeschossen. Nachdem er Cleary kaltblütig umgelegt hat.«

Stevie atmete kontrolliert aus. »Deswegen hat Hyatt nicht hinterfragt, dass ich so bereitwillig zugesagt habe, in das sichere Haus zu gehen. Er hat ein Täuschungsmanöver arrangiert. Mit einem Lockvogel. Hast du davon gewusst, J. D.?«

»Nicht, bis ich hinkam. Ich dachte, Hyatt wäre stocksauer auf uns, aber er hat anscheinend geahnt, dass du ohnehin nicht kommen würdest, und alles arrangiert.«

Clays Miene war grimmig. »Woher wusste der Cop von dem Hotel?«

»Wissen wir noch nicht. Hyatt befürchtete, dass wir ein Leck haben, und hat daher Justine als Köder geschickt. Sie war verdammt gut ausgebildet und eine exzellente Schützin, die sich bestens selbst hätte schützen können. Aber der Cop, der reinkam, kannte das Passwort. Sie hat ihm die Tür aufgemacht und war tot, bevor sie noch ein Wort äußern konnte.«

»Alles okay bei dir, J. D.?«, fragte Stevie ruhig.

»Ich bin nicht verwundet, wenn du das meinst«, sagte er barsch. »Aber ich musste Justines Mann gerade mitteilen, dass seine Frau nicht mehr zu ihm nach Hause kommt. Daher – nein. Gar nichts ist okay.«

»Es tut mir leid«, flüsterte Stevie. »Aufrichtig leid.«

»Aber du trägst keine Schuld an ihrem Tod«, sagte Clay bestimmt.

»Er hat recht«, pflichtete ihm J. D. bei, dessen Stimme nun etwas sanfter klang. »Verantwortlich ist der Polizist, der sie erschossen hat. Und die Person, die ihm die notwendige Information hat zukommen lassen.«

»Ich weiß. Es tut mir dennoch furchtbar leid. Auch, dass du allein ihre Familie benachrichtigen musstest.«

»Ich war nicht allein. Hyatt ist mitgegangen.«

Hyatt war recht geschickt darin, Familien schlechte Nachrichten zu überbringen. Das wusste sie aus Erfahrung, und zwar privater und professioneller. Es war acht Jahre her, dass Hyatt vor ihr gestanden hatte, um ihr zu sagen, dass Paul und Paulie erschossen worden waren.

»Wer war der korrupte Cop?«, fragte sie mit wackeliger Stimme.

»Tony Rossi. Detective bei der Abteilung Raubüberfälle.«

Stevie schüttelte den Kopf. »Kenne ich nicht. Seinen Namen habe ich noch nie gehört.«

»Tja, aber er wollte dich für immer mundtot machen, Stevie«, sagte J. D. »Und das ist leider noch nicht alles.«

Stevie packte die Furcht, und brennende Magensäure stieg ihr in der Kehle auf. »Was noch?«

»Er hat zweimal auf Justine geschossen und dann weitergefeuert – aufs Bett. Wir hatten eine große Puppe unter die Decke gesteckt. Es sollte so aussehen, als würde ein Kind darunter schlafen.«

Stevies Herz setzte aus. »Er hätte Cordelia kaltblütig abgeknallt.« Bemüht, ruhig zu bleiben, begegnete sie Clays zornigem Blick. »Wir müssen sie irgendwohin bringen, wo sie noch sicherer ist als hier. Ich will, dass sie ganz weit weg ist. Am besten schaffen wir sie auf den gottverdammten Mond.« Sie hyperventilierte nun fast. »Oh, mein Gott.«

Clay tätschelte beruhigend ihre Hand. »J. D. Was hat Hyatt jetzt vor?«

Stevie lehnte sich zurück. Sie hatte die Augen zugekniffen, eine Hand auf den Mund gepresst und gab alles, um nicht zu weinen. Trotzdem drangen ein paar heiße Tränen durch die geschlossenen Lider. Eine Hand legte sich auf ihre Schulter, und als sie die Augen aufriss, sah sie Tanner, der ihr schweigend ein Taschentuch hinhielt.

»Danke«, flüsterte sie.

Er drückte sanft ihre Schulter, dann nahm er die Hand wieder weg.

Clay tippte ans Telefon, weil J. D. noch immer keine Antwort auf die letzte Frage gegeben hatte. »J. D.?«

»Sorry«, antwortete dieser endlich. »Ich musste erst einen ruhigen Ort finden. Gerade sind zwei Bundesagenten angekommen, Joseph hat sie uns geschickt. Sie sollen die Telefone besetzen, weil wir am Nachmittag eine Hotline wegen des Heckenschützen eingerichtet haben und es seitdem unaufhörlich klingelt.«

»Irgendwelche brauchbaren Hinweise?«, brachte Stevie hervor.

»Noch nicht, nur die üblichen Spinner, die in solchen Fällen immer aus ihren Löchern kriechen.« Sie hörte das Quietschen eines Stuhls und das Rascheln von Papier. »Okay. Du hast nach den nächsten Schritten gefragt. Die Prioritäten sind, das Leck zu finden, die faulen Äpfel aus Hyatts Abteilung zu entfernen und Stevie und Cordelia zu beschützen. Nicht zwingend in der Reihenfolge.«

*Obwohl alles unmittelbar zusammenhängt*, dachte Stevie. »Geht Hyatt davon aus, dass es noch mehr korrupte Cops bei uns gibt?«

»Besser davon auszugehen, als es zu leugnen«, sagte J. D. »Irgendwer *hat* die Einzelheiten, das sichere Haus betreffend, weitergegeben. Im schlimmsten Fall haben wir ein Netzwerk von Polizisten, die sich gegenseitig decken, im besten hat die Person die Informationen unwissentlich verraten. Identifizieren müssen wir sie trotzdem. Rossi konnte nicht einfach so erfahren, wo Stevie heute Nacht sein würde. Er arbeitet für die Abteilung Diebstahl.«

»War Rossi auch der Schütze vor dem Restaurant?«, fragte Clay, und Stevie sah überrascht auf. Sie hatte automatisch angenommen, dass es sich immer um dieselbe Person gehandelt hatte, aber Clay hatte natürlich recht, das in Zweifel zu ziehen.

»Wir haben noch nicht genug Spuren, um diese Frage beantworten zu können, obwohl ich ziemlich sicher bin, dass er nicht derjenige war, der vor Stevies Haus geschossen hat.«

»Und wieso?«, wollte Clay wissen.

»Der Körperbau zum Beispiel. Ich habe den Arm des Schützen gesehen, als er aus dem roten Chevy gefeuert hat. Rossis Arm ist kurz und sehr kräftig. Der Mann im Auto gestern war schlanker. Aber natürlich werden wir Rossis Abdrücke mit allem abgleichen, was wir an dem weißen Toyota finden, der dir, Alec und Cordelia gefolgt ist. Und mit dem, was von dem roten Chevy noch übrig ist. Er wurde etwa zwanzig Meilen von deinem Haus entfernt gefunden, Stevie. Total ausgebrannt.«

»Ja, ich weiß«, gab Stevie zurück. »Paige hat's mir erzählt. Hat die Forensik schon etwas finden können?«

»Noch nicht, aber sie suchen den Wagen zentimeterweise ab. Etwas Gutes gibt es aber auch zu berichten.«

»Und was?«, fragte Stevie.

»Der Fahrersitz des Chevrolet fehlt. Der Rahmen ist noch da, aber Polster und Füllung wurden entfernt.«

Clays Augen leuchteten auf. »Das heißt, ich habe ihn erwischt.«

»Davon würde ich ausgehen«, bestätigte J. D. zufrieden.

»Weil der Sitz nur aus einem Grund entfernt worden sein kann«, murmelte Stevie nachdenklich vor sich hin. »Nämlich weil man darauf hätte Spuren entdecken können. Blut zum Beispiel. Haben wir die Straßen in der Nähe meiner Adresse überprüft? Sein Arm hing raus, als er geschossen hat. Vielleicht ist Blut auf den Asphalt getropft, als er davongefahren ist.«

»Ich glaube eigentlich eher, dass ich ihn an der Schulter getroffen habe, aber einen Versuch ist es wert. Ich gehe davon aus, dass in keinem Krankenhaus jemand mit einer Schusswunde aufgetaucht ist.«

»Nur das Opfer, das ich gerade dorthin geschickt habe. Aber Rossi war kugelfrei, als er bei dem vermeintlichen sicheren Haus ankam. Hyatt und die Dienstaufsicht sind im Krankenhaus und warten darauf, dass er aus dem OP kommt. Sobald er wieder zu sich kommt, werden sie ihn ausquetschen.«

Stevie runzelte die Stirn. »Aber musste Rossi denn nicht davon ausgehen, dass ich in dem sicheren Haus bewacht würde?«

»Nein. Hyatt hat hier und da fallen lassen, dass du zu ›verdammt dickköpfig‹ wärst, um Personenschutz zu akzeptieren. Und niemand, der dich kennt, hat das in Frage gestellt.«

Stevie wäre gerne beleidigt gewesen, konnte aber nicht. »Das hab ich wohl verdient.«

»Er hat einfach versucht, die Situation glaubhaft zu machen. Jetzt jedenfalls lässt sich die Suche nach dem Leck besser eingrenzen.«

»Wie geht's ihm?«, fragte Stevie leise. Sie arbeitete schon seit vielen Jahren für Peter Hyatt. Er war schroff und manchmal eine echte Plage, aber seine Mitarbeiter lagen ihm am Herzen. Dass er eine Polizistin in eine Situation gebracht hatte, in der sie getötet worden war, würde ihm schwer zu schaffen machen.

»Er ist höllisch wütend. Natürlich hat er gehofft, dass du dich irrst. Dass nicht noch mehr Cops an der Korruptionsaffäre beteiligt sind. Nun weiß er, dass es doch so ist, aber dafür ist eine der Guten gestorben.«

Eine lange Weile sagte niemand etwas.

»Das macht dann drei«, sagte Stevie schließlich. »Drei Tote, und der Schütze läuft immer noch frei herum. Bis wir ihn haben, bin ich Ziel Nummer eins, und ich habe auch Cordelia und Emma zu einem gemacht.« Ihre Stimme begann zu zittern, und sie räusperte sich. »Es könnte jeder sein.«

»Na ja, nicht jeder«, wandte J. D. ein. »Aber jeder, der mit Lippman oder Silas zu tun hatte. Oder mit einem der Verbrechen, die sie begangen haben. Dennoch sehe ich einen Vorteil darin.«

Stevie sehnte sich verzweifelt nach einem Lichtschimmer. »Und welchen?«

»Der Mord an einem Polizisten durch einen anderen Polizisten in einem sicheren Haus hat die ganze Geschichte richtig dick aufgeplustert. Der, der dich daran hindern will, weiterzuermitteln, weiß jetzt, dass nicht mehr nur du nachforschst. Und uns alle kann er kaum zum Schweigen bringen.«

Stevies Herz stolperte in ihrer Brust. Alles, was sie sehen konnte, war weiteres Blutvergießen. »Das ist doch kein Vorteil«, brachte sie hervor.

»Oh, doch, denn du stehst nicht mehr im Scheinwerferlicht«, gab er barsch zurück. »Hyatt und die Dienstaufsicht hätten es von Anfang an publik machen müssen. Diese ganze Geheimniskrämerei hat dich der Gefahr erst ausgesetzt.«

»Stimmt«, sagte sie und drängte die Furcht zurück. »Nun müssen wir alle – alle zusammen – die faulen Wurzeln aus der Abteilung herausreißen, bevor noch jemandem etwas zustößt.« Sie dachte an Justine Cleary, die Undercover-Polizistin, die an ihrer Stelle gestorben war. »Bevor noch jemand stirbt.«

»Die Antwort steckt irgendwo in den Akten, die du mitgenommen hast«, sagte Clay zu Stevie. »Ich schätze, wir müssen nach einem Fall suchen, den du bisher noch nicht entdeckt hast. Wenn es einer von Lippmans Liste wäre, würde die IA irgendwann darauf stoßen, daher wäre es logischer gewesen, jemanden dort zu eliminieren. Also muss es einer der Fälle sein, die es nicht auf die Liste geschafft haben.«

»Du hast jenseits der Liste recherchiert«, stimmte J. D. Clay zu. »Es wäre wahrscheinlich nur eine Frage der Zeit gewesen, bis du auf den Betreffenden gestoßen wärst.«

»Gut, dann sollten wir uns jetzt daranmachen, nach diesem Betreffenden zu suchen.« Clay fing Stevies Blick auf. »Wann hat Silas angefangen, für Lippman zu arbeiten?«

»Vor neun Jahren.«

»Und die Cops, von denen du weißt, dass sie korrupt waren? Wie lange reicht deren Aktivität zurück?«

»Die Enthüllungsdatei, die Lippman hinterlassen hat, vermerkt die erste Manipulation eines Falles vor elf Jahren. Er begann mit zwei Polizisten auf seiner Lohnliste – Riddick und Payne. Die beiden waren damals Partner. Riddick ist vor fünf Jahren in Rente gegangen, aber kurz danach gestorben. Payne sitzt seit sechs Monaten in Haft. Er war einer der Ersten, die einkassiert wurden.«

»Und danach?«, fragte Clay. »Wen hat Lippman dann rekrutiert?«

»Zum Beispiel Elizabeth Morton, ebenfalls Mordabteilung. Lippman veranlasste vor zehn Jahren, dass ihr kleiner Sohn von einem Auto angefahren wurde. Er versicherte sich ihrer Mitarbeit mit der Drohung, dass es das nächste Mal schlimmer werden würde. Der Junge war damals erst drei.«

»Dieses Schwein«, brummte Tanner hinter ihr. »Wer tut denn so was? Wer macht kleine Kinder zu Krüppeln? Wer schießt auf Betten, weil er glaubt, kleine Mädchen zu treffen? Mein Gott. Ich war fünfundzwanzig Jahre Polizist, ich dachte, mich könnte nichts mehr überraschen, aber ... Grundgütiger! Und solche Menschen dürfen eine Marke tragen! Okay, die Mutter von dem Jungen kann ich ja irgendwie noch verstehen, aber dennoch.«

»Sie brauchen mit ihr nicht allzu viel Mitleid zu haben«, wandte Stevie ein. »Elizabeth hat ihre Situation verschlimmert, indem sie Silas erschoss, damit er Lippmans Identität nicht verriet. Und das übrigens in meinem Wohnzimmer.« Sie konnte sich noch gut erinnern, wie ihr ehemaliger Partner zu Boden ging.

»Aber wieso?«, fragte Tanner verwirrt.

»Weil Lippman stets hat durchblicken lassen, dass alle seine Mitarbeiter auffliegen würden, falls man ihn schnappte oder tötete. Wir hatten Silas umzingelt, und der hatte einen sehr guten Grund, Lippman hochgehen zu lassen – dieser hatte nämlich seine Drohung wahrgemacht und Silas' Tochter entführt.«

»Das war der Fall, bei dem Paige und Grayson sich kennengelernt haben«, sagte Clay, an seinen Vater gewandt. »Sie hat dir davon erzählt, als sie mit Grayson herkam, um ihn dir vorzustellen, weißt du noch? Paige und Grayson waren Lippman zu nah gekommen, und der Mistkerl hatte Silas damit beauftragt, sie zu töten. Silas' Kind zu entführen war Lippmans Druckmittel, aber Paiges Hund konnte ihn niederreißen, und plötzlich starrte er in einen Haufen Pistolenläufe. Silas wusste, dass er in den Knast wandern würde und dass Stevie, Grayson und Paige seine einzige Chance waren, sein kleines Mädchen zurückzubekommen.«

Tanner nickte. »Ja, stimmt, ich erinnere mich. Paige erwähnte, dass ein anderer Cop Silas erschossen hat.«

Stevie zog leicht die Brauen zusammen. Der Gedanke, dass Grayson und Paige Clays Vater besuchten, irritierte sie ein wenig. Grayson und Stevie waren seit vielen Jahren befreundet, doch von dieser Verbindung hatte er nie gesprochen. *Vielleicht weil sie Clay betrifft und Grayson genau weiß, dass ich davon nichts hören will.*

*Oder ... habe ich mich vielleicht selbst von meinen Freunden zurückgezogen?* Sie dachte an den Augenblick am Abend zuvor auf der einsamen Straße, als sich plötzlich alle um sie geschart hatten. Sie war verblüfft gewesen, aber warum eigentlich? Sie waren immer für sie da gewesen. *Wann habe ich angefangen, sie auszuschließen?*

Ihre Freunde ... Cordelias Leid ... *Was ist mir noch entgangen?*

»Elizabeth wusste, dass sie ins Gefängnis gehen würde, wenn Silas

Lippman verriet«, fuhr sie, an Tanner gewandt, fort. »Das wollte sie natürlich nicht. Also hat sie nicht nur Silas, sondern auch Lippman erschossen, angeblich, um andere Leben zu retten. Sie wird den Rest ihres Lebens einsitzen, aber die Staatsanwältin hat für sie ausgehandelt, dass sie in der Gegend bleibt, damit ihr Sohn sie besuchen kann.«

»Ich kann mich noch sehr gut an Elizabeth Morton erinnern«, sagte Clay. Er und Joseph Carter hatten ihre Festnahme ermöglicht. »Aber dass sie im Gefängnis sitzt, versorgt sie mit einem richtig guten Alibi. Der Schütze im Auto ist sie jedenfalls nicht gewesen, und die Adresse vom sicheren Haus hat sie auch nicht weitergegeben. Also kommen wir wieder auf Rossi zurück. J. D., kannst du uns Rossis Personalakte besorgen? Wir müssen mindestens elf Jahre zurückgehen, zum Beginn von Lippmans Verbrechen. Dann werden wir ja sehen, ob Rossi in einen von Silas' Fällen involviert ist, die Stevie wieder aufgerollt hat. Was für einen Grund hätte er sonst, sie umzubringen?«

»Ich habe Rossis Akte schon auf dem Rückweg vom Tatort angefordert«, sagte J. D. »In spätestens einer Stunde sollte ich sie haben.«

Einen Moment lang schwiegen alle. Stevie verarbeitete die neuen Informationen, stellte mental neue Listen zusammen und überlegte, was sie noch fragen musste. Wahrscheinlich tat J. D. gerade dasselbe. Aber Clay runzelte die Stirn und trommelte unschlüssig mit den Fingern auf der Tischplatte. »Was ist?«, fragte sie leise.

Clays Brust hob und senkte sich, als er tief durchatmete. »Also schön. Ich spreche aus, was wir bisher noch nicht ausgesprochen haben, aber vermutlich alle denken, da keiner von uns auf den Kopf gefallen ist. Du hast Hyatt von deinem Verdacht erzählt, dass es noch weitere korrupte Cops gibt, und wirst angegriffen. Gleich zweimal. Ein paar Tage später wendest du dich an die Dienstaufsicht, und man schießt auf dich. Hyatt verschafft dir ein sicheres Haus, und nun ist eine Polizistin tot. Ja, es gibt ein internes Leck im BPD, so viel ist klar. Aber woher wollen wir wissen, dass Hyatt vertrauenswürdig ist? Woher wissen wir, dass die IA nicht auch korrupt ist?«

Stevie begegnete Clays Blick. »*Ich* weiß es nicht. Deswegen ermittle ich ja auf eigene Faust.«

J. D.s schweres Seufzen drang durch den Lautsprecher. »Die Dienstaufsicht vielleicht. Aber Hyatt?«

»Ich möchte diesen Gedanken nicht denken«, erklärte Stevie ruhig. »Ich wollte auch nicht glauben, dass Silas schuldig war. Aber hier geht es um meine Tochter, und um ihrer Sicherheit willen würde ich tatsächlich in Betracht ziehen, dass Hyatt etwas damit zu tun haben könnte. Zumindest sollten wir genau überlegen, welche Informationen wir ihm weitergeben.« Sie blickte auf den Lautsprecher. »Ich vertraue dir, J. D. Ich würde dir mein Leben anvertrauen. Und auch das von Cordelia.« J. D. hatte sich schon mehr als einmal für sie in Lebensgefahr gebracht. Was Silas nie getan hatte. Und Hyatt auch nicht.

Wohl aber Clay. Wieder begegnete sie seinem Blick. Er hatte es verdient, dass sie die Worte laut aussprach. »Und dir auch, Clay. Ich würde auch dir mein Leben und das meiner Tochter anvertrauen.«

Seine Miene verhärtete sich, seine Augen wurden dunkel. Einen Moment lang schien er die Luft anzuhalten. »Danke«, sagte er schließlich fast lautlos.

Stevie nickte ihm knapp zu, als J. D. erneut seufzte und damit alle wieder zum eigentlichen Thema zurückführte. »Stevie, wer weiß von dem Umfang deiner persönlichen Ermittlungen? Außer der Dienstaufsicht, meine ich?«

»Hyatt natürlich. Das Archiv, weil ich Kopien verschiedener Berichte beantragt habe. Die Asservatenkammer. Der Mann im Kopierraum. Jede Menge Leute.« Wie ihr jetzt erst bewusst wurde. »Verdammt.«

»Genau das habe ich befürchtet«, sagte J. D. grimmig. »Wir werden die Sache klären, Stevie. Aber bis dahin geh in Deckung und bleib am Leben, okay?«

»Worauf du dich verlassen kannst«, gab Stevie zurück. »Danke, J. D.«

Clay trennte die Verbindung und warf ihr einen spöttischen Blick zu. »Worauf kann J. D. sich verlassen? Dass du in Deckung gehst oder am Leben bleibst?«

»Letzteres. Solange die Sache nicht beendet ist, ist mein Kind in Gefahr. Ich werde mich wohl kaum irgendwo verstecken und an den Nägeln kauen. Aber ich werde auch keine dummen Risiken eingehen, das verspreche ich.«

Er nickte. »Na gut. Dann an die Arbeit.«

»Und dafür werdet ihr wohl etwas Stärkeres brauchen als Kakao«, sagte Tanner hinter ihnen. Seine Stimme klang plötzlich anders. Jeder Rest von Missbilligung war fort.

Stevie sah über die Schulter. »Bourbon?«

Er schüttelte den Kopf. »Kaffee. Extrastark.«

Clay stieß sich vom Tisch ab. »Ich hole den Koffer mit den Akten. Und du kochst besser eine große Kanne, Dad. Das wird ein Weilchen dauern.«

*Baltimore, Maryland*
*Sonntag, 16. März, 4.15 Uhr*

Wieder wurde Robinette vom leisen Piep-Piep seines Handys geweckt. Diesmal regte Lisa sich nicht. Er hatte – vielleicht etwas wüster als üblich – dafür gesorgt, dass sie erschöpft eingeschlafen war. Er drehte sich auf die andere Seite und griff nach dem Telefon. Und starrte ungläubig auf Westmorelands Nachricht. *SNAFU. 411. ASAP.* Robinette musste nicht lange über die Übersetzung nachdenken: Nichts geht mehr. Weitere Anweisungen so schnell wie möglich.

Westmoreland hatte ebenfalls versagt? Herrgott noch mal, war Mazzetti eine Katze?

Er ging hinunter in sein Büro, um Westmoreland anzurufen. Vielleicht wäre das Debakel vom Vortag keins geworden, wenn Henderson nach dem ersten Patzer Rücksprache hätte halten können.

*Von mir aus.*

»Was zum Geier ist los, Wes?«, zischte Robinette.

»Es war eine Falle. Sie war gar nicht im sicheren Haus. Die Cops wollten uns anlocken. Eine Polizistin, die so ähnlich aussah wie Mazzetti, war da und ihr Partner, Fitzpatrick, ebenfalls. Ein Bulle namens Tony Rossi hat den Köder geschluckt. Die Polizistin ist tot, und Fitzpatrick hat Rossi direkt auf den OP-Tisch befördert. Die Cops wissen anscheinend, dass sie einen Maulwurf im Garten haben, und versuchen jetzt, ihn aufzustöbern.«

»Woher zum Teufel hat dieser Rossi gewusst, wo er sie findet?«, fragte Robinette barsch. Tony Rossi war nicht sein BPD-Informant.

»Du hast selbst gesagt, dass eine Menge Leute sie mundtot machen wollen. Ich nehme an, Rossis Quelle war einfach schneller. Wahrscheinlich war auch Rossi in die Korruptionsaffäre verwickelt.«

Robinette atmete ein und aus und zwang sich, sich zu konzentrieren. »Wie bist du darauf gekommen, dass es eine Falle war?«

»Gar nicht. Ich wäre derjenige gewesen, den sie erwischt hätten, wäre Rossi mir nicht zuvorgekommen. Ich bin eine Minute nach ihm eingetroffen, und als mir die Kugeln um die Ohren flogen, bin ich abgehauen. Es wimmelte nur so von Bullen.«

»Verdammt.«

»Das dachte ich auch, als es zu knallen begann. Ist es vielleicht möglich, dass deine Quelle auch Rossi Bescheid gegeben hat? Dass sie von dir *und* einem anderen bezahlt wird?«

»Doppelt absahnen? Oder doppelt betrügen?« Robinette zog finster die Brauen zusammen. »Ja, kann sein. Wenn sich ein Cop einmal bestechen lässt, kann man ihm nicht mehr trauen. Falls er zweimal abkassiert hat und Rossi überlebt und plaudert, ist mein Informant ein Verdächtiger. Die Cops haben wahrscheinlich die falschen Informationen gestreut, um ihn zu erwischen.«

»Kann der Informant zu dir zurückverfolgt werden?«

»Nicht direkt, aber wenn bei Hendersons verbockten Versuchen Spuren zu finden waren, könnte es für einen Indizienprozess reichen. Das will ich auf keinen Fall riskieren. Kümmere dich darum. Ich schicke dir die Daten, die du brauchst.«

»Okay. Und was ist mit ihr?«

»Um sie sollst du dich auch immer noch kümmern.«

Ein winziges Zögern. »Okay, meinetwegen. Irgendeine Ahnung, wo sich Mazzetti versteckt?«

»Nein, aber ziemlich sicher ist sie bei Freunden untergekommen. Staatsanwalt Grayson Smith hat ein Haus in Fell's Point. Seine Familie besitzt ein Anwesen außerhalb der Stadt. Falls sie da ist, kannst du sie erst erwischen, wenn sie sich zeigt.«

»Gute Alarmanlagen?«

»Allerbeste Technik. Entwickelt von einem Bundesagenten, der ein Händchen für so was hat. Special Agent Carter ist mit Assistant State's Attorney Daphne Montgomery verbandelt. Die Staatsanwältin und er sind Freunde von Mazzetti. Beide sind stinkreich. Wenn sich Mazzetti verstecken muss oder Geld braucht, um abzuhauen, dann wendet sie sich garantiert an diese zwei.«

»Ich werde ihnen einen Besuch abstatten.«

»Gut. Mein Informant sagt, dass es bei der Schießerei vor ihrem Haus insgesamt vier Zeugen gab. Dr. Townsend, die Psychiaterin, mit der sie sich jedes Jahr am fünfzehnten März trifft. Dann Mazzettis Partner Fitzpatrick. Außerdem zwei Männer, deren Identität uns unbekannt ist. Finde raus, wer die beiden sind. Ich denke zwar eher, dass sie bei einem ihrer uns bekannten Freunde untergekommen ist, aber diese zwei Männer könnten ein Anhaltspunkt sein. Townsend wohnt in Florida. Auch dort könnte Mazzetti sich verstecken.«

»Falls sie reiche Freunde hat, die unter anderem beim FBI arbeiten, kann sie längst außer Landes sein. Soll ich ihr trotzdem folgen?«

»Nicht, bevor wir nicht ihre langfristigen Pläne kennen. Wenn sie abhaut, dann nicht einfach irgendwohin in die Einöde. Behalt sie einfach im Auge. Vor allem das Kind. Wenn wir die Kleine kriegen, kommt Mazzetti freiwillig zu uns.«

# 9. Kapitel

*Wight's Landing, Maryland*
*Sonntag, 16. März, 5.45 Uhr*

»Ist sie okay?«, murmelte Tanner.

Vom Türrahmen aus blickte Clay über die Schulter zu Stevie, die in eine Decke gehüllt zusammengerollt auf dem Sofa lag. »Sie ist eingeschlafen.« Er klopfte leicht auf den Küchentisch, wo Emma über einem Stapel Akten eingedöst war. »Emma, wach auf.«

Emmas Kinn ruckte hoch. Sie riss die Augen auf und blickte ihn benommen an, dann blinzelte sie ein paarmal, schob sich das Haar aus dem Gesicht und setzte sich verärgert auf. »Herrgott. Ich bin eingeschlafen.« Vor zwei Stunden war sie, angelockt vom Duft des Kaffees, heruntergekommen. Sie hatte die Polizeiberichte gesehen, die sich auf dem Tisch häuften, die Ärmel hochgekrempelt und sich auf die Arbeit gestürzt – bis ihre Lider zu schwer wurden, um sie noch offen zu halten. »Ich habe bloß fünf Berichte geschafft, bevor ich euch weggepennt bin.«

»Macht nichts«, sagte Tanner und deutete aufs Wohnzimmer. »Stevie hat auch nicht viel länger durchgehalten.«

»Die Arme. Sie muss wirklich völlig erschlagen sein, wenn sie sich ein Nickerchen zugesteht.«

Clay zog die Ordner, die Stevie durchgesehen hatte, zu sich an den Tisch und setzte sich. »Sie hat sich das Nickerchen nicht zugestanden. Sie ist einfach zusammengeklappt.« Er hatte versucht, sie zu wecken, damit er sie ins Bett schicken konnte, aber sie hatte nicht reagiert. »Einen Moment lang hatte ich befürchtet, dass sie bewusstlos ist.«

»Na ja, wenn sie es noch bis zum Sofa geschafft hat, dann ist sicher alles in Ordnung.«

»Sie ist nicht zum Sofa *gegangen*«, erklärte Tanner laut flüsternd. »Clay hat sie getragen.«

Clay bedachte seinen Vater mit einem warnenden Blick. Tanner blickte unschuldig blinzelnd zurück, und Emma musste grinsen. Clay jedoch war nicht zum Lachen zumute. Seine Brust war immer noch so eng, dass er kaum atmen konnte. Er hatte die Absicht gehabt, Stevie die Treppe hinaufzutragen, aber sie hatte sich im Schlaf an ihn gekuschelt, und plötzlich hatte er nicht mehr gewagt, sie ins Bett zu legen. Also hatte er sie nur zum Sofa gebracht und zitternd dort abgelegt. Und er hätte immer noch gezittert, wenn er nicht jeden einzelnen Muskel angespannt hätte.

»Das war sehr lieb von dir«, sagte Emma, dann runzelte sie die Stirn. »Moment. Woher wusstest du, dass sie nicht bewusstlos ist, wenn sie nicht aufgewacht ist?«

»Sie hat ihre Augen einen Moment lang aufgemacht, als ich die Decke über sie gelegt habe, und irgendwas von ›ausruhen‹ gemurmelt. ›Nur ein Sekündchen‹, meinte sie, dann hat sie sich umgedreht und zu schnarchen begonnen.«

Aber bevor sie sich umgedreht hatte, hatte er etwas in ihrem Blick gesehen. Ein Aufflackern von Lust. Und für den Moment war es genug für ihn. Genug, um ihm zu zeigen, dass sie sich nicht sträuben würde, wenn es ihm gelang, ihre Mauern einzureißen. Ja, dass sie ihm vielleicht sogar entgegenkommen würde.

»Also gut.« Emma gähnte. »Wie viele Berichte müssen wir noch zusammenfassen?«

»Stevie hat die meisten schon in der vergangenen Woche bearbeitet«, sagte Clay. »Bevor sie eingeschlafen ist, haben wir noch ein paar geschafft, werden aber wohl noch einige Stunden brauchen. Bisher haben wir nirgendwo den Namen Rossi gefunden. Wir müssen alle Notizen zu den Fällen nach Verbindungen durchsehen. Die Verbindung zu Rossi mag zweitrangig sein, aber es *muss* sie geben. Rossi hätte andernfalls keinen Grund gehabt, Stevie zu erschießen zu wollen.«

Emma biss sich auf die Lippe. »Du nimmst an, dass Rossi in

offizieller Funktion an einem dieser Fälle gearbeitet hat. Aber vielleicht wird er nicht namentlich genannt, weil er jemand anderen schützt.«

Clay dachte darüber nach. »Möglich. Dann wäre diese Person die sekundäre Verbindung.«

»Und welche zum Beispiel?«

»Wie hängen zwei Menschen zusammen? Durch Arbeit, Familie, Freunde, Hobbys, Nachbarschaft. Vielleicht hatten er und Silas einen früheren gemeinsamen Partner. Vielleicht haben sie in derselben Sportmannschaft gespielt oder im gleichen Viertel gewohnt. Lippman ist über die Familien an die Leute gekommen. Er hat Silas' Kind bedroht, genau wie das von Elizabeth Morton. Vielleicht hat Rossi auch ein Kind. Vielleicht haben ihre Kinder zusammen Fußball gespielt – ich weiß es nicht. Aber Tony Rossi steckt irgendwo in diesen Akten. Worum es auch geht – es muss eine verdammt große Sache sein. Ein Schwerverbrechen. Jemanden in einem sicheren Haus anzugreifen ist ein gewaltiges Risiko.«

»Stimmt«, sagte Emma nachdenklich. »Ihm muss klar gewesen sein, dass ihm eine Mordanklage droht, wenn er geschnappt wird. Oder zumindest eine Anklage wegen versuchten Mordes.«

»Und da man ihn erwischt hat, ist es nur noch eine Frage der Zeit, bis ihn jemand mit dem damaligen Verbrechen in Verbindung bringt«, sagte Tanner. »Ob es nun durch die Bemühungen der Dienstaufsicht oder durch eure geschieht – mit dem Angriff im sicheren Haus hat er sich ins Rampenlicht gestellt.«

»Also ist er davon ausgegangen, dass der Nutzen höher sein würde als das Risiko«, sagte Emma.

Tanner schüttelte den Kopf. »Wahrscheinlich ist er davon ausgegangen, man würde ihn nicht fassen.«

»Was wiederum die Dienstaufsicht verdächtiger macht«, sagte Clay müde. »Während ihrer Ermittlungen wurde niemand beschossen. Erst als Stevie feststellte, dass Lippmans Liste nicht vollständig ist, ging es los. Solange die IA die Zügel in der Hand hielt, glaubte Rossi, er würde davonkommen.« Clay verzog das

Gesicht. »Ich würde lieber glauben, dass die IA bloß schlampig arbeitet und nicht korrupt ist, aber das können wir uns nicht leisten.«

»Wohl wahr.« Emma seufzte frustriert. »Wir können Berichte lesen bis zum Umfallen, wenn wir nicht wissen, wonach wir eigentlich suchen. Wirklich schade, dass das alles nicht irgendwo in einem Computer steckt.«

Tanner nahm einen Bericht zur Hand. »Tut es doch. Wir haben das aus einer BPD-Datei.«

»Ja, klar«, sagte Emma. »Aber das war nicht das, was ich meinte. Natürlich können wir die Berichte ausdrucken, aber es wäre doch herrlich, wenn der Computer die Verbindung für uns fände.«

Clay hätte sich beinahe mit dem Handballen vor die Stirn geschlagen. Er hatte die offensichtliche Lösung übersehen. »Das ist genau das, was Alec am besten kann.« Er wählte Alecs Handy über die sichere Leitung an und war nicht überrascht, als der Junge trotz früher Stunde sofort annahm. »Ich brauche deine Hilfe.« Er erzählte Alec von den Berichten und wonach sie suchten. »Vielleicht handelt es sich um einen Fall, an dem weder Silas noch Stevie gearbeitet haben, einer, mit dem Lippman zwar zu tun hatte, der aber nie auf der Liste aufgetaucht ist. Meinst du, du kriegst das mit deinem Rechnervoodoo hin?«

Alec lachte leise. »Voodoo wird da nicht helfen, aber ich kann Namen und Schlüsselbegriffe, die ihr gefunden habt, in einer schlichten Datenbank zusammenfassen, alles, was ich aus Personalakten und Dienstberichten habe, hinzufügen und darüber hinaus jeden Namen googeln und Querverbindungen zu knüpfen versuchen. Es dürfte nicht allzu lange dauern, wenn ihr alle Berichte bereits zusammengefasst habt. Faxt mir eure Notizen, fasst weiter zusammen und schickt mir alles andere, sobald ihr fertig seid. Ich melde mich. Macht's gut bis dahin.«

Tanner sammelte die Blätter zusammen. »Ich faxe die Seiten von meinem Büro aus.« Und damit ging er ins ehemalige Esszimmer, das er nach dem Tod von Clays Mutter umgestaltet hatte und nun für sein Angel- und Chartergeschäft nutzte.

»Das sollte uns eine ganze Menge Zeit einsparen«, sagte Clay, als er auflegte. Dann zog er den Stapel Berichte, die sie noch nicht durchgesehen hatten, zu sich heran.

Eine Mappe stach mit ihrem hellen Grün aus der Menge der üblichen graubraunen hervor.

»Stevie hat hiermit ein paarmal angefangen«, sagte Clay, »sich es dann aber jedes Mal anders überlegt.«

»Was ist denn drin?«, wollte Emma wissen.

Clay schlug den Hefter auf und stieß den Atem aus, als er das Datum auf den Berichten sah. »Der erste wurde zwei Wochen nach dem Mord an ihrem Mann und ihrem Sohn fertiggestellt, der letzte etwa ein Jahr später. Es handelt sich um die Fälle, die Silas bearbeitete, während sie erst in Trauer und anschließend im Mutterschaftsurlaub war.«

Emma sah niedergeschlagen auf. »Oje. Ist der Bericht über den Mord selbst auch dabei?«

»Nein.«

»Gut. Wenigstens musste sie den nicht lesen.«

Clay warf ihr einen zweifelnden Blick zu. »Glaubst du wirklich, dass sie das nicht längst getan hat?«

Emma seufzte. »Du hast recht. Sehr wahrscheinlich hat sie das. Na ja, aber wenigstens musste sie es nicht noch einmal und unter diesen Umständen tun. Gib mir die Mappe. Dann sehe ich sie durch.«

Clay schüttelte den Kopf. »Machen wir es zusammen.«

Sie teilten sich die Berichte auf und arbeiteten schweigend, bis Tanner an den Tisch zurückkehrte. »Fax ist unterwegs«, sagte er. »Gebt mir mal einen Bericht.«

Clay schob ihm einen über den Tisch zu, während er gleichzeitig nach seinem klingelnden Telefon griff. Es war Alec.

»Okay, ich habe die Unterlagen«, sagte er. »Ich denke, ich brauche nur ein paar Stunden.«

»Gut«, sagte Clay. »Denn wenn du damit fertig bist, habe ich direkt die nächste Aufgabe für dich. Wie viele von den Kameras hast du gestern bei Daphne installiert?«

»Ungefähr die Hälfte. Wieso?«

Clay dachte an Rossi, der auf das Bett gefeuert hatte, weil er glaubte, eine Siebenjährige töten zu müssen. Allein der Versuch war vielleicht ausreichend, jeden weiteren Anschlag auf Stevie abzuwehren. Wie J. D. bereits gesagt hatte: Das gesamte BPD wusste nun, dass es noch mehr korrupte Polizisten gab – und ein Leck im Inneren. Das mochte genug sein, um ihre Sicherheit zu gewährleisten.

Aber Clay wollte sich nicht darauf verlassen. Und wenn es noch mehr Schützen auf Stevie abgesehen hatten, dann war es für Cordelia sicherer, nicht in Stevies Nähe zu sein. Stevie würde dem vielleicht nicht zustimmen, aber er wollte für den Fall, dass sie es doch tat, vorbereitet sein. Er hatte versprochen, sie zu beschützen, und er hielt seine Versprechen immer.

»Fahr heute wieder zur Farm und erledige den Rest. Wenn alle Kameras installiert sind, können wir Cordelia dort unterbringen.«

»Kommt Stevie dann mit?«, fragte Alec.

»Das weiß ich noch nicht. Mach die Farm so sicher, dass wir Cordelia dorthin bringen können, dann sehen wir weiter.«

»Okay. Soll ich das auf der Farm allein machen, oder kriege ich Hilfe? Wenn ich den Job allein erledige, werde ich länger brauchen als den einen Tag ...«

»Nein. Du kriegst Hilfe.« DeMarco und Julliard würden sich über bezahlte Überstunden freuen.

Clays Vater warf ihm einen scharfen Blick zu, als er auflegte. »Du lässt Stevie gehen?«

*Nie und nimmer.* Clay gab sich Mühe, so ausdruckslos wie möglich zu blicken, und ignorierte Emmas wissenden Blick. »Ich kann sie hier ja nicht festhalten. Sie kann gehen, wohin sie will.«

»Das meinte ich nicht«, sagte Tanner. »Und das weißt du.«

»Ich weiß, was du meintest. Und ich meinte, was ich sagte. Sie ist keine Gefangene. Und jetzt lasst uns weiterarbeiten. Bitte.« Clay senkte den Blick auf den Bericht vor ihm, doch in Gedanken organisierte er bereits, wie Cordelia am besten an einen anderen Ort gebracht werden konnte. Über Land oder auf dem Wasser? Sie mussten realistisch bleiben. Sobald derjenige, der hinter Stevie her war, hörte, dass sie nie in dem sicheren Haus gewesen war, würde er intensiver nach ihr zu suchen beginnen. Dass Clay bei ihr gewesen war, als man vor ihrem Haus auf sie geschossen hatte, würde sich früher oder später beim BPD rumsprechen. Und obwohl dieses Haus hier wahrhaftig sicher war, würde man es dennoch über die Verbindung zu seinen Eltern finden können, wenn man nur entschlossen genug war.

Vier Tötungsversuche in zwei Tagen. Davon einer in einem sicheren Haus.

Wer immer dahintersteckte – er *war* entschlossen genug. Es war nur eine Frage der Zeit, bis man auch auf diese Adresse stieß. Das Haus selbst war ausreichend geschützt, aber entschlossene Menschen konnten sich draußen auf die Lauer legen und darauf warten, dass Cordelia von einem Ort zum anderen transportiert wurde. Oder auch Stevie, wenn sie beschloss, ebenfalls zu gehen.

Es war zu gefährlich auf den Straßen. Der Wasserweg war der bessere.

Nun wusste er genau, was er zu tun hatte, wusste genau, wen er anrufen musste, um seinen Plan in die Tat umzusetzen. Blinzelnd zwang er sich in die Gegenwart zurück und brachte sich dazu, sich wieder auf die Seiten vor ihm zu konzentrieren.

*Baltimore, Maryland*
*Sonntag, 16. März, 6.58 Uhr*

Sam Hudson stieß sich von der Wand ab. Er hatte fast eine Stunde lang untätig herumgestanden und auf die Tagesschicht gewartet. »Hey, Dee.«

Dina Andrews sah über ihre Schultern, und ihre Miene leuchtete auf. »Sammy. Was machst du denn so früh am Morgen hier unten?«

Vor fünf Jahren hatten sie etwas miteinander gehabt. Dina war eine Ausnahme, Sams Erfahrung mit dem anderen Geschlecht betreffend: Sie ließ von Anfang an keinen Zweifel daran, dass sie mehr wollte als nur eine Affäre. Sam hatte sie gemocht, aber nicht so. Also waren sie Freunde geblieben, und kaum jemand hätte treuer sein können als sie.

»Ich habe dir etwas mitgebracht.« Er hielt ihr eine Tüte und einen Becher von Starbucks um die Ecke hin. »Selbstgebackenen Kürbiskuchen von meiner Mom und entkoffeinierten Kaffee.« Sie nahm die Mitbringsel mit misstrauisch zusammengekniffenen Augen an. »Warum?«

»Weil ich dich um einen Gefallen bitten wollte.« Er folgte ihr zu ihrem Arbeitsplatz und reichte ihr die Beweismitteltüte mit dem Revolver darin. »Könntest du den für mich überprüfen?« Sie nahm die Tüte und zog die Brauen hoch. »Gibt es einen Bericht dazu?«

»Noch nicht. Man hat das Ding an einem Ort deponiert, wo ich es finden musste.«

Was theoretisch keine Lüge war. Der Revolver hatte einen Meter von ihm entfernt auf dem Boden gelegen, als er nach dreißig Stunden Tiefschlaf wieder aufgewacht war – vor acht Jahren. »Meinst du, es war jemand aus deiner Gegend?«

»Wer weiß?«, erwiderte er. »Vielleicht hatte jemand ein schlechtes Gewissen, vielleicht aber hat dieser Jemand die Waffe ebenfalls nur gefunden.«

Sie musterte ihn prüfend, und ihm war klar, dass sie ihm nicht ganz glaubte; sie wusste, dass er ihr etwas verschwieg. »Okay. Ich melde mich, sobald ich etwas herausgefunden habe.«

»Danke, Dee. Du bist ein Schatz.«

Mit dem beißenden Gefühl der Angst in seinem Inneren ging Sam davon. Sie würde etwas finden, das wusste er. Er hätte die Waffe schon vor acht Jahren überprüfen lassen müssen, aber er hatte sich zu sehr davor gefürchtet, was ans Licht kommen mochte. Daher hatte er geschwiegen.

*Bitte, lieber Gott*, flüsterte er im Stillen. *Bitte lass es nichts sein, was ich nicht wieder ausbügeln kann. Bitte.*

*Wight's Landing, Maryland*
*Sonntag, 16. März, 8.15 Uhr*

»Mr. Maynard?«

Cordelias Flüstern kam von irgendwoher über seinem Kopf aus Richtung Treppe. Clay sah auf und war froh, dass er Stevies Akten in einem Schrank unter der Treppe eingeschlossen hatte. Darin befanden sich Berichte über Verbrechen, die kein Erwachsener jemals zu Gesicht bekommen sollte – und Kinder in Cordelias Alter ganz bestimmt nicht.

Sie war bereits angezogen und hatte sich das Haar ordentlich gebürstet. Nun saß sie auf den Stufen und presste das Gesicht zwischen zwei Geländerstangen hindurch. »Wo ist meine Mu... Oh. Da ist sie ja.«

Er sah über die Schulter zum Sofa, wo Stevie noch immer tief und fest schlief. »Sie ist in der Nacht noch einmal zum Arbeiten aufgestanden und am Küchentisch eingeschlafen.«

»Das macht sie manchmal«, sagte Cordelia betrübt. »Sie sagt, sie will nur mal eben die Augen ausruhen, und dann schnarcht sie auch schon richtig laut. Sie behauptet ja, sie würde nicht schnarchen, aber das tut sie doch.« Beim letzten Satzteil nickte sie vehement, und Clay musste grinsen. »Haben Sie alle Zettel und Papiere weggeräumt, damit ich sie nicht sehe?«

Sein Grinsen verblasste. »Ja«, gab er zu und fragte sich, warum er immer noch überrascht war, dass dieses kleine Ding die Welt schon recht gut durchschaute. »Guckst du denn manchmal heimlich rein?«

»Nein. Meine Mama sagt, dass ich davon ganz verkorkste Gedanken kriegen kann, und ich finde, ich bin schon verkorkst genug. Welpen und Gummibärchen«, setzte sie mit einem dramatischen Seufzen hinzu.

»Und Blumen und Regenbogen. Du Arme.«

Sie zuckte die Achseln. »Geht schon. Wo sind die anderen denn?«

»Emma ist nach oben gegangen, um noch ein bisschen zu

schlafen.« Emma hatte noch eine weitere Stunde durchgehalten, bevor ihr Kopf wieder auf den Tisch gesunken war. »Sie hat versucht, mit uns zu arbeiten, ist aber immer wieder eingenickt.«

»Und Mr. Tanner? Und die Hunde?«

»Zum Spazierengehen und Schwimmen draußen. Dad geht, die Hunde schwimmen.«

»Aber das Wasser ist doch noch viel zu kalt. Sie werden noch krank werden!«

»Nein, keine Angst. Sie sind so gezüchtet, dass sie auch im kalten Wasser schwimmen können. Denen passiert nichts.«

»Und wo sind die Welpen?«

»In ihrem Körbchen am Herd.« Er deutete mit dem Daumen über seine Schulter, und sie versuchte, das Gesicht zwischen den Stangen so zu drehen, dass sie etwas sehen konnte. »Pass auf, dass dein Kopf nicht stecken bleibt«, mahnte er sie sanft, und sie kicherte. Bei dem Laut wurde ihm innerlich warm. *Zu spät, Stevie. Ich habe mein Herz bereits an dein kleines Mädchen verloren.*

Stevies Kind um sich zu haben machte ihn glücklich und sehnsüchtig zugleich. *Ich hätte das auch haben sollen. Ich hätte eine Tochter haben sollen.* Aber die Tochter, die von ihm stammte, war für ihn verloren. Er hatte sie niemals lächeln sehen, hatte sie niemals kichern hören. Bis zu diesem Moment war ihm nicht klar gewesen, wie sehr er auf eine zweite Chance mit Cordelia gehofft hatte.

*Und vielleicht mit einem Kind, das von Stevie und mir stammt.* Aber Stevie hatte klargemacht, wie sie dazu stand. Er mochte niemals zu hoffen aufhören, aber wenn er realistisch war, musste er akzeptieren, dass die Familie, die er sich so verzweifelt wünschte, vermutlich niemals zustande kommen würde.

Er wäre gerne wütend auf Stevie gewesen, aber es ging nicht. Sie versuchte nur, sich und ihr Kind zu schützen, und sie wusste nicht, wie sie es anders anstellen sollte. Also musste er ihr einfach nur klarmachen, dass sie von ihm nichts zu befürchten hatte.

»Sie sehen traurig aus«, sagte Cordelia plötzlich. »Warum denn?«

*Du hast versprochen, sie nicht anzulügen.* Er konnte ihr aber wohl kaum seine Probleme mit Stevie verraten, also gab er ihr die einzig andere ehrliche Antwort. »Ich vermisse gerade mein eigenes kleines Mädchen.«

Sie riss die Augen auf. »Sie haben auch ein kleines Mädchen?« Er nickte. »So klein allerdings nicht mehr. Sie wird im Sommer zweiundzwanzig.«

Cordelia betrachtete ihn einen Moment lang durch die Stangen. »Wie heißt sie?«

»Sienna.« Es tat weh, den Namen laut auszusprechen.

»Warum vermissen Sie sie denn? Warum besuchen Sie sie nicht?«

»Das ist kompliziert. Sie ... mag mich nicht.« Was die Untertreibung des Jahrhunderts war.

»Wieso denn nicht? Ich finde Sie nett.«

Wieder musste er lächeln. »Ich finde dich auch ziemlich nett. Wie ich schon sagte – es ist kompliziert. Ihre Mutter hat sie mir vorenthalten. Ich durfte sie nicht besuchen, als sie noch klein war.«

»Aber warum nicht?« Ihr Mitgefühl machte ihm das Herz ein wenig leichter.

»Ihre Mutter hat es mir nie sagen wollen. Ich wusste lange Zeit nicht einmal, dass Sienna existiert.«

»Aber jetzt ist sie erwachsen, oder? Sie brauchen ihre Mutter nicht mehr um Erlaubnis zu fragen.«

»Nein, das stimmt. Ihre Mutter lebt auch gar nicht mehr. Ich habe versucht, Kontakt mit Sienna aufzunehmen, aber immer wenn ich sie besuchen will, ist sie weg. Sie wohnt im Westen, in Kalifornien.« Wenigstens war das die letzte Adresse, die er von ihr hatte. Ein Mietbriefkasten in einer UPS-Filiale.

Cordelia streckte die Hand aus und streichelte seine Wange. »Das tut mir leid für Sie.«

»Danke.« Er musste schlucken. »Ich denke, ich mache Waffeln. Hilfst du mir?«

»Sie können Waffeln machen?«

»Na und ob. Komm mit.« Er streckte die Hand nach ihr aus, und sie hüpfte die Treppe hinunter und nahm sie mit unerwartet festem Griff. Er blickte in ihr grimmiges Gesichtchen hinab und sah Stevie in ihren Augen. »Was ist los, Schätzchen?«

»Wo muss ich heute hin?«

»Weiß noch nicht. Ich muss erst mit deiner Mutter sprechen, wenn sie aufwacht. Im Augenblick musst du allerdings bei mir bleiben, und ich zeige dir, wie meine Mutter immer Waffeln gemacht hat. Als ich so alt war wie du jetzt, habe ich ihr immer beim Kochen geholfen.« Er schnupperte. »Dad scheint schon wieder zurück zu sein. Hier riecht's nach frischem Kaffee.«

»Mom mag total gerne Kaffee. Haben Sie Schokotröpfchen?«

»Für den Kaffee? Bah!«

Sie kicherte wieder. »Nein, Sie Dummer. Für die Waffeln.«

»Schokolade in Waffeln?« Er sah wieder auf sie hinab und war froh, dass das Grimmige aus ihren Augen verschwunden war.

»Ernsthaft?«

»Ach du liebes Lieschen – klar doch!«

Stevie wartete, bis die Küchentür zugefallen war, und setzte sich auf. *Na klasse. Was man alles so erfährt, wenn man die Gespräche seiner Tochter belauscht.*

Clay hatte also eine Tochter. Darüber musste sie erst einmal nachdenken. Aber die Worte, die in ihrem Kopf kreisten, waren die, die Cordelia gesagt hatte.

Gestern hatte sie behauptet: *Ich bin alles, was meine Mutter noch hat.* Heute hatte sie gesagt: *Ich bin schon verkorkst genug. Lieber Gott. Was habe ich nur getan?* Sie hatte ihr Kind mehrfach Gefahren ausgesetzt, das hatte sie getan. Natürlich wusste Stevie, dass sie nur ihre Arbeit gemacht hatte und dass diese Arbeit wichtig war. Sie war nicht verantwortungslos oder nachlässig gewesen.

Doch ihr Herz schrie die Wahrheit heraus: *Ich habe mein Kind nicht schützen können. Ich habe versagt.*

Sie machte Anstalten, den beiden in die Küche zu folgen,

dann aber hielt sie inne. Noch war sie nicht bereit, sich Clay zu stellen. Sie musterte das Sofa, auf dem sie saß, und dachte daran, wie sie in der Nacht dorthin gekommen war. Sie war am Tisch mit dem Kopf auf einem Stapel Akten eingeschlafen, doch dann hatten sie starke Arme aufgehoben und mit einer Zärtlichkeit auf dem Sofa abgelegt, die sie sogar in ihrem halb weggedämmerten Zustand tief berührt hatte. Er hatte die Decke so behutsam um sie herum festgesteckt, als sei sie ein Kind, und ihr anschließend das Haar aus dem Gesicht gestrichen.

Sie hatte die Augen geöffnet und ihn vor sich stehen sehen, und die Sehnsucht in seinen Augen hatte ihr den Atem geraubt. Doch er hatte kein Wort gesagt. Hatte sich umgedreht und war in die Küche zurückgekehrt. Und sie war mit einem Gefühl von Geborgenheit eingeschlafen.

Der Gedanke weckte prompt neuen Widerstand in ihr. Sie brauchte niemanden, der sie beschützte. *Ich kann selbst auf mich aufpassen.* Sie packte ihren Stock, stemmte sich hoch und ließ die Schultern kreisen. Die Schusswunde vom Tag zuvor brannte immer noch höllisch.

*Ach, du kannst selbst auf dich aufpassen? Hat ja prima geklappt! Halt die Klappe.*

Verärgert über sich selbst, drehte sie sich um, blickte zum Fenster und ... erstarrte. Vor ihr erstreckte sich die traumhafteste Aussicht, die sie seit Ewigkeiten genossen hatte. Die Sonne spiegelte sich im Wasser der Chesapeake Bay, das wie Diamanten glitzerte. Der Himmel war wolkenlos und strahlend blau, und hier und da zog eine träge Möwe durch die unendliche Weite.

In ihr kam etwas zur Ruhe. Stille, erkannte sie. Hier waren Stille und Ruhe. An einem anderen Tag und unter anderen Umständen hätte sie vielleicht sogar Frieden gefunden

»Wow«, hauchte sie. »Das ist wirklich traumhaft.«

»Die Aussicht?«, fragte Tanner. Sie blickte über die Schulter und sah ihn mit zwei Bechern Kaffee näher kommen.

»Ja, unfassbar«, sagte sie. »Man kann sich gar nicht sattsehen. Wasser. Wellen. Die Vögel. Sie haben es gut, dass Sie das jeden

Tag genießen können. Danke«, fügte sie hinzu, als er ihr einen Becher mit Kaffee gab.

»Friedensangebot. Ich war gestern Abend, als Sie ankamen, ziemlich unhöflich. Meine Frau hätte das nicht gutgeheißen.«

»Schon okay. Ich kann es verstehen, wenn man sein Kind beschützen möchte.«

»Clay ist kein Kind mehr, und es war nicht in Ordnung von mir, so mit Ihnen umzuspringen. Sie hatten einen furchtbaren Tag hinter sich, und ich habe ihn nicht besser gemacht. Bitte bleiben Sie so lange, wie Sie sich hier wohl fühlen.«

»Das ist sehr nett von Ihnen. Aber ich denke, dass Cordelia ...« Sie holte tief Luft, um sich zu stählen. »... woandershin muss. Weg von mir. Irgendwelche Kerle wollen mich beseitigen. Ich will nicht, dass ihr etwas geschieht, nur weil ich zu stur bin, um zuzugeben, dass sie anderswo sicherer ist als in meiner Obhut.«

»Oder wollen Sie sie vielleicht eher aus Clays Einflussbereich entfernen?«, fragte Tanner zögerlich, und ihr Blick schoss zu ihm auf.

»Nein. Das galt vielleicht noch vierundzwanzig Stunden zuvor, aber jetzt nicht mehr. Ihr Sohn hat an einem Tag mehr für meine Tochter getan ...« Wieder musste sie Luft holen, um die Kraft aufzubringen, die folgenden Worte auszusprechen. »... als ich im vergangenen Jahr.«

»Dazu kann ich nichts sagen. Aber ich glaube, dass er ihr guttut, weil er sie beruhigt. So war er schon als kleiner Junge. Er hat immer alles getan, damit sich die Menschen um ihn herum wohl fühlten.«

»Er bringt meine Kleine zum Lachen. Ich habe sie eine Ewigkeit nicht lachen hören. Wahrscheinlich habe ich ihr nicht viel Grund dazu gegeben.«

»Sie üben sich gerne in Selbstzerfleischung, nicht wahr?«

Die Frage warf sie aus dem Gleichgewicht. »Nun ja«, räumte sie zögernd ein.

»Lassen Sie das lieber.« Er nahm einen Schluck Kaffee und blickte hinaus auf die Bucht. »Als ich in Ihrem Alter war, war ich genauso.«

»Und wieso haben Sie damit aufgehört?«

»Weil ich eine wichtige Lektion gelernt habe. Kinder beobachten und ahmen nach. Wenn Sie sich wegen allem zerfleischen, was Ihnen und um Sie herum geschieht, dann tut Ihre Tochter das auch.«

»Ja, das tut sie«, flüsterte Stevie. »Ich muss einiges grundlegend ändern. Für Cordelia.«

»Nein. Für Sie. Sie müssen es für sich selbst tun, und zwar aus Ihrer eigenen Überzeugung heraus. Sonst verübeln Sie irgendwann Ihrem Kind, dass es Ihnen die Veränderungen aufgezwungen hat. Tun Sie, was richtig ist, weil Sie dadurch vielleicht ein besserer Mensch, eine bessere Mutter werden. Cordelia wird Sie sich zum Vorbild nehmen, weil Sie authentisch sind.«

Stevie musste schlucken. »Danke. Für den Kaffee und die Weisheit.«

»Nicht meine Weisheit«, widersprach er schroff. »Meine Frau hat die besten Jahre ihres Lebens damit verbracht, mir das einzutrichtern. Auch ich war ein Cop. Im Laufe meiner Arbeit habe ich Dinge gesehen ... so viele Dinge, die ich nicht wieder hinbiegen konnte, so vieles, was ich gerne geändert hätte. Ich brachte den Stress mit nach Hause, auch wenn ich das eigentlich nicht wollte. Dann bemerkte ich irgendwann, dass Clay genau das tat, was ich getan hatte – er zerfleischte sich selbst. Natürlich war es zu spät, daran etwas zu ändern. Aber Clay ist zu einem großartigen Menschen herangewachsen – auf Gottes grüner Erde wird man keinen besseren finden.«

Sein Tonfall schien sie zum Widerspruch provozieren zu wollen. »Ich weiß, dass er ein guter Mensch ist, Tanner. Und ich habe es ihm gestern Nacht selbst gesagt. Dass ich ihn nicht in Cordelias Nähe wissen wollte, hat überhaupt nichts damit zu tun, dass er so ist, wie er ist. Mir ging es darum, Cordelia zu schützen. Sie hängt sich gerne an andere Menschen. Ich will nicht, dass sie nachher leiden muss.«

Er seufzte. »So was Ähnliches hat meine Frau vor langer, langer Zeit auch einmal gesagt.«

Stevie vernahm den Nachhall von Trauer in seiner Stimme. Sie kannte diesen Nachhall, hörte ihn oft in ihrer eigenen Stimme, wenn sie von Paul sprach. Selbst nach acht Jahren konnte sie ihn noch hören, und der Verlust dieses Mannes war sehr viel frischer. »Clay hat mir erzählt, dass seine Mutter ursprünglich alleinerziehend war. Und er hat gesagt, dass Sie ihm in jeder Hinsicht ein echter Vater gewesen sind.« Sie sah seiner Miene an, dass sie das Richtige gesagt hatte.

»Danke.« Er räusperte sich. »Ich wusste, dass Nancy einen Sohn hatte, als ich mich mit ihr zum ersten Mal verabredete, aber es verstrich noch ein ganzer Monat, bevor sie mir erlaubte, Clay kennenzulernen. Und das auch nur, weil ich sie mehr oder weniger ausgetrickst hatte.« Ein kleines Lächeln erschien auf seinem Gesicht. »Wir wollten ins Kino gehen, aber sie sagte ab, weil ihr Babysitter krank geworden war. Also tauchte ich vor ihrer Tür mit drei Orioles-Tickets für den Abend auf. Als Clay die Tickets sah, leuchteten seine Augen, als sei schon Weihnachten. Nancy war sauer auf mich, musste aber einwilligen, weil sie Clay nicht enttäuschen wollte. Sie besaßen damals nichts. Nancy kellnerte, und es reichte kaum zum Leben. Aber sie war zu stolz, um Hilfe anzunehmen. Es sei denn, es ging um ihren Sohn.«

»Wie alt war Clay damals?«

»Fünf. Und was der Junge für einen Verstand hatte! Er kannte sämtliche Spieler beider Mannschaften, ihre Trefferquoten, wusste einfach alles. Wir hatten einen phantastischen Abend. Aber als wir nach Hause kamen und sie den Jungen ins Bett gebracht hatte – lieber Himmel, was da die Fetzen flogen! Sie tobte, ich müsste mich erst als ehetauglich erweisen, bevor sie mich auf ihren Sohn loslassen würde, denn sie wollte nicht, dass er mich ins Herz schloss, nur um von mir dann letztendlich verlassen zu werden.« Er bedachte sie mit einem bedeutungsvollen Blick. »So, wie sein leiblicher Vater es getan hatte.«

Stevie musste den aufkommenden Ärger unterdrücken. »Mein Mann hat niemanden verlassen. Er wurde ermordet.«

»Das weiß ich. Clay hat's mir erzählt. Aber es läuft auf dasselbe hinaus, oder etwa nicht? Er ist nicht mehr da und hinterlässt eine Lücke. Und Sie wollen Cordelia schützen, so, wie Nancy Clay schützen wollte.«

Sie fand überhaupt nicht, dass man die beiden Fälle vergleichen konnte, aber sie verstand, was er sagen wollte, und wusste zu schätzen, dass er sich die Mühe machte. »Also verstehen Sie, warum ich nicht will, dass Clay einen engen Kontakt zu Cordelia aufbaut. Das hat nichts mit ihm als Mensch zu tun. Er ist wunderbar. Das wusste ich immer schon.«

»Gut. Nun – weil er mein Sohn ist und auch ich ihn mit Zähnen und Klauen beschützen will, sollten Sie noch eine weitere Sache wissen: Sie sind nicht die Einzige mit einer tragischen Vergangenheit. Auch Clay hat Narben, die meisten im Inneren, wo er sie vor Blicken anderer schützt. Nancy und ich hofften jahrelang, dass er jemandem begegnet, der ihm hilft, wieder zu sich zu finden – der das Herz öffnet, das er in sich verschlossen hat. Und aus welchem Grund auch immer sind Sie dieser Jemand.« Sie zog scharf die Luft ein.

Tanner sah sie unbeirrt an. Sein Blick war hart. »Ich begreife leider nicht, warum Sie ihn nicht wollen, weil jede Frau stolz darauf sein sollte, wenn ein Mann wie er sich für sie interessiert. Sie haben ihn zutiefst verletzt, als Sie ihn abgewiesen haben.«

Sie spürte den Schmerz tief in ihrem Inneren. Schuld. Reue. Bedauern. »Es tut mir leid«, sagte sie leise.

»Ja, das glaube ich Ihnen. Und doch sind Sie hier. Tun Sie ihm nicht noch einmal so weh.« Er trank einen Schluck Kaffee, dann machte er auf dem Absatz kehrt. »Ich glaube, ich rieche Waffeln. Beeilen wir uns lieber, damit wir noch welche abbekommen.«

*Baltimore, Maryland*
*16. März, 8.30 Uhr*

»Bist du sicher?«, fragte Robinette sehr, sehr ruhig, obwohl er innerlich vor Zorn kochte. Fletcher wäre der letzte Mensch gewesen, dem er einen Verrat zugetraut hätte. »Es besteht kein Zweifel?«

»Nein«, antwortete Westmoreland. »Sowohl Henderson als auch Fletcher wurden von dem Hotelangestellten eindeutig identifiziert. Ich kann dir einen Ausschnitt aus dem Sicherheitsvideo schicken, wenn du es selbst sehen willst.«

»Nein, schick mir nichts.« Robinette wollte keinen Beweis für eine Verbindung, die die Cops zu ihm zurückverfolgen konnten. Handygespräche waren riskant genug. Selbst die Prepaid-Telefone konnten mit etwas Geschick aufgespürt werden. Und Stevie Mazzetti war ohnehin schlauer, als gut für sie war. *Vor allem schlauer, als gut für mich ist.* »Zieh es auf einen Stick und bring ihn mir. Wo ist Henderson jetzt?«

»Weg«, sagte Westmoreland verärgert. »Der Kaffee auf dem Nachttisch war noch heiß. Der Kerl am Empfang hat zugegeben, dass er sich hat bestechen lassen. Er sollte Henderson sofort im Zimmer anrufen, wenn er mich kommen sah.«

»Hm. Wo wir gerade von dem Kerl am Empfang sprechen ...«

»Ist kein Problem mehr. Ich habe ihn zuerst Kasse und Safe öffnen lassen, damit es wie ein Überfall aussieht, dann habe ich ihn beseitigt. Das Überwachungssystem ist ein geschlossener Kreislauf, also landet nichts auf einem Server. Das Aufnahmegerät habe ich mitgenommen.«

»Und Hendersons Wagen?«

»Der Angestellte hat erzählt, dass Henderson in einem weißen Camry gekommen ist, also habe ich die Reifen aufgeschlitzt, bevor ich zum Zimmer hinaufgegangen bin. Nachdem ich niemanden angetroffen habe, habe ich mir das Band vom Parkplatz angesehen. Henderson hat einen schäbigen alten Dodge mitgenommen. Hatte das Ding in fünf Sekunden geknackt.«

»Ja, ja«, bemerkte Robinette kalt. »Schön, wenn man fähige Leute hat.«

»Den Dodge habe ich in etwa einer Meile Entfernung entdeckt. Mit vielen Cops drum herum. Ich war zuerst nervös, weil ich dachte, sie hätten Henderson geschnappt, aber sie waren nur da, weil ein Lieferjunge seinen Van als gestohlen gemeldet hatte. Der Besitzer hielt das Magnetschild von der Tür noch in der Hand, also kann man davon ausgehen, dass Henderson jetzt in einem weißen Van ohne Aufschrift unterwegs ist. Ich halte die Augen auf. Aber es gibt auch gute Nachrichten – eine Spur zu Mazzetti.«

»Schau an«, gab Robinette sarkastisch zurück.

»Kurz bevor ich mir deinen BPD-Informanten vorgenommen habe, hat er die beiden Männer identifiziert, die bei Mazzetti waren, als Henderson sie vor dem Haus zu erschießen versuchte. Clay Maynard und Alec Vaughn.«

»Maynard?« Stirnrunzelnd gab Robinette den Namen in seinen Laptop ein und starrte einen Moment später auf ein Foto, das auf der Treppe vor dem Gericht aufgenommen worden war, als die irre Teenie-Mama im Dezember auf Mazzetti geschossen hatte. Auf dem Bild lag sie blutend auf den Stufen, während sich ein Mann ohne Hemd über sie beugte. Clay Maynard. »Er war auch bei ihr, als sie im Dezember verwundet wurde. Der verdammte Kerl hat ihr damals das Leben gerettet.«

»Tja, er scheint auch gestern wieder ihr Schutzengel gewesen zu sein«, sagte Westmoreland. »Oder ihr Bodyguard, wie man es nimmt.«

»Möglich. Er hat einen Sicherheitsdienst. Deswegen war er damals auch am Gericht. Einer seiner Mitarbeiter war in der Nacht zuvor getötet worden, als Staatsanwältin Montgomerys Sohn, auf den er hätte aufpassen sollen, entführt worden war. Maynard war gekommen, um sie zu informieren. Mazzetti hat also einen Bodyguard engagiert. Clever.«

»Sie hat jedenfalls was für ihr Geld bekommen. Maynard hat zwei Kugeln von Henderson abgefangen und damit ihr Leben und das der Kleinen gerettet. Ich habe alle Namen überprüft, die du mir gegeben hast, aber sie scheint sich bei keinem dieser Freunde oder Bekannten aufzuhalten. Daher denke ich, dass Maynard sie irgendwo untergebracht hat.«

»Und was ist mit dem anderen Mann? Vaughn?«

»Im Grunde noch ein Kind. Maynard ist der, auf den es ankommt. Ich fahre zu ihm und sehe mich um.«

»Nur wirst du seine Adresse nicht einfach so finden«, sagte Robinette. »Er hat sein Haus über eine Firma gekauft, die wiederum in einem Gewirr aus anderen Firmen verborgen ist. Der Mann ist kein Anfänger.« Er schlug Maynards Privatadresse in seinem altmodischen Adressbuch aus Papier nach. Es gab keinen Hacker auf dieser Welt, der in seine Kontaktliste eindringen konnte. »Schreib auf«, sagte er und gab ihm Maynards Daten durch.

»Wo hast du die denn her?«, fragte Westmoreland.

»Ich habe da meine Methode.« Die in diesem Fall darin bestanden hatte, dass er eines Spätabends vor Maynards Büro gewartet und ihm nach Hause gefolgt war. Der Kerl hatte ihn dreimal fast abgehängt. »Sei vorsichtig. Er wird ein hervorragendes Sicherheitssystem haben und bewaffnet sein. Nimm dir Verstärkung mit.« Westmoreland hatte ein Team, das die Fabrik rund um die Uhr bewachte, denn wenn Fletchers Formeln in den falschen Händen das Unternehmen verließen, konnte das böse Folgen für Robinette haben. Eine Verhaftung zum Beispiel. *Oder Schlimmeres.*

»Das geht im Augenblick nicht. Mein Leute sollen die Augen aufhalten, denn Henderson läuft mit mieser Laune durch die Gegend, und das macht mir Sorgen.«

Die Kritik in Wes' Stimme strapazierte Robinettes Geduld. »Du denkst, ich habe einen Fehler gemacht.«

»Nun ja ... es könnte eine übereilte Entscheidung gewesen sein. Ich war nicht da, daher weiß ich nicht, wie es genau gelaufen ist, aber von dem bisschen, was ich über Maynard habe herausfinden können, ist er ein Profi. Zu seiner Klientel gehören ein paar der reichsten Geschäftsleute der Ostküste. Sie vertrauen ihm ihre Sicherheit an! Das Wissen, dass er Mazzettis Bodyguard ist, ändert die Grundvoraussetzungen. Wenn Henderson diese Information nicht besaß ...«

»Du bist also der Meinung, ich hätte Henderson vorschnell abserviert.«

Wieder ein Zögern. »Herrgott, Robbie, ich hätte vermutlich auch nicht damit gerechnet, dass sich jemand in den Kugelhagel schmeißt. Jedenfalls ist Henderson stocksauer und sinnt vielleicht auf Rache. Mein Team überwacht Flughäfen und Krankenhäuser. Ich habe im Hotelzimmer einen Verband gefunden – die Wunde scheint noch immer ziemlich stark zu bluten.«

»Also gut. Halt mich auf dem Laufenden.«

»Robbie, warte. Was ist mit Fletcher?«

»Darum kümmere ich mich selbst.«

Westmoreland seufzte. »Verdammt. Gerade, wo alles so großartig lief. Wir hätten richtig reich werden können.«

Das entsprach der Wahrheit. Ohne Fletcher hatten sie kein Produkt. Ohne Produkt kein Geschäft und kein Geld. »Ich habe nicht gesagt, dass ich Fletch umbringe. Ich sorge einfach nur dafür, dass so etwas nicht wieder geschieht.«

Westmoreland seufzte wieder, diesmal erleichtert. »Gut, sehr gut. Außerdem mochte ich Fletch immer. Auf rein freundschaftlicher Ebene, meine ich«, fügte er hastig hinzu, und Robinette musste unwillkürlich grinsen.

»Gib mir Bescheid.« Robinette legte auf und wählte sofort das Wachhaus an. »Ist Dr. Fletcher im Labor?« Es war zwar Sonntag, aber das hieß bei Fletcher nichts.

»Nein, Dr. Fletcher ist noch nicht eingetroffen. Möchten Sie eine Nachricht hinterlassen?«

»Ja, bitte. Dr. Fletcher möge sich so bald wie möglich in meinem Büro melden.«

## 10. Kapitel

*Baltimore, Maryland
Sonntag, 16. März, 9.00 Uhr*

Henderson war stocksauer. *Er hat mich rausgeworfen. Er hat meine Wohnung in Brand gesteckt. Und nun auch noch einen Killer auf mich angesetzt. Glaubt er etwa, dass ich zur Polizei renne? Hält er mich für derart jämmerlich? Und für derart dumm?*

Um dem Ganzen die Krone aufzusetzen, hatte Robinette Westmoreland geschickt. Das war eine glatte Beleidigung. Westmoreland hätte sich nicht einmal aus einer Kirche voller Quäker freischießen können.

*Den möchte ich mal sehen, wenn der Mazzetti erledigen soll.* Mazzetti. Allein der Name verursachte einen ekeligen Geschmack im Mund.

Vielleicht war es ja auch nur der Gestank der dreckigen Windeln im Lieferwagen. *War ja klar, dass ich mir ausgerechnet den Transporter eines Windel-Lieferdienstes schnappen muss. Verdammt, hätte ich bloß nie von Stevie Mazzetti gehört.*

Aber Mazzetti stand ohnehin im Moment ganz unten auf der Prioritätenliste. *Zunächst brauche ich ein Versteck.* Zweitens medizinische Hilfe. Und drittens wäre auch etwas zu essen nicht schlecht. *Ich muss raus aus der Stadt. Vielleicht nach Kanada. Besser noch nach Australien. Ich habe Freunde, die nicht für Todd Robinette arbeiten. Ich fange irgendwo neu an.* Im Moment war es jedenfalls klug, aus Baltimore zu verschwinden. Cops hassten Cop-Killer und jagten sie erbarmungslos.

Dass Henderson gar nicht getroffen hatte, würde wohl kaum Mitgefühl hervorrufen, zumal Mazzetti ein regelrechter Medienliebling war. Ein Medienliebling, der offenbar einen verfluchten Bodyguard besaß!

*Ich hätte sie vor dem ersten Versuch im Restaurant googeln müssen. Hätte mir meine eigenen Informationen zusammenstellen müssen.* Eine Internetrecherche in der Nacht zuvor hatte Unmengen an Nachrichten und Fotos zu Stevie Mazzetti ergeben, von denen die meisten jenen Tag im Dezember betrafen, an dem sie vor dem Gericht niedergeschossen worden war. Und wer war damals bei ihr gewesen? Der Mann, der gestern zwei Kugeln für sie eingefangen hatte – ein Mann, der Bodyguards ausbildete und vermittelte!

*Shit. Wenn ich das vorher gewusst hätte, dann wäre ich die Sache ganz anders angegangen.* Aber um fair zu bleiben – am oder im Restaurant war der Kerl nicht gewesen. *Dieses Versagen muss ich mir ganz allein zuschreiben.* Der Kerl hatte Mazzettis Tochter bewacht. Mazzetti schien gedacht zu haben, sie könne sich selbst schützen.

Aber Robinette hätte von diesem Bodyguard wissen müssen. *Mir hat er allerdings nichts davon gesagt, der Mistkerl. Und dann hat er die Nerven und schickt Westmoreland, um ...*

*Moment mal.* Henderson zog die Brauen zusammen. *Woher hat Westmoreland eigentlich gewusst, wo er mich suchen sollte?*

*Fletcher.* Aber Henderson kannte alle Teammitglieder schon eine Ewigkeit. Fletcher hatte seines Wissens noch nie Freunde belogen oder betrogen. Die Augen zu Schlitzen verengt, wählte Henderson Fletchers Nummer.

»Ich habe dir doch gesagt, dass du mich nicht mehr anrufen sollst«, zischte Fletcher. »Willst du, dass ich auch gefeuert werde?«

»Bist du gestern in einem von Robinettes Wagen gekommen?«, fragte Henderson.

»Was? Nein, natürlich nicht. Die Dinger sind doch alle mit einem Sender versehen.«

»Hast du Robinette gesagt, wo ich bin?«

»Nein. Das weißt du. Ich habe ihn seit gestern nicht mehr gesehen. Er war auf diesem ... Benefiz-Ding. Mit Lisa.«

»Tja, aber irgendwoher hat er es gewusst. Ich bin gerade um Haaresbreite Westmoreland entwischt. Und er ist nicht gekommen, um mir Blümchen zu bringen.«

Einen Moment lang herrschte Stille. »Er hat Westmoreland auf dich angesetzt? Um dich umzulegen? Ernsthaft?«

»Ich fahre einen Transporter vom ›Windelboten‹, Fletch. Ich musste mir etwas einfallen lassen, um am Leben zu bleiben. Ja, ernsthaft.«

»Verdammt. Das ist ... Tja, nun, ich habe nichts gesagt. Das kannst du glauben oder auch nicht.«

»Ich glaube dir. Du hast mir gestern Abend geholfen, obwohl du es nicht musstest. Also gebe ich dir jetzt einen Tipp: Wenn Westmoreland wusste, dass ich in dem Hotel war, dann ist Robbie dir entweder gefolgt, oder er hat auch einen Sender an deinem Privatauto angebracht. Damit weiß er, dass du mir geholfen hast. Wenn ich du wäre, würde ich mich heute nicht bei der Arbeit blicken lassen.«

Fletcher atmete tief ein. »Zu spät. Ich bin gerade durchs Tor gelassen worden. Zumindest erklärt das, warum er mich in seinem Büro sehen will. Und zwar sofort.«

»Und was willst du jetzt machen?«

»Gestehen, mich doof stellen und beten. Und wenn das nicht klappt, dann sage ich ihm, dass ich meine Laboraufzeichnungen an einem sicheren Ort verstaut habe. Wenn er sein Produkt weiterhin haben will, dann lässt er mich am Leben. Danke, Henderson.«

»Wie ich schon sagte: Du hast mir auch geholfen. Apropos – hast du eine Ahnung, wo ich an Verbandsmaterial und Antibiotika komme? Wo man keine Fragen stellt? Bitte, Fletch.«

Fletcher zögerte. »Verdammt. Ja. Es gibt eine Klinik in Largo, in der Church Road, ungefähr zwei Meilen vom Friedhof entfernt. Frag nach Sean. Sag ihm, dass du von mir kommst. Er hilft dir.«

»Warum hast du mir das nicht schon gestern gesagt?«

»Weil ich gestern noch nicht wusste, dass Robinette mein Auto verfolgen lässt. Und du musstest mich nicht anrufen, um mich zu warnen. Aber das war's jetzt, Henderson. Ruf nicht mehr an, kapiert?«

»Mach ich nicht, versprochen. Danke, Fletch. Und pass auf dich auf, okay?«

»Ich gebe alles. Du auch.«

Henderson legte auf. Largo war nicht so weit weg. *Ich muss einfach noch ein bisschen durchhalten.*

*Und daran ist nur diese verdammte Mazzetti schuld. Diese Frau ist den ganzen Ärger nicht wert. Soll Robinette sie doch selbst abknallen.*

Und das würde Robinette vermutlich auch tun. Mazzetti hatte Levi, Robinettes einzigen Sohn, getötet. Er wollte sie wirklich dringend aus dem Diesseits entfernen. Ihr Tod war ihm mit Sicherheit einiges wert.

»Wie viel, Robbie?«, murmelte Henderson. »Ein Flugticket nach Australien? Westmoreland von dem Job abzuziehen? Meine Freiheit? Vielleicht sogar Fletchers zwanzigprozentigen Gewinnanteil?«

Robinette würde sich weigern. Er würde nicht zahlen. *Und was machst du dann?* Sie trotzdem töten? Sie an den Meistbietenden verscherbeln? *Nein. Denn so oder so wäre sie dann tot, und er hätte bekommen, was er wollte.* Nein, es musste etwas Zwingenderes sein. Zum Beispiel die Drohung, Mazzetti Robinettes Geheimnisse zu verraten, so dass ihm ihr Tod keinen Nutzen mehr brachte. *Damit wäre die Jagd auf mich eröffnet, aber auf der Flucht bin ich jetzt auch schon.*

Henderson zog es vor, von den Bullen gejagt zu werden, denn Robinette wusste alles über seine Angestellten. Er wusste, wo sie wohnten, wo ihre Verwandten wohnten und wen sie Freunde nannten. Keiner seiner Mitarbeiter – jetzige oder ehemalige – war wirklich sicher, wenn Robbie es auf ihn abgesehen hatte.

*Würde ich das tun? Würde ich Stevie Mazzetti alles verraten?*

»Teufel auch – ja!« Henderson lachte dünn. *Auch wenn das noch so jämmerlich ist.*

Das bedeutete aber, Mazzetti entführen zu müssen. Sie lebend zu erwischen und sie am Leben zu halten. Eine tote Mazzetti taugte nicht zum Verhandeln.

Falls Westmoreland Mazzetti zuerst fand, gab es keine Möglichkeit, das Todesurteil abzuwenden. Es sei denn, der Henker existierte nicht mehr. Und natürlich musste auch der Richter verschwinden, bevor er einen neuen Henker ernannte. Sobald Mazzetti aus dem Spiel genommen war, mussten Westmoreland und Robinette abtreten.

*Kannst du das? Wirklich? Könntest du Robinette wirklich töten?* Gestern wäre die Antwort auf diese Frage ein klares Nein gewesen. Heute ... heute war Henderson sich nicht mehr so sicher. *Er würde dich ohne zu zögern umlegen. Er hat's ja schon versucht.* Also lautete die Antwort heute ja. *Ja, wahrscheinlich.*

*Aber nicht hundertprozentig.* Bei jedem anderen Auftrag hatte Henderson ein Ziel vor sich gehabt, kein Gesicht. Keine Person. Und Robinette war mehr als ein Chef. *Ihn und mich verbindet eine Geschichte.* Bis gestern Abend war diese Geschichte eine gute gewesen. *Wie konnte er das tun?*

*Wie konnte er mir das antun?*

*Vielleicht ist er krank.* Ein Gedanke, der hoffen ließ. *Oder irre. Vielleicht hat er einen Hirntumor.*

Oder vielleicht war Robinette auch immer schon so gewesen. *Möglich, dass er schon vor Jahren versucht hätte, mich loszuwerden, wenn ich Mist gebaut hätte.*

*Stell dir vor, wie du den Hahn durchziehst. Versuchts.* Aber das einzige Bild, das vor Hendersons geistigem Auge aufstieg, war das eines dunklen Raums, eines Toten und viel Blut. *Nicht meines.* Und über der Szene erhob sich ein ruhiger, gefasster Robinette, der versprach, dass alles gut werden würde. Dass er sich um alles kümmern werde. Dass die Leiche des Mannes, den Henderson ermordet hatte, niemals gefunden werden würde und es keine Konsequenzen gäbe. Keine Strafe, kein Gefängnis. *Dass mein Leben so bleiben wird.*

*Wenn ich ihn töten muss, um zu überleben, dann werde ich das tun. Aber wenn es sich vermeiden lässt ...* Mazzetti war das Ticket in die Freiheit. *Tausch ihr Leben gegen dein eigenes. Und mach es schnell, bevor diese Möglichkeit keine mehr ist. Aber zuerst lässt du dich zusammenflicken.*

*Wight's Landing, Maryland*
*Sonntag, 16. März, 9.45 Uhr*

»Kann sein, dass ich Rossi gefunden habe«, sagte Clay.

Das mädchenhafte Geschnatter rund um Tanners Küchentisch verstummte abrupt. Stevie blickte auf zu Clay, der mit dem Rücken an der Theke lehnte und stirnrunzelnd sein Telefon betrachtete. Er war während des Essens größtenteils still gewesen und hatte zwar reagiert, wenn er angesprochen worden war, aber hauptsächlich Stevie beobachtet.

Die seinem Blick ausgewichen war. *Feigling. Ich bin ein Feigling.*

Tanner hatte eine Waffel vertilgt und war dann verschwunden, um für sie Bretter über den Strand bis zum Steg zu legen, doch Stevie hörte noch immer die Worte des älteren Mannes in ihrem Kopf: *Tun Sie ihm nicht noch einmal so weh.*

Doch genau darauf würde es unweigerlich hinauslaufen. Einer von ihnen würde zutiefst verletzt sein. *Er oder ich. Wahrscheinlich wir beide. Auch wenn ich alles geben werde, um das zu vermeiden.*

Sie küsste Cordelia auf die Stirn. »Hast du nicht Lust, mit Tante Emma mal nach den Welpen zu sehen?«

Cordelia sah von ihr zu Clay. »Ich will auch wissen, was passiert. Wer ist Rossi?«

Stevie warf Clay einen Blick zu. »Die Wahrheit?«, murmelte sie, und er nickte, schwieg aber. »Rossi ist ein Polizist«, erklärte sie ihrer Tochter. »Ein böser Polizist, der mir etwas tun wollte. Aber J. D. hat ihn erwischt. Er ist jetzt im Gefängnis.«

Cordelia sah zu Boden, dann blickte sie resolut wieder auf. »Du meinst, er wollte dich töten, Mama.«

Ein eisiger Schauder rann Stevie über den Rücken. »Ja. Aber das kann er jetzt nicht mehr. Er wurde niedergeschossen.«

»Von wem? Von Onkel J. D.?«

»Das musst du nicht wissen«, sagte Stevie.

»Aber ...«

Clay räusperte sich, und Cordelia fuhr zu ihm herum. Er bedachte sie mit einem strengen Blick und schüttelte ganz leicht den Kopf.

Cordelia sah wieder zu Boden. »Ich wollte aber trotzdem fragen«, beharrte sie trotzig.

Stevies Mundwinkel zogen sich leicht nach oben. »Und ich wäre enttäuscht gewesen, wenn du es nicht getan hättest.« Cordelia riss die Augen auf. »Was?«

»Du bist die Tochter deines Vaters, aber auch meine.« Sanft legte sie ihrer Tochter eine Hand an die Wange, doch ihr Blick war eindringlich. »Es ist wichtig, Fragen zu stellen und immer weiterzufragen, bis du all die Informationen hast, die du brauchst. Es sei denn, ich sage dir, du sollst es nicht tun. Manchmal musst du mir einfach vertrauen.«

Cordelias Lippen bildeten einen dünnen Strich. »Na gut. Aber dann will ich was anderes fragen, ja?«

Stevie lächelte. »Okay.«

»Wenn Rossi im Gefängnis ist, wieso hat Mr. Maynard dann gerade gesagt, dass er ihn gefunden hat?«

»Verdammt gute Frage«, sagte Emma beeindruckt. »Die habe ich mir auch gerade gestellt.«

Clay setzte sich an den Küchentisch. »Wir gehen davon aus, dass dieser Rossi nicht allein gearbeitet hat. Deine Mutter kennt ihn nicht, daher haben wir gestern Nacht Akten durchgesehen, um zu verstehen, warum er sie so unbedingt daran hindern will, weiter zu ermitteln. Und um herauszufinden, wer noch hinter ihm steht.«

Cordelias Augen verengten sich nachdenklich. »Sie suchen einen Komplizen.«

Clay versuchte, sein Grinsen zu verbergen, scheiterte aber. »Ein großes Wort für eine Fast-Achtjährige.«

Trotzig hob sie das Kinn. »Ich bin kein dummes kleines Mädchen, Mr. Maynard.«

»Habe ich das behauptet? Habe ich dir jemals das Gefühl gegeben, dass ich so etwas denke?«

Cordelia überlegte. »Nein. Haben Sie nicht. Na gut, Mama.

Ich gehe jetzt mit den Welpen spielen, aber es wird nicht lange dauern.« Ihr Blick wirkte plötzlich gerissen. »Wenn du mich länger nicht sehen willst, dann hätte ich einen Vorschlag. In dem Zimmer, in dem ich geschlafen habe, steht ein Computer. Mit Internet. Ich kenne auch andere Wörter, wisst ihr? Solche wie ›Trostkäufe‹ zum Beispiel.«

Emma prustete los. »Gott, ich liebe dich, Cordelia Mazzetti.« Stevie grinste breit. »Ich auch. Okay. Du kannst dir ein Outfit aussuchen.« Sie hielt den Zeigefinger hoch. »Eins.«

»Mit Schuhen?«, fragte Cordelia.

»Du musst aufhören, mit Tante Izzy diese Top-Model-Shows zu sehen. Ja, okay, Schuhe auch, aber dann ist Schluss. Und das meine ich ernst. Tante Emma weiß, wo meine Kreditkarte ist.« Emma legte einen Arm um Cordelias Schultern. »Du darfst dir von mir noch eine Tasche aussuchen. Sieh es als verfrühtes Geburtstagsgeschenk.«

Die zwei gingen und ließen Stevie und Clay allein in der Küche zurück. Es wurde schnell sehr still.

»Was du ihr eben gesagt hast, war genau das Richtige«, murmelte Clay. »Dass sie auch *deine* Tochter ist. Das hat sie stolz gemacht.«

»Danke.« Stevie stieg das Blut in die Wangen. Hastig blickte sie auf ihren Teller. »Du hast Rossi also in meinen Unterlagen gefunden?«

»Indirekt. J. D. hat vor ein paar Minuten endlich Rossis Personalakte schicken können. Er meinte, es sei nicht ganz leicht gewesen, das Ding in die Finger zu kriegen. Rossis Vertreter von der Polizeigewerkschaft hat eine offizielle Beschwerde eingereicht.«

»Ich fand diese Gewerkschaftsleute früher immer schrecklich, aber mir haben sie letztendlich wirklich helfen können.« Sie sah hierhin und dorthin, nur nicht zu ihm, doch er ließ sie nicht aus den Augen. »Die IA ermittelte auch gegen mich, als das mit Silas herauskam. Der Vertreter der Polizeigewerkschaft hat durchgesetzt, dass meine Rechte respektiert wurden. Viele Leute wollten nicht glauben, dass ich wirklich nicht wusste, was mein Partner die ganzen Jahre über getrieben hat. Übrigens glauben eine Menge Leute das immer noch nicht.«

»Du hast ihm einfach vertraut«, sagte Clay. »Und er war gerissen.«

»Ja. Meine Eltern meinen, dass jeder, der mich wirklich kennt, ganz genau wüsste, dass ich daran nicht beteiligt gewesen sein kann. Weil ich so einfach nicht bin. Aber wir alle haben schließlich auch geglaubt, Silas zu kennen. Was haben wir uns getäuscht!«

»Weswegen du dich auch derart in diese Ermittlung stürzt. Du willst es den anderen beweisen.«

»Das ist einer der Gründe, ja.« Sie kratzte geistesabwesend an einer Schramme in der Tischoberfläche. »Vor allem jedoch, weil sie mich verfolgen. Ich meine die vielen unschuldigen Leute, die darunter leiden mussten, dass Silas feige genug war, sich von Lippman erpressen zu lassen und seine Integrität für die Sicherheit seiner Familie zu opfern.«

»Aber indem du versuchst, die Dinge wieder ins Lot zu bringen, setzt du deine Familie einer großen Gefahr aus und musst dich fragen, ob es das wert ist.«

Endlich schaute sie auf und sah ihm in die Augen, die dunkel waren, eindringlich und ganz auf sie konzentriert. Und so voller Verständnis, dass sie spürte, wie ihr die Tränen kamen. »Ja«, flüsterte sie. »Was für eine Ironie, nicht wahr?«

»In der Tat. Aber du würdest dich nicht mehr im Spiegel ansehen können, wenn du es einfach hingenommen hättest. So bist du eben nicht.« Er beugte sich vor und legte seine Hand auf ihre. »Und wir werden schon herausfinden, wer dich umlegen will, egal, wie viele es sind und wie lange es dauern mag.«

»Durch dich glaube ich wieder, dass wir es schaffen«, sagte sie ruhig. »Ich habe schon zu zweifeln begonnen.«

»Ich weiß. Aber jeder darf manchmal ein bisschen in Selbstmitleid baden.« Er drückte ihre Hand, dann ließ er sie wieder los. »Jetzt ist es an der Zeit, wieder rauszukommen und die Sache anzugehen.«

»Du hast recht.« Sie straffte die Schultern und räusperte sich. »Rossis Personalakte.«

»Von 2007 bis 2009 war Rossi Partner eines gewissen Danny Kersey in der Abteilung Überfall. Kersey war der Ältere, Rossi kam direkt aus dem Streifenwagen.«

»Kersey ... Der Name ist mir kein Begriff.«

»Silas kannte ihn. Kersey taucht in einem der Berichte auf.«

Sie runzelte die Stirn. »In welchem?«

»In einem der Berichte aus dem grünen Ordner.«

Wieder spürte sie, wie ihre Wangen heiß wurden, diesmal vor Scham. »Da hätte ich zuerst reinsehen müssen.« Aber sie hatte es nicht getan, weil sie immer wieder an die Zeit hatte denken müssen, in der diese Berichte geschrieben worden waren.

»Man wünscht sich doch immer, am letzten Ort zuerst nachgesehen zu haben«, sagte Clay mit sanfter Stimme, und sie begriff, dass er wusste, warum sie es nicht getan hatte. »Kersey und Rossi ermittelten in einer simplen Einbruchssache, zumindest sah alles danach aus, bis am nächsten Tag die Tochter des Hausbesitzers gefunden wurde – vergewaltigt und ermordet. Der Fall ging an Silas, der in der Zeit ohne Partner arbeitete.«

»Weil ich wegen der Trauerzeit vom Dienst befreit war. Weiter.«

»Silas verhaftete einen Obdachlosen, dem man den Diebstahl, die Vergewaltigung und den Mord anhängte. Mehr steht nicht in seinem Bericht. Es gibt einen kurzen Verweis auf Kerseys Ermittlung, den Einbruch betreffend, ein, zwei Sätze höchstens. Rossi wird nicht erwähnt, obwohl er Kerseys Partner war.«

Sie sah ihn scharf an. »Du konntest dich bei all den vielen Berichten an Kerseys Namen erinnern?«

»Nein, schön wär's. Ich habe mir Notizen zu den Fällen in dem grünen Ordner gemacht, während du schliefst. Alec hat uns eine Datenbank erstellt, mit der wir Namen und Daten vergleichen können. Er hat deine Notizen der vergangenen Wochen, unsere Stichpunkte von gestern Nacht und alles, was er ›Außenfaktoren‹ nennt, zusammengefügt. Rossis Personalakte zum Beispiel, Klassenlisten von der Polizeischule, solche Dinge.«

»Wow. Ein wirklich nützlicher Assistent.«

»Manchmal.« Clay lächelte. »Manchmal ist er aber auch nur eine Nervensäge.«

Sie erwiderte sein Lächeln. Sie fühlte sich sehr wohl in seiner Gegenwart, nun, da sie über berufliche Dinge sprachen und nicht über ... Gefühle. »Und wo ist jetzt der Bericht mit Kerseys Namen darin?«

»Eingeschlossen in dem Schrank unter der Treppe. Ich wollte nicht riskieren, dass deine Tochter ihn sieht.«

»Danke. Das weiß ich zu schätzen. Können wir die Akten irgendwo in Ruhe durchsehen? Wo sie nichts davon mitbekommt? Sie hat für meinen Geschmack viel zu bereitwillig zugestimmt, nach oben zu gehen, und ich weiß, dass sie Ohren hat wie ein Luchs, wenn sie etwas hören will. Das Bootshaus ist zwar klein, aber da kann sie uns wenigstens nicht belauschen.« »Im Bootshaus gibt es keinen Tisch, auf dem wir die Papiere ausbreiten können, im Boot dagegen schon.«

»Im Boot? Warte. Clay, warte!« Aber er war schon aufgestanden und aus dem Raum gegangen, so dass ihr nichts anderes übrigblieb, als ihren Gehstock zu packen und ihm zu folgen.

*Baltimore, Maryland*
*Sonntag, 16. März, 9.45 Uhr*

»Und am Dienstag schneidest du das Band für die Grundsteinlegung deiner neuen Entzugsklinik in Reston durch. Zieh am besten den schwarzen Armani-Anzug mit einem blauen Binder an. Den grauen Huntsman mit der roten Krawatte hast du letzte Woche getragen, und es ist besser, wenn du bei jedem Event anders aussiehst. Wenigstens für den Facebook-Post, nicht wahr? Hier ist deine Rede. Ich habe dir die Stellen markiert, an denen du betroffen wirken solltest.«

Robinette warf einen Blick auf die getippte Seite, die Brenda Lee ihm über den Tisch schob, doch sein Hauptaugenmerk lag auf dem Bildschirm seines Laptops, der die Kameraaufnahme von Fletchers Bürotür zeigte. Fletch war vor einer Dreiviertelstunde eingetroffen, hatte sich aber immer noch nicht bei ihm gemeldet, obwohl er es angeordnet hatte.

Dass seine Order weitergegeben worden war, stand außer Zweifel. Das Wachhaus hatte ihm Bescheid gegeben, nachdem Fletchers Auto durchs Tor gefahren war.

Er bedauerte es jetzt, dass er keine Kamera in Fletchers Büro hatte installieren lassen. Aber Fletchers Büro war einer der Orte, an denen sie beide sich zum Sex trafen, und ganz sicher hatte er keinerlei Absicht, seinen Wachleuten eine kostenlose Show zu bieten. Aber das war damals gewesen.

Jetzt lagen die Dinge ein wenig anders. Und bis heute Abend würde es dort eine Kamera geben.

»Am Mittwoch dann«, fuhr Brenda Lee fort, »triffst du dich um zehn Uhr morgens im Kapitol in Washington mit dem Kongressabgeordneten aus Louisiana, um mit ihm über deine Spendengelder zu sprechen, die in das öffentliche Schulsystem deiner ehemaligen Gemeinde fließen sollen. Ich würde dir vorschlagen, nackt zu gehen und deinen Hintern pavianrot anzumalen.«

Robinettes Blick schoss zu Brenda Lee, deren helle Brauen verärgert hochgezogen waren. »Ich *habe* dir zugehört«, knurrte er und blickte wieder auf den Bildschirm. »Montag, Stadtplaner zum Dinner um sechs. Dienstag, Band durchtrennen, schwarzer Armani-Anzug, sieh zu, dass du heulst. Sorg dafür, dass der Typ mit der roten Hinternfarbe am Mittwochmorgen um sechs in meinem Ankleidezimmer erscheint.«

Brenda Lee lachte. »Du machst mich wahnsinnig, weißt du das?«

»Ich mache meinen Job, oder etwa nicht?« *Komm schon, Fletch, mach die Tür auf, ich habe nicht den ganzen Tag Zeit.*

»Ja, das muss ich zugeben. Gestern Abend warst du in Topform. Nette Rede, großartig vorgetragen. Selbst ich habe dir deine Bescheidenheit abgekauft.«

»Hast du nicht.«

»Nein, habe ich nicht. Dafür kenne ich dich zu gut.« Sie zögerte. »Robbie, ist alles okay mit dir? Du wirkst seit ein paar Tagen ein bisschen ... abgelenkt.«

»Ja, alles klar.« *Abgesehen von der Tatsache, dass Henderson Amok läuft, Fletcher mir in den Rücken fällt und Stevie Mazzetti immer noch lebt.* Er warf ihr einen raschen Seitenblick zu.

»Wirklich.«

»Okay, wie du meinst. Hier ist der restliche Terminplan. Geh ihn durch, wann immer du Muße dazu hast.« Sie legte eine Mappe an den Rand des Tisches. »Und ruf mich an, wenn du Fragen hast. Oder auch sonst. Ich weiß, dass diese Woche nicht einfach für dich ist, auch wenn du deinen Leuten heile Welt vorspielst. Ein Kind zu verlieren ist niemals leicht. Und die Umstände, unter denen du deins verloren hast, waren schlimmer als bei den meisten Menschen. Schließlich hast du auch deine Frau verloren – und das durch die Hand deines Sohnes.«

Nun – nein, nicht durch Levis Hand. *Ich habe meine Frau durch meine eigene Hand verloren.* Weil sie mehr begriffen hatte, als gut für sie war. Sie hatte zwei und zwei zusammengezählt und erkannt, dass sie ihren ersten Ehemann ... ebenfalls durch Robinettes Hand verloren hatte. Ihr Fehler war es gewesen, ihn wegen Renes Tod zur Rede zu stellen.

*Lektion Nummer eins: Stelle niemals einen Mörder zur Rede.* Er war so verblüfft über ihre Anschuldigung gewesen, dass er sie schon getötet hatte, bevor er noch darüber hatte nachdenken können.

*Lektion Nummer zwei: Verschließe deine Bürotür, wenn du deine Frau umbringst.* Weil ihr Chefchemiker just in diesem Moment den Kopf hereingesteckt hatte. Und so hatte Robinette auch ihn töten müssen, klar. Und genau dort hatte der Alptraum mit Mazzetti begonnen. Die Schlampe hatte es gewusst. Irgendwie hatte sie es von Anfang an gewusst.

*Lektion Nummer drei: Was du heute kannst besorgen, das verschiebe nicht auf morgen.* Ich hätte Mazzetti schon vor acht Jahren umlegen sollen. Ich hätte einen Weg finden sollen, es wie einen Un-

*fall aussehen zu lassen.* Oder wie einen Selbstmord. Sie war so depressiv nach dem Tod ihres Mannes und ihres Sohnes gewesen, dass niemand die Tat in Zweifel gezogen hätte.

Aber er hatte ja auf den »richtigen Zeitpunkt« warten müssen. Es gab niemals einen richtigen Zeitpunkt. Er hätte so klug sein und den Zeitpunkt zum richtigen *machen* müssen. Aber Mazzetti hatte ihn aus der Bahn geworfen. Sie hatte einfach nicht aufgeben wollen, ihm den Mord an Julie nachzuweisen. Irgendwann war er in Panik geraten. Diese Schlampe hatte ihm solche Angst gemacht, dass er in Panik geraten war. Und dafür, dessen war er sich sicher, hasste er sie am meisten.

Denn in seiner Panik hatte er seinen Sohn geopfert. Die Cops auf Levis Spur zu bringen war nicht gerade schwer gewesen.

Der Junge war ein Junkie gewesen, und nach Julies Tod war er vollkommen durchgedreht und hatte sich nur noch zugedröhnt. Sein ursprünglicher Plan hatte vorgesehen, dass Levi nur ein bisschen Zeit absitzen und vielleicht zu einer Entziehungskur verurteilt werden würde.

Levis Tod hatte er nicht beabsichtigt. Er hatte nicht damit gerechnet, dass die Schlampe seinen Sohn ermorden würde. Aber genau das hatte sie getan. Und wenn er mit ihr fertig war, dann würde ihr das verdammt leidtun.

»Mach dir keine Sorgen, Brenda Lee«, brummte Robinette, da sie ihn noch immer betroffen musterte. »Das Leben geht weiter. Ich denke nicht mehr oft an Julie. Ich habe ja Lisa.«

»Das würde ich dir nur allzu gerne glauben«, sagte sie traurig.

»Tue ich aber nicht.«

*Ah. Endlich.* Die Labortür ging auf, und Fletcher trat heraus und wandte sich dem Aufzug zu Robinettes Büro zu. *Du hast dir verdammt viel Zeit gelassen, Fletch.* Gleich würde sein Labor-Genie hier sein.

Robinette wandte nun Brenda Lee seine volle Aufmerksamkeit zu. Die Frau sah alarmierend müde aus. »Und selbst, B. L.? Ist mit dir alles okay?«

Sie lächelte gezwungen. »Kann nicht klagen, Boss.«

»Du klagst nie.« Er wusste, dass sie immer Schmerzen hatte – seit er sie auf einer staubigen Straße im Irak aus den Trümmern eines Humvee gezogen hatte, der von Aufständischen mit einem Raketenwerfer beschossen worden und Sekunden später in Flammen aufgegangen war.

Sie zuckte die Achseln. »Bringt ja auch nichts. Aber wenn du mich jetzt entschuldigen würdest – ich muss mit meinem Sohn Drachen steigen lassen.« Ihr motorisierter Rollstuhl surrte, als sie den Rückwärtsgang einlegte und in drei Zügen wendete.

»Bitte was? Hast du Drachen steigen lassen gesagt?«

»Das habe ich. Dax und ich sind einem Drachenclub beigetreten. Tut unserer Mutter-Sohn-Beziehung gut. Hey, wieso kommst du nicht einfach mit? Es macht Spaß, und wie mir scheint, kriegst du davon in letzter Zeit nicht gerade viel.«

Er lächelte. Brenda Lee war einer der wenigen Menschen, mit denen er einfach gerne zusammen war. »Würdest du mir glauben, wenn ich dir sage, dass ich wirklich Lust dazu hätte?«

»Ja, das würde ich wohl. Aber lass dir nicht allzu viel Zeit. Der März ist schon halb vorbei, und der April ist ganz schlecht für Drachen. Kannst du den Summer drücken?«

Robinette legte den Daumen auf die Taste, die diskret unter seiner Schreibtischplatte verborgen war und der Sekretärin vor seiner Tür ein entsprechendes Signal gab. Augenblicklich wurde die Tür von außen geöffnet, und Brenda Lee rollte hinaus.

Er hörte, wie sie Fletcher im Flur begrüßte, und kämpfte den Drang nieder, mit den Fingern auf die Granitplatte seines Tischs zu trommeln. *Bleib ruhig.* Fletch sollte nicht frühzeitig ahnen, dass er von dem Treffen mit Henderson wusste. Er wollte den Gesichtsausdruck sehen, wenn er Fletcher seine Anschuldigungen unvermittelt vor die Füße schleuderte.

Weil er, wie er vermutete, nicht wirklich wahrhaben wollte, dass Fletcher seinen Befehl so gründlich und unverhohlen missachtet hatte. Mit keiner noch lebenden Person verband ihn eine so lange Freundschaft wie mit Fletch.

Hendersons Schlamperei konnte die Öffentlichkeit auf sie

aufmerksam machen, was wiederum für sie alle Gefängnis bedeutete – oder Schlimmeres. Sie durften nicht zulassen, dass die Polizei sich für sie interessierte, und Henderson hatte das ganz genau gewusst. Nun musste er von den anderen isoliert werden. Fletcher schloss die Tür. Nickte Robinette zerstreut zu. »Robbie. Ich muss mit dir reden.«

Robinette beobachtete, wie Fletcher auf und ab zu gehen begann. »Ich hatte nach dir geschickt«, sagte er ruhig.

»Ich weiß. Aber lass mich bitte anfangen.« Fletcher drehte sich zu ihm um. »Ich habe gestern Henderson getroffen.«

Robinette schaffte es, nicht zu blinzeln, obwohl es ihn große Anstrengung kostete. Damit hatte er nicht gerechnet. »Aha. Und wieso?«

»Gegen zehn Uhr bekam ich einen Anruf. Henderson hatte versucht, dich zu erreichen, aber du warst auf deiner Veranstaltung.«

»Ich hatte dir gesagt, dass du alle Verbindungen zu Henderson kappen solltest. Warum hast du dich mir widersetzt?«

»Weil ich einen Eid geleistet habe und mich der ärztlichen Ethik verpflichtet fühle, auch wenn ich nicht mehr praktiziere. Wenn jemand mich um Hilfe anfleht, kann ich sie ihm nicht verweigern. Ich könnte einfach nicht damit leben, und wenn du deswegen wütend auf mich bist, dann muss es so sein.«

»Ich will ehrlich sein. Ich bin wütend. Ich habe den Befehl gegeben, um uns zu schützen. Und genau aus diesem Grund habe ich gestern Abend auch nicht auf Hendersons Anrufe reagiert. Falls Henderson sich erwischen lässt und der Polizei sagt, die Order, Mazzetti zu erledigen, käme von mir, könnten wir immer behaupten, davon wüssten wir nichts. Henderson habe aus dem Krieg eine schwere Störung mitgebracht und leide unter Wahnvorstellungen. Weil du auf den Anruf reagiert hast, hast du uns in ein schlechtes Licht gesetzt.«

»Das tut mir leid, aber auch ich will aufrichtig sein. In einer ähnlichen Situation würde ich vermutlich dasselbe noch einmal machen. Und so schlimm ist es auch nicht. Wenn jemand fragt, kann ich einfach behaupten, ich würde manchmal bedürftigen Ex-Kameraden helfen. Dass ich meine Approbation verloren habe, ist in diesem Fall von Vorteil. Ich muss nämlich keine Schusswunden melden.«

»Allein dein Kontakt mit Henderson stellt eine Verbindung her, die die Cops womöglich geradewegs zu uns führt.« Robinette seufzte – teils frustriert, teils erleichtert. Es hatte kein Verrat stattgefunden. Fletch war einfach nur ... typisch Fletch gewesen. Dennoch blieb das Problem bestehen. »Was soll ich jetzt mit dir machen?«

»Brauchst du darauf wirklich eine Antwort?«

Prompt regte sich etwas in Robinettes Lenden, aber er ignorierte es. Soweit er konnte. »Wo hast du Henderson getroffen?«

»Im Key Hotel.«

Dasselbe, das Westmoreland ihm genannt hatte. Hier gab es keine Lüge. Keine Zweigleisigkeit. Also gab es auch keinen Grund, in Fletchers Büro eine Kamera zu installieren. Dennoch musste er sich ganz sicher sein.

Er bedeutete Fletcher, um seinen Tisch herumzukommen, und drückte einen weiteren verborgenen Knopf, um die Tür zu verriegeln. Fletcher gehorchte und sank zwischen Robinettes Schenkeln auf die Knie.

»Ich hasse es, wenn ich weiß, dass du dich wie gestern mit Lisa amüsierst«, flüsterte Fletch.

Robinette sah zu, wie Fletchers geschickte Hände seine Hose öffneten, und musterte die Augen, die zu ihm aufsahen. Er glaubte, Unbehagen darin zu sehen, Reue und Schuldgefühle. Alles war zu erklären und passte absolut zu Fletchers Persönlichkeit.

»Ich weiß. Aber Lisa ist nicht von Dauer und nur Mittel zum Zweck. Das zwischen uns wird noch bestehen, wenn sie schon Erinnerung ist.« Und dann schloss er die Augen und ließ Fletcher ... dafür sorgen, dass seine Bedürfnisse erfüllt wurden.

Danach packte er Fletchers Kinn. »Hast du noch was von Henderson gehört, nachdem du gestern von ihm weggefahren bist?«

Fletchers Blick flackerte, so gering, dass es Robinette fast entgangen wäre. »Nein. Ich hatte keine Antibiotika bei mir, habe allerdings starke Schmerzmittel von meiner letzten Zahn-OP dagelassen. Es würde mich wundern, wenn Henderson schon wieder klar genug im Kopf wäre, um jemanden anzurufen.«

»Also gut. Wenn du erneut einen Anruf bekommst ...«

»Ich weiß. Dann sage ich es dir sofort.« Fletcher stand auf. »Ich bin unten im Labor, wenn du mich brauchst.«

Robinette öffnete die Verriegelung und starrte noch lange auf die Tür, nachdem sie schon wieder zu war. *Fletcher hat mich angelogen.* Er hatte das winzige Flackern gesehen. Es hatte noch einmal Kontakt zwischen den beiden gegeben. Und wenn jemand einmal log, war es ziemlich wahrscheinlich, dass er es auch ein zweites Mal tat. Und öfter.

Er nahm den Hörer, wählte die Nummer seiner Technikabteilung und ordnete an, noch heute eine Kamera in Dr. Fletchers Büro zu installieren. Dann rief er Westmoreland an.

»Wo bist du?«, fragte Robinette.

»Ungefähr fünfzehn Minuten von Maynards Haus entfernt.«

»Ich will stündlich informiert werden.« Von nun an musste er seine Mitarbeiter straffer organisieren.

»Okay«, sagte Westmoreland verunsichert. »Warum?«

»Tu's einfach.« Robinette legte auf und starrte ins Leere.

*Wight's Landing, Maryland*
*Sonntag, 16. März, 10.15 Uhr*

Das hier, fand Clay, lief weit besser, als er es sich vorgestellt hatte. Er hatte Stevie beim Frühstück mit ihrer Tochter beobachtet, ohne den Ausdruck des Verlangens vergessen zu können, den er in ihren Augen gesehen hatte, kurz bevor der Schlaf sie gestern Nacht übermannt hatte.

Die ganze Zeit über hatte er überlegt, wie er es einrichten konnte, dass sie beide allein waren, damit er diesen Ausdruck im

Wachzustand erzeugen konnte. *Es sei denn, sie hat gestern Nacht gar nicht an mich gedacht.*
*Der Zweitbeste. Du wärest immer nur zweite Wahl.*

Clay schob den Zweifel beiseite, bevor er Wurzeln schlagen konnte. Er würde sich an seinen ursprünglichen Plan halten. Sie zu beschützen, bis der Abschaum, der sie bedrohte, beseitigt war. Bis sie wieder sie selbst sein konnte. Bis der Verlust ihres Mannes nicht mehr das Erste war, an das sie dachte, wenn sie sich vorstellte, mit Clay zusammen zu sein.

Und im Augenblick waren sie und er ganz allein.

»Es ist erstaunlich geräumig hier drin«, sagte Stevie, während sie sich in der Bootskabine einmal um die eigene Achse drehte. »Und erstaunlich stabil.«

Clay zog den Rollkoffer, in dem sich die Akten befanden, zu dem kleinen Tisch in der Kombüse. »Heute ist es ruhig in der Bucht. Gestern hätte das Boot mehr geschwankt.«

»Dann bin ich bloß froh, dass es nicht gestern ist. Aus einer Menge von Gründen. Wessen Boot ist das?«

»Die *Fiji* gehört meinem Vater und mir zusammen. Er hat sie gekauft, nachdem meine Mutter gestorben war. Er brauchte Beschäftigung, und Fischen zählte immer schon zu seinen Leidenschaften. Er hat Spaß mit seinen Gästen, verdient sich was dazu, und ich weiß, dass er unter Leute kommt und hier nicht allein rumsitzt. Am Anfang hatte ich Angst, dass ich auch ihn verliere. Ohne Mom war er ein echtes Wrack. Man hört ja immer wieder von Ehepartnern, die sich aufgeben, wenn der andere ...« *Herrje. Was machst du denn da, du Plaudertasche?* Er hätte sich selbst die Zunge abschneiden können.

Stevie sah über die Schulter. Sie lächelte nicht. »Wenn der andere gestorben ist?«

»Verzeih mir. Ich habe nicht nachgedacht.«

»Schon gut. Ich weiß, dass meine Familie und meine Freunde Angst hatten, dass es mir genauso ergeht, aber ich hatte ja Cordelia.« Erneut ließ sie den Blick durch die Kajüte schweifen, um ihn nicht ansehen zu müssen. »Das ist lieb von dir, Clay. Du tust, was du kannst, damit es deinem Vater gutgeht. Izzy, Sorin und ich müssen uns ebenfalls etwas für meinen Vater einfallen lassen. Er ist vor kurzem pensioniert worden und treibt meine Mutter in den Wahnsinn.«

»Ich mag deine Eltern. Sie waren sehr nett zu mir, als ich dich im Dezember im Krankenhaus besucht habe.«

»Ja, sie mögen dich auch«, sagte sie reuevoll. »Und falls es dich beruhigt – sie haben mich ordentlich zusammengefaltet für das, was ich an jenem Tag zu dir gesagt habe.«

»Das beruhigt mich tatsächlich«, sagte er, und sie lachte.

»Freut mich.« Sie ließ sich auf der Bank nieder und holte ihren Laptop hervor. »Kannst du mir die Akte geben, in der Kersey erwähnt wird? Ich will Kerseys Bericht zu dem Einbruch in der Datenbank der Polizei suchen. Er muss ihn abgeschlossen haben, und wenn es nur mit dem Vermerk war, dass der Fall an die Mordabteilung weitergereicht wurde. Hast du eine Festnetzleitung auf dem Boot?«

Sie hatten sich ein paar Minuten lang entspannt unterhalten können, und es hatte ihm gutgetan. Doch nun hatte sie einen anderen Gang eingelegt, und es war Zeit, sich an die Arbeit zu machen. Clay legte Bericht und Telefon auf den Tisch und schob sich neben sie auf die Bank. »Die Leitung funktioniert über das Haus. Wen willst du anrufen?«

»J. D. Ich will wissen, ob Rossi bei Bewusstsein ist und schon etwas gesagt hat. Vielleicht verrät er uns seine Quelle, womit all das hier hinfällig wäre.«

»Ich habe schon mit J. D. gesprochen, bevor du aufgewacht bist. Rossi ist noch nicht zu sich gekommen. J. D. wird sich melden, sobald er mehr weiß. Obwohl er nicht besonders optimistisch war, was Rossi betrifft. Seine letzten Worte an J. D., bevor er das Bewusstsein verloren hat, müssen ›Hoffentlich schmorst du in der Hölle, Arschloch‹ gewesen sein.«

»Rossi hat eine Polizistin erschossen«, sagte Stevie tonlos und schob das Telefon zur Seite. »Ich kann mir kein Schwurgericht vorstellen, das ihm wohlwollend gegenübersteht. Er wird irgendwann reden. Allerdings wäre ich gerne dabei. Wenn er sich zu viel Zeit lässt, muss ich irgendwann aus der Deckung kommen. Und früher oder später wird einer Glück haben.«

»So was darfst du nicht mal denken!«, protestierte Clay.

Stevie fixierte den Bericht vor sich. »Tut mir leid, du hast recht.

Ich muss mir nur ständig vorstellen, wie Rossi auf das Hotelbett geschossen hat, in dem er Cordelia vermutete.«

Er packte ihr Handgelenk und wartete, bis sie ihn ansah, bevor er wieder losließ. »Sie ist bei uns, Stevie. Sie ist in Sicherheit. Wenn du durchdrehst, dann dreht auch sie durch.«

»Ich weiß.« Sie stieß den Atem aus und fuhr mit dem Finger über die getippte Seite. »Okay. Vor sieben Jahren am zwölften November wurde bei der Familie Gardner eingebrochen. Die Diebe nahmen Schmuck und eine Waffensammlung mit. Keine Spuren von gewaltsamem Eindringen. Tracy, die Tochter, hatte vergessen, die Tür abzuschließen, als sie zur Uni ging. Sie war es auch, die das Chaos entdeckte, als sie wieder nach Hause kam.

Silas schreibt, Kersey ›und Partner‹ hätten die Nachbarn befragt, aber keinerlei Hinweise erhalten. Am nächsten Tag kam Mrs. Gardner von der Arbeit nach Hause und fand ihre Tochter auf dem Küchenboden. Tot. Sie war erstochen worden. Das entsprechende Messer fehlte in der Schublade.«

Sie seufzte. »Bei der Autopsie stellte sich heraus, dass sie vergewaltigt, gewürgt und schließlich erstochen worden war. Silas befragte die Nachbarn erneut und bekam endlich einen Hinweis von ein paar Jungs, die in der Nähe Basketball gespielt hatten. Sie hatten jemanden herumlungern sehen, der aussah wie ein ›Penner‹. Silas machte einen Mann ausfindig und stieß in dessen Rucksack auf das Messer und eine der gestohlenen Waffen. Der Kerl war als schizophren bekannt.«

»Hat er Silas die Tat gestanden?«, erkundigte sich Clay.

»So was in der Art. ›Zuerst leugnete der Verdächtige, zeigte sich jedoch nach einer durch das Gericht angeordneten Medikamentengabe entsetzt über die Tat und gestand‹«, las Stevie vor.

»Was ist mit dem Mann passiert? Kannst du mal in den Gerichtsakten nachsehen?«

Stevie gab die entsprechende Suchanfrage ein. »Richard Steel wurde in ein Gefängnis von mittlerem Sicherheitsstandard eingewiesen, in dem man ihm Medikamente zwangsverordnete. Dieser Fall steht nicht auf Lippmans Liste. Und Kersey oder Rossi genauso wenig.«

»Warum, denkst du, hat Lippman einen Teil der Leute auf die Liste gesetzt, andere aber nicht?«

»Keine Ahnung. Vielleicht war er zu faul, um jeden aufzuschreiben, den er mal bezahlt hat. Vielleicht hat er seine Handlanger mit der Liste unter Druck gesetzt. Vielleicht mochte er einige Cops lieber als andere. Wenn wir Glück haben, kann Rossi uns da weiterhelfen.« Sie legte Silas' Bericht beiseite und tippte etwas ein. »Ich will wissen, was Kersey geschrieben hat.« Ein paar Minuten später ließ sie sich gegen die Banklehne sinken und begegnete Clays Blick. »Laut Kersey hat Tracy Gardner behauptet, am Tag des Einbruchs an der Uni gewesen zu sein, aber als er nachher die Hand auf die Motorhaube ihres Wagens legte, war diese eiskalt.«

»Interessant. Klingt, als hätte er ihre Geschichte von Anfang an nicht geglaubt.«

»Sehe ich auch so. Vielleicht, weil nichts von ihren Sachen gestohlen wurde. Allerdings gibt es keinen Folgebericht außer dem, der besagt, dass Tracy am nächsten Tag getötet und der Fall damit an die Mordabteilung weitergereicht wurde.«

Clays Handy summte, und er sah sich die SMS an, die eingetroffen war. »Kersey ist höchstwahrscheinlich nicht Hyatts Leck. Er ist vor fünf Jahren in den Ruhestand gegangen und wohnt jetzt in Scottsdale in Arizona.«

Sie zog die Brauen zusammen. »Woher weißt du das?«

Er hielt ihr das Handy hin, damit sie das Display sehen konnte. »Alec hat es mir geschrieben. Und frag nicht, woher er das weiß. Das willst du nämlich gar nicht wissen.«

»Dein Assistent ist auch Hacker?«

Er zuckte die Achseln. »So würde ich das nicht ausdrücken. Aber er ist verdammt clever.«

Ihre Lippen zuckten. »Das ist der Junge, dessen Patenonkel dein bester Freund aus dem Marine-Corps ist, richtig? Dein erster Partner? Der, der ein ›White Hat‹ ist, sprich ein Hacker?«

Dass sie sich das so genau gemerkt hatte, freute ihn mehr, als es ihn freuen sollte. »Ja, Alec wird Ethan das eine oder andere abgeguckt haben. Aber ›Hacker‹ ist so ein knallhartes Wort, findest du nicht auch?«

Sie grinste, was ihm den Atem raubte.

»Ich verrate dich nicht«, sagte sie, aber dann verblasste ihr Grinsen auch schon wieder. »Also können wir Kersey von der Liste streichen. Jedenfalls von der aktiven. Es lässt sich unmöglich sagen, ob er daran beteiligt war, Richard Steel einen Mord anzuhängen, falls es denn das ist, was Silas und Rossi getan haben. Ich muss das hier an die Dienstaufsicht weiterleiten und trotzdem nach anderen Verbindungen oder ehemaligen Partnern von Rossi suchen, die ihm gestern die Information mit dem sicheren Haus hätten zukommen lassen können. Cordelia und ich werden *jetzt* bedroht.«

Aber es war nicht zu übersehen, dass ihr der Gedanke nicht behagte. Wenn die Dienstaufsicht ebenfalls korrupt war, dann würde dieser Fall vermutlich niemals aufgeklärt werden – immer vorausgesetzt, es handelte sich überhaupt um einen von Silas' Aufträgen für Lippman. Und falls doch alles mit rechten Dingen zuging, stünde dieser Fall am Ende einer langen Reihe von anderen, so dass es Monate oder sogar Jahre dauern mochte, bevor der Gerechtigkeit Genüge getan werden konnte.

»Es kostet nur ein paar Minuten, Kersey anzurufen«, sagte Clay leise. »Vielleicht kannst du ja ein Unrecht gutmachen, in jedem Fall aber wüsstest du Bescheid. Dann können wir uns wieder auf anderes konzentrieren.«

Sie verharrte reglos. »Alle sagen mir andauernd, ich soll es endlich gut sein lassen. Und aufhören zu ermitteln. Aber das kann ich nicht. Du hast es begriffen.« Sie zögerte und flüsterte dann fast widerstrebend: »Du verstehst mich.«

»Schön, dass du das endlich einsiehst.« Er rang sich ein kleines Lächeln ab, obwohl sein Herz wild zu pochen begonnen hatte. »Genau das versuche ich dir nämlich schon die ganze Zeit klarzumachen.«

»Ich suche mal eben Kerseys ...« Sie brach ab, als er ihr den Rest der SMS von Alec zeigte. »Du hast schon alles. Na klar.« Sie nahm das Telefon und wählte, dann schaltete sie auf laut, damit er mithören konnte. »Hallo. Kann ich bitte mit Mr. Kersey sprechen?«

»Er telefoniert um diese Zeit nicht«, erklärte eine weibliche Stimme resolut.

»Oh. Sind Sie Mrs. Kersey? Könnten Sie ihm vielleicht etwas ausrichten?«

»Ja, ich bin Mrs. Kersey, und das kann ich.«

»Mein Name ist Detective Mazzetti, Baltimore Polizei, Abteilung Mord. Ich würde ihn gerne etwas zu einem alten F...«

»Moment. Er fragt, ob Sie mit ihm skypen könnten. Er möchte gerne sehen, mit wem er spricht.«

»Klar«, erwiderte Stevie verdattert. »Ich glaube schon. Ich muss nur erst herausfinden, wie.«

»Ich kann's dir zeigen«, sagte Clay und hatte das Vergnügen, sie erneut lächeln zu sehen, diesmal kleinlaut.

»War ja klar«, murmelte sie. »Mrs. Kersey, wir rufen gleich zurück.«

»Er wartet darauf.«

# 11. Kapitel

*Wight's Landing, Maryland*
*Sonntag, 16. März, 10.30 Uhr*

»Und jetzt musst du nur das Skype-Symbol anklicken«, sagte Clay, langte über ihre Schulter und tippte auf das Touchpad ihres Laptops. Er war aufgestanden und hatte sich hinter sie gestellt, so dicht, dass sie seine Wärme spürte.

Sie hatte gar nicht gewusst, wie kalt ihr gewesen war.

Oder wie gut er roch. *Was mir völlig egal sein sollte.* War es aber nicht. Denn sosehr sie das Richtige tun und ihm nicht weh tun wollte, so sehr wünschte sie sich auch, sich an ihn lehnen zu können und ihre Wange an seinen Arm zu schmiegen.

Wie lange war es her, seit sie einen männlichen Arm um sich gespürt hatte? Wann hatte sie jemand einfach nur gehalten? Die Antwort schlug ein wie ein Blitz. *Gestern Nacht.* Clay hatte sie gestern Nacht festgehalten, als sie geweint hatte. Und hatte nichts weiter verlangt. Plötzlich wünschte sie, dass er es getan hätte.

*Und wenn auch nur, um nicht in seiner Schuld zu stehen.* Genau. Das war es. Es lag nicht daran, dass er so gut roch und in ihr Wünsche weckte, die sie eigentlich nicht haben sollte. Es lag daran, dass sie niemandem etwas schuldig sein wollte, und sie geriet auf der Sollseite der zu leistenden Gefallen immer stärker in die Miesen.

*Red dir das ruhig ein, wenn du dich damit besser fühlst, Schätzchen.* Das Dumme war nur, dass sie sich damit keinesfalls besser fühlte.

*Oh, Gott. Das kann nicht gut ausgehen.*

Sie räusperte sich und sagte mit zum Glück halbwegs normaler Stimme: »Ich hätte dich nie für einen Nerd gehalten.«

»Bin ich auch nicht. Computer machen mich nervös.«

»Nachdem ich deine Anlage im Bootshaus gesehen habe, fällt es mir schwer, dir das zu glauben«, bemerkte sie trocken.

»Mit den Sicherheitssystemen kann ich umgehen, weil ich den Sinn darin erkenne, aber so was wie Facebook und Skype? Da graut es mir!« Stevie musste unweigerlich lächeln.

»Das ist also nicht dein Ding?«

»Nein. Alyssa hat mir meinen Computer eingerichtet und gezeigt, was ich alles mit meinem Handy anstellen kann. Sie und Alec versuchen ständig, mich ins einundzwanzigste Jahrhundert zu zerren.« Er grinste selbstkritisch. »Okay, die Verbindung baut sich jetzt auf. Detective Kersey erscheint auf dem Monitor, sobald er den Anruf annimmt. Er sieht dein Gesicht, aber nichts unterhalb dieser Linie hier.« Er tippte ihr unter das Schlüsselbein. Ihre Haut fing an zu prickeln. »Ich gehe aus dem Bild.«

Er trat ein Stück zur Seite, blieb aber trotzdem so nah bei ihr stehen, dass es vor wenigen Stunden noch viel zu nah gewesen wäre.

*Er weiß ganz genau, was er tut.* Dennoch konnte sie sich nicht darüber ärgern. Sie war sich nicht einmal sicher, ob sie sich auf den Anruf würde konzentrieren können, aber als Kerseys Bild auf dem Display erschien, war sie mit einem Schlag ganz bei der Sache.

Der ehemalige Detective saß in einem Rollstuhl mit Kopfstütze. Er war so ausgemergelt, dass seine Gesichtsknochen hervortraten, doch seine Augen waren hellwach und scharf. Seine Frau stand an seiner Seite und richtete das Mikrofon an seinem Mund aus.

»Detective Kersey«, sagte Stevie. »Ich bin Detective Mazzetti. Danke, dass Sie sich die Zeit nehmen.«

»Gern«, erwiderte er mit kratziger Stimme. »Sie haben einiges erlebt in den letzten Tagen, Detective.«

»Wir haben das von Tony Rossi gehört«, meldete sich Mrs. Kersey zu Wort. »Wir halten uns über Dannys ehemalige Abteilung auf dem Laufenden, und die Neuigkeiten verbreiten sich schnell. Der Tod der Polizistin ist schrecklich, aber wir sind froh, dass es Ihnen gutgeht.«

Ihr Mann nickte, und Stevie begriff, dass seine Frau offenbar schon daran gewöhnt war, ihn bei der Kommunikation zu unterstützen. »Ich danke Ihnen. Haben Sie meinen Anruf erwartet?«

»Nein«, flüsterte Kersey ins Mikro. »Aber er überrascht mich nicht. Rossi war mein Partner.«

»Ja, ich weiß. Ich wollte mit Ihnen über einen Fall sprechen. Tracy Gardner. Können Sie sich an sie erinnern?«

Kersey schloss kurz die Augen. »Ja.«

»Sie und Rossi haben damals auf den Notruf reagiert und sie zu dem Einbruch ins elterliche Haus befragt. Sie hat laut Bericht ausgesagt, dass sie in einem Seminar gewesen ist und bei ihrer Rückkehr nach Hause das Chaos der Einbrecher vorgefunden hat. Sie aber haben ihren Wagen angefasst und festgestellt, dass der Motor kalt war. Warum haben Sie das getan?«

»Weil ich ihr nicht geglaubt habe. Sie konnte mir nicht in die Augen sehen.« Kersey verstummte, hielt aber den Zeigefinger hoch. »Mir geht manchmal die Luft aus. ALS. Verdammte Muskelschwäche.«

»Tut mir leid«, murmelte Stevie. Sie wusste nicht viel über die Krankheit mit dem sperrigen Namen Amyotrophe Lateralsklerose, nur dass sie eine Degeneration des Nervensystems zur Folge hatte und immer tödlich war. Nun sah sie zum ersten Mal, welche schrecklichen Auswirkungen ALS auf einen menschlichen Körper hatte. Hinter ihr drückte Clay ihre Schulter.

»Oh, ja, mir auch«, krächzte Kersey. »Tracy Gardner sagte, sie sei zur Uni gefahren, später nach Hause gekommen und habe sofort die Neun-elf angerufen. Zwei Officers waren bereits vor uns dort. Rossi und ich trafen ungefähr eine Stunde später ein.« Er hielt wieder inne. Seine Atmung war angestrengt.

»Soll ich später noch einmal anrufen?«, fragte Stevie, die nicht riskieren wollte, dass er ohnmächtig wurde.

»Nein. Ich muss das jetzt machen. Ich muss es wiedergutmachen.«

Seine Frau legte ihre Hand an seine Wange. »Du hast kein Unrecht begangen, Danny.«

Kersey lächelte schwach. »Aber ich kann dennoch etwas gutmachen. Ich benutze Skype, um meine Enkel zu sehen. Wissen Sie, ich sauge ihren Anblick förmlich in mich auf. Er gibt mir frische Energie.«

»Wie schön«, sagte Stevie. Unwillkürlich fragte sie sich, ob sein Verstand gerade abdriftete.

»Mit meinen Freunden von der Polizei spreche ich übers Telefon. Ich will nicht, dass sie mich so sehen. Aber bei Ihnen ... ich wollte Ihr Gesicht sehen. Wollte wissen, ob es wahr ist.«

»Dass was wahr ist, Sir?«

»Dass Sie die alten Fälle Ihres Partners nachermitteln, weil Sie sich schuldig fühlen. Weil Sie absichtlich weggesehen oder schlampig gearbeitet haben.«

Stevie versteifte sich und spürte, dass Clay hinter ihr das ebenfalls tat. Sie kannte den Tratsch und die Gerüchte, die bei der Polizei umgingen, und hatte versucht, sich eine dicke Haut zuzulegen. Die meistens nicht dick genug war. »Und ist es so? Ist es wahr?«

»Ich glaube nicht. Ich weiß, dass man jahrelang mit jemandem zusammenarbeiten kann, ohne zu merken, dass er ein doppeltes Spiel treibt. Und als ich sagte, ich wolle etwas wiedergutmachen, haben Sie mich sofort verstanden.«

»Ich habe die Opfer gesehen«, sagte sie. »Und ihre Familien. Sie haben keine Gerechtigkeit erfahren. Unschuldige Menschen sitzen im Gefängnis. Und da ich davon weiß, kann ich nicht einfach untätig herumsitzen.«

»Ich sehe immer noch das Gesicht des Mädchens vor mir. Tracy Gardner. Und das Gesicht ihrer Mutter. Sie hat sie gefunden.«

»Ja, ich habe es gelesen. Wer, denken Sie, hat das Mädchen getötet?«

»Ihr Freund. Ich komme gleich auf ihn zu sprechen. Tracys Wagen war kalt, daher wusste ich, dass sie damit nicht gefahren sein konnte, aber es war möglich, dass jemand sie mitgenommen hatte. Ich fragte sie nicht danach, denn ich wollte ihr nicht zeigen, dass ich ihr nicht glaubte. Am nächsten Morgen fuhr ich zum College und befragte ihren Professor. Sie war am vorangegangenen Tag nicht da gewesen und an diesem auch nicht. Sie würde oft blaumachen, sagte er, aber das täten ja viele Studenten.«

»Sie hat also gelogen. Denken Sie, sie war zum Zeitpunkt des Einbruchs zu Hause?«

»Zumindest war das eine Möglichkeit, die ich nicht ausschließen konnte. Aber ich kam nicht dazu, die Sache weiterzuverfolgen, da sie am nächsten Tag ermordet wurde. Jetzt zu ihrem Freund. Edward Ginsberg, Eddie genannt.«

»Mit ›e‹ oder ›u‹?«

»Ginsberg mit ›e‹«, sagte Kersey mit einem Stirnrunzeln. »Das steht doch im Bericht.«

Nun war es an Stevie, die Stirn zu runzeln. »Nein. Ihr Bericht ist sehr kurz. Keine Seite lang.«

Kerseys Augen blitzten auf. »So eine Sauerei.« Und dann begann er, nach Luft zu ringen.

Seine Frau trat ins Bild. »Beruhige dich, oder ich beende das Gespräch und du kannst ihr eine E-Mail schreiben. Ich mein's ernst.« Sie blickte in die Webcam. »Tut mir leid, Detective Mazzetti, aber seine Gesundheit hat Vorrang.«

»Das ist klar«, sagte Stevie.

»Ich bin ganz ruhig«, krächzte Kersey. »Verdammt noch mal, Frau, behandle mich nicht wie ein Kind.« Er nahm sich einen Moment, um wieder zu Atem zu kommen. »Mein Bericht war länger als eine Seite. Es kann nicht der Originalbericht sein, wenn Sie nicht mehr haben. Aber man muss nicht besonders schlau sein, um sich zu denken, wer ihn gekürzt hat.«

»Rossi«, sagte Stevie. »Ich habe auch in Silas' Berichten Unstimmigkeiten entdeckt. Ich bin nur froh, dass ich meine Notizbücher aufbewahrt habe. Erzählen Sie mir von Eddie Ginsberg.«

»Tracys Vater verdächtigte Eddie, den Einbruch begangen zu

haben, aber Tracy verteidigte ihn. Seine Eltern hätten genug Geld, er habe keinen Grund zu stehlen, sagte sie. Und tatsächlich stammte Eddie aus einem reichen Elternhaus, aber er war auch ein arroganter Dummkopf, der sich langweilte. Rossi und ich gingen von der Uni aus zu ihm, und er saß zu Hause und spielte Videospiele, obwohl auch er an der Uni hätte sein sollen. Ich teilte ihm den Verdacht von Tracys Vater mit, aber er meinte nur, Tracy wüsste schon, wie sie mit ihrem Papi umgehen müsse. Als ich nicht darauf einging, wurde Eddie sauer. Aber schließlich lachte er bloß und sagte, es spiele ohnehin keine Rolle, was die Schlampe täte oder nicht, denn er hätte drei Kumpels, die einen Eid darauf schwören würden, dass sie zur fraglichen Zeit mit ihm zusammen vor dem Fernseher gesessen hatten. Rossi und ich ließen uns die Namen geben und gingen erst einmal was essen.« Kersey verzog gequält das Gesicht. »Hätten wir das nur nicht getan.«

»Wieso?«

»Nach dem Lunch kehrten wir zu den Gardners zurück, aber es war keiner da. Also gingen wir aufs Revier und riefen von dort aus diverse Pfandleiher an, um das Diebesgut aufzustöbern.« Wieder musste Kersey abbrechen, um Luft zu holen. »Gegen vier waren wir wieder bei den Gardners, weil wir hofften, wenigstens die Mutter zu erwischen. Und die Mutter war tatsächlich da. Der Rechtsmediziner ebenfalls.«

»Tracy war tot«, sagte Stevie. »Vergewaltigt, gewürgt, erstochen. Mord im Affekt?«

»Davon ging ich aus. Mein erster Gedanke war, dass Eddie es getan haben musste. Ich hatte ihn aufgestachelt, und er hatte sie umgebracht.« Seine Gesichtszüge entgleisten, und er sackte nach vorne. »Mein Gott …«

»Wenn Eddie Tracy getötet hat, dann trägt er die Verantwortung, nicht Sie«, sagte Stevie.

»Klar, das sagen wir uns alle, damit wir uns nicht ganz so elend fühlen müssen. Aber ich danke Ihnen für den Versuch.« Er blickte einen Moment zur Seite, um sich wieder zu sammeln.

»Jedenfalls tauchte dann die Mordabteilung auf. In Gestalt von Silas Dandridge.«

»Haben Sie Silas von Edward Ginsberg erzählt? Und dass Tracy Sie angelogen hatte?«

»Ja. Und auch, dass ich glaubte, Eddie sei der Täter. Doch dann stieß Silas auf diesen Obdachlosen, Richard Steel, der die Mordwaffe bei sich hatte. Damit war der Fall« – er rang nach Atem – »abgeschlossen. Und ich war erleichtert. Es war nicht meine Schuld. Ich hatte Eddie nicht zum Mord getrieben.«

»Sie glaubten damals also, dass Richard Steel Tracy Gardner getötet hatte?«, fragte Stevie.

»Er hatte ein blutiges Messer bei sich, und Silas behauptete, Eddie hätte ein Alibi, dennoch ließ mich die Sache eine ganze Weile nicht los. Silas war jedoch der Star der Mordabteilung, was Sie mit Sicherheit wissen, immerhin sind Sie lange seine Partnerin gewesen.«

»Der Finder«, sagte Stevie grimmig. »So haben wir ihn genannt, weil er es immer schaffte, etwas zu finden, das den Täter letztendlich überführte. Inzwischen wissen wir, wie ihm das gelungen ist. Es ist nicht schwer, die Eier aufzustöbern, wenn man selbst der Osterhase ist. Hatten Sie Rossi je in Verdacht?«

»Am Anfang nicht, später ja. Aber es war nichts Fassbares.« Er musste wieder Atem schöpfen.

»Das Gespräch ermüdet ihn«, sagte Mrs. Kersey. »Bitte beeilen Sie sich.«

»Wir glauben, dass Rossi mit jemandem zusammengearbeitet hat«, sagte Stevie. »Hätten Sie vielleicht eine Idee, wer das gewesen sein könnte?«

»Er war ganz gut mit Scott Culp befreundet. Dem habe ich auch nicht getraut.«

*Lieber Himmel.* Stevie war wie vom Donner gerührt. *Scott Culp?* Der Name war ihr nur allzu bekannt. »Und warum haben Sie Scott Culp nicht vertraut?«

»Die beiden hingen auch privat ständig zusammen und waren mehr als Freunde. Ich glaube, sie waren schwul, aber das ging mich nichts an, das war Rossis eigene Angelegenheit. Aber Culp hatte etwas an sich ... ich weiß nicht. Selbstherrlicher Mistkerl. Trug immer schicke Schuhe, italienische Anzüge, stand auf Pferdewetten. Rossi übrigens auch. Ein, zwei Mal sah ich ihn Geldbündel zücken, die dicker als meine Faust waren. Hatte die Kohle angeblich auf der Rennbahn gewonnen. Herrgott.« Kersey schloss erschöpft die Augen. »Sie werden Tracy Gardner und Richard Steel Gerechtigkeit verschaffen.«

Es war keine Bitte. »Das mache ich. Versprochen.«

»Gut.« Er ließ sich in seinem Rollstuhl zurücksinken, so dass er vom Mikrofon abrückte.

»Verzeihen Sie, dass ich Ihnen so viel Zeit geraubt habe«, sagte Stevie. »Und so viel Energie.«

Mrs. Kersey schüttelte den Kopf. »Mehr wird er heute nicht sprechen, aber ich weiß, dass es das in seinen Augen wert war. Er hat Ihren Anruf nicht erwartet, Detective Mazzetti, aber seit Silas Dandridge aufgeflogen ist, befürchtet er, dass er von der Dienstaufsicht hören wird. Ich kann mich noch gut an den Gardner-Fall erinnern. Danny lag im Bett, starrte an die Decke und wusste nicht, was er tun sollte. Aber wie gesagt: Silas hatte handfeste Beweise und konnte den Fall abschließen.«

»Alle Fälle, die Silas manipuliert hat, waren eine todsichere Geschichte«, sagte Stevie verbittert. »Ich melde mich bei Ihnen, sobald es etwas Neues gibt. Passen Sie auf sich auf.«

»Sie auch, Detective«, sagte Mrs. Kersey. »Leben Sie wohl.«

Stevie legte auf und wandte sich zu Clay um, der eine SMS eingab. »Was machst du da?«

»Ich besorge uns Informationen zu Scott Culp«, antwortete er.

»Nicht nötig. Ich kenne ihn.«

Clay lehnte sich mit der Hüfte gegen den Tisch, womit er ihr erneut zu nahe kam. »Wer ist er?«

»Er war in der Diebstahlabteilung, dann eine kurze Zeit beim Drogendezernat. Jetzt ist er bei der Abteilung für Innere Angelegenheiten.«

Clay riss die Augen auf. »Du machst Witze.«

»Schön wär's. Kersey hat recht. Er ist ein selbstherrlicher Mistkerl. Er war auch am Freitag dabei, als ich der Dienstaufsicht mitteilte, dass mehr Polizisten korrupt sein müssen, als auf Lippmans Liste stehen. Und dass man mich in dieser Woche schon zweimal angegriffen hatte. Gleich am Nachmittag hat jemand – vielleicht Rossi? – auf mich geschossen. Gestern gab es zwei weitere Versuche. Und gestern Nacht dann hat Rossi tatsächlich geschossen. Auf jemanden, den er für mich hielt.«

Clays Wangen färbten sich dunkler. »Culp ist Hyatts Leck. Einer von der IA hat Rossi gesteckt, wo du zu finden bist.«

»Verdammt wahrscheinlich. Ich muss sofort mit Hyatt sprechen.« Sie setzte an, nach dem Telefon zu greifen, überlegte es sich aber plötzlich anders. »Wenn jemand von der IA die Adresse des sicheren Hauses verraten hat, ist Hyatt verpflichtet, das zu melden. Was ist, wenn dort jemand versehentlich Culp vorwarnt und er abhaut?«

»Verdammt wahrscheinlich«, wiederholte Clay ihre Worte.

»Ich würde ihn lieber selbst unter die Lupe nehmen, aber ich will Cordelia nicht allein lassen.« Stevie presste die Kiefer zusammen. »Das ist doch ein verfluchter Teufelskreis. Und selbst wenn Culp Rossi gesagt hat, wo das sichere Haus ist, wissen wir immer noch nicht, wer gestern vor meinem Haus geschossen hat. Oder am Restaurant.« Sie ließ ihren Kopf in die Hände sinken. »Das ist ein Alptraum, und ich bin hier gefangen, weil sie genau wissen, dass ich meine Tochter nicht allein lasse.«

»Stevie, hör mir zu«, verlangte Clay mit fester Stimme, und Stevie hob zögernd den Kopf. »Draußen stehen zwei Bundesagenten Wache, mein Vater ist hier drinnen, und dieses Haus ist mit allen Sicherheitsschikanen ausgerüstet, die man sich denken kann.«

Clay beugte sich vor, so dass sein Gesicht nur noch wenige Zentimeter vor ihrem war. »Cordelia ist hier sicher, selbst wenn du sie ein paar Stunden allein lässt. Und auch morgen ist sie hier sicher.« Er kam noch näher, bis sich fast ihre Nasenspitzen berührten. »Wir werden sie beschützen, bis die Gefahr beseitigt ist. Und ich gebe dir Deckung.«

Ihre Furcht schwand. Clay war kein sorgloser Mensch. Er plante gründlich und für alle Eventualitäten. Das hatte er immer wieder bewiesen.

Sie vertraute ihm und wusste, dass er ihr helfen würde. Und wenn sie anschließend gehen wollte, dann würde er nicht versuchen, sie davon abzuhalten.

*Er wird mir fehlen.* Der Gedanke schien aus dem Nichts zu kommen, aber sie wusste es besser. Er hatte ihr seit Dezember gefehlt. Ihr würde das Wissen fehlen, dass er für sie da war, wenn sie ihn brauchte. Und das Ziehen im Bauch, das sie immer dann bekam, wenn sie wusste, dass sie ihn wiedersehen würde. Sie würde sein Gesicht vermissen.

Das Gesicht, das aussah wie aus Stein gemeißelt. Unbewegt. Unzerstörbar.

Aber er war nicht unzerstörbar. *Ich habe ihn vernichtet.* Nein. Sie hatte ihm weh getan, ja. Aber er war nicht vernichtet. Ganz und gar nicht. Er war aus stärkerem Holz geschnitzt. *Genau wie ich.*

Plötzlich schien nicht mehr genug Luft um sie herum zu sein, und Stevies Atem ging flach und rasch. Ihre Fingerspitzen fingen an zu kribbeln, und ihre Hand hob sich, als hätte sie einen eigenen Willen.

Sie strich ihm mit den Fingern über die Wange. Seine Haut war warm und elastisch. *Lebendig.* Er zuckte leicht zusammen, doch ansonsten regte er sich nicht. Sie berührte seinen Kiefer, der bereits stoppelig zu werden begann. Immer noch verharrte er reglos. Hielt ihren Blick fest. Hielt den Atem an.

Bis sie ihre Hand ganz an seine Wange legte. Clay schauderte, dann stieß er den Atem aus und schien in sich zusammenzufallen. Er stützte eine Hand auf dem Tisch ab, schloss die Augen, senkte den Kopf ein wenig und sank in ihre Liebkosung.

Als würde er sich nach Berührung verzehren. *Nach meiner Berührung.* Sie hatte nicht gewusst, dass ein Herz gleichzeitig Trauer und freudige Erregung empfinden konnte, aber als sie nun auch die andere Hand hob, empfand sie genau das. Ohne die eine

Hand wegzunehmen, zeichnete sie mit der anderen seine Stirn nach, seine Nase, seine Lippen. Seine Lippen. *So weich.* Seine Lippen waren so weich.

Die ganze Zeit über hatte er sich noch nicht geregt. Noch immer stützte er sich mit der Hand, die das Telefon hielt, auf dem Tisch ab, während seine andere zur Faust geballt an seiner Seite herabhing. Er überließ alles ihr. *Es ist also meine Entscheidung.*

Auch dies war ein betörender Gedanke, der Sehnsucht weckte und sie nervös machte, ihr aber gleichzeitig Macht verlieh. Aufregende Macht.

Doch auch die Trauer blieb. *Ich bin daran schuld. Ich habe ihm das vorenthalten.* Die Berührung, die Nähe, die er keiner anderen zugestanden hat. *Weil er gewartet hat. Auf mich.*

»Ich will dir nicht wieder weh tun«, flüsterte sie. »Aber ich fürchte, es wird trotzdem geschehen.«

Er schlug die Augen auf, und die schiere Wucht seiner Begierde traf sie wie ein Schlag in die Magengrube. »Ich riskier's«, brachte er heiser hervor. Und dann lag sein Mund auf ihrem, hart, schnell. Und gut. So gut. Die Hand, die an seiner Seite gewesen war, wühlte plötzlich in ihrem Haar und zog sie noch enger an sich.

Das Telefon fiel klappernd auf den Tisch, und seine andere Hand streifte ihre Brust, legte sich auf ihren Rücken und hob sie auf die Füße, ohne dass seine Lippen von ihr ließen. Sein Mund ... Gott, der Mann konnte küssen. Als wäre er ausgehungert, dachte sie, doch es fiel ihr bereits schwer, sich zu konzentrieren.

Und auch sie war ausgehungert, *Gott, und wie!* Sie schlang die Arme um ihn und stürzte sich in den Kuss, in die Hitze, in die Empfindungen. Ein Knurren drang aus den Tiefen seiner Kehle. Er bebte vor Begierde, und sie spürte, wie ihre Nippel hart wurden, nach mehr verlangten. Sie schmiegte sich an ihn, und seine Hände glitten ihren Rücken herab, packten ihren Hintern und hoben sie mühelos hoch.

Er löste seinen Mund gerade weit genug von ihrem, damit sie

beide Luft holen konnten, und starrte sie an. »Mehr?«, fragte er so leise, dass sie ihn kaum verstehen konnte.

Sie leckte sich über die Lippen, kostete seinen Geschmack.

Mehr? *Herrje, und ob!* »Ja.«

Sie hatte das Wörtchen kaum ausgesprochen, als sein Mund schon wieder auf ihrem lag. *Mehr.* Es war wie ein Pulsieren in ihrem Kopf, ein Takt, der alles andere überlagerte, sich in ihrem Körper ausbreitete, bis in ihre Brüste drang, zwischen ihre Beine. Er drehte sich, hob sie auf die Tischplatte, schob blind ihren Laptop zur Seite. Mit zitternden Händen strich er ihr über die Beine, schob sie auseinander, so dass sie näher an ihn heranrutschten konnte, und die ganze Zeit über küsste er sie so leidenschaftlich, dass jeder Nerv in ihrem Körper zu glühen begann.

Summen. Etwas summte. Es drang durch den Dunst der Lust, und sie tastete auf dem Tisch nach der Quelle des störenden Geräuschs. Handy.

Sie machte sich los und flüsterte: »Deins.«

Er atmete schwer. »Der ruft schon noch mal an«, stieß er mühsam hervor. Dann stöhnte er. »Nein. Gib's mir.«

Sie reichte ihm das Telefon und umklammerte seine Schulter.

»Mach schnell«, wisperte sie ungeduldig.

»Ja, mach ich.« Höchst verärgert sah er aufs Display. Sexuelle Frustration verwandelte sich in tödliche Ruhe.

Stevie nahm die Arme von seinen Schultern. Adrenalin schoss in ihre Blutbahn und klärte ihren Kopf. »Was ist los?«, fragte sie, aber er rannte bereits die Stiege hinauf an Deck und zog auf dem Weg seine Waffe.

»Die Unterwasserwärmekameras«, rief er über die Schulter. »Es kommt jemand. Du bleibst da, bis ich dir das Okay gebe.«

Sie öffnete den Mund, um ihm zu sagen, wohin er sich seinen Befehl stecken konnte, klappte ihn jedoch wieder zu.

»Denk nach«, murmelte sie zu sich selbst. Ihr mütterlicher Instinkt drängte sie, loszulaufen, um ihre Tochter zu beschützen, aber die vielen Jahre Berufserfahrung halfen ihr, sich zu konzentrieren.

*Cordelia ist im Haus.* Ein Haus mit kugelsicheren Scheiben und Sicherheitstüren. *Solange sie im Haus bleibt, ist sie in Sicherheit.* Clays Befehl machte Sinn. Der Schütze vom Restaurant war wahrscheinlich immer noch auf der Suche nach ihr. Und dass die Unterwasserkameras eine Bewegung gemeldet hatten, nachdem sie gerade erst mit Kersey gesprochen hatte, ließ die Alarmglocken in ihrem Kopf losschrillen. Vielleicht hatte Kersey sie getäuscht und mit Informationen gefüttert, die sie aus der Reserve locken sollten.

Nein, das war allzu abwegig. Wie hätte er ihren Anruf zurückverfolgen sollen? Sowohl Festnetz- als auch Skype-Verbindung waren sicher.

Darüber hinaus glaubte sie jedes Wort von dem, was er gesagt hatte. *Etwa, weil er todkrank ist?* Nein, das war es nicht. Sie hatte sich selbst in seinem Blick, seinem Tonfall erkannt.

Und es gab noch etwas, das dagegensprach: Wer immer sich vom Wasser her näherte, musste das von längerer Hand geplant haben. Taucher kamen von Booten, und ein Boot musste erst einmal aufs Wasser hinausfahren.

Stevie schaute sich nach ihrem Gehstock um und sah ihn am Herd in der Kombüse lehnen. Sie war nicht dumm. Sie würde sich nicht noch einmal zum Ziel machen. Sie würde in Deckung bleiben, bis sie wusste, was vor sich ging. Für die Treppe würde sie Zeit brauchen, und es wäre besser, oben zu warten als unten, falls die Dinge sich überstürzten.

Die Polizistin in ihr – und die Frau ebenso – dachte nicht daran zuzulassen, dass Clay noch weitere Kugeln abfing, die für sie gedacht waren. So schnell sie konnte, folgte sie ihm.

*Baltimore, Maryland*
*Sonntag, 16. März, 10.55 Uhr*

Eine Stunde und fünf Minuten waren verstrichen, ohne dass Westmoreland sich gemeldet hatte, was Robinette sehr unzufrieden stimmte. Er marschierte in seinem Arbeitszimmer auf und ab und ging im Kopf die Namen seiner Angestellten durch. Versuchte festzulegen, wem er trauen konnte und wem nicht. Den meisten traute er vor allem deswegen nicht, weil er sie nicht gut genug kannte. Aber diese Leute hatten ohnehin keinen Zugriff auf vertrauliche – und potenziell schädliche – Informationen.

Und vom inneren Kreis, von jenen, die mit ihm in der Wüste gedient hatten? Brenda Lee traute er immer noch. Henderson und Fletcher nicht mehr. Was Westmoreland betraf, schwankte Robinette im Augenblick noch. Er hatte sich stündliche Informationen ausgebeten, und es konnte doch nicht so schwer sein, eine SMS oder eine E-Mail zu schicken.

Es sei denn, Westmoreland steckte in Schwierigkeiten. Oder hatte gerade alle Hände voll mit Mazzetti zu tun. Oder war überhaupt nicht zu diesem Bodyguard gegangen.

Wes hatte nicht gutgeheißen, wie Robinette mit dem Problem Henderson und Fletcher umgegangen war.

Vielleicht wollte Westmoreland die Dinge selbst in die Hand nehmen. Seine Leute hatten ihn in letzter Zeit immer gerne mit den schicken Anzügen und Smokings aufgezogen. Dass er aufpassen müsse, dass die Krawatten ihm nicht die Sauerstoffzufuhr zum Hirn abschnürten. Dass er noch ganz weich und nett und harmlos werden würde.

Robinette hatte ihre Frotzeleien bisher als gutmütigen Spott unter Freunden abgehakt.

Aber was, wenn sie es im Grunde ernst meinten? Wenn sie schon lange hinter seinem Rücken redeten – und planten?

Was, wenn sie meinten, sie könnten es besser als er? *Und versuchen, den Laden zu übernehmen?* Die drei zusammen wussten alles über das Geschäft. Sie kannten die Formeln, legale und andere, die Kunden, die Preise ... alles. Sein innerer Kreis war genauso fähig, ihn kaltzustellen, wie Stevie Mazzetti.

Wo war Westmoreland in diesem Moment? Robinette setzte sich an seinen Schreibtisch und rief die Website auf, mit der er die Bewegungen seines Firmenfuhrparks überwachte. Westmoreland fuhr einen seiner Wagen, einen schwarzen Toyota Sequoia. Robinette wählte ihn aus und wartete, dass der Satellit sich mit dem Sender verband. *Fahrzeug nicht gefunden.*

Robinette blinzelte verblüfft. Es war, als hätte man ein Gummiband in seinem Kopf schnappen lassen.

*Bevor du dich aufregst, vergewissere dich, ob diese Website hundertprozentig richtig läuft.* Die Suche nach den anderen Fahrzeugen seiner Firma verlief jedoch erfolgreich. Die meisten standen hier auf dem Grundstück. Ein paar waren zu Lieferungen oder Abholungen unterwegs, was zur Vorbereitung auf die kommende Arbeitswoche gehörte.

Er gab ein anderes Passwort ein und fand Lisas Wagen. Sie war jeden Sonntag beim Brunch mit ihrer Familie. Und ... ja. Ihr Jaguar parkte vor dem hässlichen Mausoleum von Haus, das ihren Eltern gehörte, und genau dort sollte er auch stehen.

Ein weiteres Mal sah er nach dem Sequoia. *Fahrzeug nicht gefunden.*

Westmoreland hatte den Sender des Autos deaktiviert. Das war kein gutes Zeichen.

*Ich bin nicht weich geworden.* Und sollte sein Team an diese Tatsache erinnert werden müssen, dann wollte er das nur allzu gerne tun. Robinette öffnete seinen Wandtresor und zog den schuhschachtelgroßen Waffensafe hervor. Er legte seinen Daumen auf den Scanner, und als der Deckel aufsprang, nahm er die Waffen heraus, die nur in seinem privaten Schießstand abgefeuert worden waren. Sie waren nicht zurückzuverfolgen.

Nicht dass er vorhatte, sie zu benutzen. Selbst mit Schalldämpfer waren sie zu geräuschvoll, um menschliche Hindernisse sinnvoll aus dem Weg zu räumen. Dennoch konnte es nie schaden, auf Eventualitäten vorbereitet zu sein.

Außerdem steckte er ein kleines Notizbuch ein. Darin befanden sich wichtige Namen und Adressen. Zum Beispiel die von Stevie Mazzettis Familie und Freunden, Mr. Maynard eingeschlossen. Und von dessen Familie und Freunden. Nur für den Fall, dass ein wenig Druck gemacht werden musste.

Und schließlich holte er einen Schlüssel aus der Kiste. Er besaß ein Fahrzeug, das noch vor dem Aufkommen von GPS für Autos hergestellt worden und nicht aufzuspüren war. Er liebte technisches Spielzeug wie jeder andere Mann auch, aber manchmal war die alte Schule einfach die bessere Wahl.

# 12. Kapitel

*Wight's Landing, Maryland*
*Sonntag, 16. März, 10.55 Uhr*

Clay war in zwei Sätzen oben an Deck und fluchte unterdrückt. Er hatte versprochen, für Stevies Sicherheit zu sorgen, hatte aber beinahe den Alarm ignoriert, der genau das garantieren sollte. *Du bist ein Idiot, Maynard.*

Nur ... hatte er sie endlich in seinen Armen gehalten. Und es war noch viel besser gewesen, als er gehofft hatte. Als hätte er einen Schalter in ihr umgelegt und sie geweckt. Sie hatte definitiv gewollt. *Mich gewollt. Danke, lieber Gott.*

Er musste den Kopf schütteln, um seine Gedanken zu klären. *Bleib wachsam, oder sie* kann *dich bald nicht mehr wollen.* Er rannte über das Deck, nur um im letzten Moment rutschend zum Stehen zu kommen. Sein Vater stand an der Reling und blickte auf seine Armbanduhr.

Nun sah er tadelnd auf. »Du hast ziemlich lange gebraucht«, stellte Tanner mit zusammengekniffenen Augen fest. »Obwohl ich dir vielleicht eher zu deiner Reaktionszeit gratulieren muss. Du solltest dir vielleicht mal die Haare kämmen. Oder ins Wasser springen. Um bestimmte Regionen ... runterzukühlen.«

*Wovon redet der Mann?* Ja, er war noch immer hart wie Stein, aber ... *Ich fass es einfach nicht!*

»Dad, geh ins Haus. Ein Taucher nähert sich.«

»Ich weiß. Steck die Pistole weg. Es ist nur Lou.«

Einen Moment lang konnte Clay ihn bloß anstarren. Dann kapierte er. »Du meinst, das ist eine verdammte Übung?«

»Ja, sicher. Die du explizit angeordnet hast, wie du dich vielleicht erinnerst, wenn dein Hormonspiegel wieder auf Normalmaß gefallen ist. Wenn die Bedrohung echt gewesen wäre, hätte es verdammt knapp werden können, Junge.«

Clay schob die Waffe ins Holster zurück und kämpfte den Ärger nieder. Ja, er hatte eine Übung vorgeschlagen, war jedoch nicht davon ausgegangen, dass seine Ex-Verlobte den Test gleich durchführen würde.

Er dachte an Stevie unter Deck. Er wusste, dass sie nie im Leben dort unten bleiben würde. So war sie nicht. Eigentlich erstaunte es ihn, dass sie nicht längst erschienen war. *Wahrscheinlich weil sie eine Ewigkeit braucht, um die Treppe heraufzukommen.*

Wie es aussah, musste er sie nun früher, als er gedacht hatte, seiner Ex vorstellen. Er trat näher an den Anleger und blickte ins Wasser. Vielleicht konnte er Lou vorbereiten, bevor Stevie auftauchte. Er und Lou waren zwar kein Paar mehr, aber doch sehr gute Freunde, und Lou glaubte, ihn mit allem, was ihr zur Verfügung stand, beschützen zu müssen. Dummerweise wusste sie auch, was im Dezember geschehen war.

Weil Alec vor dem Krankenhaus gewartet hatte, als Stevie ihn aus ihrem Krankenzimmer geworfen hatte. Der Junge hatte ihn nur ansehen müssen, um zu wissen, was geschehen war, auch wenn Clay selbst kein Wort gesagt hatte. Alec und Alyssa waren eng befreundet, so dass seine Verwaltungsassistentin kurz darauf ebenfalls Bescheid wusste. Und was immer Alyssa wusste, wusste auch ihre Schwester. Zu sagen, dass Stevie in Lous Augen kaum die erste Wahl für Clay war, war sehr milde ausgedrückt.

Wasserblasen stiegen auf, und zwei Taucher in voller Montur kamen an die Oberfläche. Beide trugen Ganzkörper-Neoprenanzüge und Masken über den Gesichtern.

»Wer ist ihr Tauchkumpel?«, fragte Clay grimmig. Lou wusste, dass er Stevie und Cordelia versteckte, weil er sie nur wenige Stunden zuvor darum gebeten hatte, ihr dabei zu helfen, Cordelia zur Farm zu bringen. Aber er hätte erwartet, dass Lou andere Personen vorher ankündigte.

»Nell Pearson, der neue Deputy«, sagte sein Vater. »Sie ist okay. Ich habe sie selbst überprüft.«

»Schön«, brachte Clay hervor. »Aber ich wäre entzückt, wenn ihr euch das nächste Mal die Überraschung spart. Ich hätte auf sie schießen können.«

»Deswegen stehe ich ja hier, Junge.« Der Tonfall seines Vaters untersagte ihm weitere Zurechtweisungen, und plötzlich fühlte sich Clay, als sei er wieder zehn Jahre alt.

Augenrollend wartete er, bis die beiden Taucherinnen fast die ganze Leiter hochgestiegen waren, bevor er seine Hand ausstreckte und sie auf den Steg zog.

»Heilige Scheiße, ist das Wasser kalt. Hat der Alarm funktioniert?«

»Allerdings«, sagte sein Vater. »Schon bei der ersten Kamera. Die anderen machten kurz darauf Meldung.«

Lou zog die Haube ab. »Ein erfahrener Taucher wird wahrscheinlich etwas schneller vorwärtskommen als wir, aber du müsstest gute drei Minuten Zeit haben, bevor ein ungebetener Gast auftaucht.« Lou blickte zu Clay auf. »Warum guckst du so unglücklich, Schätzchen? Dein System funktioniert wie geschmiert.«

»Du hättest mir sagen sollen, dass ihr kommt«, sagte Clay ruhig.

Lou lächelte unschuldig und tätschelte ihm die Wange. »Dann wäre es doch kein echter Test gewesen.« Sie blickte über seine Schulter. »Außerdem wollte ich Detective Mazzetti kennenlernen.«

Clay drehte sich um und sah Stevie an Deck stehen. »Was ist los?«, fragte sie.

Er half ihr auf den Steg und stützte sie am Ellbogen, bis sie fest stand. »Es war eine Übung.«

»Eine Übung«, wiederholte sie ausdruckslos.

»Ich wusste nichts davon. Ich schwöre, ich hätte dir keinen solchen Schrecken eingejagt.«

»Schon gut.« Stevie beäugte Lou, die ihre Flossen abstreifte. »Und das ist?«

Lou trat vor und musterte Stevie distanziert. »Sheriff Moore.

Und das ist Deputy Pearson.« Nell Pearson, eine Blondine, ungefähr Mitte vierzig, stand etwas abseits und schwieg. Keine der Frauen machte Anstalten, die Hand auszustrecken.

Clay hätte am liebsten gegen etwas getreten, beschränkte sich aber darauf, erneut die Augen zu verdrehen. »Lou, du und dein Deputy braucht warme Sachen. Zieht euch im Bootshaus um. Fasst nur bitte nichts an.«

Lou kniff die Augen zusammen. »Na schön. Wir haben trockene Kleidung im Rucksack.«

Sein Vater reichte Lou eine Thermoskanne. »Hier. Ich habe euch Kaffee gemacht. Das wärmt euch von innen auf.«

Lou beugte sich vor und küsste ihn auf die Wange. »Danke, Tanner. Kannst du Guthrie anrufen? Sag ihm, dass wir es geschafft haben und er uns mit dem Boot abholen soll.«

»Wer ist Guthrie?«, fragte Stevie. Sie betrachtete Lou mit täuschend sanfter Miene.

»Der andere Deputy«, erklärte Clay.

Stevie behielt die sanfte Miene bei, und auch ihre Stimme klang gelassen. Freundlich sogar. Doch das wütende Blitzen in ihren Augen verriet sie. »Das sind ja ziemlich viele Leute, die über unser Geheimversteck Bescheid wissen, Clay.«

Lou blieb wie angenagelt stehen. Als sie sich umwandte, war ihre Miene ebenso heiter wie Stevies, und auch ihre Stimme klang sehr sanft, als sie zu sprechen begann. Wäre Clay nur unbeteiligter Zuschauer gewesen, hätte er wahrscheinlich schallend gelacht. Leider aber hatte diese Szene unmittelbar mit ihm zu tun, und sie ging ihm an die Substanz.

»Detective Mazzetti, ich wurde um Hilfe und Verstärkung gebeten, und meine Deputys sind so darin eingebunden, wie ich es für richtig halte. Aber nur, um es festzuhalten: Deputy Guthrie hat keine Ahnung, dass Sie oder Ihre Tochter sich hier verbergen, er weiß nicht einmal von Ihrer Existenz. Im Übrigen hätte ich nach allem, was gestern geschehen ist, nicht damit gerechnet, Sie einfach so ungeschützt im Freien herumstehen zu sehen.«

Stevie richtete sich kerzengerade auf, und Clay schloss die Augen. »Lou«, murmelte er. »Nicht.«

»Was nicht?«, fragte Lou beißend. »Nicht das Offensichtliche ansprechen? Gestern sind zwei Menschen gestorben, als ein Heckenschütze auf Sie geschossen hat, Detective. Ihre Tochter ist in Ihrem Vorgarten beinahe abgeknallt worden. Eine Polizistin wurde erschossen, als sie für Sie den Lockvogel gespielt hat. Woher wollen Sie wissen, dass Sie nicht in diesem Moment im Fadenkreuz stehen? Woher wissen Sie, dass Sie uns nicht alle gerade einer tödlichen Gefahr aussetzen?«

Rote Flecken brannten auf Stevies Wangen. »Das kann ich nicht wissen. Ich muss mich entschuldigen, Detective Moore.«

»Ich glaube kaum, dass ich diejenige bin, bei der Sie sich entschuldigen sollten, aber dennoch – danke dafür. Sie haben noch ein paar Minuten, bevor Deputy Guthrie hier eintrifft, falls Sie wieder in Deckung gehen wollen. Es ist zwar, als würde man die Stalltür schließen, nachdem das Pferd abgehauen ist, aber wenn es Ihnen ein besseres Gefühl gibt, bitte, tun Sie sich keinen Zwang an.«

Clay stieß verärgert den Atem aus. Nun hatte Lou Stevie nicht nur wütend gemacht, sondern auch erbarmungslos bloßgestellt. Zumal der letzte Satz pure Gemeinheit gewesen war. »Lou, hör auf jetzt. Ich hatte Detective Mazzetti versichert, dass sie und ihre Tochter hier sicher sind. Niemand kann hier nah genug herankommen, um jemanden ins Visier zu nehmen. Der Test mit den Unterwasserkameras war erfolgreich, wir sind also fertig hier. Ziehen wir uns am besten in unsere jeweiligen Ecken zurück.«

Er war davon ausgegangen, dass Stevie nun kehrtmachen würde, aber sie regte sich nicht, blieb einfach stehen, und das machte ihm Sorgen. »Alles okay mit dir?«, murmelte er.

Sie nickte stumm, und erst jetzt sah er, dass sie den Stock hinter ihrem Rücken verbarg. Endlich begriff er. In jeder Richtung, in die sie den Rückzug antreten konnte, warteten Hindernisse, und sie wollte nicht, dass Lou und ihr Deputy sie stolpern sähen.

Lou war sich dessen nicht bewusst, und wenn er es verhindern konnte, würde sie es auch nicht bemerken.

»Lou, wir können reden, wenn du nicht mehr bibberst. Zieht euch endlich trockene Sachen an.«

Sie bedachte ihn mit einem mitleidigen Blick, um ihm zu zeigen, wie leicht er zu durchschauen war, doch als sie sprach, war ihr Tonfall professionell. *Endlich.* »Ich bringe das Boot morgen früh um fünf her. Wenn das Kind bereit ist, übernehme ich die Verantwortung für den Transport.«

Clay fuhr innerlich zusammen. Er hatte vorgehabt, Stevie auf dem Boot den Vorschlag zu machen, Cordelia auf die Farm zu bringen, doch dann hatte sie die Hand an seine Wange gelegt und ... *Herrgott.* Er hatte es vergessen. Aber wer konnte es ihm verdenken? Er hätte eben fast seinen eigenen Namen vergessen. Er blickte zu Stevie, die ihn wie vom Donner gerührt anstarrte, noch wütender als zuvor.

Tja, offenbar *konnte* sie es ihm verdenken.

»Das Kind?«, fragte sie mit zusammengepressten Zähnen.

»Welches Kind? *Mein* Kind? Was soll das?«

Lou sah tatsächlich schuldbewusst aus. »Mir war nicht klar, dass sie nichts davon wusste. Ich zieh' mich dann mal um.«

»Ja, tu das doch bitte«, murmelte Clay. »Herrgott.«

»Ich warte, Clay«, sagte Stevie eisig, als die Tür des Bootshauses hinter Lou zufiel.

Er neigte seinen Kopf zu ihr herab, war allerdings nicht überrascht, als sie gleichzeitig zurückwich. »Reden wir unter vier Augen darüber. Ich erklär's dir.«

Ein leises Räuspern ertönte. Deputy Pearson stand immer noch ein wenig abseits und fühlte sich sichtlich unwohl. »Ich möchte mich nicht einmischen«, sagte sie. »Aber seien Sie versichert, Detective Mazzetti, dass ich niemandem von Ihrer Anwesenheit hier erzähle. Ich habe selbst ein Kind und kann mir vorstellen, was Sie in den vergangenen vierundzwanzig Stunden durchgemacht haben. Auf meine Verschwiegenheit können Sie sich verlassen.«

»Vielen Dank«, sagte Stevie. »Das ist nett von Ihnen.«

Pearson sah zu Clay. »Ich wollte Sie eigentlich wegen der Übung vorwarnen, aber Ihr Vater und der Sheriff haben mich überstimmt. Lou wusste wirklich nicht, dass Sie noch keine Zeit hatten, dem Detective Ihre Pläne zu unterbreiten.« Sie lächelte ihn reuevoll an. »Es ist jedenfalls nett, Sie endlich kennenzulernen, obwohl die Umstände besser hätten sein können. Ihr Vater hat mir schon so viel über Sie erzählt, dass ich das Gefühl hatte, ich kenne Sie bereits. So, jetzt sehe ich zu, dass ich diesen Anzug loswerde, weil ich meine Zehen nämlich kaum noch spüre.«

In dem Moment, als die Tür zum zweiten Mal zufiel, machte Stevie auf dem gesunden Bein kehrt und humpelte über den Anleger auf das Haus zu.

»Wenn du mich anbrüllen willst, dann machst du das besser auf dem Boot, denn da kann Cordelia dich nicht hören.«

Sie wandte sich langsam zu ihm um. Ihre Augen schleuderten Blitze. »Wag es ja nicht, meine Tochter zu benutzen, um mich dorthin zu bringen, wo du mich haben willst.«

Er hielt ergeben die Hände hoch. »Na schön, du hast recht. Würdest du bitte aufs Boot zurückkehren, damit wir darüber reden können? Im Übrigen trifft Deputy Guthrie bald hier ein. Sofern du nicht willst, dass ich dich trage, wirst du es wohl kaum vorher noch zum Haus schaffen.«

Sie funkelte ihn empört an. »Das war mies!«

»Mies, aber zutreffend. Du hast die Wahl.«

»Fass mich ja nicht an«, fauchte sie und schlug seine Hand weg, als er ihr helfen wollte, an Deck zu klettern. »Lieber falle ich.« Sie fiel zwar nicht, aber es war knapp, als ihr Stock in einer Pfütze auf Deck aufkam und wegrutschte. Mit Mühe schaffte sie es, das Gleichgewicht zu bewahren, und hinkte in die Kabine hinab, ohne sich einmal umzusehen.

»Wow, die hat Pfeffer«, bemerkte sein Vater beiläufig.

Clay drehte sich um und schenkte ihm denselben Blick, den Stevie ihm zugeworfen hatte. »Was hast du dir eigentlich dabei gedacht, Lou ins Spiel zu bringen?«

»Ich bin nicht davon ausgegangen, dass sie Stevie so unverhohlen feindselig begegnen würde. Tut mir leid, Clay.«

»Tja, das hilft mir vermutlich auch nicht mehr. Der Zeitpunkt war wirklich daneben, Dad.«

»Auch das tut mir leid. Aber wenn du den Ausdruck auf deinem Gesicht hättest sehen können ...« Er sah Clays Miene und wich einen Schritt zurück. »Okay. Ich geh dann mal und schaue nach dem Kind.«

»Ja, tu das. Hau ab wie der Feigling, der du bist«, brummte Clay, als sein Vater bereits fast am Ende des Stegs angekommen war. Clay verschränkte die Arme vor der Brust, drehte sich zur Bootshaustür und wartete.

Endlich kam Lou heraus. Sie trug ein weiches Sweatshirt und wirkte zerknirscht. »Es tut mir leid. Wirklich.«

»Was sollte das, Lou? Musste das wirklich sein? Sie hat in den vergangenen Tagen Schlimmes erlebt, und du musst ihr das Messer noch im Rücken umdrehen.«

»Ich weiß.« Lou seufzte herzzerreißend. »Ich bin ein schrecklicher Mensch.«

»Im Moment würde ich dir hundertprozentig zustimmen.«

Sie zog die Brauen zusammen. Seine Antwort gefiel ihr nicht.

»Jedenfalls ist es ganz schön dreist von ihr, sich aufzuführen, als würde ihr das Haus gehören. Sie benutzt dich doch nur.«

Er dachte an den kurzen Moment in der Kabine unter Deck. Von Stevie Mazzetti benutzt zu werden hatte sich verdammt gut angefühlt. Wenn es nach ihm ginge, durfte sie das tun, bis er nur noch zum Aufwischen taugte. »Ich habe sie hierher eingeladen.«

»Sie hätte auch woandershin gehen können. Sich an andere Leute wenden können. Wieso musst ausgerechnet du ihr helfen?«

»Weil ich sie ausgetrickst habe, so dass ihr keine Wahl blieb«, gab er zu. »Das geht dich nichts an, Lou. Das ist allein meine Angelegenheit.«

»Aber ...«, setzte sie an, dann seufzte sie. »Sie hat dir das Herz gebrochen.«

Clay musste lachen. »Du auch. Du hast sechs Wochen vor unserer Hochzeit mit mir Schluss gemacht und jemand anderen geheiratet, aber ich laufe dennoch nicht herum und schikaniere deinen Mann.«

Sie hatte den Anstand, verlegen wegzusehen. »Ja, ich habe mit dir Schluss gemacht, aber dein Herz habe ich dir nicht gebrochen. Das konnte ich gar nicht.«

Sein Lächeln verschwand. »Was soll das heißen? Weil es aus Stein war?«

»Nein, sei nicht albern.« Sie boxte ihm leicht gegen die Brust. »Du magst außen steinhart sein, aber im Inneren bist du weich wie Zuckerwatte.«

»Verrat's bloß keinem.«

»Keine Sorge.« Sie lächelte, wurde dann aber wieder ernst. »Ich konnte dir dein Herz nicht brechen, weil du mich nie wirklich geliebt hast. Nicht so wie sie.«

Clay warf einen Blick zum Boot. Allein zu wissen, dass Stevie dort war und auf ihn wartete, selbst wenn sie wütend auf ihn war ... tat ihm gut. »Ich denke, ich wusste es in dem Moment, als ich sie zum ersten Mal sah.«

»Bitte sag jetzt nicht, es war Liebe auf den ersten Blick. Sonst wird mir schlecht.«

»Ja, ja, schon gut. Nicht auf den ersten. Ich denke, es war der dritte.« Er lächelte bei der Erinnerung. »Sie hat mich in meinem Büro zur Rede gestellt und in der Luft zerfetzt, was ich absolut verdient hatte.«

»Was hattest du denn gemacht?«

»Ihre Tochter in Gefahr gebracht, weil ich ein Vollidiot war. Du erinnerst dich an den Kerl, der Nicki umgebracht hat?«

»Wie könnte ich den vergessen? Arme Nicki. Sie hat Mist gebaut, aber was daraus entstanden ist, hatte sie wahrlich nicht verdient.«

»Nein, das hat niemand. Jedenfalls wusste ich, wer sie getötet hatte, wollte das Schwein aber selbst schnappen. Daher habe ich der Polizei nichts gesagt, wie ich es hätte tun müssen. Inzwischen hatte er sich an Cordelias Fersen geheftet.«

Lou zog erschrocken die Luft ein. »Da hätte ich dich nicht nur in der Luft zerfetzt, Clay.«

»Ich weiß. Aber sobald ich wusste, was er sonst noch alles getan hatte, zögerte ich nicht mehr. Ich gab der Polizei die entsprechenden Hinweise, und Cordelia geschah nichts. Stevie ist die typische Löwenmutter. Sie würde alles tun, um ihr Kind zu schützen. Und ich würde das auch. Die beiden sind mir wichtig. Greif sie also nie wieder so an, okay?«

Lou fasste ihn am Hemd. »Ich will doch bloß nicht, dass du leidest.«

»Das weiß ich, und es ist lieb, dass du dich um mich sorgst, aber das ist einfach nicht deine Angelegenheit. Sondern meine. Und das Risiko gehe ich ein.«

Sie schüttelte den Kopf. »Versprich mir wenigstens eins: Lass dich nicht ausnutzen, ja? Du hast lebenslänglich verdient, nicht nur einen Quickie in der Kombüse.«

Er blinzelte. »Wie kommst du denn auf den Quickie in der Kombüse?«

»Na ja, sagen wir besser Quickus interruptus«, erwiderte Lou mit einem Grinsen. »Deine Haare waren zerwühlt, als ich ankam. Wir haben ein Jahr lang zusammengewohnt, und ich habe nie erlebt, dass bei dir auch nur ein Härchen rebellisch zu Berge stand. Etwas anderes stand dagegen sehr wohl zu Berge ...« Ihr Blick glitt zu seiner Mitte, dann wieder aufwärts. »Ja, *daran* kann ich mich noch gut erinnern.«

Clay stöhnte. »Sag das bloß nie vor ihr, klar?«

»Mach ich nicht, keine Angst. Meine Güte. Versprich mir bloß, dafür zu sorgen, dass sie dich auch liebt und nicht nur ihren Speicher wieder auffüllen will. Oder schlimmer noch: dir bloß für deine Hilfe danken will.«

Clay verzog schmerzerfüllt das Gesicht. »Bist du jetzt fertig?«

»Ich glaube schon.« Lou tätschelte seine Wange. »Sag ihr, dass es mir leid tut.«

»Mach ich.« Er zeigte auf Guthrie, der auf den Anleger zuhielt. »Da ist deine Mitfahrgelegenheit.«

»Okay. Wir sehen uns morgen, wenn ich Cordelia hole. Viel Glück mit Stevie.«

»Danke. Werde ich brauchen.«

*Baltimore, Maryland*
*Sonntag, 16. März, 11.35 Uhr*

Die moderne Technik war wirklich nützlich, befand Robinette, als er seinen Wagen eine Viertelmeile von seinem Ziel entfernt abstellte. Vor allem die Errungenschaften neuster Peiltechnologie hatten es ihm angetan. Mit nur einem Tastenklick wusste er, wo sich jeder Einzelne seines Personals befand. Dumm war nur, dass andere ebenfalls die Möglichkeit hatten, ihn aufzuspüren, was er keinesfalls gutheißen konnte.

Er trabte die Straße entlang bis zu dem Mietlager, wo er einen Raum besaß, seit er als ehemaliger Soldat nach Hause gekommen war. Zwar war er ehrenhaft entlassen worden, hatte jedoch nichts an Talent mitgebracht, mit dem man ein Vermögen hätte machen können. Sicher, mit den Referenzen der Militärpolizei hätte er zu den Cops gehen können, aber Cops verdienten nicht nennenswert, sofern sie nicht korrupt waren. Er hatte einen anderen Weg gefunden, Geld zu verdienen, und inzwischen hatte er selbst einige korrupte Cops auf seiner Lohnliste stehen.

Die Ironie der Sache gefiel ihm.

Er erreichte seinen Lagerraum und schloss das Tor auf, hinter dem sich ein Chevy Tahoe, Baujahr 1999, befand. Es war kein Sportwagen, hatte aber auch kein GPS. Niemand aus seinem Team wusste, dass er ihn besaß. Der Wagen hatte seiner ersten Frau gehört. Levis Mutter. Sie hatte ihn in der Garage ihres Alkoholikervaters verrosten lassen.

Robinette hatte ihn von Louisiana hergefahren, nachdem er Levi neben seiner Mutter begraben hatte; sie war an einer Überdosis gestorben, als Levi neun Jahre alt gewesen war. Zum Zeitpunkt ihres Todes war Robinette anderswo stationiert gewesen, und seine Freunde hatten ihm Trost gespendet und mit ihm getrauert. Nun, eigentlich hatte er sich einen feuchten Dreck um die Schlampe geschert, die seinen Sohn geboren hatte, aber das hatte er seinen damaligen Kumpels natürlich nicht gesagt.

Er hatte nicht erwartet, dass sie auf Levis Beerdigung aufkreuzen würden, aber es hatte ihn gerührt, dass Brenda Lee die alte Truppe am Grab um ihn geschart hatte. Nach der Zeremonie hatten sie Pläne geschmiedet – Pläne, die heute endlich Früchte trugen. Aber damals hatte er Zeit zum Nachdenken gebraucht. Er hatte ihnen weisgemacht, er würde mit einem Mietwagen heimfahren, aber stattdessen hatte er seinem Ex-Schwiegervater den Tahoe unter der Nase weggeklaut und ihn hergebracht.

Er benutzte das Fahrzeug, wenn er Fahrten unternahm, die er lieber für sich behielt. Sein gegenwärtiger Schwiegervater würde seine Vorlieben vermutlich nicht billigen. Aber er brauchte den Tahoe auch dann, wenn er seine eigenen Leute ausspionieren musste. Wie jetzt zum Beispiel.

*Wight's Landing, Maryland*
*Sonntag, 16. März, 11.35 Uhr*

Clay stieg langsam die Treppe zur Kabine hinunter, um Stevie vorzuwarnen und ihr Zeit zu geben, ihre Lungen auf die Standpauke vorzubereiten, die er verdient hatte. Als er unten ankam, stand sie so weit entfernt von der Treppe, wie es ihr möglich war. Was wiederum nicht besonders weit war, da es sich nur um ein kleines Boot handelte. Zwei weitere Schritte, und er wäre bei ihr und hätte ihren Nacken küssen können, der ihm deswegen auffiel, weil sie niedergeschlagen den Kopf hängen ließ.

»Stevie, es tut mir leid. Ich wollte es dir sagen, ich schwöre es. Aber dann hast du mich berührt, und ich konnte plötzlich ...« Ihre freie Hand fuhr durch die Luft und schnitt ihm das Wort ab. »Ich weiß, dass du es mir *sagen* wolltest.«

Erleichtert, dass sie ihm glaubte, machte er einen Schritt auf sie zu. Dann runzelte er die Stirn, als ihre Worte einsanken. *Sagen?* »Ich verstehe n...«

Wieder fuhr die Hand durch die Luft. »Die Frage muss wahrscheinlich lauten, *wann* du es mir gesagt hättest. Wenn sie erst einmal auf einem Boot ist und von Leuten weggebracht wird, die ich nicht kenne?«

Endlich begriff er. »Nein. Ich hätte dir deine Möglichkeiten schon lange vorher dargelegt. Noch bevor wir diese Kabine wieder verlassen hätten.«

Sie lachte verbittert. »Oh, nein. Sie werden sich da nicht rauswinden, Mr. Maynard. Meine Möglichkeiten darlegen – aber klar! Ich habe keine Möglichkeiten. Nicht mehr, seit du gestern mein Leben gerettet hast, nicht wahr?«

Er öffnete den Mund und klappte ihn dann wieder zu. Hier konnte er nicht gewinnen.

Sie hob abrupt den Kopf, so dass die Haare den Nacken, den er so gerne geküsst hätte, wieder bedeckten. »Also?«, fragte sie barsch.

»Ich weiß nicht, was ich darauf sagen soll. Wenn du willst, dass ich mich dafür entschuldige, dir das Leben gerettet zu haben, kannst du lange warten.«

Sie fuhr herum und rammte ihren Stock fest genug auf den Bootsboden, dass er die Vibration spüren konnte. Ihre Lippen waren zusammengepresst, ihre Augen schmal. Und rot. Sie hatte geweint. »Dreh mir nicht das Wort im Mund um, Clay.« »Okay. Doch, du hast Möglichkeiten. Aber: Nein, viele sind es nicht. Du hast gestern Abend selbst gesagt, dass wir für Cordelia einen besseren Ort finden müssen. Noch sicherer als den hier. Deine Worte.« Er hob eine Hand. »Ich habe nur getan, was du wolltest.«

»Ohne mich in die Entscheidung einzubeziehen.«

»Dafür entschuldige ich mich. Ich dachte, du brauchtest Schlaf. Ich habe nur versucht, Rücksicht zu nehmen.«

»Na klar, was auch sonst«, presste sie zwischen den Zähnen hervor. »Bisher bist du immer so verdammt rücksichtsvoll gewesen. Rücksichtsvoll, fürsorglich, besonnen. Mein Gott, ich habe es so satt, dass ich schreien könnte.«

Mit Macht stieg der Ärger in ihm auf, und er stemmte die Fäuste in die Hüften. »Was willst du eigentlich? Soll ich dich und Cordelia mit einem Lunchpaket und Fahrgeld an der nächsten Busstation absetzen? Vielleicht mit einem Schild um den Hals, auf dem ›Töte mich!‹ steht? Dann bin ich wenigstens nicht mehr rücksichtsvoll.«

Unvermittelt machte sie einen Schritt auf ihn zu und starrte zu ihm auf. Ihre Lippen zitterten, ihre dunklen Augen schimmerten. Sie stellte sich auf die Zehenspitzen des gesunden Fußes und bohrte ihm den Zeigefinger in die Brust. »Behandle mich nicht so von oben herab!«

Clay atmete durch und gab alles, um ihre Tränen zu übersehen. »Dann hör auf, dich wie ein Kind zu benehmen und ständig Wutanfälle zu kriegen«, fuhr er sie an. »Ich nehme die Sache, dich und deine Tochter zu beschützen, verdammt ernst. Wenn dir das genauso geht, dann darfst du dich gerne beteiligen.«

Sie zuckte zusammen, als hätte er sie geschlagen, wandte sich dann aber so abrupt um, dass sie taumelte. Sie packte die Tischkante und fing sich wieder, doch ihre Finger rutschten vom Griff des Stocks, und sie bekam ihn erst in der Mitte wieder zu fassen. Nun stand sie mit dem Rücken zu ihm.

»Denkst du nicht, ich weiß, dass ich mich wie ein Kind benehme?«, flüsterte sie. »Glaubst du nicht, ich wünschte, ich könnte damit aufhören? Seit fast acht Jahren gibt es nur Cordelia und mich. Und ich habe mich um sie gekümmert, ich allein. Ohne Mann. Ohne irgendjemanden, den ich um Rat hätte fragen können.« Sie sackte in sich zusammen. »Ich hatte nur Izzy. Die sich in vielerlei Hinsicht als bessere Mutter erwiesen hat. Wer hätte das gedacht?«

»Das ist nicht wahr«, murmelte er, aber sie fuhr mit dem Stock durch die Luft, und er wich zurück.

»Was ich sagen will, ist, dass ich es eigentlich gut gemacht habe. Uns ging es gut. Jetzt ist nichts mehr gut. Alles, was ich anfasse, geht schief. Wann immer ich mich umdrehe, bedroht jemand mein Kind, um an mich heranzukommen. Glaubst du, es macht mir Spaß, Schutz zu benötigen? Glaubst du, ich will hinter kugelsicherem Glas wohnen müssen? Und wenn du jetzt ›durchschusshemmend‹ sagst, dann schlage ich dir hiermit den Schädel ein.«

»Das würde mir nicht im Traum einfallen«, gab er ruhig zurück, weil ihre Stimme tränenerstickt war.

»Danke.« Sie hielt den Atem an, dennoch konnte sie ein Schluchzen nicht unterdrücken. »Gott, ich höre mich wirklich jämmerlich an. So voller Selbstmitleid, und das ausgerechnet jetzt. Ich sollte eigentlich vor dir auf die Knie fallen und dir vor Dankbarkeit die Füße küssen. Warum muss ich so sein?«

»Vielleicht weil deine Welt im vergangenen Jahr Stück für Stück auseinandergefallen ist.«

Sie lachte, aber es klang gequält. »Ja.« Dann schwieg sie einen Moment, um sich zu sammeln. »Also. Dein Plan, von dem du mir erzählen wolltest. Ich würde gerne Details hören. Bitte.«

»Also gut. Du weißt ja von Daphnes Pferdetherapie. Sie will sie für traumatisierte Kinder, die Opfer von Gewaltverbrechen wurden, anbieten. Ich bin für die Sicherheitssysteme zuständig. Vergangene Woche haben wir den Elektrozaun fertiggestellt, der das Grundstück einfasst. Er ist drei Meter hoch, wird von Stacheldraht gekrönt und liegt so zwischen den Bäumen, dass er von Passanten nicht unmittelbar gesehen werden kann.«

»Klingt wie ein Kindergefängnis.«

»Soll aber potenzielle Gewaltverbrecher draußen halten. Wir haben auch ein schweres Tor, wie man es von Kasernen oder Militäranlagen kennt. Daphne hat sich eins mit Schnörkeln ausgesucht, damit es nicht bedrückend wirkt.«

»Das sieht ihr ähnlich«, sagte Stevie mit trauriger Zuneigung. »Ist es rosa gestrichen?«

Er lächelte erleichtert. »Das dann doch nicht. Irgendwo musste ich eine Grenze ziehen. Heute wird Alec die restlichen Kameras installieren, und wir richten ein Kontrollzentrum sein. Morgen kommen Bewegungsmelder hinzu, und wir statten Maggies Haus mit neuen Sicherheitstüren aus. Kein kugelsicheres Glas, tut mir leid. Das ist bestellt, wird aber erst in ein paar Wochen geliefert.«

»Klingt gut. Wer besetzt das Kontrollzentrum?«

»Zu Anfang Alec und Paige. Wenn wir weitere Unterstützung brauchen, steht mein bester Freund, Ethan Buchanan, schon in den Startlöchern. Er kommt mit dem nächsten Flug aus Chicago, ich muss ihn nur anrufen.«

»Einfach so? Du rufst an, und er kommt?«

»Ich habe so was auch schon für ihn gemacht. Und würde es von jetzt auf gleich wieder tun.«

Sie nickte. »Okay. Ich will ja nichts sagen, aber auch Silas Dandridge war einer meiner besten Freunde. Woher soll ich wissen, dass dein bester Freund Ethan zuverlässig und vertrauenswürdig ist?«

»Ich kann dir Referenzen nennen. Einen Sozialarbeiter, einen Familienanwalt, einen Professor, eine Psychiaterin, einen Feuerwehrmann und ein halbes Dutzend Cops. Du kannst jeden davon anrufen und nachfragen.«

»Und wenn es mir nicht behagt, meine Tochter in die Obhut von Mr. Buchanan zu geben?«

»Dann tun wir es nicht«, sagte er. »Oder du gehst mit ihr. Oder sie bleibt hier bei meinem Vater und Emma. Oder du wählst eine von den Optionen und baust deine Eltern und Izzy mit ein.«

»Warum hast du das überhaupt so geplant? Ich weiß, dass ich gesagt habe, ich wolle einen anderen Ort für Cordelia, aber in dem Moment hat vor allem meine Angst gesprochen. Warum sollen wir das Risiko eingehen, sie anderswohin zu bringen?«

»Weil dich über kurz oder lang jemand mit mir und diesem Haus in Verbindung bringen wird. Mein Vater ist als Hausbesitzer eingetragen, und auch wenn sein Name nicht auf meiner Geburtsurkunde steht, kann man mit ein bisschen Mühe eins und eins zusammenzählen.«

»Aber vielleicht sucht ja niemand mehr nach mir. Vielleicht hat die Person, die hinter allem steht, erkannt, dass sie nichts dabei gewinnt, wenn sie mich umbringt. Inzwischen wissen zu viele Leute über den Korruptionsfall Bescheid.«

»Glaubst du das wirklich?«

Stevie senkte niedergeschlagen den Kopf. »Nein. Bis wann muss ich entscheiden, ob ich Cordelia wegbringen lassen will?«

»Zumindest nicht gleich. Josephs Leute passen vorne zur Straße hin auf. Sie geben uns sofort Bescheid, wenn sich ein Verdächtiger dem Haus nähert. Sie kann bis in alle Ewigkeit hierbleiben, vorausgesetzt, niemand entdeckt die Verbindung zwischen uns und diesem Ort.«

»Aber falls ja, ist es zu spät, um sie herauszuholen.«

»Nicht wenn wir sie übers Wasser rausschaffen, weswegen Lou ursprünglich morgen mit ihrem Boot herkommen wollte. Aber, Stevie, wenn du nicht willst, dass Cordelia woandershin gebracht wird, dann geschieht es eben nicht. Die Farm kann unser Plan B sein.«

»Das klingt nach einer guten Lösung. Die Farm ist ein wunderbarer Plan B, und die Pferde werden ihr guttun. Gerade jetzt, wo der Druck immer stärker wird. Wie ist der weitere Ablauf geplant?«

»Wenn sie so weit ist, wird Paige mit Graysons Escalade zu Lous Haus fahren, das ebenfalls einen Anleger hat. Graysons Escalade ist mit denselben Scheiben ausgestattet wie Josephs.«

»Die, laut Joseph, nur dann noch stabiler sein könnten, wenn man auf der Pennsylvania Avenue wohnt«, bemerkte Stevie trocken. »Schon kapiert.«

»Cordelia kennt Paige, sie muss also keine Angst haben. Paige wird Lou um vier Uhr dreißig am Morgen – an welchem Morgen auch immer – treffen, so dass sie den Schutz der Dunkelheit nutzen können. Lou bringt ihr Boot her, lädt Cordelia ein und fährt zurück, so dass alles noch vor Sonnenaufgang erledigt ist. Cordy wird pünktlich zum Frühstück auf der Farm sein, und Maggies Waffeln sind fast so gut wie meine.«

Ihre Schultern hatten sich leicht versteift, als er Lou erwähnt hatte, aber als sie sprach, klang ihre Stimme überaus vernünftig. »Das hört sich wirklich nach einem guten Plan an. Danke, Clay.«

»Es tut mir leid, dass ich es dir nicht sagen konnte, bevor Lou es getan hat. Sie ist ... na ja. Feingefühl ist nicht gerade ihre starke Seite.« Er probierte vorsichtig, ihr eine Hand auf die Schulter zu legen, und war ungemein erleichtert, als sie ihn nicht abschüttelte. »Ich hätte vorhersehen müssen, dass eine solche Situation gerade für dich besonders hart ist.«

Sie verharrte. »Wieso gerade für mich?«

»Weil du daran gewöhnt bist, das Sagen zu haben.«

Ihr selbstironisches Lachen ließ ihn zusammenzucken. »Mit anderen Worten, ich bin ein herrisches Miststück.«

»Das habe ich nicht gesagt.«

»Schon gut. Es stimmt ja. Ich nehme an, Feingefühl ist auch nicht gerade meine Stärke. Na ja, wenigstens kann man sagen, dass du dem Frauentyp, auf den du stehst, treu bleibst.« Sie kniff sich in den Nasenrücken. »Gott, habe ich das wirklich gerade gesagt? Das war echt miststückmäßig. Und unfair. Entschuldige, Clay.«

Er zog die Brauen hoch. »Höre ich da einen Hauch Eifersucht heraus?« Das gefiel ihm mehr, als er zugeben durfte.

»War das nicht der Zweck der Übung?«, gab sie zurück, was er nicht leugnen konnte.

»Ja, das wird vermutlich Dads Absicht gewesen sein. Nach dem Motto: Schau doch, was du dir da entgehen lässt.«

»Sie war deine Verlobte.«

Er hörte ihre Frage, obwohl sie eigentlich keine gestellt hatte.

»Sie hat sechs Wochen vor unserem Hochzeitstermin Schluss gemacht, weil ihr bewusst wurde, dass wir einander nicht so liebten, wie es ihrer Meinung nach für eine Ehe richtig wäre. Schließlich hat sie einen Arzt geheiratet und ist sehr glücklich mit ihm. Als es mit unserer Beziehung aus war, dachte ich die ganze Zeit, ich müsste eigentlich viel trauriger sein, erkannte aber schließlich, dass ich vor allem erleichtert war, weil sie recht gehabt hatte.

Sie hatte es nur vor mir kapiert und besaß darüber hinaus den Mut, es auszusprechen und entsprechend zu handeln.«

Stevie sagte nichts, aber als er sich etwas nach rechts neigte, um ihr Profil zu sehen, biss sie sich auf die Unterlippe. Am liebsten hätte er das für sie getan. Stattdessen begann er, ihr sanft die Schulter zu kneten.

»Was ist denn los, Stevie?«

»Ich weiß nicht. Ich möchte gerne glauben, dass ich ihr am liebsten das Gesicht zerkratzt hätte, weil sie sich mir gegenüber so extrem zickig benommen hat. Denn das hat sie.«

Er beugte sich vor, so dass sie seinen Atem in ihrem Nacken spüren konnte. Ihr Schaudern tat seinem Ego verdammt gut.

»Stimmt. Aber?«

»Kein Aber. Jedenfalls keins, auf das ich ein Recht hätte«, fügte sie kaum hörbar hinzu.

Er hätte gerne seine Faust gen Himmel gestoßen und seinen Sieg herausgebrüllt, stattdessen strich er ihr mit den Lippen über die Haut und bat leise: »Weiter. Sag mir, was du sagen willst.« Er küsste ihre Schulter. »Hier sind nur du und ich.«

»Das ist es ja, was mir Angst macht«, murmelte sie und ließ ihren Kopf nach hinten gegen seine Brust sinken.

»Tu mir den Gefallen und sag's mir trotzdem«, drängte er und ließ seine Hände an ihren Seiten herabgleiten. Während er mit weiteren zarten Küssen ihre Schulter und ihren Hals aufwärts wanderte, schob er seine Hände nach vorne und ließ sie auf ihrem Bauch ruhen. »Du wolltest ihr das Gesicht zerkratzen. Warum?«

»Na ja, nicht wirklich zerkratzen«, sagte sie mit belegter Stimme. »Eine Ohrfeige hätte gereicht.«

»Weil wir mal verlobt gewesen sind?«

Sie hob die Schultern. »Es ist die Vertrautheit. Die Nähe. Augenblicke, die man nur mit dem anderen teilt. Dinge, die man sich bei anderen nicht vorstellen will, wenn man ... Ich meine, sie weiß, wie du aussiehst, wenn ...« Sie wandte abrupt den Kopf zur Seite und entzog sich seinen Lippen. »Wir haben über ein

Jahr zusammengewohnt, Stevie. Wir haben miteinander geschlafen. Das kann ich nicht rückgängig machen. Und das würde ich auch gar nicht wollen. Sie gehört zu meiner Vergangenheit.«

»Und zu deiner Gegenwart.«

Er spürte, wie sich der Fortschritt, den er gemacht hatte, in nichts auflöste. »Ja. Wir sehen uns ab und zu – sowohl zu beruflichen als auch zu privaten Anlässen. Wenn dich das stört, tut es mir leid.«

Sie drehte sich ganz plötzlich zu ihm um und blickte in seine Augen. »Das sollte dir nicht leidtun. Was ich fühle, ist mein Problem, nicht deins. Und ich habe kein Recht dazu.«

»Wozu? Was fühlst du, Stevie?«

Sie sah wieder weg und schloss die Augen, während ihr das Blut in die Wangen stieg. »Verdammt, Clay, ich habe auch eine Vergangenheit. Ich hatte einen Mann. Ich hatte jemanden, mit dem ich intime Augenblicke geteilt habe. Das ist es, was ich meinte. Genau auf diese Art werde ich dir zwangsläufig weh tun. Ich will von dir, was ich selbst dir nicht geben kann.«

»Was fühlst du?«, wiederholte er.

»Lass mich los. Bitte.«

Sofort ließ er die Arme an seine Seiten fallen und trat einen Schritt zurück. »Was fühlst du, Stevie?«, beharrte er leise.

Sie lachte unfroh. Voller Selbsthass. »Dass ich die schlechteste Mutter auf dieser Erde bin. Bevor du zurückgekommen bist, habe ich keinesfalls darüber nachgedacht, dass Cordelia an einen Ort gebracht werden müsste, wo sie noch sicherer ist als hier. Ich habe darüber nachgedacht, dass ich Sheriff Moore nicht ausstehen kann. Weil sie ein Miststück ist. Weil sie mich zusammengestaucht hat. Und weil sie recht gehabt hat.« Es folgte eine lange Pause. Dann, als Clay schon glaubte, sie würde nicht weitersprechen, flüsterte sie: »Aber vor allem, weil sie mit dir zusammen gewesen ist.«

Sie fasste ihren Gehstock und setzte sich in Richtung Treppe in Bewegung, aber er war bei ihr, bevor sie den ersten Schritt gemacht hatte. »Stevie!« Er packte ihren unverletzten Arm, und seine Stimme war laut und barsch. »*Was fühlst du?*«

Ihr Blick flog funkensprühend zu ihm auf. Trotz. Lust. Was zuvor immer nur kurz aufgeblitzt war, traf ihn nun mit voller Wucht. »Ich will dich, okay?«, knurrte sie ihn an. »Seit ich dir zum ersten Mal begegnet bin. Bist du jetzt zufried...«

Seine Lippen prallten auf ihre. Hart. Nicht liebevoll, nicht zärtlich, nicht raffiniert. Einfach nur mit roher, purer Lust. *Ob ich jetzt zufrieden bin? Ganz bestimmt nicht! Aber bald, das verspreche ich dir.*

Er hatte es gewusst. Hatte gewusst, dass auch sie ihn wollte. Und er wollte sie schon so lange, so verdammt lange.

*Langsam*, meldete sich eine leise Stimme in seinem Kopf zu Wort. Er ignorierte sie. Oder versuchte es zumindest.

*Tu das nicht. Nicht so. Nicht mit ihr. Sie wird dir das nicht verzeihen.* Er versuchte, sich von ihr loszumachen, solange er wenigstens noch über ein Fünkchen Selbstbeherrschung verfügte, doch auch das schien langsam zu erlöschen.

Aber dann fiel ihr Stock klappernd zu Boden, als sie seine Jacke mit beiden Händen packte und ihn zu sich herabzerrte, und als sie ihn küsste, geschah es mit derselben Begierde, derselben Wildheit, die er in sich selbst spürte.

Zum Teufel mit der Selbstbeherrschung! Er packte ihr Hinterteil mit beiden Händen, hob sie hoch und drängte sie blind an die Tür am Fuß der Stiege. Er legte sich ihr gesundes Bein um seine Hüfte und stieß hart und rhythmisch gegen sie. Rieb sich an ihr.

Sie schlang einen Arm um seinen Nacken, presste die Ferse in die Rückseite seines Oberschenkels, um sich besser abzustützen, und begegnete seinen Stößen mit gleicher Dringlichkeit. Hier gab es kein Probieren, kein Erforschen, keine prickelnde Langsamkeit. Später. Das würde später kommen. Jetzt ging es nur um die prompte, animalische Erfüllung körperlichen Verlangens.

»Mein Gott, Stevie. Ich will ...« Heisere, harsche Worte, hervorgestoßen zwischen hastigen Küssen an der Grenze zwischen

Lust und Schmerz. »Ich will so vieles mit dir machen ... In dir. Ich will in dir sein. Jetzt sofort.« Er schlang sich ihre Haare um seine Finger und lehnte sich ein Stück zurück, um ihr in die Augen sehen zu können. Sosehr ihm seine Lust den Verstand vernebelte, wusste er doch, dass er sich vergewissern musste. Vergewissern, dass sie es auch wollte. »Sag ja.«

Einen Moment lang sah sie ihn schwer atmend an. Dann nickte sie grimmig. »Ja.«

# 13. Kapitel

*Wight's Landing, Maryland*
*Sonntag, 16. März, 11.50 Uhr*

*Ja.* Stevie hatte endlich ja gesagt. Clay machte sich wieder über ihren Mund her, packte ihr Hinterteil und stützte sie mit einer Hand, während er mit der anderen die Tür abschloss. Sein Blut kochte, und er spürte, wie sich ein Orgasmus in ihm aufzubauen begann. *Verdammt noch mal, noch nicht.*

Bett. Er brauchte ein Bett für sie. Zum Glück hatte er eins, das sich nur wenige Schritte entfernt befand. Er ließ sich auf ein Knie nieder und legte sie behutsam auf die Matratze, schob dann ihr T-Shirt hoch und nestelte am Verschluss ihres BHs zwischen ihren Brüsten. Sie schob seine Hände weg, öffnete den Verschluss selbst, zog sich BH und T-Shirt über den Kopf und warf beides auf den Boden. Dann überraschte sie ihn, indem sie auch ihm das T-Shirt über den Kopf zog.

Eine Weile verharrte er über sie gebeugt und starrte auf sie herab. Genoss den Anblick dessen, was er sich bisher nur hatte vorstellen können. Sie war zart gebaut. Perfekt gebaut.

Er ließ den Kopf sinken, nahm eine Brustspitze in den Mund und saugte ausgiebig daran. Sie schrie auf und hob unwillkürlich die Hüften, was ihm ein tiefes Stöhnen entlockte. *Für sie ist es Jahre her. Viel zu lange Jahre. Mach langsam. Sieh verdammt noch mal zu, dass du es langsamer angehst.*

Aber er selbst war zu gierig. Auch er hatte lange gewartet. Hatte schon beinahe die Hoffnung aufgegeben. Er saugte an der anderen Brustspitze, und sie schob ihm die Finger ins Haar und zog seinen Kopf noch weiter zu sich. Flüsternd, ungeduldig flehte sie ihn an, während ihre Hüften sich unablässig gegen ihn drängten. Er stützte sich leicht auf eine Seite, so dass er ihre Jeans aufknöpfen konnte, während er nicht aufhörte, ihre Brüste zu bearbeiten. »Hübsch«, murmelte er anerkennend und zog ihr die Jeans über die Hüfte herab.

Stevies Augen waren geschlossen, ihr Kopf zurückgeworfen. Ihren Lippen, vom Küssen geschwollen, entrang sich ein Keuchen, der Puls an ihrem Hals flatterte. »Ich kann dich riechen«, flüsterte er. Sie schauderte und leckte sich über die Lippen, sagte jedoch nichts. »Bist du nass?«, murmelte er.

Sie zögerte, dann nickte sie.

So leicht wollte er sie nicht davonkommen lassen. »Wie nass bist du, Stevie?« Er fuhr mit der Zunge über ihre Kehle und lachte leise, als sie ihm erneut die Hüften entgegenhob. Er wollte ihr gerne geben, wonach sie sich sehnte, aber er wollte, dass sie bei ihm war. Musste wissen, dass sie wirklich bei ihm war. »Sag's mir, Süße. Wie nass bist du?«

Sie schlug die Augen auf, und ihr wütendes Funkeln entlockte ihm ein Grinsen. »Sehr«, sagte sie mit warnendem Unterton, dann fügte sie flehend hinzu: »Spiel nicht mit mir. Bitte.«

Mit zitternden Fingern strich er über den Spitzenbund ihres ansonsten schlichten schwarzen Höschens. Ein Höschen mit einem vielsagenden dunklen Fleck, wo ihre Lust den Stoff durchweicht hatte. *Gott.* »Wenn ich dich berühre, kommst du dann für mich?« Ihr Schlucken war hörbar. »Ja.«

Er fuhr mit dem Finger unter die Spitze und schluckte selbst hörbar, als er rauhes, lockiges Haar ertastete. Er schob den Finger zwischen ihre Schamlippen und spürte ihre Nässe. Sie war bereit. Bereit für ihn. *Ich könnte mit einem einzigen Stoß in sie eindringen, ohne ihr weh zu tun.*

*Mach verdammt noch mal langsamer.* »Ich will dich sehen«, flüsterte er. »Zieh das aus.«

Ohne ein weiteres Wort streifte sie Schuhe und Jeans ab, schob den Slip bis zu den Knien und zog ihr gesundes Beine heraus, dann folgte das verletzte.

Und dann war sie nackt. *Endlich.* Sein Herz hämmerte so hart, dass ihm schwindelig wurde. *Endlich habe ich sie nackt in meinem*

*Bett.* Sie war wunderschön. Sexy. Noch schärfer als in seinen besten Phantasien. Er hielt den Atem an und schob einen Finger in sie. Tief. So nass.

Beinahe wäre er in diesem Moment gekommen.

Sie stieß ein Wimmern aus und bewegte ungeduldig ihre Hüften. »Hör auf, mit mir zu spielen.«

Er beobachtete ihr Gesicht, während er seinen Finger immer schneller, fester in ihr bewegte. Sie hatte die Augen zugekniffen, die Fäuste geballt. Ihre Zähne gruben sich in ihre Unterlippe, als sie den Rhythmus aufnahm und seinen Bewegungen begegnete.

»Mehr. Bitte.«

Er nahm einen zweiten Finger, und sie stöhnte. Er war froh, dass er seine Jeans noch nicht ausgezogen hatte, obwohl seine Erektion schmerzhaft pochte. Doch sobald er seine Kleidung los war, wäre er in ihr, und er hatte keine Ahnung, wie lange er sich dann noch zurückhalten konnte. Sie aber brauchte Zeit.

»Schneller«, flüsterte sie. »Bitte. Es ist so lange her.«

*Guter Gott!* In der Gewissheit, dass sein Schwanz nun für ewig einen Reißverschlussabdruck besaß, gehorchte er, nahm seinen Daumen dazu und biss die Zähne zusammen, als sie den Rücken durchbog. Sie kam mit einem tiefen, erstickten Stöhnen, und seine Finger spürten jede einzelne Kontraktion. Er schloss die Augen und stellte sich vor, wie diese Kontraktionen seinen Schwanz drückten. *Gleich. Nur noch einen kleinen Moment.*

Sie sackte aufs Bett zurück, und ihre Brust hob und senkte sich heftig, als sie nach Luft rang. Langsam entspannte ihr Körper sich, die Fäuste lösten sich, die Finger erschlafften. »Mein Gott«, stieß sie mit einem Atemzug aus. »Ich hatte vergessen, wie gut sich das anfühlt. Danke.« Und dann fasste sie ihn endlich an, fuhr mit einer Hand über seinen Bauch und strich über seine Brust, während die andere sich über seine Erektion in der Jeans legte. Er schnappte nach Luft, und sie grinste spitzbübisch.

»Wieso hast du denn noch was an?«

Mit zitternden Händen zerrte er am Hosenknopf, zog den Reißverschluss sehr vorsichtig auf und wand sich aus den Jeans.

Und dann schob er sich auf sie, die Hände in ihrem Haar, sein Mund auf ihrem und seine Erektion zwischen ihren Schenkeln. *Sie gehört mir. Stefania.* Ihr Taufname, den sie nie benutzte, mit dem er sie erst einmal angesprochen hatte. Zumindest in der Realität. In seiner Phantasie hatte er diesen Namen schon unzählige Male gemurmelt, wenn er sich in ihr bewegt hatte. Wenn er ihr gesagt hatte, dass er sie liebte. Denn in seiner Phantasie hatte auch sie ihm die magischen Worte schon oft gesagt.

Aber jetzt ... brauchte er keine Phantasie. Sie war real. Sie war hier. Sie war sein. *Mein.* Er positionierte sich, um in sie einzudringen. *Sie ist mein.*

Mit Mühe löste sie ihren Mund von seinem. »Clay, warte.«

Er fuhr auf, als habe er einen Stromstoß bekommen. »Was?«

»Wir müssen uns schützen«, sagte sie eindringlich. Fast verzweifelt.

»Ich bin negativ getestet«, presste er hervor und hörte, dass er ebenso verzweifelt klang.

»Und ich habe acht Jahre lang in Keuschheit gelebt«, fuhr sie ihn an. »Aber ich nehme keine Pille.«

Insgeheim fand er den Gedanken, dass Stevie von ihm schwanger werden könnte, großartig. Aber natürlich war das im Augenblick viel zu früh und viel zu viel.

*Ich will jetzt nur in ihr sein.* Er fluchte erneut und hoffte inständig, dass sich in der Nachttischschublade noch vom letzten Mal, als er eine Frau hier in diesem Bett gehabt hatte, Kondome befinden würden, und seine Schultern sackten vor Erleichterung nach vorne, als seine Finger mehrere in Folie eingeschweißte Kondome ertasteten. Ein rascher Blick auf das Verfallsdatum, und sein Herzschlag setzte wieder ein. »Noch gültig. Wir haben Glück.«

»Na, Gott sei Dank. Ich dachte schon, wie müssen wieder aufhören, bevor ich alles habe aufholen können.«

Clay streifte sich ein Kondom über, widmete sich dann wieder ihr und leckte über die Abdrücke, die ihre Zähne in der Unterlippe hinterlassen hatten. Sie schauderte. »Keine Chance.« Er griff zwischen sie, um sich zu vergewissern, dass sie bereit für ihn war. »Ich habe viel zu lange auf dich gewartet. Ich denke ja gar nicht daran, jetzt aufzuhören.«

»Gut zu wissen. Es ist so verdammt lange her, dass es bestimmt eine Weile dauert, die Speicher wieder aufzuladen. Oh, mein Gott.« Ihre Nägel gruben sich in seine Schultern, als er seine Erektion gegen sie presste und ihr einen Moment Zeit gab, sich daran zu gewöhnen, bevor er tief in sie eindringen würde. »Aber du bist der Aufgabe bestimmt gewachsen.«

Es brauchte eine Sekunde, bis ihre Worte durch seinen berauschten Verstand drangen, doch dann erstarrte er. »Was? Was hast du gesagt?«

Sie blinzelte. »Warum hörst du auf?«

»Was hast du gesagt?«

Stevie machte den Mund auf, dann schloss sie ihn wieder. »Keine Ahnung. Weiß ich nicht mehr. Dass es lange her ist? Das wusstest du doch. Du wusstest, dass ich seit Paul mit niemandem mehr zusammen war.«

Ihre Augen blickten verwirrt, und Clay fühlte sich wie ein Schuft. Aber er musste es wissen. »Nicht das. Du hast etwas von einem Speicher gesagt.« Aber es war Lous Stimme, die so laut und unüberhörbar wie eine Kirchenglocke in seinem Kopf widerhallte. *Du verdienst lebenslänglich. Nicht nur jemanden, der seinen Speicher wieder auffüllen will.*

Die Verwirrung wich Begreifen. »Ich glaube, ich sagte, dass es eine Weile dauern wird, die Speicher wieder aufzuladen. Das sollte dich eigentlich nicht so sauer machen. Was ist denn los?« Er stützte sich auf und spannte die Schultern an, so dass ihre Nägel abglitten. Gekränkt sah sie zu ihm auf, aber er musste es wissen. »Warum bist du hier, Stevie? Ich meine jetzt, mit mir?« Sie starrte ihn verärgert an, und als sie sprach, triefte ihre Stimme vor Sarkasmus. »Na ja, wir sind im Bett. Ich bin nackt, du bist nackt, du liegst auf mir drauf und hast ein Kondom übergestreift. Wenn das mal nicht bedeutet, dass ich hier bin, um mit dir zu schlafen. Was ist bloß los mit dir, Clay?«

*Du hast lebenslänglich verdient.* So vermessen Lous Kommentare gewesen waren, sie hatte recht. »Und danach?«

»Nach dem Sex? Keine Ahnung. Wir gehen zurück ins Haus deines Vaters und tun so, als wäre nichts gewesen. Was willst du von mir hören?«

*Dass du mich liebst.* Aber das tat sie nicht. Clay schloss die Augen. »Wir machen einen Fehler.«

Er hievte sich vom Bett. Von ihr. Mit gespreizten Beinen blieb sie liegen, reglos, und starrte schockiert und mit offenem Mund zu ihm auf. Als er sich zum Gehen wandte, kam plötzlich Leben in sie, und sie fuhr hoch und packte zornig seinen Arm.

»Oh, nein. Du haust jetzt nicht einfach ab, Kumpel. Du hast mich hierzu gedrängt. Hast nicht lockergelassen. Hast mich verdammt noch mal *zum Heulen* gebracht! ›Was fühlst du, Stevie? Was *fühlst* du?‹«, ahmte sie ihn voller Verachtung nach.

»Du manipulierst mich so weit, bis ich zugebe, dass ich dich begehre, zerrst mich aufs Bett, als wärst du rasend vor Lust, bringst mich zum Orgasmus und dann – *was*? Bist du plötzlich sauer deswegen? Was ist los mit dir, hast du nicht alle Tassen im Schrank?«

»Nein«, sagte er ruhig. »Ich bin nur ein Dummkopf, der sich etwas so sehr gewünscht hat, dass er sich irgendwann einreden konnte, er hätte gehört, was er hören wollte. Du hattest von Anfang an recht: Das hier kann nicht funktionieren.«

Sie sog die Wangen ein und richtete ihren Blick betont auf seine Körpermitte. »Tja, dann solltest du mal ein ernstes Gespräch mit deinem besten Stück führen. Das meint nämlich, es will mich immer noch.«

Clay wurde rot. Er musste nicht nach unten blicken, um zu wissen, dass er noch immer steinhart war. »Eine kalte Dusche sollte das Problem beheben. Wenn du einen Moment wartest, helfe ich dir zum Haus zurück.«

Damit löste er behutsam ihre Finger von seinem Arm, ging in das kleine Bad und schloss die Tür hinter sich ab.

*Sonntag, 16. März, 12.20 Uhr*

*Der spinnt doch. Der Mann ist ein Irrer. Ein total bescheuerter Irrer.*
Stevie hievte sich rückwärts vom Boot auf den Steg und landete auf ihrem Hinterteil – nicht gerade würdevoll, aber sicherer, als es auf ihren Beinen zu versuchen. Zumal die noch immer zitterten.

Sie zitterte am ganzen Körper. Für ein paar Minuten dort unten in der Kabine hatte sie sich gefühlt, als sei sie ... ganz normal. Ja, sie hatte sich so ... so *normal* gefühlt. So lebendig. Sie hatte nicht einmal gemerkt, was sie gesagt hatte. Er jedoch hatte ihr ganz genau zugehört. Um irgendetwas in ihre Worte hineinzuinterpretieren, das sie nicht verstand. Herrgott, der Mann hatte wirklich nicht alle Tassen im Schrank.

*Und du bist eine Vollidiotin, Stevie Mazzetti. Eine verdammt blöde Kuh.*

Sie umklammerte ihren Stock, hängte sich den Rucksack über eine Schulter und kämpfte sich auf die Füße. Dann blickte sie auf ihr Handy. Sie war über zwei Stunden hier draußen gewesen. Sie wusste nicht einmal mehr, wozu sie ursprünglich hergekommen waren.

*Wir wollten miteinander schlafen.*

*Davor*, dachte sie säuerlich. Davor war vor allem sie dumm genug gewesen, sein Gesicht zu berühren. Sie setzte sich in Bewegung, das Ende des Stegs fest im Blick. Jeder Schritt zum Haus war ein Schritt weiter weg von diesem irren Kerl. Der so verdammt gute Gefühle in ihr erzeugt hatte.

*Denk nach, Mazzetti.* Tony Rossi, korrupter Cop, war von J.D. niedergeschossen worden, nachdem er eine Polizistin abgeknallt und auf ein Bett gefeuert hatte, in dem er Cordelia vermutete.

*Okay.* Das war der Eimer mit Eiswasser gewesen, den sie gebraucht hatte.

*Der Schutz deines Kindes hat oberste Priorität.* Clay Maynard kannst du später noch hassen.

Der Anruf bei Danny Kersey. Dem Obdachlosen Richard

Steel wird der Mord an dem Mädchen angehängt ... Tracy Gardner. Verdächtig: ihr Freund. Sie runzelte die Stirn. Eddie Ginsberg.

*Jetzt fällt es mir wieder ein.*

Scott Culp. Sie verengte die Augen. Rossis Partner. Inzwischen Mitarbeiter der Dienstaufsicht. *Er hatte Rossi die Adresse des sicheren Hauses durchgegeben.* Dessen war sie sich sicher. Sie musste es nur noch beweisen.

Am Ende des Stegs blieb sie stehen. Der hölzerne Weg, den Tanner am Morgen für sie ausgelegt hatte, war schon mit einer dünnen Schicht Sand bedeckt. Konzentriert ging sie Schritt für Schritt über die rutschigen Planken. Ein Sturz würde ihrem Selbstwertgefühl im Augenblick einen tödlichen Hieb versetzen.

Endlich hatte sie das Tor erreicht und ertappte sich dabei, wie sie auf die Schaukel auf der Veranda starrte. Hier hatte Clay sie gestern Abend in den Armen gehalten. Und sie weinen lassen.

*Genug geheult.* Sie zwang sich, sich auf die Schaukel zu setzen. *Wie wär's, wenn du zur Abwechslung mal wieder die Polizistin gibst!*

Sie wählte J.D.s Nummer und war erleichtert, als er sofort abnahm.

»Alles okay mit dir?«, fragte er.

*Ganz und gar nicht. Noch nicht einmal annähernd.* »Ja, danke, mir geht's gut. Hör zu, ich hab was für dich.«

Sie erzählte ihm von dem Telefonat mit Kersey. Als sie Culp erwähnte, stieß J.D. einen Pfiff aus.

»Culp ist bei der IA«, sagte er. »Er ist nur dem ganz großen Boss unterstellt.«

»Ja, das weiß ich. Kersey meint, Rossi und Culp hätten vor Jahren etwas laufen gehabt. Etwas, das es Rossi ermöglichte, ein dickes Bündel Scheine mit sich rumzuschleppen.«

»Aber wenn wir Culp zur Rede stellen, wird er einfach alles leugnen.«

»Ich weiß. Kannst du mir einen Gefallen tun?«

»Klar.«

»Kannst du Culp ausfindig machen und dafür sorgen, dass er die Stadt nicht unbemerkt verlässt?« Falls er das nicht bereits getan hatte. *Wenn er abgehauen ist, während ich Zeit mit Clay verschwendet habe* ... Stevie atmete tief durch, um sich zu sammeln. Damit konnte sie sich auseinandersetzen, wenn es nötig wurde. »Ich will mit ihm reden. Ich will sehen, wie er reagiert, wenn er mich sieht. Ich komme in die Stadt zurück. Sag mir einfach, wo wir uns treffen können.«

»Was ist mit Hyatt?«, fragte J.D. zögernd. »Sagen wir es ihm oder nicht? Du entscheidest.«

Stevie biss sich auf die Lippe. »Wie wär's, wenn wir ihn anrufen, sobald du bei Culps Adresse angekommen bist? Wenn Culp dann abzuhauen versucht, wissen wir, dass Hyatt ihn gewarnt hat und dass wir in größeren Schwierigkeiten stecken als bislang angenommen.«

»Okay, kommt mir ganz vernünftig vor. Was passiert mit Cordelia?«

»Ich lasse sie bei Emma und Tanner. Im Augenblick ist sie hier in Sicherheit, und es ist geplant, sie an einen anderen sicheren Ort zu bringen, falls unser Aufenthalt hier nicht mehr geheim sein sollte.« Sie hatte nicht vor, das Kind mit dem Bade auszuschütten. Sie war unendlich wütend auf Clay Maynard, aber sein Plan hatte sich gut angehört. »Ich fahre selbst in die Stadt zurück und treffe dich bei Culp.«

»Und Clay?«, fragte J.D. ruhig.

»Er ist ein großer Junge«, fauchte sie. »Er findet auch allein den Weg nach Hause.«

Eine Pause. »Okay. Ruf mich an, wenn du dich der Stadt näherst. Tust du mir auch einen Gefallen?«

»Klar.« Es sei denn, er fragte sie nach Clay.

»Nimm Josephs Escalade. Ich will nicht, dass dich noch mehr Kugeln treffen.«

»Da sind wir schon zwei.« Stevie legte auf und sah über die Schulter, als die Haustür aufging und Emma herauskam. In ihrer Wollhose, der Seidenbluse und dem weichen Schal, den sie kunstvoll um ihre Schultern drapiert hatte, sah sie wie immer äußerst elegant aus. »Emma. Gut, dass ich dich sehe.«

»Richtig. Und du weißt gar nicht, wie gut es ist.« Emma nahm sich den Schal ab, wand ihn um Stevies Hals und zupfte ihn zurecht. »So. Das müsste gehen.«

»Passt nicht zu meinem Lässig-Chic«, sagte Stevie trocken.

»Beißt sich mit meinem T-Shirt.«

»Mag sein. Verdeckt aber den Knutschfleck, damit du an deiner Tochter vorbeikommst, die in diesen vier Wänden sitzt.« Sie deutete aufs Haus.

Stevie riss die Augen auf und legte sich unwillkürlich die Hand auf den Hals. »Willst du mich auf den Arm nehmen?«

Emma bedachte sie mit einem Blick milder Verzweiflung. »Oje, du hast es nicht gewusst. Hast du geschlafen, als es passierte?«

Sie presste die Kiefer aufeinander. »Ich verfluche diesen Kerl. Woher wusstest du es?«

»Ich habe das Ding gesehen. Als du auf dem Anleger standest.« Stevie bedachte sie mit einem finsteren Blick. »Du nimmst mich auf den Arm, es sei denn, du spionierst mit dem Fernglas anderen Leuten nach.«

»Ich hatte ein Fernglas, aber ich wollte ursprünglich Möwen beobachten«, entgegnete Emma grinsend, während Stevie ein paar Verwünschungen ausstieß.

»Weiß Tanner auch Bescheid?«, fragte sie ungehalten.

»Von wem, denkst du wohl, hatte ich das Fernglas? Aber Cordelia hat nichts mitbekommen. Er hat sie mit den Welpen abgelenkt.«

»Na, wenigstens das. Und bitte, lieber Gott, lass mich einen Rollkragenpullover eingepackt haben.«

»Falls nicht, kannst du dir einen von mir leihen. Wohin willst du?«

Stevie hatte sich aus der Schaukel erhoben. »Mich umziehen und dann zurück nach Baltimore. Ich habe eine Spur.«

*Sonntag, 16. März, 12.20 Uhr*

Die kalte Dusche hatte nicht geholfen. Dabei war sie wirklich kalt gewesen. Clay blickte zornig auf seine Erektion herab. Was war eigentlich mit ihm los, dass er immer nur Frauen nachjagte, die ihn nicht wollten?

Stevie war nicht die Erste. Nicht einmal Lou war die Erste gewesen, obwohl Clay nicht sicher war, ob sie es verdient hatte, mit den anderen beiden in einen Topf geworfen zu werden. Die Erste war die Schlimmste gewesen. Hatte er zumindest bisher geglaubt. Nach ihr hatte es nur besser werden können. Hatte er geglaubt.

Seine Ex-Frau war eine verwöhnte, verhätschelte Berufstochter gewesen, von der Clay ernsthaft geglaubt hatte, dass sie eines Tages erwachsen werden würde. Er hatte sich geirrt. In vielerlei Hinsicht. Was mehr als ein Leben ruiniert hatte.

Es hatte auch dazwischen Frauen gegeben. Nicht Unmengen, aber genug. Hübsche, nette, kluge Frauen. Frauen, die ihn begehrten. Und mehr von ihm wollten. Er hatte versucht, bei keiner falsche Erwartungen zu wecken und keiner weh zu tun. Er wusste noch all ihre Namen. Kannte noch all ihre Gesichter.

Mit gerunzelter Stirn betrachtete er den kleinen Abfalleimer vor der Dusche. Welche von den Frauen hatte wohl die Präservative in der Schublade liegen gelassen? Er konnte sich an keine Geliebte erinnern, die ein Faible für Kondome mit Schokoaroma gehabt hatte, aber ein solches hatte er eben vor der Dusche von sich gepellt.

Vielleicht war er doch kein so rücksichtsvoller Partner, wie er gedacht hatte, denn an so etwas hätte er sich eigentlich erinnern müssen. Er konnte nur hoffen, dass er alle Beziehungen mit der Rücksicht beendet hatte, die seine Partnerinnen verdient hatten. Er betete, dass keine der Frauen, die er in der Vergangenheit in sein Bett geholt hatte, mit solch einem Gefühl gegangen war, wie er es nun empfand.

*Alles, was ich mir je gewünscht habe, ist eine Familie*, dachte er müde. Überall auf der Welt und jeden Tag heirateten Leute, zeugten Kinder, zogen sie auf. Warum schaffte er das nicht?

Als er Stevie kennengelernt hatte, hatte er gewusst, dass sie diejenige war, auf die er gewartet hatte. Auch ohne Donnerschlag oder Glockenläuten. Es war einfach das Gefühl gewesen, dass bei ihr alles stimmte, und zwei Jahre lang hatte dieses Gefühl gereicht, um ihm Hoffnung auf die Zukunft zu machen. Sie war die Erste gewesen, die er wirklich und wahrhaftig für sich gewollt hatte. Und er hatte weiß Gott inständig gebetet, dass auch sie ihn wollte.

Doch es sah nicht so aus, als sei Gott in dieser Sache auf seiner Seite.

*Du hättest mit ihr schlafen sollen, als du die Chance hattest.* Er war so nah dran gewesen. Und sie hatte es gewollt. Nein, hatte sie nicht. Sie hatte es nicht wirklich gewollt. Sie hatte eher wütend resigniert. *Bist du jetzt zufrieden?*

Nein, war er nicht. *Du hättest es einfach tun sollen. Klar, und dann?* Wenn er mit ihr gevögelt hätte? In dem Wissen, dass es ihr nichts weiter bedeutet hätte als die Befriedigung eines Bedürfnisses? Der Regenschauer nach einer langen Dürrezeit? Obwohl es für ihn so viel mehr bedeutete? Er hätte sich betrogen gefühlt.

Mit dem Gefühl innerer Leere drehte er das Wasser ab. Er fühlte sich einsamer denn je in seinem Leben.

Als er sein Haar kämmte, starrte er sich im Spiegel an. Was er sah, war ein Mann mit derart trostlosen Augen, dass ihn allein der Anblick ermüdete.

Er musste sich Stevie Mazzetti irgendwie austreiben. Oder es würde ihn umbringen.

*Baltimore, Maryland*
*Sonntag, 16. März, 12.20 Uhr*

Robinette war enttäuscht. Er hatte sich richtiggehend darauf gefreut, seine Einbrecherqualitäten unter Beweis zu stellen, doch dann war Maynards Garagentür nicht einmal abgeschlossen gewesen. Genauso wenig wie die Tür zur Waschküche.

*Den würde ich garantiert nicht engagieren, wenn es um meine Sicherheit ginge.* Es bestätigte einmal mehr, was er immer schon gewusst hatte: Die größte Schwachstelle in jeder Organisation waren die Menschen, die darin lebten und arbeiteten. Das ausgefeilteste Alarmsystem auf dieser Erde nützte nichts, wenn ein Angestellter eine Tür blockierte, weil er seine Zigarettenpausen einfacher gestalten wollte. Oder wenn dieser ganz einfach vergaß, die Tür wieder zu schließen.

Mit gesenktem Kopf nahm Robinette seine Baseballkappe ab, verbarg sein Gesicht hinter dem Schirm und zog die Skimaske herab. Alles ging blitzschnell, denn er wollte kein Risiko eingehen. Selbst wenn Maynard vergessen hatte, Türen abzuschließen, war es möglich, dass er Kameras installiert hatte.

Schnell rein, schnell wieder raus. Robinette betrat von der Waschküche aus das Wohnzimmer und drehte sich langsam um sich selbst, um sich den Grundriss mit den Regalen und dem Geschirrschrank an der gegenüberliegenden Wand einzuprägen. Wenn Mazzetti nur eine Kundin wäre, würde sich ihre Akte, in der vermutlich ihr Aufenthaltsort vermerkt war, im Büro des Mannes befinden. Aber Robinette hatte sich das Video von der Schießerei im Dezember mehr als einmal angeschaut. Er hatte die Verzweiflung in Maynards Miene gesehen, als er Detective Mazzetti Erste Hilfe geleistet hatte.

Maynard war in diese Frau verliebt, weswegen Robinette zuerst hier und nicht in seinem Büro suchen wollte. Maynard würde Mazzetti nicht einfach irgendwo verstecken. Es müsste ein besonderer Ort sein. Und mehr als nur sicher.

Ein Blick in Maynards Küche bestätigte seine Schlussfolgerung. Am Kühlschrank hing eine Buntstiftzeichnung, in der Mitte zerrissen, doch so mit Magneten befestigt, dass beide Hälften zusammengefügt waren, und unter dem Bild stand in kindlicher Schrift der Name »Cordelia Mazzetti«. Maynard hängte sich Kinderkritzeleien in die Küche. Wer so was tat, den hatte es schwer erwischt.

Maynard würde Mutter und Tochter also an einem Ort unterbringen, der ihm persönlich etwas bedeutete – genauso viel wie die Beziehung. Nachdem er die Wände rasch nach einem eingebauten Safe abgesucht hatte, schaute er in Schränken und Regalen nach Stahlfächern, Ordnern oder anderen Papieren, in denen sich Grundbucheinträge, Hypotheken oder Mietverträge befinden mochten.

Und fand nichts. Denn es war bereits jemand hier gewesen. Die Polster des Sofas im Wohnzimmer waren aufgeschlitzt, die Füllung herausgezerrt worden. Die Schreibtischschubladen in Maynards Schlafzimmer lagen ausgekippt auf dem Teppich, genau wie der Inhalt aller Schränke. Überall waren Bücher und Kleidungsstücke auf dem Boden verstreut, die Matratze lag zerstochen vor dem Bett, Schaumstofffetzen bedeckten den Boden. Bilder waren von den Wänden genommen, das Glas zertrümmert, die Fotos herausgezogen und liegen gelassen worden.

Dem Chaos lag eine Ordnung, eine gewisse Methodik zugrunde. Robinette erkannte die Technik.

Westmoreland hatte die Wohnung auf den Kopf gestellt. Und beschlossen, ihm das nicht mitzuteilen. Er empfand keinen Zorn. Kein Gefühl des Verrats mehr. In diesem Augenblick trennte sich Robinette schlicht mental von einem weiteren Mitglied seines »inneren Kreises«. Westmoreland, Henderson, Fletcher ... Nun waren sie für ihn nicht bedeutender als Fremde auf der Straße.

So tickte Todd Robinette eben. Schlimm genug, dass er sich einmal übers Ohr hatte hauen lassen. Ein zweites Mal würde das nicht geschehen. Jeder, dem er vertraute, bekam genau eine Gelegenheit, es sich mit ihm zu verderben. Wer es versuchte, den entfernte er rasch und unumkehrbar aus seinem Leben, als habe es ihn nie gegeben. Und setzte sich anschließend mit dem Verrat auseinander.

Davon war niemand ausgenommen. Seine Freunde nicht und

auch nicht seine Frau, wie Julie, Gemahlin Nummer zwei, auf die harte Tour erfahren hatte. Ihre Anschuldigungen und ihr Verrat hatten es ihm vor acht Jahren leichtgemacht, sie zu töten. Aber Julies erster Mann, Rene ... er war der schlimmste gewesen. Die ärgerliche Situation, in der Robinette sich jetzt befand, hatte seinen Anfang damals bei Rene gefunden. Bei dem Mann, der einst sein bester Freund gewesen war. Er hatte ihm Levi, sein Kind, anvertraut, während er selbst im Krieg gewesen war. Und Rene hatte ihm einen Job gegeben, als er nach Hause gekommen war.

Aber es war ein mieser, elender Job gewesen. »Jeder fängt mal unten an, Todd. Du musst das Geschäft von der Pike auf erlernen, Todd.« Rene hatte ihn in einem verdammten Lager eingesetzt, wo er Schulabbrechern unterstellt gewesen war. Und als Robinette sich selbst ein Auskommen geschaffen hatte, hatte Rene ihn beschuldigt, Firmeneigentum gestohlen zu haben. Und gedroht, ihn bei der Polizei zu melden.

Und das war's gewesen. Das Ende einer Freundschaft. Robinette hatte Rene umgebracht, ohne dass er es eigentlich vorgehabt hatte. Als Julie ihm irgendwann auf die Schliche gekommen war und ihm gedroht hatte, ihn zu verpfeifen, da ...

Sie zu töten war sogar noch einfacher gewesen. Niemand drohte Todd Robinette, ohne die Konsequenzen zu tragen.

Das würde auch Stevie Mazzetti letztendlich erkennen müssen. Gestern hatte er sich noch gewünscht, er hätte sich persönlich um diese Cop-Schlampe, die seinen Sohn umgebracht hatte, kümmern können. *Und jetzt sieht es so aus, als ginge mein Wunsch in Erfüllung. Wenn ich sie erst einmal gefunden habe.*

Aber das würde er. Es musste etwas in Maynards Haus geben, das ihm verriet, wohin er sie gebracht haben mochte. Oder zumindest einen Hinweis auf jemand anderen, der Maynard etwas bedeutete. Jemand, den man vielleicht als Druckmittel einsetzen konnte, um Maynard zum Reden zu bringen.

Robinette hockte sich hin und hob die Fotos vom Boden auf, wobei er darauf achtete, dass er sie nur an den Rändern berührte.

Er traute den Forensikern alles zu. Man konnte inzwischen sogar schon Fingerabdrücke von Obst nehmen. Bestimmt war es ein Leichtes, Abdrücke durch Handschuhe zu nehmen.

Er sah die Bilder durch, bis ihm eines auffiel. Maynard und ein älterer Mann auf einem Boot. Es sah aus, als sei es kürzlich erst gemacht worden. Robinette blickte auf und sah, dass ein Bootsmodell, das anscheinend bislang auf dem Regal gestanden hatte, zerschmettert am Boden lag. Trotzdem war zu erkennen, dass sich das Modell und das Boot auf dem Foto sehr ähnlich sahen.

Robinette hatte die Fotos schon in seinem Rucksack verstaut, als er unter den Trümmern einen weiteren Rahmen entdeckte. Er runzelte die Stirn, als er ihn aufhob. In dem Rahmen steckten zwei Militärorden, Auszeichnungen für besondere Verdienste und Tapferkeit – ein purpurnes Herz und ein silberner Stern –, die man Maynard verliehen hatte. Das gehörte nicht auf den Boden.

Robinette mochte nicht mehr im Dienst der amerikanischen Streitkräfte stehen, aber er besaß immer noch größten Respekt vor Leuten, die es getan hatten, und insbesondere vor Leuten, die verwundet worden waren, weil sie in irgendwelchen gottverlassenen Höllenkäffern ihre Arbeit gemacht hatten. Was hatte Westmoreland sich nur dabei gedacht?

Robinette klopfte das zerbrochene Glas vom Rahmen und lehnte ihn auf der Kommode gegen die Wand, dann kehrte er in die Küche zurück und warf einen Blick in den Müll. Darin befanden sich Mehl, Zucker, Salz und loser Tee. Westmoreland hatte die Dosen und Vorratsbehälter in den Abfall geleert, anstatt sie einfach in der Wohnung auszukippen und das Risiko einzugehen, Fußabdrücke zu hinterlassen. *Gelernt hat er das von mir.*

Oben hatte Robinette nichts gefunden, was einen Hinweis auf Mazzettis Versteck hätte liefern können, aber es gab ja immer noch einen Keller. *Moment mal.* Er erstarrte und hob den Kopf, um besser lauschen zu können. Eine Autotür war zugefallen. Gedämpfte Stimmen. Jemand kam.

Er hastete zum Wohnzimmer und trat neben die Schiebeglastür, so dass er hinter dem Vorhang verborgen war. Gerade noch rechtzeitig. Die Tür ging auf, und herein spazierte ein Cop. *Ich muss irgendeinen stummen Alarm ausgelöst haben.* Nur gut, dass er sein Gesicht mit der Skimaske getarnt hatte. Vielleicht hatte Clay Maynard doch ein halbwegs brauchbares Sicherheitssystem.

Robinette tastete nach seinem Holster, um sich zu vergewissern, dass er seine Waffe ungehindert ziehen konnte.

Er würde nur schießen, wenn er musste, aber dann brauchte er schnellen Zugriff.

Er wartete, bis der Polizist an der Tür vorbei war, streckte den Arm aus, packte den Kopf des Mannes und ... *Knacks.* Robinette ruckte kurz und fest, und das Geräusch des brechenden Genicks erfüllte ihn mit tiefer Befriedigung. Er ließ den Cop behutsam zu Boden plumpsen und lauschte.

Die Tür zur Waschküche ging quietschend einen Spalt auf. Die Partner hatten sich getrennt und waren durch unterschiedliche Türen gekommen. Robinette durchquerte den Raum, als der andere eintrat, packte den Kopf und ...

*Knacks.* Und wieder einer weniger. Das war seine Spezialität, die er über die Jahre hinweg in der Wüste perfektioniert hatte. Henderson konnte am besten mit Gewehren umgehen, Westmoreland war ein Zauberer mit dem Dolch, Fletcher mischte exzellente Substanzen und Gifte. Robinettes tödlichste Waffe dagegen waren seine Hände. Doch genau wie Westmoreland mochte er auch Messer. Pistolen benutzte er nur als letzten Ausweg.

Er schlitzte beiden die Kehle auf, um sicherzustellen, dass sie auch wirklich tot waren. Dann nahm er ihre Funkgeräte, griff nach seinem Rucksack, zog die Schiebetür zu und verließ das Haus durch die Garage, durch die er auch hereingekommen war. Da er einen Arbeitsoverall trug, würde ihn jeder, der ihn jetzt sah, für einen Handwerker halten. Er schob die Skimaske hoch und unter die Kappe, hielt den Kopf aber noch gesenkt, bis er den Tahoe erreicht hatte. Gelassen stieg er ein und fuhr davon.

Sein ehemaliges Team mochte glauben, dass er weich geworden war. Robinette nahm an, dass die zwei toten Cops in Maynards Wohnzimmer das anders sehen würden.

*Wight's Landing, Maryland*
*Sonntag, 16. März, 12.25 Uhr*

Clay schlang sich ein Handtuch um die Hüften, da er seine Kleidung in der Kabine bei Stevie gelassen hatte. Er machte sich innerlich auf die nächste Auseinandersetzung gefasst und verließ das Bad.

Die Kabine war leer.

Das Bett war mit militärischer Präzision gemacht worden. Die Akten, die sie durchgesehen hatten, befanden sich wieder ordentlich im Rollkoffer, der am Fuß der Stiege wartete. Seine Kleidung bis hin zu den Socken lag säuberlich gefaltet über dem Stuhl, die Schuhe standen exakt ausgerichtet darunter. Auf dem Tisch, an dem sie gearbeitet hatten, lag sein Handy, ebenfalls exakt zur Kante ausgerichtet.

Stevie, ihr Laptop und ihr Stock waren verschwunden. Bis auf den Koffer deutete nichts darauf hin, dass sie je hier gewesen war.

Clay schnupperte an seinen Fingern und war erleichtert, dass der Geruch der Seife fast alles andere überlagerte. Dennoch konnte er sie unter dem Old Spice noch immer wahrnehmen. *Sieh zu, dass du sie aus dem Kopf kriegst. Und zwar schnell.*

Er zog sich rasch an und sah auf sein Handy. Und knurrte. Fünf verpasste Anrufe, acht SMS, die meisten davon in den letzten fünf Minuten. Er konnte nicht einmal in Ruhe duschen, ohne dass ihm jemand auf die Nerven ging. Dann zog er die Brauen zusammen. Die Anrufe kamen alle von Paige, die Hälfte der Nachrichten ebenfalls – und seine Partnerin war keinesfalls ein hysterischer Typ.

Sobald er die anderen SMS gelesen hatte, wusste er genau, was geschehen war. An jedem anderen Tag wäre er wie vom Donner gerührt gewesen. In Schockstarre gefallen. Aber heute war kein Tag wie jeder andere.

Jemand hatte in sein Haus eingebrochen; das Alarmsystem schickte die Nachrichten an sein Handy.

»Mist«, fluchte er, packte den Koffer und hievte ihn die Stufen hinauf. Sobald er auf dem Anleger war, begann er zu rennen, zerrte den Rollkoffer hinter sich her und wählte Paiges Kurzwahl an.

»Wo bist du gewesen?«, fragte Paige barsch.

»Ich war beschäftigt«, gab er knapp zurück. »Berichte mir genau, was passiert ist. In allen Einzelheiten.«

*Sonntag, 16. März, 12.30 Uhr*

Stevie ging ins Haus und direkt hinauf in der Hoffnung, dass Emma den Wink mit dem Zaunpfahl kapierte und sie und ihren Knutschfleck in Frieden ließ. Vergebliche Hoffnung.

»Was für eine Spur hast du denn?«, fragte Emma und blieb auf der Treppe dicht hinter ihr.

»Ich habe das Leck bei der Dienstaufsicht gefunden.« Stevie versuchte, die Tür zu schließen, aber Emma hielt dagegen und schob sich hinein.

»Moment mal«, sagte Emma und setzte sich aufs Bett. »Ich will mehr darüber wissen.«

Stevie warf ihr einen warnenden Blick zu, während sie in ihrer Tasche nach einem Rollkragenpulli suchte und dabei Kleidungsstücke in alle Richtungen verstreute. »Muss das sein?«

»Ja, es muss. Du hast gesagt, du hättest das Leck gefunden. Wer ist es?«

Stevie erzählte ihr von Scott Culp. »Was recht gut erklärt, warum die Dienstaufsicht diesen Fall nicht mit besonderer Dringlichkeit verfolgt hat. Verdammt noch mal, kein Rolli weit und breit.« Tja, Pech, dass sie beim Packen nicht an Sex gedacht hatte. *Den du nicht wirklich gehabt hast.* »Hast du irgendwas in deinem Koffer, das mich kein ganzes Monatsgehalt kostet, falls ich es dir ersetzen muss?«

»Nein. Aber du kannst dir trotzdem was leihen.« Emma zog den Schal von Stevies Hals und betrachtete kopfschüttelnd den Knutschfleck. »Wieso hast du nichts davon bemerkt?«

»Ich war beschäftigt.« *Zu kommen.* »Hör auf, so zu grinsen, und ... hilf mir einfach, okay?«

»Tut mir leid. Ich freu mich ja bloß, dass du deinen Spaß hattest.« Als Stevie darauf nicht reagierte, hörte Emma auf, in ihrem Koffer zu wühlen, und drehte sich stirnrunzelnd zu ihr um.

»Du hattest also keinen Spaß. Hat er ... Alles in Ordnung mit dir?«

»Ja, ja. Er war bloß ...« Stevie seufzte. »Er hatte Bedenken. Können wir es dabei belassen?«

»Im Augenblick ja«, sagte Emma ernst. »Sofern du mich nicht ewig ausschließt.«

»Ich schließe niemanden aus.«

Emma lachte unfroh. »Na klar. Und ich bin ein Baseballstar.« Sie warf einen Pullover aufs Bett. »Zieh das T-Shirt aus.«

Stevie blickte finster. »Ich kann mich schon allein anziehen, Mami.«

»Du blutest, Stevie. Lass mich die Wunden ordentlich verbinden. Ich will nicht, dass du mir den Pulli einsaust.« Sie hatte beiläufig gesprochen, aber Stevie hörte die Sorge in der Stimme ihrer Freundin.

Stumm zog sich Stevie das T-Shirt über den Kopf und versuchte, nicht daran zu denken, wie sie das eben noch vor Clay gemacht hatte. *Verfluchter Mist.* Natürlich konnte sie jetzt erst recht an nichts anderes mehr denken.

Emma schnalzte beunruhigt mit der Zunge. »Die Wunde ist an einer Stelle aufgegangen. Bist du sicher, dass es dir gutgeht?«

»Emma«, murmelte sie müde. »Bitte!«

Emma brummelte etwas über unvernünftige Dummköpfe, die einfach nie auf sich achten wollten, dann wandte sie sich zum Gehen. »Warte hier. Ich hole etwas zum Desinfizieren.« Keine

Minute später war sie zurück und wechselte den Verband mit geübten Händen.

»Bist du sicher, dass du nicht doch Ärztin bist?«, fragte Stevie in dem Versuch, die Stimmung wieder etwas zu entspannen.

»Ich habe zwei Jungs, die sich dauernd verletzen. Ich weiß, wie man Verbände anlegt.« Sie griff nach der Kevlar-Weste, die Hyatt Stevie am Abend zuvor gegeben hatte, und führte Stevies verletzten Arm behutsam durch den Ärmel. Sie wartete, bis Stevie den anderen Arm durchgeschoben hatte, und machte ihr dann die Klettverschlüsse zu.

»Und wenn ich dir jetzt doch den Pulli einsaue?«

»Verdammt noch mal, Stevie«, presste Emma durch zusammengebissene Zähne hervor. »Du bist so blöd.«

»Wie bitte?«

»Du gehst raus ins Freie, wo Leute dich abzuknallen versuchen, und kannst nicht mal klar denken. Clay hat dich aus der Bahn geworfen, jetzt bist du aufgebracht. Und du nimmst bereits stillschweigend hin, dass du wieder verletzt werden könntest. Verdammt noch mal, Stevie, du bist nicht kugelsicher, und ich habe keine Lust, dich zu beerdigen.«

Emma fing an zu weinen. Stevie atmete tief durch, starrte auf den Kaschmirpulli in ihrer Hand und runzelte die Stirn, als ihre Aufmerksamkeit plötzlich von etwas anderem in Anspruch genommen wurde. »Gestern Abend hast du den Koffer noch nicht gehabt.«

Emma blinzelte durch die Tränen und blickte Stevie ungläubig an. »Dich interessiert kein Wort von dem, was ich gesagt habe, richtig?«

Richtig. Denn irgendetwas stimmte nicht. »Woher kommt dieser Koffer?«

Emma schüttelte den Kopf. »Wenn du so dringend vermeiden willst, über deine eigene Sterblichkeit zu reden, okay. Meinetwegen. Reden wir eben über Koffer! Josephs Agenten haben ihn heute Morgen mitgebracht, als sie Schichtwechsel hatten. Paige hat ihn mitgeschickt. Sie ist gestern Nacht in meinem Hotelzimmer geblieben und hat mir die Sachen gepackt.«

Stevies Hirn begann zu arbeiten. »Moment mal. Paige war gestern Abend in deinem Hotelzimmer, noch bevor du dich auf der Straße zu mir gesellt hast. Sie hat das Chaos dort entdeckt, nicht du. Wo warst du?«

Emmas Augen blitzten zornig. »Clay und ich haben uns von deinem Haus direkt zu einem Schießstand bringen lassen. Ich sollte ihm beweisen, dass ich mit einer Waffe umgehen und dein Kind beschützen kann. Was ich bewiesen habe, vielen Dank auch. Paige hat uns dort abgesetzt, anschließend Alec am Büro vorbeigebracht und ist dann in mein Hotel gefahren, um zu packen. Dort musste sie feststellen, dass jemand in mein Zimmer eingebrochen war.«

»Wann? Wann habt ihr das alles gemacht?«

»Während J.D. dich endlos durch die Gegend kutschiert hat, damit dir ganz bestimmt niemand folgt und damit wir alle genug Zeit bekommen, uns an einem Ort mit dir zu treffen.«

Stevie hörte den Zorn in Emmas Stimme, ignorierte ihn aber. »Du hattest von Anfang an vor, mitzukommen, obwohl ich dir gesagt habe, du sollst verdammt noch mal nach Hause fahren. Und Clay wusste das. Er hat mich schon wieder manipuliert!«

»Oh, ja, das hat er.« Emma reckte das Kinn in die Höhe. »Und er ist auch dafür verantwortlich, dass alle Welt Justin Bieber anhimmelt. Der Mann ist ein unheimlicher Gehirnwäscher.«

Stevie umklammerte den Griff ihres Gehstocks und drückte sich hoch. »Ich meine es ernst.«

»Aber du irrst dich.« Emma baute sich vor ihr auf, so dass sie fast Nase an Nase standen. »Niemand will dich manipulieren. Du tust immer genau das, was du tun willst. Haben wir deine Befehle befolgt? Nein. Haben wir versucht, dich bei allem zu unterstützen? Dir zu helfen? Schuldig im Sinne der Anklage, also schlag zu, wenn du musst. Aber wir haben dich nicht manipuliert. In der ganzen Zeit, die ich dich jetzt kenne, hast du alles, was du getan hast, getan, weil du es wolltest, und wenn jemand dir zu helfen versucht, dann stößt du ihn weg.«

Stevie zitterte nun wieder, was sie nur noch wütender machte. Sie zog sich den Kaschmirpullover über die Kevlar-Weste und richtete den Kragen so, dass der Knutschfleck nicht mehr zu sehen war. »Tut mir leid, dass ich dich geärgert habe«, sagte sie steif. »Ich komme nachher wieder her, dann können wir darüber reden.«

Ohne auf eine Reaktion zu warten, schulterte sie ihren Rucksack und ging die Treppe hinunter, wo sie den Schlüssel des Escalade auf der Küchentheke fand, den Clay am Abend zuvor hingelegt hatte.

»Cordelia?«, rief sie. »Wo bist du?«

Cordelia kam mit strahlendem Gesicht aus der Waschküche. »Hier. Ich hab mit den Hündchen gespielt.« Ihr Lächeln verblasste sofort. »Wohin gehst du?«

»Ich muss mich mit Onkel J.D. treffen. Es ist nicht gefährlich, und bevor du dich's versiehst, bin ich schon wieder zurück.« Sie zog Cordelia an sich. »Ich muss dafür sorgen, dass wir wieder sicher sind. Und nach Hause zurückkönnen.«

Cordelia warf sich ihr in die Arme und klammerte sich an sie. »Mama. Ich will nicht nach Hause zurück.«

Stevie schloss die Augen. Dafür hatte sie im Moment keine Zeit. Aber wie konnte sie keine Zeit dafür haben? »Ich weiß, dass du gerne hier bist und dass du Mr. Maynard magst, aber wir können nicht ewig hierbleiben.«

»Weiß ich. Aber ich will nicht nach Hause. Können wir nicht ein neues Zuhause suchen?«

»Ein anderes Haus?«, fragte Stevie überrascht.

»Ja. Wäre das möglich?«

*Ich hasse die Küche.* In ihrem Kopf hörte Stevie wieder Cordelias geflüstertes Geständnis, als sie in der Nacht zuvor mit Clay gesprochen hatte. Und seine Antwort. *Wenn ich du wäre, würde ich die Küche auch hassen.*

Stevie spürte, wie sich Panik in ihr breitmachte. Paul und sie hatten das Haus gemeinsam ausgesucht und gespart und gerechnet, um es bezahlen zu können. Sie hatten geschuftet, um zu reparieren und zu renovieren, und er war überall in diesem Haus zu spüren. Sie konnte es nicht aufgeben. Es wäre, als würde sie *ihn* aufgeben.

Aber ihre Kleine fürchtete sich vor ihrem Zuhause. »Ja. Das können wir machen. Wir suchen uns ein anderes Haus.«

Cordelia zog den Kopf zurück und starrte sie ungläubig an. *Sie hat geglaubt, dass ich nein sagen würde. Dass ich das Haus ihr vorziehen würde.* »Ehrlich?«

»Ehrlich. Du bist wichtiger als ein olles Haus. Es hängen viele Erinnerungen daran, gute und schlechte. Wir ziehen in ein anderes Haus und machen uns neue Erinnerungen. Du und ich. Wenn ich aus der Stadt zurückkomme, gehen wir online und fangen an zu suchen. Was sagst du?«

Cordelia strahlte. »Kann Tante Izzy denn auch wieder mit uns kommen?«

»Na klar.«

Cordelia zog die Brauen hoch. »Und können wir einen Hund haben?«

Stevie lachte, verblüfft, dass sie das noch konnte. »Jetzt treib es nicht zu weit. Komm, gib mir ein Küsschen.«

Cordelia gab ihr einen lauten Schmatz auf die Wange. »Okay, der reicht eine ganze Weile. Lauf und hol Mr. Tanner, damit er die Tür hinter mir abschließt. Sag ihm, dass ich in die Stadt muss, aber bald zurück bin. Ich hab dich lieb.«

»Ich hab dich auch lieb, Mama.«

»Stevie.« Tanner polterte die Treppe herab. »Warten Sie. Gehen Sie nicht einfach.«

Stevie warf einen wütenden Blick zur Decke. *Emma, du alte Klatschtante.* »Kann nicht warten«, rief sie. »Muss los.«

Sie humpelte in die Garage, stieg in Josephs Escalade und stellte den Sitz ein, als sie sich bewusst wurde, dass sie die Luft anhielt. *Bring's hinter dich.* Als sie einatmete, roch sie Clay, ganz wie sie es befürchtet hatte. Hier hatte er vor kurzem noch gesessen. Der Duft seines Aftershaves hing in der Luft und im Sitz.

*Ich kann dich riechen.* Unwillkürlich presste sie die Beine zusammen, um die pulsierende Hitze niederzukämpfen. Sie sah sein Gesicht vor sich, so leidenschaftlich, so zielstrebig und dann ... nichts mehr davon. Seine Miene war ausdruckslos geworden. Als hätte man die Pause-Taste auf der Fernbedienung gedrückt und das Bild angehalten. *Warum bist du hier?*

*Ja, warum?* Warum war sie dort gewesen? War sie manipuliert worden? Oder hatte sie die ganze Zeit sehr wohl gewusst, was sie tat und warum? »Ich stoße niemanden weg«, sagte sie in die Stille des Wagens hinein, aber sie fand sich selbst nicht überzeugend. Mit einem müden Seufzer ließ sie das Fenster herunter und drückte auf den Knopf, der das Garagentor öffnete. *Mach dich an die Arbeit.* Nur warum fühlte es sich so an, als wolle sie weglaufen?

Als das Tor ganz offen war, zündete sie den Motor und wollte gerade aus der Garage rollen, als sich das Tor wieder senkte. Sie wappnete sich gegen einen Streit mit Clays Vater, drehte sich auf dem Sitz um und ... erstarrte.

Es war nicht der Vater, sondern der Sohn. Clay öffnete die Beifahrertür, stieg ein und zog die Tür mit so viel Kraft zu, dass der Wagen schwankte. Seine Miene war zornig, sein Gesicht hart wie Stein. Er blickte stur geradeaus. »Fahren Sie, Detective. So schnell Sie können.«

Stevie drückte auf den Knopf. Das Tor ging erneut hoch, und sie raste los.

## 14. Kapitel

*Baltimore, Maryland*
*Sonntag, 16. März, 12.30 Uhr*

Sam Hudson blickte auf sein Handy, das vibrierend über den Esstisch in seiner Wohnung tanzte. Nachdem er die Pistole in der Ballistik abgegeben hatte, war er zu seiner Mutter gefahren, um nach ihr zu sehen. Nur kurz allerdings, da er wusste, dass sie, wenn er nur lange genug dortbliebe, seine Unruhe spüren und ihm so lange auf die Nerven gehen würde, bis er ihr verraten hatte, was ihn belastete.

Aber er konnte es nicht laut aussprechen, am wenigsten in Gegenwart seiner Mutter. *Vielleicht habe ich deinen miesen, wertlosen Junkie von Ehemann umgebracht, Mom.*

Nein. Heute konnte er einfach nicht bei seiner Mutter sein.

Stattdessen saß er in seiner Wohnung und beobachtete das Handy, dessen Vibrieren einen eingehenden Anruf signalisierte. Aus dem Department. *Vermutlich die Ballistikabteilung.*

Wie gelähmt beobachtete Sam, wie das Telefon über den Tisch schlitterte, bis der Anruf auf die Voicemail umgeleitet wurde. Er nahm das Handy, verband sich mit dem Service und lauschte mit angehaltenem Atem.

»Sam, hier ist Dina. Ich habe eine Übereinstimmung mit deiner Pistole. Ruf mich an oder komm vorbei. Ich bin bis vier Uhr hier.«

*Verdammt.*

*Sei ein Mann, Sam. Hiev deinen Hintern hoch und fahr zu Dina ins Büro. Finde raus, aus wem oder was man die Kugel geholt hat, die zu ... dieser Pistole passt. Und wenn das Verbrechen ein Mord war?*

*Setz dich erst damit auseinander, wenn das definitiv so ist.*

*Wight's Landing, Maryland*
*Sonntag, 16. März, 12.40 Uhr*

*Fahren Sie, Detective. So schnell Sie können.*

Stevie überlegte, von Clay eine Erklärung zu verlangen, aber ein kurzer Blick auf sein Profil, und sie strich den Gedanken ersatzlos. Er war angespannt wie eine Bogensehne, weiße Linien umgaben seine fest zusammengepressten Lippen, und aus irgendeinem Grund wusste sie, dass seine Stimmung momentan nichts mit ihr zu tun hatte.

Sie umrundete das Fahrzeug der FBI-Agenten und steuerte auf die Hauptstraße zu. »Ich fahre, so schnell ich kann, aber ich darf das Warnlicht nicht einsetzen, Clay. Ich bin beurlaubt. Ich habe nicht einmal meine Marke. Wenn wir angehalten werden, sind wir dran.«

»Wir haben eine Polizeieskorte. Sieh einfach zu, dass wir den Highway erreichen.«

Was? Was sollte das jetzt? »Okay. Probier aus, ob du mit einem der Schalter die Armaturenblinkanlage anknipsen kannst. Und dann schau ins Handschuhfach, ob Joseph ein mobiles Licht hat.«

Zehn Sekunden später hatte er die ins Armaturenbrett eingebaute Warnblinkanlage aktiviert, eine Minute später knallte er die rote Rundumleuchte aufs Dach des Wagens.

Die kleinen Nebenstraßen waren wie ausgestorben, daher trat Stevie aufs Gas und kümmerte sich nicht um die Geschwindigkeitsbegrenzung. »Wer ist unsere Eskorte, und wo stoßen wir auf sie?«

»Lou Moore. Sie ist jetzt auf dem Weg zum Queen Anne Highway. Von dort aus übernimmt sie die Führung.«

Na klar. Sheriff Moore. Wer sonst? *Lass gut sein, Mazzetti. Lass es einfach.* »Die Führung wohin?«

»Über die Bay Bridge nach Baltimore. Wenn wir auf der anderen Seite sind, wird die Eskorte ausgetauscht. Und ich weiß noch nicht, wer dann übernimmt«, fügte er barsch hinzu, bevor sie fragen konnte.

»Okay. Was ist passiert?«

»Bei mir wurde eingebrochen.«

Sie warf ihm einen überraschten Blick zu. »Bei dir im Büro oder privat?«

»Privat. Ich habe einen stummen Alarm, der sofort mein Handy anfunkt. Wenn ich nicht reagiere, wird die Warnung an Paige weitergeleitet. Sie hat die Polizei angerufen und ist jetzt ebenfalls unterwegs zu meinem Haus.«

»Erst Emmas Hotelzimmer, jetzt dein Zuhause. Man sucht nach mir.«

»Ja.«

Es tut mir leid, wollte sie sagen, tat es aber nicht. Er würde ihre Entschuldigung ohnehin wieder nur verdrehen. »In Anbetracht der James-Bond-Anlage hier wundert es mich ehrlich gesagt, dass jemand in dein Haus gekommen ist.«

»Mich auch.«

*Okay.* Wie es aussah, musste sie ihm die Informationen erst mühsam aus der Nase ziehen. »Wie wurde der Alarm ausgelöst?«

»Über eine oder mehr von drei Möglichkeiten.«

Sie schnaufte frustriert. »Und welche sind das?«

»Ein Handysignal, das nicht meines ist, Körperwärme oder weil einfach irgendwo ein Kontakt an Tür oder Fenster unterbrochen wird.«

»Hast du da auch so eine tolle Sicherheitstür?«

»Ja.«

Am liebsten hätte sie ihn angefaucht, aber es hätte ihr nichts gebracht, das wusste sie. »Falls es sich um ein Handysignal gehandelt hat, kann dein Alarmsystem auf das Gerät zugreifen? An Namen, Provider, Anruflisten, Kontakte herankommen? Irgendwas, das uns helfen kann, den Eindringling zu identifizieren?«

Aus den Augenwinkeln nahm sie wahr, wie er sich anders setzte, um sie anzusehen. Sie fixierte weiterhin die Straße.

»Vielleicht«, sagte er schließlich. Er klang widerstrebend beeindruckt.

»Muss man telefonieren, um den Alarm auszulösen, oder reicht das Signal?«

»Letzteres.« Er wandte sich wieder ab und sah aus dem Seitenfenster.

Stevie raste weitere zehn Minuten in halsbrecherischem Tempo über die Straße, musste jedoch vom Gas gehen, als sie das Stadtgebiet von Wight's Landing erreichten. Die Leute machten Platz, sobald sie das Blinklicht des Escalade sahen, doch an diesem prächtigen Sonntagmittag schien sich die ganze Stadt auf der Hauptstraße versammelt zu haben. Endlich hatten sie die Stadt hinter sich und sahen den Wagen des Sheriffs warten.

Sheriff Moore setzte sich vor sie, und weiter ging's.

Clay griff nach seinem Handy, das offenbar vibriert hatte. »Paige«, sagte er. »Ich sitze mit Stevie im Auto. Ich lege dich auf Lautsprecher.«

»Ich bin jetzt vor deinem Haus«, sagte Paige und warf die Autotür zu. »Peabody ist bei mir. Und wehe, du meckerst, dass mein Hund dir die Bude vollsabbert.«

»Hatte ich nicht vor«, gab Clay gelassen zurück.

»So. Jetzt bin ich an deiner Eingangstür und ... kann nichts hören. Keine Cops, kein gar nichts.«

»Ich dachte, du hättest die Polizei schon vor einer halben Stunde angerufen.«

»Habe ich auch«, sagte Paige. »Am Gehweg parkt ein Streifenwagen.« Einen Moment Stille, dann das Rasseln von Schlüsseln, gefolgt von einem gepressten Schnaufen. »Oh, nein«, flüsterte Paige.

*Gott*, dachte Stevie. *Was jetzt wieder?*

»Paige, was ist los?«, fragte Clay barsch, als seine Partnerin nichts weiter sagte.

Paige räusperte sich. »Die Polizisten scheinen tot zu sein. Es sind zwei.«

Clay wurde blass. »Raus aus dem Haus, Paige«, bellte er.

»Ich bin gar nicht drin. Bin schon wieder auf dem Weg zu meinem Auto. Ich schließe mich ein, und keine Sorge – ich bin bewaffnet. Aber jetzt muss ich die Neun-elf rufen. Ich melde mich, sobald ich kann.«

Die Verbindung brach ab, und Stevie und Clay saßen einen Moment lang wie vom Donner gerührt da.

Dann trat Stevie aufs Gaspedal. »Ruf Sheriff Moore an. Sag ihr, dass wir mehr Tempo machen müssen.«

*Baltimore, Maryland*
*Sonntag, 16. März, 13.18 Uhr*

Paige wartete vor Clays Haus. »Die Polizisten sind tatsächlich tot. Die Spurensicherung ist schon drin, außerdem Joseph, Hyatt und der Leichenbeschauer. Ein paar von Josephs Leuten sind hinten.«

»Wie sind sie gestorben?«, fragte Clay, nachdem er dafür gesorgt hatte, dass Stevie auf der Veranda stand, wo sie an drei Seiten vom Haus geschützt war. Die freie Seite zur Straße blockierte Clay mit seinem Körper, damit niemand an Stevie herankommen konnte. Dass es sich um eine Finte handelte, um ihn – mit Stevie im Kielwasser – zu sich nach Hause zu locken, war alles andere als abwegig.

»Beide hatten die Kehle aufgeschnitten«, sagte Paige. »Mehr weiß ich nicht. Hyatt hat meine Aussage aufgenommen und mir anschließend gesagt, ich könne gehen, wenn ich wollte.« Sie betrachtete Clay besorgt. »Bei dir alles klar?«

Seine Partnerin kannte ihn nur allzu gut. »Ja, ja. Ich bin nur müde. Ich habe gestern Nacht nicht allzu viel geschlafen.«

»Tja, hier wirst du auf jeden Fall heute gar nicht schlafen können. Ich schätze, dass dein Haus einige Tage lang als Tatort versiegelt wird. Fährst du wieder dorthin, wo immer du gestern Nacht warst?«

Er nickte. »Ja. Ich sorge für die Sicherheit der Mazzettis, bis das alles vorbei ist.«

»Okay. Falls du anschließend ein Dach über dem Kopf

brauchst – unser Haus steht dir immer offen, das weißt du.« Paige warf Stevie einen Blick zu. »Und dir auch. Grayson und ich machen uns Sorgen.«

»Uns geht's gut«, antwortete Stevie. »Aber danke.«

Es ging ihr nicht gut, dessen war Clay sich sicher. Als er am Haus seines Vaters in den Escalade gestiegen war, war sie zornig gewesen, jedoch ganz Profi geworden, sobald sie gespürt hatte, dass es erforderlich war. Was Clay von sich nicht behaupten konnte.

*Weil es weh tat.* In den vierzig Minuten, die er mit ihr im Auto unterwegs gewesen war, hatte sich die Magensäure in seine Eingeweide gefressen und ein Pochen hinter seinen Augen festgesetzt. Aber er hatte wichtigere Probleme als seine Gedärme, seinen Schädel oder auch sein Herz.

Zwei Männer waren gestorben. Diese beiden und die drei Frauen von gestern ...

»Du solltest nicht ins Büro gehen, bevor wir nicht wissen, dass alles in Ordnung ist«, sagte er. »Wenn hier eingebrochen wurde, dann vielleicht auch dort.«

Paige schüttelte den Kopf. »Noch nicht – bisher jedenfalls. Ich hatte Hyatt gebeten, einen Streifenwagen hinzuschicken, und ich schätze, die Polizisten werden noch eine Weile bleiben, falls derjenige, der hier eingebrochen ist, es auch dort versuchen will. Da Alyssa nicht in der Stadt ist und Alec bei Daphne zu tun hat, muss keiner von uns hin. Ich habe den beiden schon eine Nachricht geschickt, dass sie sich bitte fernhalten sollen.«

»Gut, danke.« Wenigstens waren seine Leute in Sicherheit. Im Augenblick wenigstens. »Ich will, dass jeder sich stündlich meldet. Ohne Ausnahme. Wohin fährst du von hier aus?«

»Zum Flughafen. Emmas Mann wartet dort schon, ich hätte ihn längst abholen sollen. Ich melde mich, versprochen, aber du wirst das auch tun, ist das klar? Komm, Peabody.«

Clay sah ihr nach, bis sie in ihrem Truck verschwunden war, dann wandte er sich um, als im gleichen Moment seine Eingangstür aufging und Lieutenant Hyatt erschien.

Er winkte sie heran. »Kommen Sie rein.«

Drinnen hockten Joseph Carter und Agent Brodie, Forensikerin im Dienst des VCET, neben einer der Leichen und sprachen mit dem Rechtsmediziner Neil Quartermaine.

Die ermordeten Officers lagen auf Clays Wohnzimmerteppich an der gläsernen Schiebetür, die zu seiner Terrasse führte. *Sie sind noch so jung*, dachte er. *Was für eine Verschwendung.*

»Beide waren noch keine dreißig«, sagte Hyatt, und Clay wurde sich bewusst, dass er seine Gedanken ausgesprochen hatte.

»Was ist passiert?«

Joseph sah auf. »Wir gehen davon aus, dass der Angreifer an der Wand dort gestanden hat. Er hat den einen getötet, dann den anderen, bevor einer von beiden noch eine Warnung von sich geben konnte.«

Beide Männer lagen auf dem Boden und hatten den Kopf in einem unnatürlichen Winkel gedreht. »Keine Blutspritzer«, bemerkte Clay. »Sie waren schon tot, als er ihnen die Kehle durchgeschnitten hat.«

Agent Brodie sah auf. »Ja«, sagte sie schlicht.

»Er hat ihnen das Genick gebrochen«, stellte Quartermaine fest. Er war noch recht neu bei der Polizei von Baltimore und hatte die Stelle von J.D.s Frau übernommen, als Lucy im vergangenen Dezember in Mutterschaftsurlaub gegangen war. Sein erster Arbeitstag war jener schicksalhafte Tag gewesen, an dem Stevie angeschossen worden war.

Jetzt stand Stevie ein wenig abseits und musterte mit wachem Blick die Leichen und sein Wohnzimmer. *Meine Sachen.* Wie oft hatte er von dem Tag geträumt, an dem er sie mit zu sich nehmen und ihr sein Zuhause mit all den Dingen, die ihm etwas bedeuteten, zeigen würde. Niemals hätte er sich träumen lassen, dass sie vor allem zwei Leichen zu sehen bekäme.

»Diese beiden Männer waren trainiert und fit«, sagte Quartermaine nun. »Ich würde wetten, dass sie regelmäßig Gewichte gestemmt haben. Daraus kann man schließen, dass ihr Mörder stark ist und sich vermutlich im Nahkampf auskennt. Was wiederum auf einen Berufskämpfer hindeutet oder auf jemanden mit militärischem Hintergrund.« Er schüttelte den Kopf. »Obwohl ich so was bestimmt nicht beim Militär gelernt habe.«

»Ich schon«, sagte Joseph ruhig.

»Ich auch«, stimmte Hyatt zu.

Clay zuckte die Achseln. »Und da ich ein unerschütterliches Alibi habe, füge ich mein ›Ich auch‹ hinzu.«

»Und, haben Sie es denn tatsächlich mal getan?«, fragte Hyatt, an Clay und Joseph gewandt, und in seiner Frage lag mehr als nur simple Neugier. »Jemandem das Genick gebrochen?«

Joseph zeigte plötzlich ein auffallend starkes Interesse an der Messerwunde des einen toten Cops. Er war bei der Frage leicht blass geworden, und sein Blick hatte geflackert. Clay wusste nicht, woran der Bursche sich gerade erinnerte, aber es schien kein besonders schöner Moment zu sein, weshalb er beschloss, die Aufmerksamkeit von Joseph abzulenken. »Ja, habe ich. Wieso?«

»Weil ich persönlich es noch nicht getan habe«, erklärte Hyatt gelassen. »Ich würde gerne wissen, was es braucht, um zwei starken, gut ausgebildeten Polizisten hintereinander das Genick zu brechen. Wann haben Sie die Erfahrung gemacht?«

»In Somalia, als ich beim Corps war.« Clay glaubte dem Lieutenant den Grund seiner Frage nicht, aber der Mann konnte die Fakten zu Clays Geschichte leicht selbst herausfinden, wenn er es denn wollte. »Aber ich habe es nicht getan, um jemanden daran zu hindern, andere zu warnen, wie es hier vermutlich der Fall gewesen ist. Wir wurden angegriffen, und ich habe um mein Leben gekämpft. Ich setzte die einzige Waffe ein, die ich in dem Moment zur Verfügung hatte – meine Hände. Es war nicht angenehm, das können Sie mir glauben. Und ich weiß nicht, ob ich das tatsächlich zweimal hintereinander hätte schaffen können.«

»Und warum nicht?« Diesmal war Hyatts Neugier echt.

»Weil es auch eine emotionale Komponente hat«, erwiderte Clay langsam. Er war sich bewusst, dass jeder im Raum ihn ansah, was ihm gar nicht behagte. »Es fällt mir auch nach all den

Jahren nicht leicht, es zuzugeben, aber als es vorbei war, musste ich mich erst einmal übergeben. Noch heute zucke ich zusammen, wenn ich das Knacken von Holz höre. Spaß hat es mir gewiss keinen gemacht. Ich denke, dass es allein durch den Adrenalinschub möglich wäre, direkt im Anschluss noch jemandem das Genick zu brechen, aber ich bin froh, dass ich es nicht ausprobieren musste.«

Joseph presste die Kiefer zusammen, und Clay hatte irgendwie das Gefühl, dass der Bundesagent im Gegensatz zu ihm an der Tat Spaß gehabt *hatte*. Nun, zumindest schien er eine enorme Befriedigung verspürt zu haben, und das bedeutete, dass das damalige Opfer ein echtes Ungeheuer gewesen sein musste. Denn Joseph Carter gehörte eindeutig zu den Guten. Und er war einer der wenigen Menschen, denen Clay genauso vertraute wie seinem Freund Ethan Buchanan.

»Wenn Sie nur dem einen das Genick gebrochen haben, wie sind Sie dann die anderen sieben losgeworden?«, fragte Hyatt.

*Aha, habe ich also recht gehabt.* Hyatt hatte ihn bereits überprüfen lassen. »Woher wissen Sie, dass es andere gab?«

»Ich habe schon vor zwei Jahren Erkundigungen über Sie eingeholt, Maynard. Wir waren uns nicht sicher, was für ein Mensch Sie sind und was wir mit Ihnen anstellen sollten, falls überhaupt. Sie haben die Polizeiarbeit behindert – laut Ihrer Aussage unwissentlich –, aber es gab durchaus den einen oder anderen, der Sie verhaften lassen und vor Gericht stellen wollte.«

»Was wahrscheinlich auch richtig gewesen wäre«, gab Clay unverblümt zu. Er hatte die Identität des Mannes gekannt, der seine ehemalige Partnerin, Nicki Fields, umgebracht hatte, und ihn büßen lassen wollen. Persönlich.

»Sie hatten Glück, dass ich mich dagegen entschieden habe«, sagte Hyatt.

*Aber nur, weil du nicht die ganze Geschichte kennst.* Clay wandte seine Aufmerksamkeit wieder den Leichen zu. »Wie heißen die zwei?«

»Hollinsworth und Locklear«, sagte Hyatt. »Beide hatten tadellose Personalakten.«

»Wann genau sind sie hier gewesen?«, fragte Stevie.

»Sie haben ihre Ankunft um zwölf Uhr vierundzwanzig der Zentrale gemeldet«, erklärte Hyatt. »Und um zwölf Uhr achtundzwanzig bekam die Zentrale Entwarnung, es sei falscher Alarm gewesen und man würde jetzt in die Mittagspause gehen.«

Überrascht sah sich Clay nach den Funkgeräten um. Sie waren fort. Der Täter hatte sich selbst ein wenig Zeit erkauft, indem er Meldung gemacht hatte. »Das grenzt den Todeszeitpunkt beträchtlich ein«, murmelte er. Er betrachtete die Schiebetür und das Loch im Glas, wo das Schloss gewesen war. »Das ist Sicherheitsglas«, sagte er. »Das schneidet man höchstens mit einer Säbelsäge mit Diamantblatt. Das heißt, der Täter war vorbereitet. Sind die Nachbarn schon befragt worden?«

»Novak und Coppola sind gerade dabei«, sagte Joseph. »Da dieser Tatort in Zusammenhang mit den Anschlägen auf Stevies Leben steht, sind wir auch hier federführend. Ich nehme an, du hast Überwachungskameras?«

»Sicher. Kann ich Handschuhe haben? Danke«, sagte Clay zu Brodie, als sie ihm ein Paar reichte. Er öffnete seinen Garderobenschrank, ließ sich auf die Knie sinken und holte eine Kiste mit Sportutensilien vom Regalbrett, das in einem Abstand von ungefähr zwanzig Zentimetern vom Boden angebracht war. Unter dem Brett standen mehrere Paar Schuhe. Er warf die Schuhe in die Kiste, rückte das Regalbrett von der Wand ab und fuhr mit dem Finger durch die Lücke, wobei er ein Paneel löste, das die Rückwand des Schranks darstellte.

»Hast du Reservebatterien?«, fragte Joseph. »Man hat dir den Strom abgestellt, außerdem den Notstrom. Gleichzeitig wurden beide Alarmsirenen, innen wie außen, unterbrochen.«

»Die Alarme hängen an unterschiedlichen Sicherungssystemen. Wenn der Alarm gestört oder der Hauptstrom unterbrochen wird, schickt das System mir eine Warnung. Der Notstrom wird eingeschaltet, wenn es einen echten Ausfall gibt, beispielsweise bei einem Sturm. Die Kameras, die Wärme- und Handysignalalarme haben eigene Reservequellen. Eine steckt hinter der Wand, die andere im Keller.«

Clay schob die Mäntel im Schrank zur Seite und zog vorsichtig das Paneel ab, hinter dem sein Sicherheitssystem zum Vorschein kam.

Joseph stieß einen Pfiff aus. »Hast du auch ein Batcave? Mit einer Feuerwehrstange? Bitte!«

»Nur einen normalen Keller«, erwiderte Clay trocken. »Die Kameras decken das gesamte Hausinnere ab und laufen vierundzwanzig Stunden nonstop.« Er warf die DVD aus dem Rekorder aus. »Ich kann sie auf meinem Laptop abspielen oder auf deinem, wie du willst.«

»Meiner ist bereits hochgefahren«, sagte Brodie und streckte die Hand nach der DVD aus.

»Beginnen Sie um zwölf Uhr mittags.«

»Paige hat aber erst um zwanzig nach bei der Polizei angerufen, um einen Streifenwagen anzufordern«, wandte Hyatt ein.

»Der erste Alarm ist um zehn nach zwölf auf meinem Handy eingegangen. Weil ich darauf nicht reagiert habe, ist der nächste Alarm um dreizehn nach sowohl an mein als auch an Paiges Handy gegangen. Sie hat mehrmals versucht, mich zu erreichen, und als ich mich nicht gemeldet habe, hat sie die Neun-elf gerufen und ist selbst hergefahren.«

»Mich hat sie direkt nach der Zentrale angerufen«, sagte Hyatt.

»Aber dann bekam ich die Entwarnung, so dass ich keine Notwendigkeit sah, etwas zu unternehmen. Nun, jetzt wissen wir ja, dass die Entwarnung vorgetäuscht war.«

»Ich habe das Video geladen«, sagte Brodie, und die anderen scharten sich um ihren Laptop.

»Warten Sie.« Clay trug den Laptop zu seinem Zweiundfünfzig-Zoll-Fernseher und verband die beiden Geräte. »Drücken Sie auf Play. Kamera drei müsste die Ankunft des Täters durch den Garten zur Schiebetür zeigen. Kamera fünf ...«

Brodie winkte ihn zu ihrem Laptop. »Übernehmen Sie einfach.«

»Okay.« Er wählte die Kamera, die von außen auf die Schiebetür gerichtet war, und spulte vor, bis ein Mann in Overall und mit Werkzeugkiste in der Hand ins Bild kam. Er hatte eine Baseballkappe tief ins Gesicht gezogen, so dass bis auf die Ohren nichts von ihm zu sehen war.

»Er wäre jedenfalls groß genug, um zwei Menschen das Genick zu brechen.«

»Er wirkt wie ein Ringer«, sagte Clay. »Oder er war mal einer. Sehen Sie sich die Blumenkohlohren an.« Er schaltete zur Kamera, die auf die Straße zeigte, und ließ das Video zurücklaufen, bis der Mann in einem Toyota Sequoia heranfuhr. Die Nummernschilder des Wagens waren schlammverkrustet. »Mist. Ich kann kein Kennzeichen erkennen.«

Er schaltete zurück zur Kamera an der Schiebetür, und sie sahen zu, wie der Eindringling auf die Terrasse kam, seine Werkzeugkiste als Tritt benutzte und die Drähte des Alarms durchschnitt. »Das war die erste Warnung, die ich um zehn nach zwölf bekommen habe.«

»Und warum hast du sie nicht sofort gesehen?«, fragte Joseph. *Weil ich fast mit Stevie geschlafen hätte.* Clay vermied es tunlichst, ihr einen verräterischen Blick zuzuwerfen. »Ich habe trainiert.« Was nicht ganz gelogen war. Er war verschwitzt und außer Atem gewesen. »Anschließend bin ich unter die Dusche gegangen und um zwölf Uhr fünfundzwanzig wieder aus dem Bad gekommen. Erst da habe ich all die Nachrichten und verpassten Anrufe von Paige gesehen.« Er deutete auf den Bildschirm. »Die Säbelsäge.« Der Eindringling hatte eine Handsäge an das Glas gesetzt und brauchte keine Minute, um das Loch zu sägen. »Das Blatt *muss* diamantsegmentiert sein.«

Joseph schüttelte den Kopf. »Er war vorbereitet, wie du gesagt hast.«

»Er trägt sogar eine Schutzbrille«, fügte Quartermaine verbittert hinzu. »Schon toll, wie sicherheitsbewusst die Killer heutzutage sind.«

Der Mann zog ein Messer aus einer Scheide, als er das Haus betrat. Im Inneren suchte er zunächst die andere Alarmsirene und trennte auch ihre Drähte durch. Dann begann er, die Polster des Sofas aufzuschlitzen und methodisch zu suchen. Die Schutzbrille bedeckte die obere Gesichtshälfte und verzerrte den Blick auf seine Augen. Über der unteren Hälfte trug er ein Tuch.

»Sicherheitsbewusst und verdammt dreist«, murmelte Hyatt, als der Mann direkt in die Kamera blickte und beide behandschuhte Daumen hochhielt. »Arschloch.«

»Er hat nicht einmal versucht, die Anlage außer Kraft zu setzen. Er wollte nur verhindern, dass die Sirenen schrillen.« Clay schaltete zwischen den Kameras hin und her und knirschte mit den Zähnen beim Anblick der Zerstörung, die der Mann verbreitete. Er kippte Schubladen aus, zerrte Sachen aus den Schränken, schnitt Matratzen und Polster auf, riss Bilder von den Wänden, zertrat Glas und verstreute Fotos. Aus seinem Schlafzimmerschrank nahm er den feuerfesten Safe, klemmte ihn unter den Arm und suchte weiter.

»Shit«, zischte Clay.

»Was ist drin?«, wollte Joseph wissen.

»Nichts, was ihm sagen könnte, wo Stevie und Cordelia sich verstecken.« Clay stieß die Luft aus, um seinen Zorn zu dämpfen. »Einfach nur meine Baseball-Kartensammlung aus meiner Kindheit. Worüber ich mich natürlich nicht aufregen darf in Anbetracht der Tatsache, dass er gleich zwei Menschen töten wird.« Er stieß einen unterdrückten Fluch aus, als der Mann sich dem Bootsmodell näherte, das er mit seinem Stiefvater St. James und dessen Vater vor Jahrzehnten gebaut hatte. »Tu's nicht. Tu es ...« Doch schon hatte der Kerl es in ein Häufchen Balsaholzschrott verwandelt. »Ach, verflucht noch mal.«

Joseph drückte kurz seine Schulter.

Clay ballte die Hände zu Fäusten, als der Mann eine Keramikvase von seinem Nachttisch in die Hand nahm. Er hätte am liebsten die Augen geschlossen, um nicht sehen zu müssen, was nun voraussichtlich geschehen würde. Dennoch zuckte er zusammen, als die Vase in tausend Stücke zerschellte. *Verdammt!* Ein warmer Körper trat nah an ihn heran, und er musste nicht erst hinsehen, um zu wissen, wer es war. Ihren Geruch hätte er überall identifizieren können. »Es tut mir leid«, flüsterte Stevie.

»War sie selbstgemacht, die Vase?«

»Von meiner Mutter. Kurz bevor sie gestorben ist.«

Stevie stieß den Atem aus. »Ach, Clay. Es tut mir so leid.«

Er hätte gerne gewusst, was genau ihr leidtat, fragte aber nicht. Traute seiner Stimme nicht. Der Mistkerl war neben der zerbrochenen Vase in die Hocke gegangen und stieß vorsichtig gegen die Scherben. Er nahm ein paar Gegenstände aus dem Schutt auf dem Fußboden und hielt sie ins Licht, das durchs Fenster kam.

Hilfloser Zorn durchfuhr Clay, als er zusah, wie der Mann Uhr und Ring seiner Mutter achtlos in den Werkzeugkasten warf.

»Sie hatten so was nicht im Safe?«, fragte Brodie erstaunt.

»Es war eine Zwanzig-Dollar-Timex. Und den Ring habe ich ihr als Kind geschenkt. Der hat überhaupt keinen Wert.« *Für mich allerdings einen gewaltigen. Dieses miese Arschloch. Wenn ich den je in die Finger kriege ...*

Der Eindringling sah auf seine Uhr und spähte durchs Fenster auf die Straße. Mit einem Achselzucken verließ er das Schlafzimmer und ging in die Küche, wo er jeden einzelnen Behälter in den Müll leerte. Er blätterte durch Kochbücher und ließ sie anschließend auf den Boden fallen. Und dann nahm er das Bild, das Cordelia ihm gemalt hatte, vom Kühlschrank.

*Nein. Fass das nicht an.* Doch der Mann tat genau das, betrachtete das Bild, drehte es um. Seine Schultern bewegten sich, als er lachte. Sorgsam zerriss er das Papier und befestigte es anschließend mit zusätzlichen Magneten wieder am Kühlschrank.

»Was ist das?«, fragte Hyatt.

Brodie tätschelte Clays Arm. »Ich hole es.« Sie kam ein paar Sekunden später zurück, als der Mann auf dem Video gerade Clays Garderobenschrank durchstöberte – jenen Schrank, der das Überwachungssystem enthielt. Er ging in die Hocke, schien nach einem Versteck zu suchen und war gefährlich nah daran, eines zu finden.

»Es ist eine Drohung«, sagte Brodie.

»Für wen?«, fragte Stevie.

Clay blickte auf die beiden Hälften der Zeichnung, die Brodie in den Händen hielt. »Für dich, Stevie.«

Stevie schnappte nach Luft. »Das bin ja ... ich? Und ...« Sie beugte sich vor. »Und du?«

Cordelia hatte ihre Mutter im Krankenhausbett gemalt, daneben stand Clay, einen Heiligenschein über dem Kopf. Wer was sein sollte, war klar, da Cordelia rücksichtsvoll genug gewesen war, die Figuren mit Namen und dicken Pfeilen zu versehen.

»Cordelia hat mir das Bild gemalt, als du im Krankenhaus lagst«, erklärte Clay schroff. Wenigstens konnte man die Zeichnung retten, vorausgesetzt, sie wurde vom Labor wieder freigegeben und verschwand nicht in den unergründlichen Tiefen der Asservatenkammer.

Mr. Arschloch hatte die Seite so zerrissen, dass Stevies Kopf sauber vom Körper abgetrennt worden war.

Clay zwang seine Aufmerksamkeit wieder zu den Kameras zurück. Der Mann war nun im Keller, aber dort gab es für ihn nichts zu zerstören. Nur eine Minute später war er wieder oben und auf dem Weg nach draußen – diesmal durch die Garage. Die Außenkamera, die auf die Eingangstür gerichtet war, zeigte, wie er Clays feuerfesten Safe auf den Beifahrersitz warf, einstieg und davonfuhr.

Der ganze »Besuch« hatte nicht länger als sieben Minuten gedauert.

»Okay«, sagte Joseph langsam. »Er ist also gegangen? Ich meine, einfach so?«

»Er wird wohl wieder zurückkommen«, bemerkte Stevie.

»Hollinsworth und Locklear haben sich kaum selbst umgebracht.«

Clay spulte das Video vor und schaltete auf Normaltempo, als ein sandfarbener Chevy Tahoe am Straßenrand hielt. Nun stieg ein anderer Mann aus, ebenfalls in einem Arbeitsoverall. Zwar trug er einen Rucksack über der einen Schulter, doch auch er hatte eine Baseballkappe tief ins Gesicht gezogen.

Mr. Rucksack marschierte zur Eingangstür und klopfte. Als nichts geschah, trabte er ums Haus herum zur Seite, wo er die Tür öffnete, die der erste Kerl unverschlossen gelassen hatte.

»Das glaub ich jetzt nicht«, murmelte Clay.

Mr. Rucksack schlenderte durch die Waschküche herein und nahm sich Zeit, sich einmal um die eigene Achse zu drehen und alles anzusehen. Er senkte den Kopf, hielt mit einer Hand den Schirm der Kappe fest, griff mit der anderen darunter und zog sich eine Skimaske über das Gesicht, und zwar so blitzschnell und geübt, als hätte er das schon oft getan.

Neben ihm fuhr Stevie zurück.

»Was ist?«, fragte Clay, und sie zuckte beunruhigt die Schultern.

»Ich weiß nicht. Der Kerl hat ... irgendwas an sich, das mir eine Gänsehaut verursacht.«

Mr. Rucksack bewegte sich auf demselben Weg durchs Haus wie Mr. Arschloch und sah hier und da die Trümmer durch, die der andere hinterlassen hatte. In Clays Schlafzimmer fasste der Mann die Fotos am Boden ins Auge, fegte die Glasscherben zur Seite und steckte die Bilder ein.

»Verdammter Hurensohn«, presste Clay hervor.

»Er hat Ihre Fotos mitgenommen?«, fragte Brodie. »Wieso denn das?«

»Keine Ahnung. Außer den Bildern von meiner Mutter weiß ich nicht einmal mehr genau, was ich alles dort hängen hatte. Man gewöhnt sich an den Anblick.«

»Es tut mir leid«, sagte Stevie wieder. »Die Fotos sind unersetzlich.«

»Nein, sind sie nicht. Ich habe sie vor einiger Zeit eingescannt und auf einen Stick gezogen, der wiederum in einem Banksafe liegt. Zusammen mit allem anderen, das ihn möglicherweise interessiert hat.«

»Seht euch das mal an, Leute«, murmelte Hyatt.

Der Mann war stehen geblieben und hatte einen Rahmen aufgehoben. »Meine Medaillen«, erklärte Clay. »Meine Mutter hatte sie mir vor Jahren in diesen Setzkasten gehängt.«

Und dann verblüffte der Mann sie, indem er den Rahmen behutsam auf die Kommode stellte. »Da haben wir sie gefunden«, sagte Brodie. »Ich wäre nie im Leben auf die Idee gekommen, dass dieser Kerl sie dorthin gestellt hat.«

»Ganz bestimmt Ex-Militär«, sagte Clay. »So respektvoll, wie er mit den Orden umgeht, hat er gekämpft. War vielleicht sogar verwundet.«

»Wieso?«, fragte Stevie und beugte sich vor, um die Medaillen auf dem Bildschirm besser zu erkennen.

»Die eine ist ein Purple Heart«, erklärte Hyatt. »Die andere ein Silver Star.«

»Das purpurne Herz bekommt, wer in Ausübung seiner Pflicht verwundet wurde«, murmelte Stevie. »Den Silbernen Stern gibt es für außerordentlichen Mut.«

»Das ist richtig«, sagte Clay verlegen.

Mr. Rucksack lief nun durch den Flur und sah sich in der Küche um. Dann blieb er stehen. Und legte den Kopf schief, als lauschte er.

»Es ist zwölf Uhr vierundzwanzig«, sagte Hyatt düster.

Mr. Rucksack stellte sich neben die Schiebetür und wartete auf den Polizisten, der über die Terrasse hereinkam. Zugriff. Ein rascher Dreh.

Ein paar Sekunden später kam der zweite Cop durch die Garage. Wieder ein rascher Dreh.

Alle, die um den Fernseher versammelt waren, fuhren beide Male zusammen. Es war totenstill im Wohnzimmer.

Rucksack zog ein Messer aus der Scheide und schnitt beiden

Polizisten die Kehle auf, nahm ihre Funkgeräte an sich und schlenderte durch die Garage zurück nach draußen. Clay schaltete um auf die Straßenansicht, und sie beobachteten, wie er in den Chevy Tahoe stieg und davonfuhr.

»Drück auf Pause«, befahl Joseph. »Können wir das hintere Nummernschild erkennen?«

Clay hatte das Bild schon eingefroren und gab nun auf Brodies Laptop mit hämmerndem Herzen den Befehl zum Zoomen ein. »Wie finden wir denn das?«, sagte er zufrieden. Anders als das Kennzeichen vorne war das hintere deutlich zu erkennen.

»Wunderbar«, sagte Joseph grimmig. Er trat ein paar Schritte zur Seite, um die Nummer durchzugeben.

Clay klickte wieder auf Play, und sie sahen den Chevy davonfahren. Und dann geschah etwas Unerwartetes. »Joseph!« Clay winkte ihn zurück. »Schau dir das mal an.«

Joseph runzelte die Stirn. »Was ist das denn?«

Der schwarze Toyota Sequoia war wieder dabei – buchstäblich. Er kam aus der anderen Richtung herangefahren, als hätte er gewartet. Mr. Arschloch rannte um Clays Haus herum auf die Terrasse und kam vor der Glastür zum Stehen. Er war eindeutig bestürzt, hatte sich jedoch noch so weit im Griff, dass er den Kopf gesenkt hielt.

»Er hat auf etwas gewartet, aber nicht darauf«, sagte Stevie.

Clay zog die Brauen zusammen. »Er hat auf dich gewartet, Stevie. Deswegen hat er nicht einmal versucht, den Alarm zu umgehen. Er wusste, dass das System die Cops zu mir holen würde – und letztendlich auch dich. Wahrscheinlich hatte er geplant, dich zu erschießen, wenn du herkommen und aus dem Auto steigen würdest.«

»Mein Gott«, flüsterte Stevie. Dann hob sie den Kopf und presste trotzig die Kiefer zusammen. »Jetzt wartet er nicht mehr auf mich. Wohin ist er gegangen?«

Mr. Arschloch war zu seinem Wagen geflüchtet und mit hoher Geschwindigkeit davongebraust.

Clay trat widerstrebend von ihr weg und wandte sich an

Brodie und Hyatt. »Soll ich mit Ihnen durchs Haus gehen? Eine Bestandsaufnahme der fehlenden Dinge machen?«

Hyatt nickte. »Gehen Sie mit Agent Brodie. Ich muss mit Detective Mazzetti allein sprechen.«

*Sonntag, 16. März, 13.25 Uhr*

Robinette hatte den Tahoe auf einem Parkplatz einen halben Block von Maynards Büro entfernt abgestellt. Ein Streifenwagen stand direkt vor dem Büro, ein kleines Gebäude, das wie eine Bank aussah. Es ergab Sinn, dass ein Privatermittler ein ehemaliges Bankhaus mietete, denn es hatte wahrscheinlich mit Metall verstärkte Wände plus einen Tresor, in dem man die Akten lagern konnte. Unter keinen Umständen würde Robinette versuchen, dort einzubrechen.

Dass Maynard dieses Haus tatsächlich gemietet hatte, wusste Robinette von früheren Nachforschungen – damals, als er auf Maynard aufmerksam geworden war, weil der Bursche Mazzetti vor dem Gericht das Leben gerettet hatte.

Er startete den Motor, verharrte jedoch plötzlich. Ein schwarzer Toyota Sequoia mit Westmoreland am Steuer fuhr an ihm vorbei. Der SUV bog auf den Parkplatz eines Geschäfts ein, einen halben Block von Maynards Büro in der anderen Richtung entfernt.

Robinette rutschte tiefer in seinen Sitz. Hoffentlich hatte Westmoreland ihn nicht durchs Fenster erkannt. Sein Handy klingelte, und er wand sich, um es aus seiner Tasche zu ziehen. Es war – Westmoreland. *Ach nee. Nett von ihm, sich endlich zu melden!*

»Du solltest mich schon vor Stunden anrufen. Oder habe ich mich nicht deutlich genug ausgedrückt, als ich sagte, ich würde stündlich einen Bericht erwarten?«

»Tut mir leid, Robbie. Ich habe ziemlich lange gebraucht, um in Maynards Haus zu kommen – länger, als ich geplant hatte. Er hat ein ausgeklügeltes Alarmsystem.«

»Und wie hast du es umgangen?«

»Gar nicht. Ich wollte nur ein paar Minuten Zeit, um mich umzusehen und wieder zu verschwinden. Ich habe nach offiziellen Dokumenten gesucht, Schließfachschlüsseln, Computern, ja, mein Gott, auch nach einem altmodischen Adressbuch. Das Einzige, was ich mitgenommen habe, war ein alter, feuerfester Safe, den ein Dreijähriger hätte knacken können.«

Robinette dachte an sein eigenes altmodisches Adressbuch. Technik war etwas Feines, aber manchmal beruhigte es, wenn man eine »Datenbank« besaß, die man nicht downloaden, hacken oder rasch kopieren konnte.

»Und was war drin in dem Safe?«

»Seine Baseball-Kartensammlung. Er hat eine Rookie-Karte von Cal Ripkin junior, was zwar wirklich beeindruckend ist, uns aber leider gar nichts über den Aufenthaltsort von Mazzetti verrät.«

»Wo bist du?«, fragte Robinette. Sich nicht nach Westmorelands Aufenthaltsort zu erkundigen hätte verdächtig gewirkt.

»Im Auto auf einem Parkplatz vielleicht zweihundertfünfzig Meter von Maynards Büro entfernt. Vor dem Haus steht ein Streifenwagen. Wahrscheinlich hat Maynard sofort gebeten, hier nachzusehen, als das System bei ihm zu Hause Alarm geschlagen hat. Ich will ehrlich zu dir sein, Robbie. Maynards Büro wirkt verdammt gut gesichert.«

»Wie kommst du darauf?«

»Sieht so aus, als sei in dem Haus mal eine Bank gewesen. Ich könnte versuchen, einzubrechen, aber es mag eine Weile dauern, und solange die Cops davorsitzen, werde ich es bestimmt nicht probieren.«

»Irgendwelche Ideen?« Er konnte es kaum abwarten, Westmorelands Vorschläge zu hören.

»Wir hacken uns in seinen Server, checken seine Mails, Dokumente, seine Rechnungen. Wenn er zum Beispiel für ein anderes Haus oder eine Wohnung Strom bezahlt, versteckt er vielleicht Mazzetti dort.«

Das war tatsächlich einmal ein sinnvoller Vorschlag, und er bewirkte, dass Robinette sich ein wenig paranoid vorkam, weil er Westmoreland sofort mit Fletcher und Henderson über einen Kamm geschoren hatte. »Kannst du so was? Dich irgendwo reinhacken?«

»Wenn ich genug Zeit habe, ja. Und wenn ich es nicht schaffe, haben wir noch drei von Maynards Angestellten, die wissen, wie man an die Informationen kommt. Paige Holden, Alec Vaughn – der Junge, der gestern bei ihm war – und Alyssa Moore. Alyssa ist Maynards Sekretärin. Sie wird vermutlich mehr über Finanzen, Passwörter und so weiter wissen als die anderen beiden. Mit ihr würde ich anfangen.«

»Klingt vernünftig. Willst du dazu in sein Büro?«

»Vielleicht. Ich kann es aber auch von zu Hause oder einem Internetcafé aus versuchen. Wenn Maynard auch auf seinem Server Fallen eingebaut hat, kann er womöglich über meine IP-Adresse herausfinden, wo ich mich aufhalte. Ich will ihn nicht ausgerechnet zu dir führen.«

»Ja, das wäre ausgesprochen ungünstig«, stimmte Robinette zu.

»Okay. Versuch, dich reinzuhacken, und verschaff mir vorher Mazzettis Kreditkartenbewegungen. Falls sie die Stadt verlässt, will ich das wissen.«

»Alles klar. Ich melde mich, sobald ich kann.«

»Ach. Noch eines.« Robinette gab sich alle Mühe, dass seine Stimme nur ein klein wenig neugierig klang und nichts von dem noch verbliebenen Rest Misstrauen in Bezug auf Westmorelands Loyalität enthielt. »Ich musste dich fragen, wo du bist, weil das Fahrzeug, das du aus dem Fuhrpark genommen hast, über meine Tracking-Software nicht mehr aufzuspüren ist.«

Eine kurze, bedeutungsschwangere Pause. »Du kontrollierst auch mich, Robbie?«

»Aber sicher. A, weil ich jeden kontrolliere, und B, weil du nicht angerufen hast, obwohl du es solltest. Henderson läuft irgendwo da draußen herum und bedeutet, wie du gerade betont hast, eine potenzielle Gefahr für uns alle. Ich musste mich vergewissern, dass dir nichts zugestoßen ist.« *Und du dich nicht auf die falsche Seite geschlagen hast.*

»Na gut«, brummte Westmoreland. »Das kann ich hinnehmen, denn das ist genau der Grund, warum ich den Peilsender deaktiviert habe. Auch Henderson hat das Passwort zu dem Programm. Ich wollte nicht riskieren, dass jemand mir irgendwo auflauert, am wenigsten, während ich bei Maynard einbreche. Überleg mal, was passiert wäre, wenn Henderson mich da erwischt und erledigt hätte. Die Cops hätten meine Leiche gefunden, und wohin hätte sie das letztlich geführt?«

»Zu mir«, antwortete Robinette grimmig. »Ich hätte das Passwort längst ändern sollen. Warum hast du mich nicht daran erinnert?«

»Entschuldige. Das ist mir auch erst heute eingefallen.«

»Ich ändere das Passwort jetzt. Ruf mich an, wenn du auf Maynards Server bist.«

Robinette legte auf und wartete, bis Westmoreland an ihm vorbeigefahren war, bevor er sich wieder aufsetzte. Wes kannte sich von allen in seinem Team am besten mit Computern aus. Sich in Maynards Server zu hacken, schien wie ein Schuss ins Blaue, aber wenn es einer schaffen konnte, dann Wes.

Obwohl Westmorelands Idee nicht unklug war, war Robinette überrascht gewesen, dass er nicht vorgeschlagen hatte, sich vor Maynards Haus oder Büro auf die Lauer zu legen, bis der Privatermittler persönlich auftauchte. Die Cops würden Maynard natürlich sprechen wollen, zumal nun zwei Leichen in seinem Wohnzimmer lagen.

Aber Wes hatte das von den Leichen nicht gewusst. *Soll er ruhig ein bisschen mit dem Computer rumspielen. Du wartest auf Maynard.* Irgendwann kehrte der Bursche zu Mazzetti zurück, und dann würde sich Robinette an seine Fersen heften.

Inzwischen waren die Cops vermutlich bei Maynard eingefallen. Die Abmeldung zur Mittagspause bei der Zentrale über das Funkgerät des einen Polizisten hatte ihm gerade genug Zeit verschafft, um ungesehen zu verschwinden.

Maynards Viertel war nur spärlich besiedelt; jedes Haus war von einem großen Grundstück umgeben, weshalb ihn vermutlich niemand gesehen hatte. Andererseits würde er sofort auffallen, wenn er vor dem Haus parkte. Besser, er wartete am Ende der Straße, in der Maynard wohnte. Dort würde er sehen, wer kam und ging, und vielleicht hatte er ja Glück.

## 15. Kapitel

*Baltimore, Maryland
Sonntag, 16. März, 13.45 Uhr*

Stevie konnte ihren Blick nicht von den beiden toten Cops abwenden. *Sie sind wegen mir gestorben.* Die Polizistin, die vergangene Nacht den Lockvogel gespielt hatte, war ebenfalls tot. Zwei unschuldige Frauen, die zufällig im falschen Restaurant gewesen waren. Tot.

Clays Zuhause – auseinandergenommen.

»Es tut mir leid«, murmelte sie, aber Hyatt schüttelte den Kopf.

»Das ist nicht Ihre Schuld. Der Tod der Undercover-Polizistin von gestern Nacht ist auch nicht Ihre Schuld. Sie kannte das Risiko, glauben Sie mir Stevie! Hören Sie mir überhaupt zu?«

Sie nickte und klammerte sich an seine Worte, während sie Clays breitem Rücken nachsah. »Ja, ich höre Ihnen zu. Und ich verstehe Sie. Ich …« Dass sie ihm glaubte, brachte sie nicht über die Lippen. »Es tut gut, das noch einmal zu hören.«

Er zog die Stirn in Falten und folgte ihrer Blickrichtung. »Behauptet Maynard etwas anderes?«

Sie lachte unfroh. »Nein. Aber er ist nicht wirklich unparteiisch, wenn es um mich geht.« Zumindest war er es bisher nicht gewesen. Seit sie dieses Haus betreten hatten, hatte er sie noch kein einziges Mal angesehen.

*Tja, willst du ihm das verübeln? Erst sagst du ihm mehrmals, er wäre nur die zweite Wahl, und jetzt das hier!* Sein niedergeschmetterter Gesichtsausdruck, als der erste Eindringling die Vase seiner Mutter zerbrochen hatte … Und dann das Bild von Cordelia. Natürlich hatte sie gewusst, dass Cordelia ihm eins gemalt hatte; Izzy hatte es ihr erzählt. Sie wusste auch, dass ihre Tochter den

Mann verehrte wie eine Kreuzung aus Schutzengel und Captain America, aber ...

Er hatte Cordelias Zeichnung behalten. An seinem Kühlschrank aufgehängt.

Er war ein wirklich guter Mensch. *Und du hast ihm jetzt genau wie oft einen Korb gegeben?* Bisher war sie insgeheim immer davon ausgegangen, dass er schon wiederkommen würde. Jetzt tat sie das nicht mehr. Sie hatte die Resignation in seinen Augen gesehen, als er vorhin vom Bett aufgestanden war und sie dort allein zurückgelassen hatte.

*Ich bin nur ein Dummkopf, der sich etwas so sehr gewünscht hat, dass er sich irgendwann einreden konnte, er hätte gehört, was er hören wollte.*

Gott! Am liebsten hätte sie geschrien. Sich die Haare gerauft und geweint.

»J.D. hat mich angerufen«, sagte Hyatt, »um mir mitzuteilen, dass Scott Culp von der IA möglicherweise die Adresse des sicheren Hauses an Rossi weitergegeben hat.«

Sie sah die Frage in seinem Blick und erwiderte, ohne zu blinzeln: »Und Sie wollen jetzt wissen, warum *ich* Sie nicht angerufen habe. Dafür werde ich mich nicht entschuldigen, Sir. Ich weiß einfach nicht, wer möglicherweise Ihre Anrufe abhört.«

Ihr Chef hielt ihren Blick einen langen Augenblick fest, bevor er die Augen abwandte, und Stevie erkannte, dass er die Wahrheit ahnte: Sie traute ihm nicht mehr voll.

»J.D. bewacht Culps Haus nicht mehr. Bashears ist dort.«

Stevie zog die Brauen hoch. Bashears war ein anderer Detective unter Hyatts Befehl. »Warum?«

»Ist das etwa nicht in Ordnung?«

Sie wusste, dass er stattdessen fragte, ob sie auch Bashears nicht traute, und ihre Antwort war: Nein. Bashears war der Partner von Elizabeth Morton gewesen, eine von den korrupten Cops auf Lippmans Lohnliste, und die Frage, die ihr auf der Zunge lag, wann immer sie ihm begegnete, lautete: *Hatten Sie denn gar keinen Verdacht?*

Ihr war bewusst, dass viele ihrer Kollegen sich dasselbe in Bezug auf sie und Silas Dandridge fragten. Bashears war von der Dienstaufsicht gründlich unter die Lupe genommen worden, genau wie sie. Leider war die Integrität dieser Abteilung momentan alles andere als gesichert, so dass das Gütesiegel auf Bashears Akte wenig bedeutete.

»Nein, gegen Bashears ist nichts einzuwenden. Ich dachte einfach nur, dass J.D. dort Wache stehen würde.«

»Das hat er auch zuerst. Aber dann ist Rossi aufgewacht, und J.D. ist ins Krankenhaus gefahren, um ihn zu verhören.«

Stevie riss die Augen auf. »Rossi ist bei Bewusstsein? Hat er schon etwas gesagt?«

»Wir wissen noch nichts. J.D. dürfte dort gerade erst ankommen.« Hyatt blickte zur Seite, als Quartermaine sich näherte. »Nehmen Sie die Leichen jetzt mit?«

Stevie hatte schon von Quartermaine gehört. Der weibliche Anteil der Officers auf dem Revier tratschte hingebungsvoll über den neuen Rechtsmediziner, und wer immer gesagt hatte, neben ihm müsse Brad Pitt sich warm anziehen, hatte es ziemlich gut getroffen.

Groß, schlank und goldblond, wie er war, erinnerte er sie ein bisschen an Paul. Sie hätte erwartet, dass ihr das einen Stich versetzen oder vielleicht ein Frösteln bewirken würde, aber nichts geschah. Es schien, als ob sie nur noch in Clays Gegenwart eine körperliche Reaktion zustande brächte.

*Ich kann dich riechen. Oh, Gott.* Okay, es funktionierte auch, wenn sie nur an ihn dachte.

Quartermaine nickte. »Ich habe meine besten Techniker angerufen. Sie kommen gleich.«

Hyatt schloss kurz die Augen. »Ich werde die Angehörigen benachrichtigen, sobald ich hier wegkann.«

»Sie können ihnen sagen, dass sie keine Schmerzen gelitten haben«, sagte Quartermaine freundlich.

»Danke, das wird etwas helfen.«

Quartermaine wandte sich Stevie zu und streckte ihr die Hand entgegen. »Detective, ich habe schon sehr viel über Sie gehört. Ich wünschte, wir wären uns unter anderen Umständen begegnet.« Er schnitt eine selbstironische Grimasse. »Andererseits – wie hätten wir uns schon begegnen können, wenn nicht über einer Leiche?«

»Tja, so ist das wohl.« Stevie schüttelte seine Hand, und der Schmerz in ihrem Arm verwirrte sie einen Moment lang, bis es ihr wieder einfiel. Die Kugel von gestern. Es kam ihr vor, als sei es schon ein Jahr her. Sie hatte sich die Wunde wieder aufgerissen, als sie sich mit Clay auf dem Bett gewälzt hatte. Was wiederum gerade erst eine Minute her zu sein schien. Sie zwang sich, die Leichen der beiden Polizisten zu betrachten. »Danke, dass Sie sich um unsere Jungs kümmern.«

»Selbstverständlich.« Quartermaine blickte Hyatt traurig an. »Ich beneide Sie nicht um Ihre Aufgabe und kann sie Ihnen auch nicht erleichtern, aber ich kann mich zumindest beeilen, so dass die Familien anfangen können, den Verlust zu verarbeiten.« Damit wandte er sich zum Gehen.

*Verarbeiten.* »Das habe ich früher auch getan«, murmelte sie.

»Was?«, fragte Hyatt.

»Den Leuten helfen, die Trauer zu verarbeiten. Zumindest habe ich das geglaubt.«

»Das haben Sie auch getan. Die Trauerbewältigungsgruppen mit den Kollegen hier gehörten zu den berühmtesten ›Geheimnissen‹ unserer Abteilung. Ich habe inzwischen viele Anfragen von Polizisten, Ehepartnern, Psychiatern ... alle wollen wissen, wann die Gruppen sich wieder treffen können.«

»Ich kann mich nicht einmal daran erinnern, wann ich damit aufgehört habe.«

»Nach der Sache mit Silas«, antwortete Hyatt.

*Oh. Stimmt.* »Tja. Ich schätze, ich war danach nicht ganz bei mir.«

»Schätzen Sie?«, fragte er trocken, und sie brachte ein Grinsen zustande, das sich in Tränen verwandelte.

Verlegen riss sie sich zusammen. »Vielleicht sollte ich die Gruppen wieder ins Leben rufen.«

»Vielleicht sollten Sie sich erst selbst die Sauerstoffmaske überziehen, bevor Sie anderen Fluggästen helfen«, gab Hyatt freundlich, aber bestimmt zurück, und ihr stiegen erneut die Tränen in die Augen. »Kein Befehl, Stevie, nur eine Empfehlung.«

Sie blickte zu ihm auf. »Wollen Sie damit sagen, dass ich einen Termin beim Therapeuten machen soll?«

Er verdrehte die Augen. »Nein, ich will Ihnen damit sagen, dass Sie einen Termin bei der Fußpflege machen sollen. Herrgott noch mal, Stevie, für eine so clevere Frau ...« Er schnaufte entnervt. »Selbst wenn dieses Bein da wieder hundertprozentig funktionsfähig wäre, würden Sie zum Dienst erst wieder zugelassen, wenn der Psychiater das Okay dafür gibt.«

»Mit Psychiatern komme ich schon klar«, entgegnete sie trotzig.

»Ach, Sie meinen, weil es in Ihrem Freundeskreis so viele Seelenklempner gibt und sie Ihre Trauerarbeit respektieren, bekommen Sie die Freigabe schneller? Bzzz.« Hyatt imitierte den Buzzer einer Spielshow. »Falsche Antwort.«

Stevie wurde rot. Eigentlich hatte sie genau das gedacht. »Wie auch immer. Zurück zu Scott Culp, der Rossi Informationen hat zukommen lassen. Was wollen Sie unternehmen? Haben Sie mit Culps Chef gesprochen?«

Hyatt schnaufte. »Sie sind einer der holzköpfigsten Cops, die ich je in meinem Team hatte, und ich wende diesen Begriff wahrlich locker an. Also schön, lassen wir das Thema Therapie im Augenblick ruhen. Ich war nicht bei der Dienstaufsicht. Ich bin zu Yates gegangen.«

Sie blinzelte überrascht. Dann verstand sie. Assistant State's Attorney Yates war Grayson Smiths Vorgesetzter. »Weil es die Staatsanwaltschaft ist, die eine Untersuchung außerhalb der Polizei einleiten müsste.«

»Vor allem dann, wenn die Dienstaufsicht in diese Sache verwickelt ist. Was traurigerweise nicht zum ersten Mal geschieht. Yates wird eine offizielle, wenn auch verdeckte Ermittlung in die

Wege leiten. Alles wird ganz still und heimlich über die Bühne gehen.« Er hob die Schultern in aufgesetzter Sorglosigkeit. »Außerdem habe ich ein bisschen rumgeschnüffelt und mich auf Carla Culps Facebook-Seite umgesehen. Culps Ex ist offenbar gerade von einer Safari in Afrika zurückgekehrt, fährt einen schicken Mercedes und trägt einen dicken Klunker am Finger. Laut Immobilienregister ist sie erst kürzlich in eine der nobleren Gegenden von Potomac umgezogen.«

Stevie stieß einen leisen Pfiff aus. Sie war sowohl von den Informationen an sich beeindruckt als auch von der Tatsache, dass Hyatt wusste, wie man auf Facebook gehen konnte. Er machte keinen Hehl daraus, mit neuen Medien nicht viel am Hut zu haben. »Sie hat sich reich wiederverheiratet?«

»Sie hat überhaupt nicht wieder geheiratet. Culp bezahlt noch immer Alimente.«

»Oh.« Stevie legte nachdenklich den Kopf zurück. »Wann hat sie das schicke Haus gekauft?«

Er lächelte. »*Das* ist die Polizistin, an die ich mich erinnere. Sie hat den Vertrag für das neue Domizil einen Monat nach Silas' Tod und dem Erscheinen von Lippmans Liste abgeschlossen.«

»Culp stand nicht auf der Liste. Aber vielleicht könnte seine Ex-Frau beweisen, dass er dorthin gehörte.«

»Genauso sehe ich das auch. Yates entwirft bereits richterliche Anordnungen für die Ex-Frau und ihre Shopping-Kumpaninnen für den Fall, dass sie nicht freiwillig kooperieren.«

»Ich würde gerne dabei sein, wenn sie verhört wird. Ich will, dass sie ein Gesicht mit den Verbrechen ihres Mannes verbindet, die sie mit ihrem Schweigen möglich gemacht hat. Und ich möchte dabei sein, wenn Scott selbst verhört wird.«

»Das sollen Sie auch. Schauen wir mal, ob er wenigstens etwas Reue zeigt, wenn wir ihm erzählen, dass Rossi seine Informationen benutzen wollte, um unter anderem ein siebenjähriges Mädchen zu töten.«

Stevie drehte sich der Magen um. »Wenn Sie mich jetzt entschuldigen würden. Ich möchte gerne einen Blick auf das Schlafzimmer nach hinten raus werfen, bevor wir zu Culp fahren.«

Sie war schon ein paar Schritte gegangen, als Hyatts ruhige Stimme hinter ihr erneut ertönte. »Vergessen Sie nicht, was ich Ihnen zu der Sauerstoffmaske gesagt habe: erst selbst aufsetzen, dann anderen helfen.«

Sie nickte, ohne sich umzudrehen. »Mach ich.«

*Sonntag, 16. März, 14.05 Uhr*

Sam Hudson ging mit schweren Schritten und dumpfer Vorahnung auf Dina Andrews' Tisch in der Ballistikabteilung zu.

Sie blickte auf, als sein Schatten über ihre Computertastatur fiel. »Hast du meine Nachricht bekommen?«

»Ja. Die Pistole, die ich dir heute Morgen gegeben habe, ist in der Datenbank.«

»Das ist richtig. Sie gehört zu einem ungelösten Fall. Der Zug im Lauf passt zu einer Kugel, die man in einem nicht identifizierten Weißen gefunden hat. Er wurde vor gerade acht Jahren aus dem Severn River in May gefischt.«

*Das kann nicht ich gewesen sein. Ich müsste mich doch erinnern, eine Leiche zum Severn River geschleppt zu haben.*

Trotzdem wollte die böse Vorahnung nicht weichen. »Hast du den Autopsiebericht?«

»Nein. Ich komme nur an den Polizeibericht. Du musst in die Gerichtsmedizin gehen, wenn du etwas über die Obduktion wissen willst. Sam, ist alles klar?«

Er nickte. »Ja, ja. Danke, dass du das für mich überprüft hast.«

»Gern geschehen.« Sie musterte ihn. »Du weißt, wer dir die Waffe hingelegt hat, nicht wahr?«

»Nein. Wirklich nicht. Nur dass es jemand war, der wusste, wo ich wohne.« Was nicht gelogen war. Der Umschlag war an die Adresse seiner Mutter geschickt worden, und dort hatte er damals gewohnt.

»Ich muss allerdings melden, was ich gefunden habe, das weißt du. Ich kann das nicht einfach wieder vergessen.«

»Nein, das hätte ich auch nicht erwartet. Aber würdest du mir ein paar Tage Zeit geben? Ich würde gerne noch ein bisschen in meiner Nachbarschaft rumfragen. Ich verstehe mich ganz gut mit den Leuten dort, vielleicht finde ich ja etwas heraus.«

»Gut, sagen wir, ich gebe dir achtundvierzig Stunden, okay? Dann reiche ich den Bericht am Dienstag vor Feierabend ein.« Sam nahm den Polizeibericht, den sie angefordert hatte. »Klasse, danke.«

Mit unsicheren Schritten verließ er das Gebäude und ließ sich auf eine Bank sinken, um seine butterweichen Knie zu entlasten und den Bericht zu lesen. Die Leiche hatte halb unter, halb über der Wasserfläche in einem Biberdamm im State Park festgehangen. Das Opfer war männlich, weiß, ungefähr fünfundvierzig Jahre alt. Größe eins dreiundachtzig, Gewicht fünfundachtzig Kilo.

Sam rang nach Luft. Sein Vater war fünfundvierzig gewesen, als er verschwunden war. Größe und Gewicht passten ebenfalls. *Nein. Das kann nicht sein. Es kann einfach nicht sein.* Aber was, wenn doch?

Im Hinterkopf des nicht identifizierten Mannes befand sich eine Geschosseintrittswunde. Wer immer der Mann gewesen war – man hatte ihn exekutiert. *Das war ich nicht. Daran müsste ich mich doch erinnern können.*

Aber er erinnerte sich nicht. Ihm fehlten eineinhalb Tage. Eineinhalb Tage, die einfach weg waren.

*Lieber Gott, was habe ich bloß getan?*

*Sonntag, 16. März, 14.15 Uhr*

Von seinem Wagen aus, der hinter einer alten Tankstelle am Ende von Maynards Straße stand, beobachtete Robinette, wie der Wagen der Rechtsmedizin vorbeifuhr. Wahrscheinlich befanden sich darin die beiden toten Polizisten. Hoffentlich war Maynard selbst schon aufgetaucht. Und hoffentlich hatte er auch Mazzetti dabei. Bisher hatten nur zwei Fahrzeuge den Tatort verlassen: der Transporter des Leichenbeschauers und der Pick-up, der Maynards Partnerin, Paige Holden, gehörte. Von ihr wusste er, weil er die Wartezeit genutzt und ganz altmodisch ein wenig Aufklärung betrieben hatte.

Er hatte den Wagen an der Tankstelle stehen lassen und war zu Fuß durch die Bäume geschlichen, um gerade so weit an Maynards Haus heranzukommen, dass er mit dem Fernglas die Nummernschilder erkennen konnte. Wieder im Tahoe, hatte er die Kennzeichen überprüft. Wie erwartet gehörten die meisten zur Polizei von Baltimore und zum FBI. Einige wenige befanden sich in Privatbesitz, keiner war auf Maynard zugelassen. Aber in Anbetracht der Tatsache, dass der Kerl sein Haus unter einer Schicht von Scheinfirmen versteckt hatte, war es kaum wahrscheinlich, dass er sein Auto unter seinem echten Namen registrierte.

Robinette drückte sich die Daumen, dass Maynard in einem der Wagen gekommen war, doch selbst wenn nicht, wäre es nur eine Frage der Zeit. Ganz sicher würde er den Schaden in seinem Heim begutachten wollen.

Einen Augenblick später fuhr eine Limousine vorbei, in der ein großer, kahlköpfiger Weißer saß. Robinette erkannte ihn von einer offiziellen Feier, an der sie beide teilgenommen hatten: Lieutenant Peter Hyatt, Mazzettis unmittelbarer Vorgesetzter. Hyatt hatte keine Mitfahrer im Wagen, also blieb Robinette, wo er war.

Hinter Hyatt kam ein schwarzer Escalade mit so dunkel getönten Scheiben, dass er nicht sehen konnte, wer sich darin befand. Robinette setzte sich kerzengerade auf. Da er seine Hausaufgaben gemacht hatte, wusste er, dass zwei von Mazzettis Freunden einen Escalade fuhren: Agent Carter vom FBI und Grayson Smith aus dem Büro der Staatsanwaltschaft. Beide hatten sie sowohl im Krankenhaus als auch zu Hause besucht.

Agent Carter hatte die Leitung der Ermittlung Hendersons Restaurant-Pleite betreffend übernommen. Er musste auch bei diesen Morden das Sagen haben, denn vor Maynards Haus hatte ein Chevy Suburban gestanden, der auf einen gewissen Ford Elkhart zugelassen war. Elkhart war der Sohn von ASA Montgomery, die wiederum, wie Robinettes Informant ihm verraten hatte, Carters neue Freundin war.

Daher war es wahrscheinlich, dass Carter nicht selbst im schwarzen Escalade saß, sondern dass man die Wagen getauscht hatte, um potenzielle Beobachter in die Irre zu führen. Seinem Instinkt folgend, legte Robinette den Gang ein und fuhr in diskretem Abstand hinter dem Wagen her.

*Sonntag, 16. März, 14.15 Uhr*

»Tut mir leid«, sagte Stevie leise.

Clay sah zum Beifahrersitz, wo sie saß und aus dem Seitenfenster starrte. Sie waren unterwegs zu Culps Haus. Er war überrascht gewesen, als sie bei ihm eingestiegen war, aber Hyatt hatte das Rätsel gelöst.

»Detective Mazzetti hat darum gebeten, mitkommen zu können«, hatte er gesagt, »aber ich denke, in Agent Carters Fahrzeug ist sie sicherer, sehen Sie das nicht auch so, Mr. May – nard?«

Clay sah das auch so, hätte aber lieber auf Stevie als Fahrgast verzichtet. Dummerweise konnte er sich schlecht weigern, sie mitzunehmen, zumal sie sich bereits anschnallte, während sie ihrem Chef giftige Blicke zuwarf.

*War es nicht wunderschön, wenn man geliebt wurde?*

Sie hatte bisher die ganze Fahrt geschwiegen. »Es tut mir leid« waren die ersten Worte, die sie von sich gab.

»Nicht nötig«, sagte er. »Es ist letztendlich doch nur irgendwelches Zeug.« Er dachte an die Vase, die nun in tausend Scherben auf seinem Schlafzimmerboden lag. *Unersetzliches Zeug.*

»Unersetzliches Zeug«, sprach sie aus, was er gedacht hatte.

Noch immer starrte sie zum Fenster hinaus. »Aber das meinte ich nicht, obwohl mir das tatsächlich *auch* leidtut.« Sie holte tief Luft. »Ich weiß nicht, was ich gesagt habe, das dich so wütend auf mich gemacht hat. Auf dem Boot, meine ich. Aber ich habe dich wütend gemacht, und das hast du nicht verdient. Also bitte ich dich um Entschuldigung. Und hinterher war ich schrecklich enttäuscht, und das Ganze war mir furchtbar peinlich, deswegen habe ich dich angeschrien. Auch dafür entschuldige ich mich, denn auch das hast du nicht verdient.«

»Dennoch hast du keinen Grund, dich zu entschuldigen«, erwiderte er ruhig, obwohl in ihm ein Tornado tobte. »Du bist von Anfang an aufrichtig zu mir gewesen. Ich bin derjenige, der unbedingt sehen wollte, was nicht da ist.«

Sie drehte sich auf ihrem Sitz und schaute ihn an. »Was soll das heißen?«

»Du willst keine Beziehung. Das hast du von Anfang an sehr deutlich gemacht. Ich weiß nicht, ob sich das nur auf mich bezieht oder auf jeden anderen auch. Ob für immer oder nur jetzt nicht. Aber es spielt keine Rolle. Ich habe versucht, dich umzustimmen, und das war falsch.«

»Es war nicht falsch, es zu versuchen. Du hast dir einfach nur die falsche Frau ausgesucht.« Ihre Stimme klang plötzlich rauh, und sie wandte sich abrupt wieder dem Fenster zu. »Du ... du wirst es nicht wieder versuchen, nicht wahr?«

Es war eine Feststellung, keine Frage, und der trostlose Unterton tat ihm in der Seele weh. »Nein. Darauf gebe ich dir mein Wort.«

»Ich werde ...« Ihre Stimme brach. Sie hatte das Gesicht abgewandt, aber er hörte die Tränen in ihrer Stimme. »Ich werde dir Cordelia nicht vorenthalten. Sie wird so oft, wie ich sie hinbringen kann, bei Daphne auf der Farm sein, nur dass du es weißt.«

*Die Buntstiftzeichnung.* Sie war wie vom Donner gerührt gewesen, als sie das Bild an seinem Kühlschrank entdeckt hatte.

»Danke«, sagte er. »Sie ist ein liebes Mädchen. Es macht Spaß, mit ihr zusammen zu sein.« Dennoch glaubte er nicht, dass er den Kontakt halten würde. Es würde ihn innerlich zerreißen, dessen war er sich sicher.

Sie versanken wieder in Schweigen, und das Wummern in seinem Schädel übertönte das unaufhörliche Summen der Räder auf dem Asphalt und Stevies leises Weinen. Der Schmerz hatte als dumpfes Pochen begonnen, als er durch die Trümmer seines Zuhauses marschiert war, doch nun konnte er kaum noch denken.

Als er einen Drugstore sah, hielt er direkt vor der Tür an. »Ich bin in fünf Minuten wieder da. Halt den Kopf unten. Und bitte tu's wirklich!« Damit sprang er aus dem Wagen und schloss ab.

Aber es waren doch zehn Minuten vergangen, als er endlich wieder herauskam, weil er allein die Hälfte der Zeit auf das Regal mit den Kondomen gestarrt hatte. Schließlich hatte er sich für eine Schachtel entschieden und sie entschlossen in den Einkaufswagen geworfen. Er hatte genug Zeit mit Stevie Mazzetti vergeudet. Sobald das hier vorbei war, würde er zusehen, dass er eine andere Frau kennenlernte, und er dachte ja gar nicht daran, noch einmal diese scheußlichen Schoko-Gummis zu nehmen, die aus unerfindlichen Gründen den Weg in die Nachttischschublade auf dem Boot gefunden hatten.

Paige hatte Freundinnen, mit denen sie ihn bekannt machen konnte, und Daphne versuchte seit Wochen, ihn auf eine von Josephs VCET-Agentinnen aufmerksam zu machen. Lou besaß wahrscheinlich eine ganze Liste von Namen inklusive Fotos, die sie ihm nur allzu gerne überlassen würde. Er würde sich einfach eine aussuchen und noch einmal von vorne beginnen.

*Schließlich kann man einen Kater am besten dadurch kurieren, dass man weitertrinkt.* Doch noch während er die Kondome bezahlte, wusste er schon, dass er sie nicht benutzen würde. Er wusste, dass er sich nicht mit irgendeiner anderen verkuppeln lassen würde. Und er wusste auch, dass er die Schachtel am Mindesthaltbarkeitsdatum wegwerfen würde, und das vermutlich ungeöffnet.

Clay steckte die kleine Tüte mit den Kondomen in seine

Sporttasche, dann öffnete er die Wagentür und warf die größere, in der sich die übrigen Einkäufe befanden, auf die Mittelkonsole. Er ließ sich hinterm Steuer nieder und fischte die Schmerztabletten und zwei Wasserflaschen heraus. Nachdem er vier von den Pillen geschluckt hatte, reichte er die Dose mit der anderen Wasserflasche an Stevie weiter. »Hier. Für den Schädel.«

Sie nahm beides dankbar an. »Woher wusstest du das?«

»Na ja, die vielen Tränen müssen ja Kopfschmerzen verursachen.« Er reichte ihr den Gehstock, den er außerdem gekauft hatte. »Höhenregulierbar, kein Funkeln. Und der Rest in der Tüte ist auch für dich.«

Sie spähte hinein. »Taschentücher und Schokolade.« Ein schnaufendes Lachen. »Und eine Tüte mit gefrorenem Gemüse für mein Gesicht. Du hast ja wirklich an alles gedacht.«

Er legte den Gang ein. Oh, klar. Er war so verdammt rücksichtsvoll, dass er hätte kotzen können. »Leider keine Erbsen. Die hatten nur Broccoli mit Käsesauce in diesen Single-Portionstütchen für die Mikrowelle, aber es muss reichen. Also los, fahren wir zu Culp.« Je eher sie die BPD-Löcher gestopft und die erwischt hatten, die Stevie an den Kragen wollten, umso eher konnte er weiterziehen. Zur nächsten Frau.

Bei dem Gedanken hätte er sich am liebsten wirklich übergeben.

Bis sie vor Culps Haus ankamen, hatten sich das Pochen in seinem Schädel und das Brennen in seinem Magen angefreundet und attackierten ihn mit vereinten Kräften. Alles tat ihm weh, aber er hatte schon Schlimmeres überlebt. Das zumindest redete er sich ein, als er Stevie aus dem Escalade half. Stevie wollte dabei sein, wenn Hyatt Culp zur Rede stellte, und das war ihr gutes Recht.

Clay war da, weil er versprochen hatte, sie zu beschützen, und er hatte nicht die Absicht, damit jetzt aufzuhören.

Hyatt stieg aus seinem Wagen, und seine Miene verfinsterte sich noch weiter, als er Stevie sah. »Geht's Ihnen gut?«

»Ja, ja, alles bestens. Wo ist Detective Bashears?«

»Parkt einen Block weiter, so dass er ein Auge auf Culps Hintertür hat. Ich habe ihm soeben eine SMS geschickt, dass wir jetzt klopfen werden und er sich bereithalten soll, falls der Mann zu flüchten versucht.« Er zupfte sein Jackett zurecht und ging auf das Haus zu. Stevie folgte ihm. Clay bildete das Schlusslicht, um sie abschirmen zu können, falls einer der Eindringlinge oder sogar beide hier auf sie warteten.

Clay sah zwar keine offensichtliche Bedrohung, dafür aber mehrere Polizisten in Zivilkleidung. »Wie viele Leute haben Sie hier postiert?«, fragte er Hyatt, als sie an der Veranda angekommen waren.

»Wie viele haben Sie denn gezählt?«, fragte Hyatt, der den Türklopfer so fest packte, dass seine Knöchel weiß wurden.

»Drei Zivil-Cops sitzen in drei Zivilwagen. Auf dem Dach gegenüber ist ein Scharfschütze postiert. Und die Lady mit dem Kinderwagen.«

»Sagen Sie der Lady«, fügte Stevie hinzu, »sie sollte ab und zu in den Kinderwagen sehen und gurrende Geräusche von sich geben, dann ist sie glaubhafter.«

»Ich werde es weiterleiten.« Hyatt klopfte an die Haustür. »Sicher, dass Sie nicht für mich arbeiten wollen, Maynard?«

»Ganz sicher.« Sobald die Sache hier vorbei war, würde er so schnell und weit von der Mordabteilung des BPD davonlaufen, wie ihn seine Beine trugen.

»Ich dachte, das alles würde still und leise vonstattengehen«, bemerkte Stevie.

»Oh, ja, das tut es auch. Das hier sind nicht meine Leute. Nach den zwei toten Polizisten auf Maynards Wohnzimmerteppich und der toten Undercover-Polizistin im sicheren Haus wollte Bezirksstaatsanwalt Yates kein Risiko eingehen. Das sind Cops von der Maryland-State-Polizei. Die Lady mit dem Kinderwagen ist ihr Lieutenant.«

Als sich im Haus nichts rührte, klopfte Hyatt erneut, diesmal noch lauter. »Culp, ich bin's, Hyatt. Machen Sie auf.« Aber es kam niemand an die Tür. Aus Sekunden wurden Minuten.

»Der Fernseher läuft«, sagte Stevie. »Und ich habe im Vorbeigehen einen Wagen in der Garage gesehen.«

»Die Fenster sind doch mit Schlagläden verschlossen«, sagte Clay. »Wie hast du denn in die Garage sehen können?«

»Ich bin klein. Aus meinem Blickwinkel kann ich durch die Lamellen blicken. Ein brauner Minivan steht drin.«

»Culp fährt so einen«, sagte Hyatt. »Einen alten Dodge Caravan.«

»Könnte eine Finte sein«, murmelte Clay. »Haben Sie eine richterliche Verfügung, um das Haus zu betreten?«

»Noch nicht«, sagte Hyatt. »Wir warten noch auf die Unterschrift des Richters. Was der andere Grund für die Rückendeckung vom Bundesland ist. Wenn er schuldig ist, soll er uns nicht abhauen können.«

Clay ging neben einer Azalee in die Hocke, spähte durch die Lamellen ins Haus und fluchte unterdrückt. »Wenn das Culp ist, haut der garantiert nicht mehr ab. Jemand sitzt im Sessel vor dem Fernsehapparat. Ich sehe die Spitze eines Männerstiefels und sehr viel Blut auf dem Teppich.«

»Mist.« Hyatt tätigte drei kurze Anrufe. Mit einem forderte er den Rettungsdienst an, der andere ging an die Lady mit dem Kinderwagen. Sofort setzte sie sich in Bewegung und kam auf sie zugelaufen, ihre Leute dicht auf den Fersen. Mit dem dritten Anruf beorderte Hyatt Detective Bashears zu sich.

»Ist J.D. denn nicht zum Haus gegangen?«, fragte Stevie.

»Nein«, erklärte Hyatt. »Er hatte es vor, aber Yates meinte, wir sollten möglichst kein Risiko eingehen, Culp vorzuwarnen. Ich sollte ihn mit unserem Verdacht konfrontieren. Ich war auf dem Weg hierher, als mich die Meldung von dem Mord an Locklear und Hollinsworth erreichte. Als Yates davon erfuhr, bestand er auf die Deckung durch die Landespolizei, bevor wir Anstalten machten hineinzugehen. Das hier ist ein Wohngebiet. Kollateralschäden sind unbedingt zu vermeiden.«

»Lieutenant Hyatt?« Die Kinderwagenmama stand vor ihnen. »Culp ist entweder verletzt oder tot.« Hyatt deutete mit dem Kopf zur Tür. »Machen Sie auf.«

Zwei der State Trooper traten die Tür ein, und die Kinderwagenmama führte das Team mit gezogener Waffe an. Ihre Leute schwärmten aus, und ein paar Sekunden darauf gab sie Hyatt die Freigabe. »Er ist tot.« Sie streifte einen Handschuh über und berührte Culps Arm. »Und zwar vermutlich schon seit zehn bis zwölf Stunden, denn die Totenstarre ist fast voll ausgeprägt. Der Rechtsmediziner wird uns mehr sagen können.«

Hyatt rief erneut die Zentrale an, bestellte den Rettungswagen ab und forderte stattdessen die Rechtsmedizin an. »Lieutenant Levine«, wandte er sich anschließend an die Kinderwagen mama, »das hier sind Detective Mazzetti und ihr …«

»Leibwächter«, sagte Clay knapp an seiner statt. Neben ihm fuhr Stevie leicht zusammen.

Levine betrachtete ihn nachdenklich von Kopf bis Fuß, dann wandte sie sich an Stevie. »Nach den Anschlägen auf Ihr Leben durch BPD-Officers kann man Ihnen wahrlich nicht verübeln, wenn Sie bestimmte Dinge lieber in fremde Hände legen, Detective.«

Clay verlagerte seine Position, so dass er um Levine herumsehen und einen Blick auf Scott Culp im Sessel werfen konnte. Der Mann war nach vorne gesackt, das Eintrittsloch an der Basis seines Hinterkopfs zu sehen. »Vor zehn bis zwölf Stunden bedeutet, kurz nachdem Rossi Officer Cleary im sicheren Haus erschossen hat«, schlussfolgerte Clay. »Das hier sieht aus wie eine Exekution.«

»Jemand scheint Spuren verwischen zu wollen«, stimmte Stevie zu. »Aber Rossi war es nicht, denn er liegt im Krankenhaus. Es könnte Ding eins oder Ding zwei aus Clays Haus gewesen sein. Oder der Schütze im Auto. Oder der Heckenschütze vom Restaurant.« Sie schloss müde die Augen. »Oder jeder andere von all jenen, die mich unbedingt umbringen wollen.«

»Ding eins und Ding zwei?«, fragte Levine.

»Ich erklär's Ihnen gleich«, sagte Hyatt. »Lassen Sie mich eben nur diesen Anruf annehmen.« Er drückte auf sein klingelndes Handy, lauschte und verharrte. »Sind Sie sicher?« Seine Schultern sackten nach vorne. »Okay, J.D., dann bringen Sie ihn rein. Wir treffen uns im Verhörraum.«

Langsam senkte Hyatt den Arm mit dem Telefon und steckte es in seine Tasche. Er wirkte plötzlich um zwanzig Jahre gealtert. »Lieutenant Levine, könnten Sie mir den Gefallen tun und zwei Leute aus Ihrem Team zu Carla Culp nach Hause schicken, um sie auf mein Revier zu begleiten? Wir müssen herausfinden, was sie über die ehemaligen Aktivitäten ihres Mannes weiß.«

»Bitten Sie Ihren Assistenten, uns die Adresse zu senden, dann machen wir uns auf den Weg«, sagte Levine. »Ist alles in Ordnung mit Ihnen?«

»Ja, danke. Ich habe Mrs. Culps Adresse hier. Ich schicke sie Ihnen per SMS. Entschuldigen Sie mich einen Moment.« Er trat ein paar Schritte zur Seite und tätigte einen weiteren Anruf. »Carter, hier spricht Hyatt. Ich brauche Brodie hier bei Culp. Gestern schon. Und diese zwei Agenten, die Maynards Nachbarn befragen? ... Ja, genau, Novak und Coppola. Sie sollen bitte J.D. Fitzpatrick kontaktieren. Er braucht ihre Hilfe. Ja, die Adresse hat Fitzpatrick. Danke, Carter.«

Stevie kam zu Hyatt und legte ihm die Hand auf den Arm. »Was ist passiert?«

Hyatt seufzte tief. »Rossi ist aufgewacht, hat begriffen, dass er eine Polizistin getötet hat und dabei erwischt wurde, und klugerweise beschlossen zu kooperieren. Er gibt an, schon seit Jahren nichts mehr von Culp gesehen oder gehört zu haben.«

»Er muss lügen«, sagte Stevie. »Culp hat ihm die Adresse von dem sicheren Haus verraten. Culp konnte davon wissen. Und nun ist er tot. Rossi lügt, sonst wäre der Sergeant wohl noch am Leben.«

»Culp konnte davon wissen, ja, aber er ist nicht derjenige, der Rossi die Adresse verraten hat. Ich weiß nicht, warum Culp ermordet wurde, aber mit dem sicheren Haus hat es nichts zu tun.

Lieutenant Levine, können Sie den Tatort sichern, bis Agent Brodie von der Spurensicherung des VCET hier eintrifft? Wir müssen noch festlegen, wer die Ermittlung zum Mord an Sergeant Culp übernimmt.«

»Wohin wollen Sie?«, fragte Stevie, als Hyatt sich in Bewegung setzte.

»Ich muss die Angehörigen der beiden toten Polizisten benachrichtigen.«

So niedergeschlagen hatte sie Hyatt noch nie erlebt. »Sir. Was hat J.D. Ihnen denn sonst noch gesagt?«

Hyatt blieb stehen, die Hand auf den Türknauf gelegt. »Rossi behauptet, mein Assistent sei das Leck.«

Stevie schnappte nach Luft und wurde blass. »Nein. Er lügt. Das kann doch gar n...«

»Oh doch, es kann, Detective«, fuhr er sie an. »Wenn Sie mich jetzt entschuldigen wollen.« Er machte auf dem Absatz kehrt, verließ Culps Haus und ging auf sein Auto zu.

Stevie humpelte, sich schwer auf ihren neuen schwarzen Gehstock stützend, hinter ihm her. »Sir. Lieutenant.« Hyatt ging weiter, doch auch sie blieb nicht stehen. »Peter! Verdammt, warten Sie doch. *Bitte!*«

Vor seinem Wagen blieb Hyatt stehen. Stevie holte ihn ein, doch Clay war ihr gefolgt und zog sie zum Escalade, da sie einmal mehr vergessen hatte, an ihre Deckung zu denken.

Ohne den Blick von Hyatt abzuwenden, rief sie: »Sie können Rossi das doch nicht einfach glauben, Peter!«

»Das will ich auch nicht«, stieß dieser hervor. »Aber ich muss. Ich habe überall Brotkrumen fallen lassen, habe verschiedenen Leuten unterschiedliche Informationen gegeben, weil ich wissen musste, wem ich trauen konnte. Rossi wusste etwas, das ich nur einer anderen Person gesagt habe.«

»Sie haben Ihren Assistenten verdächtigt? Sie haben Phil verdächtigt?«, fragte Stevie ungläubig.

»Ich habe jeden verdächtigt!«, bellte Hyatt. »Jemand – oder vielmehr mehrere Leute haben wiederholt versucht, Sie abzuknallen. Selbstverständlich habe ich da *jeden* verdächtigt!« Damit stieg er in seinen Wagen, vollzog eine scharfe Wende, brauste in die andere Richtung davon und ließ Stevie schwer atmend und mit offenem Mund einfach stehen.

Clay drängte sie unsanft in den SUV. »Rein da, verdammt noch mal.« Er warf die Tür zu und rannte um den Wagen herum zur Fahrerseite, da er sich nur allzu bewusst war, dass jede Leiche, die sie fanden, von jemandem ermordet worden war, der es eigentlich auf Stevie abgesehen hatte.

*Höchst effektive Methode, sie aus ihrem Versteck zu locken.* Er riss die Tür auf. »Langsam solltest du unbedingt mal ...«

Stevie stürzte sich auf ihn, packte ihn am Hemdkragen, warf sich in den Fußraum unter der Lenksäule und riss ihn mit sich, als auch schon das Beifahrerfenster splitterte. Ein Sekundenbruchteil später jagte ihm ein brennender Schmerz über den Rücken. Er wurde nach vorne geschleudert und krachte mit der Stirn gegen das Lenkrad.

Er spürte, dass sie sich bewegte, dass sie hektisch wieder auf ihre Seite zu kriechen versuchte.

»Komm rein!«, schrie sie.

»Bleib unten!«, knurrte er, aber es war zu spät. Stevie schrie auf und presste sich eine Hand auf die Seite. Clay hievte sich hinters Steuer und trat das Gaspedal durch, während er die Tür zuzog. »Bist du getroffen?«

»Nicht wirklich. In die Weste.« Sie zeigte ihm die Hand. »Kein Blut, siehst du? Nur eine Prellung.«

»Woher wusstest du, dass das passieren würde?«

»Der Scharfschütze ist vom Dach gerutscht. Ich nehme an, dass der Täter sich hinterm Nachbarhaus versteckt und ihn runtergeholt hat. Dadurch hatte er freie Bahn auf uns.«

Wenn sie ihn nicht heruntergezerrt hätte, wäre die Kugel, die das Beifahrerfenster zersplittert hatte, in seinen Schädel eingedrungen. *Und ich wäre jetzt tot.*

Clay duckte sich und fluchte, als er die Sackgasse ein paar Häuser voraus sah. »Da geht's nicht weiter. Wir können hierbleiben oder wenden und noch mal an Culps Haus vorbeifahren, um von hier zu verschwinden.«

»Wenn wir hier warten, sind wir immer noch in Schussweite. Ich denke, wir sollten jetzt rausfinden, wie durchschusshemmend Josephs Karre wirklich ist.«

»So sieht's aus. Mach dich bereit, Stevie. Das könnte unangenehm werden.«

## 16. Kapitel

*Baltimore, Maryland
Sonntag, 16. März, 15.00 Uhr*

Clay riss das Steuer herum und vollführte eine Kehrtwende, die Stevie gegen die Seite des SUV schleuderte.

»Bist du okay?«, fragte sie eindringlich.

»Glaub schon. Das ist das zweite Mal in zwei Tagen, dass irgendein Mistkerl mir in den Rücken schießt.«

»Ein Glück, dass du immer eine Weste trägst«, sagte sie, und er nickte.

Dann duckte er sich und trat erneut das Gaspedal durch. »Los geht's. Wieder an Culps Haus vorbei.«

Stevie machte sich auf weiteres Gewehrfeuer gefasst, zuckte aber dennoch heftig zusammen, als es kam. Auf ihrer Seite krachte es zweimal in die Frontscheibe, eine Kugel ging in den hinteren Kotflügel.

Clay ließ den Fuß auf dem Gas und richtete sich vorsichtig auf, um besser durch die Windschutzscheibe sehen zu können, zog jedoch rasch wieder den Kopf ein, als eine letzte Kugel die Rückscheibe traf.

»Ich würde sagen, Carters Karre taugt was«, sagte Stevie. Das Glas war um die Einschüsse gesplittert, aber die Scheiben hatten gehalten. »Ich würde ihr viereinhalb von fünf Sternen geben.« Er lachte. »Entschuldige«, sagte er. »Das ist das Adrenalin. Ich weiß nicht, wie es dir geht, aber ich hab's langsam satt, beschossen zu werden.«

Sie richtete sich auf ihrem Sitz auf und schnallte sich an. »Ich auch.« Vorsichtig berührte sie Clays Rücken und war erleichtert, als ihre Finger sauber blieben. »Du blutest nicht.«

»Immer gut zu wissen.«

»Hast du gesehen, ob der Schütze vom Dach sich noch bewegt hat?«

»Nein, aber einer von den Zivilcops ist hinter den Häusern in seine Richtung gerannt. Sie wissen, dass er getroffen wurde. Bestimmt haben sie schon Hilfe angefordert.«

»Hyatt muss es erfahren«, sagte sie und wählte bereits.

»Ich will wissen, was es mit seinem Assistenten auf sich hat«, sagte Clay.

»Lass mich eben mit ihm sprechen, dann erklär ich es dir. Ich muss sagen, sein Ausbruch am Schluss hat viel dazu beigetragen, mich zu überzeugen, dass er sauber ist.«

»Ja, mich auch.«

Sie hielt einen Finger hoch. »Warte. Es klingelt.«

»Was ist los, Detective?«, fragte Hyatt barsch. Er schien wenig erfreut, schon wieder mit ihr reden zu müssen.

»Auf Clay und mich wurde geschossen.«

»Was? Wann?«

»Nachdem Sie abgefahren sind. Clay hatte mich gerade in den SUV geschubst, als der Scharfschütze der State Cops auf dem Dach zusammensackte. Clay wurde am rechten Schulterblatt getroffen, ich an den Rippen, aber wir tragen beide Schutzwesten. Wir haben keine offenen Wunden, müssen aber untersucht werden. Wie es dem Scharfschützen der Polizei geht, kann ich nicht sagen.«

Clay warf ihr einen drohenden Blick zu. »Ich muss nicht untersucht werden.«

»Doch, musst du. Der Knochen könnte einen Haarriss haben oder gebrochen sein. Und mir ist die genähte Wunde von meinem gestrigen Ballerspaß wieder aufgegangen.« Das war eigentlich geschehen, als sie mit ihm im Bett gewesen war, aber das würde sie im Augenblick bestimmt nicht erwähnen. »Lieutenant, können Sie uns einen sicheren Zugang zur Notaufnahme verschaffen?«

»Selbstverständlich. Ich rufe Levine an, um mich nach dem Scharfschützen zu erkundigen, und kümmere mich um die Ambulanz. Stevie, verzeihen Sie mir, dass ich Sie angeschnauzt habe.

Die Sache mit Phil hat mich aus dem Gleichgewicht gebracht. Ich hatte nicht geplant, ihm eine Falle zu stellen, denn eigentlich hatte ich ihn gar nicht wirklich im Visier.«

»Vielleicht stimmt es ja nicht, Sir. Vielleicht hat Rossi doch gelogen.«

»Nein. J.D. hat Rossi zuerst auch nicht geglaubt, aber Rossi sagte, er könne es beweisen. J.D. solle das Handy überprüfen, das man ihm abgenommen hatte, denn darauf wären die Kurznachrichten von seinem Informanten gespeichert. Als J.D. das Labor anrief und bat, sich das Telefon anzusehen, konnten sie es nicht finden. Jedenfalls war es nicht bei den anderen beschlagnahmten Sachen.«

»Das heißt ja nicht, dass Phil es genommen hat.«

»Phil war heute Morgen im Labor, Stevie. Dort hat er behauptet, er solle für mich einen Bericht abholen. Aber ich hatte gar keinen angefordert. J.D. ist gerade auf dem Weg zu ihm. Wenn er das Telefon findet, haben wir den Beweis.«

»Aber wenn Phil das Ding schon weggeworfen oder vernichtet hat?«

»Dann durchsuchen wir sein Haus nach dem Handy, mit dem *er* Rossi angerufen hat. Ich gebe Ihnen Bescheid, wenn ich die Angehörigen von Hollinsworth und Locklear benachrichtigt habe.«

Plötzlich unendlich erschöpft, legte Stevie auf und sackte auf dem Sitz zusammen. »Ich bin nicht dumm, also warum mache ich ständig so dumme Sachen, wie zum Beispiel mitten auf der Straße herumzustehen, wo andere Leute mich in aller Seelenruhe abknallen können?«

»Du warst ja praktisch wie vom Donner gerührt«, sagte Clay. »Warum? Wer ist denn Hyatts Assistent?«

Sie zögerte, zuckte dann aber die Schultern. Er würde es ohnehin herausfinden. »Phil Skinner.«

Clays Kopf fuhr zu ihr herum. »Skinner? Der Skinner, der vor zwei Jahren noch Detective bei der Mordabteilung war? Der Kerl, der von Nickis Mörder verwundet wurde?«

»Genau der.«

»Heilige Scheiße«, murmelte er und schüttelte den Kopf. »Aber verdammt noch mal, warum sollte der ausgerechnet dich verraten?«

Stevie seufzte. »Er ist nicht mehr der Mann, der er einmal war, Clay. Leid und Verlust verändern die Menschen manchmal. Aber das hier hätte ich auch nicht von ihm erwartet.«

»Leid und Verlust.« Wieder schüttelte er den Kopf. »Das ist meine ...« Er schnitt sich selbst das Wort ab, bevor er es aussprechen konnte. *Schuld* hätte er fast gesagt. »Ich habe dieses Leid erzeugt. *Ich*. Und ich kann's einfach nicht fassen.«

»Clay, nicht du hast ihn vor zwei Jahren angeschossen, das weißt du. Und du bist auch nicht dafür verantwortlich, dass er sich verändert hat.«

»Ich habe die Waffe nicht in der Hand gehabt, das ist wahr. Dennoch trage ich eine Verantwortung. Hätte ich dir gleich gesagt, wer Nicki getötet hatte, als du zu mir kamst ...« Er schauderte, und seine Hände umklammerten das Lenkrad fester. »Du hättest den Scheißkerl schnappen können, bevor er Skinner niedergeschossen hätte.«

Zwei Jahre zuvor hatte Phil Skinner J.D.s Frau, die Opfer eines Irren mit Rachegelüsten geworden war, beschützen sollen. Nachdem der Mann Clays damalige Geschäftspartnerin Nicki umgebracht hatte, hatte er sich Lucy geschnappt. Skinner hatte die Verfolgung aufgenommen, doch der Mörder hatte ihn angeschossen und schwer verletzt. Er war monatelang in der Reha gewesen, doch man hatte ihn nicht ganz wiederherstellen können, so dass er zwar zur Polizei zurückgekehrt war, aber nur noch im Innendienst eingesetzt werden konnte.

Stevie wusste, wie man sich unter solchen Bedingungen fühlte. »Hätte, könnte, würde«, sagte sie traurig. »Das Spiel kenne ich zur Genüge. Man kann es nicht gewinnen, Clay.«

Er warf ihr einen scharfen Seitenblick zu. »Du hattest nichts damit zu tun, dass Skinner angeschossen wurde.«

»Nein. Aber ich hatte viel damit zu tun, dass mein Sohn erschossen wurde.«

Er blinzelte. »*Was?*«

»Ich war dran, Paulie abzuholen, aber ich machte Überstunden, weil ich möglichst alles fertigstellen wollte, bevor ich in Mutterschaftsurlaub ging. Ich bat Paul, ihn vom Kindergarten abzuholen ... Deshalb waren die beiden an jenem Abend in dem Laden.« »Stevie ...«, sagte Clay mühsam beherrscht. »Das lässt sich doch in keiner Weise mit dem vergleichen, was ich getan habe.«

»Tja nun, mein Verstand will dem aber nicht wirklich zustimmen. Jedenfalls kommt man mit dem Wörtchen ›hätte‹ nicht weiter. Du hast mir gesagt, was du wusstest, als dir klarwurde, was der Kerl alles getan hatte. Das muss genug sein. Und selbst wenn man dich für Skinners Verletzung verantwortlich machen könnte, wäre es immer noch nicht deine Schuld, dass er Informationen an Rossi weitergegeben hat.«

»Warum hat er das bloß getan?«

»Das weiß ich nicht. Diese Frage werden wir ihm wohl stellen müssen, wenn J.D. ihn zum Verhör aufs Revier bringt.«

»Mein Gott, auch J.D. wird das nicht einfach so wegstecken. Skinner wurde angeschossen, weil er J.D.s Frau retten wollte ... was für ein Chaos.«

»Ich denke, deswegen hat Hyatt Carter gebeten, seine zwei Agenten zu schicken.«

»Novak und Coppola.«

Stevie nickte. »Er wusste, dass es J.D. fertigmachen würde. J.D. hat es schon tief getroffen, als Skinners Frau ihn verlassen und das gemeinsame Kind mitgenommen hat.«

Clay presste die Kiefer zusammen. »Seine Frau hat ihn verlassen? Wann denn? Und warum?«

»Vor ungefähr acht Monaten. Wie ich schon sagte, Phil ist nicht mehr der Mann, der er mal war. Er kam wieder zur Arbeit, aber er wirkte immer irgendwie gereizt, wütend.« Sie betrachtete ihren Stock. »Das kann ich sehr gut verstehen. Im Dienst verwundet zu werden und dann nicht mehr voll eingesetzt werden zu können ... mich bringt das um, Clay. Und ich denke, ihn hat es innerlich aufgefressen.«

Einen Moment war es still im Auto. »Das ist der andere Grund, warum du Silas' alte Fälle ausgräbst. Du hast dann wieder das Gefühl, eine richtige Polizistin zu sein.«

»Tja, so schwer bin ich offenbar nicht zu durchschauen.«

»In dieser Hinsicht wohl nicht«, murmelte er. »Also – was nun? Wohin steuern wir?«

»Ins Krankenhaus«, sagte sie und sah, wie seine Mundwinkel resigniert und amüsiert zugleich zuckten. *Meint er etwa uns?*, fragte sie sich. *Unsinn. Er muss sich auf den Fall beziehen. Denn um uns geht es nicht. Ich habe meinen Willen durchgesetzt. Es gibt kein Uns mehr.*

Sie räusperte sich. »Und nach dem Krankenhaus müssen wir herausfinden, wer Culp auf dem Gewissen hat. Sein Mörder muss aus irgendeinem Grund geahnt haben, dass ich ihn sprechen will, da er dort offenbar auf mich gewartet hat. Woher konnte er das wissen? Von Rossi zumindest nicht.«

»Tja, das ist eine verdammt gute Frage. Niemand hätte wissen dürfen, dass du herkommst.« Seine Kiefer verspannten sich. »Nur Hyatt. Ihr zwei habt euch in eine Ecke zurückgezogen und geflüstert. Niemand sonst hat etwas gehört.«

Sie seufzte. »Weiß ich. Verdammt. Ich hasse es, überhaupt zu zweifeln, aber ich muss es ja tun.« Sie kniff sich in den Nasenrücken. Die Kopfschmerzen, die schon fast weg gewesen waren, meldeten sich mit Macht zurück. »Kehren wir noch mal zu deiner Theorie zurück, was den Einbruch bei dir zu Hause betrifft ... Wenn jemand darauf gewartet hat, dass wir dorthin zurückkommen, dann kann er uns eben gefolgt sein. Das heißt, es kann ebenfalls einer der beiden Kerle gewesen sein, die bei dir im Haus waren.«

Wieder zuckten seine Lippen. »Ding eins und Ding zwei?«

»Ich habe ein Kind. Bei uns ist Dr. Seuss allgegenwärtig. Cordelia hat *Der Kater mit Hut* geliebt, obwohl *Grünes Ei mit Speck* ihr Favorit war.«

»Und Paulie?«, fragte er sanft. »Was war sein Favorit?«

Ihr Herz setzte einen Schlag aus, und sie schnappte nach Luft, als die Erinnerung sie wie ein Stich durchfuhr. »Paulie war eher für *Horton hört ein Hu!* zu haben.«

»Das hat mir meine Mutter früher auch immer vorgelesen, aber den *Kater mit Hut* fand ich auch klasse. Na, jedenfalls gefällt mir die Bezeichnung Ding eins und Ding zwei besser als Mr. Rucksack und Mr. Arschloch, wie ich die beiden im Kopf genannt habe.«

Sie prustete los und schlug sich schuldbewusst die Hand vor den Mund. »Mir gefällt deine Version besser.« Sie wandte den Kopf, um sein Profil zu betrachten. »Danke, dass du nach Paulie gefragt hast. Die meisten trauen sich nicht.«

Er zog entgeistert die Stirn in Falten. »Deine Eltern aber doch bestimmt. Deine Familie.«

»Nein, nicht wirklich. Sie haben Paul und Paulie geliebt, aber als sie tot waren, hieß es nach vorne blicken und weitermachen. ›Schau in die Zukunft, Kind, nicht in die Vergangenheit.‹ Deswegen freue ich mich immer so auf den Lunch mit Emma. Viele Jahre lang hat sie mich einfach nur reden lassen und ihrerseits die Chance genutzt, über Will zu sprechen, den Mann, den sie verloren hat. Für mich war das die Gelegenheit, die beiden für ein, zwei Stunden noch einmal bei mir zu spüren.«

Clays Miene verfinsterte sich noch weiter. »Wissen deine Eltern, dass du dich jedes Jahr mit Emma triffst?«

»Nein. Ich glaube, sie wissen nicht einmal, dass wir noch engen Kontakt haben. Sie würden mich zwar nicht verurteilen, es aber auch nicht verstehen. Meine Familie hält nichts davon, ›über Sorgen und Probleme zu reden‹. Man rappelt sich wieder auf und macht weiter.«

»Und Izzy? Hat sie von deinen jährlichen Treffen mit Emma gewusst?«

»Ja, natürlich. Wieso?«

»Wer wusste noch davon? Wer sonst konnte wissen, dass du gestern in dem Restaurant sein würdest?«

»J.D. hat Emma und mir die Frage auch schon gestellt. Direkt nachdem es passiert war.«

»Das war aber vor dem Killer vor deiner Haustür, einer toten Undercover-Polizistin, zwei toten Cops auf meinem Wohnzimmerteppich, einem toten Cop von der IA, einem wahrscheinlich toten Polizei-Scharfschützen und dem da.« Er deutete auf das Spinnennetzmuster der zerschossenen Scheibe. »Also, tu mir bitte den Gefallen und sag mir, was du J.D. erzählt hast.«

»Da gibt es nichts zu erzählen. Izzy wusste es, klar, aber sie ist auch die Tochter meiner Eltern: Sie hasst Auseinandersetzungen. Sie hat keine Lust, meiner Familie gegenüber zu rechtfertigen, warum ich mich mit Emma treffen will, daher bezweifle ich, dass sie irgendwem davon erzählt hat. Cordelia wusste Bescheid, Emmas Mann Christopher ebenfalls. Wahrscheinlich auch ihre Eltern, um Emma im Notfall im Hotel erreichen zu können. Das war's aber auch schon. J.D. habe ich diese Namen nicht einmal genannt.«

»Im Restaurant wusste man es auch, richtig?«

Stevie musste gegen das Bedürfnis, das Gesicht zu verziehen, ankämpfen. »Eigentlich nicht.«

»Aber ihr habt doch reserviert, oder?«

»Ja, aber ... nie unter unserem echten Namen.«

»Wieso das denn nicht?«

»Emma mag ihre Privatsphäre. Manchmal wird sie von Leuten angesprochen, die ihre Bücher gelesen haben. Emma ist immer sehr freundlich zu ihnen, denn wenn sie sich für ihre Bücher interessieren, haben sie vermutlich Verluste zu betrauern, aber unser Mittagessen sollte etwas Besonderes bleiben. Etwas Unangreifbares.«

»Unter welchem Namen habt ihr also reserviert?«

»Das war jedes Jahr unterschiedlich, je nachdem, wer reserviert hat und was demjenigen gerade durch den Kopf gegangen ist. Einmal war es Thelma und Louise. Ein andermal Lucy und Ethel. Letztes Jahr war es Buffy und Willow, weil Emma ein echter Fan vom Vampirkiller war. Und dieses Jahr ...« Sie blickte verlegen aus dem Fenster. »... waren wir Lara und Sarah.«

Er zog die Brauen hoch. »Lara und Sarah wer?« Aber sein Tonfall verriet ihr, dass er es sich schon denken konnte.

Sie verdrehte die Augen. »Du willst es unbedingt von mir hören, was? Na gut. Croft und Connor.«

Er grinste. »Lara Croft und Sarah Connor aus *Terminator*? Sehr kämpferisch, Mädels. Wer warst du?«

»Ich war Sarah. Und meine Stimmung gestern war mehr als *Terminator*-mäßig.«

»Ich hätte dich eher als Lara gesehen.«

Sie kicherte. »Und von was träumst du nachts?« Abrupt wurde er ernst und presste die Kiefer zusammen. Sie seufzte. Genau davon träumte er wahrscheinlich nachts, das war das Problem. »Verdammt. Wenn mein Bein richtig funktionieren würde, würde ich mir selbst in den Hintern treten.«

»Ist ja nur aufgeschoben«, murmelte er. »Hör mal, du magst vielleicht der Meinung sein, dass niemand von deiner Verabredung in dem Restaurant wissen *konnte*, aber offensichtlich wusste doch jemand davon. Jemand, der auf dem Dach gewartet und auf dich geschossen hat.«

Sie verharrte plötzlich reglos. »Moment mal. Ich habe angenommen, dass man mir von zu Hause aus in die Stadt gefolgt ist, aber falls dem so war, dann konnte der Täter schlecht Izzy und Cordelia zu Daphnes Farm folgen. Wir sind gleichzeitig aufgebrochen, aber in verschiedene Richtungen. Es muss zwei unterschiedliche Schützen geben.«

»Wir haben mindestens drei Verdächtige. Rucksack, Arschloch und Autoschütze.«

»Und die zwei von heute können nicht der Autoschütze gewesen sein, weil du den verwundet hast. Also – richtig: drei Verdächtige.«

»Wenn sie zusammenarbeiten, dann ist man wahrscheinlich dir *und* Izzy gefolgt. Oder ...« Er warf ihr einen Blick zu. »Geht ihr jedes Jahr in dasselbe Restaurant?«

»Ja.« Sie zog die Brauen zusammen. »Du meinst, jemand wusste das? Weil er mich über längere Zeit beobachtet hat?«

»Im Augenblick bin ich geneigt zu glauben, dass wir zwei verschiedene Schützen haben. Plus Rossi. Aber wir dürfen nichts außer Acht lassen. Wir reden hier von deinem Leben. Deinem und Cordelias.«

»Ja, ich weiß. Da ist die Notaufnahme. Lass uns das hinter uns bringen, damit wir uns wieder an die Arbeit machen können.«

*Sonntag, 16. März, 15.20 Uhr*

Robinette bog in eine Seitenstraße, hielt den Tahoe am Straßenrand an, lehnte sich zurück und schloss die Augen.

*Geschafft.* Niemand war ihm bei seiner Flucht aus Culps Viertel gefolgt, aber das war auch schon die einzige gute Nachricht. Maynard und Mazzetti waren ihm entwischt. *Verdammt.*

Robinette knirschte unwillkürlich mit den Zähnen. Der verfluchte schwarze Escalade war tatsächlich kugelsicher! Und er hatte geglaubt, sie endlich im Fadenkreuz zu haben! Er hatte geglaubt, dass Mazzettis Glückssträhne endlich ein Ende hatte. Aber nein! Die Frau musste eine Hexe sein. Oder einfach vorsichtig. Sein Verstand stimmte Letzterem zu, aber sein Gefühl fand Ersteres immer plausibler.

Er hätte sie gleich am Drugstore erledigen sollen, aber der hatte an einer größeren Straße gelegen, und das Risiko, entdeckt zu werden, war ihm zu groß erschienen.

Außerdem hatte er gedacht, er hätte sie gehabt, als sie bei Culp vorgefahren waren. Dass sie Culp verdächtigten, das Leck innerhalb des BPD zu sein, hatte ihn nicht wirklich schockiert. Robinette hatte damit gerechnet, weswegen er Westmoreland am Morgen den Auftrag gegeben hatte, sich um Culp zu kümmern. Der Schlappschwanz hätte gesungen wie eine Nachtigall, wenn er damit seinen eigenen Hintern hätte retten können.

Er hatte so geduldig darauf gewartet, dass sie wieder aus dem Haus kam, doch der Anblick des Scharfschützen auf dem Dach hatte ihn überrascht. *Das war mein Fehler.* Robinette hatte auf den Kerl geschossen, ohne darüber nachzudenken, dass der Mann in die Knie gehen würde – und es war der Fall des Burschen gewesen, der Mazzetti gewarnt hatte.

*Du hast Mist gebaut, Mann. Weil du dich nicht im Griff hattest.* Er war so stocksauer gewesen, dass Maynard sie schon wieder gerettet hatte, dass er erneut auf den Wagen gefeuert hatte, als er ein zweites Mal vorbeigerauscht war.

Und dann konnte er nur noch zum Tahoe rennen und fliehen, als die Kumpels des Scharfschützen vom Dach aus Culps Haus quollen.

Und jetzt waren Mazzetti und Maynard verschwunden. Möglicherweise waren sie zum nächstbesten Krankenhaus gefahren, aber er konnte nicht riskieren, sie dort zu suchen. Zu viele Menschen kannten sein Gesicht.

*Verdammt. Hätte Henderson einfach den Job erledigt, dann gäbe es all diese Probleme nicht.* Obwohl Robinette zugeben musste, dass er inzwischen besser verstand, warum seine Leute immer wieder zu versagen schienen. Stevie Mazzetti erwies sich als wahrlich harter Knochen.

*Du könntest es auch einfach sein lassen. Es vergessen.*

Nein, das konnte er nicht. Ihre hartnäckige Beschäftigung mit den alten Fällen ihres Ex-Partners hatte gezeigt, was er gewusst hatte, seit Lippmans Enthüllungsliste vor einem Jahr aufgetaucht war – nämlich dass diese Liste alles andere als erschöpfend war. Nun würden sämtliche Fälle neu aufgerollt werden, und dazu gehörte auch der von Julie. Es war nur eine Frage der Zeit.

Jeder andere Polizist würde Julies Fall keinen zweiten Blick gönnen, da Levi als Julies Mörder in den Akten stand, aber vor acht Jahren war Mazzetti zunächst wild entschlossen gewesen, ihn festzunageln. Er konnte es sich nicht leisten, dass sie sich erneut an ihm festbiss. Dass sie wie damals in seiner Fabrik herumschnüffelte. Jedes Mal, wenn er sich umgedreht hatte, war sie da gewesen und hatte ihn beobachtet. Das durfte er kein zweites Mal zulassen.

Am wenigsten jetzt, da sie die Produktion mit Fletchers neuer Formel steigerten.

Nein, er konnte nicht einfach aussteigen. Also musste er ein wenig einfallsreicher werden. Und besser. Weniger mitfühlend, sehr viel erbarmungsloser. Es war an der Zeit, sich die Tochter vorzunehmen. Wenn er die Tochter hatte, würde Mazzetti auf Knien angekrochen kommen.

Er musste herausfinden, wo Maynard die Kleine versteckt hielt. Ganz sicher an einem Ort, an dem sich der Privatermittler selbst sicher fühlte. Die Fotos, die er aus Maynards Schlafzimmer hatte mitgehen lassen, würden ihm erste Hinweise geben. Einen anderen Anhaltspunkt hatte er nicht. In Maynards Haus waren ausschließlich Sachen von persönlichem Wert gewesen ... es sei denn, Westmoreland hatte alles andere mitgenommen.

Er dachte einen Moment darüber nach, doch dann verwarf er den Gedanken. Westmoreland war in Ordnung. Robinette würde ihm vertrauen – bis Wes ihm Grund gab, das nicht zu tun.

*Sonntag, 16. März, 16.30 Uhr*

»Bei euch müssen Autos verdammt viel aushalten«, sagte Joseph, als er sich zu Clay gesellte, der vor Stevies mit Vorhängen abgetrenntem Verschlag in der Notaufnahme stand. »Erst dein Truck, jetzt mein Escalade.«

Der Bundesagent sah derart abgekämpft aus, dass Clay sich unwillkürlich fragte, welche Katastrophe sich denn nun schon wieder ereignet hatte.

»Ja, ich weiß. Ich bin bloß froh, dass das Glas gehalten hat. Es ist gesprungen, hat aber zusammengehalten.«

»Ja, ich bin auch froh. Ich hab die Scheiben erst kurz vor Weihnachten ersetzen lassen. Das letzte Mal, als man auf mich geschossen hat, sind sie geborsten.«

»Dann, schätze ich, haben wir extra viel Glück gehabt.« Clay blickte an Joseph vorbei zu einem Behandlungstisch, um den sich Ärzte und Pflegepersonal scharten. »Wie geht's dem Scharfschützen?«

»Milzriss und ein gebrochenes Bein. Er wird jeden Moment hoch in die OP gebracht. Er ist lange genug bei Bewusstsein gewesen, um seinem Lieutenant zu sagen, dass er das Gesicht des Täters nicht gesehen hat – er hat wieder eine Skimaske getragen. Seid ihr verletzt worden?«

»Ein paar neue Prellungen.« Er deutete über die Schulter zu den Vorhängen. »Stevie lässt sich gerade noch einmal nähen. Wieso guckst du so finster, Joseph? Was ist sonst noch passiert?« Plötzlich packte ihn die Angst. »Cordelia?«

»Nein, alles in Ordnung mit ihr.« Die Eingangstüren glitten auseinander, und zwei Rettungssanitäter schoben eine Trage herein, die von so vielen Ärzten und Schwestern umgeben war, dass man nur die Beine des Patienten sehen konnte. »Das ist Phil Skinner, Hyatts Assistent.«

Wieder durchspülte ihn eine Welle der Furcht. »Ich dachte, J.D. und zwei deiner Leute wollten ihn abholen.«

»Das haben sie auch.« Joseph sah mit distanzierter Miene zu, wie die Belegschaft an Skinner arbeitete, doch ein Muskel in seinem Kiefer zuckte. »Skinner wollte sich erschießen. J.D. versuchte, ihn daran zu hindern, und konnte ihm sogar die Waffe abringen, aber er hatte noch eine zweite bei sich.«

*Oh, mein Gott.* »Ist er am Leben?«

»Sie haben ihn hierhergebracht, anstatt Quartermaine zu rufen, also muss er einen Puls gehabt haben.«

Clay hatte Mühe zu atmen. »Verdammter Mist.«

»Ja.« Joseph packte Clays Arm. »Man hat mir gesagt, dass du dir vermutlich die Schuld dafür geben würdest. Das hilft hier keinem, also lass es.«

»Du hast leicht reden. Du hast den Burschen nicht berufsunfähig gemacht.«

»Du auch nicht!«

Der Vorhang hinter ihnen wurde mit einem Ruck zur Seite gezogen. Mit einem frischen Verband um den Arm ließ sich Stevie vom Bett rutschen. Sie stützte sich auf einen Notfallwagen, um nicht einzuknicken. »Wie hat er es angestellt? Und mit was?«

»Er hat den Lauf in den Mund gesteckt. Eine .380.«

Stevie verzog unwillkürlich das Gesicht. »Habt ihr Rossis Telefon bei ihm gefunden? Das, das er vermutlich aus dem Labor hat mitgehen lassen?«

»Ja. Und darauf befand sich eine Nachricht von Skinner, genau wie Rossi gesagt hat.«

Sie fiel förmlich in sich zusammen. »Also hat Skinner ihm tatsächlich die Adresse des sicheren Hauses verraten. Ich wollte es nicht glauben.« Sie zog die Brauen zusammen. »Wieso ist dann Culp tot? Wem ist er auf die Zehen getreten?«

»Gute Frage. Wir haben Culps Haus auf Hinweise untersucht, und das Labor sichtet die Beweise gerade. Dasselbe gilt für Skinners Haus. Beide Burschen haben gehaust wie die Schweine, daher wird es wohl eine Weile dauern, bis man durch die Berge von Pizzakartons durch ist. Aber Skinners Medizinschränkchen war ordentlich. Und voll.«

»Kein Paracetamol oder Aspirin, das abgelaufen sein könnte«, schlussfolgerte Stevie ruhig.

»Nein, nichts, was so zahm gewesen wäre. Skinner schien unter Drogeneinfluss zu stehen, als sie bei ihm eintrafen, daher hat Agent Novak seine Wohnung durchsucht, während J.D. Erste Hilfe leistete. Skinner hatte Tabletten im Bad, im Nachttisch, in den Jackentaschen. Oxycodon, Percocet, Ritalin, Adderall.«

Clay fuhr sich mit beiden Händen über das Gesicht. Schmerzhemmer und Aufputschmittel.

»Alle Medikamente waren in Tütchen verpackt«, erklärte Joseph. »Nicht in regulären Flaschen aus der Apotheke. Skinner ließ sich die Mittel nicht mehr vom Arzt verschreiben. Er kaufte auf der Straße.«

»Hat Rossi das herausgefunden?«, fragte Stevie. »Oder war er sogar Skinners Dealer?«

»Wissen wir nicht – noch nicht. Hoffen wir, dass Rossi uns bald aufklären wird oder das Labor etwas bei Skinners Sachen findet, was uns weiterhilft.«

»Ist Skinners Frau schon informiert worden?«, fragte Stevie.

»Hyatt müsste auf dem Weg zu ihr sein. Er muss heute verdammt viele schlechte Nachrichten überbringen.«

Sie seufzte. »Vielleicht kann Skinners Frau uns ja ein Stück weiterbringen.«

»Hat er noch irgendwas gesagt, bevor er versucht hat, sich zu erschießen?«, wollte Clay wissen.

Joseph zuckte die Achseln. »Wie gesagt – er schien high zu sein. Er wetterte gegen alle, die sein Leben ruiniert haben – Lucy, weil er ihretwegen angeschossen wurde, Hyatt, weil er ihm angeblich nur aus Mitleid einen Job angeboten hat, J.D., weil er sich gegen ihn wandte, und selbst gegen dich, Stevie, weil du auch nach Silas' Tod immer wieder für Wirbel sorgst.«

»Sonst noch was?«, fragte Clay, obwohl er die Antwort eigentlich gar nicht hören wollte.

Joseph begegnete seinem Blick. »Dich hat er nicht erwähnt.«

Clay nickte, obwohl er nicht wusste, ob er das glauben sollte. »Na schön. Kommen wir zum Tahoe. Gibt es irgendeinen Treffer für das Nummernschild, das meine Sicherheitskamera erfasst hat?«

»Es wurde heute Nachmittag von einem Auto am Bahnhof geklaut.« Joseph hob die Brauen. »Aber ein Nachbar von Culp hat einen sandfarbenen Tahoe davonrasen sehen, nachdem er die Schüsse gehört hat.«

»Mr. Rucksack«, sagte Stevie zufrieden. »Wir wissen, dass er heute Nachmittag die beiden Polizisten umgebracht hat. Rossi hat Officer Cleary erwischt. Bleiben der Restaurantschütze und Culps Mörder, die wir noch nicht zuordnen können.«

»Nicht zu vergessen der vor deinem Haus und der im weißen Camry, der dich nach deinem Termin bei der IA am Freitag umlegen wollte«, sagte Joseph.

Stevie presste sich die Finger gegen die Schläfen. »Keine Sorge, die vergesse ich schon nicht. Gott ... mir platzt der Schädel.« »Ja, mir auch«, sagte Clay mit grimmiger Miene. »Wir müssen in Betracht ziehen, dass der Restaurantschütze und der Autoschütze vor deinem Haus ein und dieselbe Person sein könnten – jemand, der wusste, dass du mit Emma dort sein würdest.«

Stevie schnitt eine Grimasse. »Ich mag die Vorstellung nicht, dass man mich seit letztem Jahr beschattet.«

»Oder noch länger«, setzte Clay hinzu.

Joseph räusperte sich. »Leute, sosehr ich die Spitznamen, die ihr unseren Tätern verliehen habt, mag, so bin ich doch mehr ein Fan von richtigen Namen. Tom, Fred, Penelope – ihr wisst, was ich meine. Namen eben.«

Stevie sah ihn düster an. »Du bist der Bundesagent. Du hast die besten Quellen. Er ist Privatermittler, und ich bin bloß ein Cop, der momentan als arbeitsunfähig gilt und daher nicht mal eine Marke besitzt.«

»Du brauchst keine Marke«, schoss Joseph mitleidlos zurück. »Du bist und bleibst ein Cop, ob du nun die Hardware dazu hast oder nicht!« Er wandte sich an Clay. »Brodie sagte, du hättest einen Stingray.«

»Stimmt. Ich habe ihn erwähnt, als wir zusammen die Überreste meiner persönlichen Sachen durchgegangen sind.«

Stevie verengte die Augen. »Stingray?«

»Ich habe dir davon erzählt. Er spürt alle Mobiltelefone auf, die nicht mir gehören, und alarmiert mich.«

»Du hast mir aber nicht erzählt, dass es sich um einen Stingray handelt. Das ist doch dasselbe Spielzeug, das das FBI letztes Jahr in die Bredouille gebracht hat, weil man es verbotenerweise bei einer Ermittlung wegen Steuerhinterziehung eingesetzt hat, oder?« »In der Bredouille waren eher die Bürgerrechtler«, knurrte Joseph. »Das FBI hatte eine richterliche Anordnung.«

An jedem anderen Tag hätte Clay über Josephs Verärgerung grinsen müssen, heute nicht. »Jedenfalls handelt es sich um dieselbe Technologie«, erklärte er Stevie. »Aber weder höre ich Gespräche ab, noch spüre ich individuelle Handys auf.«

»Aber du könntest«, hakte sie nach. »Das hast du doch auf der Fahrt zu mir gesagt, oder?«

»Ich sagte, *vielleicht*. Es hängt davon ab, ob das betreffende Telefon in der Nähe meines Empfängers ein Signal von sich gibt. Ding eins und Ding zwei waren nicht so lange im Haus. Der eine nur ungefähr sieben Minuten, der zweite um die fünf.«

»Brodie hat das Gerät mitgenommen«, sagte Joseph. »Sie will es sich im Labor genauer ansehen.«

»Ja, ich weiß, ich habe ihr den Zugangscode gegeben. Sie soll mich anrufen, wenn sie irgendwelche Schwierigkeiten damit hat.«

»Und was bringt uns das?«, wollte Stevie wissen. »Telefonnummern?«

»Ja«, antwortete Clay. »Aber nur, wenn …«

»Ihr Handy in der Zeit *pling* gemacht hat.« Sie wedelte mit der Hand. »Ja, ja, das habe ich schon verstanden. Was sonst? Eine Ortungsmöglichkeit?«

»Nein. Mein System ist passiv. Es kann Signale, die in seiner Umgebung gesendet werden, nur empfangen.«

»Aber das FBI hat ein solches Gerät doch dazu eingesetzt, einen Verdächtigen aufzuspüren. Ich kann mich noch gut an das Theater vor einem Jahr erinnern.«

Clay sah zu Joseph, der die Augen verdrehte. »Diese Idioten von Richtern«, brummte er.

»Die Bundesagenten gerieten in Schwierigkeiten«, erklärte Clay, »weil sie den Mobilfunkanbieter des Verdächtigen veranlasst hatten, seine Internetkarte zu manipulieren. Das FBI pingte das Handy mit dem Stingray an und war in der Lage, den Ort zu triangulieren, an dem sich die WLAN-Karte befand, als das Handy zurückpingte. So haben sie den Kerl geschnappt. Sie hatten tatsächlich eine Anordnung für den Anbieter bekommen, hatten dem unterzeichnenden Richter aber keinesfalls erschöpfend erklärt, was das System alles kann. Das FBI ist jagen gegangen. Ich dagegen sammle nur.«

Ihre Lippen zuckten kaum merklich. »Wie lange wird es dauern, bis wir wissen, ob etwas gepingt hat?«

»Sobald Brodie den Report ausgewertet hat.«

»Was hofft ihr denn zu finden?«, wollte Joseph wissen.

»Ihr habt Rossis Telefon, Culps und nun auch noch Skinners. Vielleicht kriegen wir von Clays Stingray Handynummern. Wir besorgen uns den Einzelnummernnachweis aller Telefone und schauen nach, ob die Schützen die Cops, die Cops die Schützen oder die Schützen sich untereinander angerufen haben. Wir nehmen an, dass Restaurant, Auto, Rucksack und Arschloch miteinander zu tun haben. Wenn sie sich angerufen haben, wissen wir es genau.«

Joseph hustete, um ein Lachen zu überspielen. »Stevie.«

»Hey, *er* hat die beiden Rucksack und Arschloch getauft. Ich hatte sie ganz harmlos Ding eins und Ding zwei genannt.«

Joseph schüttelte den Kopf. »Wahrscheinlich ist es wirklich am besten, die ganze Seite von der komischen Seite zu nehmen.« Er warf Clay einen Schlüsselbund zu. »Graysons Escalade steht auf dem Parkplatz vorne. Ich bringe meinen in die Werkstatt. Nach Graysons Wagen gehen mir die kugelsicheren Fahrzeuge aus, also seht zu, dass ihr den nicht auch gleich wieder kaputt macht, okay?«

»Wir geben alles«, erwiderte Clay trocken, aber seine Miene drückte vor allem Frustration aus. »Obwohl es mir so vorkommt, als sei man uns immer einen Schritt voraus.«

»Ja – woher konnte der letzte Killer wissen, dass ihr zu Culp fahren würdet?«

Stevie zuckte die Achseln. »Clay und ich sind schon alles durchgegangen. Wenn wir annehmen, dass der Kerl, der in dem Tahoe aus Culps Gegend geflüchtet ist, nachdem er auf uns geschossen hat, derselbe ist wie der, der die beiden Cops in Clays Haus umgebracht hat, dann kann er nicht die ganze Zeit bei Culp darauf gelauert haben, dass jemand auftaucht. Er ist also entweder zu Culp zurückgefahren, weil jemand ihm gesteckt hat, dass wir dort sein würden, oder weil er uns gefolgt ist. Ich würde auf Möglichkeit Nummer zwei tippen.«

Sie wollte einfach nicht in Betracht ziehen, dass Hyatt korrupt sein könnte, und das konnte Clay nur allzu gut verstehen. Aber er hatte versprochen, sie zu beschützen, also würde er auch dafür sorgen, dass die Möglichkeit einer Beteiligung Hyatts nicht unter den Teppich gekehrt wurde.

»Wer könnte es ihm gesteckt haben?«, fragte Joseph. »Wer wusste, dass ihr hinfahren würdet?«

»Nur Hyatt«, antwortete Clay. »Dass wir an Culp interessiert waren, wussten auch andere, aber Hyatt war der Einzige, der darüber informiert war, dass wir in diesem Moment dort sein würden.«

»Wenn noch andere wussten, dass ihr euch für Culp interessiert habt, braucht es kein Genie, um vorherzusagen, dass ihr früher oder später zu ihm fahren würdet. Wer wusste, dass Culp ein Verdächtiger war?«

»J.D.«, sagte Stevie. »Hyatt und Detective Bashears, der J.D.s Posten bezogen hat, als dieser ins Krankenhaus gefahren ist, um Rossi zu verhören. Hyatt hat es Graysons Vorgesetztem, Bezirksstaatsanwalt Yates, mitgeteilt, welcher anschließend den Lieutenant der State Police informiert hat. Der Lieutenant, der übrigens eine Sie ist, hat daraufhin sein Team eingeweiht.«

»Du vergisst Kersey und seine Frau«, sagte Clay. »Ich weiß, dass dir der Gedanke, er könnte Dreck am Stecken haben, nicht behagt, aber deswegen können wir seinen Namen nicht einfach auslassen.«

»Ja, du hast recht«, gab sie zu. »Aber ich halte es dennoch für logischer, dass der Tahoe uns beschattet hat. Falls der Fahrer und sein Kumpel bei dir eingebrochen sind, um mich aus meinem Versteck zu locken, dann würde das am meisten Sinn ergeben.«

Clay schüttelte den Kopf. »Ich kann akzeptieren, dass dies das Motiv des ersten Eindringlings war, aber wenn man in Betracht zieht, wie er zurückgerannt ist und durchs Fenster gesehen hat, nachdem der Tahoe davongefahren ist, scheint er mit dem Erscheinen von Eindringling Nummer zwei nicht gerechnet zu haben.«

»Stimmt«, räumte sie ein. »Also hat der erste Kerl darauf gewartet, dass ich auftauche ...«

»Oder dass Clay auftaucht«, warf Joseph ein, »um ihn zu verfolgen und so bei dir zu landen.«

Sie nickte. »Ja, auch das kann sein. Aber der erste Einbrecher bekam es mit der Angst zu tun, als er die zwei toten Cops sah, und haute ab. Wenn der zweite Kerl uns zu Culp gefolgt ist, ist er entweder nach den Morden an den Cops zurückgekehrt oder gar nicht wirklich abgehauen, sondern hat sich nur vor dem ganzen Polizeiaufkommen versteckt. Dass er Hyatt verfolgt hat, glaube ich nicht.«

»Das wäre auch unlogisch, wenn er auf dich und Clay gewartet hat«, sagte Joseph. »Was wiederum bedeutet, dass er euch die ganze Strecke über nachgefahren ist. Auch als ihr bei dem Drugstore angehalten habt.«

Clay zog die Brauen zusammen. »Woher weißt du das denn?« Joseph hob die Schultern. »Ich habe die Tüte in meinem Escalade entdeckt und den Kassenzettel überprüft, bevor ich alles an die Spurensicherung weitergegeben habe. Ich musste auch deine Sporttasche drinlassen.« Er bedachte Clay mit einem entschuldigenden Blick. »Daher habe ich auf dem Weg hierher bei einer anderen Drogerie – gleiche Kette – haltgemacht und alles neu gekauft. Wartet jetzt alles in Graysons Escalade.«

Clay spürte, dass ihm das Blut in die Wangen stieg. Joseph musste die Kondome entdeckt haben, als er in die Sporttasche geblickt hatte, aber nun war nicht die Zeit, die errötende Jungfrau zu spielen.

Stevies Gesicht dagegen war blass, als sie nun die Schultern zurücknahm und sich aufrichtete. »Er ist in der Nähe gewesen, als du in den Laden gegangen bist. Er hätte mich in dem Moment erschießen können. Joseph, kannst du die Sicherheitsvideos anfordern? Nachsehen, ob der Tahoe irgendwo zu erkennen ist?«

Joseph nahm das Handy aus der Tasche und gab eine SMS ein. »Ich setze jemanden aus meinem Team darauf an. Ich sage euch Bescheid, wenn …«

Plötzlich wurde es in der Notaufnahme sehr still. Der Scharfschütze der State Police war vor wenigen Minuten hinauf zu den

Operationssälen transportiert worden, und alle Aktivitäten hatten sich auf Skinner konzentriert. Nun jedoch wandten sich Schwestern und Ärzte von seiner Trage ab und entfernten sich resigniert.

Clays Herz setzte einen Schlag aus. *Oh, nein. Oh, Gott.*

»Verdammt«, flüsterte Stevie. »Das ist ... Verdammt!«

Joseph senkte müde den Kopf. »Ich muss los. Bleibt am Leben, ihr zwei. Bitte.«

Aus den Augenwinkeln sah Clay Joseph davongehen, aber sein Blick war fixiert auf die liegende Gestalt am anderen Ende der Notaufnahme.

»Clay?«, murmelte Stevie.

Er sah sie nicht an. »Er war verheiratet, hatte ein Kind. Er war ein guter Polizist, bis er vor zwei Jahren angeschossen wurde. Jetzt ist er tot. Wie soll ich mich dafür nicht verantwortlich fühlen, Stevie?«

Sie zupfte an seinem Arm. Als er sich nicht regte, zerrte sie ihn mit aller Kraft zu sich herum, so dass er den Toten nicht mehr sehen konnte. Dann legte sie die Hände an seine Wangen und zog seinen Kopf so herab, dass er ihrem Blick begegnen musste.

»Er war ein Junkie, Clay, und das hat nichts mit dir zu tun. Er hat sich selbst dazu entschieden. Vielleicht war er früher einmal ein guter Ehemann und Vater, aber damit war Schluss, als die Drogen wichtiger wurden als seine Familie. Er war auch kein guter Cop mehr, spätestens seitdem er Rossi verraten hat, wo Cordelia und ich vermeintlich zu finden sein würden. Wenn du uns nicht versteckt hättest ... wenn wir tatsächlich im sicheren Haus gewesen wären, dann wären wir nun tot. Wenn Skinner meinte, sich deswegen umbringen zu müssen, dann ist das eben so. Vielleicht bin ich ein gefühlloses Monster, aber ich weine ihm dennoch keine Träne nach.«

Clays Züge verhärteten sich. »Du hast absolut recht.« Nicht Skinner war hier das Opfer. Er hatte die vermeintlich sichere Unterbringung einer Kollegin verraten. In dem Wissen, dass sie wahrscheinlich sterben würde. Sie und ein Kind'. »Ich habe nicht klar gedacht.«

Ihr Blick wurde sanfter. »Du bist müde. Und das bin ich auch. Für uns beide waren es zwei sehr harte Tage. Lass uns eine Pause einlegen. Damit wir uns ausruhen können. Danach schauen wir weiter.«

Er beugte sich zu ihr herab und legte seine Stirn an ihre, und sie wich nicht zurück. »Okay.«

## 17. Kapitel

*Baltimore, Maryland*
*Sonntag, 16. März, 18.15 Uhr*

Nicht einmal an guten Tagen konnte Sam Hudson das Leichenschauhaus ausstehen. Und heute war kein guter Tag – nicht für ihn, nicht für sein Revier, nicht für die Rechtsmediziner. Und am wenigsten für die Polizisten, die mit Etikett am Zeh in den Kühlschubladen lagen.

Er hatte mitbekommen, dass Polizisten getötet worden waren – in den Nachrichten war heute kaum über etwas anderes berichtet worden –, aber er hatte sich in einer Art Dunst bewegt, und die Todesfälle waren ihm nicht real vorgekommen. Das änderte sich jedoch in dem Moment, in dem er das Leichenschauhaus betrat. Es lag eine Anspannung in der Luft, die er bei keinem anderen Besuch zuvor gespürt hatte.

Er ging zum Empfang, hinter dem ein Wachmann stand. »Ich bin Officer Hudson«, sagte er und zeigte seine Marke, da er Zivilkleidung trug. »Kann ich bitte mit Dr. Trask sprechen?« Der Mann betrachtete ihn mit leichter Überraschung. »Sie ist in Mutterschaftsurlaub. Und kommt auch erst im nächsten Jahr zurück.«

Sam zog die Stirn in Falten. »Dass sie weg war, wusste ich, aber ich dachte, Mutterschaftsurlaub würde nur acht Wochen dauern.«

»Sie hat unbezahlten Urlaub angehängt, um bis zum ersten Geburtstag beim Kind bleiben zu können. Ein, zwei Mal hat sie es mitgebracht.« Der Wachmann lächelte. »Wirklich süß, der Kleine.«

»Das glaube ich gern«, sagte Sam, bemüht, normal zu klingen. »Könnte ich dann mit Dr. Mulhauser sprechen?«

»Der ist inzwischen pensioniert. Der neue Chef heißt Dr. Quartermaine. Er ist hinten, zusammen mit den Assistenzärzten.« Sein Lächeln verblasste. »Alle sind beschäftigt. Wir haben das Haus voll.«

»Ja, ich hab's gehört«, murmelte Sam. »Ich brauche einen Autopsiebericht. Ist vielleicht irgendjemand frei, der mir helfen kann?«

»Tut mir leid, aber der Angestellte, der dafür zuständig wäre, ist bereits nach Hause gegangen. Lassen Sie einfach die entsprechenden Daten hier, dann sucht jemand die Akte für Sie, sobald es hier etwas ruhiger geworden ist.«

»Vielleicht kann ich helfen.«

Sam wandte sich um und sah eine dunkelhaarige, sehr kurvige Latina-Schönheit Ende zwanzig durch den Flur auf den Empfang zukommen. Sie trug eine Sporttasche über der Schulter und zog gerade den Reißverschluss ihrer Jacke zu.

Der Wachmann begann wieder zu lächeln. »Ruby. Hast du schon wieder Überstunden gemacht?«

»Ja, und jetzt reicht's.« Sie klang erleichtert. »Mann, das war einer der längsten Tage seit Monaten. Was kann ich für Sie tun, Sir?«

»Das ist Officer Hudson«, sagte der Wachmann.

»Schon okay«, erwiderte Sam. »Sie hatten einen harten Tag. Ich kann warten.« Warten machte ihm nichts aus. Er hatte eine volle Stunde draußen auf dem Parkplatz verbracht, bevor er sich endlich dazu durchgerungen hatte, aus dem Auto zu steigen und das Leichenschauhaus zu betreten. Eine schlimme Enthüllung noch ein wenig aufzuschieben störte ihn nicht.

»Ich habe heute vier tote Cops auf den Tisch bekommen«, sagte sie, »und fühle mich hundsmiserabel. Wenn ich einem lebendigen Cop helfen kann, geht's mir bestimmt besser. Kommen Sie mit.« Sie führte ihn in eins der Büros und ließ sich auf den Stuhl hinter einem Tisch plumpsen. »ID-Nummer?«

Sam schob ihr seine Marke über den Tisch. »Hier. Meine Dienstmarke.«

Sie betrachtete die Marke einen Moment. »Nach wem suchen Sie, Sam?«

»Ich kenne den Namen nicht – das Opfer wurde nicht identifiziert. Aber ich habe die Nummer des Polizeiberichts.«

»Das geht auch.« Ihre rotlackierten Nägel flogen über die Tastatur, während sie die entsprechenden Daten eingab. Nun war es so weit. Sie würde ihm den Bericht heraussuchen. Und er die Wahrheit erfahren.

Allein der Gedanke an die Wahrheit verursachte Sam Übelkeit. Also konzentrierte er sich auf ihre roten Nägel. »Darf ich Sie was fragen?«

»Wenn es sich nicht gerade um mein Gewicht handelt, tun Sie sich keinen Zwang an.«

Ein kleines Lächeln zupfte an seinen Mundwinkeln. »Wie kann man mit so langen Nägeln an Leichen arbeiten?«

Sie hielt inne, streckte ihre Hand und bewegte die Finger. »Die Nägel sind falsch. Aufgeklebt. Ich ziehe sie ab, wenn ich komme, und klebe sie wieder auf, wenn ich gehe.« Ohne zu lächeln, musterte sie die Nägel, auf denen kleine Strasssteinchen funkelten. »Wahrscheinlich ist das meine Art, mich von dem, was ich am Tag hier erlebe, zu distanzieren.«

»Und wahrscheinlich hält es andere davon ab, Sie nach Feierabend ständig danach zu fragen.«

Sie nickte. »Ganz genau. Manch einer hat so seine Probleme mit Leuten, die im Leichenschauhaus arbeiten.« Mit großer Geste betätigte sie ein letztes Mal die Enter-Taste, dann drehte sie sich zum Drucker um. »Hier ist es.« Sie überflog die Seiten, die sie ausgedruckt hatte. »Es ist nicht viel. Wenn Sie noch Fragen haben, rufen Sie lieber erst morgen an. Wir haben da drin fünf Cops – eine Polizistin von gestern Abend und vier von heute. Plus die zwei Frauen aus dem Restaurant von gestern Nachmittag. Keiner hier ist in Plauderlaune.«

»Sie schon«, gab er ruhig zurück.

Leicht beschämt senkte sie den Blick. »Ja. Stimmt wohl.«

»Das war keine Kritik. So gehen Sie eben damit um.«

Sie zuckte die Achseln. »Vielleicht. Jedenfalls ist die Untersuchung damals von Dr. Fremont durchgeführt worden. Er ist vor drei Jahren in Rente gegangen, hilft aber immer noch, wenn mal Not am Mann ist. Wir können ihn gut gebrauchen, und er gerät nicht in Versuchung, aus Langeweile Geld zu verspielen.« Sie reichte ihm den Bericht. »Ich hoffe, das hilft Ihnen weiter.«

»Bestimmt. Vielen Dank.«

»Warum interessieren Sie sich eigentlich dafür?«, fragte sie.

»Die Waffe, mit der dieser Mann getötet wurde, ist vor kurzem aufgetaucht. Ich wollte nur wissen, was dahintersteckt.«

Sie nickte. »Na, dann haben Sie ja gefunden, was Sie suchten.« Sie schaltete den Computer aus und nahm ihre Tasche. »Ich komme mit Ihnen raus.«

Schweigend gingen sie nebeneinanderher, bis sich ihre Wege trennten. »Verraten Sie mir, was Ihnen dieser Unbekannte bedeutet?«, fragte sie. »Ich spüre doch, dass da etwas ist.«

»Ich bin mir nicht sicher«, antwortete er wahrheitsgemäß. »Danke.« Er stieg in den Wagen und wartete, bis sie in ihrem saß. Sobald sie weggefahren war, steuerte er in die andere Richtung und hielt bei Starbucks wieder an. Er musste sich etwas Heißes zu besorgen, da ihm innerlich eiskalt war.

Nachdem er Milch und Zucker in seinen Kaffee gegeben und alles getan hatte, um das Unvermeidliche noch ein klein wenig aufzuschieben, setzte er sich und nahm sich den Bericht vor. Im Grunde genommen wusste er es schon. Mitte vierzig, weiß. Einschussloch im Hinterkopf. Geschätzter Todeszeitpunkt Mitte März vor acht Jahren.

Die Zeit passte, verdammt. Er hatte so gehofft. Hatte gehofft, der Tod sei im Januar oder im April eingetreten – oder vielleicht sogar um Halloween. Irgendwann, aber eben nicht Mitte März. Doch so war es nicht. Dennoch bedeutete Mitte März nicht zwingend, dass es sich um seinen Vater handelte.

Verzweifelt durchsuchte er den Bericht nach unveränderlichen Merkmalen, Tätowierungen, irgendetwas, was ihm sagte, dass dieser Mann *nicht* sein Vater war.

*Mist.* Dem Opfer fehlte der Blinddarm. Seinem Vater auch. Aber schließlich fehlte der auch Millionen anderen Menschen. *Das heißt gar nichts.* Der Oberschenkelknochen des Opfers zeigte eine verheilte Fraktur, die auf eine Verletzung wahrscheinlich im Kindesalter verwies.

Sams Vater war als Kind beim Schlittenfahren böse gestürzt. Er hatte bis zu dem Tag, an dem er verschwunden war, leicht gehumpelt. Das Bein stimmte. *Nur ein Zufall.*

Dem Bericht waren Autopsiefotos angehängt. Er wollte sie sich nicht ansehen. Glaubte nicht, dass er es schaffen würde. Wusste, dass er es tun musste.

Auf alles gefasst, drehte er die Seite um. Und hörte zu atmen auf. Bei dem ersten Foto handelte es sich um eine Nahaufnahme des Unterarms. Darauf waren die Reste einer Tätowierung zu sehen. Plötzlich war Sam wieder zehn Jahre alt und kauerte auf dem Boden, während dieser Oberarm herabsauste und der Gürtel in der Hand des Mannes auf ihn niederklatschte. Die Tätowierung bestand aus einem Weißkopfseeadler, auf dessen linker Schwinge Sterne, auf der rechten die Streifen der amerikanischen Flagge prangten.

Damals hatte er sich auf diesen Adler konzentriert, wann immer sein Vater den Gürtel gezückt hatte. Was oft genug vorgekommen war. Nun tat er es wieder. Es war nur noch ein Drittel der Tätowierung vorhanden. Der Adlerkopf, wenige Sterne, ein paar Streifen.

John Hudson war tot. *Ich habe ihn umgebracht. Ich habe meinen Vater umgebracht.*

Langsam erhob er sich, schob seinen Stuhl wieder an den Tisch und warf den nicht angerührten Kaffee in den Mülleimer. Er faltete den Bericht, steckte ihn in seine Jackentasche, stieg in seinen Wagen und fuhr ein paar Straßen weiter.

Dort bog er auf den verlassenen Parkplatz einer Highschool ein, stieg taumelnd aus dem Auto, sackte auf die Knie und übergab sich.

*Ich habe ihn umgebracht. Ich habe meinen Vater umgebracht!*

Wie sollte er das je seiner Mutter erklären? Unmöglich. Das konnte er nicht tun. Das würde ihr Herz nicht mitmachen.

*Das war's, ich bin am Ende. Nie wieder Polizeiarbeit. Ich werde in den Knast wandern.*

Er würgte und würgte, bis nichts mehr kam, dann blieb er auf Händen und Knien mit hängendem Kopf am Boden und versuchte, wieder zu Atem zu kommen.

»Und? Weißt du es jetzt?«

Die Frauenstimme hinter ihm ließ ihn zusammenfahren. Er erkannte sie sofort. Es war die Latina aus dem Leichenschauhaus, die ihm den Autopsiebericht besorgt hatte.

Eine Hand mit langen, roten Nägeln erschien in seinem Gesichtsfeld und hielt ihm ein Taschentuch hin.

Sie hieß Ruby, fiel ihm ein. Er nahm das Taschentuch und wischte sich den Mund ab. »Was?«

»Du wusstest nicht, wer das Opfer war, als ich dir den Bericht gab. Weißt du es jetzt?«

»Was machst du hier? Bist du mir gefolgt?«

»Ja. Mein Date hat abgesagt.«

»Deshalb bist du mir gefolgt? Bitte! Lass mich in Ruhe. Geh nach Hause.«

»Das habe ich auch überlegt, aber da warten nur ein Spülbecken voll schmutzigem Geschirr und eine vier Tage alte Pizza im Kühlschrank. Irgendwie hatte der Gedanke keinen Reiz. Außerdem sahst du leicht grünlich um die Nasenflügel aus, als du das Leichenschauhaus verlassen hast.« Sie seufzte, und ihre Stimme klang plötzlich sehr ernst. »Ich habe mir Sorgen gemacht, Sam.«

»Danke. Ehrlich. Ich weiß das zu schätzen, aber ich würde jetzt wirklich lieber allein sein.«

»Wieso? Weil du gerade gekotzt hast? Schätzchen, ich verdiene mein Geld damit, Leichen einzusammeln. Ich hab schon weit Schlimmeres gesehen, glaub mir.«

Er konnte kaum glauben, dass tatsächlich ein Glucksen aus seiner Kehle kam. »Und deine Verabredung hat wirklich abgesagt?«

»Ja. Das muss man sich mal vorstellen.«

»Unfassbar.«

Wieder kam ihre Hand in sein Gesichtsfeld, und ihre langen, roten Nägel funkelten im Licht einer Straßenlaterne. »Komm schon. Du kannst hier nicht bleiben. Die Gegend ist ziemlich übel – man könnte dich überfallen.«

Wieder das Glucksen. »Ich bin ein Cop, Ruby.« Aber er nahm ihre Hand und ließ sich von ihr hochziehen. »Du musst nach Hause. Und ich auch.«

Sie schüttelte den Kopf. »Also – wer ist deine unbekannte Leiche?«

Er schloss die Augen. »Gott. Ich kann's dir nicht sagen. Ich kann nicht.«

»Na gut. Komm, sehen wir zu, dass wir Flüssigkeit in dich reinkriegen. Du hast so lange gekotzt – du bist bestimmt schon fast dehydriert.«

Sam hatte das Gefühl, durch eine surreale Landschaft zu gehen, als er sich von Ruby zu ihrem Wagen führen ließ. Sie machte den Kofferraum auf und reichte ihm eine Flasche Mundwasser.

»Erst spülen.«

»Du hast Mundwasser im Kofferraum?«

Sie stemmte eine Hand in die Hüfte, und die roten Nägel sahen plötzlich lang wie Krallen aus. »Hast du nicht zugehört, *cariño?* Ich verdiene mein Geld damit, Leichen einzusammeln. Man bekommt davon einen merkwürdigen Geschmack im Mund, der nicht mehr weggeht. Und dann will mich niemand mehr küssen.«

Er musste grinsen, als er das Mundwasser ins Gras neben ihren Wagen spuckte. Dann nahm er die Flasche Wasser, die sie ihm hinhielt, kippte die Hälfte davon auf einmal in sich hinein und wischte sich anschließend mit dem Handrücken den Mund ab. »Danke. Wirklich. Nicht jeder ist so nett wie du. Das hättest du nicht zu tun brauchen.«

»Aber impliziert das Wort ›nett‹ nicht genau das? Wenn man nett sein *muss*, dann ist es Zwang und nicht mehr nett.«

Er blinzelte. »Äh, ja. Stimmt wohl.«

Sie musterte ihn im Licht der Laterne. »Musst du heute Abend noch irgendwohin, Sam?«

»Nein.« Er konnte seiner Mutter nicht gegenübertreten, und nach Hause wollte er auch nicht.

»Dann komm mit mir. Wir hören ein bisschen Musik, und du überlegst dir, was du mit dem, was du nun weißt, anstellen sollst.«

»Und mein Auto?«

»Schließ es ab und lass es stehen. Du hast gute Chancen, dass es noch da ist, wenn du es holst. Die Drogendealer hier haben viel tollere Autos, die werden sich nicht für deins interessieren.«

Irgendwie landete er schließlich auf ihrem Beifahrersitz und schnallte sich an. »Sag mal, Ruby, woher willst du eigentlich wissen, dass ich harmlos bin? Ich könnte doch ein Irrer sein, der alle möglichen fiesen Dinge plant.«

Sie startete den Motor. »Bist du das?«

»Nein.« Er runzelte die Stirn. »Glaube ich zumindest.«

»Fein. Wenn sich in der Hinsicht was ändert, sag mir einfach kurz Bescheid.«

Er schüttelte noch den Kopf, als sie schon auf die Straße einscherte, aber sein Lächeln erstarb rasch, als er sich seiner Situation bewusst wurde.

*Ich habe meinen Vater getötet.* So oft hatte er davon geträumt, es zu tun – jedes Mal nämlich, wenn dieser Mistkerl seine Mutter geschlagen hatte. *Aber ich hätte es doch niemals wirklich tun können.*

Tja, nun, anscheinend hatte er doch.

*Wight's Landing, Maryland*
*Sonntag, 16. März, 19.00 Uhr*

Tanner St. James' Küche war voll fröhlichem Geplauder und köstlichen Düften, als Stevie und Clay eintraten. Die Düfte blieben, aber das Geplauder verstummte abrupt. Sechs Augenpaare richteten sich auf sie.

Tanner stand am Herd, eine Schürze mit dem Aufdruck *Bitte den Koch küssen* vor dem Bauch. Um den Tisch herum saßen Cordelia, Paige und Grayson sowie Emma und ihr Mann Christopher. Unter dem Tisch lagen zwei Hunde: Peabody, Paiges Hund, lag zu ihren Füßen, Colombo, Tanners Hund, zu Cordelias.

Sie hatten gerade zu Ende gegessen, und den leergeputzten Tellern nach zu folgern hatte es köstlich geschmeckt. Sofort begann Stevies Magen zu knurren; sie hatte seit dem Frühstück nichts mehr zu sich genommen.

Emma ergriff als Erste das Wort. »Du hast meinen Kaschmirpulli versaut, sehe ich das richtig?«

Stevie trug ein BPD-T-Shirt, denn der Rollkragenpulli, den Emma ihr geliehen hatte, war als Beweisstück für den Anschlag auf sie und Clay mitgenommen worden. Zum Glück hatte die Notärztin, die ihre Oberarmwunde neu vernäht hatte, den Knutschfleck gesehen und ihr etwas zum Überschminken gegeben.

Stevie zuckte die Achseln und verlieh ihrer Stimme einen unbekümmerten Ton. »Yep. Ich habe ein mieses Gefühl dabei, aber ich hatte dich vorgewarnt. Du kanntest das Risiko, bevor du ihn mir geliehen hast.«

»Mama«, sagte Cordelia verzagt. »Warum trägst du so was Komisches über dem T-Shirt?«

Stevie zupfte an den Klettverschlüssen der Flakweste. Joseph hatte sie auf die Sitze seines SUV gelegt. Nach den Ereignissen des Tages und in Anbetracht der Tatsache, dass ihre dünne Kevlar-Weste ebenfalls im Labor untersucht werden musste, war sie froh darüber gewesen. »Das ist nur eine Vorsichtsmaßnahme, Spatz. Ich habe dir versprochen, dass ich auf mich aufpasse, und genau das tue ich. Wie es aussieht, feiert ihr hier eine kleine Party. Hoffentlich gibt es auch Eis. Ich habe ein ernsthaftes Schoko-Defizit.«

Grayson sprang auf und zog einen Stuhl unterm Tisch hervor. »Setz dich, Stevie. Du brauchst eine Pause.«

»Ich habe im Auto geschlafen«, sagte Stevie und setzte sich auf den Stuhl neben Cordelia. Sie küsste sie auf den Scheitel und spürte nur allzu deutlich, dass ihre Tochter sich von ihrer Erklärung nicht hatte beruhigen lassen. *Ich hätte die Weste in der Garage ausziehen sollen. Dummer Fehler.*

»Hat sie gar nicht.« Clay setzte sich auf den Stuhl auf Cordelias anderer Seite. »Deine Mutter hat bloß so getan, als würde sie schlafen – so wie du immer.« Er streckte Christopher über den Tisch die Hand entgegen. »Du bist Emmas Mann. Ich bin Clay.« Christopher schüttelte ihm die Hand.

»Ich hab versucht, deine Frau nach Hause zu schicken, aber sie hat sich gesträubt.«

»Ich weiß.« Christopher seufzte. »Ich habe schon auf der Highschool aufgegeben, ihr zu sagen, was sie tun soll.«

Stevie lächelte. »Da spricht ein wahrhaft kluger Mann. Tanner, ich habe solchen Hunger, dass ich sogar essen würde, was ich selbst gekocht habe. Falls in den Töpfen noch was übrig ist, hätte ich wirklich gerne etwas davon. Und Christopher, schön, dich wiederzusehen.«

»Gleichfalls. Schöner wär's, wenn die Umstände anders wären.«

»Ja, wohl wahr«, bedauerte Stevie. »Paige, wie seid ihr hergekommen? Ich habe deinen Truck gar nicht gesehen, und wir fahren Graysons Wagen. Nochmals danke dafür. Ich bin wirklich froh, dass du ihn uns geliehen hast.«

»Gern«, gab Grayson zurück. »Ich hoffe nur, dass ihr die Sonderausstattung nicht brauchen werdet.«

Sprich: die durchschusshemmende Verglasung. »Da sind wir schon zwei.«

»Wir haben Christopher vom Flughafen abgeholt und sind zu Lou Moore gefahren, da wir nicht riskieren wollten, mögliche Verfolger hierherzuführen. Lou hat uns dann mit dem Boot hergebracht. Außerdem hat es uns als Probelauf für die Aktion mit

Cord...« Paige schürzte die Lippen und presste sie dann fest zusammen, um nicht noch mehr zu sagen.

Aber es war zu spät. Cordelia hatte es gehört und schnappte nach Luft. Sie zupfte an Stevies T-Shirt. »Mama«, sagte sie, ebenso verzagt wie zuvor.

Stevie sah in die vor Angst geweiteten Augen ihrer Tochter. »Ja, Schätzchen?«

»Ich hab das von heute mitbekommen. Dass schon wieder jemand auf dich geschossen hat.«

Stevie warf einen fragenden Blick in die Erwachsenenrunde.

Emma seufzte. »Es kam im Fernsehen, Stevie. Wir haben Zeichentrickserien gesehen, und die wurden für die neusten Nachrichten unterbrochen. Ich habe sofort umgeschaltet, aber sie hatte bereits genug gehört, um sich Sorgen zu machen. Grayson fragte bei Joseph nach, und wir konnten ihr versichern, dass du nicht verletzt wurdest.«

Stevie senkte den Blick wieder zu ihrer Tochter. »Jemand hat auf mich geschossen, aber er hat mich nicht getroffen.« Nicht wirklich jedenfalls. Er hatte die Kevlar-Weste getroffen. »Mir ist nichts passiert. Und Mr. Maynard auch nicht.«

»Aber wieso wird denn dauernd auf dich geschossen, Mama?«, fragte Cordelia tonlos. »Wieso will dich jemand töten? Und wer will das?«

»Ich bin nicht sicher, wer es tut und warum, aber ich werde es herausfinden und dafür sorgen, dass Schluss damit ist.«

Cordelia bedachte sie mit einem viel zu erwachsenen Blick. »Du willst mich wegbringen lassen, damit ich nicht im Weg bin. Ich hab gehört, wie Sheriff Moore mit Miss Paige geredet hat. Sie haben gesagt, sie müssten mich aus dem Weg schaffen.« Cordelia hob trotzig das Kinn. »Aber ich gehe nicht. Ich lasse dich nicht allein.«

Stevie war sich bewusst, dass alle Augenpaare auf sie gerichtet waren. »Cordelia ... erstens haben wir noch gar nicht beschlossen, dich wegzubringen. Wir bereiten alles vor, falls es notwendig werden sollte. Es ist das, was man allgemein ›Plan B‹ nennt, weißt du? Und zweitens redet niemand davon, dass du im Weg bist, denn du *kannst* niemals ›im Weg‹ sein.«

Paige verzog schuldbewusst das Gesicht. »Cordy, ›im Weg sein‹ und ›aus dem Weg schaffen‹ sind zwei ganz verschiedene Dinge. Es geht nicht darum, dass du stören könntest, sondern um deine Sicherheit.«

Cordelia schien noch nicht überzeugt. »Ich gehe nicht ohne dich.«

Stevie blies die Wangen auf und atmete aus. »Spatz, wenn dieses Haus hier nicht mehr sicher ist, dann wirst du gehen.« Sie sprach liebevoll, aber ihr Tonfall duldete keinen Widerspruch. »Ich muss wissen, dass du in Sicherheit bist. Was soll ich denn machen, wenn dir etwas zustößt?« Cordelia wandte den Blick ab, und Stevie fühlte sich plötzlich derart hilflos, dass sie am liebsten geschrien hätte. »Und es ist nicht deswegen, weil du alles bist, was ich habe«, fügte sie schärfer hinzu als beabsichtigt. Cordelia fuhr zu Clay herum. »Sie haben es ihr verraten!«

»Nein«, sagte Stevie. »Ich habe gelauscht. Wie er schon gesagt hat – ich kann genau wie du nur so tun, als würde ich schlafen.« Sie fasste Cordelia sanft am Kinn, damit ihre Tochter sie ansah. »Du hörst mir jetzt zu, Cordelia, denn es ist wichtig, und du wirst mir glauben. Du bist mein Ein und Alles. Das warst du seit dem Augenblick, als ich dich das erste Mal in meinem Bauch gespürt habe. Wenn dein Daddy und dein Bruder noch lebten, wärst du trotzdem mein Ein und Alles. Ich liebe dich genauso, wie ich es getan hätte, wenn wir eine größere Familie gewesen wären. Wir sind auch jetzt eine Familie. Du und ich und ...« *Clay.* Sie hätte fast Clay gesagt. »Izzy«, endete sie und stählte ihre Stimme, damit sie nicht bebte. »Wir sind eine Familie. Glaubst du mir das?«

Cordelia nickte stumm.

»Gut«, sagte Stevie, aber sie war nicht sicher, ob *sie* ihrer Tochter glauben konnte. »Cordelia, es hat keinen einzigen Moment in deinem Leben gegeben, in dem ich dich nicht von ganzem Herzen geliebt habe. Ja, es stimmt, du bist alles, was mir geblieben ist – von deinem Vater. Aber du bist keinesfalls eine Art Trostpflaster, und wenn du das denkst, dann irrst du dich gewaltig. Wenn überhaupt, bist du noch wertvoller für mich, weil ... weil du und ich *zusammen* überlebt haben. Wir haben es *zusammen* geschafft!«

Cordelias Miene wirkte müde. Als wüsste sie, dass Stevie tatsächlich glaubte, was sie sagte, auch wenn es nicht stimmte. »Ich weiß, Mama. Alles wird gut.«

*Alles wird gut.* Tränen stiegen in Stevies Kehle auf. Kein Wunder, dass Cordelia ihr nicht glaubte. Sie hatte dieses *Alles wird gut* viel zu oft gesagt, ohne wirklich auf die Ängste und Nöte ihrer Tochter einzugehen.

Und, nein, nichts würde gut werden, wenn es ihr nicht gelang, Cordelia zu überzeugen.

»Was ich für dich empfinde, ist genau das, was ich für deinen Bruder empfunden habe, und wenn du den Eindruck hattest, dass dem nicht so ist, dann tut mir das furchtbar leid.« Ihre Stimme brach, und sie senkte den Kopf, um die Tränen zurückzuhalten, denn sie befürchtete, dass sie nicht mehr aufhören könnte, wenn sie erst einmal zu weinen begann. »Es tut mir so furchtbar leid.«

Eine kleine Ewigkeit verging, bis sie eine kleine Hand spürte, die ihr über das Haar zu streichen begann. »Nicht weinen, Mama. Bitte nicht weinen.«

»Das versuche ich ja«, sagte Stevie heiser und gab sich der Liebkosung ihrer Tochter hin. »Aber ich fürchte, du glaubst mir noch immer nicht.« Sie sah Cordelia direkt in die Augen. »Ich an deiner Stelle würde mir auch nicht glauben, und du wirst mir jeden Tag ähnlicher.« Ein kleines Lächeln erschien auf ihrem Gesicht. »Du armes Kind.«

Cordelias Lippen bebten, aber als sie das Lächeln erwiderte, schien es aufrichtig. »Tante Izzy sagt, Oma hat gesagt, dass du eines Tages eine Tochter hast, die genau ist wie du, und das geschieht dir dann nur recht.«

Stevie spürte, wie die Anspannung im Raum nachließ, als die

Erwachsenen um den Tisch herum zu kichern begannen. »Ja, Oma hat das immer schon gesagt. Mindestens einmal am Tag. Ich war wohl ziemlich anstrengend als Kind. Und ich wollte nie glauben, was man mir gesagt hat. Ich wollte immer Beweise. Genau wie du jetzt. Also werde ich dir wohl beweisen müssen, was ich empfinde, aber das braucht einfach seine Zeit. Ich werde dafür sorgen, dass wir die Zeit haben, Cordelia. Ich finde den Kerl, der auf mich schießt, und nehme ihn fest. Aber ich muss ganz sicher sein können, dass dir in der Zwischenzeit nichts passiert. Und wenn das nur geht, indem ich dich woandershin bringen lasse, dann wird das so gemacht.«

Cordelia nickte ernst. »Und wo soll ich hin?«

Stevie atmete durch. »Alec hat den ganzen Tag auf der Farm von Daphne gearbeitet, damit alles noch ein bisschen sicherer wird, als es ohnehin schon war. Der Plan, über den wir Erwachsenen gesprochen haben, sieht vor, dass du dorthin gehst, falls es hier zu gefährlich wird. Da bist du sicher. Das Schöne ist, dass du die ganze Zeit mit den Pferden zusammen sein kannst, wenn du das möchtest. Paige ist da und passt auf dich auf, und Alec auch. Mr. Maynard vertraut ihnen, und das tue ich auch.«

Cordelia nahm die Schultern zurück. »Und wer passt auf dich auf, Mama?«

Stevie wurde erneut die Kehle eng. »Ich kann auf mich selbst aufpassen. Aber wenn Mr. Maynard noch mag, dann würde ich ihn bitten, auch auf mich aufzupassen. Fühlst du dich dann besser?«

Cordelia nickte. Dann schüttelte sie den Kopf. »Nein«, flüsterte sie.

»Warum nicht, Liebes?«, fragte Clay. »Ich bin dir nicht böse, aber – warum?«

Sie sah verängstigt zu ihm auf. »Wer passt denn auf Sie auf?« Stevie sah, wie Clay schluckte und nach einer Antwort suchte. *Wenigstens dabei kann ich ihm helfen.* »Ich«, sagte Stevie. »Mr. Maynard und ich passen aufeinander auf. Und Onkel J.D.

und Joseph helfen uns auch. Also – was sagst du? Wirst du, wenn es nötig ist, ohne Theater gehen?«

»Wirst du böse, wenn ich nein sage?«

»Ja. Aber eher so, wie ich böse war, als du die Herdplatte angefasst hast, obwohl ich dich gewarnt habe, dass sie zu heiß ist.« Cordelias Augen weiteten sich. »So was hab ich gemacht?«

»Hast du. Und du hast dir den Arm gebrochen, als du von der Schaukel gesprungen bist und fliegen wolltest, obwohl Oma dir mehrmals erklärt hat, dass das Schmetterlingskostüm zu Halloween dich nicht zu einem echten Schmetterling macht. Damals habe ich über Nacht fast graue Haare gekriegt. Und weißt du noch, wie du Seife gegessen hast, weil die so schön rosa war und nach Zuckerwatte roch?«

Sie rümpfte die Nase. »Daran kann ich mich erinnern. Die sah so lecker aus, war aber richtig ekelig.« Dann wurde sie wieder ernst. »Du kommst nicht mit zu Miss Daphne, nicht wahr?«

»Nicht sofort. Aber wenn das vorbei ist, dann komme ich, versprochen. Ich versuche sogar mal, mich auf ein Pferd zu setzen, okay?«

Cordelia nickt. »Okay. Dann gehe ich.«

Stevie drückte ihr einen Kuss auf die Stirn. »Danke, Schatz.«

»Aber das mit dem Reiten musst du machen. Alle hier haben das gehört.«

»Es ist gar nicht wichtig, was sie gehört haben. Du hast gehört, was ich gesagt habe, und das allein zählt für mich.« Stevie blickte auf die Teller mit Lasagne herab, die Tanner vor sie und Clay auf den Tisch stellte, und lächelte, als dieser ihr schweigend auf den Rücken klopfte. »Jetzt muss ich unbedingt etwas essen und mit den Erwachsenen reden. Kannst du vielleicht ein bisschen mit den Welpen spielen? Nur für ein paar Minuten, ja?«

Paige stand auf und streckte die Hand aus. »Komm, Cordy. Wir müssen die *kata* üben, damit du die Blaugurtprüfung schaffst, wenn der ganze Irrsinn hier vorbei ist.« Sie schnalzte mit der Zunge, und der Rottweiler sprang auf. »Peabody, hierher.«

Als die Küchentür wieder zufiel, rieb sich Stevie die Stirn.

Dass sie die Unterhaltung mit Cordy vor so vielen Leuten geführt hatte, war ihr mit einem Mal entsetzlich peinlich. »Tut mir leid. Ich wollte euch nicht in Verlegenheit bringen.«

»Niemand beschwert sich, Stevie«, sagte Emma und schniefte leise.

Stevie wagte es aufzublicken und sah, dass ihre Freundin sich mit einem Taschentuch die Augenwinkel tupfte. Clay nickte ihr anerkennend zu, und plötzlich brannten auch ihr die Augen.

Sie räusperte sich und widmete sich ihrer Lasagne. »Mmh. Ist das köstlich.«

»Das schmeckt wirklich gut«, sagte Clay überrascht. »Was hast du anders gemacht? Nicht dass deine Lasagne bisher schlecht gewesen wäre, aber die hier schmeckt fast wie Moms früher.«

»Neues Rezept«, antwortete Tanner schroff. »Außerdem habe ich Schokoladeneis im Tiefkühlfach.«

»Sie sind mein Held«, bemerkte Stevie und machte sich über ihre Portion her. »Schokoeis und ein Nickerchen – wenn das nicht der Himmel ist.«

»Ihr braucht mehr als nur ein Nickerchen«, sagte Grayson. »Ihr müsst endlich mal wieder eine Nacht durchschlafen. Deswegen sind Paige und ich hier. Sie wird im Haus aufpassen, während Josephs Leute draußen Wache stehen. Außerdem wollte Paige ebenfalls dazu beitragen, dass Cordelia sicher zur Farm kommt, falls ihr das für notwendig erachtet. Sie dachte, es beruhigt dich vielleicht ein wenig, wenn sie dabei ist. Falls man im Augenblick überhaupt von Beruhigung sprechen kann.«

Tatsächlich spürte Stevie, wie sie sich entspannte – nicht gänzlich, aber doch so, dass sie leichter Luft holen konnte. Sie streckte den Arm über den Tisch aus und drückte Graysons Hand.

»Danke. Euch beiden.«

»Du würdest dasselbe für uns tun«, erwiderte Grayson.

»Ich hoffe bei Gott, dass es niemals so weit kommt«, murmelte Stevie. Dann blickte sie Clay an. »Wenn Cordelia auf die Farm gehen soll, würde ich gerne mehr über die Einrichtung wissen. Du hast mir schon von den Toren und dem Zaun erzählt, aber was ist mit den Gebäuden? Das Gute ist ja, dass Cordelia dort nicht im Haus gefangen ist, sondern hinausgehen und reiten kann. An der frischen Luft. Wie willst du sie dabei beschützen?«

»Der Hauptstall ist vom Wohnhaus aus über einen geschlossenen Gang zu erreichen. Daphne hat ihn vor allem für Rollstuhlfahrer bauen lassen«, sagte Clay. »Der Gang ist verglast, die Scheiben sind aus demselben Material wie die in meinem Haus. Wer reitet, muss außerdem einen Helm tragen. Die sind nicht kugelsicher, aber die Kunststoffe sind sehr strapazierfähig. Und wenn sie draußen reitet, kann sie eine Weste tragen.«

»Du meinst eine Schutzweste? Willst du damit sagen, es gibt Kevlars in Kindergrößen?«

»Ja, unglücklicherweise sind solche Größen notwendig. Sie wird sicher gar nicht merken, dass es sich um Kevlar handelt. Das Stück sieht aus wie eine normale Reitweste.«

»Sie wird es trotzdem wissen«, sagte Stevie traurig. »Dazu ist sie zu schlau. Wird es eine sichere Leitung geben, über die wir miteinander telefonieren können?«

Clay nickte. »Natürlich.«

»Was ist, wenn sich das Ganze in die Länge zieht? Können dann Izzy oder meine Eltern sie auf der Farm besuchen?«

»Natürlich«, wiederholte er. »Wir wollen sie beschützen, nicht isolieren.«

»Danke. Und auch dafür danke«, sagte sie, an Tanner gewandt, der ihr nun ein Schälchen mit Eis hinstellte. »Dann ist die Richtung also klar. Wenn wir tatsächlich zu dem Schluss kommen, dass dieses Haus hier nicht mehr sicher genug ist, wie schnell kann Sheriff Moore mit dem Boot hier sein?«

»Sie hat zehn Minuten gebraucht, um uns von ihrem Anleger zu Clays zu schaffen«, sagte Grayson. »Mit Vollgas allerdings.«

»Okay. Das klingt wirklich wie ein guter Plan B. Konzentrieren wir uns jetzt darauf, diesen Kerl zu finden, damit wir ihn nicht in die Tat umsetzen müssen. Hat die Forensik in Clays Haus etwas Brauchbares gefunden?«

»*Wir* haben etwas gefunden«, meldete sich Grayson zu Wort. »Joseph hat mich eben angerufen, kurz bevor ihr hier eingetroffen seid. Clays Stingray hat uns die Telefonnummern von der Anruferliste des zweiten Einbrechers verschafft. Culp hat diesen zweiten – der den Tahoe gefahren ist – angerufen. Und zwar gestern Abend, eine Stunde bevor Officer Cleary im sicheren Haus erschossen wurde. Rossi dagegen hat weder ihn noch Culp angerufen.«

»Wir haben den zweiten Mr. Rucksack genannt. Den anderen könnten wir mit Rücksicht auf die Minderjährigen in diesem Haus Mr. Vollpfosten nennen. Außerdem hätten wir da noch Restaurant und Autofahrer.«

»Meinetwegen«, sagte Grayson grinsend, wurde dann aber wieder ernst. »Wir gehen davon aus, dass Culp mit dem Anruf Rucksack die Adresse des sicheren Hauses durchgegeben hat. Wir können allerdings nicht sagen, ob Rucksack zum sicheren Haus gefahren ist, Rossis Tat beobachtet hat und dann abgehauen ist, oder ob er gar nicht erst dort war. Aber er hat definitiv gestern Abend gewusst, wo du bist.«

Stevie wurde die Brust eng. »Das heißt, hätte Rossi es nicht versucht, wäre noch ein anderer gekommen, der auf mich und Cordelia geschossen hätte.«

»Davon müssen wir wohl ausgehen«, pflichtete ihr Grayson grimmig bei. »Joseph hat außerdem gerade das Video der Überwachungskamera von dem Drugstore ausgewertet. Der Tahoe stand tatsächlich auf dem Parkplatz. Der Fahrer hielt die ganze Zeit über den Kopf gesenkt, so dass die Kamera sein Gesicht nicht erfasst hat.«

»Shit«, sagte sie. »Wir hätten ihn erwischen können.«

»Langsam bin ich es leid, dass dieser Kerl uns immer einen Schritt voraus ist.« Clays Stimme klang rauh. »Wir müssen ihn aus seinem Loch hervorlocken.«

»Das habe ich auch gerade gedacht«, sagte Stevie. »Ich hätte eine Idee. Aber sie wird euch nicht gefallen.«

»Wenn du dich als Lockvogel anbieten willst, dann hast du

verdammt recht«, sagte Clay. »Früher oder später ist nämlich auch deine Glückssträhne zu Ende. Obwohl – vielleicht bleibt uns gar keine andere Wahl.«

Stevie verzog das Gesicht. »Das ist mir durchaus klar, denn mein Vorrat an Kevlar ist schon am Ende. Aber jetzt zu meinem Plan: Zunächst einmal machen wir Emmas Heimkehr nach Florida öffentlich. Vielleicht sogar über die Nachrichten.«

Emma und Christopher sahen einander an. »Das halten wir für keine gute Idee«, sagte Emma.

»Wieso nicht?«, wollte Stevie wissen.

»Jemand hat inzwischen versucht, in unser Haus einzubrechen«, erklärte Christopher. »Und heute ist auch in mein Büro an der Uni eingebrochen worden. Emma hat zwar auf ihrer Website keine Familienfotos, aber ich auf meinem Schreibtisch. Der Täter weiß jetzt, wie die Jungs und Megan aussehen.«

Stevie schloss die Augen. »Oh, Gott. Verzeiht mir.«

»Stevie, sei still«, sagte Emma sanft. »Bisher haben die Leibwächter, die ich für meine Familie engagiert habe, noch keine Zwischenfälle gemeldet, aber es ist bestimmt besser, möglichst kein Aufsehen zu erregen. Christopher fliegt morgen mit einem Privatflugzeug nach Florida zurück. Doch statt nach Hause wird er auf direktem Weg nach Disneyland fahren. Die Sicherheitsleute treffen sich mit ihm und bringen ihn zu den Jungs.«

»Und du?«, fragte Stevie.

»Ich bleibe bei Cordelia. Und wenn es so weit ist, fahre ich mit zur Farm.«

Stevie lehnte sich auf ihrem Stuhl zurück und blinzelte. »Aha?«

Emma nickte. »Oh, ja. Ich errege keine Aufmerksamkeit und werde nicht beschossen.«

»Was mir ausgesprochen gut zupasskommt«, fügte Christopher bedrückt hinzu.

Emma zuckte die Achseln. »Ich bin keine Berühmtheit, aber mein Gesicht ist auf genügend Büchern zu sehen, so dass man mich hin und wieder in der Öffentlichkeit erkennt. Bisher weiß niemand, dass die Kinder in Orlando sind, aber es muss mich nur einer dort erkennen, und die Jungs sind in Gefahr.«

»Emma, bist du sicher?«

»Ja. Ich kann mich um Cordelia kümmern, und falls wir auf die Farm umziehen müssen, nutze ich dort die Zeit, um mich ein bisschen mit der Pferdetherapie vertraut zu machen. Ich sehe darin Potenzial für ein neues Buch.«

»Du machst auch immer aus allem das Beste«, stellte Stevie fest.

»Hat es in dem Hotel, wo du dein Zimmer hattest, noch weiteren Ärger mit versuchten Einbrüchen gegeben?«

»Nein. Paige hat den Hotelmanager befragt, bevor wir herkamen«, sagte Grayson. »Es gab allerdings einige Anfragen von Reportern. Wieso?«

»Ich denke, dass ›Emma‹« – Stevie malte mit den Fingern Anführungszeichen in die Luft – »vielleicht morgen Abend wieder in ihr Hotelzimmer zurückkehren sollte. Wenn irgendjemand sie gestern beobachtet hat, wird Paige ihn nicht getäuscht haben. Sie ist fast eins achtzig groß, Emma aber mit hohen Absätzen keine eins sechzig.«

Emma musterte sie scharf. »Wenn du vorhast, so zu tun, als wärst du ich, dann vergiss es. Du kannst nicht gehen wie ich. Das konntest du auch ohne Stock noch nie.«

»So was kann man lernen«, gab Stevie trotzig zurück. »Früher habe ich ab und zu undercover gearbeitet.«

»Und deine Haare?«

»Ich nehme eine Perücke. Daphne hat Unmengen davon. Bestimmt ist auch eine kurze blonde darunter. Leute, vielleicht kommt ja niemand, und ich schlafe einfach nur eine Nacht im Hotel. Aber vielleicht denkt jemand, Emma könnte wissen, wo ich bin, und bricht noch einmal dort ein.«

»Oder ballert einfach los«, warnte Grayson, »wie Rossi gestern.«

Stevie schnitt eine Grimasse. »Na gut, dann lege ich mich eben nicht ins Bett. Aber ich denke, es wäre gut, die Person, die hinter mir her ist, an einen abgeschlossenen Ort zu locken. Wenn ich draußen im Freien bin, sind wir im Nachteil. Aber wenn wir denjenigen zu uns kommen lassen, bestimmen wir die Bedingungen.«

»Warum checkst du dann nicht gleich unter deinem eigenen Namen im Hotel ein?«

»Erstens, weil es nach Falle riechen würde«, antwortete Stevie. »Und zweitens, weil man mich erschossen hätte, bevor ich noch den Empfang erreichen könnte. Dich brauchen sie aber lebend, da du ihnen sagen kannst, wo ich mich aufhalte.«

»Das gefällt mir überhaupt nicht«, sagte Clay leise, »aber mir fällt nichts Besseres ein. Wir müssen dem Ganzen ein für alle Mal ein Ende bereiten. Du und Cordelia könnt nicht ewig so weitermachen.«

*Du und Cordelia.* Innerlich zuckte Stevie zusammen. Vor dem unseligen Ereignis auf dem Boot hatte er meistens »wir« gesagt. Ihr fehlte das Gefühl der Geborgenheit, das dieses »Wir« erzeugt hatte.

»Kannst du für die Sicherheit sorgen?«, fragte sie ihn.

Ein knappes Nicken. »Klar.«

»Dann wissen wir, was wir zu tun haben.« Stevie sah sich am Tisch um. »Danke. Euch allen.«

»Du bist von Anfang an nicht allein gewesen, Stevie«, sagte Grayson.

»Ich weiß«, murmelte sie. »Langsam kapiere ich's.«

## 18. Kapitel

*Baltimore, Maryland*
*Sonntag, 16. März, 19.00 Uhr*

Robinette lehnte sich am Schreibtisch zurück und betrachtete das vergrößerte Foto auf seinem Bildschirm. Er stand kurz davor, Maynards Versteck zu finden, das spürte er.

Robinette hatte das Foto, das er unter den Trümmern in Maynards Schlafzimmer gefunden hatte, eingescannt. Auf dem Foto sah man den Privatdetektiv, der einem älteren Mann den Arm um die Schultern gelegt hatte. Beide standen an Deck eines Boots. Robinette vergrößerte das Foto, bis der Name des Boots zu erkennen war. Nur drei Buchstaben waren sichtbar. F-I-J.

*Fiji?* Möglich. Eine Googleanfrage nach Bootsregistern führte ihn letztlich zu einer Datenbank für Freizeitboote. Und wer hätte das gedacht? Die Suchmaske erlaubte eine simple Namenseingabe. F-I-J, tippte er ein.

Und grinste breit. Nicht einmal ein Dutzend Boote besaßen diese Buchstabenfolge im Namen. Und weniger als die Hälfte von ihnen befand sich gegenwärtig an der Ostküste. Robinette recherchierte nach den Besitzern und grinste noch breiter. »Leichter ging's wohl nicht«, murmelte er.

Eine *Fiji* gehörte Captain Tanner St. James, der sein Boot für Angelausflüge vermietete. Seine Website war wirklich gut gemacht und bot sowohl ein Foto des Kapitäns als auch die Adresse seines Unternehmens. St. James war ohne jeden Zweifel der Mann auf Maynards Foto.

Die Adresse – Main Street, Wight's Landing, Maryland – war die eines kleinen Jachthafens in der Chesapeake Bay. Mit Hilfe von Google Maps fand er heraus, dass er von hier in einer Stunde und zehn Minuten dort sein konnte.

Robinette startete eine letzte Recherche, nur um ganz sicher zu sein. Tanner St. James war verheiratet mit Nancy St. James, geborene Maynard. Der Captain der *Fiji* war der Stiefvater des Detektivs.

*Großartig.* Dies war bestimmt ein Ort, an dem Maynard sich sicher fühlen würde. Aber es war noch zu früh, um sich ins Fäustchen zu lachen. Maynard musste sie keinesfalls auf dem Boot selbst versteckt haben. Sein Vater mochte ein Haus in Wight's Landing besitzen. Die nächste Google-Suche bescherte Robinette mehr, als er sich erhofft hatte.

Tanner St. James' Telefonnummer war nicht registriert, aber das Grundbuchregister gab die Adresse in null Komma nichts preis. Robinette liebte dieses Register. Jeder Hausbesitzer, ob ehemaliger oder gegenwärtig, war dort eingetragen. Maynard war schlau genug gewesen, seine Immobilien unter etlichen Schichten von Scheinfirmen zu verbergen.

Aber sein Vater hatte weniger Sorgfalt an den Tag gelegt. Daher war seine Adresse für jeden, der sich dafür interessierte, auffindbar, und wie es schien, interessierte die Adresse auch Leute, die nicht ganz dicht im Schädel waren. Jedenfalls hatte St. James ein paar Typen angezeigt, die anscheinend mehrmals sein Anwesen zu stürmen versucht hatten.

Der alte Knabe war kein Weichei. St. James hatte die Burschen mit einer Halbautomatik vertrieben.

Robinette googelte einen von den Spinnern, die in der Anzeige auftauchten. Er besaß – natürlich – eine Facebook-Seite, die ziemlich schnell deutlich machte, dass er ein Fan von Serienmördern war, ähnlich jenen Vollidioten, die immer wieder versuchten, Charles Manson ein Handy in den Knast zu schmuggeln. Dem Burschen mit der Facebook-Seite hatte es besonders eine Frau angetan, die einen Teil ihrer Verbrechen in St. James' jetzigem Haus begangen hatte. Beim Anblick ihres Fotos gruselte es Robinette, und das kam wahrhaftig nicht oft vor.

Um den Geburtstag der Mörderin herum hatte es einen Haufen Posts gegeben, in denen sich einige beklagten, dass Tanner

St. James ihnen den Zugang zu einem »nationalen Denkmal« verwehrte, doch der Pilgerstrom zu St. James' Besitz war offenbar vor fünf Jahren radikal unterbrochen worden.

Zu dem Zeitpunkt nämlich, als St. James sein Grundstück in eine Festung verwandelt hatte. Der Mann hatte einen drei Meter hohen Elektrozaun, ein Eisentor, Bewegungsmelder und Kameras anbringen und sogar Stahltüren und kugelsichere Fenster einbauen lassen.

»Bingo«, sagte Robinette. »Das ist definitiv das Versteck.«

Das Problem lautete nur: Wie hineinkommen?

*Das überlege ich mir, wenn ich dort bin.* Er bedachte den Zauberwürfel auf seinem Tisch mit einem verächtlichen Blick. »Wer ist hier jetzt dumm?«, murmelte er. Tja, sein ältester Kumpel hätte einiges zurücknehmen müssen, wenn er denn noch am Leben gewesen wäre. Aber Rene war nicht mehr am Leben.

Robinette löschte den Internet-Browser und fuhr den Computer herunter. Dann schob er die Fotos in seine Jackentasche und schloss sein Büro hinter sich ab. Auf zur Polizistenjagd.

»Todd?« Die Frauenstimme, leicht genervt, ließ ihn erstarren. »Du hast es vergessen, nicht wahr?«

*Shit. Lisa.* Robinette atmete tief ein, als er den Schlüssel aus dem Schloss zog, und konzentrierte sich darauf, dass sich die Euphorie über die Erkenntnis, wo Mazzetti sich verbarg, nicht in seiner Miene abzeichnete. Als er sich umdrehte, sah er sich Lisa im Cocktailkleid gegenüber. Diamanten funkelten an ihren Ohrläppchen. Ihre Miene war düster.

»Vergessen? Was denn?« Seine Verwirrung war echt. »Brenda Lee hat mir gesagt, ich hätte heute Abend frei.«

Sie konnte ihren Ärger nicht unterdrücken. »Ja, aber Brenda Lee verplant nicht dein ganzes Leben, nicht wahr?«

Robinette biss sich auf die Zunge, um sie nicht anzuschnauzen. Stattdessen rang er sich ein Lächeln ab. »Nun, Liebling, dann solltest du mich entschuldigen. Ich muss jetzt weg.«

Lisa packte ihn am Arm. »Wehe«, sagte sie ruhig. »Das ganze Wohnzimmer ist voll von reichen Männern und Frauen, die viel

Geld für deine Entzugskliniken spenden wollen. Ich habe dich seit Tagen immer wieder an diesen Termin erinnert. Noch vor einer Stunde habe ich dir eine E-Mail geschickt, damit du es nicht vergisst, aber ich wusste, dass du hier bist. Du bist ja immer hier.«

»Schecks schreiben können die auch ohne mich«, erwiderte er kühl.

Sie wich keinen Millimeter zur Seite. »Zwei dieser Leute wollen, dass du kandidierst.«

Nun hatte sie seine Aufmerksamkeit. »Ich? Kandidieren?«

»Ja, du. Ich sollte es dir eigentlich nicht sagen, weil man deine Reaktion sehen wollte, also tu überrascht, wenn man dich fragt. Überrascht und bescheiden.«

»Lisa. Ich ... ich weiß nicht, was ich sagen soll.«

»Sag ›Danke, Lisa‹ und sieh zu, dass du dir einen anständigen Anzug anziehst. Der da ist dreckig. Was hast du gemacht – Abflüsse gereinigt?«

Seine Kiefer verspannten sich. Dass er tatsächlich einmal Abwasserkanäle gereinigt hatte, war keine bekannte Tatsache. Damals war er arm wie eine Kirchenmaus gewesen und hatte einen Job gebraucht, um sich das College leisten zu können. Lisas Vater war auf diese Kleinigkeit gestoßen, als er das Vorleben seines zukünftigen Schwiegersohns gründlich hatte durchleuchten lassen.

»Es war ehrliche Arbeit«, murmelte er, aber es fiel ihm schwer, nicht hasserfüllt zu klingen.

»Ja, das sagt Kongressmann Rickman auch. Du hast ihn gestern Abend kennengelernt. Er bewundert dich.« Sie seufzte. »Verzeih mir, Todd. Aber ich habe dir von dem Dinner wirklich nicht nur einmal erzählt. Es macht mich wahnsinnig, dass du immer nur auf Brenda Lee hörst. Ich bin deine Frau. Du solltest auf mich hören.«

»Du hast recht.« Es gefiel ihm ganz und gar nicht, die Informationen über Maynards Stiefvater an Westmoreland weiterzugeben, aber er hatte keine Wahl. Er konnte es sich nicht leisten, Mazzetti zu verlieren, wenn sie sich wirklich in St. James' Haus versteckte. Die Kandidatur für ein politisches Amt jedoch ... *das kann ich mir genauso wenig entgehen lassen.* Das war die Gelegenheit, auf die er immer gewartet hatte. Die ihm zustand. *Und dafür musste ich nicht einmal jemanden umlegen.*

Außerdem würde Mazzetti sich nach dem erneuten Beschuss heute bestimmt irgendwo verkriechen. In den nächsten Stunden würde nicht viel passieren. »Ich gehe mich umziehen.«

»Kannst du die hintere Treppe nehmen?«, fragte sie. »Es muss ja nicht jeder mitbekommen, dass du es vergessen hast.«

»Kein Problem.« Er küsste sie auf die Wange und merkte, wie sie sich versteifte und unwillkürlich von ihm abzurücken versuchte. *Es ist bloß Schmutz, du Schlampe. Kein Gift.* Vor seinem geistigen Auge sah er plötzlich, wie er sie packte und ihr mit einer raschen Bewegung das Genick brach, wie er es vor gar nicht langer Zeit bei den beiden Cops getan hatte. *Ho, Junge, beherrsch dich. Du kannst es dir nicht mehr leisten, Ehefrauen zu töten.* »Ich mache, so schnell ich kann.«

Er trabte davon und wählte im Laufen Westmoreland an, hielt jedoch stirnrunzelnd inne. Keine Antwort. Wes sollte eigentlich in einem Internetcafé sitzen und sich in Maynards Server zu hacken versuchen. Nun, er würde es gleich noch einmal versuchen.

Aber eine Dusche, einen Smoking und drei weitere Anrufe bei Westmoreland später hatte er noch immer keine Reaktion von seinem Mann.

»Leg endlich das Handy weg«, sagte Lisa, als sie ihm die Fliege band. Sie hatte ungeduldig vor der Badezimmertür gewartet, und als er aus der Dusche gekommen war, hatte er das Bild seiner Hände um ihren Hals kaum noch verdrängen können. Nun strich sie ihm nicht existente Staubkörnchen vom Revers und sah mit einem strahlenden Lächeln zu ihm auf. »Komm, es ist Showtime.«

*Sonntag, 16. März, 20.15 Uhr*

»Wo sind wir hier?« Sam sah sich in dem Nachtclub um. Ruby hatte ihn förmlich hineingeschleift.

»Wie ich dir schon gesagt habe«, brüllte Ruby ihn über die Musik hinweg an. »Das ist das Sheidalin. Es gehört Freunden von mir.«

»Oh, Mann. Und wenn hier Drogen durchgeschleust werden und eine Razzia stattfindet ...? Verdammt.« Obwohl er nicht wusste, warum er sich deswegen Sorgen machte. Eine Anzeige wegen Drogenbesitzes war nichts, verglichen mit einer Mordanklage.

»Hier wird keine Razzia gemacht. *Dios*, was bist du denn für ein Angsthase?« Aber sie lächelte. »Thornes Haus ist sauber. Sobald er jemanden mit Drogen erwischt, schmeißt er ihn raus und erteilt ihm Hausverbot. Entspann dich. Hör auf die Musik und komm zur Ruhe.«

Die Band war ziemlich gut, wie er zugeben musste, und die Klientel ... bunt gemischt. Gothics und Hipster, alternde Deadheads, ein Paar Biker. Frauen und Männer, die nach Banker aussahen und ...

Einige andere Cops. »Hey, den kenne ich.« Sam deutete auf einen Mann, der allein mit seinem Bier an einem Tisch saß und ein Gesicht machte, als hätte er eben seinen besten Freund verloren.

»Woher kenne ich den?«

»Das ist J.D. Fitzpatrick«, sagte Ruby traurig. »Mordabteilung. Hast du von dem Cop gehört, der sich heute Nachmittag selbst einen Kopfschuss verpasst hat? J.D. war derjenige, der versucht hat, ihn daran zu hindern. Musste aber aus nächster Nähe mit ansehen, wie es ihm dann doch gelungen ist.«

Sam seufzte. »Dieser Tag ist wirklich rundum zum Kotzen, nicht wahr?«

Fitzpatricks Haltung veränderte sich abrupt. Er setzte sich gerade auf, beugte sich vor und blickte auf die Bühne, wo sich eine langbeinige Blondine im Minirock eine seltsam aussehende Geige unters Kinn legte. Die Gäste hatten sie auch bemerkt, und die Gespräche erstarben, bevor die Menge in Applaus ausbrach.

Und dann begann sie zu spielen, eine zarte Melodie, die ihn in den Bann zog.

Fitzpatrick hatte die Augen geschlossen und lauschte. Sam tat es ihm nach und war peinlich berührt, als ihm Tränen unter den Lidern brannten. Aber die Musik tat ihm gut. Beruhigte ihn. Schien ihm fast sogar Frieden zu bringen.

Er riss die Augen auf, als neben ihm Stuhlbeine über den Boden scharrten. Ein riesiger Kerl in einem teuren Anzug ließ sich neben ihm nieder, ohne die Geigerin aus den Augen zu lassen.

»Sie ist gut, nicht wahr?«, fragte der Kerl.

Sam sah sich verwirrt um, aber Ruby war weg. »Hören Sie, ich bin mit einer Bekannten hergekommen. Ich sollte sie besser suchen.«

»Ruby kommt gleich wieder«, sagte der Mann. »Sie ist ins Büro gegangen, um sich das Baby anzuschauen.«

»Welches Baby?«

»Ihrs.« Er zeigte auf die Bühne. »Sie hat vor ein paar Monaten einen Jungen bekommen. Heute steht sie zum ersten Mal wieder auf der Bühne. Deswegen waren die Gäste hier gerade so begeistert, als sie bemerkten, dass sie es ist.«

Die Geigerin endete und pustete einen Luftkuss in die Menge. Der Detective der Mordkommission pustete zurück. »Moment mal. Fitzpatrick ist doch ...« Er sprach den Satz nicht zu Ende. Er konnte nur hoffen, dass Fitzpatrick nichts mit der Musikerin hatte. Er konnte Männer, die fremdgingen, nicht ausstehen. Und er kannte die Frau des Detectives. Sie war die Rechtsmedizinerin, die in Mutterschaftsurlaub war.

»Sie ist mit J.D. verheiratet.«

»Quatsch. Er ist mit einer Rechtsmedizinerin verheiratet. Das hat sie mir selbst gesagt, als ich zuletzt in der Leichenhalle war.« Der Mann neben ihm schwieg, und Sam kniff die Augen zusammen, um die Frau auf der Bühne zu mustern, die nun ein schnelles Stück zu spielen begann, das die Gäste auf die Tanzfläche zog. Die Haarfarbe mochte zu der Rechtsmedizinerin passen, die Größe ebenfalls, aber ... »Das ist doch nicht Dr. Trask.«

»Wenn Sie meinen. Ich sehe das anders.« Der Mann streckte ihm die Hand entgegen. »Ich bin Thomas Thorne. Mir gehört der Club zusammen mit Lucy und Gwyn, einer Freundin von uns. Gwyn ist im Büro und passt auf Lucys Baby auf.«

Sam hatte Gerüchte gehört, dass ihre Medizinerin eine wildere Seite hatte, aber er war davon ausgegangen, dass es sich ... eben nur um Gerüchte handelte. Die offenbar zu stimmen schienen. Er betrachtete Thorne. »Von Ihnen habe ich gehört. Sie sind Verteidiger.«

Thorne lächelte. »Schuldig im Sinne der Anklage. Ruby hatte den Eindruck, Sie könnten vielleicht meine Dienste benötigen.« Sam spürte, wie sich sein Magen hob, und schloss kurz die Augen. »Nein, ich denke nicht.«

»Okay, dann ist ja alles gut. Ich habe mir Ihre Personalakte angesehen, bevor ich rauskam, und sie sieht gut aus. Ruby hält Sie für einen netten Burschen. Falls Sie also irgendwelche rechtlichen Fragen haben, stehe ich Ihnen zur Verfügung.«

»Ich könnte mir Sie gar nicht leisten. Ihre Schuhe kosten mehr als mein Auto.«

Thorne lachte in sich hinein. »Ruby ist ein guter Kumpel, das heißt, im Augenblick würde ich für einen symbolischen Dollar arbeiten. Wenn wir vor Gericht gehen, wird neu verhandelt. Und wenn es finanziell dann immer noch unmöglich ist, empfehle ich Ihnen gerne fähige Repräsentanten, die Sie sich leisten können.«

»Einen Dollar.« Er hatte gehört, dass Thorne vor Gericht ein harter Brocken war, aber von unlauteren Machenschaften war nie die Rede gewesen. »Tja, was habe ich schon zu verlieren? Gibt es einen ruhigeren Ort, an dem wir miteinander reden können?«

»Ja. Kommen Sie mit.«

Sam folgte Thorne durch die Menge in eine Garderobe, die zunächst mit den Kleidern an den Haken und dem Paravent in der Ecke ganz normal wirkte. Doch dann blinzelte Sam unwillkürlich. An den Wänden hingen zusammengerollte Peitschen wie anderswo Trophäen. *Wo bin ich denn hier hineingeraten?*

Thorne schloss die Tür, und mit einem Mal herrschte eine segensreiche Stille. Sam atmete erleichtert aus. »Ich will nicht meckern, aber die Musik ist nicht so ganz meins. Das erste Lied hat mir allerdings gefallen.«

Thorne klappte zwei Stühle auseinander und bedeutete ihm, sich zu setzen. »Auch mir wird es manchmal zu laut.« Er hielt Sam die offene Hand hin. »Einen Dollar bitte.«

Sam legte einen Schein hinein. »Und nun?«

»Und nun unterliegt alles, was Sie mir erzählen, der Schweigepflicht. Also los, Officer, lassen Sie hören.«

*Wight's Landing, Maryland*
*Sonntag, 16. März, 20.30 Uhr*

Clay verschloss die Türen vom Bootshaus und aktivierte die Alarmanlage. Er hatte das Sicherheitssystem sowohl über als auch unter Wasser überprüft. Alles funktionierte reibungslos, wie er es erwartet hatte.

Er hatte den Check als Ausrede benutzt, um das Haus seines Vaters verlassen zu können. Er brauchte Zeit, um zu Atem zu kommen und seine Gedanken zu sortieren. Mit Stevie an einem Tisch zu sitzen und ruhig darüber zu reden, wie man einen Mörder mit ihr als Lockvogel ködern konnte ... *Herrgott noch mal!* Lieber wäre er wieder in der Gefechtszone, wo ihm die Kugeln um die Ohren flogen. Mit schweren Schritten ging er zum Haus zurück. *Ich bin müde.* Er war nicht nur müde, sondern zu Tode erschöpft, aber das konnte er sich nicht leisten. *Nicht jetzt.* Nicht, wenn so vieles geschehen konnte.

Er trat durch das Tor und hatte fast die Hintertür erreicht, als ihre Stimme ihn aufhielt.

»Clay?«

Er blieb stehen, blickte aber nicht zur Schaukel, wo Stevie saß. »Wo ist Cordelia?«

»Schläft. Ich ... ich muss mit dir reden.«

»Später. Ich muss auch schlafen. Gute Nacht.« Aber er setzte sich nicht wieder in Bewegung, sondern starrte nur auf die Hintertür. Schließlich seufzte er. »Was willst du?«

»Ich muss unbedingt etwas wissen. Was habe ich gesagt, das dich so wütend gemacht hat?«

Er ließ müde den Kopf hängen. »Spielt es eine Rolle?«

»Ja«, flüsterte sie eindringlich. »Für mich ja.«

Er stieß langsam die Luft aus. »Du hast gesagt, du müsstest deinen Speicher auffüllen.«

»Ja. Weil es für mich schon so lange her war. Das wusstest du. Warum hat dich das so gekränkt?«

»Weil ... Ach, verdammt.« Er fuhr sich mit den Fingern durchs Haar und wünschte, er könnte die hämmernden Kopfschmerzen wegdrücken. »Man hat mir gesagt, ich hätte mehr verdient als jemanden, der nur seine Speicher wieder auffüllen wollte.« *Ich hätte lebenslänglich verdient.*

»Oh.« Die kleine Silbe schwebte fast tonlos durch die Dunkelheit.

»Ich will nicht nur das Mittel sein, deine Bedürfnisse zu befriedigen«, sagte er und spürte, wie der Schmerz in ihm aufstieg und ihn zu ersticken drohte. »So sehr will ich dich nun auch nicht. So sehr will ich niemanden. Ich sorge für deinen und Cordelias Schutz, und wenn das alles hier vorbei ist, dann werde ich euch nie wieder belästigen.«

Er setzte sich in Bewegung und ließ sie im Dunkeln sitzen. Er war sich nicht sicher, wie er reagieren würde, wenn sie ihn zurückriefe, und er war froh, dass sie das nicht tat.

Paige und Grayson saßen mit Emma und ihrem Mann am Küchentisch. Alle vier blickten auf, als er eintrat, und ihm war klar, dass sie wussten, welches Drama sich zwischen Stevie und ihm abspielte.

Nein. Nicht abspielte. Denn es war vorbei. Endgültig. *Klar. Red du nur. Wenn du dir dann weniger jämmerlich vorkommst ...!*

Paige klopfte auf den leeren Stuhl neben sich. »Setz dich. Wir haben noch eine andere Idee für die Operation Lockvogel.«

Der Gedanke an Stevie als Lockvogel verursachte ihm erneut Übelkeit, aber nach wie vor sah er keine andere Lösung. »Okay.« Er setzte sich. »Ich höre.«

»Wir wollen, dass der Schütze lieber früher als später aus seinem Loch kommt, nicht wahr?«, begann Paige. »Aber wenn Stevie einfach nur Emmas Hotelzimmer bezieht, dann dauert es möglicherweise zu lange. Wir müssen sicherstellen, dass die betreffende Person auch wirklich davon weiß.«

»Lieber früher als später«, murmelte Clay. »Und weiter?«

»Emma gibt ein Interview fürs Fernsehen, und zwar in ›ihrem‹ Hotelzimmer«, fuhr Paige fort. »Danach haut sie ab, und Stevie und du bleibt da und wartet. Die Bösen kommen und ballern los, und ihr schnappt sie euch in flagranti.«

Clay runzelte die Stirn. Zu viele Fragen wirbelten in seinem Kopf herum. »Ich dachte, ihr wolltet keine Aufmerksamkeit auf Emma ziehen.«

»Richtig«, sagte Christopher. »Was unsere Rückkehr zu den Kindern betrifft. Aber Emma will der Fernsehgemeinde erzählen, dass sie in der nächsten Woche als Gastdozentin an der Universität hier in Baltimore liest.«

Clays Stirnrunzeln verstärkte sich. »Aber sie hat nicht wirklich vor, Vorlesungen zu halten, oder?«

»Falls du den Täter vorher schnappen kannst, doch«, sagte Emma. »Ich habe einen Kollegen hier, der mich seit Jahren darum bittet, für sein Psychologieseminar herzukommen. Er wird sich freuen, wenn ich endlich zusage.«

Clay zögerte, weil er nicht wusste, wie er das, was er dachte, verpacken sollte, ohne ihr damit weh zu tun. Doch dann entschied er, dass er lieber das Risiko einging, sie zu kränken, als ihr – und Stevies – Leben mit einem Plan aufs Spiel zu setzen, der nicht funktionieren konnte. »Aber ... ich meine, klar, du bist eine bekannte Autorin, aber sind das ... ähm, wirklich Nachrichten, die gesendet werden? Zumindest auf einem Sender und zu einer Zeit, die die für den Plan notwendige Aufmerksamkeit erhält?«

405

Über Emmas Lippen huschte ein Lächeln. »Normalerweise wohl nicht, nein. Hast du heute schon Nachrichten gesehen?«

»Nein. Ich hatte ein paar Kleinigkeiten zu tun.«

»Tja, nun, Phin Radcliffe, euer hiesiger Starreporter, hat mich die ›Florence Nightingale der Hafenschießerei‹ getauft.«

»Du machst Witze«, sagte Clay matt, sah aber an ihrer Miene, dass sie das keinesfalls tat. »Ernsthaft?«

»Unglücklicherweise ja«, sagte Emma. »Jahrelang heilte sie verwundete Herzen««, zitierte sie. »Doch nun ist die Autorin von *Mundgerecht* von einer Dr. phil. zu Florence Nightingale mutiert, als sie sich um die weit blutigeren Wunden der Opfer vom Harbor House Restaurant kümmerte.‹«

»Jemand hat sogar mit dem Handy gefilmt, wie Emma der sterbenden Frau Erste Hilfe geleistet hat«, sagte Grayson angewidert. »Und es den Medien verkauft. Das Video und Interviews mit Gästen des Restaurants und dem Personal sind auf jedem Sender die Top-News.«

»Na ja, mir hat das Filmchen jedenfalls geholfen, nicht durchzudrehen«, gab Christopher zu. »Ich habe es mir immer wieder auf YouTube angeschaut, um mich zu vergewissern, dass sie nicht verletzt worden ist.«

Emma tätschelte seine Hand, dann wandte sie sich wieder an Clay. »Um also deine Frage zu beantworten: Emma Townsend, die Autorin, würde wohl kaum große Medienbeachtung finden, die Florence Nightingale aus dem Harbor House vielleicht schon. Das werden wir aber erst wissen, wenn wir es probieren.«

»Und wann willst du dieses Interview geben?«, fragte Clay.

»Morgen, hoffen wir«, sagte Paige. »Ich habe Phin Radcliffes Handynummer. Wenn er Schlagzeilen wittert, ist er fast immer sofort zur Stelle.«

»Okay, nehmen wir also an, ihr schafft es, in die richtigen Nachrichten zu kommen. Wie geht es dann weiter?«, fragte Clay.

»Emma gibt das Interview in der Suite des Peabody Hotels«, erklärte Paige. »Der Fahrstuhl geht von den Räumen direkt in die Garage. Wenn sie fertig ist, schmuggeln wir sie raus und

Stevie rein, und dann wartet Stevie auf eben die Person, die sie unbedingt zu einem Schweizer Käse machen will.«

»Ich bleibe bei Emma, bis das Interview zu Ende ist«, sagte Christopher fest.

»Kein Problem«, erwiderte Paige. »Danach bringen wir dich zu dem Privatflugzeug, das du gechartert hast.«

Clay nickte. »Der Plan gefällt mir besser als der mit einer Stevie, die sich mit blonder Perücke als Emma ausgibt.« Er schüttelte den Kopf. »Und wie wollt ihr Emma nach draußen schaffen?«

Paige lächelte. »Überlass das mir. Ich habe schon eine Idee.«

Grayson stieß sich vom Tisch ab. »Jetzt hast du ein Problem, Emma. Ich gehe ein bisschen Luft schnappen und dann ins Bett. Clay, sieh zu, dass du dich auch hinlegst. Du siehst total erledigt aus.«

Emma und Christopher standen ebenfalls auf. »Wenn ich morgen vor eine Kamera treten muss, brauche ich meinen Schönheitsschlaf«, sagte Emma.

»Schlaft schön.« Aber Paige sah nicht dem Paar hinterher, das nun die Treppe hinaufging, sondern beobachtete Grayson, der draußen auf der Veranda stand. »Er will mit Stevie reden. Er macht sich Sorgen um sie«, erklärte sie sanft, dann wandte sie sich zu Clay um. »Und ich mir um dich.«

»Unnötig«, gab er schroffer zurück, als er es vorgehabt hatte, aber er sah ihr an, dass sie ihn verstand. »Tut mir leid. Ich bin ... müde.« *Unendlich müde.*

»Dann leg dich hin, Clay«, sagte sie freundlich. »Ich passe heute Nacht hier auf.«

»Danke.«

*Baltimore, Maryland*
*Sonntag, 16. März, 20.55 Uhr*

Thorne lehnte sich zurück, als Sam verstummte. »Wow. Ziemlich verfahrene Geschichte.«

»Ja, ich weiß. Ich hätte damals schon Meldung machen müssen, aber ich war sicher, dass mir niemand glauben würde.«

»Warum nicht?«

»Weil mein Vater damals schon oft verhaftet worden war. Meistens wegen minderer Delikte, zweimal aber wegen schwerer Straftaten. Einmal hatten sie ihn beim Dealen erwischt, das andere Mal ging es um Körperverletzung. Er hat meine Mutter verprügelt.«

Thornes Blick flackerte, und Sam überlegte, ob der Anwalt in seiner Kindheit vielleicht eine ähnliche Erfahrung gemacht hatte. »Das ging aufs Konto Ihres Vaters und hatte nichts mit Ihnen zu tun. Sind Sie jemals in Schwierigkeiten geraten?«

»Nein. Eigentlich nicht. Aber damals, als mein Vater meine Mutter zusammengeschlagen hatte und die Cops kamen, mussten sie mich von ihm losreißen. Ich war nach Hause gekommen und hatte gesehen, wie er auf sie eindrosch, damit sie ihm verriet, wo sie ihr Haushaltsgeld versteckt hatte.«

»Alles für den nächsten Schuss«, murmelte Thorne. »Die Polizisten haben also gesehen, wie Sie Ihren Vater zurückgehalten haben. Und?«

»Nein. Sie haben gesehen, wie ich auf *ihn* eingeschlagen habe. Und gehört, wie ich ihm drohte, ich würde ihn umbringen, wenn er sie je wieder anrührte. Ein Nachbar hatte damals die Polizei gerufen, nicht ich.«

»Warum Sie nicht?«, fragte Thorne weiter.

»Weil ich schon so oft angerufen und meine Mutter die Cops immer weggeschickt und gesagt hatte, wir würden schon allein damit fertigwerden. Ein paar von den Polizisten kannten meinen Vater. Er hatte auf der Highschool ihre Kinder unterrichtet, und einige der jüngeren Cops hatten ihn sogar noch selbst als Lehrer gehabt. Keiner wollte ihn verhaften. Stattdessen versuchten sie, ihn zum Entzug zu bewegen.«

»Aber daraus wurde nichts.«

»Nein.«

»Wie alt waren Sie, als Sie auf Ihren Vater eingeschlagen haben?«

»Fünfzehn.«

»Alt genug, um Bescheid zu wissen, aber noch jung genug, um nicht immer nachzudenken«, sagte Thorne ruhig. »Gab es ein Protokoll? Wurde der Vorfall irgendwo offiziell dokumentiert?«

»Nicht dass ich wüsste. Zumindest hat niemand mir damals etwas gesagt. Aber die Polizei hat ein Elefantengedächtnis. Und selbst wenn ich in jener Nacht, an die ich mich nicht erinnern kann, nichts getan habe, so ist mit der Waffe, die ich gefunden habe, jemand erschossen worden, und es gibt Zeugen, die mich als Hitzkopf erlebt haben.«

»Einmal. Haben Sie noch jemand anderen verprügelt?«

»Nein, das nicht. Aber wenn es eine Anklage oder auch nur eine Untersuchung durch die Dienstaufsicht gegeben hätte, hätte es nur einen Cop mit einem guten Gedächtnis gebraucht, und meine Karriere wäre im Eimer gewesen.«

»Vermutlich. Musste Ihr Vater ins Gefängnis, nachdem er Ihre Mutter verprügelt hatte?«

»Ja, wenn auch nur für sechs Monate. Als die Polizei kam, war meine Mutter bewusstlos und nicht in der Lage, sie wieder wegzuschicken, daher konnte die Staatsanwaltschaft ihn wegen schwerer Körperverletzung anklagen. Mom war tagelang im Krankenhaus.«

»Als Sie in diesem Hotelzimmer aufwachten, haben Sie da in Betracht gezogen, dass Sie Ihren Vater getötet haben könnten?«

Sam zog die Brauen zusammen. Versuchte, ehrlich zu sein. »Vielleicht. Vielleicht war das der Grund, warum ich solche Angst bekam.«

»Sie hätten sich auf Pulverreste untersuchen lassen können.«

»Ich war im Schießstand gewesen, bevor ich zu der Party ging. Ich wäre positiv getestet worden.«

Thorne schwieg einen Moment. »Wie oft gehen Sie in die Schießanlage?«

»Mindestens einmal die Woche. Zweimal, wenn ich es einrichten kann.«

»Und damals?«

»Auch schon.« Sam hob die Brauen. »Glauben Sie, dass jemand davon gewusst haben könnte?«

»Wäre möglich.« Thorne betrachtete ihn eingehend. »Sie sagen, Sie hätten anschließend nach Verbrechen Ausschau gehalten, bei denen die Tatwaffe nicht gefunden wurde.«

»Verbrechen, die an diesen eineinhalb Tagen stattgefunden hatten, ja«, sagte Sam. »Ich habe auch mehrere Monate danach noch weitergesucht. Aber diese Leiche hier wurde im Severn gefunden, eine halbe Meile vor Einmündung des Flusses in die Bucht. Somit unterliegt der Fall der Gerichtsbarkeit des Anne Arundel County und wird von der dortigen Polizei bearbeitet. Niemand konnte die Leiche identifizieren, und außer der Tätowierung gab es keine Kennzeichen. Keine Fingerabdrücke.«

Thomas schnitt eine Grimasse. »Elende Fische.«

Sam wurde bei dem Gedanken flau im Magen. »Jedenfalls bin ich nicht auf die Idee gekommen, auch die Archive der anderen Countys zu überprüfen.«

»Warum auch?«, sagte Thorne freundlich. »Nun, Sam, was wollen Sie von mir?«

»Wissen, was ich tun soll. Wenn ich mich selbst anzeige, könnte ich vor Gericht gestellt werden. Aber vielleicht sollte ich das auch.« Er senkte den Kopf und war mit einem Mal wieder unendlich müde. »Vielleicht habe ich es ja tatsächlich getan.«

Thorne schüttelte den Kopf. »Sie werden sich nicht selbst anzeigen, bevor ich es Ihnen sage, haben Sie das verstanden?«

Sam nickte.

»Gut. Kommen wir auf die Hochzeit Ihres Freundes zurück. Waren Sie dort?«

»Nein. Ich erwachte am Freitagmorgen, die Hochzeit wäre am nächsten Tag gewesen, aber ich war noch zu durcheinander, um hinzugehen. Wie ich schon sagte, wir waren nicht besonders gut befreundet. Im Grunde war ich sogar überrascht, dass er mich überhaupt eingeladen hatte.« Er stockte, als eine Erinnerung in ihm aufstieg. »Das hat er auch gar nicht. Nicht zur Hochzeit. Und auch nicht zu der Party.«

»Wer denn?«

»Sein Trauzeuge, der Bruder der Braut. Er erklärte mir, er würde Dions Highschool-Freunde und ehemalige Mannschaftskollegen abtelefonieren. Dion und ich waren zusammen im Ringer-Team. Damals fand ich ihn ganz nett, also sagte ich zu. Als ich allerdings hörte, wo die Party stattfinden würde, wollte ich erst nicht hingehen. Das Rabbit Hole war schon damals kein Laden, den ich zu meinem Privatvergnügen aufgesucht hätte.«

»Hat Dion oder sein Trauzeuge Sie noch mal angerufen, um sich zu erkundigen, warum Sie nicht aufgetaucht sind?«

»Nein. Ich war mir ja nicht sicher, was ich in dieser Nacht getan hatte. Ich konnte mich nicht an die Junggesellenparty erinnern, bin aber davon ausgegangen, dass ich mich nicht einsam und allein betrunken hatte – dass die anderen also irgendwann aufgetaucht waren. Tja, und ich denke, ich wollte wohl letztendlich gar nicht wissen, was ich alles angestellt hatte. Also habe ich nicht nachgefragt. Und seitdem auch keinen von ihnen wiedergesehen.«

Thornes Brauen schnellten aufwärts. »Das heißt, keiner von denen hat jemals angerufen, um nachzufragen, ob alles in Ordnung ist?«

Als es Sam zu dämmern begann, stieß er unsicher den Atem aus. »Nein. Damals dachte ich, es wäre nur eine Bestätigung, dass ich etwas Schlimmes getan hatte, dass ich jetzt vielleicht ... na ja, keine Ahnung, bis in alle Ewigkeit unten durch war. Im jetzigen Licht muss ich das natürlich anders sehen. Vielleicht sind sie nie aufgetaucht. Vielleicht hat es nie eine Party gegeben. Vielleicht wurde das alles inszeniert, und ich war gar nicht betrunken, sondern wurde unter Drogen gesetzt. Dann aber stellt sich doch die Frage, wieso?«

»Und genau das ist in meinen Augen die einzig richtige Frage. Sie haben mir einen Vorschuss bezahlt, also gebe ich Ihnen einen Rat, den Sie beherzigen können oder auch nicht. Noch einmal, damit Sie auch wirklich begreifen, wie ernst es mir damit ist: Zeigen Sie sich *nicht* selbst an. Sagen Sie *nie wieder* ›Vielleicht habe ich es getan‹. Sobald Sie den Geist aus der Lampe befreit haben, ist es höllisch schwierig, ihn wieder zurückzustopfen.«

Neue Hoffnung und Zuversicht begannen Sams Ängste und Zweifel zu verdrängen. Er spürte, dass sein altes Ich zurückkehrte. *Ich bin ein Cop, kein Mörder.* »Sie sagen das, als würden Sie aus Erfahrung sprechen.«

»Ich übe meinen Beruf schon lange aus, und ich habe schon viele unschuldige Menschen erlebt, die ihr Leben ruiniert haben, weil sie zu ehrlich waren. Seien Sie nicht ehrlich, Sam. Seien Sie klug.«

»Nur zu gerne. Was würden Sie mir empfehlen?«

»Fangen Sie mit Dion an. Rufen Sie ihn an und behaupten Sie, ein Freund von Ihnen wolle heiraten und Sie hätten sich daran erinnert, dass er seine Junggesellenparty im Rabbit Hole gefeiert hatte. Fragen Sie ihn, ob er den Laden empfehlen kann.«

»Sie glauben nicht, dass er zugeben wird, dort gefeiert zu haben.«

»Nein. Weil ich nicht glaube, dass je eine Party stattgefunden hat. Nach dem Gespräch mit Dion sollten Sie ins Rabbit Hole gehen. Fragen Sie nach dem Personal, das in jener Zeit dort gearbeitet hat. Vielleicht haben Sie Glück, und es sind noch ein paar von denen da. Vielleicht erinnert sich jemand an eine Party. Vielleicht erinnert sich jemand auch an Sie, wenn in jener Nacht etwas geschehen ist.«

»Das hätte ich schon vor acht Jahren tun müssen.«

»Ja, hätten Sie, haben Sie aber nicht, also ist das keine Option mehr. Wissen Sie, wer der Dealer Ihres Vaters war?«

»Er hat mir gegenüber niemals den Namen erwähnt – jedenfalls nicht dass ich wüsste. Freunde von ihm könnten es wissen, aber die muss ich erst einmal aufspüren, und ich bin nicht sehr zuversichtlich, dass mir das gelingt, denn soweit ich weiß, hatte mein Vater keine echten Freunde. Zumindest nicht in seiner Zeit als Junkie.« Sam erhob sich und schüttelte Thorne die Hand. »Ich rufe Dion morgen an und sehe zu, dass ich im Rabbit Hole bin, bevor der Laden aufmacht.«

»Viel Glück. Melden Sie sich, falls Sie meine Hilfe brauchen. Und Sam? Ruby können Sie vertrauen.«

»Sie meinen, ich sollte sie fragen, ob sie mir hilft?«

»Ich meine, sie wird im Rabbit Hole vielleicht weiter kommen als Sie. Sie sehen aus wie ein Cop, sogar in normaler Kleidung. Bei Ihrem Anblick werden die Leute, auf die es Ihnen ankommt, wahrscheinlich Reißaus nehmen. Ruby hat eine lockere, freundliche Art, die anderen ein Gefühl der Sicherheit gibt.«

»Da haben Sie recht. Danke.«

Als Sam an den Tisch zurückkehrte, wartete Ruby schon. Sie trommelte mit den roten Nägeln auf der Platte herum und begegnete verunsichert seinem Blick.

»Ich hoffe, ich habe das Richtige getan«, sagte sie. »Ich meine, dass ich Thorne gebeten habe, mit dir zu sprechen.«

»Das hast du. Danke. Er meint, ich könnte dir vertrauen. Hast du Lust auf ein kleines Abenteuer?«

Ihre dunklen Augen funkelten. »Immer. Du gehst voran.«

## 19. Kapitel

*Wight's Landing, Maryland*
*Montag, 17. März, 2.30 Uhr*

Robinette ging zwischen den Kiefern am Rand des Grundstücks, das Maynards Stiefvater gehörte, in die Hocke. Seine Informationen waren gut. Erstaunlich, was Leute auf Facebook einem Fremden erzählten.

Es gab mehrere Fanseiten für Sue Conroy, die irre Mörderin, die ihre Killerorgie am Strandstück von Maynards Stiefvater begonnen hatte. Die Betreiber der Fanseiten waren ein redseliges Völkchen.

Und völlig durchgeknallt.

Aber hilfreich. Unter dem Namen »Conroy-Konvoi« hatte Robinette sich nach den neuen Sicherheitsanlagen erkundigt, die St. James installiert hatte. Einer der besonders hingebungsvollen Fans war der Einzäunung einmal zu nah gekommen und hatte den Bewegungsmelder am Rand des Besitzes ausgelöst. Nur zu gerne hatte er Robinette die exakten Koordinaten der Linie verraten, die Robinette keinesfalls überqueren durfte. Was er selbstverständlich auch nicht gemacht hatte.

Das Haus war jetzt dunkel. Beobachtungen durch das Fernglas zeigten keine Bewegung in den oberen Räumen. Auf dem Kiesweg zum Haus parkte ein SUV, in dem ein Mann saß, eine Frau patrouillierte ums Haus herum. Sie war bewaffnet, hielt die M-16 so locker und selbstverständlich, als sei sie daran gewöhnt, und trug Helm und Schutzweste. Sie zu töten würde eine harte Nuss sein. Gut zu wissen.

Darüber hinaus war kein Fahrzeug in der Nähe zu sehen. Maynard hatte offenbar seins – was für einen Wagen auch immer er gerade fuhr – in der Garage geparkt. Den schwarzen Escalade würde er jedenfalls eine ganze Weile nicht benutzen können. Die durchschusshemmenden Fenster hatten zwar ihre Pflicht erfüllt und die Kugeln von Maynards und Mazzettis Kopf abgehalten, aber der Wagen war dennoch schrottreif.

Robinette stellte das Stativ auf und befestigte sein Gewehr daran, bevor er sich auf den Bauch legte und sein Ziel anvisierte. Er war kein so guter Schütze wie Henderson, aber er kam mit Distanzschüssen zurecht.

Er blickte erneut auf das Handydisplay, schirmte es aber mit einer Hand ab, falls jemand vom Haus aus hinübersehen sollte. Noch immer keine Anrufe, Nachrichten oder E-Mails von Westmoreland, stellte er stirnrunzelnd fest. Doch dann huschte ein zufriedenes Lächeln über seine Lippen, als er die E-Mail des Mannes sah, mit dem er ein paar Stunden zuvor bei dem von Lisa arrangierten Dinner gesprochen hatte. Die Unterhaltung beim Essen selbst war banal gewesen, der anschließende Plausch in Robinettes Büro entschieden spannender.

Sein Dinner-Gast repräsentierte eine Gruppe, die einen Sitz im Kongress im Auge hatte. Der Sitz würde mit der frühzeitigen »Pensionierung« des derzeitigen Amtsinhabers, dessen Schmiergeldzahlungen in Bälde offengelegt werden würden, frei werden, und nun wollte man wissen, ob Robinette Leichen im Keller habe. Dass er vor acht Jahren verdächtigt worden war, seine Frau umgebracht zu haben, wusste man und glaubte sogar, es zum Vorteil einsetzen zu können, sofern keine weiteren Vorwürfe erhoben werden würden.

Bisher hatte er einen verdammt guten Grund gehabt, Mazzetti von dieser Erde zu entfernen, doch nun hatte er einen noch besseren. Bis jetzt hatte er nur gefürchtet, dass sie versehentlich Beweise für seine Taten ausgraben könnte, während sie die alten Akten durchwühlte. Doch wenn sie ihn als zukünftige politische Macht sah, würde sie anfangen, mit Vorsatz nach etwas zu suchen, womit sie seine Karriere und sein Leben vernichten konnte.

*Montag, 17. März, 4.00 Uhr*

Clay schlich die Treppe hinunter, um niemanden zu wecken – vor allem seinen Vater nicht. Er hatte Fragen in Tanners Blick gesehen, und er hatte definitiv nicht wiederholen wollen, was er zu Stevie draußen auf der Schaukel gesagt hatte. *Dann werde ich euch nie wieder belästigen.*

»Du sollst schlafen«, murmelte Grayson auf der Couch, und Clay fuhr zusammen.

Er zuckte hilflos die Achseln. »Ich kann aber nicht schlafen. Zu viel Lärm.«

Grayson sah ihn verwundert an. »Lärm? Ich kann nichts hören.«

»Emma und Christopher sind ziemlich ... beschäftigt.« Das rhythmische Knarren des Bettgestells im Nebenzimmer war schwer zu überhören gewesen und hatte in ihm nur noch mehr Sehnsucht nach dem erzeugt, was er offensichtlich nicht haben konnte.

»Wundert mich nicht. Als Christopher endlich hier war und mit eigenen Augen gesehen hat, dass Emma okay ist, hat er angefangen zu weinen. Emma auch, und sogar Paige hat plötzlich geschnieft. Fast hätte es mich auch erwischt.«

»Aber nur fast«, sagte Clay trocken.

Grayson grinste. »Ich heule nur, wenn die Ravens den Superbowl gewinnen! Aber Emma und Christopher sind bestimmt bald fertig. Sieh zu, dass du wieder schlafen gehst. Du hast es wirklich nötig.«

Eigentlich hatten Emma und Christopher schon vor gut einer Stunde aufgehört, ihr Bett durchzurütteln, aber das musste Grayson nicht wissen.

»Ich kann nicht schlafen«, beharrte er. Er ging in die Küche und hörte, dass Grayson ihm folgte. »Willst du einen Kaffee?«

Grayson schlug die Hand gegen die Schranktür, bevor Clay sie aufziehen konnte. »Nein, und du auch nicht. Was genau verstehst du nicht an dem Konzept ›Regeneration durch dringend benötigten Schlaf‹?«

Clay biss die Zähne zusammen. »Wie ich schon sagte – die sind zu laut da oben.«

»Und wie *ich* schon sagte, ich kann nichts hören. Ich schwöre dir, ich schlag dich bewusstlos, wenn du nur auf diese Art zu deinem Schlaf kommst. Dein Job ist es, Stevie zu beschützen.« Graysons Miene war angespannt. »Ich will nicht wissen, was da zwischen euch läuft oder vielmehr nicht läuft, denn das geht mich nichts an. Stevie selbst geht mich allerdings sehr viel an.«

Clay bemühte sich, ruhig zu bleiben. »Ich weiß, dass ihr befreundet seid, aber du solltest dich dennoch zurückhalten.«

Graysons Hand, die noch immer am Schrank lag, ballte sich zur Faust. »Paul war mein Freund.«

Clay stieß den Atem aus. Auf den plötzlichen Themenwechsel war er nicht gefasst gewesen. »Ich weiß. Ihr habt zusammengearbeitet.«

»Nicht nur. Er war einer meiner besten Freunde. Ich war Sargträger bei der Beerdigung. Und ...« Er räusperte sich. »Und auf Paulies auch. Ich habe Paul versprochen, dass ich mich um Stevie und die Kinder kümmern würde, sollte ihm jemals etwas zustoßen. Ich habe eine Verantwortung für Stevie und Cordelia. Wenn du mit diesem Auftrag nicht umgehen kannst, dann engagiere ich jemand anderen. Du bist seit zwei Tagen fast unaufhörlich auf den Füßen, und Schlafmangel verlangsamt die Reflexe. Also leg dich verdammt noch mal hin und schlaf!«

Clay massierte sich den Nacken. »Sie summt, okay? Und das macht mich wahnsinnig.«

Graysons Faust sank auf die Küchentheke, und er sah Clay an, als hätte dieser nicht mehr alle Tassen im Schrank. »Was?«

»Cordelia hat anscheinend schlecht geträumt, jedenfalls ist sie wach und summt ihr etwas vor.«

»Was summt sie denn?«

»Was weiß ich.« Verlegen machte er kehrt und ging ins Arbeitszimmer seines Vaters.

Grayson konnte oder wollte den Wink nicht verstehen und kam ihm wieder hinterher. »Clay, es tut mir leid. Ich weiß, dass das, was immer zwischen euch läuft, euch beiden an die Substanz geht. Und wenn es zu schlimm wird, dann ist es doch keine Schande, den Auftrag abzugeben. Ich werde schon jemanden finden, der ...«

»Wenn du jetzt ›objektiver ist‹ sagst, wirst du es bitter bereuen«, unterbrach Clay ihn ruhig.

»Ich wollte eigentlich ›weniger betroffen‹ sagen, aber ›objektiver‹ tut's auch. Und wenn du mich haust, hau ich zurück, und dann haut Paige uns beide, und wir landen im Krankenhaus.«

Clay musste lachen, und sein Zorn verflog. »Na und? Das ist mir auch schon egal.« Er legte den Kopf an das Regal über dem Schreibtisch seines Vaters. Sein Schädel hämmerte. »Ich werde versuchen zu schlafen. Versprochen.«

Grayson klopfte ihm aufmunternd auf die Schulter. »Okay. Ich lass dich jetzt in Ruhe.«

»Warte.« Clay drehte sich um, als ihm ein Gedanke kam. »Warum hat Paul Mazzetti dich gebeten, auf Stevie aufzupassen, falls ihm etwas passieren sollte? Hat er damit gerechnet, dass es Ärger gibt?«

»Nein. Nichts Besonderes. Ich hatte einen harten Tag hinter mir – vor dem Gericht hatte es Unruhen gegeben. Nicht so wie im Dezember«, fügte er hinzu, als Clay eine Braue hochzog. »Es wurde auch nicht geschossen. Aber ich hatte es nicht geschafft, in einem Vergewaltigungsfall die Verurteilung durchzusetzen. Ich war ziemlich aufgewühlt und passte nicht auf. Draußen wartete der Vater des Opfers auf den Verteidiger, der jeden Moment herauskommen und mit den Reportern reden würde. Der Vater fuchtelte mit einer Pistole herum. Er richtete sie auf den Verteidiger, auf mich, dann auf sich selbst.«

»Hart.«

»Ja. Ein Polizist konnte ihm die Waffe zum Glück abnehmen. Er wehrte sich nicht einmal. Er hatte nicht wirklich schießen wollen, aber dass er die Waffe auf mich gerichtet hatte, machte mich fertig. Paul war älter als ich und schon länger Anwalt. Wir gingen etwas trinken, und er beruhigte mich ein wenig. Er gab zu, dass auch er solche Racheakte fürchte. Dass er schon längst eine Schutzweste trage und im Auto eine Waffe habe.«

»Hat er die Weste auch an dem Tag getragen, an dem man ihn umgebracht hat?«

»Ja. Der erste Treffer ging in die Brust. Er hat sich wieder aufgerappelt, nachdem der Täter die Kassiererin getötet hatte. Dann hat der Mistkerl ihn in den Kopf geschossen.«

»Wurde er bedroht?«

»Nein. Es gab nichts, was seinen siebten Sinn hätte auf den Plan rufen können.« Grayson klang traurig und verbittert. »Dennoch ließen wir die Möglichkeit nicht außer Acht. Wir überprüften jeden Fall, den er in der Vergangenheit vertreten hatte, zu jenem Zeitpunkt gerade vertrat oder noch vertreten wollte. Die wahrscheinlichsten Verdächtigen hatten Alibis. Dann fassten die Cops den Kerl, der es getan hatte. Es war irgendein Spinner, der keine Beziehung zu Paul gehabt hatte. Er hatte einfach nur den Laden ausrauben wollen.«

»Hat man die Waffe gefunden?«

»In seiner Sockenschublade. Er hatte kein Alibi. Hat beteuert, er wäre besoffen gewesen und in einem Hotel aufgewacht. Aber niemand konnte das bestätigen. Er hat immer wieder behauptet, dass er unschuldig sei, aber das tun sie schließlich alle. Nachdem er in Haft war, konzentrierten wir uns auf Stevie. Sie war schwanger und trauerte. Silas Dandridge war ein verdammter Mistkerl, aber damals war er für sie da, wie kein anderer von uns es sein konnte. Er war ihr Partner und sorgte dafür, dass sie nach vorne sah, dass sie aß und auf sich aufpasste und dass sie sich um das Baby kümmerte. Dann entdeckte Stevies Bruder Sorin Emmas Buch, sprach sie bei einer Signierstunde an und stellte die beiden Frauen einander vor. Es war Emma, die Stevie letztendlich aus ihrer Depression herausholte und ihr die Mittel an die Hand gab, wirklich weiterzuleben.«

»Hast du gewusst, dass sie über die ganzen Jahre befreundet geblieben sind?«

»Nein. Jedenfalls nicht, dass sie sich regelmäßig getroffen haben.

Stevie hält mit vielen Dingen hinter dem Berg. Ich war ähnlich, bevor ich Paige kennengelernt habe. Es gab Dinge, die ich niemandem anvertraut habe – meiner Familie nicht und meinen engsten Freunden auch nicht. Wenn sie also ihr Privatleben eifersüchtig hütet, dann bin ich der Letzte, der sich darüber beklagen darf.«

Clay nickte und dachte darüber nach, was er über Stevie wusste und was nicht. Er richtete seine Aufmerksamkeit auf die Fotowand seines Vaters und die Erinnerungsbilder der Gruppen, die sein Vater mit dem Boot hinausgefahren hatte. So viele lächelnde Gesichter.

Grayson drückte seine Schulter und wandte sich zum Gehen.

Clay drehte sich nicht um, fixierte die Fotos, bis er Graysons Schritte nur noch in der Ferne hörte. Dann wandte auch er sich zum Gehen. Vielleicht konnte er ja doch ein wenig schlafen. Vielleicht hatte Stevie zu summen aufgehört. Er seufzte. Und vielleicht sollte er Grayson doch bitten, jemand anderen ...

Clay erstarrte, als sein Blick an einem der Fotos hängenblieb. Er und sein Vater zusammen an Deck. Seine Gedanken rasten zurück zu dem Sicherheitsvideo, das die Kameras bei ihm zu Hause aufgenommen hatte. Der zweite Eindringling, Mr. Rucksack. Der Mann hatte sich hingekniet, ein Foto aus den Trümmern gezogen und es lange betrachtet. Dann hatte er den Blick gehoben und ... was angesehen?

*Das Boot.* Das Modell, das er, Tanner und Tanners Vater vor Jahren gebaut hatten. Tanner hatte die *Fiji* gekauft, weil sie ihn an dieses alte Boot erinnert hatte.

Arschloch hatte das Modell zertrümmert. Aber Rucksack hatte die Bedeutung erkannt. Clay beugte sich vor, um das Foto genauer zu betrachten. *Verdammter Mist.*

Der Name des Bootes war teilweise sichtbar. Er hatte geglaubt, er hätte alles aus seinem Hause entfernt, das ihn mit seinen Eltern in Verbindung bringen könnte, falls jemals jemand bei ihm einbräche, wie Arschloch und Rucksack es getan hatten. Aber das war ihm entgangen. *Verdammt noch mal.* Wie hatte er das übersehen können?

Konnte dieses Versäumnis den Täter herführen?

»Unwahrscheinlich«, sagte er laut, als würde das seine Aussage wahr machen. Aber wer immer hinter Stevie her war, hatte bereits zu viele Menschen getötet, als dass er das Risiko eingehen würde.

Stevie und Cordelia mussten hier weg. Sofort.

*Montag, 17. März, 4.35 Uhr*

Stevie lag mit Kopfschmerzen wach. Sie hatte noch keine Sekunde geschlafen. Hatte nur dagelegen und ihre Tochter so fest in den Armen gehalten, dass sie sie fast erdrückt hätte. Hatte jedem Atemzug, jedem Murmeln der träumenden Cordelia gelauscht, und als sie einmal aufgeschreckt und in Stevies Armen stocksteif geworden war, hatte Stevie ihr Haar gestreichelt und ihre Stirn geküsst, bis sie sich wieder ein wenig entspannte.

*Ich bin hier*, hatte sie ihr zugeflüstert, nun, da sie wusste, dass Cordelia nicht nur von Silas und der Pistole träumte, sondern auch von Stevies Tod.

Und dann hatte sie begonnen, ein Schlaflied zu summen, das Cordelia noch nie von ihr gehört hatte. Acht Jahre hatte sie es nicht gewagt, sich an die Melodie zu erinnern, denn acht Jahre war es her, dass sie ihren Sohn das letzte Mal ins Bett gebracht, ihm einen Gutenachtkuss gegeben und das Licht ausgeschaltet hatte.

Ohne zu ahnen, dass sie nie wieder Gelegenheit dazu haben würde.

Stevies Großmutter aus Rumänien hatte ihr dieses Lied vorgesungen, wenn sie schlecht geträumt hatte. Und Stevie hatte Paulie dieses Lied vorgesungen, weil nichts anderes ihn so schnell zum Einschlafen hatte bringen können.

Nein, es war ihr nicht leichtgefallen, mit der Melodie die Erinnerung heraufzubeschwören, aber das Lied hatte Cordelia genauso beruhigt wie Paulie damals, also hatte sie weitergesummt, bis ihre Tochter wieder eingeschlafen war und Stevie zu viel Zeit zum Nachdenken blieb.

Und natürlich waren ihre Gedanken sofort zu Clay gewandert, der auf der anderen Seite der Wand lag und schlief. *Dann werde ich euch nie wieder belästigen.* Seine Worte hatten ein Gefühl der Leere in ihr erzeugt. Der Einsamkeit. Und Verwirrung. *Hör auf, an ihn zu denken.* Tja, leichter gesagt als getan. Er hatte sich in ihr Leben geschlichen und darin breitgemacht, und nun konnte sie es sich ohne ihn nicht mehr vorstellen – und genau davor hatte sie sich am meisten gefürchtet.

*Lügnerin. Hier ist es doch nie darum gegangen, ob Cordelia ihr Herz an ihn hängt.* Ihre Tochter hatte Clay ohnehin schon vergöttert. *Du hast immer Angst gehabt, dass* du *dein Herz verlierst. Ich bin nicht nur eine Lügnerin.* Sondern auch ein Feigling. Und ihre Feigheit hatte einen großartigen Mann zutiefst verletzt.

Plötzlich öffnete sich knarrend die Tür, und Stevie war mit einem Schlag in Alarmbereitschaft. Sie blickte zum Nachttisch und versuchte abzuschätzen, wie schnell sie an ihre Waffe kommen und sie entsichern konnte.

»Stevie?«, flüsterte Emma. Sie war angezogen. Und trug Schutzkleidung. »Wach auf.«

Stevie sprang aus dem Bett und griff nach Waffe und Gehstock. »Was ist los?«

»Wir müssen gehen.«

»Was ist passiert? Ist da draußen jemand?«

»Noch nicht, zumindest wissen wir von niemandem. Clay glaubt aber, dass wir in Gefahr sein könnten, daher will er das Haus vorsichtshalber verlassen. Sheriff Moore wird in ein, zwei Minuten mit dem Boot anlegen.«

»Dann sind wir in ein, zwei Minuten unten.«

»Beeil dich. Wir treffen uns am Boot.« Emma schnalzte mit der Zunge. »Colombo, komm.«

Tanners großer brauner Hund, der neben Cordelias Bettseite gelegen hatte, rappelte sich vom Boden auf und trottete hinter Emma aus dem Zimmer. Der Hund hatte den Posten die ganze Nacht nicht verlassen. Als Cordelia aus ihrem Traum hochgeschreckt war, war auch Colombo aufgesprungen und hatte sich mit hochgezogenen Lefzen im Raum umgesehen. Cordelia hatte ihm über den Kopf gestreichelt, und das Tier hatte sich wieder hingelegt, ohne jedoch in seiner Wachsamkeit nachzulassen. Auch der Hund hatte dazu beigetragen, dass Cordelia sich rasch wieder beruhigt hatte.

Vielleicht war ein Hund doch keine so schlechte Idee.

Stevie rüttelte Cordelia behutsam an der Schulter. »Cordy, wach auf.«

»Ich bin wach, Mama«, gab Cordelia mit bebender Stimme zurück. »Kommst du mit?«

»Ja.« Stevie brachte sich zum Lächeln. »Komm schon, ziehen wir dich rasch an.«

Stevie hatte in ihrem Sweatshirt geschlafen, so dass sie so gut wie fertig war. Sie half Cordelia, den Flanellpyjama aus- und warme Sachen anzuziehen, dann hasteten sie – so schnell es Stevies verletztes Bein zuließ – Hand in Hand die Treppe hinunter, wo Clay, Paige und Grayson an der Hintertür warteten. Alle drei trugen die komplette Schutzausrüstung inklusive Helm.

Stevie verkniff sich nur mit Mühe die Frage, wie gefährdet sie tatsächlich waren, denn ihre Mienen besagten, dass die Bedrohung größer war, als Emma gedacht hatte – oder gewillt gewesen war, vor Cordelia auszusprechen.

Paige reichte ihr wortlos die Flakweste, die sie heute in der Stadt getragen hatte. Unter Clays prüfendem Blick zog sie die Klettverschlüsse fest. *Er sucht nach Anzeichen von Angst. Will sich vergewissern, dass ich nicht die Nerven verliere.* Was ihr mehr als alles andere bestätigte, dass es sich um eine reale Bedrohung handelte. Doch was immer er sah, schien seine Zustimmung zu finden, denn er nickte ihr knapp zu.

»Emma und Christopher sind bereits im Boot«, sagte Clay, dann ließ er sich auf ein Knie herab. »Cordy, du musst mir jetzt bitte genau zuhören.« Er führte ihre Arme in eine rosafarbene Jacke und machte den Reißverschluss zu.

»Die ist aber schwer«, sagte Cordy.

»Sie ist kugelsicher«, erklärte er. »Genau wie meine. Sheriff Moore hat im ganzen Staat rumtelefoniert, bis sie eine in deiner

Größe gefunden hat. Hör zu, du schlingst mir jetzt die Arme um den Hals und hältst dich ganz doll fest. Ich werde diesen Gurt hier um uns beide wickeln.«

»Wie ein Baby in der Trage«, sagte Cordelia, und Clay lächelte. Sein Lächeln brachte Stevies Herz zum Stolpern. Sie hatte ihn auf dem Boot seines Vaters schwer gekränkt. Nun, da sie wusste, was er gedacht hatte, verstand sie seine Reaktion.

Er hatte sich jedoch geirrt. Sie hatte nicht nur ihren Speicher auffüllen wollen. Niemals hätte sie ihn so benutzt. Stevie war kein Mensch für unverbindliche Affären. Wäre sie es gewesen, hätte sie in den vergangenen Jahren schon oft zugreifen können. Nein, sie wäre bei ihm geblieben und hätte sich immer stärker von ihm abhängig gemacht.

Und doch war es nicht das »Für immer«, das er sich erhoffte, weshalb es vermutlich besser war, ihn in seinem Irrglauben zu belassen. So würde er sich von ihr fernhalten. *Besser jetzt gekränkt als später am Boden zerstört.*

»Ganz genau, wie ein Baby in der Trage«, bestätigte er. Er setzte ihr einen Helm auf den Kopf und zog den Riemen fest. »Ich denke nicht, dass es Ärger gibt, aber ich will kein Risiko eingehen.«

»Verstanden«, sagte Cordelia ernst. Sie sah zu Paige auf. »Kommen Sie auch mit?«

»Auf jeden Fall. Ich werde wie eine Klette an dir kleben. Ich bin deine ganz persönliche Leibwächterin.«

»Und Peabody? Ist er auch dabei?«

»Na klar.« Paige kraulte den Hund hinter einem Ohr. »Er bleibt auf der Farm.« Sie schenkte Stevie ein schiefes Grinsen. »Denn obwohl Emmas Hotel genauso heißt wie er, darf ich meinen Hund nicht mehr dorthin mitnehmen. Das letzte Mal, als er da war, hat er ein ziemliches Chaos angerichtet.«

»Ich bin froh, dass er mit uns kommt«, sagte Stevie. Sie hatte schon erlebt, wie das große Tier erwachsene Männer aufgehalten hatte.

»Wir bringen als Erstes Cordelia zum Boot«, sagte Clay, »dann komme ich zurück, um dich zu holen, Stevie. Mach dich bereit und warte am Tor.«

»Und Grayson?«, wollte Stevie wissen.

»Ich komme mit dir und Clay«, antwortete Grayson. »Ich eskortiere euch zum Boot und fahre dann mit dir.«

»Während ich hierbleibe«, sagte Clay, woraufhin Stevie die Augen aufriss.

»Was?«, fragte sie erschrocken. »Du kommst nicht mit uns? Und wenn dieser Kerl kommt? Und noch mal auf dich schießt?«

Clays Lächeln war eher ein Zähnefletschen. »Das hoffe ich doch sehr. Darauf warte ich nur.« Dann wurde sein Lächeln sanft. Echt. »Bist du so weit, Cordelia?«

Cordelia straffte die Schultern. »Ja«, sagte sie, hob ihre Arme und schlang sie um Clays Hals. Er schnallte sie an sich fest, überprüfte kurz den Revolver im Holster, schlang sich das Gewehr über die Schulter und trabte ohne einen Blick zurück davon.

Paige schenkte Stevie ein aufmunterndes Lächeln, dann lief sie den beiden hinterher, die Waffe locker in den Händen.

Stevie und Grayson folgten ihnen bis zum Tor, wo Tanner stand und ihnen angespannt entgegenblickte. Stevie stellte sich an seine Seite und sah mit angehaltenem Atem zu, wie Clay und Paige über den Strand zum Anleger liefen.

Clay hielt ihre Tochter an sich gepresst, als wäre es sein eigenes Kind. Der Anblick war bittersüß ... und brachte ihr plötzlich etwas zu Bewusstsein, das sie gestern Morgen gehört hatte.

»Clay hat also auch eine Tochter«, murmelte sie, weil sie etwas sagen musste, um nicht vor lauter Anspannung zu schreien.

Aus den Augenwinkeln sah sie, wie Tanner sie überrascht anblickte. »Er hat Ihnen von ihr erzählt?«

»Nein. Er hat es Cordelia erzählt. Ich habe es zufällig mitgehört. Warum hat er keinen Kontakt zu ihr?«

Tanner zögerte. »Fragen Sie Clay. Ich kann Ihnen jedoch versichern, dass es nicht an ihm liegt. Er hat sich immer eine Familie gewünscht und wollte Sienna unbedingt ein guter Vater sein. Aber seine Ex-Frau war ... schwierig.«

»Schwierig im Sinne von nicht ganz dicht?«

Tanner hüstelte. »Fragen Sie ihn selbst.«

»Das werde ich.« Aber sie glaubte nicht, dass sie ihn fragen würde. Zum einen, weil sie nicht wusste, ob sie überhaupt eine Antwort bekäme, aber hauptsächlich, weil sie ihm nicht noch mehr Kummer bereiten wollte, als sie es schon getan hatte.

*Montag, 17. März, 4.40 Uhr*

Endlich. Robinettes Puls beschleunigte sich. Endlich zahlten sich die Stunden, die er im kalten Sand auf dem Bauch gelegen hatte, aus. Zwei Personen waren bereits ins Boot gestiegen: die Psychologenfreundin von Mazzetti und ein Mann, den er nicht kannte. Mazzetti würde nicht lange auf sich warten lassen.

*Geschickt.* Hätte er das Haus von der Straße her beobachtet, wäre ihm diese heimliche Aktion entgangen.

Und wenn Westmoreland auf seine Anrufe reagiert hätte, dann hätten sie vielleicht sogar Straße *und* Haus beobachten können, aber es war nun fast zwölf Stunden her, dass seine sogenannte rechte Hand sich gemeldet hatte.

Also war Wes entweder tot oder hatte sich abgesetzt. Falls es sich um Ersteres handelte, würde Robinette dafür sorgen, dass die Asche an der Küste Virginias verstreut werden würde, wo Westmoreland groß geworden war. Wäre Letzteres der Fall ... nun ja. Westmorelands Eltern wohnten immer noch in demselben Haus. Falls sie einen Unfall hätten, würde Westmoreland schon auftauchen. *Und dann bringe ich ihn um und verstreue seine Asche an der Küste Virginias.* Letztendlich lief es auf dasselbe hinaus.

Robinette versteifte sich. Das Tor an der Rückseite des Strandhauses öffnete sich. Durch das Zielfernrohr sah er eine große Gestalt, die auf den Steg zurannte. Es war Clay Maynard mit Helm und Flakjacke. Gedeckt wurde er von einer großen dunkelhaarigen Frau, die eine Halbautomatik hielt und von einem großen Hund eskortiert wurde. Mazzetti war nirgendwo zu sehen.

Maynard sah anders aus als sonst. Wuchtiger. Robinette blinzelte heftig, um seinen Blick zu klären, und sah wieder durch das Zielfernrohr. Maynard trug etwas.

Nein, er trug *jemanden*. Jemand Kleines. Ein Kind. *Stevie Mazzettis Kind.*

Verdammt. Ihre Arme waren fest um Maynards Hals geschlungen, ihr Oberkörper steckte in einer rosafarbenen Daunenjacke. Maynard rannte wirklich schnell, und die Frau an seiner Seite schirmte ihn mit ihrem eigenen Körper ab.

Also würde auch Mazzetti jeden Moment durch das Tor kommen. Sie musste noch im Haus sein. Sie würde doch nicht ihr Kind aus den Händen geben, oder?

Doch, entschied er. Vielleicht doch. Wenn sie befürchtete, dass ihre Glückssträhne ein Ende haben könnte, dann mochte sie ihre Tochter durchaus wegschicken, um sie in Sicherheit zu wissen. Ein paar Sekunden verstrichen.

*Sie kommt nicht mehr.* Und Robinettes schönstes Druckmittel würde in den nächsten Minuten über das Wasser verschwinden. *Ich kann der Sache jetzt ein Ende machen. Maynard niederschießen und mit dem Kind zu Fall bringen. Die Kleine ist zusammengeschnürt wie ein Päckchen.* Er würde sie nicht befreien können.

Und dann würde Mazzetti ins Freie sprinten.

Maynards Bein war ungeschützt, deshalb würde er dorthin zielen. Aber zuerst musste er die Frau mit dem Hund beseitigen. Sie gab ihm hervorragend Deckung.

Er richtete das Gewehr aus, zielte auf ihr Bein. Und drückte ab. Lächelnd sah er zu, wie sie zu Boden ging.

*Montag, 17. März, 4.41 Uhr*

Stevies Herz setzte aus. »Oh, Gott«, flüsterte sie. *Paige ist getroffen. Er ist irgendwo da draußen. Und schießt. Auf Cordelia. Und*

*Clay. Cordelia!* Sie drängte sich an Tanner vorbei und rannte durchs Tor, ohne auf die Rufe der anderen zu hören.

Grayson hielt sie auf, indem er sie um die Taille packte, zu Boden riss und zurück in die Schatten innerhalb des Zaunes zerrte. »Stevie, nein!«

»Lass mich los!« Sie wehrte sich gegen ihn, schlug um sich, und ihr Herz hämmerte wie eine Herde wildgewordener Büffel. Ein Platschen aus der Ferne verlieh ihr noch mehr Kraft, und sie schlug mit ihrem Stock auf ihn ein. »Grayson, verdammt, lass los!«

Er packte ihren Stock und schleuderte ihn in den Sand, ohne sie freizugeben. »Nein. Das will er doch. Er will dich ins Freie locken, wo du schutzlos bist.«

»Das ist mir egal!«, schluchzte Stevie atemlos. »Er will mich! Dann soll er mich haben. Aber nicht Cordelia oder Clay oder Paige. Bitte – lass mich los.« Weitere Schüsse ertönten in rascher Folge.

Grayson schüttelte sie so fest, dass ihre Zähne aufeinanderschlugen. »Hör auf damit. *Sofort.* Paige ist getroffen. Glaubst du, ich würde nicht auch zu ihr wollen? Schau hin. Hör auf, so dämlich zu sein, und schau hin!«

Er wuchtete sie herum, hielt sie aber noch fest, weil sie erneut versuchte, sich loszumachen. Paige war zum Bootshaus am Ende des Stegs gekrochen, wo sie in Deckung war. Sie hielt ihr Bein umklammert.

Sie war okay. Verletzt, aber am Leben. Clay und Cordelia waren nirgendwo zu sehen.

»Wo sind sie?«, fragte Stevie. »Ich habe ein Platschen gehört.«

»Paige hat Peabody vom Anleger geschubst, um ihn zu schützen. Er kann schwimmen, keine Sorge.«

Sie bäumte sich auf, und er fasste nach, um sie erneut niederzuringen. »Wo sind Clay und Cordelia?«

»Clay hat sich und Cordelia vom Steg gerollt. Hier, sieh es dir an.« Er reichte ihr ein Nachtsichtgerät, das er um den Hals trug. »Unter dem Anleger.«

Blinzelnd sah sie durch das Fernglas, dann fiel ihr die Kinnlade herab.

Clay hielt sich mit den Fingerspitzen an der Kante des Stegs fest und hangelte sich seitwärts wie bei einem Kletterparcours. Dann ließ er die Holzplanken los und schwang sich mühelos an Deck von Sheriff Moores Boot, wo er Cordelia losschnallte und Emma übergab.

Christopher beugte sich über den Bootsrand und zog Peabody an Deck.

Clay hatte schon wieder die Leiter gepackt, hievte sich zurück auf den Steg und kroch zu Paige. Er sah sich ihr Bein an, dann zeigte er aufs Boot.

Halb kroch Paige, halb schleifte sie ihr Bein bis zum Ende des Anlegers, wo sie sich vorsichtig über den Rand schob und ins Boot fallen ließ. Sie kauerte sich am Heck zusammen und hielt den Gewehrlauf in die Richtung, aus der die Schüsse gekommen waren.

Das Boot brauste in vollem Tempo davon. Clay rollte sich auf den Bauch und zielte mit dem Gewehr, das er sich um die Schulter gehängt hatte, auf den dichten Baumbestand hinter dem Strand.

*Ich sollte bei ihm sein*, dachte Stevie. *Sollte ihm Deckung geben.* Aber stattdessen lag sie hilflos hinter dem Zaun und war nur deshalb nicht von Kugeln durchsiebt worden, weil Grayson einen kühlen Kopf bewahrt hatte.

Stevie atmete geräuschvoll aus, während sie den Schaden begutachtete. Die Fenster von Tanners Boot waren zersplittert, vom Anleger fehlten ganze Plankenstücke. Der Täter hatte auf Clays Hände gezielt, doch Clay hatte sich nicht in Panik versetzen lassen, sondern ihre Tochter in Sicherheit gebracht.

*Während ich ausgerastet bin wie eine hysterische Kuh.*

»Verzeih mir«, murmelte sie beschämt. »Ich bin durchgedreht.«

»Wäre ich auch fast«, gab Grayson zu. »Als ich gesehen habe, wie Paige zu Boden ging ...«

»Ja.« Schluckend richtete Stevie das Nachtsichtgerät in die Richtung, aus der die Schüsse gekommen waren. »Ich würde selbst auf dieses Schwein feuern, aber meine Pistole hat keine solche Reichweite.«

»Josephs Agenten, die vorne vor dem Haus postiert waren, haben die Verfolgung bereits aufgenommen«, sagte Grayson. »Sobald Paige das Bootshaus erreicht hatte, hat sie die ungefähre Position des Schützen durchgefunkt. Ich könnte mir vorstellen, dass der Kerl im Augenblick mehr damit beschäftigt ist, die Flucht zu ergreifen, als noch weiter auf uns zu schießen.«

»Woher weißt du das alles?«

Er tippte sich ans Ohr. »Sie hatte ein Mikro. Ich habe einen Ohrstöpsel.«

»Du hast die ganze Zeit über mitgehört?«

»Ja. Paige hat nur einen Streifschuss. Sie sagte, wenn ich jetzt zu ihr rennen würde, bekäme ich einen gewaltigen Tritt in den Hintern.« Sein Grinsen geriet in Schieflage. »Das Risiko wäre ich eingegangen, doch dann bist du losgerannt. Es ist mir leichter gefallen, tapfer zu sein, als ich dich anschnauzen konnte.«

»Wie schön, dass du dir keinen Zwang angetan hast.« Sie fischte ihren Gehstock aus dem Sand. »Tut mir leid, dass ich dir damit eins übergebraten habe.«

»Das sollte dir auch leidtun. Es hat nämlich weh getan.«

»Paige fällt bestimmt etwas ein, womit sie dich trösten kann«, sagte Stevie trocken und setzte sich in Richtung Haus in Bewegung. Dort stieß sie auf einen sehr bleichen Tanner und nickte ihm zu. »Clay ist nichts passiert«, sagte sie, und der ältere Mann sackte vor Erleichterung förmlich in sich zusammen. »Er war übrigens großartig.«

»Ja. So ist er.« Tanner legt den Kopf schief. »Was ist das für ein Geräusch?«

»Mein Handy.« Es vibrierte in ihrer Tasche. Ihr Herz begann zu rasen, als sie die 727-Vorwahl auf dem Display erkannte. »Das ist Emma.«

*Montag, 17. März, 4.45 Uhr*

»Cordelia!« In dem klaustrophobisch winzigen Laderaum von Sheriff Moores Boot hatte Emma allergrößte Mühe, das Kind festzuhalten, das panisch um sich schlug und nach seiner Mutter schrie. »Alles ist gut. Dir geht's gut. Dem Hund geht's gut. Deine Mutter ist im Strandhaus. Ihr geht's auch gut.«

Aber Cordelia ließ sich nicht beschwichtigen. Sie war davon überzeugt, ihre Mutter durch das Tor rennen gesehen zu haben. Es gab nur eine Möglichkeit, sie zu beruhigen.

»Christopher, hol mein Handy aus der Tasche und ruf Stevie an. Mach schnell!«

»Es klingelt schon.«

»Halt es Cordelia ans Ohr.« Emma neigte sich zu ihr, damit sie mithören konnte.

»Emma!« Stevie klang panisch. »Ist sie okay?«

»Mama!«, weinte Cordelia.

»Ihr geht's gut«, sagte Emma mit fester Stimme. »Sie ist einfach nur total durch den Wind wie wir alle. Sag ihr, dass mit dir alles in Ordnung ist, Stevie. Sie hat Angst um dich.«

»Mir geht's blendend, Spatz. Wirklich. Ich bin nicht durchs Tor gelaufen. Ich habe keinen Kratzer abbekommen.«

»Schwörst du das?«, fragte Cordelia schluchzend.

»Ja, das schwöre ich. Du kannst Tanner fragen, wenn du willst. Er steht hier bei mir.«

»Mr. Maynard. Ist er auch nicht verletzt?«

»Er ist auch okay. Ich sag ihm, dass er dich anrufen soll, sobald er reinkommt, wenn du dich dann besser fühlst.«

»Ja, ich glaube schon. Und sag ihm ... sag ihm danke. Und es tut mir leid, dass ich ihm ins Ohr geschrien hab.«

Stevie lachte in sich hinein. »Ich denke, das versteht er, Schätzchen.«

»Sag Onkel Grayson, dass Miss Paige getroffen worden ist.« Cordelias Lippen zitterten. »Aber es ist nicht schlimm.«

»Ich werd's ihm ausrichten.«

»Uns geht's gut. Uns geht's allen gut«, sagte Cordelia bestimmt, aber Emma konnte ihr ansehen, dass sie selbst nicht daran glaubte. In ihrem Blick lag eine verzweifelte Entschlossenheit, als müsste es einfach wahr sein, wenn sie es nur oft genug sagte.

»Ganz genau«, erwiderte Stevie ebenso bestimmt, aber Emma vermutete, dass man in ihren Augen dieselbe Verzweiflung sehen konnte. »Ich liebe dich, Cordelia. Ruf mich an, wenn ihr auf Daphnes Farm angekommen seid.«

»Ich liebe dich auch, Mama. Bis dann.«

»Bis dann, Stevie«, fügte Emma hinzu. »Wir sehen uns, wenn ich es schaffen kann, das Interview mit dem Sender zu arrangieren.« Sie legte auf und fing Christophers Blick auf. »Was ist?«

»Du magst diese ganze Aufregung. Deine Wangen sind rot, deine Augen funkeln. Du liebst die Gefahr.«

»›Lieben‹ ist ein starkes Wort.« Emma zog eine Braue hoch, während sie daran dachte, wie sie vor ein paar Stunden übereinander hergefallen waren, als wäre es das erste Mal gewesen. »Aber sie wirkt in mancher Hinsicht ... stimulierend.«

Ihr Mann konnte ein Grinsen nicht unterdrücken. »Ja, das ist wohl wahr.«

*Montag, 17. März, 4.45 Uhr*

Clay rannte durch den Sand und durchs hintere Tor, wo Grayson schon auf ihn wartete. Kein Schuss war mehr gefallen, seit das Boot abgelegt hatte, und Clay hoffte, dass das ein gutes Zeichen war.

»Paiges Bein hat nicht nur einen Streifschuss abbekommen«, teilte er Grayson mit. »Aber es ist auch nicht lebensbedrohlich. Lou hat einen Krankenwagen zu ihrem Anleger bestellt. Wenn wir von Josephs Leuten die Freigabe bekommen, fahre ich dich rüber zu Lou. Dann kannst du von dort aus mit deinem Truck zum Krankenhaus fahren.«

»Und Cordelia?«, fragte Stevie von der Küchentür aus. »Wann kann ich zu ihr?«

»Kannst du nicht. Nicht sofort zumindest. Wir wollen nicht riskieren, dass dich jemand zur Farm verfolgt.«

»Aber wie kommt sie denn hin?«

»Lou bringt sie hin. Ich kann verstehen, dass du sie nicht magst, Stevie, aber ich vertraue ihr.«

»Na schön«, sagte Stevie. »Das reicht mir. Und wenn sie dort sind?«

»Es ist alles arrangiert. Hab keine Sorge.«

»Ich glaube kaum, dass du momentan etwas sagen könntest, das mir meine Sorgen nimmt.« Stevie winkte Clay, mit in die Küche zu kommen.

»Wo ist mein Vater?«

»Vorne vor dem Haus, er spricht mit Josephs Agentin. Agent Coppola hat im Augenblick Dienst.«

»Ich muss auch mit ihr reden«, sagte Grayson angespannt. »Ich will wissen, wann wir ungefähr mit der Freigabe rechnen können, denn ich muss zu Paige. Sie kann zwar kaltblütig einem Killer in die Augen sehen, aber in Krankenhäusern wird sie nervös. Clay, du musst hierbleiben. Der Adrenalinschub von deiner Zirkusnummer am Anleger wird jeden Moment vorbei sein. Wie ich vorhin schon sagte – du brauchst dringend Schlaf.« Damit wandte er sich zum Gehen und ließ sie beide allein in der Küche zurück.

Stevie setzte sich an den Tisch und streckte die Hände aus. »Lass mich mal sehen.«

Clay sah stirnrunzelnd auf sie herab. »Was sehen?«

»Deine Hände. Lass mich mal sehen.« Sie packte sanft seine Handgelenke und drehte sie so, dass sie einen Blick auf die Innenflächen werfen konnte. Und verzog das Gesicht. »Das dachte ich mir. Setz dich.« Sie deutete auf den Stuhl neben ihrem. »Bitte.«

Zögernd ließ Clay sich nieder. Seine Hände brannten wie Feuer, aber das war nichts, was er nicht schon erlebt hatte. »Das ist nicht weiter schlimm, Stevie.«

»Deine Haut ist von den rauhen Planken völlig aufgescheuert.« Sie stand auf, stellte eine Schüssel mit Wasser und einen Erste-Hilfe-Kasten auf den Tisch und setzte sich wieder neben ihn. »Das könnte etwas beißen.«

Es biss anständig, aber er zuckte mit keiner Wimper und sagte nichts, als sie fast zärtlich Schmutz und Splitter von seiner Haut wischte. Beinahe hätte er zu atmen vergessen.

Sie blickte auf, und ihr Blick wurde sanft. Er glaubte, Sorge und ein wenig Dankbarkeit darin zu erkennen, aber da war noch etwas. Eine vorsichtige ... Akzeptanz? Nun, vielleicht sah er auch nur, was er sehen wollte.

»Du wusstest, dass da draußen jemand war«, sagte sie ruhig.

»Wie hat man uns gefunden?«

»Ich habe es vermutet«, antwortete er und war froh, dass seine Stimme nicht zitterte. »Erinnerst du dich, dass der zweite Eindringling in meiner Wohnung die Fotos aufgehoben hat?«

»Ja. Er hat eins mitgenommen. Welches?«

»Eins, auf dem ich mit Tanner auf der *Fiji* stehe.«

»Er hat das Boot aufgespürt?«

»Das wäre zumindest möglich gewesen.«

Sie verband seine Finger, so dass die tiefsten Wunden versorgt waren. »Bist du noch anderswo verletzt?«

»Nein.« Er saß reglos da, die Hände mit den Innenflächen nach oben auf dem Tisch, wartete ab und beobachtete, wie sie darauf hinabstarrte. Hielt den Atem an, als sie sie behutsam umdrehte und an ihr Gesicht hob. Sie legte die Wange an seine Linke und presste ihre Lippen auf die Knöchel der Rechten. Sein Herz hämmerte erbarmungslos, während er auf das Danke wartete, das alles verderben würde.

»Ich wäre fast eingeknickt«, flüsterte sie. »Fast wäre ich losgelaufen, um meine Tochter zu holen.«

Sein wild pochendes Herz setzte einen Schlag aus. Er sah nur allzu deutlich vor sich, was dann geschehen wäre. »Und was hat dich daran gehindert?«

Ihre Lippen verzogen sich zu einem Lächeln, aber es lag keine Freude darin. »Erst Grayson. Der Mann ist gebaut wie ein Panzer.«

»Und dann?«

»Du«, gab sie leise zurück. »Ich habe dich gesehen. Ich habe gesehen, wie du dich am Anleger entlanggehangelt hast. Du hast auf dich und mein Kind aufgepasst. Und du hattest keine Angst. Also hatte ich auch keine mehr. Nicht mehr so sehr jedenfalls.«

Er war sich nicht sicher, ob er ihr eingestehen sollte, dass er entsetzliche Angst gehabt hatte, doch dann wurde ihm die Entscheidung abgenommen, als die Tür aufging und sein Vater in Begleitung von Agent Deacon Novak eintrat. Stevie fuhr zurück wie ein schuldbewusster Teenie und legte Clays Hände vorsichtig zurück auf den Tisch. Zärtlich. *Vielleicht.*

*Mach dir keine allzu großen Hoffnungen. Sie ist bloß total aufgewühlt.* Wenn sie sich beruhigt hatte, wenn sie und ihre Tochter endgültig in Sicherheit waren ... dann würde sie wahrscheinlich wieder genauso ablehnend sein wie zuvor.

Sein Vater ließ sich neben ihm nieder und starrte auf Clays Verbände, als müsse er sich einmal mehr klarmachen, dass Clay darüber hinaus keinen Schaden erlitten hatte.

Deacon Novak packte einen Küchenstuhl und setzte sich rittlings darauf, während er mit einer schwungvollen Geste seinen langen Ledermantel aus dem Weg wischte. Es war kein Versuch, die Szene theatralisch zu gestalten, wie Clay wusste: Deacon war einfach so, und Clay nahm an, dass das Blut in seinen Adern ebenso viel Drama wie Plasma enthielt.

»Wollen Sie zuerst die guten oder die schlechten Nachrichten?«, fragte Deacon.

»Die schlechten«, sagte Stevie und musterte den Bundesagenten mit unverhohlener Neugier. Was nicht weiter überraschte. Deacon Novak konnte man nicht übersehen. Obwohl er vermutlich gerade erst die dreißig erreicht hatte, war sein Haar schneeweiß. Aber es waren vor allem seine Augen, die jeden dazu brachten, ein zweites Mal hinzusehen. Sie waren zweifarbig – halb braun, halb blau –, und zwar genau mittig geteilt. Clay fragte sich immer noch, ob der Mann nicht doch Kontaktlinsen trug.

»Okay, Detective Mazzetti«, sagte Deacon. »Die schlechte Nachricht lautet, dass er entkommen konnte. Als ich die Stelle erreichte, von wo er geschossen hat, war er fort, aber ich habe frische Reifenspuren im Sand gefunden. Außerdem drei Hülsen.«

»Er hat mindestens zehnmal abgedrückt«, sagte Clay. »Wahrscheinlich konnte er nicht mehr alle Hülsen aufsammeln, bevor er die Flucht ergriffen hat.«

»Dafür können Sie dem Deputy des Sheriffs danken. Deputy Pearson hat knapp hinterm Zaun im Inneren des Grundstücks am Wegrand geparkt und war noch vor mir am Schauplatz. Ihr Sheriff hatte anscheinend für alle Fälle vorgesorgt.«

»Wundert mich nicht«, sagte Clay. »Lou ist ein guter Cop.«

»Deputy Pearson auch«, fügte sein Vater hinzu. »Ist sie noch vor Ort?«

»Ja. Sie sichert die unmittelbare Umgebung, bis Brodie und ihre Leute ankommen. Sie sollten die Bewegungsmelder ausschalten«, schlug Deacon vor. »In spätestens vierzig Minuten wimmelt es hier nur so von Polizei und FBI.«

»Haben Sie sonst noch etwas entdeckt?«, wollte Stevie wissen.

»Ja. Ich habe mir das Beste bis zum Schluss aufbewahrt.« Er hielt ein Beweistütchen hoch, in dem ein Haar zu erkennen war. »Es hing an einem Ast. Der Strahl der Taschenlampe ist daraufgefallen. Wer weiß, was die Spurensicherung mit ihren Scheinwerfern noch alles findet.«

»Großartig«, sagte Stevie. »Sie machen Druck wegen der Analyse?«

»Wir haben vier tote Cops und zwei tote Zivilisten«, sagte Deacon. »Wir machen Druck.«

»Noch eins«, sagte Tanner. »Laut Agent Novak lag der Täter nur Zentimeter vor dem Bewegungsmelder auf der Lauer. Er wusste genau, bis wohin er gehen konnte, bevor der Alarm ausgelöst wurde, Clay.«

»Und wie kann er das wissen?«, fragte Stevie.

»An diese Information zu kommen ist leider nur allzu leicht.« Tanner zuckte die Achseln. »Er muss sich bloß mit einem der vielen Spinner in Verbindung setzen, die in der Vergangenheit bei dem Versuch, aufs Grundstück zu gelangen, den Alarm ausgelöst haben. Wenn der Täter von dem Haus hier wusste, dann wusste er auch, dass es mir gehört. Im Internet findet man jede Menge Informationen über die Geschichte des Hauses und über die Anzeigen, die ich gegen diese irren Massenmörder-Fans erstattet habe. Immer wieder wollen Leute ›den Ort kennenlernen, an dem Sue angefangen hat‹, und bei denen bin ich nicht gerade beliebt.«

»Haben Sie Namen und Adressen?«, fragte Deacon.

»Namen, Adressen, Facebook- und Twitter-Accounts. Ich habe mich selbst unter einem Pseudonym bei beiden angemeldet, um sie online im Auge behalten zu können. Es gibt drei Leute im Mörder-Fanclub, die besonders aktiv und redewillig sind. Und sie sind es besonders im August, weil damals die Verbrechen geschehen sind.« Tanner nahm den Notizblock, den Deacon ihm über den Tisch schob, und schrieb drei Namen auf. »Ich weiß nicht, wie Sie ihn aufspüren wollen, aber falls Sie ihn erwischen und seinen Computer finden, dann sollten Sie nach Kontakten mit diesen drei Clowns hier suchen. Es könnte als zusätzlicher Beweis dienen.«

»Danke«, sagte Deacon und nickte respektvoll. »Das wird uns einiges bringen.«

Stevie betrachtete Tanner nachdenklich. »Warum bleiben Sie eigentlich hier?«, fragte sie. »Wenn so oft Fremde einzudringen versuchen, warum ziehen Sie nicht in ein Haus, wo Sie die ganzen Sicherheitsanlagen nicht mehr brauchen?«

Clay sah, wie sein Vater zögerte. Widerstrebend setzte er zu einer Antwort an.

»Weil in diesem Haus so viel von Nancy steckt«, sagte er schließlich. »Sie hat nur wenige Jahre hier gelebt, aber mehr ist mir nicht von ihr geblieben. Das werden Sie sicher verstehen.«

Stevies Miene wurde augenblicklich ausdruckslos. »Ja«, murmelte sie. »Ganz besonders ich sollte das verstehen können.« Sie stand auf und packte ihren Stock. »Jetzt, da die ganze Aufregung sich ein wenig gelegt hat, werde ich versuchen, ein bisschen zu schlafen. Clay, Cordelia wäre sehr beruhigt, wenn du sie anriefst, um ihr zu sagen, dass es dir gutgeht. Sie macht sich Sorgen. Ruf sie über Emmas Handy an, ja?«

»Mach ich«, antwortete Clay mit sinkendem Mut. Sie zog sich schon wieder zurück: Eine Erinnerung an ihren toten Mann hatte gereicht.

*Du wärst immer nur der Zweitbeste. Und irgendwann wirst du mich dafür hassen.* Clay begann sich zu fragen, ob sie damit nicht tatsächlich recht hatte.

»Ich gehe raus und warte auf die Spurensicherung«, erklärte Deacon. »Damit die Techniker wissen, wo sie sich umsehen müssen. Wir halten Sie auf dem Laufenden.«

Als die anderen weg waren, blieben nur noch Clay und sein Vater zurück. Tanner machte den Mund auf, um etwas zu sagen, schloss ihn aber schuldbewusst wieder.

Clay schüttelte den Kopf. »Schon gut, Dad. Es liegt nicht an dem, was du gesagt hast. Stevie hat von Anfang an keinen Zweifel daran gelassen, dass sie noch nicht über ihren Mann hinweg ist. Ich muss mir einfach überlegen ... wie ich von ihr loskomme.«

Aber wie sollte er das je schaffen, wenn allein der Gedanke daran derart weh tat? Dennoch, er *musste* einen Weg finden.

Tanner stieß schnaubend den Atem aus. »Das ist schwerer, als du denkst, Junge. Du hast deine Mutter verloren, und ich weiß, dass du sie vermisst. Aber ich habe ... einen Teil von mir verloren. Den besten Teil. Das zu verarbeiten ist wirklich hart.« Er stand auf und drückte Clays Nacken. »Schwerer, als du denkst«, wiederholte er, dann räusperte er sich. »Ich schaue mal nach den Welpen. Stevie weiß es nicht, aber ich habe Cordelia einen versprochen.«

Clays Lippen verzogen sich zu einem Lächeln. »Welchen denn?«

»Mannix. Er hat sich Cordelia ausgesucht. Er war der Erste, den sie auf den Arm genommen hat, und er hat ihr sofort das Gesicht abgeleckt. Damit war die Sache klar.«

»Stevie wird ganz schön sauer werden«, warnte Clay.

»Meinetwegen. Sieh zu, dass du dich auch etwas hinlegst, Junge. Du hast solche Ringe unter den Augen, dass du langsam wie ein Waschbär aussiehst.«

Dagegen ließ sich nichts sagen. Clay ging die Treppe hinauf und blieb einen Moment vor der Tür zu seinem Zimmer stehen, in dem jetzt Stevie schlief. Er war versucht zu klopfen. Versucht, einzutreten und ...

*Und was? Dir zu nehmen, was sie dir nicht geben will?* Oder was sie ihm gäbe, um ihren Speicher aufzufüllen?

Vielleicht würde er es sogar nehmen, was ihn nicht stolz machte. Resolut setzte er sich wieder in Bewegung, betrat sein Zimmer, schloss die Tür hinter sich und ließ sich ins Bett fallen. Allein. Nur durch eine Wand von Stevie getrennt.

Sie schlief auch noch nicht. Er konnte hören, wie sie sich drüben bewegte. Wie es aussah, würden sie beide auch in dieser Nacht keinen Schlaf finden.

## 20. Kapitel

*Wight's Landing, Maryland*
*Montag, 17. März, 5.20 Uhr*

Stevie hörte das Quietschen der Bettfedern nebenan und atmete langsam aus. Die Enttäuschung traf sie wie ein Fausthieb in den Magen. Das Knarren der Holzbohlen auf dem Flur hatte ihr verraten, dass er vor ihrem Zimmer stehen geblieben war, und sie hatte gehofft ... *Was?* Dass er hineinstürmen und wer weiß was mit ihr anstellen würde?

Sie stand auf und begann, auf und ab zu gehen. Die Antwort auf diese Frage gefiel ihr nicht. Denn – ja, genau das hatte sie gehofft. Aber er hatte offenbar wirklich genug. Sie hatte es in seinen Augen gesehen, als sein Vater sie nicht besonders subtil daran erinnert hatte, dass auch sie in ihrem Haus wohnen blieb, weil ihr nicht viel mehr von Paul geblieben war. Aber Tanners Entscheidung hatte nur ihn selbst betroffen. Stevies Unfähigkeit, sich weiterzuentwickeln, hatte ihre Tochter den Seelenfrieden gekostet. Und ihr immer wiederkehrende Alpträume beschert.

Sie blieb mitten im Raum stehen. Clay sprach nebenan. Sie konzentrierte sich und spitzte die Ohren, dann lächelte sie traurig. Er telefonierte mit Cordelia, wie er es versprochen hatte, und versicherte ihr, dass er absolut fit und gesund war.

Clay mochte – bis gestern zumindest – einiges für Stevie empfunden haben, aber es stand außer Frage, dass er Cordelia fest in sein Herz geschlossen hatte. Er beschützte sie und verteidigte sie, und er hörte ihr zu. Wie Paul es getan hätte, wenn er gekonnt hätte.

Was hätte Paul an ihrer Stelle getan? *Hätte er ein neues Kapitel begonnen, wenn ich gestorben wäre?* Sie wusste es nicht, doch sie hoffte, dass ihr Kind nicht mutterlos hätte aufwachsen müssen.

Hoffte, Paul wäre nicht so einsam gewesen, wie sie sich in den vergangenen acht Jahren gefühlt hatte.

Aber eines wusste sie genau: Niemals hätte er Cordelia dazu gezwungen, in einem Haus zu wohnen, von dem sie Alpträume bekam.

Clay hatte nebenan das Gespräch beendet, seine tiefe Stimme war verstummt. Jetzt konnte sie also schlafen. Aber dass sie körperlich zum Umfallen erschöpft war, schien ihren Verstand nicht zu kümmern.

Sie holte ihren Laptop aus dem Rucksack. Sie hätte sich mit jedem von Silas' Fällen, die sie sich noch nicht angesehen hatte, beschäftigen können, aber das stand im Augenblick nicht ganz oben auf ihrer Prioritätenliste.

Stattdessen rief sie eine Suchmaschine auf und gab die Daten für ein Haus mit drei Schlafzimmern ein. Izzy würde bei ihnen wohnen, bis sie heiratete und selbst eine Familie gründen wollte. *Und dann bin ich wieder allein.*

Stevie blickte auf die Wand, die sie von Clay trennte, und die Sehnsucht war so stark, dass sie sie fast schmecken konnte. Er fehlte ihr schon jetzt.

*Dann geh doch rüber. Sag ihm, was du empfindest.* Aber sie war sich einfach nicht sicher, was es war, das sie empfand – außer Angst. Davon empfand sie verdammt viel. Und Lust. Auf ihn. Auch verdammt viel. Aber Lust war ihm nicht genug.

Und für sie war es auch nicht genug. Das war ihr jedes Mal, wenn sie ihm eine Absage erteilt hatte, bewusst gewesen.

Als sie auf dem Boot seines Vaters ja gesagt hatte, hatte sie bestimmt keinen One-Night-Stand im Sinn gehabt, und genau das war es ja, was ihr so große Angst machte. *Siehst du? Also geh endlich rüber zu ihm. Sag ihm, was du empfindest.*

Sie rappelte sich hoch, hielt dann jedoch wieder inne, um zu überprüfen, welcher Impuls sie trieb. Clay war wichtig. *Sprich mit ihm, wenn dein Kopf wieder klarer ist.* Im Moment konnte sie sich um etwas kümmern, das einen nicht ganz so scharfen Verstand erforderte.

Ihre Internet-Suche ergab Hunderte von Kaufangeboten für Häuser. Methodisch sortierte sie nach Preis, nach Gegend. Nach möglichen Vorlieben kleiner Mädchen.

*Largo, Maryland*
*Montag, 17. März, 8.10 Uhr*

Dr. Sean, der Arzt, den Fletcher empfohlen hatte, hatte Hendersons Schulter endlich verbunden. »Sieht schon besser aus.«

Henderson kreiste vorsichtig mit der Schulter. »Und fühlt sich auch besser an.«

»Erstaunlich, was Antibiotika und ausreichend Schlaf bewirken können.« Dr. Sean ließ die benutzten Verbände in eine Plastiktüte fallen und band sie oben fest zu. »Wahrscheinlich wollen Sie die selbst entsorgen.«

»Ja, danke. Es ist auch für Sie besser, wenn es keine Beweise für meine Anwesenheit gibt.« Henderson machte sich Sorgen um den Verband, der am Tag zuvor im Key Hotel geblieben war, aber es war zu riskant, ihn zu holen. *Im Übrigen hat Westmoreland ihn vermutlich mitgenommen, als ihm klargeworden ist, dass ich um Haaresbreite entkommen bin.*

Der Mistkerl hatte die Reifen des gemieteten Camry aufgeschlitzt, so dass Henderson gezwungen gewesen war, ein anderes Auto kurzzuschließen und einen Lieferwagen zu stehlen. *Und um mein Leben zu rennen. Verraten von den einzigen Menschen, denen ich vertraut habe.*

In Seans Praxis, in der Fletcher anscheinend oft ehrenamtlich aushalf, hatte es keine Probleme gegeben. Die Klientel bestand hauptsächlich aus Mädchen, die entweder von ihren Zuhältern oder Freiern zusammengeschlagen worden waren, aus Süchtigen und aus schwangeren Mittelklasse-Teenies, die aus Verzweiflung nahezu alles getan hätten. Von Westmoreland war nichts zu sehen gewesen, was bedeutete, dass Fletcher diesen Unterschlupf tatsächlich nicht verraten hatte.

Dr. Sean setzte sich mit vor der Brust verschränkten Armen auf einen Hocker. Er konnte höchstens dreißig sein, sah aber bereits aus, als hätte er in sämtliche Abgründe des menschlichen Daseins geblickt. »Sie wissen wahrscheinlich, dass Ihr Lebenswandel zu einem raschen Tod führen kann.«

Henderson konzentrierte sich darauf, das Hemd anzuziehen und es zuzuknöpfen, ohne die frische Naht zu strapazieren. »Ich verspreche, mir in Zukunft keine Kugeln mehr einzufangen, großes Indianerehrenwort.«

Dr. Sean fand das anscheinend nicht witzig. »Ich rede nicht von Ihrem Berufsrisiko. Ich rede von Ihrer Leber. Sie ist vergrößert. Sie haben eine Zirrhose.«

»Erzählen Sie mir was Neues, Doc. Alles halb so wild. Ich habe Wodka in mich reingekippt, bevor ich herkam, weil ich keine anderen Schmerzmittel zur Hand hatte und es nicht mehr aushalten konnte.«

»Na klar. Wir beide kennen die Wahrheit. Sie trinken seit einiger Zeit auf Gewohnheitsbasis.«

Womit er recht hatte, aber deswegen mochte Henderson es noch lange nicht hören. »Ja, aber ich kann damit aufhören. Ich weiß schon, das sagt jeder, aber ich kann es wirklich. Sobald die Schusswunde verheilt ist, hör ich auf.«

Der Arzt verdrehte die Augen. »Nehmen Sie die Schmerzmittel nicht zusammen mit Alkohol ein, oder Ihr nächster Trip führt ins Leichenschauhaus.«

»Ja, ja, das höre ich öfter. Danke. Und wenn Sie demnächst Fletch mal wiedersehen, richten Sie bitte schöne Grüße von mir aus.«

Henderson zahlte die Rechnung aus einer Barschaft, die rasant zusammenschmolz, und durchquerte das Wartezimmer, in dem der Fernseher lief. Er war auf einen Lokalsender eingestellt, der eine typische Morgenshow zeigte: viel belangloses Gequatsche, wenig Nachrichten, die wirklich interessierten.

Zum Beispiel, welche Länder gerade nicht mitten in einer Revolution steckten. *Ich muss mich umorientieren und irgendwo neu durchstarten.*

Die Hand schon am Türknauf, erstarrte Henderson. Der Ansager hatte just einen Namen genannt, der sehr wohl interessierte. Hendersons Blick schoss zu dem Gerät, das in einer Ecke montiert war.

»... Anschläge am Wochenende. Sehen Sie um siebzehn Uhr unser Exklusivinterview mit Dr. Emma Townsend, die von den Medien als ›Florence Nightingale der Hafenschießerei‹ betitelt wurde. Unser Reporter Phin Radcliffe wird sich live exklusiv auf unserem Sender mit ihr unterhalten. Und nun das Wetter.«

Emma Townsend. Für einen kurzen Augenblick war sie im Fadenkreuz gewesen. *Ich hätte sie abknallen sollen, damit Mazzetti ihr zu Hilfe geeilt und zum leichten Ziel geworden wäre.*

Aber so war es eben nicht geschehen. Dennoch würde Townsend wissen, wo Mazzetti sich aufhielt. Und Mazzetti konnte ein Faustpfand sein, um Robinette dazu zu bringen, den Mordauftrag zu canceln.

Henderson lief hinaus. Um den Eingang der Praxis gab es keine Kameras. *Ich wäre gar nicht erst reingegangen, wenn die Eingänge überwacht worden wären.* Nach einem raschen Blick über den Parkplatz stand fest, welches Auto sich am schnellsten knacken ließ – ein rostiger Pick-up, der buchstäblich nur noch von ein paar Drähten zusammengehalten wurde.

Eine Minute später setzte Henderson mit der Schrottkiste rückwärts aus der Parklücke.

*Shit.* Auf den Beton war ›Dr. Sean‹ gepinselt. *Ausgerechnet dem Burschen, der mir hilft, klaue ich den Wagen. Nun ja, es war notwendig. Ich melde mich in seinem Sekretariat, wenn ich ihn nicht mehr brauche, damit sie wissen, wo sie ihn finden können. Herrje, ich tanke sogar wieder voll.*

Was ohnehin notwendig war. Die Tankanzeige stand auf Reserve. Henderson füllte an einer abgelegenen Tankstelle nach und suchte dann im Internet nach der Adresse des Fernsehsenders.

*Newport News, Virginia*
*Montag, 17. März, 10.15 Uhr*

Robinette parkte einen Block von seinem endgültigen Ziel entfernt. Er hatte sich bereits einen Maleroverall angezogen, den er in einem Baumarkt erstanden hatte. Niemand schenkte ihm einen zweiten Blick, als er auf der rollstuhlgeeigneten Rampe zum Haus hinaufging.

Beide Familienwagen standen in der Auffahrt, ein neuer Ford und ein Minivan, der mit einem Rollstuhllift ausgestattet war. Es war genau derselbe, den Brenda Lee seit Jahren fuhr, was insofern logisch war, als dass sie Westmoreland beim Kauf beraten hatte.

Robinette versuchte ein letztes Mal, Westmoreland auf dem Handy zu erreichen. Der Anruf ging direkt an die Mailbox, genau wie die letzten zehn Anrufe, mit denen er es versucht hatte, während er die ganze Delmarva-Halbinsel entlanggefahren war. Also war es nun an der Zeit, sich endgültig mit seinem ehemaligen Sicherheitschef auseinanderzusetzen.

Robinette glaubte nicht, dass Westmoreland das Land verlassen hatte. Robinette war kein Computercrack wie Wes, aber er wusste, wie man die Kreditkartenbewegungen überprüfte. Weder Westmoreland noch Robert Jones – der Name auf dem Pass, den Westmoreland benutzte, wenn er Fletchers Spezialformel vertrieb – hatte ein Flugticket gekauft.

Und selbst wenn Wes das Land verlassen hätte ... *Dann kommt er schon bald genug wieder zurück, und wenn auch nur, um sich an mir zu rächen.* Sobald er erledigt hatte, weswegen er gekommen war, würde Westmoreland reagieren. Dessen war Robinette sich sicher. *Dann werde ich mich um ihn kümmern.* Es widerstrebte ihm, jemanden auszuschalten, der ihm noch von Nutzen sein konnte, aber Westmoreland war es nicht mehr. Letztlich hatte Robinette Maynards Versteck allein gefunden. Westmoreland hatte er dazu nicht gebraucht.

Was Robinette jetzt allerdings brauchte, war einen verdammten Voodoo-Priester. Er war fast versucht, einen zu engagieren, um Maynard und Mazzetti mit einem Fluch zu belegen. Ihr Glück war unheimlich. Aber Maynard war darüber hinaus ein verdammt fähiger Mann.

*Schade, dass er nicht für mich arbeitet. Er ist jedenfalls besser zu gebrauchen als Westmoreland. Wo versteckst du dich, Wes?*

Mit dem Werkzeugkasten in der Hand schlenderte Robinette auf das bescheidene Haus zu. Er umrundete es, sah sich wie beiläufig um und leerte eine Flasche Brandbeschleuniger aus. Schließlich blieb er am Zähler stehen, tat, als wolle er ihn ablesen, und befestigte an der Gasleitung eine kleine Vorrichtung, die er aus Material aus dem Baumarkt und einem Elektrogeschäft zusammengebastelt hatte.

Anschließend fuhr er wieder davon und hielt nach mehreren Blocks an, um per Handy die Vorrichtung zu zünden. Eine kräftige Detonation erschütterte die Luft und schickte einen wunderschönen Feuerball gen Himmel.

*Game over, Wes. Zeit, nach Hause zu kommen.*

Nun musste er selbst nach Hause. In seinem Terminkalender stand ein Dinner mit einem Stadtdirektor um sechs. Wenn er zu spät kam, würde Brenda Lee ihm die Hölle heißmachen.

*Wight's Landing, Maryland*
*Montag, 17. März, 11.45 Uhr*

Der Duft von gebratenem Speck weckte Clay. Er wälzte sich herum und griff nach ihr, doch seine Hand tastete nur über eine leere Bettseite. Er hatte wieder davon geträumt, Stevie in den Armen zu halten, und sie hatte zu ihm aufgeblickt, als sei er für sie der einzige Mann auf der Welt. Doch es war wieder nur ein Traum gewesen.

Sein Rücken schmerzte nicht mehr, aber sein Schwanz machte das mehr als nur wieder wett. Er war so hart, dass es höllisch weh tat. Die Jogginghose, in der er geschlafen hatte, verbarg seine Erektion nicht einmal ansatzweise. Dass das Bad am Ende des Flurs noch feuchtwarm war und nach Stevies Shampoo roch, verbesserte seinen Zustand nicht. Im Gegenteil.

Mit denkbar schlechter Laune verließ er das Bad kurz darauf wieder. Er musste den Mistkerl, der gestern Nacht auf ihn geschossen hatte, so schnell wie möglich finden, damit er endlich gehen und Abstand zu Stevie kriegen konnte.

An der Tür zu seinem Zimmer blieb er stehen und überlegte, ob er eine Jeans anziehen sollte, verwarf den Gedanken aber wieder. Er würde in den Sportsachen bleiben. Sollte Stevie doch sehen, was sie anrichtete. Aber dann fiel ihm wieder ein, dass auch sein Vater unten sein würde, weshalb er leise vor sich hin schimpfend schließlich doch in seine Jeans stieg.

Ohne Hemd und Schuhe und extrem angespannt ging er hinunter. Er konnte sich selbst nicht leiden, wenn er so war. Er musste irgendwie Dampf ablassen. Vielleicht würde er die *Fiji* reparieren, sich freinehmen und mit seinem Vater angeln gehen. Oder in den Westen fahren und seine Tochter suchen. Vielleicht würde es ihm ja diesmal gelingen, Sienna zum Zuhören zu bewegen.

Stevie stand mit vor der Brust verschränkten Armen im Wohnzimmer und blickte durch das Panoramafenster hinaus auf die Bucht. Sie wirkte ratlos. Schweigend ging er an ihr vorbei Richtung Küche.

»Clay«, flüsterte sie hinter ihm. »Warte. Ich muss dir was sagen. Clay, bleib stehen ... unbedingt.«

Er ignorierte sie und ging weiter. Sie humpelte ihm nach, packte seinen Arm, um ihn zurückzuziehen, aber es war zu spät. Er stieß die Schwingtüren zur Küche auf und erstarrte.

Sein Vater war mit einer Frau in der Küche, und die beiden knutschten wild wie Teenager. Tanner hielt in der einen Hand einen Pfannenheber, in der anderen eine Brust. Die Hand der Frau war ein gutes Stück weiter abwärts gewandert.

Einen Augenblick lang starrte Clay die beiden fassungslos an.

Dann richtete er seinen Blick auf das Gesicht der Frau und wurde sich bewusst, dass er sie schon einmal gesehen hatte. Vor kurzem. Nur war sie anders gekleidet gewesen. Sie hatte nämlich einen Taucheranzug angehabt.

Deputy Nell Pearson. Die gegenwärtig ihre Hand im Schritt seines Vater hatte.

*Nell ist okay*, hatte sein Vater gesagt, als sie am Tag zuvor auf dem Anleger gestanden hatten. *Ich habe sie selbst überprüft.* Oh, na klar. Clay konnte es sich lebhaft vorstellen.

Hinter ihm sagte Stevie seufzend: »Ich hab ja versucht, dich aufzuhalten.«

Es wäre nicht nötig gewesen, sich umzuziehen, denn nun hatte er absolut nichts mehr zu verbergen. Seinen Vater mit einer anderen Frau zu erwischen war eine wahrlich ernüchternde Erfahrung.

Und eine, die ihn sauer machte. Ein Knurren drang aus seiner Kehle und riss seinen Vater in die Realität zurück. Tanner und Deputy Pearson fuhren schweratmend auseinander.

Tanner schloss die Augen. »Clay. Ich ... ich wusste nicht, dass du hier bist.«

»Offensichtlich«, gab Clay gepresst zurück. Mit verengten Augen wandte er sich der Frau zu. »Deputy.«

Nell, Mitte vierzig, war schlank und durchtrainiert, wo seine Mutter füllig gewesen war. Ihr Gesicht zeigte wenig Falten, und sie wirkte jünger, als sie war, was man von seiner Mutter nicht hatte behaupten können. Pearson war strahlend blond, während seine Mutter zu ihren grauen Haaren gestanden hatte. Seine wunderschöne Mutter war würdevoll gealtert, aber Pearson musste sich ohnehin noch kaum Gedanken darum machen. *Weil sie kaum älter ist als ich!*

»Was ist hier los?«, fragte Clay eisig, als Pearson ihn nun mit weit aufgerissenen Augen anstarrte.

Tanner warf ihm einen warnenden Blick zu. »Vorsicht, Junge«, sagte er leise, legte Pearson den Arm um die Schultern und zog sie an sich. »Es ist genau das, wonach es aussieht. Nell und ich sind ...« Er blickte mit einem kläglichen Lächeln auf die Polizistin herab. »Wie soll ich dich bezeichnen, Liebes?«

»Als Gefährtin«, sagte sie. »Ich habe schon viel von Ihnen gehört, Clay. Ich wollte wirklich nicht, dass Sie es auf diese Art erfahren. Ihr Vater und ich sind uns nah gekommen.«

»Das sehe ich«, bemerkte Clay kalt.

»Clay«, murmelte Stevie. Sie drückte seinen Oberarm. »Reg dich ab. Bitte.«

Clay schüttelte ihre Hand ab. Er musste raus. Musste explodieren. Er machte kehrt und marschierte auf die Hintertür zu, hörte aber das elende Geräusch ihres Stocks hinter sich. »Lass mich, Stevie«, knurrte er.

Er barst durch die Hintertür und wusste, dass er laufen musste, dass er sich verausgaben musste, dass er seine Wut verbrennen musste.

»Du hast keine Schuhe an, Clay. Du wirst dich erkälten oder dir was in den Fuß treten.«

Er wirbelte herum, sah Stevie in der Tür stehen und platzte. »Du bist nicht meine Mutter«, fauchte er. »Und als gute Freundin will ich dich nicht. Du willst Schutz von mir und ein bisschen Sex, um deinen Speicher wieder aufzufüllen, also tu jetzt nicht so, als würde es dich interessieren, wie es mir geht. Pack deine Sachen. Wenn ich zurückkomme, bringe ich dich in die Stadt zurück.«

Sie machte den Mund auf, klappte ihn aber wieder zu.

»Kluge Entscheidung«, sagte er barsch. Er kam bis zum hinteren Tor, als etwas den Zaun neben ihm traf. Sein Schuh. Der andere prallte kurz darauf ebenfalls vom Zaun ab.

Sie hatte einen gesunden Arm. Bei ihrer Treffsicherheit hätte sie ihm den Schuh auch gegen den Kopf werfen können. Rasch warf er einen Blick über die Schulter.

Stevie hielt eine Flakjacke in einer Hand, den Helm in der anderen. »Tu, was du willst«, sagte sie ruhig. »Aber lass dich nicht abknallen.« Sie ließ Jacke und Helm auf die Schwelle fallen und schloss die Tür.

*Montag, 17. März, 12.00 Uhr*

Stevie kehrte in die Küche zurück, wo Tanner und Deputy Pearson sich in den Armen hielten und schockiert schwiegen. Einen Moment lang sahen die drei einander prüfend an.

»Tja«, murmelte Stevie schließlich. »Wenn das keine blöde Situation ist.«

Deputy Pearson umklammerte Clays Vater, als wolle sie ihn stützen. »Tanner, setz dich«, befahl sie.

»Ich bin nicht gebrechlich, Nell, ich muss mich nicht setzen«, bellte Tanner, doch dann seufzte er. »Entschuldige. Ich wusste, dass er das nicht leichtnehmen würde. Aber eine solche Reaktion hätte ich nicht erwartet.«

Pearson strich ihm über den Arm. »Gib ihm Zeit. Er schafft das schon. Es muss ein Schock für ihn gewesen sein.«

*Kann man wohl sagen*, dachte Stevie.

Tanner schenkte sich eine Tasse Kaffee ein. »Ich setze mich draußen auf die Schaukel und warte, bis er zurückkommt.«

Die Tür fiel zu, und Stevie blieb mit dem Deputy allein. Nell wandte sich dem Herd zu und begann zu kochen. »Haben Sie Hunger, Detective?«

»Stevie, bitte. Und ja, ich habe einen Mordshunger. Aber für mich müssen Sie nicht kochen. Ich kann mir auch etwas in der Mikrowelle warm machen.«

»Ich koche immer, wenn ich nervös oder aufgewühlt bin«, erklärte sie. »In den letzten Tagen habe ich verdammt viel gekocht – seit Tanner mir gesagt hat, dass Clay mit Ihnen und Ihrer Tochter auf dem Weg hierher ist. Aber es hat sich gelohnt. Tanner hatte das Haus voll, so dass nichts, was ich aufgetischt habe, in den Müll gewandert ist.«

»Ah. *Sie* haben also gestern die Lasagne gemacht. Und den Eintopf, den wir bei unserer Ankunft gegessen haben. Sie sind eine großartige Köchin.«

»Danke.«

Stevie sah zu, wie Nell Eier verquirlte und sie in eine Pfanne gab, und musste an Izzy denken, die so gerne in der Küche hantierte. »Mich strengt Kochen nur an. Zum Glück macht das meistens meine Schwester. Sie wohnt bei uns.«

»Sie können sich glücklich schätzen, dass Sie jemanden haben, der auf Ihre Tochter aufpasst, wenn Sie zum Dienst müssen.«

»Meine Schwester Izzy macht das gerne. Und sie serviert mir Pfannkuchen mit Smiley-Gesichtern, damit ich nicht mehr so finster gucke. In den vergangenen Jahren hat sie die ziemlich oft gemacht, wenn ich so zurückdenke«, fügte sie reuig hinzu. »Haben Sie denn niemanden, der sich um Ihr Kind kümmert, wenn Sie arbeiten müssen?«

»Mein Sohn ist jetzt fünfzehn und kommt schon gut allein zurecht, aber Tanner sieht nach ihm, wenn es bei mir mal spät wird. Wenigstens habe ich recht regelmäßige Arbeitszeiten – einer der Vorteile, wenn man in einer Kleinstadt Dienst tut. Als ich noch in Boston bei der Abteilung Sexualverbrechen war, ließ sich der Feierabend kaum planen.«

»Und ... weiß Sheriff Moore das von Ihnen und Tanner?«

Nell schob ihr einen Teller mit luftigem Rührei über den Tisch. »Nein. Wir waren sehr diskret ... bis heute. Gott, was habe ich mir bloß dabei gedacht?«

»Nehmen Sie es mir nicht übel, Deputy, aber ich werde mich hüten, etwas dazu zu sagen.«

Nell lachte in sich hinein. »Kann ich verstehen. Und bitte nennen Sie mich Nell.«

»Gern.« Stevie nahm eine Gabelvoll vom Rührei und seufzte.

»Sie können wirklich verdammt gut kochen, Nell.«

»Ich gebe zu, dass ich einen Kurs belegt habe.« Sie nahm eine große Rührschüssel aus einem der Oberschränke. »Mein Mann war bei uns der Koch, Gott hab ihn selig. Nachdem ich ihn verloren hatte, musste ich kochen lernen, sonst wären mein Sohn und ich verhungert. Jetzt ist Ben alt genug, um selbst zu kochen, aber damals war er erst vier.« Sie kippte Sahne in die Schüssel und stellte sie unter die Küchenmaschine. »Jetzt wird es ein, zwei Minuten laut, aber geschlagene Sahne ist so viel besser.«

»Zu Rührei?«

Nell grinste. »Nein. Ich bin im Moment supernervös. Sie kriegen auch Pfannkuchen.«

Stevie sah zu, wie sie sich in der Küche bewegte, während der Mixer die Sahne schlug. Als die Maschine anhielt, stellte Stevie ihr die Frage, die ihr eine Minute zuvor in den Sinn gekommen war. Sie machte sich keine Gedanken, ob diese Frage angemessen war oder nicht, denn sie empfand eine Kameradschaft zu der Frau, die sie selbst erstaunte.

Vielleicht, weil sie beide ihren Mann verloren hatten. Vielleicht, weil Nell gestern gegen ihre Chefin und ihren Liebhaber für sie eingetreten war. »Wie ist Ihr Mann gestorben, Nell?«

»Durch einen betrunkenen Autofahrer. Er wollte Ben vom Fußballtraining abholen, kam dort aber nie an. Es war seltsam, dass einmal ich selbst die zu benachrichtigende Angehörige war.«

Stevie dachte an den Moment, als Hyatt vor ihr gestanden und sie voller Furcht angeblickt hatte. »Ja, das kenne ich.«

»Ich weiß.« Nell gab Zutaten in eine andere Schüssel und vermischte sie mit der Hand. »Als ich Tanner begegnete, war ich noch nicht bereit, mich wieder auf jemanden einzulassen.« Sie warf Stevie einen selbstironischen Blick zu. »Aber er blieb hartnäckig, bis aus meinem ›No, Tanner‹ ein ›Oh, Tanner‹ wurde.«

Stevie lachte. Nells direkter Humor gefiel ihr. »Ich mag Sie, Deputy. Nell.«

»Und ich Sie.« Nell sah aus dem Fenster der Hintertür und seufzte. »Meine Familie weiß auch noch nichts. Mein Sohn vermutet wohl etwas, aber natürlich fragt er nicht. Mit fünfzehn mag man sich nicht vorstellen, dass die eigenen Eltern ein Sexleben haben.«

»Mit einundvierzig wohl auch nicht«, ergänzte Stevie ruhig.

»Dass Sie nur ein paar Jahre älter sind als Clay, kommt bei ihm bestimmt nicht gut an.«

»Das verstehe ich ja. Aber ich kann an meinem Alter genauso wenig ändern wie Tanner.«

»Sie lieben ihn?«

»Aber ja. Er hat mir einen Antrag gemacht. Und ich habe ja

gesagt.« Nell lachte ein wenig atemlos. »Sie sind die Erste, der ich es erzähle.«

»Ich weiß diese Ehre zu schätzen. Und ich sage es nicht weiter, versprochen. Darf ich Sie noch etwas fragen?«

»Bitte.« Nell goss den flüssigen Teig in eine Pfanne.

»Hatten Sie Angst?«

»Vor Tanner? Vor Intimitäten? Davor, erneut jemanden zu verlieren? Ja zu allem. Obwohl ich glaube, dass ich am meisten Angst davor hatte, mir alles wieder zu versauen. Mein Mann und ich waren lange zusammen gewesen. Wir haben zusammen ein Kind bekommen, und er war ein toller Kerl. Und sehr geduldig mit seiner Polizisten-Ehefrau, die immer auf ›Kreuzzüge‹ ging, wie er es nannte. Mir gehen die Opfer unter die Haut, und dann ziehe ich los, um ihnen Gerechtigkeit zu verschaffen. Und ich habe immer gedacht, wie glücklich ich mich schätzen konnte, einen Mann zu haben, der mich trotz all meiner Macken liebte.«

»Ich kenne das Gefühl.«

»Das dachte ich mir. Irgendwann kapierte ich, dass ich überzeugt davon war, dass es nie wieder so gut sein könnte, und dass ich fürchtete, mir den Mann dadurch zu vergraulen.«

*Der Zweitbeste*, dachte Stevie. »Auch das Gefühl kenne ich. Der Mann, den man hatte, war der Gefährte fürs Leben. Wie soll man einen solchen noch einmal finden?«

»Nein, ganz so meinte ich es nicht. Meine Sorge war eher, wann Tanner es wohl herausfinden würde. Wann er endlich merken würde, was für ein schwieriger Mensch ich bin und wie anstrengend es ist, mit mir zu leben. Wann würde er merken, dass ich den ganzen Stress nicht wert bin?«

»Aber wieso das?«, fragte Stevie stirnrunzelnd. »Sie hatten doch zuvor eine gut funktionierende Ehe. Ihr erster Mann war der Ansicht, dass Sie es wert sind.«

Nell, die einen Teller in der Hand hielt, drehte sich um. »Aber er war ein Heiliger. Er liebte mich, obwohl ich ihn eindeutig nicht verdient hatte. Sie kennen das bestimmt – so was denkt man doch immer, wenn sie nicht mehr da sind.«

»Man ist auf der sicheren Seite, wenn man sich an das Gute erinnert«, murmelte Stevie. »Vor allem, wenn es wirklich gut war.«

»Genau. Ich war hochgradig angespannt und wartete die ganze Zeit über darauf, dass die Katastrophe über mich hereinbräche. Aber dann begriff ich endlich, dass Tanner mich nicht *trotz* all meiner Fehler liebt, sondern *weil* ich so bin, wie ich bin.«

Stevie starrte sie an. Ein Teil des großen Puzzles in ihrem Verstand kam mit Wucht herabgesaust und füllte eine große Lücke mit einer durchschlagenden Erkenntnis. »Sie hatten Angst, Sie würden in der nächsten Beziehung scheitern, weil das erste Mal Ihr Mann derjenige war, der sie getragen hat. Er hat die ganze Arbeit getan.«

»Ja«, sagte sie ruhig. »Aber ich habe mich geirrt. Und Sie tun das auch.« Sie ließ den Pfannkuchen auf den Teller gleiten, gab etwas Sahne darauf und stellte ihn vor Stevie auf den Tisch. Stevie schnappte nach Luft. Ihre Augen begannen zu brennen.

Der Pfannkuchen war ein Smiley, wie Izzy sie gerne machte, nur hatte dieser noch eine Frisur aus geschlagener Sahne. »Danke«, flüsterte sie.

Nell zuckte die Achseln. »Pfannkuchen sind leicht.«

Aber das hatte Stevie nicht gemeint. »Auch für den Pfannkuchen. Izzy wird die Idee mit den Haaren bestimmt begeistert übernehmen.«

Nell drückte ihre Schulter. »Ich muss jetzt los. Mein Dienst fängt bald an. Sagen Sie Clay, dass ich später mit ihm reden möchte.« Sie nahm die Kaffeekanne und ging hinaus, um Tanners Becher aufzufüllen, und als sie zurückkehrte, waren ihre Lippen sichtbar praller, der Blick verträumter. Anscheinend konnte Tanner küssen.

Wie der Vater, so der Sohn.

Stevie winkte ihr zum Abschied und machte sich über den Pfannkuchen her, während ihr plötzlich bewusst wurde, dass sie unbedingt zwei Dinge erledigen musste: Clay finden, um ihr Verhältnis zueinander wieder in Ordnung zu bringen, und ihre Schwester anrufen, um dasselbe zu tun.

Im Angesicht des lächelnden Pfannkuchens dachte sie an all das, was Izzy tat, ohne sich je zu beklagen. Sie hatte ihnen ein Zuhause geschaffen. *Und ich habe ihr noch nie wirklich dafür gedankt.* Von Anfang an hatte sie Stevie geholfen, Cordelia großzuziehen. Sie hatte sich längst das Recht verdient, in der Erziehung ein Wort mitzureden.

Stevie war am Samstag hart mit Izzy ins Gericht gegangen, auch wenn sie Izzys Entschuldigung angenommen hatte. *Sie hätte die Sache mit Cordelia und den Pferden nicht hinter meinem Rücken arrangieren dürfen, aber ...* Izzy hatte recht gehabt.

Stevie musste sich für ihre allzu barschen Worte entschuldigen, aber sie musste ihrer Schwester für alles danken, was diese in den vergangenen acht Jahren für sie getan hatte. Vor allem hatte Izzy getan, was für Cordelia das Richtige gewesen war, während Stevie nicht einmal das Problem gesehen hatte – von einer Lösung ganz zu schweigen.

Auch Clay hatte den klareren Blick bewiesen. Stevie musste andere Dinge mit ihm besprechen, aber das endgültige Ziel war dasselbe. Sie würde mit ihm reden, sobald er zurückkehrte. Blieb nur zu hoffen, dass er bis dahin etwas weniger wütend war.

Jetzt aber holte sie Tanners sicheres Festnetztelefon und wählte eine Nummer. »Hi, Izzy. Ich bin's.«

*Montag, 17. März, 13.05 Uhr*

Clay lief aufs Strandhaus zu, ohne sich um die gutmütig spöttischen Bemerkungen und Witzeleien von Josephs Agenten zu kümmern, die noch immer an der Stelle, an der der Schütze gelegen hatte, und am Anleger, wo die meisten Geschosse eingeschlagen waren, Spuren sammelten. Wahrscheinlich sah man nicht jeden Tag einen Mann ohne T-Shirt, dafür aber mit Flakjacke und Helm den Strand entlangrennen.

Und dank Stevie in Schuhen.

Inzwischen hatte er sich einen großen Teil der sexuellen Frustration abtrainiert und schämte sich höllisch. Er hatte seinem Vater vorgeworfen, genau das zu tun, wozu er Stevie zu drängen versucht hatte: über den Tod eines geliebten Partners hinwegzukommen.

Er stieß das Tor auf und blieb stehen. Sein Vater saß allein auf der Schaukel auf der Veranda, nippte an seinem Kaffeebecher und sah müde aus.

»Entschuldige bitte, Dad.« Clay ließ das Tor zufallen, zog Helm und Jacke aus und setzte sich neben Tanner auf die Schaukel. »Das war unmöglich von mir, und es tut mir furchtbar leid.«

»Schon gut. Ich wollte es dir schon das ganze Wochenende sagen, aber immer, wenn es gerade gepasst hätte, kam irgendwas dazwischen.«

»Ich bin froh, dass du nicht einsam bist. Wirklich, bitte glaub mir das. Ich habe mir oft Sorgen gemacht, weil du hier draußen so allein bist. Es war einfach ein ... Schock. Und dazu kam, dass ich schon mit äußerst bescheidener Laune in die Küche kam. Ich kann nur hoffen, dass ich dich und Deputy Pearson nicht durch meine Reaktion entzweit habe.«

»Du solltest sie Nell nennen.«

Clay spürte, wie er innerlich zur Ruhe kam. Sein Vater hatte den Namen fast ehrerbietig ausgesprochen. »Mach ich. Wo habt ihr euch kennengelernt und wann?«

»In einem Diner. Ich scheine Frauen ausschließlich in Restaurants kennenzulernen.«

Clay lächelte. Tanner hatte seine Mutter in einem Diner kennengelernt, weil sie dort gearbeitet hatte.

»Nell hatte in dem Laden Kaffee getrunken, und das tat ich auch. Wir fingen an, miteinander zu plaudern, und eins führte zum anderen.« Tanner hob die Schultern. »Es wird nie eine zweite Frau wie deine Mutter geben. Aber Nell ist ein guter Mensch. Durch sie freue ich mich wieder, morgens aufzuwachen. Bitte gib ihr eine Chance.«

»Das mache ich, versprochen.« Clay beugte sich vor und stützte die Ellbogen auf die Knie. »Willst du sie heiraten?«

»Ja, verdammt, ich will sie heiraten. Sie hat es ihrem Sohn noch nicht gesagt. Wir wollten erst mit dir reden.«

»Danke. Jetzt verstehe ich auch das Gespräch am Anleger. Sie wollte, dass du mir von der Tauchübung erzählst, aber du und Lou habt euch dagegen entschieden. Sie wirkte ziemlich aufgebracht.«

»War sie. Aber ich konnte sie wieder auf meine Seite ziehen«, fügte Tanner selbstzufrieden hinzu.

Clay verschluckte sich fast. »Danke, nein, das möchte ich gar nicht wissen.« Er blickte zum Boot hinüber, als ihm etwas einfiel. »Jedenfalls verstehe ich jetzt, wie die Schokokondome in die Schublade kommen.«

Jetzt war es an Tanner, sich zu verschlucken, und prustend spuckte er den Kaffee aus. Clay lachte und klopfte seinem Vater auf den Rücken. »Geschieht dir recht, alter Mann.«

»Lieber Himmel, Clay.« Tanner wischte sich die Lippen mit den Ärmeln. »Das war nur als Scherz gedacht«, stammelte er. »Zum Valentinstag.«

»Schön, dass wir mal drüber gesprochen haben«, sagte Clay grinsend und beugte sich wieder vor. »Ich hatte mir nämlich schon den Kopf zerbrochen, welche Frau sie dortgelassen haben könnte.«

»Als hättest du Unmengen hiergehabt«, brummte Tanner.

»Stimmt. Eine bist du mir jedenfalls voraus.«

Tanner seufzte. »Wie ich gestern Abend schon sagte, Junge: Es ist schwerer, als man denkt.«

»Das kann man wohl sagen. Ich komme mir vor wie ein Heuchler, dass ich auf dich sauer bin, weil du tust, was ich von Stevie verlange. Na ja, bei ihr ist es allerdings schon acht Jahre her, dass Paul Mazzetti gestorben ist.«

»In vieler Hinsicht ist es für sie wie gestern. Schau, ich bin Stevie zwar böse, weil sie dich im Dezember abgewiesen und dir damit so weh getan hat, aber eigentlich darf ich das gar nicht. Auch ich musste Nell erst lange überreden, und ihr Mann ist bereits elf Jahre tot. Außerdem musste ich einen neutralen Ort finden – einen, wo deine Mutter nie gewesen ist –, und das Boot war dafür perfekt. Ein guter Wein, ein gutes Essen ... Frauen muss man umgarnen, Junge.«

Clay schwieg einen Augenblick, dann sagte er: »Ich muss Stevie in die Stadt bringen, aber ich komme zurück, sobald ich kann. Ich möchte dich und Nell zum Essen einladen, um meine dumme Reaktion wiedergutzumachen, falls sie gewillt ist, noch einmal von vorne anzufangen.«

»Das ist sie. Das hat sie mir schon gesagt. Sie hat wirklich ein gutes Herz.«

Clay drehte den Kopf, um seinen Vater anzusehen. »Ich kann mir auch nicht vorstellen, dass dich ein anderer Typ Frau reizen würde.« Er kam auf die Füße und griff nach Jacke und Helm. »Mir ist kalt. Ich gehe rein und packe den SUV. Mir wäre es lieber, wenn du nicht hierbliebest. Der Täter von gestern könnte wiederkommen. Kannst du vielleicht zu Nell gehen?«

»Ja, sie besteht sogar darauf. Und sie meint, ich dürfte auch Colombo, Lacey und die Welpen mitnehmen. Allerdings muss ich auf der Couch schlafen. Wir wollen es wegen ihres Sohns jugendfrei halten.«

Clay verzog das Gesicht zu einem schiefen Grinsen. »So genau will ich das gar nicht wissen. Aber ich freue mich für dich, Dad. Wirklich.« Doch als er zurück in die Küche ging, spürte er sehr deutlich, dass er sich erst noch daran gewöhnen musste, seinen Vater mit einer Frau zu sehen, die nicht seine Mutter war.

Stevie saß am Tisch und telefonierte. Sie hob den Blick, musterte ihn fragend, dann schienen sich ihre Schultern leicht zu entspannen. »Ich muss jetzt auflegen«, sagte sie in den Hörer. »Ich werde mich darum kümmern und dich anschließend zurückrufen. Ich liebe dich.« Sie lauschte, lächelte und drückte das Gespräch weg.

»Wer war das?«, fragte er, als sie nichts weiter sagte. Er empfand keine Eifersucht wegen der drei kleinen Worte, die sie zum Abschied gesagt hatte – er hatte aus ihrer Stimme herausgehört, dass es um Familie ging –, sondern nur Sehnsucht.

»Izzy. Sie möchte meine Eltern mit zu Daphnes Farm nehmen, aber nicht riskieren, dass man ihr folgt. Ich wollte Grayson anrufen und ihn bitten, sie dorthin zu bringen.«

»Grayson ist bereits dort. Er hat mir eine SMS geschickt, dass er Paige vom Krankenhaus hingefahren hat. Sie hielten es für sicherer, wenn sie sich dort erholt statt in ihrem Haus in der Stadt.«

Sie zog die Brauen zusammen. »Wie schlimm ist die Schusswunde denn?«

»Es war nicht nur ein Kratzer, aber auch nicht so schlimm, dass sie stationär behandelt werden musste. Man hat die Kugel rausgeholt und sie dann gehen lassen. Aber sie wird ein paar Tage nicht voll einsatzfähig sein.«

Ein Anflug von Angst schlich sich in ihre Stimme. »Und wer bewacht dann Cordelia?«

»Joseph hat zwei seiner Agenten auf der Straße postiert, die zur privaten Zufahrt der Farm führt. Drinnen ist Lou mit Emma und Christopher bei Cordelia. Außerdem sind auch Maggie VanDorn und Alec dort. Maggie kann ziemlich gut mit einem Gewehr umgehen, und auch Alec weiß, wie man sich verteidigt.«

Sie entspannte sich sichtlich. »Wie lange kann Sheriff Moore dortbleiben?«

»Nicht viel länger, aber mach dir keine Sorgen. Mir war bereits klar, dass ich jemanden brauche, der Paiges Platz einnimmt. Ich habe meinen Freund Ethan Buchanan in Chicago angerufen, bevor ich mich hingelegt habe, und ihn gebeten, den Job zu übernehmen.« Er sah zur Wanduhr. »Er müsste in ungefähr einer Stunde in Baltimore landen. Du kannst Izzy sagen, dass er sie und eure Eltern auf dem Weg zur Farm abholt.«

»Danke, ich rufe sie schnell zurück.« Sie hielt das Handy hoch. »Ich habe eine Nachricht von Emma bekommen. Phin Radcliffe hat die Chance auf ein Exklusiv-Interview begeistert ergriffen. Er wird um Viertel nach vier im Peabody Hotel sein, um alles vorzubereiten. Grayson hat in Emmas Namen angrenzende Räume auf der Penthouse-Ebene angemietet. Er will dort auf uns warten.«

»Dann lass uns zurück in die Stadt fahren. Je eher wir die Falle einrichten, umso schneller können wir den Kerl schnappen und unser Leben fortsetzen.« Er wandte sich ab, bevor er einknickte und sie anflehte, dieses Leben mit ihm gemeinsam anzugehen. Nicht schon wieder. Er hatte wirklich genug. »Wir fahren in fünfzehn Minuten los. Mach dich bitte fertig«, sagte er mit einem flüchtigen Blick über die Schulter.

*Baltimore, Maryland*
*Montag, 17. März, 16.00 Uhr*

Sam Hudson saß auf einer Bank vor dem Polizeirevier und starrte auf die Nummer, die er gewählt hatte. Bevor er es sich anders überlegen konnte, drückte er auf Wählen.

»Charm-City-Versicherungen, Dion Raines am Apparat. Was kann ich für Sie tun?«

*Mich hoffentlich retten.* »Dion, Sam Hudson hier. Wir kennen uns von der Highschool, erinnerst du dich?«

Es entstand eine kurze Pause. Dann: »Sam, klar. Wir waren zusammen im Ringer-Team. Wir haben es bis zu den Landesmeisterschaften gebracht!«

»Genau. Coole Zeiten waren das.« Sam lächelte schwach. »Ich hoffe, ich störe nicht, aber ich wollte dich etwas zu deiner Junggesellenparty damals fragen.«

»Meine Junggesellenparty? Wie kommst du denn jetzt darauf?«

»Ach, das ist eine lange Geschichte, und ich will dich damit nicht langweilen.« Fast hätte er doch auf die Lüge zurückgegriffen, die Thomas Thorne ihm vorgeschlagen hatte: dass er selbst eine Party für einen Freund geben und nun Informationen über das Rabbit Hole einholen wollte. Aber er war zu dem Schluss gekommen, dass er genug von Lügen oder Halbwahrheiten hatte. »Vor allem möchte ich wissen, *wo* du gefeiert hast.«

»Wo?«, fragte Dion verunsichert. »Na ja, wir waren zuerst bei einem Länderspiel und sind dann in eine Bar ganz in der Nähe des Stadions gegangen. Aber ernsthaft, Sam, warum willst du das wissen?«

Sam schauderte vor Erleichterung. Ein Fußballspiel. Nicht das Rabbit Hole. »Weil ich ein paar Tage vor deiner Party einen Anruf von einem Kerl bekam, der sagte, er sei der Bruder deiner Braut und würde jeden aus der Ringermannschaft zu dem Junggesellenabschied einladen.«

Am anderen Ende der Leitung war es lange still. »Meine Frau hat keinen Bruder«, sagte Dion schließlich. »Sag mal, steckst du in Schwierigkeiten?«

Wieder durchfuhr ihn ein Schub Erleichterung, unmittelbar gefolgt von Zorn. »Nein. Aber durchaus jemand anderer.« Wer immer ihn in die Falle gelockt hatte. »Ich bin in eine bestimmte Bar gegangen, um mit dir zu feiern. In dieser Nacht hat man mir etwas gestohlen.« Eineinhalb Tage seines Lebens. Seinen Seelenfrieden. *Und meinen Vater.* Sam hatte den Mistkerl gehasst und war nicht traurig, dass er tot war, aber er konnte es auch nicht ertragen, dass seine Mutter trauerte. »Vor kurzem hat man es mir zurückgegeben – anonym –, und nun versuche ich herauszufinden, wo es in den vergangenen acht Jahren gewesen ist.«

»Wow. Also das ist ja ... unglaublich. Ich schwöre dir, dass ich nichts von diesem Anruf wusste. Und ich habe auch nicht gehört, dass jemand anderer angerufen worden wäre. Seltsam, dass jemand ausgerechnet meinen Junggesellenabschied benutzt hat, um dir was zu stehlen. Hey, danke übrigens, dass du zu mir kommen wolltest, Mann. Tut mir echt leid, dass ich dich nicht eingeladen habe damals, aber wir hatten uns seit dem Highschool-Abschluss nicht mehr gesehen.«

»Macht nichts. Herzlichen Glückwunsch nachträglich zur Hochzeit. Und danke. Wenigstens weiß ich jetzt, wo ich anfangen kann, den Mistkerl zu suchen.« Sam legte auf und fing an zu zittern.

*Warum ausgerechnet Dion Raines?* Es war doch ein ungeheures Risiko gewesen, ihn damit ins Rabbit Hole zu locken. Er hätte schon damals Dion anrufen können, um sich zu vergewissern.

*Nein*, fiel ihm plötzlich wieder ein. *Hätte ich nicht.* Es sollte eine Überraschungsparty werden. Der Anrufer hatte ihn gebeten, nicht bei Dion nachzuhaken, um ihm die Überraschung nicht zu verderben.

*Man hat mir eine Falle gestellt.* Aber warum? Und wer? Sein Vater war tot. *Entweder wollte jemand, dass ich für den Mord an ihm geradestehe oder ... was?* Es hatte wahrscheinlich eine Menge Dealer gegeben, denen sein Vater Geld schuldete, trotzdem hieß das nicht zwingend, dass sie ihn umbringen wollten. Ihr Geld hätten sie dadurch ganz bestimmt nicht bekommen. *Und selbst wenn irgendein Dealer für den Mord verantwortlich war, wieso sollte er dann mich in die Sache hineinziehen?*

Genau das war die entscheidende Frage.

»Hey, Hudson, alles okay mit dir?«

Sam schaute auf und entdeckte Ruby Gomez vor sich – heute ohne rote Nägel. Sie war also noch im Dienst. »Ja, ich glaube schon«, sagte er nachdenklich. »Was tust du denn hier?«

»Ich musste einen Bericht für Hyatt abgeben und sah dich hier sitzen. Du bist so blass wie die Leichen, die ich im Kühlhaus hin- und herfahre. Hast du deinen Kumpel Dion angerufen?«

Er hatte ihr am Abend zuvor die ganze Geschichte erzählt, und als er sie gebeten hatte, mit ihm ins Rabbit Hole zu gehen, hatte sie sofort eingewilligt. »Ja. Gerade. Es hat keine Party stattgefunden, und seine Frau hat nicht einmal einen Bruder.«

»Das ist doch eine gute Nachricht. Ich habe in einer Stunde Dienstschluss. Wo sollen wir uns treffen?«

»Hast du Lust, mich zu Hause abzuholen? Ich schicke dir meine Adresse per SMS.«

»Fein. Ich ziehe mir dann bei dir schnell noch was Passendes für das Rabbit Hole an.«

Sam verzog unwillkürlich das Gesicht bei dem Gedanken daran, was in ihren Augen für ein solches Etablissement passend sein mochte. »Das brauchst du doch nicht.«

Sie grinste. »Ich habe schon eine Tasche dabei. Und doch, das muss ich, wenn ich Antworten will, die die Leute dort einem

Cop nicht geben würden. Du bleibst im Wagen, denn du dünstest diesen Jim-Friday-Charme aus.« Sie stakste hölzern auf und ab. »›Nur die Fakten, Ma'am‹«, verlangte sie mit tiefer, schroffer Stimme.

»Das war Detective Sergeant *Joe* Friday vom Los Angeles Police Department, wenn auch nur im Film«, verbesserte er sie grinsend, und auch sie lächelte. »Aber, sag mal ... warum hast du Hyatt den Bericht eigentlich persönlich gebracht? Hättest du ihn nicht mailen können?«

»Es war der Autopsiebericht von Phil Skinner. Der Polizist, der gestern Selbstmord begangen hat. Hyatt und das gesamte BPD sind aus dem Verteiler genommen worden. Die State Police leitet die Ermittlung, weil möglicherweise jemand von der IA beteiligt war. Aber ich kenne Hyatt schon lange. Er macht sich große Vorwürfe, dass er von Skinners Medikamentensucht nichts bemerkt hat. J.D. ist auch ziemlich fertig – er hat gesehen, wie Skinner sich die Waffe in den Mund gesteckt hat. Ich wollte den beiden helfen, vielleicht etwas zur Ruhe zu kommen. Es hat sich herausgestellt, dass Skinner schon seit einiger Zeit abhängig war. Sie hätten nichts daran ändern können.«

»Bekommst du nicht Ärger, wenn du dich über die Vorschriften hinwegsetzt?«

»Wahrscheinlich schon – falls jemand es herausfindet. Daher die persönliche Übergabe.«

»Du bist ein netter Mensch, Ruby«, sagte Sam ernst.

Sie lächelte. »Danke. Wie ich schon gestern sagte – nachdem ich den ganzen Tag mit toten Cops zu tun hatte, wollte ich gerne ein paar lebenden helfen. Wir sehen uns in einer Stunde bei dir zu Hause.«

## 21. Kapitel

*Baltimore, Maryland*
*Montag, 17. März, 16.05 Uhr*

Henderson setzte sich in Dr. Seans Pick-up kerzengerade auf. Radcliffe, Lokalmatador der hiesigen Nachrichten, verließ das Sendergebäude und ging mit seinem Kameramann zu einem TV-Transporter. Es war höchst unwahrscheinlich, dass Radcliffe sich jetzt noch auf den Weg zu einer anderen Story machte; dazu war die Zeit zu knapp.

Was bedeutete, dass das Interview mit Dr. Townsend woanders stattfinden musste.

Henderson startete den Wagen und folgte dem Transporter in sicherem Abstand. Eine Viertelstunde später fuhr der Wagen in die Tiefgarage des Peabody Hotels. Schick. Aber zu viele Kameras.

Henderson zog die Baseballkappe tief ins Gesicht und kreiste gemächlich durch die Garage, als wäre er auf der Suche nach einem Parkplatz, während Radcliffe und der Kameramann ihre Ausrüstung zum Fahrstuhl schafften. Sobald sich die Türen hinter ihnen schlossen, blieb Henderson mit dem Wagen nah genug vor dem Fahrstuhl stehen, um die Leuchtanzeige erkennen zu können.

*Verdammt.* Sie fuhren nur in die Lobby. Das Peabody war bei der Prominenz wegen seiner Privatsphäre beliebt, denn Gäste konnten mit ihrem Kartenschlüssel von der Garage direkt bis in ihr Zimmer gelangen, ohne erst die Eingangshalle durchqueren zu müssen. Aber wie es aussah, würden die Reporter zu Townsends Zimmer begleitet werden.

Henderson parkte den Truck, zog den Schirm der Mütze noch ein Stück tiefer, nahm einen anderen Fahrstuhl in die Lobby und kam gerade noch rechtzeitig an, um zu sehen, wie Radcliffe und der Kameramann in eine weitere Fahrstuhlkabine geleitet wurden ... und zwar von niemand anderem als Clay Maynard, Mazzettis Bodyguard.

*Ja, verflucht noch mal.* Vielleicht war Mazzetti auch hier. Henderson beobachtete, wie der Lift hinauffuhr, bis das Display »PH« anzeigte. Das war nur logisch. Das Penthouse bot die höchste Sicherheitsstufe.

Dort hineinzukommen würde höllisch schwer werden. Und Mazzetti herauszulocken noch mehr. *Aber ich habe keine Wahl.* Solange Robinette alle Fäden in den Händen hielt, hatte Henderson keine Chance, das Land lebend zu verlassen.

*Ich warte, bis das Interview vorbei ist. Dann bin ich dran.*

Henderson ging zur Bar, ließ sich auf einen Barhocker nieder und registrierte erleichtert, dass der Fernseher auf die Lokalnachrichten eingestellt war. Der Barkeeper schaute auf.

»Ein Wasser, bitte.« Es war Zeit für eine von Dr. Seans Schmerztabletten, und sosehr Henderson sich nach einem Drink sehnte, so war es tatsächlich keine gute Idee, Pillen in Alkohol aufzulösen.

Der Barmann schob das Glas über die Theke, während er einen Blick auf den Bildschirm warf. »Normalerweise schalte ich das Ding nicht an, aber bei allem, was in den vergangenen Tagen passiert ist, kann es nicht schaden, auf dem Laufenden zu bleiben.«

»Prima Idee«, murmelte Henderson.

Als auf das Interview mit Dr. Townsend hingewiesen wurde, spitzte der Barmann die Ohren. Er wandte sich um, um den Bildschirm besser sehen zu können. »Dr. Townsend ist hier bei uns zu Gast«, erklärte er. »Nette Frau, wirklich. Sie ist vorhin mit ihrem Mann hergekommen. Das Restaurant war schon zu, aber die beiden hatten solchen Hunger, dass ich ihnen hier etwas serviert habe. Sie war noch immer ziemlich aufgewühlt, die Arme. Sie war nämlich am Samstag im Harbor House, als dieser Irre um sich geschossen hat. Sie hat einem der Opfer Erste Hilfe geleistet.«

»Scheint ja ein guter Mensch zu sein.« *Schade, dass sie bald* sterben würde. Wenn Henderson Mazzetti herausholte, durften keine Zeugen am Leben bleiben, die den Cops etwas erzählen konnten.

Der Barkeeper beugte sich vor und senkte vertraulich die Stimme. »Es heißt, dass die Frau, mit der sie am Tisch gesessen hat, das eigentliche Ziel war. Die Polizistin.«

»Ja, davon habe ich gehört. Muss schlimm für die Frauen sein. Und natürlich für die Opfer.«

»Ja, allerdings. Entschuldigen Sie mich. Ich muss mich um einen anderen Gast kümmern.«

Henderson machte es sich bequem. Hier ließ es sich ein Weilchen aushalten. Der Barkeeper war redselig, was gut war. Redselige Leute neigten dazu, wichtige Sicherheitsdetails preiszugeben, ohne es zu bemerken.

Das Vibrieren des Handys in Hendersons Tasche war unerwartet und ärgerlich. Nur Fletcher hatte die Nummer von diesem neuen Prepaidhandy, aber die Nummer auf dem Display war eine andere. »Hallo?«

»Ich bin's, Westmoreland.«

»Woher hast du diese Nummer?« *Fletch, ich bring dich um.*

»Von Fletcher. Hör mir zu. Du bist in Gefahr.«

»Ach.« Henderson blickte sich um in der Erwartung, in den Lauf einer Waffe zu sehen. »Wo bist du?«

»Irgendwo über dem Pazifik.«

Henderson blinzelte. »*Was?*«

»Mir reicht's. Ich bin raus. Ich wollte dir nur sagen, dass du dir meinetwegen keine Sorgen machen musst. Du hast nicht verdient, was er mit dir vorhat.«

»Und was bin ich dir für diesen Akt der Gnade schuldig?«, fragte Henderson beißend.

»Einen Gefallen, auf den ich gleich zurückkomme.«

Henderson schnaubte. »Vergiss es. Ich kenne dich.«

»Einen Scheiß kennst du«, antwortete er gepresst. »Das Haus meiner Eltern in Newport News ist heute Morgen in Flammen aufgegangen. Er war es.«

»Mein Gott. Ist ihnen etwas passiert?«

»Nein. Sie waren gar nicht in der Stadt.«

»Gut. Aber was hat das mit mir zu tun?«

»Nichts. Alles. Meine Mutter sitzt im Rollstuhl. Wenn sie zu Hause gewesen wären, hätte mein Vater sie nicht rechtzeitig ins Freie bekommen.«

»Aber wieso hat er das getan? Wusste er, dass du ausgestiegen bist?«

»Ja. Deswegen hat er es getan. Ich schicke dir eine Adresse per SMS. Da findest du alles Nötige. Sozusagen ein Care-Paket.«

»Und was ist drin?«, fragte Henderson misstrauisch.

»Alles, was du brauchst, um ... die Bedrohung zu eliminieren.«

*Ah.* Robinette zu eliminieren war der Gefallen. »Waffen? Geld? Einen Pass?«

»Ja, was die ersten beiden angeht. Genug vom Zweiten, um sich Letzteren zu verschaffen.«

»Warum?«, fragte Henderson noch misstrauischer.

»Weil wir beide dasselbe wollen.«

Das mochte inzwischen sogar der Wahrheit entsprechen. Gestern, als Westmoreland mit einem Exekutionsauftrag ins Key Hotel gekommen war, war das allerdings noch anders gewesen. Henderson stand auf und ging in eine geschützte Ecke. »Verzeih mir, wenn es mir schwerfällt, das zu glauben, wo du mich gestern noch abknallen wolltest.«

»Das hatte ich gar nicht vor. Ich habe Robinette gesagt, dass ich mir Sorgen mache, weil du mit mieser Laune durch die Gegend rennst, und dazu stehe ich. Ich habe ihm auch gesagt, dass du die Sache wahrscheinlich von vornherein anders geplant hättest, wenn du über den Bodyguard informiert gewesen wärst. Ich hatte vor, dir beim Aussteigen zu helfen.«

»Und warum hast du dann meine Reifen aufgeschlitzt?«

»Weil ich wusste, dass du abhauen würdest, bevor ich noch mit dir reden konnte.«

»Und der Typ an der Rezeption vom Key Hotel? Wie ich gehört habe, ist es nicht gut um seinen Gesundheitszustand bestellt.« Er war laut Nachrichten ›bei einem Raubüberfall erschossen‹ worden. Fletcher hatte davon gesprochen.

Fletch hatte dieser Mord schwer mitgenommen, was merkwürdig war in Anbetracht der Tatsache, dass die Spezialformel das Potenzial besaß, weit mehr als nur einen pickeligen Aushilfsrezeptionisten zu töten.

»Du hast dem Kerl mein Bild gegeben«, sagte Wes, »und ihn bezahlt, damit er dich warnt, wenn ich komme. Er hätte mich leicht identifizieren können. Und dich auch. Was hätte ich denn sonst tun sollen? Ihn freundlich bitten, den Mund zu halten?«

*Okay, das kann ich ihm abnehmen.* Vor allem, da auch Henderson den Burschen nicht am Leben gelassen hätte. »Na gut, wie auch immer. Selbst wenn ich dir glauben würde, was ich nicht tue, erwarte nicht, dass ich dir danke.«

»Ich brauche deinen Dank nicht. Ich brauche deine Fähigkeiten. Meine Familie ist im Augenblick zumindest sicher, aber ... bleib mal eben dran.« Eine Pause. »Ich musste einem Flugbegleiter ausweichen. Du willst die Wahrheit hören, ja, Henderson? Okay. Er hat den Verstand verloren. Er traut keinem mehr und macht verdammt riskante Dinge.«

»Als da wären?«

»Hast du von den zwei Cops gehört, die man in Maynards Haus gefunden hat? Tot?«

»Ja. Ich hab's in den Nachrichten gesehen.« Man hatte beiden Männern das Genick gebrochen. »Ich dachte mir schon, dass es Robbie gewesen ist. Sein Markenzeichen.«

»Tja, aber er hätte nicht einmal dort sein sollen. Er hat mich dorthin geschickt, damit ich herausfinde, wo Maynard Mazzetti versteckt hält, und mir befohlen, mich stündlich bei ihm zu melden. Als ich das nicht gleich tat, ist er auf die Suche nach mir gegangen. Ich hatte den Alarm in Maynards Haus mit Absicht ausgelöst, weil ich ihn zu Hause abpassen wollte.«

»Um ihm zu Mazzetti nachzufahren«, murmelte Henderson. »Clever.«

»Hat nur leider nicht geklappt. Robbie tauchte auf, als ich

weg war, dann kamen die zwei Cops. Und er ...« Er ließ den Satz offen. »Na ja, du weißt schon. Dann rief er mich an und tat, als würde er gar nichts darüber wissen. Ich erzählte ihm, dass ich nichts gefunden hätte und versuchen würde, mich in Maynards Geschäftsserver zu hacken. Habe ich aber nicht. Stattdessen bin ich direkt zu meinen Eltern gefahren, um ihnen ans Herz zu legen, Urlaub zu machen. Hast du von dem Vorfall vor dem Haus des Polizisten von der Dienstaufsicht gehört?«

Von Scott Culps Ermordung hatte Henderson aus dem Radio erfahren. »Die Schießerei, bei der ein Scharfschütze der Polizei verwundet wurde und Mazzetti und Maynard im Auto entkommen konnten? Das war auch er? Du hast recht, dann hat er wirklich den Verstand verloren.«

»Nicht wahr? Auch wenn du keine Familie hast, wird er einen Weg finden, dich zu treffen. Wir müssen ihn aus dem Verkehr ziehen.«

»Du hast leicht reden. Du bist bald auf einem anderen Kontinent.« Henderson schnaufte frustriert. »Ich denk drüber nach. Du hörst von mir, wenn ich mich dazu entschließe, die Sache in die Hand zu nehmen.«

»Du brauchst mich nicht zu kontaktieren. Ich werde es auch so erfahren.«

Henderson senkte langsam die Hand mit dem Telefon und blickte auf das Display, das die eingehende Nachricht anzeigte – die Adresse für das »Care-Paket« in Towson, ungefähr eine halbe Stunde Fahrzeit von hier entfernt. Westmoreland war ein schlauer Mistkerl. *Wer weiß, ob das nicht eine Falle ist.* Da war eine schnelle Gegenprobe erforderlich. Henderson loggte sich mit dem Telefon ins Netz ein, tippte »Newport News« und »Hausbrand« ein und wartete.

Und tatsächlich war Westmorelands Elternhaus bis auf die Grundmauern niedergebrannt. Die Nachbarn waren schockiert, aber auch erleichtert. Ausgerechnet am Abend zuvor war das ältere Paar in Urlaub gefahren. »Was für ein Glück«, wurde eine

Nachbarin zitiert. »Mrs. Westmoreland sitzt im Rollstuhl. Sie hätte es nicht lebend hinausgeschafft.«

Eine zweite SMS ließ das Handy vibrieren. *Hoffe, du hast das mit dem Haus meiner Eltern überprüft und weißt, dass ich nicht lüge. Er hat Leute an den Flughäfen postiert, die nach dir Ausschau halten. Wo immer du dich verstecken willst, er findet dich. Du kannst nicht entwischen. Du musst dich um ihn kümmern.*

Na toll. *Danke, Wes, dass du mir keinen Druck machst.*

Der Fernseher über der Bar zeigte plötzlich Phin Radcliffe, der für sein Fünf-Uhr-Interview mit Emma Townsend warb.

Mazzetti war in der Nähe. Wahrscheinlich sogar dort oben in der Penthouse-Suite. Henderson konnte es fühlen. *Also halte dich an deinen Plan. Mazzetti ist dein Ticket in die Freiheit.* Aber Westmorelands Care-Paket mochte bei diesem Plan sehr nützlich sein.

*Montag, 17. März, 16.55 Uhr*

Brenda Lee schloss Robinettes Bürotür hinter sich. »Robbie! Bist du eigentlich total verrückt geworden?«

Robinette nahm den Zauberwürfel in die Hand und sah Brenda Lee mit mildem Erstaunen an, als sie ihren Rollstuhl vor seinem Schreibtisch stoppte. »Ganz und gar nicht. Warum?«

»Du hast gestern mit einem sehr einflussreichen Mann zu Abend gegessen. Du hast ihm gesagt, du würdest überlegen, für ein Amt zu kandidieren. Warum hast du nicht erst mit mir gesprochen? Ich musste es aus der Zeitung erfahren! Und dann bist du heute den ganzen Tag einfach unauffindbar. Wo warst du? Ich habe mehrmals versucht, dich zu erreichen.«

Er beschloss, die Frage, wo er gewesen war, zu ignorieren. Brenda Lee würde wohl kaum gutheißen, was er mit Westmorelands Elternhaus angestellt hatte. Was das politische Amt anging, konnte er antworten.

»Lisa hat das eingefädelt. Es war eine spontane Angelegenheit.« Er neigte den Kopf. »Ich muss dich nicht um Erlaubnis fragen. Ich arbeite schließlich nicht für dich, sondern du für mich, vergiss das bitte nicht. Und nun, falls es sonst nichts mehr gibt ...« Sie sah ihn perplex an. »Dann sieh zu, dass du Land gewinnst? Wolltest du das sagen?«

»So hätte ich es nicht ausgedrückt, aber ... ja.« Er hatte zu tun. Sein morgendliches Abenteuer war nicht so gelaufen, wie er es sich erhofft hatte. Westmorelands Eltern waren nicht daheim gewesen, sondern zu einem spontanen Urlaub aufgebrochen, und der Tatort wurde auf Brandstiftung untersucht. Robinette hatte sich keine Mühe gegeben, die Tat zu verschleiern. Er hatte Wes eine Lektion erteilen wollen, doch sein Sicherheitsmanager war ihm einen Schritt voraus gewesen. Dennoch hatte der Brand seinen Zweck erfüllt. Robinette kannte Westmoreland lange genug, um zu wissen, dass der Mann diesen Angriff auf seine Familie nicht einfach so stehen lassen würde. Er würde kommen, um sich zu rächen. *Und ich kann sehr geduldig sein.*

Aber nun musste er überlegen, was er wegen Mazzetti unternehmen sollte. Seine Fahrt zu den Westmorelands hatte außerdem dazu gedient, ihn auf einem Weg aus der Gefahrenzone zu bringen, den die Ermittler von Tanner St. James' Haus am wenigsten erwartet hatten. Sie hatten auf der Bay Bridge in Richtung Westen zurück in die Stadt nach ihm gesucht.

Stattdessen war Robinette in Richtung Süden nach Virginia gefahren und dann durch den Tunnel zurückgekehrt. Natürlich gab es auch dort eine Mautstelle mit Kamera, aber er hatte sein Gesicht verborgen, als er daran vorbeigefahren war. Es konnte kein erkennbares Foto existieren.

Dennoch musste er endlich an Mazzetti herankommen. Falls sie sich noch immer im Strandhaus aufhielt, war sie mit Sicherheit in höchster Alarmbereitschaft. Ganz zu schweigen davon, dass es auf dem Grundstück nur so von Polizisten wimmelte: BPD, FBI und die örtlichen Sheriffs.

Brenda Lees Stimme störte seine Gedanken. Sie sah ihn derart fassungslos an, als hätte er den Verstand verloren. »Dir ist doch klar, dass du deine Finanzen offenlegen musst, wenn du dich für ein Amt bewirbst, ja?«

*Was?* Oh, sie war noch aufgebracht wegen dieser Politikgeschichte. »Ja, daran habe ich gedacht. Wir sind sauber.«

»Deine Pharmabücher sind sauber. Deine kleine Auftragsfertigung ist weit davon entfernt.«

Robinette sah sie stirnrunzelnd an. »Fletchers Arbeit läuft vollkommen separat. Separate Mitarbeiter, separate Lagerung, separate Buchführung.«

»Gleiche Fabrik. Die Leute, die am Tag für dich arbeiten, wissen, dass die Einrichtung in der Nacht benutzt wird. Im Moment glauben sie noch, dass du ganz legal ungenutzte Kapazitäten an andere Medikamentenhersteller vermietest. Aber wenn die Leute anfangen, hier herumzuschnüffeln, dann wollen sie deine Verträge sehen. Sie werden wissen wollen, wer diese vermeintlich anderen Hersteller sind. Und was machst du dann?«

»Du schaffst sie mir vom Hals.«

»Ich? *Ich?*«

»Ja, du. *Du!*«, erwiderte er ruhig. »Das ist dein Job, oder nicht? Unerwünschte Aufmerksamkeit in andere Bahnen lenken.«

»Ja, auf gesellschaftlicher Ebene, damit die oberen Zehntausend dich als Wohltäter wahrnehmen. Hier reden wir aber über Politiker.«

»Na und? Die sind genauso manipulierbar wie jeder andere auch. Vielleicht sogar noch mehr. Die sehen, was sie sehen wollen.«

»Und was machst du, wenn jemand dich für schuldig halten will?«

*Schuldig.* Das Wort knallte wie ein Vorschlaghammer gegen seine Stirn. »Ich bin nicht schuldig«, sagte er. »Ich habe meine Frau nicht getötet.« Die Worte gingen ihm leicht von den Lippen. Fast glaubte er sie selbst.

Wieder blinzelte sie. »Das habe ich auch nicht gesagt. Ich habe es noch nicht einmal gedacht. Denn ich rede von den kleinen Päckchen ›Frieden‹, die du an den Meistbietenden verkaufst, damit er Nachbarstaaten unterwerfen kann.«

»So funktioniert der Frieden«, erwiderte Robinette mit aalglatter Stimme.

»So funktioniert Verrat«, flüsterte sie. »Wenn du geschnappt wirst, locht man dich ein. Dafür kannst du hingerichtet werden, Robbie. Und uns andere reißt du mit.«

Da Henderson auf der Flucht, Westmoreland verschwunden und Fletcher in Lügen verstrickt war, war Brenda Lee die Einzige, die »uns andere« ausmachte, und ganz offensichtlich bekam sie ernsthaft kalte Füße. Das war gar nicht gut. Eine PR-Managerin, die keine Zuversicht mehr ausstrahlte, signalisierte Ärger in den eigenen Reihen. Das würde weit mehr Misstrauen erwecken, als seine Geschäftspraktiken es je konnten.

Vielleicht war es an der Zeit für ein echtes Reinemachen.

Aber durch wen sollte er Brenda Lee ersetzen? *Reg dich ab und hör auf, so einen Quatsch zu denken. Brenda Lee ist eine loyale Person. Sie versucht nur, dich vor dem Gefängnis zu bewahren.*

»Denk doch mal drüber nach«, sagte er mit einer Ruhe, die er nun nicht mehr empfand. »Als Kongressmann komme ich an Informationen, die uns helfen können, einerseits direkt an die stabilsten Abnehmer zu liefern und andererseits unerwünschtes Interesse umzuleiten.«

»Du versuchst, dich zu rechtfertigen.« Sie schüttelte den Kopf. »Man wird Steuerunterlagen und Arbeitnehmerunterlagen von dir fordern. Man wird Dinge sehen wollen, die du vor acht Jahren nur deshalb nicht der Polizei hast übergeben müssen, weil wir unglaublich zähe Verhandlungen geführt haben. Man wird alles Mögliche ans Licht zerren. Es wird nicht lange dauern, bis irgendein cleverer Schweinehund ausrechnet, dass du dir mit einem Bierbudget Champagner leistest. Und dann werden sie hier einfallen und suchen, und sie werden erst dann aufgeben, wenn sie etwas gefunden haben. Du wirst uns alle ruinieren. Warum willst du aufgeben, was bis dahin vollkommen in Ordnung war?«

Er zuckte die Achseln. »Vielleicht langweile ich mich einfach.«

»Du langweilst dich? Du willst unser aller Lebensstil aufs Spiel setzen, weil du dich *langweilst?*« Sie schloss die Augen, um sich wieder zu sammeln. »Man geht nicht in die Politik, weil man sich langweilt.«

»Nein. Man geht in die Politik, um Verbindungen zu knüpfen, die einen noch reicher machen.«

*»Nein.* Man geht in die Politik, um dem Volk zu dienen.«

Sie hörte sich an, als ob sie das wirklich glaubte. Das war ja schlimmer, als er gedacht hatte. »Wir haben einmal dem Volk gedient«, sagte er verbittert. »Und was hat es uns gebracht? Du sitzt im Rollstuhl. Wirst nie wieder laufen können. Wo standest du, als ich dich vor acht Jahren anrief und bat, mich als Anwältin zu vertreten, Brenda Lee?«

Sie erbleichte ob seiner Unverblümtheit. »Ich war langzeitarbeitslos. Bekam Lebensmittelmarken.«

»Und dein Sohn musste über das freie Mittagessen in der Schule froh sein. Du hast deinem Land gedient, konntest dir aber nicht mal die Erdnussbutter leisten, um deinem Kind ein Brot zu machen. Und ich? Ich kam ohne einen Penny Ersparnisse nach Hause und hatte nichts gelernt, womit man auf legalem Weg anständig verdienen konnte. Wir haben gedient, und wir wurden gefickt. Denkst du nicht, dass wir uns ein Scheibchen von dem großen Kuchen verdient haben?«

Sie nickte fest. »Ja, du hast recht. In diesem Punkt musste ich dir schon immer zustimmen.« Sie hob das Kinn. »Okay. Was soll ich machen?«

Das war die Brenda Lee, der er vertraute. »Überprüfe jeden Aspekt meines Privatlebens und meiner Geschäfte. Nichts darf Misstrauen erwecken oder zur näheren Untersuchung reizen. Ich will keine Leichen im Keller.«

»Was ist eigentlich mit dieser Polizistin? Die dich damals beschuldigt hat, deine Frau umgebracht zu haben? Die, die deinen Sohn erschossen hat? Sie könnte ihre Vorwürfe erneuern, wenn sie hört, dass du kandidieren willst.«

»Sie wird kein Problem darstellen.«

Brenda Lee kniff die Augen zusammen. »Was hast du vor?«

Er lächelte. »Nichts. Hast du in den vergangenen Tagen keine Nachrichten gehört? Sie wird von korrupten Polizisten attackiert, weil sie ihre Machenschaften aufgedeckt hat. Gegen sie muss ich gar nichts unternehmen. Es sind ihre Kollegen, die sich für mich um das Problem kümmern.«

»Doch, ich habe es in den Nachrichten gesehen. Sie hat es sich wirklich selbst zuzuschreiben.« Brenda Lee blickte auf Levis Foto. »Erst will sie dir den Mord an deiner Frau anhängen, dann nimmt sie dir deinen Sohn. Es ist mir egal, ob ihre Weste in Bezug auf alle anderen Fälle, die sie je bearbeitet hat, blütenweiß ist – was jetzt geschieht, hat sie allein für das, was sie dir angetan hat, verdient.«

So schätzte er Brenda Lee. »So kenne ich dich, so liebe ich dich«, sagte Robinette mit einem Lächeln.

Brenda Lee hob den Zeigefinger. »Aber jetzt stell dir vor, ich finde in deinen Finanzen Gelder, die ich nicht anderen Posten zuordnen kann. Falls ich belegen kann, dass es zu gefährlich ist – gibst du deinen Plan mit der Kandidatur dann auf?«

»Fürs Erste ja. Dann würde ich dieses Jahr eben noch passen und behaupten, ich brauchte momentan zu viel Zeit für die Wohltätigkeitsarbeit. Wir bereinigen, was immer dir Sorgen bereitet, und ich kandidiere bei der nächsten Gelegenheit.«

»Okay, damit könnte ich leben.« Sie schaltete die Rückwärtsfahrhilfe an. »Aber tu mir einen Gefallen. Wenn Lisa das nächste Mal mit einer solchen Idee kommt, sag's mir bitte zuerst. Ich kann dich nicht schützen, wenn du mich im Dunkeln lässt. Und vergiss nicht, du hast heute ein Essen mit ...«

»Dem Stadtdirektor um sechs«, sprach er den Satz zu Ende. Er richtete seine Krawatte. Als er nach Hause gekommen war, war er direkt unter die Dusche gegangen, um sich alles abzuspülen, was darauf hätte hinweisen können, dass er stundenlang im Sand gelegen, auf ein Kind geschossen und ein Haus in Brand gesteckt hatte. Trotz allem hatte er noch Zeit gehabt, sich ein wenig hinzulegen und in aller Ruhe anzuziehen. »Siehst du? Ich bin schon fertig. Mach dir keine Sorgen. Alles wird ganz wunderbar laufen.«

Als sie fort war, klappte er seinen Laptop auf, um die neusten Nachrichten über Mazzetti abzurufen. Auf der Fahrt von Wight's Landing nach Virginia und zurück nach Baltimore hatte er den Feed des BPD verfolgt und so alles über die laufende Tätersuche erfahren. Der Verkehr auf der Bay Bridge am Nordende der Halbinsel hatte sich durch die Straßensperren und die Kontrollen den ganzen Tag über gestaut, und man hatte sich besonders auf schwarze Toyota Sequoias und sandfarbene Chevy Tahoes konzentriert.

Sie hatten ihn und Westmoreland also gesehen, wahrscheinlich über Kameras am Haus des Privatdetektivs. *Mein Gesicht haben sie nicht erkannt.* Es gab keinerlei Personenbeschreibungen außer vage Angaben von Größe und Gewicht.

Robinette war nicht in Panik geraten, aber schlau genug gewesen, über kleine Seitenstraßen zu seinem Lagerraum zurückzufahren, wo er den Tahoe wieder versteckt hatte. Er würde sich einen anderen fahrbaren Untersatz verschaffen müssen, und er brauchte einen, der mindestens so alt war wie der Chevy. Er wollte kein Risiko eingehen, mittels GPS aufgespürt zu werden. Aber davon abgesehen, waren es gute Nachrichten. Der Heckenschütze, der den Anleger in Wight's Landing beschossen hatte – und der wahrscheinlich identisch mit dem Restaurantschützen war –, befand sich noch auf freiem Fuß.

Was größtenteils stimmte. Robinette befand sich auf freiem Fuß und hatte den Anschlag auf das Restaurant in Auftrag gegeben, wenn er auch nicht selbst geschossen hatte.

Er fragte sich, wo Henderson sein mochte. Vielleicht hatte der Schuss, den Maynard auf Henderson abgefeuert hatte, letztlich doch seinen Zweck erfüllt.

Vielleicht war Henderson tot. Der Gedanke heiterte ihn auf, als er die Suchergebnisse abwärts scrollte, um zu sehen, was ihn sonst noch interessierte. Dann hielt er inne. *Das ist allerdings wirklich interessant.* Emma Townsend gab Phin Radcliffe ein Interview. Und zwar genau jetzt.

Er schaltete den Fernseher ein und lehnte sich gemütlich zurück.

*Montag, 17. März, 17.05 Uhr*

Sam machte Ruby die Tür zu seiner Wohnung auf. »Hey. Danke, dass du gekommen bist.«

»Jetzt hör schon auf, mir ständig zu danken«, sagte sie. »Ich habe dir doch schon gesagt, dass ich das auch für mich tue.« Ihr Blick blieb am Fernseher hängen. »Ist das das Interview mit Dr. Townsend? Das wollte ich sehen.«

Sam nickte. »Es hat gerade erst angefangen. Die Frau hat einiges durchgemacht in den vergangenen Tagen, scheint es aber ganz gut zu verkraften.« Er ließ sich auf dem Sofa nieder und winkte ihr verlegen, sich neben ihn zu setzen, und sie überraschte ihn, indem sie sich dicht zu ihm setzte, anstatt das andere Ende zu wählen.

Dennoch schien sie nie offensiv zu flirten, und Sam wusste einfach nicht, wie er sie einschätzen sollte.

»Sie hat Stil«, sagte Ruby und tippte sich nachdenklich mit einem langen roten Nagel gegen die ebenso roten Lippen. »Hat man mir jedenfalls erzählt. Ein Kollege von mir hat die Kellnerin aus dem Restaurant geholt, wo sie erschossen wurde, und mitbekommen, wie Dr. Townsend mit der Polizei gesprochen hat. Er war jedenfalls beeindruckt.«

Sam ertappte sich dabei, dass er Ruby beobachtete statt die Personen auf dem Bildschirm. Ihr Gesicht war entspannt, ausdrucksvoll, engagiert. Er hätte sie stundenlang ansehen können. Dann war das Interview vorbei, und Ruby erhob sich. »Okay, wo kann ich mich umziehen? Wir müssen eine Strip-Bar aufmischen, wenn ich mich richtig erinnere.«

Sam lachte. Ihre sprunghafte Art ließ ihn nicht zur Ruhe kommen. »Durch den Flur und links.« Er sah zu, wie sie davonschlenderte, und hörte die Alarmsignale in seinem Kopf schrillen.

Allein ihr Gang hatte plötzlich das Potenzial, ihm eine Erektion zu verschaffen. *Sie spielt in einer anderen Liga, Hudson.* Ruby war ein Lamborghini, während seine vorherigen Beziehungen mit guten, soliden Chevys zu vergleichen waren. *Mit einer Frau wie der kommst du höchstens bis zum zweiten Gang.* Schon jetzt sprang seine Kupplung ständig heraus. Er lachte erneut, diesmal über sich selbst. *Tu dir einen Gefallen, Schuster, und bleib bei deinen Leisten.*

Er konzentrierte sich wieder auf die Nachrichten, in denen die Moderatoren nun über das Interview sprachen.

»Dass Mazzetti Ziel des Anschlags gewesen ist, scheint festzustehen«, sagte ein Sprecher. »Laut einer Quelle, die nicht genannt werden möchte, treffen sich Mazzetti und Dr. Townsend seit Jahren am selben Tag in diesem Restaurant. Am Samstag beging Detective Mazzetti einen traurigen Jahrestag.«

»So ist es«, sagte der andere Sprecher. »Denn vor acht Jahren wurden exakt an diesem Tag Detective Mazzettis Ehemann, Staatsanwalt Paul Mazzetti, und ihr gemeinsamer Sohn bei einem Überfall auf ein Geschäft erschossen.«

Sam kam langsam auf die Füße, während er wie hypnotisiert auf den Bildschirm starrte. Eine furchtbare Angst hatte ihn gepackt, und er musste sich dazu zwingen, weiterzuatmen. *Samstag.* Er war schon zu lange Cop, um an solche Zufälle zu glauben. *Samstag vor acht Jahren.* Der Tag, an den er sich nicht erinnern konnte, war ziemlich sicher derselbe, an dem sein Vater ermordet worden war. *Ganz* sicher war es derselbe Tag, an dem Mazzettis Ehemann ermordet worden war.

Ihr Mann, der Ankläger. Sams Vater, der Junkie und Ex-Knastbruder.

*Und ich, eineinhalb Tage außer Gefecht gesetzt, vermutlich damit man mir einen Mord anhängen kann, den ich nicht begangen habe. Den Mord an meinem eigenen Vater.*

Sein Magen, ohnehin schon empfindlich, krampfte sich zusammen. Sam begann, auf und ab zu gehen. Konnten diese beiden Morde zusammenhängen?

Hatte Mazzettis Mann Sams Vater vor Gericht gebracht? Nein. Sam konnte sich an die Verhandlungen erinnern. Die Staatsanwälte hatten anders geheißen, dessen war er sich sicher.

Paul Mazzettis Mörder war verurteilt worden und saß im Gefängnis. Sam sah das Polizeibild des Mannes just in diesem Moment auf dem Bildschirm.

Aber warum war dann John Hudson umgebracht worden? *Warum hat man mich unter Drogen gesetzt? Warum die Waffe neben mir liegen lassen?* Warum hatte man ihm nun die Sachen seines Vaters geschickt? Und warum das Streichholzbriefchen vom Rabbit Hole dazugelegt?

Es schien, als würde jemand Brotkrumen für ihn ausstreuen. Damit er herausfände, wer John Hudson getötet hatte.

»Na?«, fragte Ruby. »Was denkst du?«

Sam blickte auf – und schnappte nach Luft. Ihr scharlachrotes Schlauchkleid bedeckte gerade das Nötigste, ihre Stilettos waren mindestens zehn Zentimeter hoch, und ihr Make-up betonte ihre exotische Sinnlichkeit. Ihr schwarzes Haar war mit einem schleierartigen Band zurückgebunden, dessen Enden sie kunstvoll über ihren Brüsten drapiert hatte ... Brüste, die beim nächsten tiefen Atemzug wahrscheinlich ihr »Kleid« sprengen würden.

»Oh, mein Gott«, hauchte er. »Du bist ...«

»Aufregend nuttig?«, beendete sie seinen Satz mit einem Grinsen.

»Nein.« Bei jeder anderen Frau hätte das Kleid billig gewirkt, aber an Ruby war es ... »Wunderschön.«

Sie näherte sich ihm auf ihren schwindelerregend hohen Absätzen. »Und warum guckst du dann schon wieder, als müsstest du dich übergeben, *cariño?*«

»Ruby, ich muss unbedingt an ein Video von einem Überfall auf einen Laden kommen.«

Sie blinzelte. »Okay. Damit hatte ich jetzt gerade nicht gerechnet. Worum geht's?«

»Ich brauche das Video von dem Vorfall vor acht Jahren, bei

dem Paul Mazzetti umgebracht wurde. Letzten Samstag vor acht Jahren.«

Ihre Augen weiteten sich. »Der Tag, an den du dich nicht erinnern kannst? Wir sollten zur Polizei gehen. Und dort nachfragen, ob sie uns das Video aus der Asservatenkammer holen können.«

»Mir wäre es lieber, wenn niemand weiß, dass ich es bin, der nachfragt. Nicht, bevor ich nicht verstehe, was hier gespielt wird. Lass mich nachdenken.« Er zog die Stirn in Falten, als Ruby auf seinen Balkon trat und draußen einen Anruf tätigte. Sie kehrte zurück und zog die Tür wieder zu. »Ich habe mit meinem Kontakt bei einer der Nachrichtenredaktionen gesprochen. Die haben ein riesiges Videoarchiv, und ich habe nach Videos der vergangenen zehn Jahre von Überfällen auf Geschäfte gefragt, bei denen es Todesfälle gegeben hat. Ich habe behauptet, wir versuchten, einen Unbekannten zu identifizieren. Auf diese Art und Weise brauchen wir zwar länger, aber niemand wird ahnen, wonach du tatsächlich suchst.«

»Danke.«

»Gerne. Dir ist klar, dass man den Täter verhaftet hat, oder? Er sitzt lebenslänglich.«

»Ich weiß. Aber ich weiß auch, dass hier ein paar Fakten aus unterschiedlichen Fällen seltsamerweise übereinstimmen, und an Zufälle glaube ich nicht.«

»Ich auch nicht«, gab sie zu. »Die Leute im Archiv werden ein paar Stunden brauchen, um alle Videos für uns zu kopieren. Bist du in der Zwischenzeit bereit für ein bisschen Pole-Dancing?«

Sam schüttelte den Kopf. »Nein. Aber gehen wir trotzdem.«

Sie nahm seinen Arm. »Soll ich lieber fahren?«

»Kommt nicht in Frage. Mir ist noch ziemlich schummerig von gestern Abend, und du fährst viel zu schnell, Ruby.«

Sie lachte. »Und du zu langsam, Sam. Hab mal ein bisschen Spaß, mein Lieber.« Ihr Lächeln verblasste. »Du kannst nie wissen, wann man dich in meine Leichenhalle rollt.«

Er hob den Kopf und sah ihr in die Augen. In diesem Augenblick war sie kein Lamborghini, der in einer anderen Liga fuhr. Sie war nur eine Frau, die tagtäglich mit dem Tod zu tun hatte. »Und wenn ich dir verspreche, jede Ampel auch noch bei Gelb zu überfahren? Wärst du dann zufrieden?«

Ihr Lächeln kehrte zurück, nun aber etwas trauriger. »Ja, ich denke schon.«

*Montag, 17. März, 17.25 Uhr*

Das Interview war gut gelaufen, dachte Clay an seinem Posten an der Tür der Suite. Emma schien in ihrem Element zu sein; sie agierte sehr natürlich vor der Kamera.

Er fing Christophers Blick ein und nickte ihm kurz zu. Emmas Mann hatte sich gut gehalten und war die ganze Zeit über ruhig geblieben. Es war niemals leicht, wenn man wusste, dass die eigene Frau den Lockvogel spielen sollte. Stevie war nicht einmal Clays Frau, und doch machte es ihn wahnsinnig, zu wissen, dass sie im Nebenzimmer saß und auf einen Killer wartete.

Aber Stevie war kein wehrloses Opfer. Sie war bis an die Zähne bewaffnet und hatte unter anderem eine Halbautomatik im Anschlag. Josephs Agenten besetzten die anderen Suiten auf dieser Etage, und Grayson, der Paige zur Farm gebracht und Emma und Christopher abgeholt hatte, war bei ihr und würde es auch bleiben.

Außerdem war Ethan inzwischen auf der Farm, so dass Clay wieder beruhigt durchatmen konnte. Er vertraute Grayson und Paige, und er vertraute auch Joseph rückhaltlos. Aber er kannte Ethan Buchanan schon eine Ewigkeit und hatte mit ihm in Somalia gedient. Schon oft hatten sie für den jeweils anderen ihr Leben aufs Spiel gesetzt. Ethan würde dafür sorgen, dass Cordelia nichts geschah.

»Okay ... das war's.« Phin Radcliffe gab seinem Kameramann ein Zeichen, die Aufnahme zu stoppen, und wandte sich dann mit seinem Hunderttausend-Watt-Lächeln an Emma. »Tat doch gar nicht weh, was?«

Wie sie erwartet hatten, hatte Radcliffe Emma ein paar Fangfragen zu stellen versucht, um herauszufinden, wo Stevie sich aufhielt. Emma hatte eine perfekte Show abgezogen, war die Frage nervös umgangen und hatte sogar einmal »unwillkürlich« zum Nebenzimmer geblickt.

Und nun sah Radcliffe immer wieder neugierig zur Schlafzimmertür, während er und sein Kameramann die Ausrüstung einpackten.

»Nein, es tat überhaupt nicht weh.« Emma erhob sich wackelig; sie wirkte erschöpft. »Aber wenn Sie sonst nichts mehr brauchen, Mr. Radcliffe, entschuldigen Sie mich bitte. Ich habe die vergangenen Nächte nicht besonders gut geschlafen.«

»Verständlich«, sagte er. »Ich danke Ihnen, dass Sie sich die Zeit genommen haben.«

»Und ich danke Ihnen, dass Sie die Nummern der hiesigen Selbsthilfegruppen haben einblenden lassen. Man weiß nie, wer zusieht. Wenn nur ein Mensch mehr beschließt, sich Hilfe zu holen, dann war es das wert.«

Sie ging zum Schlafzimmer und öffnete die Tür gerade weit genug, um sich hindurchzuquetschen – ganz so, als befänden sich in diesem Raum Leute, die niemand sehen sollte.

Clay hätte fast gegrinst. Emma war sehr überzeugend. Er wandte sich an Radcliffe. »Ich bringe Sie hinunter.«

Radcliffe sah kurz zu ihm auf, bevor sein Blick erneut zur Schlafzimmertür huschte. »Jetzt sind Sie also Dr. Townsends Bodyguard?«, fragte er beiläufig.

Clay sah ihn an, ohne etwas zu bestätigen oder abzustreiten.

Radcliffe hob die Schultern. »Ich dachte, Sie seien Detective Mazzettis Leibwächter. Zumindest habe ich gehört, dass Sie am Samstag bei Mazzetti waren, als man vor ihrem Haus auf sie geschossen hat – und heute Morgen auf dem Grundstück, das offenbar Ihrem Vater gehört.«

Clay öffnete die Tür. »Ich bringe Sie hinunter«, wiederholte er.

Radcliffes Lippen zuckten, als er eine Tasche schulterte. »Und selbstverständlich kommt mir auch immer wieder die Szene vor dem Gerichtsgebäude im Dezember in den Sinn, als Sie plötzlich aus dem Nichts auftauchten«, fuhr er fort, während er hinaus in den Flur trat. »Ich war auch da, ich hatte über den Fall berichtet. Damals waren Sie zur Stelle, um Stevie das Leben zu retten.«

»Die Lorbeeren dafür gebühren dem Chirurgen und seinem Team«, sagte er und hämmerte auf den Rufknopf für den Fahrstuhl.

Radcliffes Blick fixierte Clay. »Wahrscheinlich bin ich einfach nur erstaunt, dass Sie Mazzetti unter solchen Umständen aus den Augen lassen. Aber vielleicht tun Sie das ja gar nicht.«

Eigentlich war es genau das, was der Mann annehmen sollte, aber dass er nicht aufhörte, Clay auszuquetschen, machte ihn wütend. Er schwieg, dennoch gab er sich keine Mühe, seine Verärgerung zu verbergen. Radcliffes Augen glommen triumphierend, als der Fahrstuhl eintraf.

Der Reporter lächelte noch immer süffisant, als die Türen wieder auseinanderglitten und Clay ihn in die Tiefgarage begleitete. »Ich danke Ihnen, Mr. Maynard. Ich habe mich sehr über die Gelegenheit gefreut, mit Dr. Townsend zu sprechen. Bitte richten Sie ihr und Detective Mazzetti meine Grüße aus, wenn Sie nach oben zurückkehren.«

Clay behielt eine ausdruckslose Miene bei, verlieh seiner Stimme jedoch einen scharfen Unterton. »Ich habe Dr. Townsend davon abgeraten, mit Ihnen zu reden«, log er. »Aber sie wollte, dass die Öffentlichkeit nach den Ereignissen dieses Wochenendes weiß, wo man Rat und Hilfe finden kann. Ihr war das sehr wichtig.« Was wiederum hundertprozentig der Wahrheit entsprach, weswegen sie auch so verdammt glaubwürdig hatte sein können. Dieser Teil des Interviews war nicht gespielt gewesen. »Ich nehme an, Sie sind sich bewusst, dass Ihre Spekulationen in Bezug auf den Aufenthaltsort von Detective Mazzetti beide Frauen in Gefahr bringen können? Und zwar in Lebensgefahr?«

Wieder ein Achselzucken. »Nun, es ist Ihr Job, für ihre Sicherheit zu sorgen, nicht wahr? Meiner ist es, über das zu berichten, was geschieht, und ob es Ihnen nun gefällt oder nicht, Townsend ist interessant für die Öffentlichkeit. Mazzetti umso mehr. Also machen Sie Ihren Job, Mr. Maynard, und ich mache meinen. Einen schönen Tag noch.«

Clay hatte plötzlich ein schlechtes Gewissen. Sie hatten Radcliffe und seinen Kameramann für ihre Zwecke benutzt, und es war nicht unmöglich, dass ihnen deswegen etwas zustieß.

»Radcliffe, passen Sie auf sich auf. Jemand hat es auf Detective Mazzetti abgesehen. Dass man versucht, über Sie an sie heranzukommen, ist keinesfalls abwegig. Die Polizei kann Ihnen Schutz bieten.«

Clay wusste nicht, ob das der Wahrheit entsprach, aber er musste den beiden Männern den Ernst der Lage nahebringen. Sie mussten wachsam bleiben.

Radcliffe lachte. »Sie wollen, dass ich den Cops erlaube, uns zu beschatten? Ich weiß, dass Sie mich nicht mögen, Maynard, aber sehe ich aus wie ein Depp?«

»Passen Sie einfach auf«, sagte Clay. »Bitte.«

## 22. Kapitel

*Baltimore, Maryland*
*Montag, 17. März, 17.25 Uhr*

Robinette schaltete angewidert den Fernseher aus. Das war doch kein Interview gewesen. Man hatte einen Köder ausgelegt! Die Bullen wollten, dass er glaubte, Mazzetti hätte sich im Peabody versteckt.

Hielten sie ihn für dämlich? Stevie Mazzetti war bestimmt nicht dort, und das Peabody Hotel war der letzte Ort, an dem er Cordelia Mazzetti finden würde.

Das Kind war der Schlüssel. *Bring das Kind in deine Gewalt, und die Mutter kommt von allein.* Das Problem war nur, dass er nicht wusste, wo er Mazzettis Tochter suchen sollte. Sie war nicht mehr im Strandhaus, und sie war sicher nicht im Peabody. *Wenn ich wenigstens wüsste, wo sie vorher gewesen ist.* Henderson hätte ihm vermutlich helfen können.

Scott Culp, sein IA-Maulwurf, hatte ihm erzählt, dass der Täter, der versucht hatte, Mazzetti vor ihrem Haus aus dem Auto heraus zu erschießen, Maynard verfolgt habe, als dieser das Kind nach Hause gebracht hatte.

*Ich hätte Henderson Bericht erstatten lassen sollen, bevor ich Westmoreland beauftragt habe.* Henderson war untergetaucht. Was gut war, da so keine Gefahr bestand, dass die Cops von dieser Seite auf Robinettes Spur kamen, aber leider den Nachteil hatte, dass Robinette bestimmte Informationen verwehrt blieben.

Robinette konnte nicht einmal die Strecke nachvollziehen, die Henderson an jenem Tag gefahren war; Henderson hatte keinen Firmenwagen genommen, sondern sich den weißen Camry gemietet, um eine falsche Fährte zu legen, da Mazzetti einen Tag zuvor von einem Mann mit einem weißen Camry angegriffen worden war. Ursprünglich hatte Robinette das für eine verdammt clevere Idee gehalten ... bis jetzt. Nun sah er es ein wenig anders.

*Moment mal.* Henderson hatte doch eins von den Prepaidhandys bei sich gehabt, die Robinette bei Bedarf jedem Mitarbeiter gab.

»Und das *kann* ich zurückverfolgen«, sagte er laut. Die Route ausfindig zu machen, auf der das Telefon sich bewegt hatte, war viel besser, als die Fahrstrecke des Wagens zu verfolgen. Fahrzeuge konnten gewechselt werden, wie Henderson sehr deutlich gemacht hatte, aber ein Handy blieb gewöhnlich dicht am Mann.

Dennoch musste das warten, bis er das Dinner mit diesem Stadtdirektor hinter sich gebracht hatte. Schließlich hatte er Brenda Lee versprochen, nicht zu spät zu kommen.

Er machte sich keine Sorgen. Wo immer sich Mazzetti im Augenblick verbarg, sie würde darauf lauern, dass die Falle im Peabody zuschnappte. Und da er keinerlei Absicht hatte, die Maus für ihren Käse zu spielen, konnte sie warten, bis sie schwarz wurde.

Schließlich schien sonst niemand mehr hinter ihr her zu sein, dachte er grimmig. Seit dieser Polizist, Tony Rossi, auf die Finte mit dem sicheren Haus hereingefallen war, hatte kein anderer versucht, auf sie zu schießen. *Niemand außer mir.*

Wenn Robinette Mazzetti beseitigen wollte – was definitiv der Fall war –, dann musste er es eigenhändig tun.

*Montag, 17. März, 17.35 Uhr*

»Hat Maynard ernsthaft vorgeschlagen, dass wir uns von Cops beschützen lassen?«, fragte der Kameramann.

»Er weiß sich wohl sonst nicht mehr zu helfen«, sagte Radcliffe. »Aber vielleicht hat er sogar recht. Es kann ja nicht schaden, wachsam zu bleiben.«

Stirnrunzelnd folgte Henderson dem Gespräch aus dem Auto, das eine Parkplatzreihe hinter dem Lift stand. Die Chancen, dass die beiden wussten, in welcher Suite sich Mazzetti befand, standen gut, und sie würden ihr Wissen ausplaudern – so oder so.

»Na gut, ich passe auf. So, Feierabend. Gehen wir ins Milo?«

Radcliffe schüttelte den Kopf. »Du weißt doch, dass ich den Laden nicht ausstehen kann.«

»Aber willige Frauen lieben ihn. Komm schon, du hast ein attraktives Gesicht. Ich brauche alle Hilfe, die ich kriegen kann.«

Radcliffe lachte. »Danke, ohne mich.«

Henderson kurbelte das Autofenster der Rostlaube des Doktors hoch und sah zu, wie der Reporter und der Kameramann zu ihrem Transporter gingen. Laut Interview würde Emma Townsend bis zum Ende der Woche im Peabody bleiben, und das, was Maynard und Radcliffe gerade eben *nicht* gesagt hatten, ließ sich kaum anders interpretieren, als dass Mazzetti in der Tat ebenfalls im Peabody war.

Zu ihr durchzudringen würde schwierig werden. Sie lebendig hinauszuschaffen noch schwieriger.

Für alle Etagen oberhalb der Lobby brauchte man einen Zimmerschlüssel. Für die Etagen unter dem Penthouse-Level war das kein Problem: Man folgte einfach einem anderen Gast in den Fahrstuhl und tat, als suchte man vergeblich in seinen Taschen nach der Karte. Normalerweise brachte es den anderen dazu, seine eigene zu zücken. Aber für die Suiten war ein besonderer Kartenschlüssel erforderlich.

Die Zimmermädchen würde einen haben. Genauso wie die Angestellten vom Roomservice. Und es konnte nicht allzu schwer sein, jemanden von diesen Leuten zu überreden, eine Karte abzutreten; ein Pistolenlauf am Kopf war meist ein überzeugendes Argument. *Nur habe ich keine Pistole.*

Westmoreland hatte behauptet, es befände sich eine in seinem Care-Paket, was Henderson ausgesprochen gelegen kam. Mazzetti aus dem Hotel zu holen bedeutete auch, jeden zu töten, der bei ihr war. Es reichte nicht, ihre Aufpasser nur bewusstlos zu schlagen. Bewusstlose Menschen neigten dazu, in den ungünstigsten Augenblicken wieder zu sich zu kommen.

Henderson startete den Motor. Blieb zu hoffen, dass Westmorelands Päckchen alles enthielt, was er versprochen hatte.

*Montag, 17. März, 17.50 Uhr*

Clay kehrte in Emmas Hotelzimmer zurück und brach in Gelächter aus. Emma hatte sich in einen Zehnjährigen verwandelt, der ihn unter dem Schirm einer Washington-Capitals-Kappe hinweg finster ansah. Sie trug ein Trikot zu einer schlabberigen Jeans, und das Haar, das unter der Kappe hervorlugte, war von einem schmutzigen Braun.

»Paige hat einen gemeinen Sinn für Humor«, murrte sie. »Ich kann nur hoffen, dass meine Kinder nichts davon mitkriegen. Wir sind Tampa-Bay-Lightning-Fans.«

»Wie hast du denn deine Haare so braun gekriegt?«, fragte Clay. Christopher hielt eine Dose Haarspray hoch. »Paiges Tarnfarbe für Beschattungen.«

»Aber Paige hat ihren Job verdammt gut gemacht, das müsst ihr zugeben«, sagte Clay. »Auf den ersten Blick würde ich dich für ein Kind halten. Bei näherem Hinsehen erkennt man dich natürlich als Frau, aber der Kofferwagen wird verhindern, dass noch andere mit uns in den Fahrstuhl steigen.« Sie hatten das Wägelchen mit leeren Koffern beladen. »Kommt. Ich bringe euch hinunter.«

»Nein, du bleibst bei Stevie«, sagte Grayson, der im Türrahmen zum angrenzenden Raum lehnte. »Wir haben alle anderen Suiten auf dem Flur hier gebucht, daher wird uns niemand auf dem Weg zum Lift in die Quere kommen. Joseph wartet in der Garage und bringt Emma und mich wieder zur Farm. Einer seiner Agenten fährt Christopher zum Flughafen, und Joseph kommt heute Abend hierher zurück. Er hat seine Leute zur Verstärkung in der dritten und vierten Etage postiert. Bist du so weit, Emma?«

»Ja«, brummelte sie. »Ich sehe dämlich aus. Aber ich gebe zu, dass die Verkleidung gut ist.«

»Lächeln, bitte.« Christopher machte mit dem Handy ein Foto.

»Erpressung für zukünftige Gefallen.«

»Dafür wirst du büßen.« Emma drückte Stevie fest. »Ich passe auf Cordelia auf. Und du bleib gefälligst am Leben.«

»Abgemacht.« Stevie blieb in der Tür stehen, bis Grayson, Emma und Christopher fort und sie allein waren.

Er und Stevie. Allein in einem Hotelzimmer.

Und sie sah ihn immer noch auf diese beunruhigend klare Art an.

Clay räusperte sich. »So weit, so gut.«

»Wohl wahr.« Stevie kehrte in den Nebenraum zurück und schaltete den Fernseher aus, dann setzte sie sich an ihren Laptop, neben dem die M-16 lag. »Emma war großartig. Wie immer.«

Er war ihr gefolgt, schloss nun die Tür und vergewisserte sich, dass die Tür zum Flur verriegelt war. Das war sie natürlich, denn Stevie war eine vorsichtige Frau.

Sie lehnte den Stock gegen den Tisch und berührte das Touchpad, so dass eine Immobilienseite auf dem Display erschien. Er durchquerte den Raum und sah ihr über die Schulter. »Was machst du da?«

»Ich bin auf Häuserjagd«, erklärte sie, ohne ihn anzusehen. »Mir war nicht klar, wie sehr es Cordelia belastet, in unserem Haus zu wohnen. Jetzt weiß ich es. Also werden wir umziehen.«

»Wohin?«

»Das weiß ich noch nicht. Aber falls es dir nichts ausmacht, würde ich dich bitten, dir das Haus, das wir uns aussuchen, anzusehen und auf seine Sicherheit hin einzuschätzen. Meine Tochter soll nie mehr Angst haben müssen.«

*Mein Haus ist sicher.* Die Worte stiegen in seinem Bewusstsein auf, bevor er sie abblocken konnte. *Du könntest dort wohnen. Mit mir. Ihr beide. Wir könnten eine Familie sein. Und ich bin ein elender Jammerlappen, der es nie lernt.*

Aber sie hatte ihm heute Morgen die Hand verbunden und seine Knöchel geküsst. Ihre Wange an seine Hand gelegt. Und sie hatte ihn beobachtet. Eine ganze nervenaufreibende Stunde lang hatte sie ihn im SUV zwischen Wight's Landing und Baltimore beobachtet.

»Selbstverständlich mache ich das«, sagte er. »Was für Häuser suchst du denn genau?«

»Bungalows mit großem Garten. Dann muss ich mich nicht mit der Treppe rumschlagen, und Cordelia kann draußen spielen. Ich brauche allerdings einen Zaun um das Grundstück, und zwar einen hohen, sonst hätte ich nie meine Ruhe, wenn Cordelia im Garten ist. Ich kann sie einfach nicht schnell genug erreichen – wie sich heute Morgen gezeigt hat, als sie in Gefahr war. Selbst wenn Grayson mich nicht aufgehalten hätte, hätte ich nicht schnell genug rennen können.« Sie schloss kurz die Augen. »Das macht mir eine Höllenangst, Clay«, gab sie leise zu. »Was ist, wenn ich nie wieder richtig laufen kann?«

Mit einer wütenden Stevie konnte er umgehen, aber mit einer verwundbaren ... Er seufzte, denn er spürte, wie er sich trotz bester Vorsätze erneut einwickeln ließ. »Ich kenne diese Angst. Bei den Marines wurde ich angeschossen und brauchte lange, um mich davon zu erholen.«

»Hast du dafür das Purpurherz bekommen?«

»Ja. Die Kugel schlug direkt über dem Knie ein.«

Sie drehte sich auf ihrem Stuhl um und sah ihn neugierig an. »Du hast Hyatts Frage gestern nicht wirklich beantwortet. Wie hast du die anderen sieben feindlichen Soldaten an jenem Tag erledigt, um dein Platoon zu retten?«

»Nur das halbe Platoon«, berichtigte er, dann hob er die Schultern. »Ich habe dem ersten das Genick gebrochen, sein Messer genommen, den zweiten erstochen und mein Gewehr zurückgeholt, das er mir geklaut hatte. Anschließend fielen die anderen wie Dominosteine. Jeder andere hätte es genauso gemacht.«

»Vielleicht. Aber du *hast* es getan.« Ihre Neugier war zu Anerkennung geworden, und Clay richtete sich abrupt auf und holte tief Luft, bevor er etwas Dummes tat und ihr wieder zu nah kam.

Sie klappte den Laptop zu. »Und wie hast du es geschafft, dich von der Schusswunde vollständig zu erholen?«

»Ich war sehr lange in Physiotherapie. Du gehst auch hin, nicht wahr?«

»Schon. In letzter Zeit hatte ich zu viel damit zu tun, Kugeln auszuweichen, aber vorher habe ich die Termine gewissenhaft eingehalten, weil ich unbedingt wieder arbeiten wollte. Jetzt will ich nur noch mein Kind beschützen.«

»Was haben Arzt und Therapeut gesagt?«

»Dass ich meine Kraft und meine Beweglichkeit größtenteils zurückerlangen werde. Davon merke ich allerdings nichts.«

»Das dauert Monate, Stevie. Wie lange bist du jetzt dabei?«

»Fast zwei Wochen. Ich weiß, was ich tun muss, aber wie ich schon sagte – ich hatte eine ganze Menge zu tun.«

»Zwei Wochen? Deine Muskeln sind bestimmt stark verkürzt.«

»Ja, allerdings.«

»Hast du eine Sporthose dabei?«

Sie sah ihn misstrauisch an. »Ja.«

»Zieh sie an. Ich helfe dir bei den Dehnübungen.« Er deutete auf ihren Koffer. »Na, komm schon. Wir haben viel Zeit totzuschlagen. Nutzen wir sie sinnvoll.«

*Montag, 17. März, 18.40 Uhr*

Sam richtete sich auf dem Fahrersitz auf, als Ruby aus dem Rabbit Hole kam. Mehrere Männer blieben stehen und glotzten ihr nach, als sie vorbeistöckelte. Es fehlte nur noch, dass sie anfingen zu sabbern. Sam hätte ihnen am liebsten die Visagen poliert, aber er zwang sich, ruhig zu bleiben und zu warten, bis Ruby die Tür aufzog und sich auf den Beifahrersitz setzte.

»Was ist los?«, fragte sie. »Du wirkst so wütend.«

»Nichts, schon gut, alles in Ordnung. Und? Hast du was rausgefunden?«

Sie zog eine Braue hoch. »Wenn du das wissen willst, wirst du mir schon sagen müssen, warum ›nichts‹ so verkrampft wirkt.«

Er verdrehte die Augen. »Es ist nur ... es ist wegen diesen Kerlen dort. Sie glotzen dich an wie ein Stück Fleisch auf dem Teller.«

»Du hast recht.« Sie drehte sich zur Seite, um sich anzuschnallen. »Die sind wirklich ›nichts‹.«

»Du hättest dir auch einen Rollkragenpulli anziehen können«, brummelte er.

Sie lachte leise. »Aber dann hätte ich wahrscheinlich nichts von Kayla erfahren.«

»Wer ist Kayla?«

»Falls wir Glück haben, ist sie diejenige, die an dem Abend vor acht Jahren hier gearbeitet hat. Ich bin reingegangen und habe behauptet, ich wollte nach einem Job fragen.«

»Das haben sie dir geglaubt?«

»Nein, aber das sollten sie ja auch gar nicht.« Sie grinste fröhlich. »Sie haben mich beschuldigt, ein getarnter Cop zu sein. Ist das zu fassen?«

»Nein!«, sagte er tonlos, und sie grinste noch breiter.

»Jedenfalls bin ich in Tränen ausgebrochen und habe behauptet, ich würde in Wahrheit meine Schwester suchen, die vor zehn Jahren spurlos verschwand. Unsere Mutter liege im Sterben, und ich müsse meine Schwester unbedingt aufspüren, damit Mama sich von ihr verabschieden könne.«

Sam konnte nicht anders, er musste ebenfalls grinsen. »Und weiter?«

»Man sagte mir, dass keine Frau, auf die die Beschreibung passte, hier arbeitete und ob ich sie für doof hielte – meine Schwester könne wohl kaum blond und blauäugig sein. Ich erklärte, dass wir adoptiert worden seien und beide aus Missbrauchsfamilien stammten.« Sie wurde ernst. »Tja, das hat sie anscheinend überzeugt. Die Mädchen, die hier strippen, stammen vermutlich nicht mehrheitlich aus Oberschichtfamilien.«

Das ernüchterte auch ihn. »Wohl kaum. Was passierte dann?«

»Ich fragte, ob sie vor acht Jahren auch schon Personalakten archiviert hätten, und tatsächlich hatten sie alles im PC. Ich durfte nachsehen und fand eine Frau, die deine Kellnerin von damals sein könnte.«

»Man hat dich einfach an den Computer gelassen?«

»Nein, nicht einfach. Ich habe ihnen erst noch ein Bild von Mutter zeigen müssen.« Sie zog ein Foto aus ihrem Ausschnitt und hielt es Sam hin.

Es war noch warm von ihrer Haut, und Sam wurde sich bewusst, dass er vermutlich alles für sie getan hätte, wäre er der Barkeeper gewesen. Er nahm ihr das Foto aus der Hand, um es genauer zu betrachten. Die Frau darauf war weiß, vielleicht Mitte sechzig. Abgemagert und eindeutig krank. »Wer ist das?«, fragte er neugierig.

»Meine Mama«, antwortete sie ruhig. »Sie ist letztes Jahr gestorben.«

Sams Blick flog zu ihrem Gesicht. *Oh, nein. Nicht Ruby.* »Sie hat dich adoptiert«, murmelte er.

*Wir stammen beide aus Missbrauchsfamilien.* Seine Phantasie beschwor eine Vielzahl von hässlichen Szenarien herauf, und wieder wurde ihm flau im Bauch.

»Ja, hat sie. Ich musste also gar nicht so viel schauspielern. Kayla hätte wirklich eine meiner Schwestern sein können. Aus den meisten von uns ist zwar etwas geworden, aber dass es auch welche gab, die abgestürzt sind, hat meine Mutter schwer getroffen.« Sie nahm das Foto aus seinen tauben Fingern. »Schon okay, *cariño*. Ich habe mich ganz prima gemacht. Meine Mama war stolz auf mich.« Sie räusperte sich. »Und das ist ein gutes Gefühl.«

»Das glaube ich dir.« Plötzlich sah er Ruby in einem anderen Licht. »Erzähl mir von Kayla.«

»Sie hatte gerade erst einen Monat in der Bar gearbeitet, als du kamst, insgesamt ein Jahr.«

Er seufzte. »Also ist sie tot?«

»Nein, sie ist ausgestiegen. Als der Barbesitzer ihr Foto in der Personalakte sah, konnte er sich wieder erinnern. Er wurde richtig traurig. Sie sei krank geworden. HIV-positiv.«

»Oh, verflixt.« Sam kniff einen Moment lang die Augen zu. »Ich weiß noch, dass ich sie damals am liebsten mitgenommen hätte, um sie nach Hause zu ihren Eltern zu schicken.«

»Das Zuhause ist oft nicht die Lösung. Manchmal kann ›zu Hause bei den Eltern‹ sogar noch schlimmer sein als die Arbeit in einer Stripteasebar.« Sie deutete auf den Laden hinter sich. »Das ist eine der unangenehmen Wahrheiten dieses Lebens.«

»Mein Vater hat mich früher oft verprügelt«, sagte Sam leise. »Und meine Mutter auch. Aber bevor er süchtig wurde, war es gut, und als er endlich verschwunden war, ebenfalls. Nach Hause zu gehen fühlte sich wieder nach Geborgenheit an, aber da war ich eigentlich schon erwachsen.«

Sie nahm seine Hand und hielt sie fest. »Dann verstehst du es ja.«

»Ja, ein bisschen wenigstens. Trotzdem wünsche ich mir jetzt, ich hätte etwas für dieses Mädchen getan. Es tat mir so leid.«

»Du bist ein guter Mensch, Sam Hudson.« Sie musterte ihn mit schiefgelegtem Kopf. »Ich habe dich überprüft, musst du wissen. Während ich gestern Abend vor dem Starbucks saß und darauf wartete, dass du den Autopsiebericht zu Ende gelesen hattest. Du arbeitest ehrenamtlich mit Pflegekindern. Mentorenprogramme, Boy's Club, Baseball- und Fußballtraining. Deswegen bin ich dir nachgefahren, und deswegen habe ich dich zu Thorne gebracht. Du hättest ein Egoschwein werden können, aber das bist du nicht. Ich habe Respekt vor Leuten, die etwas aus sich machen. Und Thorne auch.«

Sam hatte gar nicht gewusst, wie eng ihm die Brust geworden war, bis er plötzlich wieder atmen konnte. »Danke.«

»Oh, gerne. Ich habe eine Adresse für Kayla Richards, North Battersea Park. Komm, schauen wir nach, ob sie da noch wohnt.«

»Warte.« Sam ging mit dem Handy ins Internet. »Hier ist eine

Kayla Richards, die vor fünf Jahren dort gewohnt hat, jetzt aber in Bladensburg lebt.«

»Im Außenbezirk von D.C.«, bemerkte Ruby. »So schnell kannst du Leute überprüfen?«

Er startete den Motor. »Nur, wenn sie im Online-Telefonbuch stehen.«

»Dann sehe ich zu, dass ich mehr über sie herausfinde, während du uns hinfährst.«

»Gute Idee.« Er warf ihr einen Blick zu. »Ruby, kannst du mir einen Gefallen tun?« Er griff nach hinten, nahm seine Jacke und hielt sie ihr hin. »Zieh das bitte über. Du musst doch frieren.«

»Danke, aber eigentlich nicht.«

Er stieß den Atem aus. »Also schön. In Wahrheit kann ich mich nicht aufs Fahren konzentrieren, wenn du ... so aus dem Kleid platzt. Ich werde garantiert einen Unfall bauen, und dann kommen wir nirgendwo mehr hin.«

Sie legte sich sein Jackett über die Schultern und schenkte ihm ein strahlendes Lächeln. »Das ist eins der nettesten Komplimente, die ich je bekommen habe, Sam.«

*Montag, 17. März, 18.40 Uhr*

*Oh. Mein. Gott.* Stevie lag bäuchlings auf dem Bett und konnte sich nicht mehr regen. Clay war als Sklaventreiber weit schlimmer als ihr Physiotherapeut. Sie hatte heiß geduscht, aber ihre Beine taten noch immer weh. Falls jetzt jemand in das Zimmer eindringen und sie töten wollte, könnte sie nichts dagegen tun, denn sie konnte nicht einmal mehr mit den Zehen wackeln.

Natürlich musste sie sich deswegen ohnehin nicht sorgen. Clay war bewaffnet, weswegen sie auch in aller Ruhe ausgiebig hatte duschen können.

Sie hätte lügen müssen, wenn sie behauptete, sie hätte sich nicht gewünscht, er möge hereinplatzen und sie besinnungslos küssen, aber er hatte es natürlich nicht getan. Dennoch lagen noch Stunden vor ihnen. *Nutzen wir die Zeit sinnvoll.*

»Verdammt!« Ihr Oberkörper schnellte hoch, als etwas Kaltes auf ihrem hinteren Oberschenkel landete.

»Das muss gekühlt werden«, sagte er.

»Ich hasse das«, knurrte sie ins Kissen. »Das Eis tut weh.«

»Willst du wieder rennen, ja oder nein? Wenn ja, musst du etwas dafür tun.«

»Tue ich ja. Immer wieder. Bringt doch nichts.«

»Selbstmitleid bringt nichts«, entgegnete er ruhig und ohne Vorwurf.

Stöhnend setzte sie sich auf, schob sich den Eisbeutel unter den Oberschenkel und massierte die Vorderseite. »Wenn ich mich schon nicht selbst bemitleiden darf, darf ich dann wenigstens das Miststück hassen, das mich angeschossen hat?«

»Klar. Obwohl du ja ohnehin das letzte Wort hattest.«

Weil sie das Mädchen mit einem Kopfschuss aus dem Verkehr gezogen hatte. »Tut mir trotzdem nicht leid. Ich würde es jederzeit wieder tun.«

»Du hast scharfe Augen und eine ruhige Hand bewiesen. Und du hast die Ruhe bewahrt.« Er setzte sich auf einen Stuhl – so weit von ihr weg, wie es möglich war, ohne das Zimmer zu verlassen. »Und damit hast Daphne das Leben gerettet, Joseph und vielen anderen mehr.« Clay blickte auf seine Schuhe. »Ich war stolz auf dich an jenem Tag. Ich hatte Angst um dich, aber ich war verdammt stolz.«

Ihre Hände blieben auf ihrem Bein liegen. »Warum hast du mir das nie gesagt?«

»Ich weiß nicht. Ich dachte wohl, du würdest es spüren.«

»Tja, vielleicht habe ich das. Aber es tut dennoch gut, es zu hören.« Sie begann wieder, ihre Muskeln zu massieren. »Dumm, dass Paige nicht hier ist. Sie ist einmal bei mir zu Hause gewesen, als ich gerade vom Therapeuten kam, und hat irgendwas mit Akupressur gemacht. Das war das einzige Mal, dass ich nach der Trainingsstunde keinen höllischen Muskelkater hatte.« Clay be-

wegte sich nicht. Sie hätte nicht einmal sagen können, ob er atmete, so still saß er da. Dann fielen seine Schultern plötzlich ein winziges Stück nach vorne. »Leg dich hin und mach die Augen zu.«
»Wieso?«
»Paige hat mir ein paar von den Druckpunkten gezeigt. Ich kann wenigstens bewirken, dass es nicht mehr so weh tut.«
Sie gehorchte, schloss die Augen und hielt abwartend den Atem an.
»Du musst gleichmäßig atmen«, befahl er leise, als er sich auf die Bettkante kniete. »Das ist wichtig.«
Aber dann lagen seine Hände auf ihrem linken Oberschenkel, und sie vergaß komplett zu atmen. Er hielt das Bein so, dass ihr Knie gestreckt blieb, und schob die Daumen ein paar Millimeter aufwärts. Sie spannte sich an, als er Druck ausübte, und zwang sich, Luft zu holen. Dann ließ er wieder locker und begann, die Muskeln mit starken, gleichmäßigen Bewegungen zu kneten. Sie stöhnte erleichtert.
»Fühlt sich gut an«, flüsterte sie. »Viel besser. Danke.«
Kurz darauf glitten seine Finger aufwärts, und sie verspannte sich wieder. Seine Fingerspitzen strichen über die wulstige Narbe, die die Kugel hinterlassen hatte.
»Das ist nicht schön, ich weiß«, sagte sie und wünschte sich makellose Haut und unversehrte Muskeln.
»Es gehört zu dir«, sagte er schroff. »Der Beweis, dass du überlebt hast.« Seine andere Hand glitt das rechte Bein aufwärts, dann knetete er mit beiden Händen. Seine Berührung veränderte sich, war nicht mehr fest und therapeutisch, sondern sanfter, beinahe zärtlich. Fast wie ... ein Vorspiel.
Er hob sich ihr linkes Bein über die Schulter, und ganz plötzlich war er zwischen ihren Beinen. Er drückte seine Schulter gegen die Rückseite ihres Oberschenkels und packte ihre Wade, so dass er ihre Muskeln mit kleinen wiegenden Bewegungen dehnen konnte.
»Man muss das Bein möglichst gerade halten, wenn man das

macht«, sagte er leise, und ein Schauder raste über ihre erhitzte Haut, als er fester drückte und sich mit dem Kopf ihrem Schritt näherte. Sie stützte sich auf die Ellbogen. Der Anblick seines dunklen Schopfes zwischen ihren Schenkeln war so intim, so erotisch.

Sie begehrte ihn, wollte ihn. Wollte, dass er näher kam. Wollte seinen Mund spüren. Ihre Hüften bewegten sich wie aus eigenem Willen, hoben sich vom Bett, und er erstarrte, sein Mund mindestens noch zehn Zentimeter von der Stelle entfernt, wo sie ihn haben wollte. Es hätten auch zehn Meter sein können.

Sie hörte ihn scharf einatmen. So nah, wie er ihr gekommen war, musste er ihre Erregung riechen. Nach einem endlos langen Augenblick senkte er zögernd den Kopf, bis sie die Feuchtigkeit seines Atems auf ihrer Haut spüren konnte.

*Gott, bitte lass das das Vorspiel sein.*

Jetzt sah er auf, und sein Blick, heiß und verlangend, fixierte ihren.

*Sag ja*, hatte er gefordert. Sie hatte gehorcht. Nun machte sie den Mund auf, um es erneut zu sagen.

Aber plötzlich fuhr er auf und sprang auf die Füße, als hätte sie ihm einen elektrischen Schlag verpasst. Einen Moment später hielt er sein Handy in der Hand. Und schon surrte auch ihres und tanzte über den Nachttisch.

Stumm fluchend setzte sie sich auf und griff danach. Es war eine SMS von Joseph, die an sie beide gegangen war. *Sind wieder da. Ich nebenan. Novak und Coppola in den anderen Suiten.*

Sie hob den Blick und sah, dass Clay rasch aufs Bad zuging. »Ich konnte heute Morgen nicht duschen«, rief er ihr über die Schulter zu, und seine Stimme klang wie eine rostige Türangel. »Das mach ich jetzt, da Joseph wieder auf dem Posten ist.«

Stevie blickte finster zur Tür des angrenzenden Zimmers. Ihr war klar, dass Joseph keine Ahnung hatte, wobei er gestört hatte, aber sie war dennoch froh, dass er sich auf der anderen Seite der Wand befand. *Danke*, schrieb sie zurück. *Alles ruhig hier. Lust auf eine Runde Karten?*

Stevie warf einen finsteren Blick zur Badezimmertür. Clay hatte das Wasser aufgedreht. Wahrscheinlich hatte er sich bereits ausgezogen. *Nein*, tippte sie ein. *Werde lieber schlafen.*

*Von wegen*, dachte sie. Sie packte ihren Stock, stemmte sich auf die Füße. Die Badezimmertür war nur angelehnt, also zog sie sie mit einem Finger auf. Als sie hineinspähte, wurden ihre Augen groß.

Clay stand, durch das Milchglas gut sichtbar, in der Dusche. Er hatte beide Hände flach an die Kacheln gelegt, sich leicht vornübergebeugt und den Kopf gehoben, so dass der Strahl auf Gesicht und Brust herabprasselte.

Als sie näher humpelte, sah sie, dass er die Augen zugekniffen und die Kiefer zusammengepresst hatte. Beim Anblick seiner prächtigen Erektion wusste sie, dass sie ihn jetzt sofort haben musste.

Sie legte die Hand auf die Duschwand und zog sie hastig zurück. Das Glas war eiskalt. Erst jetzt fiel ihr auf, dass es nicht beschlagen war. Kein Wasserdampf.

*Herrgott noch mal. Er duscht eiskalt? Ernsthaft?* Entschlossen schob sie die Tür auf und drehte das Wasser ab. Er blieb, wie er war, und neigte nur leicht den Kopf, um sie mit schwarzen, durchdringenden Augen anzusehen.

Sie holte tief Luft. Ihr Herz begann zu rasen, und sie hörte das Blut in ihren Ohren rauschen.

»Ich weiß, was du willst«, sagte sie mit einer heiseren Stimme, die ihr völlig fremd vorkam. »Du willst für immer. Du willst eine Familie. Ich kann dir kein ›Für immer‹ garantieren. Ich kann dir kein Morgen versprechen, weil ich dann vielleicht tot bin.« Sie räusperte sich. »Es tut mir furchtbar leid, dass ich dich gestern so verletzt habe, aber du hast mich falsch verstanden. Ich wollte nicht nur einmal mit dir schlafen, um meine Speicher aufzufüllen. Das würde auch gar nicht gehen, denn meine Speicher sind absolut leer, ausgetrocknet, bodenlos.«

»Was hast du dann gemeint?« Seine Stimme klang genauso heiser wie ihre.

»Ich meinte, dass es verdammt lange dauern wird, bis ich mich wieder wie eine normale Frau fühle, was immer normal auch sein mag. Ich bin wie ein ausgetrockneter Schwamm. Du hast behauptet, ich hätte Angst. Ja, ich habe Angst, und ob. Ich habe sogar verdammte Angst. Mehr, als wenn du mir einen Pistolenlauf ins Gesicht halten würdest.«

»Aber warum?«

»Weil ich weiß, wie ich damit umgehen muss. Mit diesem hier nicht. Was ist denn, wenn ich das einfach nicht noch einmal fertigbringe?«

Er drückte sich von der Wand ab und wandte sich ganz zu ihr um. Das Wasser tropfte von seinen wohldefinierten Muskeln. »Was genau? Was bringst du vielleicht nicht fertig?«

Sie biss sich auf die Unterlippe und kämpfte gegen den Drang an, ihn zu berühren. Ballte die Hände zu Fäusten, um nicht nach der Erektion zu greifen, die sich ihr entgegenreckte. »Na das. Wir. Sex. Eine Beziehung nach dem Sex. Ich weiß nicht, was ich tun sollte, wenn ...«

»Wenn?«

Sie schluckte. »Wenn du irgendwann beschließt, dass du mich doch gar nicht so toll findest. Du machst seit zwei Jahren eine Traumfrau aus mir, und das jagt mir entsetzliche Angst ein. Wie soll ich diesem Anspruch gerecht werden?«

Sein Blick flackerte, als sei jeder Zweifel daran vollkommen absurd. »Gott, Stevie ...«

Sie hielt die Hand hoch, um ihm das Wort abzuschneiden. »Lass mich bitte weiterreden, solange ich den Mut dazu habe. Ich hatte niemals vor, nur einmal mit dir zu schlafen und dich dann wieder abzuschieben. Dass du auch nur denken konntest, ich würde so was tun ... Nun, du kennst mich eben doch nicht so gut, wie du dachtest.«

»Verzeih mir.«

»Schon okay. Ich kenne mich in letzter Zeit selbst nicht mehr besonders gut. Deswegen bin ich auch so sauer geworden auf dem Boot. Ich denke, ich wusste immer, dass es kein Zurück gibt, sobald ich zugebe, dass ich etwas von dir will. Ich habe eingewilligt, mich auf dich einzulassen, und das hat mich in Panik versetzt. Und wenn ich Angst kriege, rette ich mich immer in Zorn. Ich weiß, dass ich dich gekränkt habe. Das wollte ich nicht.«

»Du lässt dich auf mich ein«, sagte er kaum hörbar. »Aber für wie lange?«

Ihre Schultern fielen herab. »Ich weiß es nicht. Wie ich schon sagte, ich kann dir keine Ewigkeit versprechen. Vielleicht kommt das Leben dazwischen. Vielleicht der Tod. Aber ich kann dir versprechen, dir alles von mir zu geben, solange wir zusammen sind. Wenn dir das reicht, dann großartig. Wenn nicht, verschwende ich nur deine Zeit.«

Er stand still wie eine Statue da und betrachtete sie mit regloser Miene. Und da verstand sie. Sie hatte ihn zu lange hingehalten. Zu oft und zu tief verletzt. Obwohl sein Körper eindeutig bei der Sache war, waren es sein Herz und sein Verstand nicht mehr. Und das war etwas, das Stevie viel zu gut begreifen konnte.

Sie atmete aus, versuchte, so stoisch zu wirken, wie er war. Sie hatte kein Recht, sich aufzuregen. Kein Recht auf Tränen, obwohl sie sie in ihrer Brust aufsteigen spürte. »Wie ich sehe, bist du bereits zu diesem Schluss gekommen«, sagte sie leise. Sie nahm ein Handtuch vom Heizgitter und drückte es ihm in die Hände. »Trockne dich ab, sonst erkältest du dich noch.«

Sie wandte sich ab, weil sie dringend Abstand brauchte. Sie wollte allein sein, wagte aber nicht, die Suite zu verlassen. Sie würde den Plan ruinieren und sich vielleicht sogar in Lebensgefahr begeben. Aber ihr Hals schmerzte, und ihre Fassung schwand. *Also ... beweg dich. Schwing deinen Hintern hier raus, bevor du zusammenbrichst und heulst.* Denn dann hätte er Mitleid, und das konnte sie noch weniger gebrauchen.

Sie hatte die Badezimmertür erreicht, als seine Hand über ihre Schulter schnellte und die Tür zudrückte. Sie war gefangen zwischen der Tür und einem nackten, sehr, sehr erregten Mann.

Sie schloss die Augen, als sie ihn von hinten näher herantreten spürte, und schauderte. Seine Lippen glitten über ihren Hals und verharrten an ihrem Ohr. »Das reicht mir«, flüsterte er heiser. »Wenn du es ernst meinst, reicht mir das.«

Die Erleichterung ließ sie erneut schaudern. »Ich meine es ernst. Ich ...«

Er drehte sie um, legte seine Lippen auf ihre und küsste sie wild und ungestüm. Ihr Stock fiel klappernd auf die Kacheln, als sie ihren Arm um seinen Nacken schlang und sich hochzog, damit die Erektion dorthin gelangte, wo es ihr guttat.

Ohne den Kuss zu unterbrechen, schob er ihre Shorts herunter, legte beide Hände auf ihre Pobacken und hob sie vom Boden. Mit einer Hand hielt er sie, während er zwei Finger in sie schob. Nur mit Mühe gelang es ihr, einen Lustschrei zu unterdrücken. »Du bist nass«, knurrte er. »Ich will dich schmecken. Aber noch nicht. Ich will in dir sein. Sag ...«

»Ja!«, unterbrach sie. Ihre Hüften bewegten sich ohne ihr Zutun. Er zog die Finger heraus, legte sich ihre Beine um seine Hüften. »Herrgott, Clay, ja!«

Mit einem heftigen Stoß drang er in sie ein. Dann erstarrte er, und sie sahen einander heftig atmend an.

»Du gehörst mir. Mir«, presste er hervor. »Sag es mir.«

Sie nickte atemlos. »Ich gehöre dir.«

Und dann war es wie eine Explosion. Sie hatte nicht gewusst, wie kurz davor er gestanden hatte, seine Beherrschung zu verlieren, bis es geschah. Seine Finger gruben sich in ihre Schenkel, als er sich in einem harten, schnellen Rhythmus zu bewegen begann und mit jedem Stoß tiefer in sie eindrang. Himmel, tat das gut. So gut.

Sie umklammerte seine Schultern und kam seinen Stößen entgegen, ohne ihn aus den Augen zu lassen, bis ihre Sicht zu verschwimmen begann.

*Jetzt. Ja!* »Schneller, Clay, schneller!«

Er stöhnte, dann stieß er noch härter, noch schneller in sie, trieb sie weiter und höher, bis sie einen erstickten Schrei ausstieß. Die lustvolle Woge des Orgasmus riss sie mit sich, doch er hörte nicht auf.

»Noch mal«, hauchte er in ihr Ohr. »Komm noch mal für mich, Stevie. Jetzt. Lass es mich fühlen. Jetzt.«

Sie hatte keine andere Wahl, als zu gehorchen, und als die zweite Woge kam, sackte sie bebend zurück gegen die Tür, befriedigt und erschöpft, seine Schultern umklammernd. Sie zwang sich, die Augen zu öffnen, und beobachtete, wie er kam. Er zitterte und zuckte, dann sackte er mit einem tiefen Stöhnen nach vorne. Sein Kopf kam auf ihrer Schulter zu ruhen, und seine Brust hob und senkte sich heftig, als er wieder zu Atem zu kommen versuchte. Sie hielt ihn fest, streichelte seinen Rücken, sein Haar, alles, was sie erreichen konnte.

Langsam, aber sicher wurde sein Atem gleichmäßiger, und auch sie atmete ein paarmal tief durch. Tief im Innern verspürte sie einen wunderbaren Frieden.

Er hob den Kopf, begegnete ihrem Blick, und ihr jagendes Herz setzte einen Schlag aus.

Er spürte es auch. Das konnte sie sehen. Aber in seinen dunklen Augen sah sie auch Staunen. Fast eine Art Ehrfurcht. Respekt. Alles, was sie zu sehen gehofft hatte. Alles, was sie zu sehen befürchtet hatte.

Er strich zart mit seinen Lippen über ihre. »Stefania«, flüsterte er. »Endlich.«

Ihre Augen brannten, dann kamen die Tränen. Liefen ihr die Wangen hinab.

Er ließ sie langsam herabgleiten, bis ihre Füße den Boden berührten. Einen Arm um ihre Taille gelegt, wischte er ihr die Tränen von der Wange und blickte sie besorgt an. »Ich war zu grob, ich habe dir weh getan. Gott, Stevie, bitte verzeih mir.«

Sie legte ihm einen Finger an die Lippen. »Nein, alles in Ordnung. Alles ist gut.«

Erleichtert atmete er aus. »Okay.« Er musterte sie einen Moment, dann sah er sie nachdenklich an. »Moment mal. Hast du etwa gedacht, ich könnte enttäuscht sein? Ernsthaft?«

Er verstand sie. Wieso überraschte sie das bloß immer wieder? Sie nickte. »Ich fürchte ja.«

»Jetzt weißt du, dass ich es nicht bin.«

Sie nickte wieder und musste lächeln. »Ich denke, das war nicht zu überhören.«

»Das hoffe ich doch.« Er streifte ihr vorsichtig das T-Shirt ab, zog den Rand ihres Verbands hoch, überprüfte die Naht der Wunde und nickte, als er sah, dass alles in Ordnung war. Dann überraschte er sie, indem er sie auf die Arme hob und mit ihr in die Dusche trat. Dort wickelte er ein kleines Handtuch um ihren Oberarm. »Halt ihn am besten aus dem Wasserstrahl«, sagte er und drehte den Hahn auf. »Warm diesmal.«

»Das hoffe ich doch«, ahmte sie ihn nach, dann zog sie eine Braue hoch. »Ich hatte aber schon geduscht.«

»Man kann nie zu sauber sein. Vor allem für das, was mir vorschwebt.«

»Du meinst also, wir sind noch nicht fertig?«, fragte sie und schauderte vor neuerlicher Erregung.

Seine Augen funkelten. »Ganz und gar nicht.«

*Towson, Maryland*
*Montag, 17. März, 20.50 Uhr*

Das war kein Care-Paket, dachte Henderson und drehte sich staunend um die eigene Achse. Das war ein regelrechter Bunker. Westmoreland hatte Vorräte angelegt, die Monate halten würden. Lebensmittel, Medikamente, Verbandsmaterial, alles säuberlich in Plastikwannen sortiert und ordentlich in Regale gestapelt. Doch mit alldem ließe sich ein wunderbares Care-Paket zusammenstellen.

Fletcher wusste davon nichts, dessen war Henderson sich sicher. *Sonst wäre ich schon im Key Hotel fachmännisch verarztet worden und hätte nicht das Risiko eingehen müssen, zu Dr. Sean zu gehen.*

Westmoreland war immer schon derjenige aus ihrer Truppe gewesen, der am wenigsten von sich preisgab. Dennoch. *Wow.* Hier gab es wirklich alles.

Messer, Nunchakus, Schachteln mit Munition mindestens drei verschiedener Kaliber, aber komischerweise nur eine Pistole. Die Neun-Millimeter-Sig war erst vor kurzem gereinigt worden, die Seriennummer dagegen hatte man schon vor langer Zeit weggefeilt. Dass sie einen Schalldämpfer hatte, war ein Plus.

Auf einem der Regale stand ein Behälter mit »Äther«, dazu gab es Fentanyl und Ketamin. Alles sehr nützliche Knock-out-Drogen. Ein anderer Behälter enthielt Spritzen. Ein weiterer Geldbündel mit kleinen Scheinen.

*Westmoreland, du bist der Größte. Ich danke dir für deine organisierte Sammelwut.* Henderson wanderte von Regal zu Regal und nahm sich Zeit, die Schätze zu bestaunen.

Plötzlich fiel Hendersons Blick auf einen Behälter in einer anderen Farbe. Er war hellblau statt mattgrün wie die anderen, und darin befanden sich ... Hendersons Kehle verengte sich. *Meine Sachen.* Es waren nicht viele, aber immerhin.

Westmoreland hatte das Feuer gelegt, das das Mietshaus mit Hendersons Wohnung zerstört hatte. *Aber offenbar hat er zuerst meine Sachen herausgeholt. Er hat also gewusst, dass ich nicht da war.* Anders als Robinette, als er das Haus von Westmorelands Eltern abgefackelt hatte.

Hendersons Augen brannten, als er das Familienfoto entdeckte, das im Wohnzimmer gehangen hatte. Keiner von den Personen auf dem Bild existierte noch. *Außer mir.*

Wes hatte den Brand gelegt, aber ein paar Schätze gerettet. *Nett von ihm.*

Ganz unten in der Plastikbox lag etwas, das Hendersons Herz schneller schlagen ließ. Der silberne Flachmann war ein Geschenk von Westmoreland, Brenda Lee und Fletcher zur fünfjährigen Firmenzugehörigkeit.

Henderson schraubte die Flasche auf, schnupperte und lächelte. Sie war noch immer mit dem Brandy gefüllt, der ursprünglich darin gewesen war. Nun, natürlich nicht mit genau demselben Brandy. Das war schon lange her. Henderson füllte einfach immer nach, so dass keiner etwas ahnen konnte, sollte er es überprüfen wollen.

*Nur mal probieren.* Der erste Schluck entlockte Henderson einen erleichterten Seufzer. *Das ist gut.* Der zweite Schluck war genauso gut wie der erste. Erst vier kräftige Züge später setzte die Erkenntnis ein. *Gleich bist du betrunken.*

*Hör auf damit und mach dich an die Arbeit.* Eine Tasche mit Westmorelands Vorräten zu füllen dauerte nicht lange. *Jetzt kann ich mir Mazzetti holen.*

*Nein, noch nicht.* Die Frage nach der genauen Zimmernummer stand noch offen. Falls Henderson den falschen Raum betrat, mochte die Person, die sich darin befand, einen Alarm auslösen. Zumindest bedeutete das, Zeugen töten zu müssen, und je mehr Zeugen es gab, umso heikler wurde die Sache.

*Venus von Milo, ich komme.* An der Bar wartete ein Kameramann, der heute noch unbedingt ein Nümmerchen schieben wollte. *Kumpel, heute ist dein Glückstag. Zumindest, bis ich dich umbringe.*

## 23. Kapitel

*Baltimore, Maryland*
*Montag, 17. März, 20.55 Uhr*

Clay starrte selig an die Zimmerdecke.

Er hätte schlafen sollen, damit er später ausgeruht war, um Wache zu stehen, aber er wollte nicht. In gewisser Hinsicht fürchtete er, dass er aufwachen und feststellen würde, dass nichts von alldem wirklich passiert war. Dass er nicht just den besten Sex seines Lebens gehabt hatte. Zweimal hintereinander. Dass er nicht Stevie Mazzetti in seinen Armen hielt. Dass er alles vielleicht nur geträumt hatte. Aber im Moment zumindest fühlte es sich real an.

Das zweite Mal hatten sie es tatsächlich bis zum Bett geschafft. Und obwohl er die Sache mit der Empfängnisverhütung auch dieses Mal nur allzu gerne vergessen hätte, war er derjenige gewesen, der noch rechtzeitig dazu ermahnt hatte. Mit großen Augen hatte sie die Tage gezählt und war murmelnd zu dem Schluss gekommen, dass sie beim ersten Mal vermutlich Glück gehabt hatten. Dann hatte sie ihm das Kondom aus der Hand genommen und es ihm mit quälender Langsamkeit übergestreift, und er hatte alle guten Vorsätze, es langsam angehen zu lassen, vergessen.

Nun schmiegte sie sich warm und duftend an ihn. Ihr Kopf lag auf seiner Brust, und sie hatte die Beine mit seinen verschlungen. Ihre Finger spielten träge mit den Haaren auf seiner Brust. Er war glücklich. Und er konnte sich nicht erinnern, wann er sich je so zufrieden gefühlt hatte. Er küsste ihren Scheitel. »Warum hast du deine Meinung geändert?«, murmelte er. »Was mich angeht, meine ich?«

Ihre Finger hielten inne. »Ich glaube, dass ich weniger meine

Meinung geändert, als plötzlich klarer gesehen habe. Ich wusste es wohl schon immer. Ich hatte nur zu große Angst, es mir einzugestehen.«

»Dann sollte ich wohl fragen, was dir die Angst genommen hat.«

Er spürte ihr Lächeln. »Die Frage sollte eher lauten, wer. Die neue Freundin deines Vaters. Sie ist wirklich sehr nett. Du solltest sie unbedingt näher kennenlernen.«

»Ich habe meinem Vater schon versprochen, dass ich das tun werde. Ich habe total blödsinnig reagiert. Er hat es verdient, glücklich zu sein.«

»Ja. Und sie auch. Offenbar hat Tanner ihr ordentlich den Hof gemacht. Nell wollte nicht.«

»Ja, das hat er mir auch erzählt. Er hat behauptet, er hätte sie erst überzeugen müssen.«

Sie lachte. »Überzeugen, betören, manipulieren. Drei verschiedene Worte, dasselbe Ergebnis.« Ernster fuhr sie fort: »Letztendlich hat sie sich besonnen, weil sie begreifen musste, dass sie bloß Angst hatte zu versagen.«

»Zu versagen? In welcher Hinsicht?«

»Sie war vorher mit einem Mann verheiratet gewesen, mit dem sie eine großartige Beziehung geführt hatte. Sie erzählte mir, sie habe Angst gehabt, in einer neuen Beziehung zu scheitern.«

Er runzelte die Stirn. »Weil ihr erster Mann so gut war, dass niemand an ihn herankommen konnte?«

»Nein. Weil er besser war als sie. Der bessere Partner. Der bessere Charakter.«

Endlich begriff er. »Oh! Und sie war nur die Unperfekte, die froh sein konnte, sich in seinem Glanz sonnen zu dürfen.«

»Klingt ziemlich blöd, wenn du es so ausspricht«, murmelte Stevie. »Aber im Grunde ist es so. Ich dachte bisher, ich hätte Angst, in einer neuen Beziehung zwingend zu scheitern, weil ich gleichzeitig Angst davor hatte, mich noch einmal jemandem zu öffnen.«

»So hatte ich es jedenfalls verstanden.«

»Und es ist auch nicht ganz falsch, denn vielleicht ist zu lieben und zu verlieren ja wirklich besser, als nie geliebt zu haben, aber es ist trotzdem zum Kotzen.« Sie straffte die Schultern. »Ich habe mir eingeredet, ich hätte Angst, dir weh zu tun, weil du niemals gut genug sein könntest.«

»Immer nur der Zweitbeste«, sagte er, und sie verzog schmerzlich das Gesicht.

»Ich wollte dich verscheuchen.«

Er legte ihr die Hand an die Wange und streichelte sie mit dem Daumen. »Das dachte ich mir schon.«

»Ja, aber ich finde es dennoch schrecklich, dass ich dich so gekränkt habe. Ich weiß jetzt, dass ich eigentlich Angst davor hatte, selbst nicht gut genug sein zu können. Dass *ich* nur die Zweitbeste wäre. Und ich hasse es zu scheitern.«

»Ist das so?«, sagte er trocken. »Hätte ich nie gedacht.«

»Ich meine es ernst.«

»Ich auch. Ernster, als ich je etwas gemeint habe. Denn was immer wir beide miteinander haben, Stevie, ist das Wichtigste, was ich mir in meinem Leben vorstellen kann.«

»Ja, ich weiß«, sagte sie. »Und mit Ausnahme von Cordelia gilt das auch für mich. Danke, dass du mir so viele Chancen gegeben hast, obwohl ich dich immer wieder verletzt habe. Du hast wirklich enorm viel Geduld bewiesen.«

»Das war es wert. Du bist es wert. Das wusste ich immer schon. Ich habe nur irgendwann aufgehört zu glauben, dass zwischen uns etwas passieren wird. Also habe ich versucht, dich zu vergessen, damit ich mir eine andere suchen kann. Aber es ging nicht. Es gibt keine andere für mich. Nicht mehr, seit ich dich getroffen habe.«

Ihr Blick schien zu glühen, aber sie lächelte fast schüchtern, bevor sie ihn lang und innig küsste. »Wenn ich mich noch bewegen könnte«, murmelte sie an seinen Lippen, »würde ich dich jetzt bespringen.«

Er lachte schnaubend und sah, wie ihre Augen zu funkeln begannen. »Wenn *ich* mich noch bewegen könnte, hätte ich es längst getan.«

Sie legte ihren Kopf wieder auf seine Brust und seufzte zufrieden. »Lass uns später miteinander konkurrieren.«

Er grinste. Typisch Stevie, alles musste sie zum Wettkampf machen. Sogar Sex. Er konnte es kaum erwarten.

Eine lange Weile lagen sie nur da und schwiegen, dann entschloss sich Clay, auszusprechen, was ihn schon eine ganze Weile umtrieb. »Stevie? Du hast gesagt, dass niemand in deiner Familie über deinen Mann und deinen Sohn spricht. Warum nicht?«

Sie versteifte sich. »Warum fragst du?«

»Weil ich es wissen will.«

Sie schwieg so lange, dass er schon glaubte, sie würde gar nicht antworten. Dann holte sie tief Luft. »Ich liebe meine Eltern, Clay. Sie sind wunderbare Menschen, die viel für uns geopfert haben.«

»Ich weiß, dass sie wunderbare Menschen sind. Aber jede Familie hat ihre Probleme. Ich will ein Teil deines Lebens sein, ich will deine Eltern näher kennenlernen. Ich würde es einfach gerne wissen. Haben sie ... Paul gemocht?«

»Sie haben ihn geliebt wie einen eigenen Sohn«, sagte sie zögernd. »Und Paulie war ihr einziger Enkel. Sie haben ihn immer wie einen kleinen Prinzen behandelt. Aber nachher, nach seinem Tod ... erwähnte ihn niemand mehr.«

»Und warum nicht, Liebes?«

Ihr Schlucken war in der Stille deutlich zu hören. »Meine Eltern stammen aus Rumänien. Das hast du dir wahrscheinlich schon gedacht, sie haben ja immer noch einen starken Akzent. Was du aber nicht weißt, ist, dass Sorin und ich noch dort geboren wurden. Wir wanderten aus, als wir sechs waren.«

»Warum?«

»Weil dort in den Achtzigern alle möglichen Leute ermordet wurden«, antwortete sie verbittert. »Und zwar nur, weil die Regierung es so wollte.«

»Ihr seid geflohen?«

»Ja. Mein Vater ist hier in den Staaten Highschool-Lehrer geworden, aber damals arbeitete er für die Regierung. Er war Physiker und hatte mit Kernbrennstoffen zu tun.«

Zu einer Zeit, als der Kalte Krieg zu Ende ging. »Er hat Waffen entwickelt?«

»Laut damaliger Regierung nicht, aber ich denke doch. Er redet noch immer nicht darüber. Er wurde die ganze Zeit beobachtet. Genau wie meine Mutter. Und meine Tante. Seine Schwester.«

»Ist sie tot?«

»Sie wurde ermordet. Sie wurde überfahren, als sie die Straße überqueren wollte. Der Schuldige beging Fahrerflucht. Aber wir wussten, dass es Absicht gewesen war. Wir waren Zeugen, mein Vater und ich. Sie wollte weglaufen, aber der Wagen machte einen Schlenker, um sie zu erwischen. Sie ist noch auf der Straße gestorben, in den Armen meines Vaters.«

Und die kleine Stefania hatte den grausigen Vorfall miterlebt. Clay verlieh seiner Stimme einen ruhigen Klang, obwohl er gerne geflucht hätte. »Und warum wurde sie umgebracht?«

»Auch sie war Wissenschaftlerin, und sie hatte ihren Unmut über das Forschungsprogramm lautstark geäußert. Das habe ich zumindest den Streitereien zwischen ihr und meinem Vater entnommen, die Sorin und ich mitbekommen haben, als wir eigentlich schon hätten schlafen sollen.« Sie hob leicht die Schultern. »Cordelia schlägt in der Hinsicht deutlich nach mir.«

»Und weiter?«

»Meine Eltern haben den Vorfall nie erwähnt. Haben meine Tante nie wieder erwähnt. Aber als wir fliehen konnten und in Amerika waren, wurde meine Mutter wieder schwanger. Meine Tante hieß Izabela.«

»Sie haben also Izzy nach ihr benannt.«

»Ja, aber das sagten sie nie ausdrücklich. Einmal fragte ich nach meiner Tante. Mein Vater machte alle Schotten dicht und beharrte darauf, dass die Toten tot seien. Zünde bei der Messe eine Kerze für sie an, wenn es denn sein muss, aber rede nicht über sie, denn das bringt dir nichts. Als Paul und Paulie starben, wusste ich also, dass es keinen Sinn hatte.«

»Weiß Izzy von deiner Tante?«

»Nur das, was ich dir erzählt habe, denn mehr weiß ich auch nicht.«

»Aber du hast es doch gesehen. Eine Sechsjährige wird Zeugin eines Mordes! Warst du in Therapie?«

»Nein. Das gab es damals in Rumänien nicht. Aber selbst wenn, hätte Daddy das nicht gutgeheißen. Man schluckt es und ist stark. Man wäscht vor Fremden keine schmutzige Wäsche.«

Nun ergab so einiges sehr viel mehr Sinn. »Glaubt er denn, du hättest das einfach vergessen?«, fragte er ruhig.

»Ich denke schon.« Sie seufzte wieder, diesmal traurig. »Genau wie ich dachte, dass Cordelia es einfach vergessen würde. Dass sie wieder ruhig in ihrem Bett schlafen oder am Küchentisch essen könnte, wo Silas ihr die Pistole in die Rippen gerammt hat. Und dass es reicht, den alten, mit Silas' Blut besudelten Teppich rauszuwerfen und einen neuen zu kaufen, damit sie sich wie früher gemütlich vor den Fernseher setzt.«

»Aber du hast Hilfe in Anspruch genommen, Stevie. Du hast sie zu einer Therapie angemeldet.«

»Aber die hat ihr nicht geholfen, und etwas anderes habe ich nicht versucht.«

»Jetzt ja.«

»Nur weil Izzy es hinter meinem Rücken erzwungen hat.«

»Redest du mit Emma über deinen Mann und deinen Sohn, wenn ihr euch zum Essen trefft?«

»Ja. Anfangs rief ich sie mehrmals die Woche an. Dann wurden alle paar Monate daraus. Irgendwann ging ich wieder arbeiten, und wir trafen uns einmal im Jahr im Harbor House Restaurant. Und mit der Zeit wurde es besser. Ich schaffte es, den Tag zu überstehen.«

Clay wusste, dass es noch lange nicht wieder gut war, aber er war froh, dass sie so darüber reden konnte. »Du sprichst viel über Paul. Aber fast nie über deinen Sohn.«

Sie versteifte sich wieder. »Und?«

»Würdest du? Mir von ihm erzählen? Von Paulie?«

Sie schluckte. »Würdest du mir von Sienna erzählen?«

Nun war er es, der sich versteifte. Woher zum Teufel wusste sie von seiner Tochter? Dann erinnerte er sich an die Unterhaltung mit Cordelia, als sie auf der Treppe zum Haus seines Vaters gesessen hatte. »Du hast am Sonntagmorgen nicht geschlafen. Du hast gelauscht.«

»Ja, aber ich wollte nicht dich aushorchen, sondern Cordelia. Sie sagt dir mehr als mir. Also? Würdest du?«

»Ich erzähle dir von Sienna und du mir von Paulie?«

»Ist doch nur fair.«

Oder auch nicht. Seine Rolle in der Geschichte war nicht gerade ruhmreich, und wie er mit der Situation umgegangen war, beschämte ihn.

»Es gibt nicht viel zu erzählen«, begann er. »Ich habe Siennas Mutter direkt nach der Highschool geheiratet. Sie hatte gerade mit einem Kerl Schluss gemacht, mit dem sie drei Jahre lang zusammen gewesen war. Ich war der klassische Lückenbüßer. Wir tranken zu viel und landeten auf dem Autorücksitz. Ich sollte in zwei Wochen zur Grundausbildung nach Parris Island abreisen, als sie mir mitteilte, dass sie schwanger sei und ich der Vater.«

»Also hast du sie geheiratet?«

»Ja. Sie verlangte, dass ich bei den Marines ›aussteige‹. Aber ich hatte einen Vertrag unterschrieben, ich konnte also gar nicht, selbst wenn ich es gewollt hätte. Daraufhin schmollte sie und sagte, wenn ich sie liebte, würde ich schon einen Weg finden. Man kommt aber aus einem militärischen Vertrag nicht einfach raus, also tat ich das Einzige, was mir möglich war: Ich nahm meinen Mut zusammen und stellte mich dem Zorn ihres Vaters. Ihr alter Herr war ein furchteinflößender Mistkerl. Er wollte diese Ehe ganz und gar nicht, aber noch weniger wollte er eine unverheiratete Mutter als Tochter, daher willigte er ein. Ich ging ins Ausbildungslager und schickte ihr jede Woche einen Brief und den größten Teil meines Lohns. Sie sackte das Geld ein, schrieb mir aber nie zurück. Das ging ungefähr fünf Monate so.«

»Und dann?«

»Dann schrieb sie mir endlich. In dem Brief stand, sie habe das Baby verloren. Ich war fertig mit der Grundausbildung und inzwischen auf der Schule. Ich versuchte, Sonderurlaub zu bekommen, aber eine Fehlgeburt war damals noch kein triftiger Grund. Endlich bekam ich zweiundsiebzig Stunden zwischen Ausbildung und Einsatz frei und fuhr nach Hause, um sie zu suchen. Mein Vater half mir, aber sie war weg. Ihre Eltern sagten, sie sei umgezogen, und wollten die neue Adresse nicht rausrücken. Ich konnte nicht bleiben, um intensiver nachzuforschen, da wir nach Afrika verlegt wurden. Sieben Monate später bekam ich den nächsten Brief. Diesmal von ihrem Anwalt.«

»In dem sie die Scheidung verlangte?«

»Ja. Und ich war auf der anderen Seite der Welt. Ich willigte ein. Ich meine, sie war nicht die Liebe meines Lebens gewesen und wollte nicht einmal mehr mit mir sprechen. Ich redete mir ein, dass das Trauma, das Baby verloren zu haben, es für sie zu schmerzhaft machte, sich mit mir auseinanderzusetzen.«

»Hattest du das Baby gewollt?«

»Damals? Zuerst nicht, nein. Ich war nicht einmal neunzehn und sollte in Kürze in einem Kriegsgebiet eingesetzt werden. Aber je mehr ich darüber nachdachte, umso reizvoller kam mir der Gedanke vor. Sie hatte mir noch nicht einmal gesagt, ob es ein Mädchen oder ein Junge gewesen war.«

»Da Sienna am Leben ist, hat sie dich offensichtlich belogen.«

»Allerdings. Einmal kam ich im Urlaub nach Hause und traf mich mit ein paar Kumpels. Über die erfuhr ich, dass sie wieder geheiratet hatte – und zwar den Kerl, mit dem sie schon auf der Highschool zusammen gewesen war. Die Jungs wunderten sich darüber, dass er sie überhaupt genommen hatte, wo sie doch ein sechs Monate altes Baby hatte.«

Stevie stützte die Unterarme auf seine Brust. »Und was hast du gemacht?«

»Ich ging zu ihr. Es war schließlich mein Kind. Sie hatte mir nichts von dem Baby gesagt, weil sie wusste, dass ich es hätte haben wollen. Sie wollte das Sorgerecht nicht mit mir teilen. Aber dann stellte sich heraus, dass ihre alte Highschool-Liebe sie zusammengeschlagen und wegen einer anderen ohne Kind sitzengelassen hatte.«

»Oh. Toller Typ.«

»Es gingen Gerüchte um, dass sie nach Westen zu einer Tante gezogen war. Ich klingelte bei ihrem Vater, weil ich Antworten wollte, bekam stattdessen aber ein blaues Auge.«

»Er hat zugeschlagen?«

»Und wie. Ich hätte gerne zurückgeschlagen, aber meine Eltern hatten mich anders erzogen. Ihr Vater meinte, ich sei schuld an ihrer Labilität, ich hätte sie ›gebrochen‹, aber ich hatte keine Ahnung, wovon er sprach. Schließlich erklärte mir ihre Mutter, dass Donna gezwungen gewesen war, sich wieder auf diesen ›Nichtsnutz von der Highschool‹ einzulassen, weil ich mich von ihr hatte scheiden lassen.«

»Sie hat allen anderen weisgemacht, *du* hättest dich von ihr scheiden lassen?«

»Genau. Ich sagte, ich könne beweisen, dass es genau andersrum gewesen sei, aber sie meinten nur, die Mühe könnte ich mir sparen, da die Papiere mit Sicherheit gefälscht seien. Sie wüssten schließlich, was für ein Kerl ich sei.«

»Und was sollte das heißen?«

»Anscheinend haben sie ihr geraten, mich auf Unterhalt zu verklagen, nachdem der andere sie sitzengelassen hat, aber sie wollte nichts mehr mit mir zu tun haben. Weil ...« Er verstummte.

»Clay? Weil? Was hat sie ihnen erzählt?« Sie packte sein Kinn, so dass er sie ansehen musste, aber er schloss die Augen, als er sich wieder an den Schock und die Scham erinnerte, als sei es erst gestern passiert.

»Sie hat ihren Eltern gesagt, ich hätte sie gezwungen«, sagte er so leise, dass er sich fast selbst nicht hörte.

»Was? Sie hat ihnen erzählt, du hättest sie vergewaltigt?«

Blut stieg ihm in die Wangen. »Ja.«

»Was für eine dreiste Lüge. Und was hast du gesagt?«

»Dass es eine dreiste Lüge sei. Dass sie behauptet hätte, sie hätte das Baby verloren, aber ihre Eltern meinten bloß, das sei ja wohl natürlich, was hätte sie auch anderes tun sollen? Weil ich sie betrunken gemacht und mich ihr aufgezwungen hätte, hätte sie solche Angst vor mir gehabt, dass sie sich erst traute, mich aus ihrem Leben – und dem ihres Babys – zu entfernen, als ich Tausende von Meilen weit fort war. Wäre ich nicht nach Afrika gegangen, hätte mich die Familie verklagt und meine Karriere ruiniert.«

Sie sah ihn traurig an. »Aber wieso hat sie das getan? Wie konnte sie nur so gemein lügen?«

»Du bist so sicher, dass sie gelogen hat«, murmelte er.

»Ja, natürlich. Sie hat bei allen anderen Dingen auch gelogen. Außerdem weiß ich, dass du nicht so ein Mensch bist. Das passt einfach nicht.« Sie legte den Kopf schräg und sah ihn durchdringend an. »Ach so! Jetzt kapiere ich. Deswegen wolltest du immer, dass ich erst ja sage. Du machst dir nach all den Jahren immer noch Sorgen, dass sie vielleicht doch die Wahrheit gesagt hat?«

»Nein, eigentlich nicht. Nicht mehr. Die ersten Jahre war es anders. Aber ich kann und konnte mich nicht daran erinnern, sie in irgendeiner Hinsicht bedrängt zu haben. Eigentlich war es andersrum. Sie war ungeduldig, wollte es unbedingt sofort machen. Aber Alkohol kann die eigene Wahrnehmung stark verzerren.«

»Hör auf, das glaube ich nicht«, sagte Stevie rundheraus. »Ich denke, sie hat ihren Eltern weisgemacht, du hättest dich von ihr scheiden lassen, als sie von ihr verlangten, dich auf Unterhalt zu verklagen. Als sie nicht damit aufhörten, hat sie sich diese alberne Geschichte einfallen lassen, um sich abzusichern. Ihre Eltern wollten doch sowieso nur das Schlimmste von dir denken.«

»Meine Eltern haben auch immer geglaubt, dass es so war, wie du jetzt sagst.«

»Na ja, sie kennen dich eben.«

Dass sie sich so sicher war, tat ihm gut. Er küsste ihre Stirn. »Danke.«

»Wo ist Donna jetzt?«, wollte Stevie wissen.

»Sie ist kurz vor Weihnachten gestorben. Krebs. Ich habe sie über die Jahre hinweg ein paarmal gesehen. Sie wohnte zuletzt in Kalifornien. Ich habe auch meine Tochter gesehen, einmal, als sie sechs war. Sie sah aus wie ich, dunkelhaarig, schon damals ziemlich groß. Sie war in der Schule und spielte zur großen Pause auf dem Hof. Ich beobachtete sie durch den Zaun, bis sie mich entdeckte und schreiend weglief. Donna hatte ihr offenbar Bilder von mir gezeigt. Und ihr irgendwelche Horrorgeschichten erzählt.«

Diese Erinnerung quälte ihn immer noch – das Kind, das schreiend vor ihm weglief, als sei er ein Ungeheuer.

»Schlimm. Sie hat ihre eigene Tochter gegen dich beeinflusst. Ach, Clay. Wie ging es weiter?«

»Damals hatte ich keine Zeit mehr, ich musste am folgenden Tag zum nächsten Einsatz. Ich stellte einen Antrag auf Urlaub, aber es dauerte eine ganze Weile, bis ich loskam. Sie war weggezogen, wieder einmal, aber ich fand sie dennoch. Sie hatte Sienna versteckt und ließ mich nicht zu ihr. Ich schickte Karten und Briefe, zu Weihnachten, zum Geburtstag, und ich versuchte in den kommenden fünf Jahren mindestens zehn weitere Male, sie zu besuchen, aber schließlich drohte mir Donna mit einer einstweiligen Verfügung. Ich war damals schon bei der Polizei, ich wusste, wie so etwas lief. Wenn sie das durchsetzte, wäre ich auch noch meinen Job los.«

»Aber wieso hat sie dich denn so gehasst?«

»Das habe ich sie auch gefragt, aber sie schlug mir immer nur die Tür vor der Nase zu. Einmal jedoch ging die Tür wieder auf, und Donnas Tante stand dort. Sie wusste offenbar die Wahrheit. Sie flüsterte mir zu, dass Donna alles tat, damit ihr Vater nie davon erführe. Er würde ›an gebrochenem Herzen sterben‹.«

»Meine Güte, dramatischer geht es wohl nicht«, sagte Stevie. »Du hättest einen Vaterschaftstest verlangen können.«

»Ich habe darüber nachgedacht, aber der Anwalt, den ich mir genommen hatte, redete es mir aus. Wenn ich damit vor Gericht gegangen und gewonnen hätte, hätte man mir das Teil-Sorgerecht für ein Kind am anderen Ende des Landes gewährt. Damals war ich in D.C. stationiert und stand kurz vor einem neuen Einsatz. Ich hätte meine Tochter nicht oft genug besuchen können, um ihr begreiflich zu machen, dass ich nicht das Schwein war, das Donna aus mir gemacht hatte. Ironischerweise engagierte ich sogar einen Privatdetektiv, um sicherzustellen, dass es Sienna gutging und dass Donna sie nicht misshandelte oder vernachlässigte. Aber Sienna machte einen glücklichen Eindruck, und – man sollte es nicht glauben – Donna schien eine gute Mutter zu sein. Sie heiratete ein drittes Mal, und ihr neuer Mann brachte eigene Kinder mit in die Ehe. Laut Detektiv waren sie eine nette Familie: Vorstadthäuschen mit Zaun und allem Drum und Dran. Mehr konnte man sich für ein Kind nicht wünschen, fand ich, und der Ermittler und ich gingen getrennte Wege. Zwei Tage später überlegte ich es mir anders. Sie war auch mein Kind. Ich wollte sie nicht einfach aufgeben. Also stellte ich ihn wieder ein.«

»Und?«

»Mein Detektiv wurde verhaftet. Donna hatte ihn Fotos machen sehen und ihn angezeigt, Verdacht auf Pädophilie. Bis wir alles widerlegen konnten und die Anklage fallen gelassen wurde, war Donna mit meiner Tochter verschwunden. Eine Weile hatte ich nur eine Briefkastenadresse, an die ich Briefe schickte, aber sie antwortete nie. Ich suchte weiter und fand Donna tatsächlich irgendwann, aber immer wenn ich klingelte, war Sienna angeblich gerade nicht da. Drei Jahre später versuchte ich es noch einmal. Sienna wurde achtzehn.«

»Und sie war wieder nicht da?«

»Oh, doch, sie war da. Sie wollte aber nicht zur Tür kommen, also gab ich es auf. Bis vergangenen Januar.«

»Was war denn im Januar?«

»Du wärst im Dezember fast umgekommen.«

»Ja, aber ... Ich verstehe nicht.«

»Meine Mutter hat mir kurz vor ihrem Tod das Versprechen

abgenommen, dass ich weiterhin versuche, Sienna zu treffen, um eine Beziehung mit ihr aufzubauen. Ich war Jahre nicht mehr in Kalifornien gewesen, und ich hatte auch nicht vor, in absehbarer Zeit dorthin zu fliegen, obwohl Dad mich immer wieder an mein Versprechen erinnerte. Doch dann änderte sich alles.«

»Als ich angeschossen wurde«, flüsterte sie. »Clay.«

Er zuckte die Achseln. »Als du draußen vor dem Gerichtsgebäude zu verbluten drohtest, versprach ich Gott unter anderem, mein Versprechen meiner Mutter gegenüber einzulösen. Deshalb zog ich im Januar los, um Donna zu finden, musste aber feststellen, dass sie tot war. Die Nachbarn sagten, Sienna sei an der Uni, die Uni sagte, sie habe sich auf unbestimmte Zeit beurlauben lassen, um ihre kranke Mutter zu pflegen. Ich habe nach ihr gesucht, aber sie will nicht gefunden werden, und wenn Donna ihr über mich dasselbe erzählt hat wie ihren Eltern, wundert mich das, ehrlich gesagt, nicht.«

Stevie schürzte die Lippen. »Wenn all das hier vorbei ist, dann gehen wir beide nach Kalifornien und suchen dieses Mädchen. Ich rede selbst mit ihr. So jedenfalls kann das nicht weitergehen. Du bist ein toller Kerl, Clay Maynard, und deine Tochter muss das erfahren.«

Innerlich von den Zehen bis zum Scheitel plötzlich wunderbar warm, küsste er ihre Nasenspitze. »Lass uns darüber reden, wenn das hier vorbei ist. Danke. Übrigens hast du mir etwas versprochen. Ich habe erzählt, jetzt bist du dran.«

Die Entschlossenheit schwand aus ihrem Blick, stattdessen sah er Furcht. Er küsste sie zärtlich. »Erzähl es mir, Stevie. Erzähl mir von deinem Sohn.«

*Bladensburg, Maryland*
*Montag, 17. März, 21.15 Uhr*

Ruby schloss die Autotür hinter sich und schauderte. »Hier draußen ist es mächtig kalt.«

»Und nun stell dir vor, du hättest noch immer das windige Kleidchen an«, sagte Sam trocken. Sie hatte sich umgezogen und trug nun eine Stoffhose und einen weichen, lilafarbenen Pulli, der keinen nennenswerten Ausschnitt besaß. Allerdings schmiegte sich der Stoff so hübsch an ihre Brüste, dass er sie am liebsten berührt hätte. Vorsichtshalber hatte er die Hände in seine Taschen geschoben.

»Dann hätte ich jetzt Erfrierungen. Kayla ist nicht da, aber die Vermieterin sagt, sie müsste jeden Moment zurückkommen.«

»Was ist denn das für ein Haus?«, fragte Sam und betrachtete das große alte Gebäude, in dem Kayla Richards momentan wohnte. Sie saßen nun schon seit zwei Stunden im Auto davor, weil niemand aufgemacht hatte und Sam langsam angefangen hatte, sich zu fragen, ob sie hier nicht nur ihre Zeit verschwendeten.

Doch dann war ein Wagen vorgefahren, und Ruby war ausgestiegen und hatte einmal mehr ihren Charme spielen lassen. Sam hatte beobachtet, wie sie mit der Vermieterin gesprochen und die anfänglich misstrauische Frau in weniger als einer Minute auf ihre Seite gezogen hatte. Die beiden hatten sich mit einem herzlichen Lächeln getrennt.

»Eine klassische Pension. Die Vermieterin hat erzählt, dass Kayla als Sekretärin arbeitet, aber montags zu einem Abendkurs an der Uni geht, um ihren Abschluss zu machen.«

»Hey, das ist gut. Wie geht's ihr gesundheitlich?«

»Das habe ich nicht gefragt. Sie lebt, und für unsere Ermittlung ist das momentan alles, was zählt. Aber die Vermieterin machte keinen traurigen Eindruck, als sie von ihr gesprochen hat.«

»Das freut mich.« Rubys Recherche hatte zutage gefördert, dass Kayla eine Vorstrafe wegen Crackmissbrauchs hatte. Sie hatte sich auf einen Vergleich eingelassen und eine Entziehungskur gemacht, danach war sie nicht wieder mit dem Gesetz in Konflikt geraten.

»Ja, mich auch. Und das mit dem Abschluss finde ich großartig«, sagte sie sehnsüchtig.

»Hast du je daran gedacht, noch einmal zur Schule zu gehen?«, fragte Sam.

»Ungefähr täglich.« Ruby zuckte die Achseln. »Bisher ist nichts draus geworden.«

»Und was würde dich interessieren?«

Sie warf ihm einen Seitenblick zu, als erwartete sie, dass er sie auslachte. »An der UMBC gibt es einen Studiengang für forensische Wissenschaften.«

»Davon habe ich gehört.« Die Universität von Baltimore, Maryland, bot eine ganze Reihe Wissenschaftsprogramme für Leute aus der Strafverfolgung oder dem Rechtswesen an. »Ich hatte auch einmal überlegt weiterzustudieren, hab's dann aber doch gelassen.«

»Und warum?«, fragte sie ernst.

»Weil ich eigentlich mit dem zufrieden bin, was ich habe. Und ein Studium kostet viel Zeit, die mir dann für andere wichtige Dinge fehlt.«

»Wie zum Beispiel für ehrenamtliche Tätigkeiten und Trainerjobs.«

»Auch. Und für meine Mom. Du bist offensichtlich nicht zufrieden mit dem, was du hast, oder, Ruby?«

»Ich bin nicht unzufrieden. Aber ich denke schon eine ganze Weile darüber nach, etwas in meinem Leben zu ändern.« Wieder warf sie ihm einen Seitenblick zu. »Ich würde mich am liebsten auf die Ermittlung von Todesursachen spezialisieren ...«

»Du wärst bestimmt gut darin. Du arbeitest seit wie vielen Jahren – zehn? – an Todesschauplätzen, du weißt, wie du mit Toten umgehen musst, und du kannst die Lebenden bezaubern. Was hält dich davon ab?«

»Danke, Sam«, sagte sie und schenkte ihm ein warmes Lächeln. »Aber sofern ich nicht mein Diplom gleichzeitig mit meiner Rente kriegen will, muss ich schon Vollzeit in die Schule gehen.«

»Was bedeutet, dass du deinen Job in der Rechtsmedizin aufgeben müsstest und kein Einkommen mehr hättest.«

»Oh, ich hätte ein Einkommen. Ich arbeite schon jetzt ab und zu freiberuflich für Thorne: Ich berate ihn, wenn er eine Tatortanalyse braucht. Er hat mir zugesichert, dass er mich einstellen würde.«

»Dann noch einmal: Was hält dich davon ab?«

»Ich bin schon lange in der Rechtsmedizin. Hier kommt man mit meiner Art klar, aber es gibt dennoch einige, die mich für oberflächlich halten. Was, wenn man mich in einer solchen Position nicht respektiert?«

»Dann wäre man verdammt dumm. Wenn wir das hier hinter uns haben, schleife ich dich zum Sekretariat der UMBC, und du schreibst dich ein. Aber schau mal, da kommt jemand.« Er deutete auf ein älteres VW-Modell, das auf sie zukam. Es hielt am Bürgersteig, und eine Frau stieg aus.

»Ist sie das?«

Sam nickte. »Ich glaube ja. Bist du so weit?«

»Klar. Denk bloß daran, nicht den Joe Friday rauszukehren, okay? Lass mich reden.«

Aber dazu sollte es nicht kommen. Kayla Richards sah die beiden Gestalten auf sich zugehen und blieb stehen. Vorsichtig studierte sie Sams Gesicht. Sie wirkte gesund und kräftig, doch ihre Augen waren plötzlich angsterfüllt, und ihr Gesicht verriet eine Resignation, die Sam nur allzu gut kannte.

Kayla Richards hatte geahnt, dass dieser Moment eines Tages kommen würde.

»Ich habe mich schon oft gefragt, was aus Ihnen geworden ist«, sagte sie leise.

»Sie erinnern sich also an mich?«, fragte Sam, und sie nickte. »Ich bin Sam Hudson, das ist Ruby Gomez. Wir würden Ihnen gerne ein paar Fragen zu jenem Abend vor acht Jahren stellen.«

Kayla schloss die Augen. »Wollen Sie die Polizei rufen?«

Ruby legte eine Hand über seine. »Sollten wir das, Miss Richards?«, fragte sie leise.

»Ich weiß nicht genau. Ich hatte Alpträume vor Sorge, dass Sie damals zu Tode gekommen sein könnten. Ich bin so froh, dass Sie noch leben.«

»Was ist an jenem Abend passiert?«, fragte Ruby noch immer sanft, doch in ihrer Stimme lag eine Autorität, die Kayla veranlasste, sich kerzengerade aufzurichten.

Kayla blickte auf ihre Uhr. »Würden Sie mir zehn Minuten geben? Ich muss mein Kind ins Bett bringen.«

»Wie alt ist das Kind denn?«, wollte Sam wissen.

Sie sah ihm direkt in die Augen. »Sie ist achteinhalb.«

Ihre Tochter war also damals ein halbes Jahr alt gewesen. »Können wir drinnen warten? Es ist verdammt kalt.«

»Sicher. Meine Vermieterin hat ein Wohnzimmer, das wir benutzen dürfen.«

*Baltimore, Maryland*
*Montag, 17. März, 21.25 Uhr*

Stevie bebte am ganzen Körper. Clay schlang seinen Arm fester um sie. »Schon gut«, flüsterte er. »Du musst nicht über Paulie reden. Du musst dich an gar nichts erinnern, wenn du nicht willst.«

»Ich muss mich nicht erinnern. Er ist immer bei mir, immer präsent. Ich weiß nur nicht, wo ich anfangen soll.«

»Was war seine Lieblingsfarbe?«

»Gelb«, flüsterte sie. »Paulie liebte alles, was gelb ist. Bei den Buntstiften war der gelbe immer bis zu einem Stummel verbraucht, während die anderen Stifte unbenutzt blieben. Sonnen, Autos, Hunde ... alles musste gelb sein.«

Er lächelte, das Gesicht an ihr Haar gedrückt. »Lieblingsessen?« »Lasagne. Er mochte Pauls lieber als meine, was eigentlich unfair war. Italiener haben es einfach besser drauf. Dafür konnte ich besser Makkaroni und Käse machen.«

»Eigenhändig aus der Fertigpackung zubereitet?«

»Ganz genau. Paulie war so hübsch. Er hatte goldblondes Haar wie Paul, aber seine Augen waren braun wie meine.« Sie atmete tief ein und hielt die Luft an. Dann stieß sie sie aus und sprach leise weiter. »Er spielte unheimlich gerne Rugby mit meinem Vater und war ein Riesenfan der Orioles. Er wusste alle Spielerstatistiken auswendig. Mein Vater sagte oft, er würde bestimmt mal Mathematiker werden wie er, und Paulie fing dann immer an zu weinen. Er hörte ›Magier‹ aus Mathematiker heraus, und Zauberer machten ihm Angst. Vor allem dann, wenn sie sich Tücher aus dem Mund zogen.«

Clays Brust wurde nass. Sie weinte.

»Er wollte Anwalt werden und Polizist. Er wollte alle Bösen fangen, einsperren und den Schlüssel wegwerfen.« Sie stieß ein zittriges Lachen aus. »Das hat er natürlich oft genug von Paul und mir gehört. Er wünschte sich einen Bruder, aber als ich ihm sagte, er würde eine Schwester bekommen, legte er mir die Hände auf den Bauch und sagte, er würde sie trotzdem trainieren.« Sie lachte wieder, doch es klang eher wie ein Schluchzen. »Er hatte schon Spielzeuge herausgesucht, die er ihr schenken wollte. Er war ein toller Kerl. Er hat versucht, seinen Vater vor einem Killer zu retten. Und dabei ist er erschossen worden, Clay.« Die Schluchzer schüttelten ihren Körper und raubten ihr den Atem. »Dieses miese Dreckstück hat meinen Sohn erschossen.« Clay schluckte mühsam. »Du musst nicht weiterreden, Stevie.« Sie schüttelte fest den Kopf. »Ich hätte ihn aus dem Kindergarten abholen sollen, aber ich blieb noch im Büro, weil ein Fall mich beschäftigte, bei dem ein Mann seine Frau umgebracht und es seinem Sohn in die Schuhe geschoben hatte, und ich wollte es ihm beweisen, koste es, was es wolle. Ich habe meinen Sohn verloren, weil ich mir in den Kopf gesetzt hatte, einen anderen Dreckskerl festzunageln, an dessen Namen ich mich heute nicht mal mehr erinnern kann!«

Er rieb ihr den Rücken, versuchte, das krampfartige Schluchzen zu beruhigen, aber sie konnte nicht aufhören. »Es war nicht deine Schuld, du weißt das.«

»Ich weiß, dass ich meinen Sohn nicht abgeholt habe«, presste sie zwischen den Zähnen hervor. »Ich weiß, dass er noch leben würde, wenn er damals bei mir gewesen wäre. Aber er war nicht bei mir. Er war bei Paul, der wie jeden verdammten Abend in ein Geschäft gegangen war, um seiner Mutter ein Lotterielos zu kaufen.«

Clays Radar setzte ein, aber er schwieg. Grayson hatte ihm versichert, dass Paul Mazzetti zufällig erschossen worden war. Alle Angeklagten der Fälle, mit denen er betraut gewesen war, hatten vom Verdacht freigesprochen werden können.

Ihre Tränen begannen zu versiegen, aber sie klammerte sich immer noch so fest an ihn, als hätte sie Angst unterzugehen. Sie rang nach Luft. »Der Kerl war ein Junkie. Seine Hand mit der Pistole zitterte.«

Clay zog die Brauen zusammen. »Woher weißt du das?«

»Ich habe das Video gesehen. Tausendmal.«

»Warum das denn?«, fragte er entsetzt.

»Ich dachte, ich würde vielleicht irgendwann etwas entdecken, das die Polizei übersehen hat. Aber ich konnte nur diesen Kerl mit Skimaske sehen, der meinen Mann und meinen Sohn und die Kassiererin erschoss. Schließlich griff Silas ein, nahm mir die Kopie von dem Band ab und faltete den Kerl zusammen, der es mir gegeben hatte.«

»Was für ein Mensch tötet denn ein Kind?«, flüsterte Clay.

»Ich glaube gar nicht, dass er das vorgehabt hatte. Er schoss zuerst auf Paul und traf ihn in die Brust. Die Kassiererin duckte sich, um ihre Waffe zu holen, und er schoss ihr in den Kopf. Paul trug eine Schutzweste und rappelte sich wieder auf. Paulie hatte eigentlich im Auto warten sollen, stürmte aber plötzlich in den Laden ... Mein Sohn hatte das Herz eines Löwen und kannte keine Angst.«

*Klingt nach jemandem, den ich kenne.* Aber natürlich sprach er das nicht aus. Stevie trug schwer genug an ihrem Schuldgefühl, dem brauchte er nichts hinzuzufügen.

»Paul rang mit dem Räuber, um ihm die Waffe abzunehmen, als der Kerl den Hahn durchzog. Die Kugel durchschlug Pauls Arm und drang in Paulies Brust. Paul ... er warf sich über Paulie, versuchte, die Blutung zu stoppen und ihn gleichzeitig zu schützen. Der Räuber hätte abhauen können, aber das hat er nicht getan. Er hat noch einmal auf ihn angelegt, Kopfschuss. Und dann ist er geflohen.« Sie schluckte. »Heute Morgen, als du mit Cordelia vor dem Bauch unter dem Anleger hingst, ging mir durch den Kopf, dass du ungeachtet der Beziehung, die wir hatten oder nicht hatten, Cordelia beschützt hast, wie Paul es getan hätte. Wie ihr eigener Vater es getan hätte.«

Clays Kehle zog sich zu. »Danke«, flüsterte er heiser.

»Das ist eine Tatsache.« Sie drückte ihre Wange an seine Brust. »Gott, mir platzt der Schädel.«

»Kein Wunder.« Er nahm ihren Kopf zwischen die Hände, drückte die Daumen gegen die Schläfen und ließ sie sanft kreisen. »Besser?«

»Ein bisschen.« Sie schwiegen einige Minuten. Dann ergriff sie erneut das Wort. »Du hast gefragt, warum ich nicht über meinen Sohn spreche. Weil ich ... nicht kann. Es tut immer noch zu weh. Es ist acht Jahre her, aber es könnte genauso gut erst gestern gewesen sein.« Sie wischte den nassen Fleck auf seiner Brust weg. »Ich habe einige von seinen Sachen weggegeben, aber sein Zimmer ist immer noch so wie damals. Ich weiß, ich hätte es in ein Büro oder sonst was umwandeln sollen, aber immer wenn ich damit anfangen wollte, habe ich Panikattacken bekommen.«

»Du musst doch gar nichts damit machen. Jeder trauert nach seinem eigenen Rhythmus. Ich bin sicher, dass Emma dir das gesagt hat.«

»Ja, hat sie. Aber ich habe mich dennoch irgendwie geschämt. Ich meine, ich habe Trauerbewältigungsgruppen geleitet, es aber nicht geschafft, mit meinem eigenen Verlust fertigzuwerden. So was ist doch Heuchelei.«

»Nein, Liebes, so was ist menschlich. Aber vielleicht haben diese Gruppen dir dabei geholfen, den Kummer auf Abstand zu halten.«

»Ja, das ist wahr. Meistens haben wir in den Gruppen über den Verlust von Kollegen gesprochen. Partnern und Ehepartnern. Nicht so oft über Kinder.«

»Weil es für andere Eltern genauso hart ist wie für dich.«

»Bei dir klingt alles so logisch.«

»Ist es doch auch. Du bist keine Heuchlerin, Stevie. Du bist nur eine Frau, die richtig schlechte Karten bekommen hat. Du gehst damit um, wie du es für richtig hältst. Wenn du noch einmal über ihn reden willst, bin ich für dich da.«

»Danke.«

Dann hielt er sie einfach nur im Arm und schwieg, strich ihr über das Haar, den Rücken und massierte ihre Kopfhaut, bis er spürte, dass sie sich langsam entspannte. Endlich schlief sie ein. Clay schob sich vorsichtig unter ihr hervor und deckte sie zu. Eine Weile stand er neben dem Bett, um ihr beim Atmen zuzuschauen. Sie sah so jung aus, und plötzlich hätte er gerne gewusst, wie sie gewesen war, bevor man ihr Mann und Sohn genommen hatte. Aber dann hätten ihre Wege sich nie gekreuzt, und sie beide wären nun nicht hier zusammen gewesen. Nein, er war nicht froh darüber, dass sie ihre Familie verloren hatte, aber er würde versuchen, sie für den Rest ihres Lebens glücklich zu machen.

Er sah auf die Uhr seines Telefons. Es wurde spät. Wenn Stevies Schütze den Köder schnappen würde, dann entweder, wenn viele Leute im Hotel waren, oder wenn es zur Nacht ruhig wurde. Die Zeit für Menschenmengen war vorbei. Ein, zwei Stunden noch, und es würden kaum noch Leute da sein.

Er zog Jeans und Hemd über, vergewisserte sich, dass beides zugeknöpft war, kämmte sich rasch durchs Haar und klopfte an die Tür zum angrenzenden Zimmer.

Joseph machte auf und zog die Brauen hoch. »Alles okay? Wo ist Stevie?«

»Schläft«, sagte er.

Joseph runzelte die Stirn und musterte ihn. »Sie schläft? Einfach so?«

»Ja. Was soll denn sonst noch sein?«

Joseph zuckte die Achseln und trat zur Seite, so dass Clay eintreten konnte. Der Duft nach Pizza schlug ihm entgegen, und sein Magen begann zu knurren.

»Verdammt noch mal. Ich habe vergessen zu essen.«

»Ich habe ziemlich viel bestellt. Bedien dich.« Joseph setzte sich an den Tisch, auf dem sein aufgeklappter Laptop stand. »Ich habe mich in das Sicherheitssystem des Hotels eingeklinkt. Ich sehe die Aufzüge, die Treppen, die Flure auf jeder Etage. Novak und Coppola beobachteten ebenfalls Bildschirme. Wir sehen jeden, der sich Stevie nähert. Lass dein Handy an und trag es bei dir. Wir geben Bescheid.«

Clay packte sich eine halbe Pizza auf einen Teller, atmete den Duft ein und lehnte sich dann auf seinem Stuhl zurück. »Hoffentlich zeigt sich wenigstens einer der Kerle. Hast du auch Agenten in der Wäscherei unten postiert? Wenn ich mich einschleichen wollte, würde ich zuerst versuchen, an eine Uniform zu kommen.«

»Wir haben getarnte Agenten in der Wäscherei, bei der Putzkolonne und im Zimmerservice. Wer immer gewalttätig wird, wird sofort festgenommen. Zwar müssen wir dafür sorgen, dass weder Angestellte noch Gäste in Gefahr geraten, aber grundsätzlich wollen wir, dass der potenzielle Täter es bis in euer Zimmer schafft. Wenn wir unten jemanden schnappen und nichts finden, was ihn mit den Morden in Verbindung bringt, könnte er sich immer noch rausreden, dass er nur etwas stehlen wollte. Wir wollen den Täter aber für sechs Morde und fünf Anschläge auf Stevies Leben vor Gericht bringen.«

»Allerdings«, sagte Clay. »Was ist mit dem Sequoia und dem Tahoe? Sind die inzwischen irgendwo aufgetaucht?«

»Beide sind vom Winde verweht, obwohl die Beschreibung gestern ziemlich prompt rausging. Wir überprüfen die Kameras der Brückenmautstellen, auf der Interstate, an den Grenzen und in den Flughafenparkhäusern. Nichts bisher. Außerdem haben wir die Beschreibung der Autos und der Eindringlinge auf allen Facebook- und Twitter-Accounts der örtlichen, staatlichen und der Bundespolizei gepostet. Die Telefone sind besetzt, falls ein Bürger jemanden von ihnen erkennt. Jetzt können wir nur noch warten, bis einer oder beide den nächsten Zug machen.«

»Hoffentlich tun sie es bald. Die Warterei macht einen mürbe.«
Clay zog die Brauen zusammen, weil Joseph ihn erneut musterte. »Was ist denn? Habe ich Tomatensauce auf dem Hemd?«
Joseph sah aus, als fühlte er sich nicht ganz wohl. »Nein.«
»Warum guckst du mich denn dann so an?«
Der Agent hob abwehrend beide Hände. »Hey, ich folge nur den Anweisungen.«
»Was für Anweisungen? Wessen?«
»Daphnes, Paiges, Emmas und Maggie VanDorns.«
Clay musterte ihn skeptisch. »Was sind das für Anweisungen?«
»Ich soll sie informieren, ob irgendwas zwischen dir und Stevie gelaufen ist. Die Ladys meinen, wenn ihr zwei lange genug in einem Hotelzimmer eingesperrt seid, wird sich zwangsläufig etwas tun. Also? Kann ich ihnen sagen, *dass* etwas gelaufen ist, damit sie endlich Ruhe geben?«
Clay spürte, wie ihm die Hitze in die Wangen stieg. »Du willst mich veralbern.«
Joseph grinste. »Leider nicht. Aber jetzt kann ich ja gute Neuigkeiten übermitteln.« Sein Lächeln verblasste, sein Blick wurde ernst. »Es sind doch gute Neuigkeiten, oder?«
»Ja«, murmelte Clay. »Sehr gute.« Er fuhr sich mit der Hand übers Gesicht. »Wenigstens hat niemand gewettet.«
»Selbstverständlich haben sie gewettet.« Joseph sah wieder auf sein Handy. »Auf Basis der neusten Informationen ist es ein Dreier-Stechen zwischen Ethan, Paige und ... oh.« Er lächelte. »Und meiner Schwester Holly. Du und Stevie werdet klären müssen, wer mit dem Zeitpunkt am dichtesten dran ist.«
Clay wollte aufbrausen, musste aber lachen. »Ihr spinnt doch.«
»Nö. Wir waren es einfach nur leid, euch zwei zuzusehen, wie ihr euch umkreist. Ich habe dir Link und Passwort für das Sicherheitssystem des Hotels geschickt. Du kannst auch nebenan reinsehen, wenn du willst. Und nimm den Rest Pizza mit. Stevie hat inzwischen bestimmt einen Bärenhunger.«
Clay musste an die vielen Tränen denken. »Ich weiß nicht. Sie

hat mir von ihrem Sohn erzählt. Und von dem Tag, an dem er und Paul erschossen wurden. Sie war völlig fertig.«

Josephs Blick wurde mitfühlend. »Ich kannte sie damals noch nicht, aber Grayson sagt, dass es furchtbar gewesen sein muss. Dass der Täter gefasst wurde, bringt meist nicht die Befriedigung, die man vermutet.«

»Nein, das ist wohl wahr.«

*Montag, 17. März, 21.30 Uhr*

Robinette blickte zufrieden auf den Computerbildschirm auf seinem Schreibtisch. Er war müde gewesen, weil er mehr als vierundzwanzig Stunden nicht geschlafen hatte, und sein Verstand war durch das Dinner mit dem Stadtdirektor, das Brenda Lee arrangiert hatte, vorübergehend eingelullt gewesen, doch nun strömte frische Energie durch seinen Körper, und sein Blut rauschte.

Zuerst hatte er geglaubt, er hätte den Weg, den Hendersons Handy am Samstagnachmittag genommen hatte, falsch gelesen, aber nachdem er die Adresse überprüft und den Besitzer ausgemacht hatte, wusste er, dass er einen Volltreffer gelandet hatte.

Von Mazzettis Zuhause aus war Henderson am Samstag nach Hunt Valley gefahren, zu einer Farm, die Daphne Montgomery gehörte, Staatsanwältin in Baltimore und Freundin Mazzettis.

Montgomerys Verlobter war FBI Special Agent Joseph Carter. Bevor sie sich mit Carter verbandelt hatte, war Montgomery häufig am Arm von niemand anderem als Clay Maynard gesehen worden.

All diese Informationen zu einem Bild zusammengesetzt, verwiesen auf Montgomerys Farm als ideales Versteck für Mazzettis Töchterchen.

Von Hunt Valley aus war Henderson zum Harbor House Restaurant gefahren, hatte dort den Job verbockt, war zur Farm zurückgekehrt, von dort aus über Umwege wieder in die Stadt gefahren, um sich vor Mazzettis Haus einen zweiten Patzer zu leisten.

Wie auch immer. Wenn das Kind am Samstag auf Montgomerys Farm gewesen war, war es durchaus möglich, dass man es auch jetzt wieder dorthin gebracht hatte. Er musste vorsichtig sein. Falls die Kleine tatsächlich dort war, dann bestimmt sehr gut bewacht. Und falls Mazzetti sich ebenfalls dort versteckte, galt das umso mehr.

Das Gute war, dass die Cops nach einem Sequoia oder einem Tahoe suchten, und er fuhr keinen davon. Nicht nur Henderson konnte Autos kurzschließen.

Auf dem Weg zum Dinner hatte Robinette auf einem Supermarktparkplatz einen Jeep entdeckt, der noch älter war als der Tahoe. Auf dem Rückweg hatte der Wagen immer noch dortgestanden, also hatte er seinen eigenen Wagen ein paar Straßen entfernt geparkt und war zum Supermarkt gegangen. Nun stand der Jeep weit genug von der Fabrik entfernt, dass es nicht auffiel, aber noch nah genug, dass er zu Fuß hingehen konnte.

Und das würde er nun, da er sein nächstes Ziel kannte, auch tun. Nicht ganz so sicher war er, wie es weitergehen würde, wenn er an seinem Ziel angekommen war. Er hatte nicht vor, sich erwischen zu lassen, und er besaß keine Angestellten mehr, denen er genügend vertraute, um sie als Aufklärer einzusetzen.

Mit der Ausnahme von Brenda Lee natürlich, aber sie konnte er nicht auf feindliches Gebiet schicken.

Dann lächelte er. Mit einem Mal wusste er genau, wie er die Sicherheitseinrichtungen und das Personal der Farm auf die Probe stellen konnte. Wenn es gelang, besaß er die Informationen, die er benötigte. Wenn nicht, hatte er wenigstens etwas zu essen.

## 24. Kapitel

*Bladensburg, Maryland*
*Montag, 17. März, 21.35 Uhr*

Kayla Richards' Hände zitterten, als sie Sam und Ruby Kaffee einschenkte. »Ich war damals einundzwanzig, ledige Mutter und süchtig. Ich wusste nicht, was ich tun sollte. Das entschuldigt nicht, was ich getan habe. Ich bin jetzt seit fünf Jahren clean. Um mich wachzurütteln, musste mir das Sozialamt erst einmal meine Tochter wegnehmen. Ich ging zur Drogenhilfe, zog das Zwölf-Schritte-Programm durch und leistete bei jedem Abbitte, dem ich mit meiner Sucht weh getan hatte. Aber Sie kannte ich nicht, also konnte ich bei Ihnen nichts gutmachen. Das kann ich jetzt nachholen. Sie entscheiden, auf welche Art.«

»Ich sollte es Ihnen vielleicht vorher sagen.« Sam ignorierte Rubys warnenden Blick. »Ich bin Polizist. Ich bin nicht in offizieller Angelegenheit hier, aber es kann passieren, dass später jemand eine Aussage aufnehmen muss.«

Kayla schnappte nach Luft. Ihre Hände zitterten nun so heftig, dass sie die Tasse abstellen und mit einer Serviette den verschütteten Kaffee aufwischen musste. »Waren Sie damals schon Polizist?«

»Ja.«

Sie stöhnte, schien sich dann aber zusammenzureißen. »Also gut«, sagte sie und faltete die Hände im Schoß. »An dem Abend damals haben Sie ein Bier bestellt, und ich habe es Ihnen gebracht. In dem Moment wusste ich nicht, dass Ihnen jemand etwas ins Glas getan hatte, aber mir wurde es in dem Moment klar, als Sie keine fünfzehn Minuten später das Bewusstsein verloren. Ich nahm das Telefon, um einen Krankenwagen zu rufen, aber der Barkeeper hielt meinen Arm fest. Wenn ich anrufen würde, sagte er, wäre ich meinen Job los. Wegen meiner Vorstrafe hatte ich ziemliche Mühe gehabt, die Stelle dort zu bekommen, aber ich versuchte dennoch zu telefonieren. Und dann bedrohte er meine Tochter.«

»Und wie?«, fragte Sam.

»Er sagte nur, dass plötzlicher Kindstod häufiger vorkäme, als man meinte. Mütter würden ihre Kinder ins Bettchen legen, alles sei okay, und am nächsten Morgen – aus!«

*Armes Ding*, dachte Sam. Sie war schon vorher in keiner guten Position gewesen, aber nun hatte sie auch noch um ihr Kind fürchten müssen. »Sie haben also gewusst, dass mein Drink mit einer Droge versetzt war, haben es aber nicht selbst getan, sondern nur unterlassen, Hilfe zu holen.«

»Ja. Und es tut mir leid. Aber, ähm ... wenn Sie mich verhaften müssen, könnten Sie mir dann noch etwas Zeit geben, damit ich jemanden suchen kann, der sich um meine Tochter kümmert? Ich habe mittlerweile Freunde, denen ich vertraue. Ich würde sie rasch anrufen, damit das Sozialamt die Kleine nicht noch einmal abholt. Ich könnte nicht ertragen, nicht zu wissen, wohin man sie bringt.«

»Das Sozialamt wird Ihre Tochter in Pflege geben«, sagte Ruby schärfer, als Sam es für nötig gehalten hätte. »Es sei denn, Sie haben Familie hier in der Gegend.«

Kayla wurde blass. »Ich habe keine Familie mehr, aber ich habe einen gesetzlichen Vormund bestimmen lassen, falls ich krank werden sollte.« Ihr Blick wurde einen Hauch trotzig. »Ich bin HIV-positiv. Im Moment geht's mir gut, aber das kann sich ändern. Dass meine Tochter gut versorgt ist, ist für mich das Wichtigste. Wenn Sie mich ein paar Dinge regeln lassen, werde ich mich stellen.«

»Das ist nicht nötig«, sagte Sam. »Theoretisch haben Sie kein Gesetz gebrochen.«

Sie riss die Augen auf. »Nicht?«

»Nein. Hätte die Polizei Sie befragt und Sie hätten gelogen, wäre es eine Straftat gewesen. Aber dieses Verbrechen nicht zu melden war kein Verbrechen.«

Kayla ließ sich zurücksinken und atmete erleichtert aus. »Oh, mein Gott.«

»Kein Verbrechen per Gesetz jedenfalls. Nur ein moralisches«, fügte Ruby hinzu.

»Ruby«, murmelte Sam.

»Sam«, murmelte sie zurück. »Du hast ein zu weiches Herz.«

»Du glaubst ihr doch auch.«

Kayla sah angstvoll von Sam zu Ruby.

»Ja, klar.« Ruby verdrehte die Augen. »Ich dusseliges Weichei.«

Sam drückte Rubys Hand. »Ein gutes Weichei.«

Sie brummelte etwas vor sich hin, sah aber recht zufrieden aus. Dann räusperte sie sich. »Miss Richards, geht's Ihnen jetzt besser?«

Kaylas Wangen waren wieder rosiger, die Augen nicht mehr ganz so schreckgeweitet. »Ja, danke. Ich habe mich lange furchtbar schuldig gefühlt und noch tagelang danach die Nachrichten verfolgt, ob man Sie vermisste oder vielleicht sogar tot aufgefunden hatte. In diesem Fall hätte ich die Polizei anonym angerufen. Aber bis eben habe ich Ihr Gesicht nicht wiedergesehen.« »Was ist geschehen, nachdem Officer Hudson betäubt wurde?«, fragte Ruby mit sanfterer Stimme.

»Der Barkeeper sagte mir, ich sollte Feierabend machen, und das habe ich getan. Als ich vom Parkplatz fuhr, sah ich noch, wie man Sie rausschleppte. Sie wirkten betrunken, aber ich wusste ja, dass Sie nur ein Bier bestellt und nüchtern den Laden betreten hatten.«

»Und wer hat Officer Hudson hinausgeschleppt?«

»Ein ziemlich großer Kerl. Er war ungefähr Mitte, Ende vierzig. Massig, als hätte er mal Football gespielt. Dunkles Haar, aber sehr kurz, sah nach Militär aus. Sein Gesicht hatte nichts Besonderes, aber er war bestimmt fast eins neunzig groß – und schwer. Ich könnte ihn einem Zeichner beschreiben, falls Ihnen das hilft.«

»Ich denke schon«, sagte Ruby. »Sam, könntest du das arrangieren?«

»Ja. Ich habe einen Freund, der so was macht. Könnten Sie morgen ins Department kommen?«

»Ja, ich denke, mein Chef wird mir dafür freigeben, er ist ein netter Kerl. Wie lange, denken Sie, wird das dauern?«

»Ein, zwei Stunden vielleicht«, sagte Sam. »Geben Sie mir Ihre Nummer, und ich rufe Sie an, wenn alles so weit ist. Die Zeichner haben meistens eine Warteliste.«

Kayla schrieb rasch einige Nummern auf, dann fügte sie einen Namen hinzu. »Ricky Trenovi hieß der Barkeeper. Er hat dem massigen Kerl dabei geholfen, Sie rauszuschaffen. Ricky sitzt im Moment wegen Körperverletzung.«

Sam nahm den Zettel, den sie ihm hinhielt. »Dann betrachten Sie die Wiedergutmachung hiermit als geleistet.«

»Danke.« Kayla drückte seine Hand fest. »Vielen, vielen Dank.«

Sam wartete, bis er und Ruby wieder im Auto saßen. »Ich fahre zum Gefängnis, um mit diesem Ex-Barkeeper zu reden. Ich habe noch einiges an Urlaub, also werde ich mir einen Tag freinehmen. Ich hoffe nur, dass mein Freund, der Zeichner, morgen ein bisschen Platz im Terminkalender hat und ich beides unter einen Hut bringen kann.«

»Besser gesagt drei Dinge«, bemerkte sie mit Blick auf ihr Handy. »Mein Kontakt von der Nachrichtenredaktion hat die Videos rausgesucht, um die wir ihn gebeten haben. Er kann uns morgen früh im Studio treffen. Um neun.«

»Uns?«

Sie nickte und zog eine Braue hoch. »Auch ich habe noch einiges an Urlaub. Wenn du glaubst, ich klinke mich jetzt, da das Rätsel spannend wird, wieder aus, kennst du mich aber schlecht.«

Vielleicht war es das Rätsel, das sie reizte, aber Sam hatte fast das Gefühl, dass sie außerdem gerne mit ihm zusammen war. »Ich könnte dich etwas früher abholen und zum Frühstück einladen.«

Sie lächelte. »Gute Idee.«

*Hunt Valley, Maryland*
*Montag, 17. März, 22.45 Uhr*

Gähnend wanderte Emma in Maggie VanDorns Küche, wo Maggie, Alec, Paige und Daphne mit Ethan Buchanan am Tisch saßen.

Ethan und Alec blickten beide konzentriert auf ihre Laptop-Bildschirme. Die Frauen reinigten Waffen. Der ganze Tisch war voll davon: Revolver, Schrotflinten, Gewehre, Pistolen. Auf einer Seite lagen schusssichere Westen – sechs in Erwachsenengröße, eine in Kindergröße. Viele der Waffen stammten aus Clays umfangreicher Sammlung, was sie nicht im mindesten überraschte. Überrascht hatte sie dagegen, dass Maggie fast genauso viele Waffen besaß. Sie hatten ursprünglich ihrem verstorbenen Ehemann gehört, aber Maggie war eine versierte Schützin, vielleicht sogar eine bessere als Paige.

Das wusste Emma, da Ethan, als er am Nachmittag angekommen war, sie zuerst alle auf eine ungenutzte Wiese gebeten hatte, um ihre Fähigkeiten zu testen. Daphne hatte von ihnen allen eindeutig am wenigsten Talent zum Schießen, was die Staatsanwältin ziemlich geärgert hatte. Doch bis zum Abendessen traf sie jedes Mal wenigstens die Zielscheibe, und Emma konnte über Daphnes Entschlossenheit und Ethans Geduld nur staunen.

Clay hatte großartige Freunde, und sie waren ihm treu ergeben. Emma wünschte nur, dass Stevie doch noch zur Vernunft kommen würde, bevor Clay tatsächlich ein für alle Male aufgab.

»Cordelia schläft endlich«, verkündete Emma.

Die anderen blickten auf, dann huschte das eine oder andere Grinsen über die Gesichter.

»Und du scheinst auch ein Nickerchen gemacht zu haben«, sagte Paige und deutete auf ihr Haar. »Du siehst aus, als sei dein Fön explodiert.«

Emma ging in den Flur zum Spiegel und blickte finster auf ihre Frisur. Sie hatte sich die Haare mehrmals gewaschen, um die braune Farbe herauszubekommen, und war mit noch nassem Haar eingedöst. Nun standen ihr die inzwischen schmutzwasserfarbenen Strähnen wild vom Kopf ab.

»Das ist allein deine Schuld, Paige!«, rief sie in die Küche hinein und schlug rasch die Hand vor den Mund, als ihr das schlafende Kind einfiel. Cordelia hatte sich lange Zeit gesträubt, ins Bett zu gehen. Sie hatte unbedingt so lange wach bleiben wollen, wie ihre Tante Izzy und ihre Großeltern hier gewesen waren, doch Grayson Smith hatte sie inzwischen wieder nach Hause gefahren und würde auch die Nacht über vorsichtshalber bei ihnen bleiben.

Emma trat an die Küchenspüle, machte sich die Hände nass und glättete ihr Haar so gut es ging mit den Fingern. »Vergiss nicht«, flüsterte sie mit düsterem Blick, »Rache ist süß.«

»Oh, ich schlottere vor Angst«, gab Paige trocken zurück, aber sie grinste.

»Was denn jetzt?«, fragte Emma gereizt und fasste sich wieder an den Kopf.

»Diesmal bist nicht du gemeint«, erwiderte Daphne, die ebenfalls grinste. Sie hielt ihr Handy hoch. »Es gibt Neuigkeiten.«

»Was für welche denn?«, fragte Emma misstrauisch. »Haben wir die Mistkerle erwischt?«

Daphnes Lächeln ließ etwas nach. »Leider noch nicht.« Sie zog die Brauen hoch. »Aber die Operation CUS ist erfolgreich gewesen.«

»CUS?«, fragte Emma verwirrt. Dann begriff sie, und auch auf ihrem Gesicht erschien ein breites Grinsen. »Clay und Stevie.« Sie klatschte in die Hände. »Wer hat den Pool gewonnen?«

»Ethan, Holly und ich müssen ihn uns teilen«, sagte Paige. Maggie zog die Stirn in Falten. »Verdammt. Ich war sicher, dass es eher klappen würde.«

Emma seufzte zufrieden. »Das ist ja wirklich mal eine gute Nachricht. Wurde aber auch Zeit.«

»Mir tut Clay ein bisschen leid«, sagte Alec kopfschüttelnd. »Ich freue mich ja auch, dass die beiden endlich zusammengefunden haben, aber mir wäre es unangenehm, wenn mein Liebesleben öffentlich breitgetreten würde.«

Ethan zauste ihm mit väterlicher Zuneigung das Haar. »Du bist bloß angefressen, weil du nicht gewonnen hast.«

Alec blickte gespielt düster. »Blödsinn.«

»Eines Tages wirst du das ...« Ethans Telefon klingelte, und alle verstummten erwartungsvoll. »Buchanan.« Er zog plötzlich die Brauen hoch. »Nein, haben wir nicht ... Ja, klingt nach einem vernünftigen Plan.« Er legte auf. »Das war einer der FBI-Leute draußen, die den Haupteingang von der Straße aus beobachten. Jemand hat den Pizzadienst hier an diese Adresse geschickt. Die Agenten haben ihn nicht aufgehalten, sind ihm aber bis zum Tor gefolgt.« Er steckte das Telefon in seine Tasche. »Sie sagen, wir sollen bleiben, wo wir sind.«

Emma sah zur Decke hinauf. Cordelias Sicherheit war der Grund, warum sie hier waren. »Wir sollen also hier sitzen und Däumchen drehen, während wir darauf warten, dass ein Killer bei uns anklopft. Das gefällt mir gar nicht, Ethan.«

»Ich sagte doch, es gibt ›einen Plan‹. Alec, Maggie, nehmt euch die Waffen, mit denen wir geübt haben, zieht euch an und kommt mit. Daphne, du bleibst hier. Du kannst vielleicht keinen Scharfschützen ausschalten, aber jeden, der reinkommt, mit einer Ladung Schrot aufhalten. Schau einfach durchs Visier, wie ich es dir gezeigt habe.«

Daphne nickte. »Mach ich«, sagte sie, als Ethan, Alec und Maggie die Westen zuschnallten.

»Paige, wie sieht es bei dir mit der Beweglichkeit aus?«, fragte Ethan.

»Ich kann noch nicht wieder rennen, aber schießen geht. Ich gehe rauf in Cordelias Zimmer. Jeder, der zu ihr will, wird erst einmal an mir vorbeimüssen.«

Emma hatte bereits ein Gewehr in der Hand und eine Pistole im Gürtel. »Und an mir.« Aber sie dachte auch an ihre eigene Familie. *Bitte, lieber Gott, lass es nicht dazu kommen.*

*Montag, 17. März, 23.05 Uhr*

Paige hatte den Laptop auf die Kommode in Cordelias Zimmer gestellt, so dass sie über den Kamera-Feed das Haupttor im Auge behalten konnte. Sie selbst saß am Fußende des Bettes, Emma mit dem Rücken zum Bett auf dem Boden. Ihr Gewehrlauf deutete auf die Tür, die Waffe war entsichert, der Finger lag am Abzug, und sie war bereit, auf jeden zu schießen, der dumm genug war, diesen Raum betreten zu wollen.

Zum Glück würde es wohl kaum einer bis hierher schaffen. Josephs Leute waren in der Nähe, und Ethan würde niemanden durch das Tor lassen. Dennoch hämmerte ihr Herz wild.

»Da sind Leute, die mir was tun wollen, nicht wahr?«, flüsterte Cordelia, und Emma fuhr heftig zusammen.

Sie wandte sich um und sah in die weit geöffneten Augen des Kindes. »Du sollst doch schlafen.«

»Ich bin aufgewacht, als alle runtergegangen sind, und habe gelauscht. Als Mr. Buchanan die Waffen verteilt hat, bin ich wieder raufgerannt. Ich wollte keinen Ärger kriegen.«

»Warum hast du es mir dann gesagt?«, fragte Emma, trotz der angespannten Lage amüsiert.

»Weil ich was wissen will.«

»Was denn?«

»Na ja, erstens, ob Leute kommen, die mir was tun wollen.« Ihre Stimme klang ruhig, aber ihre Lippen zitterten.

»Nein«, sagte Emma fest. »Vielleicht will es jemand versuchen, aber er wird es nicht schaffen. Noch was?«

»Was hat Miss Daphne damit gemeint, als sie sagte, die Operation CUS sei ein Erfolg gewesen? Es hat was mit Clay und Stevie zu tun. Was ist mit meiner Mom passiert?«

Emma hustete. »Oha. Auf jeden Fall geht es deiner Mom gut, und sie ist wahrscheinlich glücklicher denn je, weil du in Sicherheit bist. Und du *bist* in Sicherheit! Aber sie ist auch glücklich, weil ... ähm, tja. Mr. Maynard mag deine Mom sehr, und das schon ziemlich lange.«

»Ja, ich weiß. Aber Mom mag ihn nicht besonders. Tante Izzy behauptet, meine Mama wäre bekloppt, weil Mr. Maynard zum Anbeißen sei.«

Emma lachte. »Das hat sie dir gesagt?«

»Nein, nicht mir. Das hat sie zu Miss Daphne gesagt, als ich letzte Woche beim Reiten war.«

Paige tippte Cordelia auf die Nase »Dich setzen wir demnächst in eine schalldichte Kabine, damit wir reden können, ohne dass du uns ausspionierst. Du brauchst nur zu wissen, dass Clay und deine Mom heute Abend zusammen sehr glücklich sind. Wir müssen abwarten, was geschieht, wenn diese ganze blöde Situation hier vorbei ist.«

»Die Mutter meiner Freundin hat einen Freund, der jetzt bei ihnen wohnt. Wohnt Mr. Maynard auch bald bei uns?«

»Wahrscheinlich nicht sofort«, sagte Emma. »Deine Mutter ist sehr vorsichtig, besonders wenn du ins Spiel kommst. Und jetzt machst du die Augen zu und tust zumindest so, als würdest du schlafen.«

»Was gucken Sie denn da auf dem Computer?«

»Das geht dich nichts an«, sagte Paige, und ihr Tonfall war plötzlich streng. »Schlaf jetzt, Cordelia. Und das ist keine Bitte.«

»Ja, Sensei Holden«, sagte Cordelia und schloss prompt die Augen. Emma staunte.

»Braves Mädchen.« Paige strich Cordelia über den Rücken und drehte dann den Laptop so, dass das Kind den Bildschirm nicht mehr sehen konnte. Gemeinsam beobachteten sie, wie Maggie VanDorn ins Bild trat. Sie sah aus wie Barbara Walters auf der Suche nach Rambo.

Alec und Ethan waren nirgendwo zu sehen.

Ein junger Mann in der Uniform eines Pizzaboten wanderte vor dem Tor herum und sah ab und zu ungeduldig in die Kamera. Er hatte schon einige Male geklingelt. Als die bewaffnete Maggie erschien, riss er entsetzt die Augen auf.

Maggie deutete auf die Straße hinter ihm, und der Junge wich ein paar vorsichtige Schritte zurück.

»Sieht nicht gerade aus wie ein Mörder«, flüsterte Emma.

»Nein, wirklich nicht. Aber Ted Bundy sah auch nicht nach Serienkiller aus, oder?«

*Ein gutes Argument*, dachte Emma, dann blinzelte sie verblüfft. Ethan war außerhalb der Umzäunung aus dem Nichts erschienen und schlich sich nun von hinten an den Pizzaboten heran. Er griff die Hände des Jungen und zog sie blitzschnell hinter seinen Rücken, und sofern der Bursche nicht ein unglaublich guter Schauspieler war, hatte Ethan ihn soeben zu Tode erschreckt. Hätten sie eine Tonspur gehabt, wäre ein gellender Schrei zu hören gewesen, dessen war Emma sich sicher.

»Wie ist Ethan denn so plötzlich vom Grundstück gekommen?«, fragte Emma staunend.

»Durch eine Systemlücke. Es gibt einen Zaunbereich, der separat kontrolliert wird. Ethan hat dort den Strom abgeschaltet und ist hinübergeklettert.«

»Aber der Stacheldraht ...?«

»Er weiß, wie man Verletzungen vermeidet. Das hoffe ich zumindest, wenn seine Frau eines Tages noch mehr Kinder haben will.«

Ein weiterer Wagen fuhr vor dem Tor vor und stellte sich quer hinter den Lieferwagen des Pizzadienstes. Zwei Männer in Anzügen stiegen aus und näherten sich mit gezogenen Waffen dem Tor.

Im gleichen Moment versteiften sich Ethan auf dem Schirm und Paige neben Emma.

»Was ist denn jetzt los?« Paige warf einen Blick auf ihr Handy.

»Einer der Bewegungsmelder ist ausgelöst worden.«

»Der Alarm geht direkt auf dein Telefon?«, fragte Emma.

»Ja. Und gibt auch die Position an. Das hier war bei Kamera sechs.« Paige tippte wild auf ihrem Laptop und teilte den Bildschirm. Kurz darauf erschien neben dem Kamerabild vom Tor ein weiteres, das den Wald zeigte. Eine Gestalt in Schwarz bewegte sich durch die Bäume auf das Tor zu.

»Wir müssen Ethan Bescheid geben«, zischte Emma und tastete schon nach dem Telefon.

»Er weiß es schon. Der Alarm geht auch an sein Handy. Er informiert bereits die FBI-Leute.«

Ethan sprach gerade mit einem der Agenten im Anzug, als der Mann plötzlich wie ein Sack zu Boden plumpste. »Oh, Gott«, flüsterte Emma. »Was ist denn da ...«

Sie konnte den Satz nicht mehr zu Ende sprechen, da eine Sekunde später der zweite Agent fiel. Ethan warf sich nach vorne und riss den Pizzajungen mit sich zu Boden.

Schockiert sah Emma, wie sich das Blut der Bundesagenten auf der Auffahrt sammelte.

Viel war von ihren Köpfen nicht übrig geblieben.

Nun war Emma dankbar, dass es keinen Ton gab. Sie warf Cordelia einen verstohlenen Blick zu. Das Mädchen hatte die Augen weit aufgerissen und war blass. Doch es hatte sich nicht geregt.

»Cordelia, setz den Helm auf, zieh die Weste an und kriech unters Bett«, befahl Paige. Das Kind gehorchte wortlos.

Paige wählte eine Nummer auf ihrem Handy und fluchte. »Bei Joseph antwortet die Voicemail. Ich versuche es bei Novak.« Dieser Anruf kam durch, das Gespräch war kurz. »Novak sagt, sie haben alles mitbekommen. Die Agenten hatten Mikros. Verstärkung ist unterwegs.«

»Paige, sieh nur!« Emma deutete auf das Kamerabild vom Wald. Alec tauchte, das Gewehr im Anschlag, hinter dem Eindringling auf. Er war Ethan über den Zaun gefolgt.

Der Mann in Schwarz rannte auf das Tor, auf Ethan und den Pizzajungen zu, als Alec feuerte, wie man an dem Lichtblitz aus dem Lauf sehen konnte. Der Mann wirbelte mitten im Laufen herum und krachte mit dem Rücken gegen einen Baumstamm, die Waffe fiel aus seiner Hand. Er packte seinen linken Arm mit der rechten Hand, dann begann er wieder zu rennen, diesmal auf die Straße zu.

»Alec hat ihn erwischt!«, schrie Emma.

Paige tippte etwas in ihren Laptop ein und fügte den anderen beiden Bildern ein drittes hinzu. Es war die Aufnahme vom Ende der Zufahrt. »Was ist das denn?«

Emma betrachtete das Bild mit zusammengezogenen Brauen. Dort stand ein Jeep, kein Tahoe, kein Sequoia, kein roter Chevy oder weißer Camry. »Das darf doch nicht wahr sein. Entweder haben die Kerle, die bei Clay eingebrochen haben, schon wieder die Autos gewechselt, oder wir haben es mit einem neuen Schützen zu tun.«

Ethan sprang auf die Füße und rannte schießend hinter dem Mann in Schwarz her. Der jedoch schaffte es zum Jeep, sprang hinein und brauste davon.

Ethan blieb stehen, zielte und feuerte ein letztes Mal. Der Wagen war inzwischen außerhalb der Kamerareichweite, aber Ethans zornige Körperhaltung machte deutlich, dass er ihn verfehlt hatte.

»Verdammt noch mal«, flüsterte Paige. »Er ist entwischt. Schon wieder.«

Ethan drehte sich um und lief zu Alec, der ebenso zornig aussah.

Sie hörten Schritte auf der Treppe, und Daphne erschien in der Tür. Sie war blass, ihre Hände zitterten. »Ich habe Joseph angerufen. Er hat die Beschreibung des Jeeps bereits durchgegeben. Alec ist unverletzt.«

Emma starrte auf den Pizzaboten, der noch immer auf dem Boden lag und heftig zitterte. »Und er?«

»Auch, glaube ich. Der Geschäftsführer des Pizzadiensts hat bestätigt, dass jemand angerufen und Pizza für diese Adresse bestellt hat. Er überlässt Josephs Leuten die Einzelnummernaufstellung seiner Festnetzverbindung. Verstärkung ist bereits unterwegs.«

»Tante Emma? Was ist denn passiert?«

Emma fuhr zusammen, als Cordelias tränenerstickte Stimme unter dem Bett erklang. Sie ging auf die Knie und breitete die Arme für Stevies kleine Tochter aus, dann half sie ihr rasch aus Helm und Weste. »Dir ist nichts geschehen. Ich bin hier und werde dich nicht allein lassen.«

»Ich will zu Mama«, weinte Cordelia. »Ich will zu meiner Mama.«

»Ich weiß. Aber es ist besser, wenn deine Mutter im Moment dort bleibt, wo sie jetzt ist. Wir alle sind im Moment in Sicherheit, deine Mom auch, glaub mir. Aber wenn wir immer wieder hin und her fahren, dann können wir das nicht mehr hundertprozentig garantieren, verstehst du? Es ist zu gefährlich. Und wenn wir deine Mutter jetzt anrufen, will sie bestimmt sofort herkommen, denn natürlich wird sie sich schlimme Sorgen machen.«

Schaudernd atmete das kleine Mädchen aus. »Dann sag ihr lieber nicht, dass ich sie bei mir haben wollte.«

»Wir sagen nichts«, sagte Paige. »Jedenfalls jetzt noch nicht.«

*Baltimore, Maryland*
*Dienstag, 18. März, 1.45 Uhr*

»Stevie«, flüsterte Clay. »Wach auf.«

Stevie öffnete die Augen und blinzelte, aber der Raum war dunkel bis auf die Beleuchtung des Computerbildschirms. *Ich bin im Peabody Hotel*, rief sie sich in Erinnerung. Schlagartig kamen ihr die Ereignisse der letzten Stunden ins Bewusstsein. Clay. Und Sex. Und dann kuscheln, reden, um verlorene Kinder trauern. Tränen, sehr viele Tränen. Sie spürte in ihrem Körper nach. Beanspruchungen an ungewöhnlichen Stellen.

*Und ich habe noch immer nichts an.* Während Clay voll angezogen war. Sie setzte sich auf und klemmte die Decke unter ihre Achseln. »Was ist?«, flüsterte sie.

»Sieh mal.« Er deutete auf den Bildschirm auf dem Nachttisch.

»Sicherheitskameras des Hotels.«

Ein Mann in der schwarz-weißen Uniform des Zimmerservices war aus dem Fahrstuhl getreten. Er hielt den Kopf so gesenkt, dass man sein Gesicht nicht erkennen konnte.

Stevie schlüpfte aus dem Bett und streifte sich Jogginghose und T-Shirt über, die Clay über einen Stuhl gelegt hatte, während sie schlief. Er bauschte die Kissen so auf, als läge noch jemand im Bett, und bezog dann Position neben der Tür.

Stevie schob die Füße in ihre Schuhe, entsicherte ihre Pistole und gesellte sich zu Clay an die Tür. Er stand links, also stellte sie sich nach rechts und lehnte ihren Stock an die Wand.

»Welcher ist es, was denkst du? Auto, Rucksack oder Arschloch?«, flüsterte sie.

»Egal. Ich habe mit allen dreien ein Hühnchen zu rupfen.«

»Die Tür nach nebenan?«

»Geschlossen, aber nicht abgeschlossen. Joseph wartet auf unser Signal.«

»Und wie geht das?«

»Nach ihm brüllen«, flüsterte Clay trocken, dann legte er einen Finger auf die Lippen.

Fast unhörbar öffnete sich die Tür zum Flur und schloss sich mit einem leisen Klicken. Falls der Mann durchs Wohnzimmer kam, bewegte er sich vollkommen lautlos, doch tatsächlich öffnete sich nun die Schlafzimmertür, und die Gestalt schlich mit gehobener Waffe herein.

Blitzschnell schoss Clay vor und warf den Mann zu Boden. Die Pistole flog durch die Luft und rutschte über den Teppich außer Reichweite.

Clay drückte dem Eindringling das Knie in den Rücken und fasste die Handgelenke zusammen, aber der Mann trat weiterhin um sich, daher ließ sich Stevie mit den Knien auf seine Waden fallen und rammte dem Kerl den Lauf ihrer Pistole in den Rücken. »Hör auf zu zappeln!«

Doch der Mann zappelte nur noch mehr. »Joseph!«, brüllte Stevie. »Jetzt wäre wirklich ein guter Zeitpunkt.«

»Ich bin hier«, sagte Joseph keinen halben Meter hinter ihr, ging in die Hocke und legte dem Mann Handschellen an. Dann holte er ein weiteres Paar hervor und reichte es Stevie, die damit seine Füße fesselte. »Sehen wir uns mal seine Visage an«, schlug sie vor, als sie damit fertig war.

Clay rollte ihn herum, und eine Sekunde lang herrschte totale

Stille. Ungläubig starrten sie, Clay und Joseph auf die am Boden liegende Gestalt hinab.

»Das glaub ich einfach nicht«, hauchte Stevie. »Er ist eine Sie.« Der Eindringling war eine Frau Mitte, Ende vierzig, schlank, aber breitschultrig und mit dem Körperbau eines Mannes.

Stevie beugte sich vor. »Wer bist du?«

Die Frau presste die Lippen zusammen.

Joseph warf Clay und Stevie Latexhandschuhe zu und zog selbst welche an. »Schauen wir uns mal die Hardware an.« Er nahm die Sig, die die Frau bei sich gehabt hatte, und runzelte die Stirn. »Keine Seriennummer.«

Die Frau verdrehte die Augen, schwieg aber.

»Joseph?« Agent Novak trat ein. »Coppola ist noch auf dem Posten, falls noch jemand Lust hat, bei uns mitzufeiern. Alles okay hier?«

»Uns geht's gut«, antwortete Stevie. »Sie aber hat nicht gerade ihren Glückstag.«

Novak blinzelte überrascht. »Wer ist die denn?«

»Bisher hat sie sich uns noch nicht vorgestellt«, sagte Joseph.

»Ich würde ja gerne wissen, welcher Killer sie ist«, sagte Stevie kalt. »Aber wir können es uns leichtmachen. Der Autoschütze hat eine Schusswunde genau hier.« Sie rammte der Frau die Pistole in die linke Schulter und sah ungerührt zu, wie diese heftig zusammenfuhr und vor Schmerz das Gesicht verzog.

»Blöde Schlampe«, presste die Frau durch die Zähne hervor.

»Du blöde Schlampe.«

»Nikita hat Aua«, sagte Stevie kalt. »Es tut mir ja soooo leid! Ich bin manchmal wirklich ungeschickt, vor allem bei Leuten, die versuchen, meine Tochter im Vorgarten abzuknallen.«

»Und dich«, fügte Clay ruhig hinzu, aber seine Augen schleuderten Blitze. »Sie hat auch auf dich geschossen.«

Stevie schnaubte verächtlich, rappelte sich hoch und griff nach ihrem Stock, den sie der Frau erneut gegen die Schulter stieß. Die Frau stöhnte.

»Stevie«, mahnte Joseph sanft. »Wir brauchen sie bei Bewusstsein, damit sie mit uns sprechen kann. Novak – Beweistüten bitte.«

Novak reichte ihm eine. »Kann losgehen.«

Joseph ließ die Sig in eine Tüte fallen, dann las er der Frau ihre Rechte vor und klopfte ihre Taschen ab. »Schalldämpfer für die Sig. Ein Springmesser. Autoschlüssel.« Alles wanderte in Tüten. »Und eine Spritze. Sieht aus, als hatte sie vor, jemanden unter Drogen zu setzen.«

»Aber wieso?«, fragte Stevie. »Sie hat am Samstag versucht, uns umzubringen. Warum uns nicht alle abknallen?«

»Früher oder später wird sie es uns schon verraten«, antwortete Clay ruhig. »Ihre rieche Alkohol in ihrem Atem. Ich schätze, sie musste ihre Nerven mit einem Drink beruhigen. Zitternde Hände sind ein ärgerliches Handicap für einen Mörder. Wahrscheinlich wird sie über kurz oder lang ihre Seele für einen Drink verkaufen.«

Die Frau sah ihn hasserfüllt an, sagte aber nichts.

Joseph nickte. »Sieht aus, als ob du recht hättest. Mehr hat sie nicht in den Taschen.« Er löste die kleine Bauchtasche, die sie unter ihrer Uniform verborgen hatte. »Ein zweites Magazin mit Hohlspitzgeschossen.« Er holte eine braune Flasche ohne Etikett hervor, schraubte den Deckel ab, roch daran und fuhr blinzelnd zurück. »Wow. Äther. Ich schätze, das war Plan B, wenn es mit der Spritze nicht klappen würde.«

»Oder um eine Betäubung zu gewährleisten, wenn die andere Wirkung nachlässt«, sagte Clay.

»Oder so.« Joseph zog eine silberne Feldflasche hervor. »Wahrscheinlich Schnaps, aber ich spare es mir, daran zu riechen. Das kann das Labor übernehmen.«

Stevie entdeckte eine Inschrift auf der Rückseite der Flasche. »Kann ich mal sehen?« Ohne auf den wütenden Blick der Frau zu achten, richtete Stevie die Handylampe auf die eingravierten Worte. »›Für JH vom Team zum fünften. Hoffentlich viele mehr.‹ Ist das nicht großartig? Sie ist Teil eines Teams.« Sie wollte den Flachmann gerade in eine Tüte stecken, als sie verharrte. »Ganz unten steht auch noch etwas.«

Die Frau erschlaffte plötzlich, die Augen wurden ausdruckslos. »Wahrscheinlich nur das Logo des Herstellers«, sagte Novak. Stevie drehte den Flachmann um. »Vielleicht, aber Miss Autoschützin hier packt, glaube ich, gerade die Angst. Hat jemand eine Lupe?«

Novak holte aus der Tasche seines schwarzen Ledertrenchcoats ein Vergrößerungsglas hervor. »Hier, bitte.«

Stevie kniff die Augen zusammen, um den Stempel in der Höhlung am Boden zu erkennen. »Hier sind zwei Zeichen. Eins ist ein B in einer Raute. Das andere sieht aus wie ein Baum mit einer Eichel davor. Darunter steht ›FPL‹ neben dem typischen R im Kreis.«

»Eingetragenes Warenzeichen.« Clay holte seinen Laptop vom Nachttisch und tippte. »Ich habe FPL – Logo – Eichel – Silber eingegeben, aber da kommt nichts. Keine Silbermanufaktur, die dazu passt.«

Stevie starrte auf das vergrößerte Bild, während sich etwas in ihrer Erinnerung regte. »Ich würde gerne ein Bild davon machen, wenn du nichts dagegen hast, Joseph.«

»Kein Problem«, antwortete er und beobachtete ihre Gefangene, die wie eine Statue mit geschlossenen Augen auf dem Boden zwischen ihnen lag. »Du hast recht, Stevie. Es gefällt ihr gar nicht, dass wir den Stempel entdeckt haben. Ich gebe dem Labor Bescheid. Die sollen der Sache nachgehen.«

Er klopfte die Beine und Arme der Frau ab und drückte fester auf die linke Schulter, als nötig gewesen wäre. Instinktiv versuchte sie auszuweichen. Schweiß trat auf ihre Oberlippe.

»Wer mag die Wunde versorgt haben?«

»Wer immer es war – wenn wir ihn finden, wird er sich dafür verantworten müssen. Novak, lass uns gehen. Du suchst das Auto, das zu dem Schlüssel passt.«

»Und was passiert mit uns?«, fragte Clay.

»Bleibt hier und seht zu, dass ihr endlich etwas Schlaf kriegt. Die Zimmer sind die ganze Nacht gebucht. Ich lasse euch ein paar von meinen Leuten da, die in den angrenzenden Räumen

Wache halten, falls einer aus JHs ›Team‹ beschließt, einen zweiten Angriff zu wagen. Wir stecken Miss Wortlos in einen Verhörraum und lassen die Zeit für uns arbeiten. Wenn sie einen Flachmann dabeihat, wird es sicher nicht allzu lange dauern, bis sie zur Kooperation bereit ist.«

»Darauf würde ich mich nicht verlassen«, spuckte die Frau aus, als Joseph und Novak sie auf die Füße hievten.

»Wartet noch«, sagte Stevie. Sie blieb vor der Frau stehen und sah sie durchdringend an.

Die andere verengte die Augen. »Was ist?«

»Du hättest mein Kind kaltblütig ermordet, ohne dass es dich eine schlaflose Nacht gekostet hätte, oder?«

Die Frau lachte verbittert. »Das sagst ausgerechnet du? Miese Heuchlerin.« Sie wandte den Blick ab und beachtete Stevie nicht weiter.

Stevie sah zu, wie man sie wegschleifte. »Was zum Teufel sollte das denn heißen?«

»Wir sollten herausfinden, wessen Kind du getötet hast«, sagte Clay nachdenklich und schloss die Tür hinter ihnen ab.

»Ich habe noch nie ein Kind getötet«, entgegnete Stevie empört. »Nie.«

»Nein, natürlich nicht. Aber vielleicht hast du jemanden getötet, den sie geliebt hat. Das würde zumindest die Zielstrebigkeit erklären, mit der sie dich auszuschalten versucht hat. Vielleicht geht es hier um ganz altmodische Rache und hat gar nichts mit der Angst vor Entdeckung zu tun, weil du Silas' alte Fälle wieder aufrollst.« Er zog Stevie zum Bett und klappte die Decke um. »Rein mit dir.«

Sie gehorchte, aber die ratternden Rädchen in ihrem Kopf kamen quietschend zum Halten, als er ihr Jogginghose und T-Shirt auszog. »He. Was soll denn das werden?«

»Du hast den Bundesagenten doch gehört. Wir gehen wieder schlafen.« Er streifte Jeans und Hemd ab und schlüpfte zu ihr unter die Decke. »Irgendwann jedenfalls. Du wirst wohl kaum einschlafen können, bis wir mehr über diese Sache herausgefunden haben.« Er stellte den Laptop auf seine Knie und musterte sie von oben bis unten. »Das heißt aber nicht, dass ich nicht in der Zwischenzeit die Aussicht genießen kann.«

Stevie hatte sich ebenfalls Zeit genommen, ihn gründlich anzusehen, und sie fand, dass es sich lohnte. »Ich mag deine Art zu denken.«

*Dienstag, 18. März, 2.30 Uhr*

»Wieso ging das nicht schneller?«, knurrte Robinette. Er hatte Fletcher schon vor Stunden in sein Büro beordert und seitdem auf der Couch gelegen und versucht, nicht daran zu denken, wie weh es tat. Er hatte den verdammten Golfkrieg ohne eine einzige Schusswunde überstanden, nur um im heimischen Wald von einem oberschlauen Kind mit Panik in den Augen getroffen zu werden.

Fletcher zuckte beim Anblick der Wunde zusammen. »Ich hatte mein Telefon nicht in meinem Zimmer, also habe ich deine Nachricht erst gesehen, als ich ins Bad wollte. Und dann musste ich noch die richtigen Materialien beschaffen. Ich habe normalerweise kein Lidocain in der Tasche. Was ist denn passiert?«

»Ich bin angeschossen worden«, fauchte er. »Wonach zum Geier sieht es denn aus?«

Fletch hielt eine Spritze ins Licht. »Und wer hat das getan? Pass auf, das pikt jetzt.«

Robinette biss die Zähne zusammen. »Das geht dich nichts an«, stieß er grob hervor.

»Du kommst zu mir, wenn du behandelt werden oder schnellen Sex haben willst. Es geht mich sehr wohl etwas an, wenn dir jemand eine Kugel verpasst.«

»Hol sie einfach raus.«

Fletcher schenkte vier Finger breit von Robinettes bestem Whiskey in ein Glas. »Trink das.«

Robinette kippte die bernsteinfarbene Flüssigkeit in einem Zug herunter. Der Alkohol strömte in seinen Magen, und er hatte Mühe, ihn unten zu halten, als Fletcher nun eine zweite Spritze setzte. »Shit.«

Fletcher griff nach dem Papierkorb und stellte ihn neben ihn. »Sag Bescheid, falls du dich übergeben musst. Ich will nicht tiefer schneiden, als es sein muss. Aber du musst geröntgt werden. Die Elle könnte beschädigt sein.«

»Ich gehe nicht ins Krankenhaus.«

»Das ist mir klar«, sagte Fletch und verdrehte die Augen.

Robinette schloss die Lider und biss die Zähne gegen die Übelkeit zusammen. Dieser verdammte Junge auf der Farm war aus dem Nichts gekommen. Und er hatte ein Sturmgewehr in der Hand gehabt. Wie war das möglich gewesen?

»Halt die Klappe und sieh zu, dass du mich wieder zunähst.« Fletcher arbeitete ein paar Minuten in segensreichem Schweigen, brach es jedoch letztlich wieder. »Hast du die Nachrichten gesehen oder gehört?«

»Nein.« Weil er derjenige war, der für Nachrichten gesorgt hatte. Er hatte keine Lust, von seinem misslungenen Versuch zu erfahren, auf das Anwesen der Staatsanwältin zu gelangen.

»Ich habe es mitbekommen, als ich meine Sachen zusammensuchte. Ich glaube, man hat Henderson geschnappt. Hey. Stillhalten.«

Robinette blinzelte heftig und versuchte, sich auf Fletchers Gesicht zu konzentrieren. »Was soll das heißen, man hat Henderson geschnappt? Wo?«

»Im Peabody Hotel. Die Nachrichten haben von einer Verhaftung in einer Suite berichtet. Angeblich wurde eine Frau in Männerkleidung abgeführt. Die Freundin von Detective Mazzetti, Dr. Townsend, ist dort abgestiegen. Sie hat heute diesem Radcliffe ein Interview gegeben.«

»Ja, das habe ich gesehen. Aber wie kommst du darauf, dass es Henderson war? Vielleicht war es bloß ein durchgeknallter Fan, der ein Autogramm haben wollte.«

»Der Kerl, der die Operation leitete, hat eine kurze Stellungnahme abgegeben. Hier, beiß darauf.« Fletcher schob Robinette ein Stück Leder zwischen die Zähne, das süßlich schmeckte. »Tut mir leid, das ist mein Uhrenarmband. Ich habe so schnell nichts anderes gefunden, und ich muss jetzt die Kugel rausholen. Jedenfalls behauptete dieser Bundesagent, Carter hieß er, dass das VCET, das Sondereinsatzteam aus BPD und FBI, die Situation die ganze Zeit über unter Kontrolle gehabt hätte und Personal oder Gäste in keinem Augenblick gefährdet gewesen wären. Es war eine Falle. Zuerst dachte ich, du wärst dort angeschossen worden, aber dieser Special Agent sagte, bei dem Zugriff sei kein einziger Schuss gefallen.«

»Ich hatte mir gedacht, dass es eine Falle ist«, presste Robinette durch den Lederstreifen hervor. Dann schlug eine Welle intensiven Schmerzes über ihm zusammen, und ihm wurde schwarz vor Augen. *Nein.* Wütend kämpfte er gegen die drohende Ohnmacht an. Er wollte wach bleiben, aber die Welt um ihn herum schien plötzlich zu wogen.

Das liegt nicht am Whiskey, dachte er dumpf. »Du hast mir was ins Glas getan.«

»Weil du andernfalls nicht tun würdest, was ich will. Wenn du zuckst, verletze ich vielleicht einen Nerv, und dann kannst du deinen Arm nie wieder richtig gebrauchen. Hör auf, dich dagegen zu wehren. Schlaf ein.«

»Kann ich nicht.«

»Doch, du kannst.« Fletchers Stimme hallte in seinem Kopf nach. »Und du wirst.«

»Du hast mich unter Drogen gesetzt.« Er bäumte sich innerlich noch einmal auf, aber alles um ihn herum wurde dunkel. »Ich ... ich bring dich um.«

»Dazu musst du mich erst einmal kriegen.«

»Sag Brenda Lee ... soll Hendersons Kaution zahlen. Darf nicht ... reden.« Dann erst drangen Fletchs Worte zu ihm durch. *Dazu musst du mich erst einmal kriegen.* Fletcher ging. *Verlässt mich.* »Nein. *Geh nicht!*«

Warme Lippen legten sich auf seine Stirn. »Leb wohl, Robbie.«

## 25. Kapitel

*Baltimore, Maryland*
*Dienstag, 18. März, 2.30 Uhr*

Stevie legte den Kopf an Clays Schulter, aber er spürte ihre Anspannung. »Ich kann mich an jedes Mal erinnern, bei dem ich in meinem Job die Waffe abgefeuert habe. An jede Wunde, jeden Todesfall. Da ist keine ›JH‹, keine Miss Autoschützin oder wer immer sie ist dabei gewesen. Und ich habe nie ein kleines Kind erschossen.«

»Du siehst Paulie oder Cordelia vor dir, wenn du ›Kind‹ hörst. Meine Mutter hat mich ›Kind‹ genannt, bis sie gestorben ist«, sagte Clay. »Vielleicht reden wir über einen Jugendlichen.«

Stevie schloss die Augen. »Jugendliche gab es nur zwei während meiner ganzen Laufbahn bei der Polizei.«

»Das Mädchen vor dem Gerichtsgebäude, Marina Craig, war eine davon«, sagte Clay. »Wer sonst noch?«

»Er hieß Levi Robinette.« Plötzlich erstarrte sie. »Oh, mein Gott.«

Clay nahm ihr Kinn und drehte leicht ihren Kopf, so dass er ihr in die Augen sehen konnte. »Was ist? Was ist denn los?«

»Levi Robinette. Er war der Sohn von ... oh, Gott, wie hieß der Vater noch mal? Todd. Todd Robinette.« Sie begann, schneller zu atmen. »Das war der Fall. Von dem ich dir gestern Nacht erzählt habe – der Fall, an dem ich gearbeitet hatte, als Paul und Paulie getötet wurden. Ich wollte ihn neu aufrollen.«

»Neu aufrollen? Er war also schon abgeschlossen?«

»Sogar zweimal schon. Es hatte so aussehen sollen, als seien die Ehefrau und ein Angestellter bei einem Autounfall umgekommen, und auch der Rechtsmediziner bestätigte das, aber ich brachte ihn dazu, dass er sich die Kopfwunden der Opfer noch einmal ansah. Schließlich musste er mir zustimmen, dass diese Wunden nicht vom Unfall, sondern von Gewalteinwirkung mit einem stumpfen Gegenstand herrührten. Der Unfall war arrangiert worden, damit es so aussah, als hätten Julie und ihr Chefchemiker eine Affäre und wollten nun zusammen fliehen. Ich war sicher, dass Todd der Mörder war, bekam ihn aber nie zu packen. Er hatte ein Alibi, doch mein Bauchgefühl blieb. Mir war etwas entgangen, dessen war ich mir sicher.«

»Und was?«

»Ich weiß nicht, aber irgendetwas passte einfach nicht zusammen. Ich stellte den anderen Angestellten immer wieder Fragen, und es gab praktisch keinen, der Todd mochte oder wenigstens respektierte. Alle erzählten dagegen begeistert vom ersten Mann seiner Frau, doch der war ein paar Jahre zuvor gestorben.«

»Okay, und was ist mit Levi passiert?«

»Wir holten Todd zum Verhör ab, und der rief seine Anwältin an. Ich weiß momentan nicht mehr, wie sie hieß, aber sie saß im Rollstuhl – eine Kriegsverletzung, glaube ich. Sie drängte Todd, uns zu sagen, was er wusste, und das tat er. Er fing an zu weinen, aber es fiel mir schwer, ihm die Tränen abzunehmen. Sein Sohn sei süchtig, sagte er. Er habe sich seit dem Tod seiner Stiefmutter seltsam benommen.«

»Also war die Frau nicht seine biologische Mutter.«

»Nein, die wiederum war auch schon seit einigen Jahren tot. Julie – das Opfer – war Todds zweite Frau. Die erste war an einer Überdosis gestorben, als Todd im Ausland stationiert war. Julie und ihr erster Mann hatten Levi bei sich aufgenommen, und nach den Aussagen der Leute hatte der Junge sie sehr geliebt.«

»Warum sie also umbringen?«

»Levi war süchtig. Todd erzählte uns, dass Levi und Julie sich gestritten hatten, weil sie ihm den Geldhahn zugedreht hatte und er nicht mehr an seine Drogen kam. Todd gestattete uns, Levis Zimmer zu durchsuchen, und dort im Schrank fanden wir die Mordwaffe – einen Baseballschläger.«

»Und weiter?«

»Silas und ich stöberten ihn bei einem Freund auf. Dieser Freund hatte ein Auto, und Levi floh durch die Hintertür, als er uns kommen hörte, warf sich ins Auto und versuchte abzuhauen. Ich zerschoss einen Reifen, und der Junge sprang wieder heraus und rannte los. Ich wollte mit ihm reden, aber er war high und hatte Angst, und er war bewaffnet. Dann fing er an zu schießen. Wir befanden uns in einer Wohngegend, es war ein Frühlingstag, Kinder spielten draußen. Klar, Levi zielte nicht speziell auf jemanden, aber die Kinder waren überall.«

»Ich verstehe. Was hast du gemacht?«

»Ich ... schoss ebenfalls. Zuerst in den Arm, da ich ihn bewegungsunfähig machen wollte, aber dadurch wurde er erst richtig wild. Er rannte auf eine Gruppe von Kindern zu, packte eins und wollte es als Schild benutzen. Ich musste etwas unternehmen.«

»Wo war Silas?«

»Er war zum Wagen gelaufen, weil er Levi den Weg abschneiden wollte. Er holte mich ein, als ich bereits zum zweiten Mal geschossen hatte. Der Junge war sechzehn. Ich war ... am Boden zerstört. Ich hatte ihn getötet.«

»Und damit andere potenzielle Opfer gerettet.«

»Ich weiß, aber ...« Sie presste die Lippen zusammen und fasste sich wieder. »Ich wurde zu Schreibtischarbeiten verdonnert, solange die Ermittlungen zu den abgefeuerten Schüssen andauerten. Silas schloss den Fall ab. Levi Robinette erschien in der Akte als wahrscheinlicher Mörder seiner Stiefmutter Julie.«

»Aber du hast das nie geglaubt.«

»Nein. Levi war abgemagert, und der Mord an Julie und ihrem Angestellten war von jemandem mit Kraft ausgeführt worden. Und selbst wenn er zu dem Zeitpunkt berauscht gewesen war, konnte ich mir einfach nicht vorstellen, dass er gleichzeitig die Klarheit besessen hatte, die Toten nachher in den Wagen zu setzen und einen Unfall zu fingieren. Ich war einfach nicht einverstanden mit der Entscheidung, den Fall zu schließen.«

»Obwohl man die Mordwaffe im Zimmer des Jungen gefunden hat.«

»Mit seinen Fingerabdrücken darauf. Ich kann es auch nicht anders erklären als mit meinem Bauchgefühl.«

»Ich vertraue deinem Bauchgefühl.« *Und meinem auch.* Und das sagte Clay, noch bevor er Todd Robinette googelte, dass sie es hier mit einer üblen Sache zu tun hatten. Er blickte einen Moment lang stumm auf die Ergebnisse. »Stevie, sagt dir Filbert Pharmaceutical Labs etwas?«

»FPL«, flüsterte sie. »Das war ursprünglich Julies Unternehmen. Filbert war ihr Mädchenname. Ihr Vater hatte das Geschäft gegründet, als sie noch klein war. Ein Arzneimittelhersteller.«

»Todd Robinette ist inzwischen Präsident und CEO der Firma. Wie es aussieht, ist sie beträchtlich gewachsen in den vergangenen acht Jahren. Heute verschicken sie Impfstoffe in die ganze Welt.«

Sie zog den Laptop auf ihren Schoß und googelte Bilder für den Begriff »Filbert«. »Die Eichel auf dem Flachmann ist gar keine. Es soll eine Haselnuss sein – auf Englisch *filbert*. Sofern sie die Flasche nicht geklaut hat, ist unsere Autoschützin Mitarbeiterin dieses Pharmaunternehmens.« Sie blickte zu Clay auf. »Und irgendwie kann ich mir nicht vorstellen, dass sie per Diebstahl an den Flachmann gekommen ist.«

»Ich auch nicht, aber verwerfen dürfen wir den Gedanken nicht. Falls die Flasche ihr gehört, ist Todd Robinette ihr Chef. Hat er dich für den Tod seines Sohnes gehasst?«

»Oh, ja, und wie.«

»Wie ging es weiter, nachdem du Levi erschossen hast?«

»Die IA leitete eine Untersuchung gegen mich ein – das ganz normale Prozedere. Todd machte einen Riesenwirbel. Er behauptete, er hätte mich angefleht, seinem Sohn nichts anzutun, und nur kooperiert, weil er Levi Hilfe verschaffen wollte, aber es gab genug Zeugen, die aussagten, dass ich keine andere Wahl hatte, als Levi zu erschießen. Die IA räumte die Zweifel gegen mich restlos aus, aber bis es so weit war, stand ich kurz vor dem Mutterschaftsurlaub und durfte ohnehin nur noch Schreibtischtätigkeiten ausführen.«

»Trotzdem wolltest du nicht loslassen.«

Sie schloss die Augen. »Nein. Ich scheine niemals loslassen zu können.«

Er führte ihre Hand an die Lippen und küsste ihre Finger. »Ich halte das nicht für einen Fehler, Stevie.«

»Dann stehst du mit deiner Meinung allein da.«

»Warum hast du nicht losgelassen? Was störte dich an der Sache?«

»Na, alles. Robinette war irgendwie aalglatt, verstehst du? Er servierte mir Antworten, bevor ich die Fragen gestellt hatte. Heulte immer dann, wenn es passte, erzählte uns in exakt dem richtigen Augenblick von seinem Sohn. Aber da war noch etwas anderes. Widersprüche, Lücken in seiner Geschichte. Ich kann mich nicht mehr an alles erinnern, aber es müsste in meinen Notizen stehen.«

»War dein Chef damit einverstanden, den Fall wieder aufzurollen?«

»Keine Ahnung. Ich habe meinen Bericht nie eingereicht. Ich saß daran, als Hyatt kam, um mich wegen Paul zu benachrichtigen. Und danach ... hatte für mich nichts Bedeutung, monatelang. Nun scheint Todd seine Rache zu wollen. Warum hat er acht Jahre damit gewartet?«

»Weil man vor acht Jahren noch nicht dauernd auf dich geschossen hat. Jetzt versuchen Leute wie Tony Rossi dich auszuschalten, um dich daran zu hindern, ihre Verbrechen aufzudecken. Täter, die damals nicht verhaftet wurden, oder ihre Familien greifen dich an, damit du nicht herausfindest, dass sie ihre Unschuld mit viel Geld gekauft hatten und andere für ihre Verbrechen büßen ließen. Wie könnte man eine persönliche Vendetta besser tarnen?«

»Er hätte mir mein Kind genommen, weil ich ihm seins genommen habe«, flüsterte sie.

»Du hast ihm seins nicht ›genommen‹. Du hast in einer Wohngegend eine eindeutige, unmittelbare Gefahr beseitigt.«

»Ich weiß. Aber Levi war erst sechzehn. Als Silas und ich zu ermitteln begannen, redete ich mit ihm über Julie. Er war völlig durcheinander, und ich nahm ihm seine Trauer ab. Er hat in meinem Arm geweint, Clay.«

»Hast du damals in Erwägung gezogen, dass sein Vater ihn vielleicht zum Sündenbock gemacht hat?«

»Ja. Und das hat mich so ... so wütend gemacht. Dass ein Vater seinem Sohn so etwas antun kann! Wenn ich an Paul denke, der sein Kind mit dem eigenen Leben beschützt hat ...« Sie schauderte und verharrte einen Moment lang reglos, dann kehrte sie wieder zum Thema zurück.

»Aber die Vergangenheit zählt im Moment nicht«, sagte sie.

»Dass er heute versucht, mich und Cordelia umzubringen, ist das, was uns beschäftigt. Sein Hass hatte acht Jahre Zeit zu schwären. Ich bezweifle, dass er jetzt aufhört.«

»Wir werden ihn schon dazu bringen, aufzuhören. Aber im Augenblick sollten wir Joseph informieren. Er kann Robinette unter Beobachtung stellen. Er wird diese Information auch brauchen können, wenn er JH verhört, wer immer sie ist.«

»Ja, du hast recht. Aber ich will bei dem Verhör dabei sein.«

»Ich auch. Ich bitte Joseph, uns Bescheid zu geben, wenn er denkt, dass sie umkippt.«

Clay wählte die Nummer, erreichte die Mailbox und fasste zusammen, was sie über Todd Robinette herausgefunden hatten.

»Okay. Erledigt.«

»Danke.« Stevie wurde still, aber er ließ sich nicht täuschen. Er wusste, dass sie nicht eingeschlafen war.

»Was passiert gerade in deinem Kopf?«

»Ich spiele nur mit den einzelnen Puzzleteilen. Und schaue, wie sie zusammenpassen könnten.« Sie versuchte, von ihm abzurücken, aber er hielt sie fest. »Bleib. Ich möchte dich im Arm haben.«

»Das war kein Rückzug. Ich brauche deinen Laptop noch einmal.«

Er ließ sie zwischen seine Beine rutschen und zog ihren Rücken an seine Brust, dann gab er ihr den Computer, schlang die

Arme um ihre Taille und legte das Kinn auf ihre Schulter, so dass auch er auf den Bildschirm sehen konnte. »Was suchst du?«

»Das Sicherheitsvideo von deinem Haus. Mr. Arschloch und Mr. Rucksack.«

Er rief die Datei für sie auf. »Warum?«

»Weil Autoschütze für die Filbert Pharmaceutical Labs arbeitet oder gearbeitet hat. Todd Robinette leitet die FPL. Dass Autoschütze in seinem Auftrag gehandelt hat, ist ja nicht gerade schwer zu erraten.« Sie spulte den Film vor und hielt ihn an, als das Gesicht des zweiten Eindringlings direkt von der Kamera erfasst wurde. »Irgendwas an Rucksacks Augen hat mir eine Gänsehaut verschafft. Ich wusste nicht, warum. Aber jetzt, da ich weiß, wonach ich suche, ist es eindeutig.« Sie kippte den Schirm, machte einen neuen Tab auf, lud die Website der FPL und klickte auf die »Über uns«-Sparte des CEO. »Kannst du's sehen?«

Clay betrachtete einen Mann Anfang vierzig mit dunklem, lockigem Haar, einem dünnen Schnurrbart und hellen, blauen Augen, in deren Winkeln sich Lachfalten gebildet hatten. Dieselben hellen blauen Augen waren durch die Skimaske, die Mr. Rucksack trug, zu sehen. Der Mann, der zwei Polizisten umgebracht hatte. Der Mann, der ihnen im Tahoe nachgefahren war und sie vor dem Haus des toten IA-Mannes, Scott Culp, beschossen hatte.

»Ja«, sagte er leise. »Die Augen sind dieselben.«

Sie kehrte zu Robinettes Vita zurück. »Er hat im ersten Golfkrieg gedient. Wurde ausgezeichnet, weil er mehrere Soldaten unter seinem Kommando gerettet hat.«

»Meine Orden. Er hat sie aus dem Schutt auf dem Boden meines Schlafzimmers aufgehoben. Respektvoll.«

Sie scrollte durch die Bilder des Personals. »Autoschütze ist nicht dabei. Mist.«

»Es ist unwahrscheinlich, dass er Bilder von einem Auftragskiller auf die Firmenseite stellt.« Er gab der Versuchung nach und rieb seine Nase an ihrem Hals, und ihr Schaudern tat seinem Ego enorm gut. »Nicht gut fürs Image.«

»Ja, na ja. Man kann ja noch Hoffnung haben.« Sie klickte sich durch die Bilder, hielt inne, kehrte zu einem Foto zurück. »Ha. Die hier kenne ich.«

Die Frau auf dem Foto war ungefähr so alt wie Robinette. Das kurze blonde Haar verlieh ihr eine Aura der Kompetenz, ihr Lächeln machte sie sympathisch. Sie wirkte aufrichtig. Sogar vertrauenswürdig. Der Rollstuhl, in dem sie saß, fügte ihrer Glaubwürdigkeit noch ein paar Prozentpunkte hinzu.

»Brenda Lee Miller«, las Clay. »Direktorin für ›Öffentlichkeitsangelegenheiten‹. Ebenfalls eine Veteranin. Sie wurde bei einem Angriff auf einen Truppentransport vor Bagdad schwer verwundet und ist seitdem gelähmt.«

»Sie ist übrigens auch die Anwältin, die ihn begleitete, als ich ihn wegen des Mordes an seiner Frau vor acht Jahren verhörte. Um was wollen wir wetten, dass Brenda Lee Miller mit ihm zusammen gedient hat?«

»Das ist leicht herauszufinden. Und falls dem so ist, dann hat Autoschütze das vielleicht auch.«

»Und Mr. Arschloch ebenso«, fügte sie trocken hinzu.

»Bald haben wir seinen Namen. Die Namen aller Beteiligten. Aber ein Arschloch ist und bleibt er dennoch.«

»Ja, dem würde ich zustimmen.« Sie klickte wieder auf Robinettes Biographie. »Brenda Lee Miller hat vielleicht nicht den offiziellen Titel, aber sie ist auch sein PR-Guru. Schau dir mal die Fotos an: Robinette kriegt für seinen humanitären Einsatz einen Preis nach dem anderen. Brenda Lee wird hier zitiert, wie sie Robinette in höchsten Tönen lobt, sie erscheint auf Fotos mit ihm, und sie ist diejenige, an die man sich bei Spendenanfragen und Auftritten wenden soll. Sie hat Dreck zu Gold gesponnen.« »Wir brauchen stichhaltige Beweise, um ihn mit der Sache zu konfrontieren«, sagte Clay. »Er hat sich wahrscheinlich in Teflon gehüllt. Von dem, was wir bisher haben, wird nichts an ihm hängenbleiben.«

»Tja, nun, dann werden wir ihm wohl die Pfanne überziehen müssen«, sagte sie grimmig.

Gott, er liebte diese Frau. »Ist dein Hirn jetzt etwas entspannter?«, fragte er.

Sie nickte und stellte den Laptop auf den Nachttisch. »Fürs Erste ja. Gehen wir schlafen.«

*Dienstag, 18. März, 7.45 Uhr*

Zum ersten Mal seit langer, langer Zeit erwachte Stevie neben einem Mann.

Und was für ein Mann Clay war. Wenn er einen Raum betrat, beherrschte er ihn sofort. Und mit dem Bett, das sie teilten, war das nicht anders. Sein großer Körper nahm mindestens zwei Drittel der Matratze ein, aber Stevie hatte sich in der Nacht weder an den Rand quetschen noch frieren müssen. Wie auch, wenn er sie die ganze Zeit über in den Armen gehalten hatte?

Das Kuscheln – auch das hatte sie vermisst. Mit Paul hatte sie immer in Löffelstellung geschlafen, und oft war sie erwacht, weil er sich in erregtem Zustand an sie geschmiegt hatte. Für sie war das selbstverständlich gewesen, da sie geglaubt hatte, er würde für immer da sein.

Diesen Fehler würde sie nicht noch einmal machen. Nicht mit Clay. Es war unmöglich, keine Vergleiche zu ziehen. Beide Männer waren attraktiv. Paul hatte den Körper eines Langstreckenläufers gehabt, schlank, sehnig, zäh. Clay war gebaut wie ein Bulldozer. Hart und stark.

Beide Männer besaßen Integrität und waren das, was man anständig nannte. Beide waren auf jeweils ihre Weise dickköpfig und – ebenfalls jeder auf seine Weise – berechnend. Paul hatte sie umgarnt, bis sie getan hatte, was er wollte. Clay baute einfach nur ihre Welt um, so dass seine Richtung der Weg des geringsten Widerstands war. Paul hätte das gefallen.

Und mehr Vergleiche wollte sie jetzt nicht anstellen. Sie hatte mit ihrem Mann ein befriedigendes Liebesleben gehabt. Jetzt bekam sie die Gelegenheit, mit einem Mann, den sie ebenso respektierte wie Paul, Sex erneut zu genießen.

Und genossen hatte sie ihn absolut. Clay war stark und so zielstrebig in seinem Liebesspiel, wie er es auf jedem anderen Gebiet war.

Sie hob den Kopf und betrachtete sein Gesicht im Licht, das durch die zugezogenen Vorhänge drang. Sie hatte ihn noch nie schlafend gesehen, wie ihr jetzt auffiel, und die Wirkung war erstaunlich: Clay wirkte ungemein jung – ja sogar sorglos. Der Schlaf hatte die harten, kantigen Zügen abgemildert und die steile Falte zwischen seinen Augenbrauen gelöscht. Seine Lippen waren voller, die Fältchen in den Mundwinkeln nahezu verschwunden.

Ihr war nicht bewusst gewesen, wie viele Sorgen auf ihm lasteten. Plötzlich hatte sie den Wunsch, ihm einige davon abzunehmen.

Aber im Augenblick stand ihr der Sinn nach anderem. Sie war seit acht Jahren zum ersten Mal mit einem Mann im Bett erwacht, und sie hatte jede Absicht, das Beste daraus zu machen. Sie beugte sich vor und legte ihre Lippen hauchzart auf seine. Mit sanften Strichen und leichtem Zupfen testete und probierte sie und wusste ganz genau, wann er erwachte, denn mit einem Mal erwachte auch der Kuss und wurde tief und innig und wunderbar lustvoll. Seine Hände glitten an ihren Seiten aufwärts, ein tiefes Stöhnen entrang sich seiner Brust.

Er rollte sich herum und drängte seine Knie zwischen ihre. Dann rutschte er ein Stück abwärts, nahm eine Brustwarze in den Mund und saugte und knabberte so lange daran, bis sie suchend die Hüften kreiste. Seine Hände strichen über ihre Haut und neckten, liebkosten und reizten sie, und sie wollte mehr, so viel mehr.

Genießerisch schloss sie die Augen, überließ sich seinen Berührungen und war zuversichtlich, dass er all das, wonach sie sich sehnen mochte, zu ihrer vollsten Zufriedenheit ausführen würde.

Nun widmete er sich der anderen Brust, und sie fuhr ihm mit den Fingern durchs Haar, zog ihn näher an sich heran. Sie wollte mehr. Sie wollte ihn.

»Clay, bitte. Nimm mich.«

Und schon ragte er über ihr auf und stützte sich links und rechts neben ihrem Kopf ab. Er atmete schwer, und seine dunklen Augen sahen ... nur sie. *Er sieht nur mich.*

»Sag meinen Namen«, flüsterte sie so leise, dass sie sich selbst kaum hören konnte.

Aber er hatte es dennoch gehört. Sein Blick wurde dunkler, als er in sie eindrang. Sie zog scharf die Luft ein. Noch hatte sie sich nicht an seine Größe, an das Gefühl, ihn in sich zu haben, gewöhnt.

»Stefania«, sagte er leise. Ehrfürchtig. »Meine Stefania.« Und dann begann er sich zu bewegen, langsam zunächst, dann immer schneller, härter. Hielt sie fest unter sich, als er sich immer wilder in sie trieb und sie höher und höher trug, hinauf bis auf den Kamm der Lust, wo sie einen lustvollen Schrei ausstieß, als die Woge des Orgasmus über ihr zusammenbrach.

Sie spürte, wie sein Körper erstarrte, verkrampfte, bis er schließlich mit einem kehligen Stöhnen auf ihr zusammenbrach.

Sein Kopf sank kraftlos herab, und er rang nach Luft. Behutsam rollte er sich auf die Seite und drehte sie so, dass sie einander gegenüberlagen. »So möchte ich für den Rest meines Lebens jeden Morgen aufwachen«, murmelte er mit geschlossenen Augen.

*Genau so*, dachte sie. *Ganz genau so.* »Ich auch.«

Er schlug die Augen auf, sah sie prüfend an, ob sie es ernst meinte, und zog sie an sich, um leise Worte in ihre Halsbeuge zu murmeln.

Obwohl sie nichts verstand, wusste sie doch, was er sagte, und sehnte sich danach, dieselben Worte zu ihm zu sagen. Doch die Zeit war nicht die richtige, und so hielt sie ihn einfach nur, und während aus Sekunden Minuten wurden, wünschte Stevie sich, sie wären ganz normale Leute, die sich vor der Welt in ihrem Bett versteckten.

Doch im Augenblick waren sie alles andere als normale Leute. Ein Klopfen an der Tür zerstörte den kurzen Frieden. »Hau ab«, knurrte Clay unwirsch.

»Unsere Kutsche hat sich soeben wieder in einen Kürbis verwandelt.« Sie drückte ihm einen Kuss auf die Schulter. »Komm, an die Arbeit.«

Wieder klopfte es, diesmal lauter und ausdauernder. »Macht auf, Leute. Ich bin's, Joseph.«

Stevie stieg aus dem Bett, zog sich etwas über und nahm ihren Stock. »Sekunde«, rief sie.

Aber Clay war zuerst angezogen und im Nebenzimmer. Er öffnete einem müden Joseph die Tür. »Was ist los?«, fragte Clay. »Du siehst hundeelend aus.«

Während sie und Clay geschlafen hatten und auf wunderbar sinnliche Art in den Tag gestartet waren, hatte sich Joseph offenbar nicht einmal ausruhen können. Seine Augen lagen tief in den Höhlen, seine Krawatte hing schief, und seine Haltung verriet pure Erschöpfung.

»Setzen wir uns«, sagte Joseph, und sofort durchfuhr Stevie nackte Panik.

»Ist mit Cordelia alles okay?«, fragte sie und packte seinen Arm.

»Ihr geht's gut«, versicherte Joseph ihr. »Alles in Ordnung. Ich wollte dich nicht erschrecken. Ich habe bloß eine verdammt lange Nacht hinter mir.« Er setzte sich an den Tisch und zuckte die Achseln, als weder sie noch Clay es ihm nachtat.

Stevie versuchte, die Fassung zu bewahren, während sie auf die schlechte Nachricht wartete, die sie in der Luft spüren konnte. Clay hinter ihr legte seine Hände an ihre Oberarme, um sie zu stützen. »Geht's um Robinette?«, fragte sie. »Habt ihr ihn verhaftet?«

»Noch nicht. Seine Privatadresse und sein Büro werden überwacht, aber ich habe einfach noch nicht genug gegen ihn in der Hand, um ihn zum Verhör vorzuladen.«

»Und was ist mit der Frau, der Autoschützin?«, hakte sie nach.

»Wissen wir schon, wer sie ist?«

»Auch das noch nicht«, sagte Joseph wieder. »Ihre Fingerabdrücke sind nicht im System gespeichert – weder im AFIS noch in einer militärischen Datenbank. Falls sie gedient hat, muss sie einen Antrag auf Entfernung der entsprechenden Daten gestellt haben.«

»Was aber bedeutet, dass sie ehrenhaft entlassen wurde«, sagte Clay. »Falls sie denn gedient hat.«

Stevie nickte. »Kommt mir logisch vor, dass Auftragskiller ihre Fingerabdrücke löschen lassen. Und die Waffe?«

»Da haben wir gute Nachrichten zu vermelden«, sagte Joseph. »Die Ballistik kann sie mit zwei anderen – sehr frischen – Fällen in Verbindung bringen. Scott Culp von der IA wurde damit erschossen, außerdem ein Angestellter im Key Hotel, der bei einem vermeintlichen Überfall ums Leben kam. Wir können sie also mindestens wegen eines Anschlags auf dein Leben und zwei Morden festnageln.«

Das waren tatsächlich gute Nachrichten.

»Deacon Novak hat auch das Fahrzeug gefunden«, fuhr Joseph fort. »Einen alten, rostigen Pick-up. Sie hat ihn einem Arzt gestohlen, der eine private Klinik leitet.«

»Wahrscheinlich war er es auch, der sie zusammengeflickt hat, nachdem ich sie getroffen habe.«

»Er streitet alles ab, aber ich hatte auch nichts anderes erwartet. Schließlich ist er gesetzlich verpflichtet, jede Schusswunde zu melden. Novak versucht gerade, eine richterliche Verfügung zu bekommen, damit wir in seiner Praxis nach Beweisen suchen können, dass sie dort gewesen ist. Während wir darauf warten, habe ich Agenten angewiesen, den Müll zu durchsuchen, aber das dauert wegen des gesundheitlichen Risikos natürlich.«

»Hat man denn nichts von ihr in dem Pick-up gefunden?«

Josephs Blick wurde hart. »Ein Handy. Als wir die Nummern mit denen aus Culps Telefon und den Signalen, die dein Stingray aufgefangen hat, abglichen, haben wir Verbindungen entdeckt.

Der zweite Eindringling – die Person, die die zwei Polizisten umgebracht hat ...«

»Robinette«, warf Stevie ein.

»Wahrscheinlich«, sagte Joseph. »Culp hat ihn angerufen, und zwei Stunden später war er tot.«

»Dann hat Culp Robinette gesteckt, wo sich das sichere Haus befindet«, schloss Stevie. *Wo er, ohne mit der Wimper zu zucken, meine Tochter ermordet hätte.*

Joseph nickte. »Davon gehen wir aus. Aber er hat auch noch eine andere Nummer angerufen, bevor er zu deiner Adresse gefahren ist, Clay. Und das mehrmals.«

»Konntet ihr das Telefon zurückverfolgen?«, wollte Clay wissen.

»So weit sind wir noch nicht, es ist nämlich ausgeschaltet. Wir wissen nur, dass von diesem Telefon das Prepaidhandy angerufen wurde, das wir gestern im gestohlenen Pick-up des Arztes gefunden haben. Und zwar kurz vor Emmas Interview. Autoschütze – also die Frau im Verhörraum – hat den Anruf in der Bar in diesem Hotel hier empfangen. Und das Gespräch wurde durch einen Satellitendienst einer Trans-Pazifik-Fluggesellschaft weitergeleitet.«

»Da hat also jemand das Land verlassen«, sagte Stevie verärgert. »Mist. Aber was hat die Frau gesagt, als du sie mit all diesen Beweisen konfrontiert hast?«

»Das habe ich noch nicht. Sie soll ruhig noch ein bisschen im eigenen Saft schmoren, und außerdem dachte ich, dass ihr vielleicht dabei sein wollt, wenn ich ihr die entsprechenden Fakten offenlege. Im Übrigen hatte ich durchaus ein paar Kleinigkeiten zu erledigen.«

»Deine lange Nacht«, sagte Clay. »Was ist passiert, Joseph?«

»Jemand hat versucht, auf das Gelände der Farm zu gelangen«, sagte Joseph und rieb sich das Gesicht. »Es hat nicht geklappt, aber leider hat es Todesfälle gegeben.«

»Von wem sprichst du?«, fragte Stevie heiser. »Emma? Daphne?« Clay schluckte hörbar. »Alec?«

»Keiner davon, zum Glück. Ich habe zwei Männer verloren. Alle anderen sind unverletzt.«

Stevie ließ sich auf einen Stuhl sinken. »Oh, Gott. Joseph, es tut mir so leid.«

Er nickte. »Danke.«

Clay stellte sich hinter ihren Stuhl und legte ihr die Hände auf die Schultern. »Wann ist das passiert?«

Joseph blickte auf den Tisch und presste die Kiefer zusammen. »Ungefähr um halb zwölf gestern Nacht.«

Es dauerte eine Sekunde, bis Stevie realisierte, was er gesagt hatte, aber als sie begriff, sah sie rot. »*Was?*« Sie stand auf, stemmte beide Hände auf den Tisch und beugte sich zu Joseph vor. »Du wusstest das gestern schon, als die Frau hier in unser Zimmer einbrach, und *hast uns nichts davon gesagt?*«

Joseph blickte auf, und Stevie schnappte schockiert nach Luft. Seine Augen waren tot. Schwarz und tot. Er hatte zwei Männer verloren, rief sie sich in Erinnerung.

Sie ließ sich auf ihren Stuhl zurückfallen. »Okay. Ich versuch's noch mal, diesmal ruhiger. Warum hast du uns nichts davon erzählt? Ich habe ein Recht darauf, solche Dinge zu erfahren.«

»Und was genau hättest du dann unternommen, Stevie?«, fragte Joseph müde. »Wärst du in dein Auto gesprungen und losgebraust, um nach Cordelia zu sehen und dich zu vergewissern, dass ich nicht gelogen habe?«

Sie hob das Kinn. »Ja.«

Joseph schüttelte den Kopf. »Und ich hätte zulassen sollen, dass du dem Kerl vielleicht direkt in die Arme rennst, falls er noch irgendwo an der Straße wartet? Nein. Ganz sicher hätte ich das nicht getan. Cordelia war im Haus in Sicherheit. Du warst hier in Sicherheit. Ich würde es genauso wieder machen.«

»Ich hätte meine Tochter wenigstens anrufen können«, flüsterte Stevie. »Sie muss entsetzliche Angst gehabt haben.«

»Hatte sie auch. Aber Emma war bei ihr, und als alles vorbei war, hat Cordelia sich beruhigt. Von den zwei toten Männern weiß sie nichts.«

»Und ob sie von ihnen weiß. Ihr Lauschtalent würde die NSA neidisch machen.« Clay drückte Stevies Schultern. »Ihr geht's gut, Liebes. Du hast sie dorthin geschickt, damit ihr nichts geschieht, und das ist es auch nicht. Was genau ist passiert, Joseph?«

»Jemand hat den Pizzadienst zur Farm bestellt, aber meine Agenten wussten, dass es nur ein Trick war, und Ethan ebenfalls. Ethan hatte einen Einsatzplan erstellt und die Truppen gedrillt.« Ein Mundwinkel hob sich. »Der Mann muss ein verdammt fähiger Marine gewesen sein.«

»Das war er.« Der Stolz in Clays Stimme war unverkennbar.

»Er hatte Maggie und Alec bei sich. Paige und Emma blieben bei Cordelia, Daphne passte im Erdgeschoss auf. Ethan deaktivierte das Schlupfloch-Zaunstück, stieg drüber, aktivierte den Strom wieder und näherte sich dem Pizzaboten am Tor von hinten, während Maggie ihn ansprach. Ethan glaubte, er hätte die Situation unter Kontrolle, und überwältigte den Eindringling – der sich als echter Pizzabote erwies, der arme Bursche. Jedenfalls wollte Ethan ihn gerade meinen Agenten überlassen, als der Alarm einen zweiten Eindringling meldete. Und der hatte, wie sich herausstellte, ein Gewehr und eine sehr viel ruhigere Hand als Miss Autoschütze. Meine Agenten waren in weniger als fünf Sekunden erledigt.« Joseph schluckte. »Er hat sie in den Kopf geschossen.« Ein weiterer betonter Blick zu Stevie. »Die Kugeln, die sie umbrachten, passten zu der Kugel, die der Arzt in der Notfallambulanz aus Paige gepult hat.«

»Ich bin keine Idiotin, Joseph«, sagte Stevie ruhig. »Dass der Schütze derselbe war, ist nicht unbedingt überraschend. Wahrscheinlich war auch das Robinette. Mir ist klar, dass er nur darauf gewartet hat, dass ich zu Cordelia renne, damit er mich abknallen kann. Aber du verstehst es einfach nicht. Ich habe mein Kind in fremde Hände gegeben. Andere Menschen passen auf meine Tochter auf. Du musst mir so etwas Schreckliches mitteilen. Ich hätte sie immerhin anrufen können. Ihr sagen, dass ich sie liebe, auch wenn ich in diesem schlimmen Moment nicht bei ihr sein konnte.«

Joseph seufzte. »Tut mir leid, du hast recht. Aber ich musste gerade in drei Fällen Angehörige benachrichtigen. Ich ... ich bin nicht mehr ganz auf der Höhe.«

Stevie streckte den Arm aus und nahm seine Hand. Doch dann blinzelte sie. »Moment mal – in drei Fällen? Ich dachte, du hättest zwei Agenten verloren.«

Joseph seufzte wieder. »Ich hatte mich gefragt, wieso die Autoschützin gestern Nacht direkt in diese Suite gekommen ist. Phin Radcliffe hat heute Morgen festgestellt, dass sein Kameramann tot ist. Er ist zu ihm gefahren, um nach ihm zu sehen, als er nicht ans Telefon gegangen ist. Er saß tot in seinem Auto.«

Stevie schloss die Augen. »Verdammt. Wir haben eine Falle gestellt und die zwei Burschen dazu benutzt. Wir sind verantwortlich für den Tod dieses Mannes.«

»Nein«, sagte Clay. »Ich hatte ihnen Polizeischutz angeboten, aber sie haben abgelehnt.«

»Ich hatte ihnen dennoch Agenten hinterhergeschickt, aber sowohl Radcliffe als auch der Kameramann sind ihnen entwischt. Radcliffe hat mir heute Morgen erzählt, dass sein Mitarbeiter eine Bar besuchen wollte. Und die Bar hat uns die Videoaufnahmen überlassen, auf denen er mit unserer Autoschützin zu sehen ist.«

Clay setzte sich neben Stevie. »Wissen wir denn schon mehr über den richtigen Namen der Frau?«

»Nein. Aber sie zittert schon heftig. Sie braucht dringend Stoff. Das ist auch der Grund, warum ich gekommen bin. Ich denke, sie ist bald so weit, uns zu sagen, was wir wissen wollen.«

»Wie konnte Radcliffe eigentlich seinen Kameramann aufspüren?«, wollte Stevie wissen.

»Über das Handy. Die beiden hatten eine Freunde-App installiert, weil Radcliffe – O-Ton – ›regelmäßig bedroht‹ wird. Wie zu erwarten, ist er ziemlich durch den Wind.«

Stevie seufzte. Joseph hatte eine harte Nacht hinter sich. Und ihre Tochter war in Sicherheit. Dennoch musste sie gegen den Drang ankämpfen, zum Telefon zu rennen und Cordelia anzurufen. *Nicht mehr lange. Hol dir erst die Antworten, die du brauchst, und dann ruf sie an und sag ihr, dass du sie liebst.*

»Der Täter war also wahrscheinlich Robinette oder jemand, den er beauftragt hat. Dieser Kerl hat zwei deiner Agenten getötet«, fasste sie zusammen. »Und dann?«

»Der Täter rannte auf Ethan und den armen Pizzaboten zu. Ich könnte mir vorstellen, dass er sich einen von beiden schnappen wollte, um Maggie zu bewegen, ihn durchs Tor zu lassen.« Joseph blickte zu Clay, und nun erschien ein echtes Lächeln auf seinem Gesicht. »Das hat Alec verhindert.«

Clay erwiderte seinen Blick verblüfft. »Wie das?«

»Auch er hat den Alarm der Bewegungsmelder aufs Handy bekommen, und auch er hat den Zaun vorübergehend deaktiviert, wie Ethan es ihm gezeigt hat. Er ist dem Eindringling gefolgt, hat auf ihn geschossen und ihn am Arm erwischt.«

»Aber der Eindringling konnte dennoch fliehen?« Stevie hoffte, ein Nein zu hören, wusste aber, dass Joseph nicken würde.

»Leider ja, und zwar in einem Jeep, weshalb wir davon ausgehen können, dass er von der Fahndung nach dem Tahoe wusste. Wie auch immer: Alec hat alles richtig gemacht. Er hat sich selbst nicht gefährdet und uns Beweise verschafft.« Joseph nickte mit grimmiger Zufriedenheit. »Wir haben Blut vom Täter.«

»Dann können wir ihn mit dem Anschlag am Anleger in Verbindung bringen, denn dort haben wir doch das Haar in den Bäumen gefunden.« Stevie warf Clay einen Blick zu und nahm seine Hand. Er sah gar nicht gut aus. »Clay. Alec ist nichts passiert.«

»Ich weiß, aber ... mein Gott. Er ist ... er ist wie ein Sohn für mich.«

Stevie drückte die Hand leicht. »Ruf ihn an, um dich zu vergewissern. Joseph, wann soll das Verhör stattfinden?«

»Sobald ich geduscht und mich umgezogen habe. Gebt mir dreißig Minuten.« Joseph ging zur Tür, blieb dort aber stehen und sah mit zusammengezogenen Brauen auf sein Handy.

»Was ist los?«, fragte Stevie. »Bitte nicht noch mehr schlechte Nachrichten.«

»Nein«, sagte Joseph. »Aber merkwürdige. Wir haben seit dem Anschlag gestern am Strandhaus mit den Mautkameras nach dem Chevy Tahoe gesucht. Der Wagen kam offenbar in der Sonntagnacht aus Baltimore über die Bay Bridge, aber die Kamera hat das Gesicht des Fahrers nicht erfasst, weil er eine Maske trug. Er hat die E-ZPass-Spur genommen, daher hatte auch kein Mitarbeiter der Mautstation Kontakt mit ihm.«

»Wenn er über das elektronische System bezahlt, muss er einen registrierten Chip haben«, sagte Clay erfreut.

»Ja, aber die Registrierung passt nicht zum Tahoe – vermutlich hat er den Transponder von einem anderen Auto gestohlen. Aber das ist es nicht, was mich so verwirrt. Die Route, die er gefahren ist, macht mich stutzig.«

»Wieso?«, fragte Stevie. »Jeder, der zum Strand will, nimmt die Strecke über die Bay Bridge.«

»Schon. Aber den Weg ist er nicht zurückgefahren«, sagte Joseph. »Wir haben unaufhörlich nach ihm Ausschau gehalten, ihn aber nicht ausfindig machen können ... weil er in Richtung Süden nach Virginia gefahren ist. Entdeckt haben wir ihn um halb zehn Uhr morgens im Tunnel in Richtung Newport News.«

»Nanu, was will er denn da?«, fragte Stevie. »Ob er dort wohnt?«

»Mag sein. Seitdem hat niemand den Wagen gesichtet.«

»Und der Täter von gestern Nacht kam im Jeep«, sagte Clay. »Mein Bauchgefühl sagt mir, dass die beiden Schützen dieselben sind, aber ich hätte auch schwören können, dass Miss Autoschütze ein Mann ist. Hat man den Jeep gefunden?«

»Sozusagen. Der Fahrer hat sich ein Beispiel an Miss Autoschütze genommen und das Ding abgefackelt. Bislang haben wir jedenfalls keine Blutproben finden können, also sollten wir uns unbedingt darauf konzentrieren, die Lady im Verhörraum zu knacken. Wir sehen uns in einer halben Stunde.«

»Dann rufe ich jetzt Cordelia an«, sagte Stevie. Sie zögerte. »Joseph ... danke, dass du so gut auf meine Tochter aufpasst.« Josephs Lächeln war müde. »Immer wieder, Stevie. Wie ich schon sagte – viele Male hast du dein Leben für uns riskiert. Nun sind wir dran.«

»Zwei Männer haben dafür bezahlt«, murmelte sie. »Gott ... es tut mir so leid für sie und ihre Familien. Kannst du mir die Namen nennen, damit ich ihren Angehörigen eine Nachricht schreiben und ihnen vielleicht danken kann?«

Joseph nickte. »Sie werden die Geste bestimmt zu schätzen wissen. Es waren sehr fähige Agenten. Sie werden uns fehlen.«

*Dienstag, 18. März, 9.03 Uhr*

»Ich hätte nichts dagegen, wenn ihr das ganz Zeug mitnehmt, aber das geht leider nicht. Ihr werdet sie euch schon hier ansehen müssen.« Rubys Kontakt bei der Nachrichtenredaktion deutete auf einen Schreibtisch mit Bildschirm in einem Raum, in dem sonst nichts weiter stand. »So sind die Regeln«, sagte er mit einem Achselzucken. »Gebt mir Bescheid, wenn ihr durch seid.«

Sam runzelte die Stirn, als zwei Angestellte vorbeikamen, die sich gegenseitig zu stützen schienen. Schon vorhin war ihm aufgefallen, dass manche der Mitarbeiter weinten. »Was ist denn hier los?«

Der Mann seufzte. »Gestern Nacht ist ein Kameramann von uns gestorben. Er ist auf einen Drink in eine Bar gegangen und hat sich mit der falschen Frau zusammengetan. Sie hat ihn ermordet und ausgeraubt. Wir befinden uns ... in einer Art Schockzustand.«

»Tut mir leid«, sagte Ruby leise. »Normalerweise höre ich so was sofort, aber ich hatte heute einen freien Tag.«

Der Mann schüttelte den Kopf. »Pascal hat immer irgendwelche Frauen abgeschleppt. Ich habe mir schon oft überlegt, was geschehen würde, wenn er mal an die falsche gerät. Okay, ich muss in die Regie. Piept mich an, wenn ihr was braucht.«

»Machen wir«, sagte Ruby. »Nimm dir einen Stuhl, Sam.«

Sam gehorchte und sah zu, wie Rubys lange Nägel über die Tastatur flogen, als sie in rasantem Tempo die Titelnamen und Daten durchging. »Wir brauchen den fünfzehnten März vor acht Jahren, nicht wahr? Hier ist er schon.« Sie warf ihm einen ernsten Blick zu. »Bist du bereit?«

Er nickte. »Spiel's ab.« Sie tat es, und Sam hielt unwillkürlich den Atem an.

Der Mann, der an jenem Tag acht Jahre zuvor das Geschäft betrat, bewegte sich wie sein Vater. Die Hände sahen aus wie die seines Vaters. Sein Gesicht hatte er mit einer Baseballkappe – Orioles – vor der Kamera versteckt. »Das ist meine Kappe. Herrgott, er hat an jenem Tag meine Kappe getragen!«

Und vor drei Tagen hatte man diese Kappe an Sam zurückgeschickt.

Ruby warf ihm einen zweifelnden Blick zu. »Wie willst du dir da so sicher sein?«

»Halt den Film mal an, ja, genau da. Kannst du das Bild vergrößern? Hinten an dem Plastikstreifen fehlt ein Stück, siehst du das? Ich hatte damals einen Hund – das war, bevor mein Vater süchtig wurde. Der Hund hatte sich meine Kappe geschnappt und kaute daran, und als ich sie ihm wegnehmen wollte, hielt er sie mit den Zähnen fest und riss ein Stück heraus. Die Kappe war in dem Paket, das man mir am Samstag zugeschickt hat.«

»Oh«, murmelte Ruby. »Willst du weitersehen? Der Rest ist nicht leicht zu ertragen. Ich weiß noch, dass ich das Video während der Verhandlung wieder und wieder gesehen habe.«

»Du warst bei der Verhandlung?«

»Ich war bei dem Team, das Mr. Mazzettis Leiche abgeholt hat.« Sie schluckte. »Und die des kleinen Jungen. Ich gehe immer zu den Verhandlungen, wenn ich es schaffe – wenigstens an einem Tag. Es ist das mindeste, was ich tun kann, denke ich.«

Sams Herz flog ihr zu. »Aus genau diesem Grund bin ich bei ein paar Autopsien dabei gewesen. Es kommt einem vor, als müsste es jemand tun, nicht wahr?«

»Du musst dir den Rest nicht ansehen, Sam.«

»Doch, muss ich. Ich muss es wissen, Ruby. Bitte lass den Film laufen.«

»Okay.« Sie klickte wieder auf Play. Sams Vater griff unter die Kappe und zog die Skimaske herab. Dann ging er zur Theke, schoss Paul Mazzetti in die Brust, und der Mann ging zu Boden. *Oh, Gott.*

Die Kassiererin machte eine brüske Bewegung – ein Gewehr, sie hatte ein Gewehr unter der Theke hervorgeholt. Sams Vater schoss ihr in den Kopf, und die Frau brach über dem Tresen zusammen. Blut sprudelte. Und dann ... Sam blinzelte, als Paul Mazzetti sich aufrappelte.

Der Anwalt hatte eine schusssichere Weste getragen. Sein Vater erstarrte – offenbar schockiert, dass Mazzetti doch nicht tot war. Er zögerte, dann richtete er den Lauf der Pistole auf Mazzettis Kopf.

In diesem Moment stürmte ein kleiner Junge ins Geschäft. Sein Kindergesicht war verzerrt vor Zorn.

Sams rasendes Herz pumpte noch härter und schneller, bis er nur noch das Hämmern in seinen Ohren hören konnte. *Nein!*, hätte er am liebsten gebrüllt. *Tu das nicht!* Aber er konnte nichts ändern. Es war längst geschehen.

Sein Vater drückte ab.

»Die Kugel hat Mazzettis Arm durchschlagen«, sagte Ruby leise. »Und den Jungen getroffen.«

Das Kind sackte auf dem Boden zusammen. Paul Mazzetti warf sich schützend über den Jungen, während er gleichzeitig versuchte, Sams Vater die Waffe zu entringen. Ein weiterer Schuss fiel, und Mazzetti sank über seinem Sohn zusammen. Zehn volle Sekunden lang starrte Sams Vater die beiden Gestalten auf dem Boden an.

»Der Junge war noch nicht sofort tot«, murmelte Ruby. »Die

Rettungssanitäter haben mir erzählt, dass er starb, als sie ankamen.« Sie strich mit den Fingerspitzen über seine Wange, und erst jetzt merkte Sam, dass er weinte.

Er sah zu, wie sein Vater den Laden verließ, und presste sich die Finger an die Lippen, um ein Schluchzen zu unterdrücken. Die Tränen flossen nun ungehindert. Ruby drückte ihm ein Taschentuch in die andere Hand. Als er sich damit die Wangen abwischte, registrierte er am Rand seines Bewusstseins, dass es nach ihr roch. Würzig. Süß. Er rang nach Luft, und sie strich ihm über den Rücken.

»Warum?«, flüsterte er. »Warum hat er das nur getan? Er hat nicht einmal das Geld genommen.«

»Vielleicht hat er einfach Angst bekommen und ist abgehauen.«

»Aber warum dann mich da mit reinziehen?« Er nahm die Maus, fuhr das Video ein Stück zurück, und stoppte das Bild, als die Pistole gut sichtbar war. »Das ist nicht die Waffe, die im Hotel neben mir lag. Wieso mich betäuben, mich in einem schmierigen Hotel ablegen und mir eine andere Waffe hinlegen? Die Waffe, mit der mein Vater erschossen wurde? Warum?«

Sie sagte nichts, sondern rieb ihm einfach nur den Rücken.

»Und er hatte meine Kappe auf. *Meine* Kappe, Ruby. Wieso?«

»Vielleicht hat er sich dir dadurch näher gefühlt.«

»Während er Unschuldige abgeknallt hat?«, entfuhr es ihm. »Ich will nicht, dass er sich mir nah gefühlt hat, das stand ihm nicht zu. Ich wollte ihn nicht mal als Vater haben!«

»Mein Vater starb, als ich fünf war, Sam. Er war Dealer und ist dabei umgekommen. Er hat Kindern tödliches Gift verkauft, und dennoch hat er mich jeden Abend ins Bett gebracht und mir Lieder vorgesungen. Du kannst dir deine Eltern nicht aussuchen, und du kannst auch nicht ändern, was sie dir gegenüber empfinden.«

»Ja, du hast recht, ich weiß es ja. Was hast du vor?«, fragte er, als sie die Maus nahm.

»Ich muss was nachsehen. Es ist mir damals nicht aufgefallen, und ich kann mich auch nicht erinnern, dass es bei der Verhandlung zur Sprache kam.« Sie spulte die Aufnahme erneut zurück, drückte auf Play und fror das Bild wieder ein. »Schau mal. Er steht vor dem Regal mit Öl und holt sein Handy raus. Schaut sich irgendwas an. Aber was?«

Es war ein altmodisches Klapphandy mit einem kleinen Bildschirm. »Kannst du das Bild größer machen?«

»Ich kann's versuchen.« Sie vergrößerte, zentrierte es neu, vergrößerte es noch ein wenig. »Sieht aus wie eine Person«, sagte sie, und er erkannte tatsächlich eine Gestalt, obwohl das Bild hoffnungslos verpixelt war. »Die an einen Stuhl gefesselt ist.«

Und plötzlich begriff Sam. »Das bin ich«, flüsterte er. »Oh, mein Gott, das bin ich! Als ich erwachte, lag neben mir ein Kissen. Ich kann mich daran erinnern, weil es einen hässlich schmutzig-orangefarbenen Bezug hatte.« Mit zitternden Fingern deutete er auf einen nicht mehr klar umrissenen Fleck in Orange. »Das Stuhlkissen.«

»Deswegen hat man dich betäubt«, sagte Ruby ebenso leise. »Man wollte deinen Vater dazu zwingen, diese scheußliche Tat zu begehen.«

Sam schloss die Augen. »Und er hat sie begangen. Für mich. Ich kann es nicht fassen. Er hat einen Mann getötet ... und ein Kind. Verdammt, Ruby, was soll ich denn jetzt denken? Oder fühlen?«

Sie schwieg, doch ihre Hand auf seinem Rücken fing erneut an zu kreisen. »Dass er dich liebte? Ja, er hat sehr viel Mist gebaut, aber letztendlich ... letztendlich hat er dich geliebt.«

»Nein. Wenn er mich wirklich geliebt hat, hätte er nicht für mich töten können. Wie soll ich damit leben? Wie soll ich damit leben, dass er wegen mir drei Leute erschossen hat? Wie soll ich das je wiedergutmachen?«

»Du hast nichts damit zu tun, Sam. Du hast die Tat nicht begangen.«

»Vom Kopf her ist mir klar, was du sagst«, brachte er mit erstickter Stimme hervor, »aber mein Gefühl will es einfach nicht akzeptieren.«

Sie legte ihren Kopf an seine Schulter. »Dann akzeptiere ich es eben für dich.« Sie blies die Backen auf und stieß langsam die Luft aus. »Gestern Abend hast du Kayla Richards verziehen, obwohl sie zugelassen hat, dass man dich betäubte und verschleppte. Und es ist dir gar nicht schwergefallen, obwohl sie tatsächlich etwas Schlimmes getan hat. Daher weiß ich, dass du irgendwann auch dir selbst wirst verzeihen können. Wenngleich es nichts gibt, was du dir verzeihen müsstest. Du bist nicht Täter in dieser Sache, Sam, du bist Opfer!«

»Aber keins wie die Mazzettis. Oder die Frau an der Kasse.«

Ruby seufzte wieder. »Es kommen viele Angehörige ins Leichenschauhaus, und ich habe so oft erlebt, dass jemand gen Himmel starrt und sich fragt, warum. Warum hat es den Verstorbenen getroffen – warum nicht die trauernde Person? Was du empfindest, ist das, was man das Schuldgefühl des Überlebenden nennt, *cariño*.«

Er nickte nur und sparte sich seinen Einwand, weil er wusste, dass sie an ihre Worte glaubte.

Ruby lächelte traurig, als könne sie seine Gedanken lesen. »Wenn du mich fragst – und das hast du getan –, würde ich dir raten, die ganze negative ... Energie zu nutzen, um den zu finden, der dir das alles angetan hat.«

Dem konnte er von ganzem Herzen zustimmen. »Du hast recht. Ich muss herausfinden, wer mich in jener Nacht aus dem Rabbit Hole geschleift hat.«

»Wann hat der Polizeizeichner Zeit?«

»Er hat sich noch nicht bei mir gemeldet. Ich muss all das hier melden, aber Thorne hat mir das Versprechen abgenommen, dass ich zuerst mit ihm rede.«

»Dann ruf ihn an und bitte ihn um ein Treffen.«

Sam tätigte den Anruf. Als er wieder auflegte, blickte er Ruby erleichtert an. »Thorne meint, ich soll mit J. D. Fitzpatrick reden. Er wüsste schon, was zu tun sei.«

»Thorne hat recht. Ich kann persönlich für J. D. bürgen. Seine Frau, Lucy, war meine Chefin, bevor sie ihre Elternzeit genommen hat. J. D. macht seinen Job sehr gut.«

Sam nickte. »Das habe ich schon von vielen gehört. Kommst du mit?«

»Ich möchte den sehen, der mich daran hindern will.«

## 26. Kapitel

*Baltimore, Maryland*
*Dienstag, 18. März, 10.30 Uhr*

Henderson hatte Schmerzen. Das Verlangen war seit ein paar Stunden immer schlimmer geworden, und nun war es fast unerträglich. *Ich brauche gar nicht viel. Nur einen Schluck, mehr nicht. Nur um wieder funktionstüchtig zu werden.*
*Ich muss nachdenken. Ich kann nicht mehr denken.*
Man hatte sie in einen Verhörraum gesteckt und mit einem Fuß an einen Ring im Boden gekettet, und einmal hatte sie aufs Klo gehen dürfen. Sie hatte kein Zeitempfinden mehr und wusste nicht, wie lange sie schon hier saß und wartete. Es konnten zwei Stunden sein oder auch fünf.

Wenn sie in sich hineinhörte, hatte sie im Grunde genommen gewusst, dass die Sache im Peabody Hotel eine Falle gewesen war. Dummerweise war dieses Wissen in ihrem Bewusstsein nicht an vorderster Front gewesen, als sie beschlossen hatte, Mazzetti aus der Suite zu entführen. *Und jetzt bin ich dran. Das war's.*

Allerdings konnte man ihr nichts beweisen. Man konnte sie wegen Einbruchs anklagen und wegen des Mitführens einer Waffe, aber darüber hinaus gab es nichts, was sich mit ihr verbinden ließ.

Und wen kümmerte es schon, dass sie die Feldflasche entdeckt hatten? Sie würde behaupten, sie hätte sie gestohlen. Sollten sie doch mal versuchen, ihr das Gegenteil zu beweisen.

Die Tür ging auf, und eine Frau Mitte vierzig trat ein. Sie trug ein dunkelgraues Kostüm, eine fuchsiafarbene Bluse und Dreihundert-Dollar-Schuhe. »Miss Smith, ich bin Ihre Anwältin, Cecilia Wright.«

*Miss Smith.* Die FBI-Deppen wussten noch nicht, wer sie war. »Und wer hat Sie geschickt?«

»Ein Freund. Ich werde versuchen, Sie auf Kaution freizubekommen.«

Henderson runzelte die Stirn. »Ein Freund? Wer sollte das sein?«

Wright blickte betont auf das verspiegelte Fenster. »Ich würde Ihnen das lieber in etwas privaterer Atmosphäre mitteilen. Sie sagen am besten nichts und überlassen das Reden mir, dann haben wir Sie im Handumdrehen wieder draußen.«

*Robinette*, dachte Henderson. *Er hatte diese Wright engagiert. Und wenn ich draußen bin, stehe ich genau da, wo er mich haben will: ungeschützt in aller Öffentlichkeit. Bye-bye, Baby.*

Die Tür ging erneut auf, und herein kam der Mann, der ihr gestern Nacht die Handschellen angelegt hatte. Sein Lächeln war spröde. »Mein Name ist Special Agent Carter. Sie erinnern sich sicher noch von gestern an mich.«

Cecilia Wright legte ihr eine Hand auf den Arm. »Ich habe meiner Klientin geraten, nichts zu sagen.«

»Das dachte ich mir schon«, erwiderte der Bundesagent. »Aber ich könnte mir vorstellen, dass sie es sich noch einmal überlegt.«

*Dienstag, 18. März, 10.30 Uhr*

»Setz dich, Sam«, sagte Ruby und klopfte auf den Stuhl neben sich. »Du machst mich ganz nervös.«

Sam, der auf und ab gegangen war, blieb stehen und ließ sich widerstrebend am Tisch nieder, an dem Ruby, Thomas Thorne und Kayla Richards saßen. Sie befanden sich im Besprechungsraum der Mordabteilung im Hauptquartier des BPD.

»Entschuldige«, sagte Sam. »Aber wie viel länger werden wir denn noch warten müssen? Mein Zeichner hat gesagt, er könnte uns vielleicht noch vor zwölf reinquetschen. Und Kayla muss doch bestimmt wieder zur Arbeit.«

»Ich kann bleiben, solange Sie mich brauchen«, sagte Kayla. »Wie ich gestern schon erwähnte: Mein Chef ist sehr nett.«

»Fitzpatrick auch«, sagte Thorne. »Entspannen Sie sich, Sam. Die Entscheidung war richtig.«

Sam nickte. Er wusste sehr gut, dass seine Nervosität nichts mit Kaylas Arbeitszeiten zu tun hatte, sondern mit der Tatsache, dass er einem Kollegen seine Geschichte erzählen würde ... zumindest den größten Teil seiner Geschichte.

Thorne hatte ihm geraten, mit einer Anzeige gegen unbekannt wegen des tätlichen Angriffs im Rabbit Hole zu beginnen. Auf diese Art durften sie alles, was sie als Beweise sammeln würden, vor Gericht verwenden, falls es zu einer Verhandlung kommen sollte. Kaylas Beschreibung des Täters eingeschlossen.

»J.D. hat mir gerade eine SMS geschickt«, sagte Ruby. »Er ist auf dem Weg.«

Eine Minute später ging die Tür auf, und J.D. Fitzpatrick betrat den kleinen Raum. Thorne brauchte den meisten Platz, aber Sam und Fitzpatrick, die ungefähr gleich groß waren, schenkten ihm nicht viel.

Fitzpatrick betrachtete flüchtig die Gesichter der Besucher, bevor er sich setzte. »Ruby. Thorne.«

»Das ist Officer Hudson«, stellte Thorne vor. »Der Polizist, in dessen Namen ich dich angerufen habe.«

Fitzpatrick musterte Sam rasch. »Sie waren am Sonntag im Sheidalin.«

»Ja. Und ich fand die Musik Ihrer Frau großartig.«

»Das gebe ich Lucy gerne weiter.« Fitzpatrick wandte sich an Kayla. »Aber Sie kenne ich noch nicht, Ma'am.«

Kaylas Hände zitterten, aber ihre Stimme war fest. »Kayla Richards.«

»Sie ist Zeugin eines Verbrechens, J.D.«, sagte Thorne.

»Ein tätlicher Angriff.« J.D. sah Thorne durchdringend an. »Warum hast du ausgerechnet mich angerufen?«

»Weil wir den Besten wollen«, antwortete Thorne, und J.D. schnaubte.

»Raspel du ruhig weiter Süßholz«, sagte er. »Okay, Hudson, dann lassen Sie mal hören.«

Sam berichtete ihm von der vermeintlichen Einladung zu der Junggesellenparty, mit der man ihn ins Rabbit Hole gelockt hatte, und von dem Morgen, an dem er dreißig Stunden später in einem Hotel erwacht war. Die Sache mit der Pistole ließ er, auf Thornes Rat hin, aus, genauso wie die Tatsache, dass sein Vater einen Laden überfallen und Paul Mazzetti und seinen Sohn getötet hatte.

Doch am liebsten hätte er es erzählt. Sam hatte große Mühe, nicht alles zu gestehen.

Kayla füllte die Lücken, indem sie dieselbe Geschichte erzählte wie schon am Abend zuvor.

Fitzpatrick blickte von seinem Notizblock auf. »Sie möchten also eine Anzeige gegen unbekannt und den Barkeeper erstatten, der gegenwärtig wegen einer anderen Körperverletzung im Gefängnis sitzt.«

»Genau«, sagte Sam.

Fitzpatrick musterte ihn nachdenklich. »Und warum gerade jetzt, Officer?«

Sam öffnete den Mund, um zu antworten, aber Thorne war schneller. »Am Samstag, acht Jahre nach diesem Vorfall, hat Officer Hudson ein Päckchen erhalten. Darin befand sich ein Streichholzbriefchen vom Rabbit Hole. Da er Polizist ist, hat er zu ermitteln begonnen.«

Fitzpatrick zog die Stirn in Falten. »Am fünfzehnten März vor acht Jahren, richtig?« Er starrte Thorne so lange in die Augen, dass Sam sich Sorgen zu machen begann. »Das war ein ziemlich ereignisreicher Tag, wie mir scheint.«

Fitzpatrick wusste es. Oder ahnte es. Was vermutlich kein Kunststück war. Der Detective war der ehemalige Partner von Stevie Mazzetti. Natürlich kannte er ihre persönliche Geschichte.

Thorne zuckte nicht mit der Wimper. »Wie ich schon sagte: Wir wollten den Besten.«

Fitzpatrick schüttelte den Kopf und wandte sich dann mit einem freundlichen Lächeln an Kayla. »Miss Richards. Würde es Ihnen etwas ausmachen, einen Moment lang im Flur zu warten?«

»Nein, kein Problem.« Verunsichert nahm Kayla ihre Tasche und verließ den Raum.

Fitzpatrick wandte sich an Ruby. »Ruby – was soll das hier?« Thorne wollte wieder das Wort ergreifen, aber J.D. warf ihm einen verärgerten Blick zu. »Ich habe Ruby gefragt, nicht dich.«

Ruby seufzte. »Kannst du nicht einfach die Anzeige aufnehmen, J.D.? Bitte? Du kannst davon ausgehen, dass wir uns sofort wieder an dich wenden, wenn diese Sache größer wird, denn dann werden wir deine Hilfe brauchen. Aber im Augenblick ist es besser, es bei der Geschichte, wie sie jetzt da steht, zu belassen.«

»Besser für wen?«, fragte Fitzpatrick.

»Für mich«, antwortete Sam aufrichtig, bevor er hinzufügte: »Und vielleicht auch für einige andere. Bitte, Detective. Ich brauche Ihre Hilfe.«

Fitzpatrick stieß den Atem aus. »Also gut. Ich mach's.« Er fuhr den Computer auf dem Schreibtisch hoch und loggte sich ins System. Ein paar Minuten später spuckte der Drucker eine einzelne Seite aus. »Da, bitte. Jetzt sind Sie ganz offiziell Opfer eines Verbrechens, Officer Hudson.«

»Danke. Ich verspreche, dass ich Ihnen alles erzähle, sobald ich kann. Darauf gebe ich Ihnen mein Wort.«

»Das weiß ich zu schätzen, Officer. Sie haben Glück, dass ich diese beiden Gestalten hier durch meine Frau kenne. Ruby mag ich sogar.« Er warf Thorne einen finsteren Blick zu. »Mit ihm ist das eine ganz andere Geschichte.«

»Ach, du bist doch bloß neidisch«, erwiderte Thorne herablassend, »weil ich beim Pokern immer gewinne.«

»Na ja, weil du schummelst.« Aber Fitzpatricks Stimme klang milde.

»Lass dich von dem Geplänkel nicht täuschen«, sagte Ruby und nahm Sams Hand. »Thorne ist Patenonkel von J.D.s und Lucys Baby.«

»Das wusste ich nicht«, sagte Sam.

Fitzpatrick wandte ihm wieder die volle Aufmerksamkeit zu. »Und Stevie Mazzetti ist die Patentante.«

»Auch das wusste ich nicht.« Plötzlich ließ seine Anspannung etwas nach.

»Alles wird gut«, murmelte Ruby. »Du bist in den besten Händen.«

Sam sah auf ihre Hand, die noch immer die seine hielt. »Ich weiß.«

Fitzpatrick erhob sich. »Sobald ich kann, werde ich dem Barkeeper in seiner Zelle einen Besuch abstatten.«

»Das mache ich schon«, sagte Sam, aber Fitzpatrick schüttelte den Kopf.

»Bei diesem Fall können Sie nicht mehr den Cop spielen, Hudson. Halten Sie sich von den Zeugen fern. Ich werde Ihren Zeichner kontaktieren, aber nur, weil er zum Revier gehört und Vertreter seines Berufsstands immer hoffnungslos ausgebucht sind. Sie aber werden keine weiteren Befragungen durchführen oder Termine mit Zeichnern arrangieren, ist das klar? Ich werde mit dem Barkeeper reden, aber im Augenblick muss ich noch ein paar andere Dinge erledigen. Wir hatten in den letzten Tagen ziemlich viel zu tun. Wenn ihr mich also entschuldigen würdet.« Während er hinausging, sah er auf sein Telefon.

Auch Thorne erhob sich. »Ich bin nach dem Mittagessen bei Gericht, werde also eine Weile telefonisch nicht erreichbar sein. Schreiben Sie mir eine SMS oder eine Mail, sobald der Zeichner und Miss Richards fertig sind. Ruby, Sam, passt auf euch auf. Mir gefällt nicht, in welche Richtung dieser Fall läuft. Zu viele Zufälle.«

Sam folgte Thorne hinaus, wo Kayla mit weit aufgerissenen Augen an der Wand lehnte.

»Was ist los?«, fragte Sam. »Was ist passiert?«

»Eben haben ein paar Leute den Fahrstuhl nach unten betreten. Eine war die Frau, die im Augenblick ständig in den Nachrichten zu sehen ist – Mazzetti heißt sie, glaube ich. Die Arme.«

*Wenn du wüsstest.* Sams Handy summte in seiner Tasche, und er war froh, dass er sich auf etwas anderes konzentrieren konnte als auf das Bild seines Vaters, der Mazzettis Familie ermordete.

»Eine SMS von Damon, dem Zeichner.« Sam zog die Brauen zusammen. »Der Auftrag von heute Morgen hat sich hingezogen, und nun schafft er es nicht mehr vor dem Lunch. Er fragt, ob Sie um vier noch einmal wiederkommen könnten?«

»Na klar, das geht«, sagte sie. »Bis nachher dann.« Sie winkte und ging zum Fahrstuhl.

Sam blickte hinter sich, wo Ruby im Türrahmen stand. »Bis heute Nachmittag wird wohl nichts mehr passieren. Du kannst also nach Hause gehen und deinen freien Tag genießen.«

»Und du?«

»Ich werde versuchen, etwas über die Kassiererin herauszufinden. Vielleicht über ihre Angehörigen.«

»Du willst noch immer für die Sünden deines Vaters Buße tun?«, fragte sie sanft.

»Ich muss es wenigstens versuchen.« Drei verlorene Leben. Vier, wenn man seinen Vater mitrechnete. Zurückgeblieben waren Familien, die trauerten. *Meine zum Beispiel.* »Ich habe meiner Mutter noch nichts gesagt, und ich weiß nicht einmal, wie ich anfangen soll. Sie hat ein schwaches Herz. Ich habe Angst, dass es sie umbringen könnte.«

Ruby kam zu ihm, schlang ihre Arme um seine Taille und legte ihre Stirn gegen seine Brust. »Möchtest du, dass ich mitkomme, wenn du es ihr sagst? Als moralische Unterstützung?«

Er hielt sie fest und legte seine Wange auf ihren Scheitel. »Ja, ich denke schon. Danke.«

»Gehört alles zum Service«, sagte sie.

Er zögerte, entschied dann aber, dass es besser war, Klarheit zu haben, also fragte er: »Und wie viele Leute kommen in den Genuss dieses Services?« Er hatte beiläufig klingen wollen, aber seine Stimme machte nicht mit. Nicht heute.

»Einer«, sagte sie schlicht. »Nur du.«

Erleichtert atmete er aus. »Danke, das freut mich. Aber hör zu, du musst wirklich nicht bei mir bleiben. Ich komme schon klar. Du solltest an deinem freien Tag etwas für dich selbst tun. Du könntest zum Beispiel zur Uni gehen und dich dort einschreiben.«

Sie schenkte ihm ein strahlendes Lächeln. »Keine schlechte Idee. Willst du, dass ich zu der Sitzung mit dem Zeichner zurück bin?«

»Ja. Sollen wir anschließend was essen gehen?«

»Gerne.« Ihr Lächeln verblasste. »Stell bitte nichts Verrücktes an, ja? Ich bin Thornes Meinung. Die Richtung, in die die Sache läuft, gefällt mir gar nicht.«

»Ich verspreche es.«

Sam machte sich auf den Weg in die Bibliothek des Departments, wo er nach den Angehörigen der Supermarktkassiererin suchen wollte, doch dann überlegte er es sich anders und ließ sich stattdessen auf einer Bank nieder, von der er einen guten Blick auf die Fahrstühle hatte. Mit etwas Glück würde Mazzetti in nächster Zeit zurückkehren.

Er hatte keine Ahnung, was er sagen sollte, aber er *musste* etwas sagen. Sein Vater hatte ihr Leben ruiniert.

*Dienstag, 18. März, 10.35 Uhr*

»Kaum zu glauben, dass das dieselbe Frau ist, die wir gestern überwältigt haben«, murmelte Stevie. Sie befanden sich auf dem Polizeirevier und blickten durch den Einwegspiegel in den Verhörraum, in dem Miss Autoschütze saß.

»Wir hatten uns schon gedacht, dass ein paar Stunden auf dem Trockenen sie nervös machen würden«, sagte Clay.

Und nervös war sie wahrhaftig. Sie bewegte sich permanent, rastlos, ruckartig, wippte mit dem Fuß, trommelte mit den Fingern, zupfte an ihren Haaren. Die Ruhe der Anwältin neben ihr stand dazu in starkem Kontrast.

Joseph setzte sich ihr gegenüber an den Tisch und sah sie neugierig an.

»Worauf warten wir?«, fragte die Frau.

Ihre Anwältin blickte sie finster an. »Miss Smith. Ich hatte Sie gebeten, das Reden mir zu überlassen.«

»Miss *Smith*?«, fragte Stevie. »Etwas Originelleres ist ihr nicht eingefallen?«

»Sie hat keine Ahnung, dass wir ihren richtigen Namen bereits kennen«, sagte Hyatt, der just in diesem Moment mit Grayson eintrat und die Tür zum Beobachtungsraum hinter sich schloss.

Stevie zog die Brauen hoch. »Und? Wie lautet er?«

Hyatt stellte sich neben sie. »Jean Henderson. Sie und Robinette haben zusammen bei der Militärpolizei gedient. Henderson ist ausgebildete Scharfschützin, sie könnte also der Täter vom Restaurant sein. Bislang ist sie die einzige Verdächtige mit einer Schusswunde in der Schulter, wie sie dem Schützen vor Ihrem Haus zugefügt wurde.«

»Jean Henderson.« Stevie blickte durch die Scheibe und hörte plötzlich wieder das Klirren von Glas und die Schreie der anderen Gäste im Restaurant. Sah wieder den blinden Blick der Kellnerin, die hinter ihrem Stuhl gestanden hatte, und die Hoffnungslosigkeit in den Augen des Mannes, während Emma versucht hatte, Elissa Selmons Leben zu retten.

Und sie sah auch das Entsetzen in der Miene ihrer Tochter, als Clay sie in ihrem Vorgarten vom Boden aufgehoben und ins Haus getragen hatte. *Jean Henderson, ich hoffe, du schmorst in der Hölle.*

»Ich hätte Brenda Lee Miller als Anwältin erwartet«, sagte sie laut. »Wer ist die Frau?«

»Cecilia Wright«, antwortete Grayson. »Sie macht das pro bono.«

Clay zog die Brauen zusammen. »Und wer hat sie bestellt oder engagiert oder was auch immer?«

»Gute Frage.« Grayson senkte den Kopf und murmelte in seinen Jackettaufschlag: »Leg los, Joseph.«

Joseph streckte die Finger und machte es sich bequem. »Wir wissen, wer Sie sind, Miss Henderson.«

Ihre Anwältin zuckte mit keiner Wimper. Henderson bedachte die Frau mit einem langen, harten Blick, bevor sie sich wieder Joseph zuwandte. »Das ist nicht mein Name. Sie irren sich, Agent Carter.«

»Nein.« Joseph warf Fotos von Henderson auf den Tisch, die das Militär ihnen zur Verfügung gestellt hatte. »Wir wissen auch, für wen Sie arbeiten.« Er warf ein weiteres Foto auf den Tisch, diesmal eins von Todd Robinette, wie er an einem Rednerpult stand. Das rief eine Reaktion hervor – bei beiden Frauen.

Henderson stockte mitten in der Bewegung, als hätte man ihr den Stecker gezogen.

Ihre Anwältin lachte. »Also wirklich, Agent Carter. Das ist Todd Robinette. Ein erfolgreicher Geschäftsmann und Wohltäter. Sie belieben zu scherzen.«

Joseph warf der Anwältin einen scharfen Blick zu. »Ich habe elf Leichen im Kühlhaus. Ich bin nicht zu Scherzen aufgelegt.« Er wandte sich erneut an Henderson. »Wir wissen, wo Sie gewohnt haben.« Ein Foto der ausgebrannten Wohnung klatschte auf die Tischplatte. »Und wir wissen, was Sie getan haben.«

Fast pedantisch arrangierte er die Tatortfotos in einer Reihe – das Restaurant, Stevies Vorgarten, Scott Culps Haus, das Hotel, in dem man den Angestellten tot aufgefunden hatte, und das blutbespritzte Innere des Autos, das dem Kameramann gehört hatte.

Henderson betrachtete alle Bilder nacheinander, bis ihre Augen mit einem verblüfften Stirnrunzeln zu Scott Culps Haus zurückkehrten.

»Wir wissen auch, wen Sie umgebracht haben«, fuhr Joseph fort. Unter die Tatorte legte er eine Reihe Fotos, auf denen die Gesichter der Opfer zu sehen waren: Elissa Selmon und Angie Thurman aus dem Restaurant, Phin Radcliffes Kameramann, IA Detective Scott Culp und der junge Rezeptionist aus dem Hotel.

Hendersons Augen verengten sich leicht, als sie die beiden letzten Fotos betrachtete.

»Sie hat weder Culp noch den Burschen aus dem Hotel umgelegt«, sagte Stevie. »Wer war's dann?«

Auf der anderen Seite der Scheibe schüttelte Henderson den Kopf. »Kenne ich nicht«, sagte sie und deutete mit einer fahrigen Geste auf die Fotos. »Was sind das für Leute?«

»Sie meinen die beiden?«, erwiderte Joseph und schob Culp und den Hotelangestellten ein wenig zur Seite. »Der hier hieß Scott Culp. Er war Polizist bei der Abteilung für Innere Angelegenheiten. Ein paar Stunden bevor er getötet wurde, rief Sergeant Culp diese Nummer an.« Er schob ihr einen Zettel über den Tisch zu.

Ihr Blick flackerte einen winzigen Moment, doch das genügte. »Das ist die Nummer, die dein Stingray empfangen hat«, murmelte Stevie. »Mr. Rucksack alias Todd Robinette.«

»Diese Nummer rief wiederum diese Nummer an.« Joseph schob einen anderen Zettel über den Tisch. »Die später Sie angerufen hat. Es gibt also eine Verbindung zwischen Ihnen und Culp.«

Wieder lachte die Anwältin. »Und laut Kevin Bacon bin ich mit jedem anderen Menschen auf dieser Welt verbandelt. Sie haben nichts in der Hand, Agent Carter. Werfen Sie ihr Einbruch vor und lassen Sie sie gehen.«

Joseph ignorierte die Juristin. »Dieser junge Mann«, fuhr er fort und tippte auf das Bild des Hotelangestellten, »wurde hinter dem Tresen des Hotels, in dem er gearbeitet hat, gefunden. Ermordet.«

»Tragisch«, sagte Wright. »Aber er hat, genau wie Culp, nichts mit meiner Klientin zu tun.«

»Getötet durch einen Schuss aus Ihrer Pistole, Miss Henderson«, sagte Joseph. »Der Pistole, die Sie gestern bei sich hatten.«

Hendersons Blick schoss zu Joseph, und ihre Wangen färbten sich fleckig rot. »Mistkerl«, knurrte sie.

»Da hat sie jemand reingelegt«, sagte Clay nachdenklich. »Ich würde auf den Trans-Pazifik-Anrufer tippen.«

»Miss Smith«, sagte die Anwältin scharf. »Kein Wort.«

Joseph zuckte die Achseln. »Das brauchen wir auch nicht. Die Ballistik hat uns alles gesagt.«

Henderson presste die Kiefer zusammen. »Ich will einen Deal.« Ihre Anwältin blieb ruhig. »Miss Smith, wenn Sie tun, was ich Ihnen rate, kann ich Sie hier rausholen.«

Hendersons Lippen verzogen sich zu einem unschönen Grinsen. »Ich wäre keine dreißig Sekunden mehr am Leben, wenn ich mit Ihnen hinausspazierte. Betrachten Sie sich als gefeuert.« Sie verschränkte die Arme über der Brust. »Ich will einen anderen Anwalt. Einen, den ich mir aus dem Telefonbuch aussuche. Und ich will einen Deal.«

»Keinen Deal, Joseph«, sagte Grayson in sein Mikro.

»Kommt drauf an, was Sie zu bieten haben«, sagte Joseph zu Henderson.

»Wollen Sie Robinette?«, fragte Henderson mit samtweicher Stimme.

»Vielleicht«, gab Joseph zurück. »Hängt vom Preis ab.«

»Ich will hier raus. Ich will Immunität. Ich will ein Ticket für den nächsten Flug nach São Paulo.«

»Eins muss man dem Miststück lassen«, sagte Stevie. »Sie ist dreist.«

»Eher verzweifelt.« Clay blickte nachdenklich auf Stevie herab. »Sie hat sich keinen eigenen Anwalt besorgt und traut demjenigen, der ihr einen geschickt hat, nicht – wahrscheinlich war es Robinette. Joseph lässt Robinettes Privatadresse und das Büro beobachten, aber hat ihn jemand in letzter Zeit gesehen? Könnte er nicht derjenige gewesen sein, der Henderson gestern Nachmittag aus dem Flugzeug angerufen hat?«

»Nein«, sagte Grayson. »Robinette war gestern Abend mit einem Stadtdirektor hier in Baltimore essen. Josephs Assistent hat bereits eine Aufstellung von Robinettes neusten Aktivitäten angefertigt. Ziemlich lückenlos übrigens. Seine PR-Abteilung reagiert sehr prompt, was die Posts auf der Facebook-Seite angeht.«

»Dennoch gehe ich davon aus, dass sie die Waffe von der Person hat, die sich gestern noch über dem Pazifik befand«, sagte Stevie. »Die Person, die wahrscheinlich Culp und den Burschen aus dem Hotel getötet hat. Und ich könnte mir vorstellen, dass es Ding eins oder besser: Mr. Arschloch war. Weißt du noch, wie schockiert er wirkte, als er zurückkam und sah, dass Robinette den Cops das Genick gebrochen hat? Vielleicht ist er zu dem Schluss gekommen, dass sein Auftraggeber nicht mehr alle Tassen im Schrank hat, und hat beschlossen, schleunigst das Land zu verlassen. Wir brauchen Henderson nicht, um an Robinette ranzukommen. Wir haben Blut und Haar, um ihn festzunageln. Wir brauchen Arschloch.«

Auf der anderen Seite der Scheibe hustete Joseph, dann räusperte er sich. »Ich hatte eigentlich eher an ein Vier-Lagen-Upgrade fürs Zellenklopapier gedacht«, erwiderte er. Stevie hatte Hendersons dreiste Forderung fast schon vergessen.

Hendersons Augen blitzten zornig auf. »Ich gehe nicht ins Gefängnis.«

Joseph stand auf und sammelte die Fotos ein. »Fünf Tote behaupten etwas anderes. Aber wie Sie leben, während Sie hinter Gittern sitzen, hängt von Ihnen ab.« Und damit ging er zur Tür.

»Carter«, bellte Henderson, bevor er den Raum verlassen konnte.

Joseph blieb mit der Hand auf dem Türknauf stehen. »Ja?«

»Von wo aus hat er angerufen?«

Er warf einen Blick über die Schulter.

»Wer?«

»Miss Smith, bitte ...«

Henderson fuhr auf ihrem Platz zu der Anwältin herum. »Halten Sie endlich die Klappe!« Dann wandte sie sich wieder Joseph zu. »Sie haben mein Telefon, ich bin ja nicht blöd. Ich weiß, dass Sie wissen, woher der Anruf kam, den ich gestern Nachmittag gekriegt habe.«

Joseph betrachtete sie einen langen Moment und hob dann die Schultern. »Von irgendwo über dem Pazifik.«

Henderson presste die Lippen zusammen. »Da haben Sie Ihren Mörder. Er hat das Land verlassen. Aber ich kann ihn Ihnen liefern.«

»Den finden wir zur Not auch allein«, murmelte Stevie in Graysons Ärmelaufschlag. »Wenn er mit ihr und Robinette gedient hat, können wir die Namen mit den Passagierlisten für die gestrigen Trans-Pazifik-Flüge abgleichen. Natürlich immer vorausgesetzt, er hat unter seinem richtigen Namen eingecheckt.«

»So dringend brauche ich Ihre Hilfe eigentlich gar nicht«, sagte Joseph. »Ich kann Sie für mindestens drei Morde vor Gericht stellen. Culp, der Hotelangestellte, der Kameramann. Die Spurensicherung wird etwas finden, das Sie mit dem Restaurant verbindet. Aber selbst wenn nicht, kommen Sie zu Lebzeiten nicht mehr aus dem Knast raus.«

Henderson schüttelte den Kopf. »Das glaube ich kaum. Sehen Sie, Robinette will Ihre Polizistin – unbedingt. Es ist ihm verdammt egal, wer dabei draufgeht, solange er sie kriegt. Sie wird ihr ganzes Leben lang auf der Flucht sein, denn der Mann gibt niemals auf.«

Ihre Anwältin schlug mit der flachen Hand auf den Tisch. »Miss Smith, hören Sie auf damit! Das ist ein Schuldeingeständnis.«

Henderson gönnte ihr nicht einmal einen Blick. »Und was ist mit Mazzettis Töchterchen? Todd Robinette würde das Kind abknallen, ohne sich deswegen schlaflose Nächte zu machen. Ganz im Gegenteil: Er würde feiern!«

Wenn Blicke töten könnten, dann hätte Henderson nun ihren letzten Atemzug getan. *Ich will dich auf dem elektrischen Stuhl sehen*, dachte Stevie. Doch sie beherrschte sich. Noch lieber wollte sie Robinette dort sehen.

Joseph lehnte sich entspannt gegen die Tür und lächelte. »Ach, und wer soll das glauben? Ein Mann wie Robinette, der sein Vermögen so großzügig verschenkt und sich für Notleidende einsetzt? Herrje, er lässt Entzugskliniken für Jugendliche errichten. Bekommt Preise für seine Wohltätigkeit. Er könnte doch kein Kind töten.«

Henderson verengte die Augen zu Schlitzen. »Machen Sie sich nicht über mich lustig, Carter.« Dann erschien ein Lächeln auf ihrem Gesicht.

Stevie schauderte. »Die Frau ist wie eine Klapperschlange.«

»Sie zeigt ihr wahres Gesicht«, murmelte Clay. »Sie quält sich durch die Entzugserscheinungen.«

»Sie glauben, Todd Robinette zu kennen, ja?«, fragte Henderson mit einem Lachen in der Stimme. »Einen Dreck wissen Sie!«

»Dieses Verhör ist nun zu Ende«, sagte die Anwältin und kam auf die Füße.

»Warum ist die denn noch hier?«, fragte Henderson.

Joseph beachtete die Anwältin nicht. »Und warum, denken Sie, wissen wir einen Dreck?«, fragte er ruhig.

Henderson zuckte die Achseln und blickte auf ihre Fingernägel. Nach einem kurzen Moment sah sie selbstzufrieden auf, und falls sie schauspielerte, dann war sie verdammt gut darin. »São Paulo ist zu dieser Jahreszeit wunderschön.«

»São Paulo ist zu jeder Jahreszeit wunderschön.« Joseph öffnete die Tür und ging, sah aber noch einmal über die Schulter. »Schade eigentlich, dass Sie die Stadt nie wiedersehen werden.«

*Dienstag, 18. März, 10.55 Uhr*

Joseph schloss die Tür zum Verhörraum hinter sich. »Wie ist euer Eindruck?«

»Ich glaube nicht, dass sie blufft«, sagte Clay langsam. »Sie weiß etwas verdammt Wichtiges, und sie hat es sich bis zum Schluss aufgespart, falls du den Cordelia-Köder nicht schnappen würdest.«

»Ja, das denke ich auch«, sagte Joseph. »Sie ...«

»Entschuldigen Sie?« Sie drehten sich zum Fenster um und sahen, dass Henderson aufgestanden und, noch immer selbstzufrieden lächelnd, so nah an die Scheibe getreten war, wie es ihre Fußfessel zuließ. »Falls ich in der Untersuchungshaft umkommen sollte, dann war es Robinette. Und was seine Pläne angeht ... Na ja, sagen wir einfach, dass die Leichen, die jetzt in Ihrem Kühlhaus liegen, Ihnen wie ein paar Tröpfchen in einem ganzen Meer erscheinen werden. Mehr verrate ich nicht.« Mit einem kleinen Winken kehrte sie zu ihrem Stuhl zurück.

Stevie schüttelte den Kopf. »Sie weiß auf jeden Fall was. Sie hat Angst, das Department mit der Anwältin zu verlassen. Ich hätte fast Lust, sie gehen zu lassen. *Fast*, sagte ich«, versicherte sie schnell, als Grayson den Mund zum Protest öffnete. »Kriegen wir einen Durchsuchungsbeschluss für Robinettes Privat- und Geschäftsadresse? Vielleicht finden wir ja selbst heraus, wovon sie spricht.«

»Einen Beschluss, nur weil sie etwas angedeutet hat?« Grayson schüttelte den Kopf. »Das unterschreibt mir kein Richter. Wir haben nichts von Robinette, was wir mit dem gefundenen Haar und dem Blut vergleichen können. Er ist damals nicht wegen des Mordes an seiner Frau verhaftet worden, und seine Fingerabdrücke und DNS sind auch nicht mehr in der Datenbank der Armee. Er und Henderson haben ›auf dem amtlichen Weg ordentliche Anträge gestellt‹, um ihre persönlichen Daten löschen zu lassen, teilte man mir mit.«

»Das ist ihr Recht«, sagte Joseph. »Und es ist nicht per se verdächtig.«

»Aber verdächtig praktisch«, grummelte Hyatt.

»Das stimmt natürlich«, gab Joseph zu. »Wie auch immer: Die Verbindung zu Henderson allein reicht auch nicht für einen Beschluss, denn hier steht ihr Wort gegen seins. Alles, was wir sicher wissen, ist, dass sie sich in der Vergangenheit gekannt haben. Aber kehren wir später zu Robinette zurück und lasst uns jetzt zunächst über den dritten Schützen reden, der vor seiner Flucht aus dem Land vermutlich noch versucht hat, Henderson zum Sündenbock zu machen. Und hört bitte auf, den Kerl Mr. Arschloch zu nennen. Ich hätte mich eben fast verschluckt.«

Aber Stevie hörte ihn kaum. Sie knabberte noch an Graysons Bemerkung, als plötzlich in ihrem Bewusstsein mit verblüffender Klarheit eine Szene aus der Vergangenheit auftauchte. »Wir haben Robinettes DNS.«

»Was? Wieso? Wo?«

»In der Asservatenkammer.« Sie drehte sich zu Hyatt um. »Erinnern Sie sich noch, wie ich versucht habe, den Fall neu aufzurollen? Silas hatte die Akte geschlossen, weil, wie er sagte, erwiesen war, dass Levi Robinette seine Stiefmutter umgebracht hatte.«

»Sie haben das nicht geglaubt«, murmelte Hyatt.

»Nein, aber alle Beweise sagten etwas anderes. Robinette muss die Waffe in Levis Zimmer versteckt haben, bevor er uns dorthin führte. Todd hat damals noch stark geraucht – pro Tag gingen zwei Päckchen weg. Er war immer sehr darauf bedacht, niemals irgendwo Kippen zurückzulassen, aber ich passte scharf auf, bis ich eines Tages den richtigen Moment erwischte. Er war gerade zum Rauchen nach draußen gegangen, als ein Angestellter angerannt kam. Es brannte in einem Lager.«

»Was für ein glücklicher Umstand«, sagte Grayson mit einem Funkeln in den Augen.

Stevie schnaubte. »Von wegen glücklich. Dieser Angestellte hasste Robinette bis aufs Blut. Er hieß Frank Locke und arbeitete im Labor. Er war dem Chefchemiker unterstellt gewesen, der mit Robinettes Frau Julie umgekommen war. Locke hatte beide sehr geschätzt und trauerte um sie. Und er glaubte nicht, dass sie eine Affäre hatten – so, wie der Mörder es hatte aussehen lassen.«

»Er hat dir dabei geholfen, an Beweismaterial zu kommen?«, fragte Clay.

»So ist es. Ich stand draußen und wartete darauf, dass Robinette rauskam. Ich hatte es aufgegeben, hineinzugehen und nach ihm zu fragen, weil er immer gerade ›unabkömmlich‹ war.«

Clay grinste. »Also hast du ihn beschattet.«

»So ungefähr. Jedenfalls kam Robinette raus und zündete sich eine Zigarette an. Ich verbarg mich im Schatten und betete, dass er nur dieses eine Mal achtlos wäre. Plötzlich kam Locke angerannt und packte Todd am Arm. Sie redeten hektisch miteinander, dann hörte ich Robinette brüllen: ›Sie Idiot, wie konnten Sie so dumm sein?‹ Er warf die Zigarette zu Boden, trat sie mit dem Schuh aus und rannte los. Als sie an der Tür ankamen, drehte sich Locke um und sah direkt in meine Richtung. Schaute mich an, als wollte er sagen: ›Nutz die Zeit – los!‹ Also hob ich die Kippe auf, steckte sie in eine Tüte und haute ab.«

»Das Labor hat sie also untersucht?«, fragte Grayson, und es fehlte nicht viel, und er hätte sich vor Freude die Hände gerieben.

»Nein. Die Vorgänge dauerten damals noch länger, und die Kippe stand weit hinten auf der Prioritätenliste. Zwei Tage später dann kam Todd mit einem Anwalt zu uns und erzählte uns die tragische Geschichte seines Sohnes. Wir fanden den Schläger, mit dem seine Stiefmutter und ihr vermeintlicher Liebhaber getötet wurden, in Levis Schrank, stellten ihn zur Rede, er begann zu schießen, und dann ...« Sie stockte, setzte neu an. »Habe ich ihn getötet.«

Clay rieb ihr den Rücken. »Du hattest keine Wahl.«

»Levi ist ein Sündenbock gewesen, und ich habe nichts dagegen getan. Robinette hat mich manipuliert, obwohl ich tief in meinem Inneren wusste, dass er die Frau umgebracht hatte. Nun ist der Junge tot, und das kann ich nicht mehr ändern.«

»Und deswegen warst du wütend«, sagte Clay leise.

»Absolut.« Ihre Stimme drohte zu kippen, aber es kümmerte sie nicht. »Deswegen habe ich mich hartnäckig dafür eingesetzt, dass der Fall wieder aufgenommen wurde. Robinette ist ungestraft davongekommen. Dass er ausgerechnet jetzt wieder auftaucht und seinen Rachefeldzug gegen mich durchführt, weil ich Levi erschossen habe, bringt mich noch mehr in Rage. Der Mann ist irre.«

»Das streitet niemand von uns ab«, sagte Clay. »Aber das Gute ist doch, dass die Kippe vielleicht noch getestet werden kann. Wir müssen sie nur von unten holen und beantragen, dass sie als neues Beweismittel zugelassen wird.«

»Ich gehe selbst runter zur Asservatenkammer«, sagte Hyatt. »Dann bringe ich die Zigarette persönlich ins Labor und sorge dafür, dass sie vorgezogen wird. Dieses Mal kriegen wir ihn, Stevie.« Und mit dem Versprechen war er auch schon zur Tür hinaus.

Stevie nickte, zu aufgewühlt, um ihrer Stimme zu trauen. Sie hatte acht Jahre lang nicht an diesen Fall gedacht und jede Erinnerung genau wie den Schmerz, Paul und Paulie betreffend, an den Rand ihres Bewusstseins gedrängt.

»Ich weiß, dass es hart für dich sein muss«, sagte Joseph, »aber ich muss noch einmal auf den dritten Schützen zurückkommen. Es ist wohl nicht weit hergeholt, wenn wir davon ausgehen, dass er mit Robinette und Henderson gedient hat. Ich nehme nicht an, dass er mit seinem echten Pass reist, aber wir werden es trotzdem überprüfen.«

»Dummerweise hat er eine Statur wie die Hälfte aller Soldaten«, sagte Clay. »Wir können die Auswahl also nicht anhand des Körperbaus eingrenzen. Vielleicht können wir etwas mit der Augenfarbe anfangen, aber die Schutzbrille hat jedes Detail verzerrt.«

Stevie kehrte zum Spiegel zurück und sah zu, wie Henderson aus dem Verhörraum eskortiert wurde. Die Frau blickte im Hinausgehen zur Scheibe, als wüsste sie, dass sie beobachtet wurde. Das amüsierte Selbstvertrauen, das sie zur Schau trug, brachte Stevie erneut auf, und der Ärger riss sie aus der Betäubung, in die sie sich vorübergehend zurückgezogen hatte.

Ihr Hirn nahm die Arbeit wieder auf, und ihr fiel etwas ein, das womöglich wichtig war.

»Warum ist Robinette nach Virginia gefahren?«

»Wie bitte?« Joseph sah sie stirnrunzelnd an.

»Du hast gesagt, er sei von Baltimore in Richtung Annapolis gefahren und habe im Norden die Chesapeake Bay überquert, um nach Wight's Landing zu gelangen. Das ist der Teil der Küste, der zu Maryland gehört.«

»Danke, ich kenne mich ein bisschen aus«, gab Joseph trocken zurück. »Worauf willst du hinaus?«

»Ich weiß nicht. Noch nicht. Fest steht aber, dass Robinette nach dem Anschlag auf Tanners Grundstück in Richtung Süden geflohen ist und einen Umweg von vier Stunden bis ans Ende der Halbinsel in Kauf genommen hat. Zurückgefahren ist er durch den Bay-Bridge-Tunnel in Virginia und bei Newport News wieder herausgekommen. Von dort sind es wieder gute vier Stunden bis nach Baltimore. Er hat einen Umweg von acht Stunden gemacht. Warum?«

»Er hatte Angst, dass man ihn erwischt, wenn er einfach über die Brücke zurückfahren würde«, mutmaßte Joseph mit einem Achselzucken. »Am Strandhaus ist er nur knapp entkommen. Sheriff Moores Deputy war blitzschnell am Tatort, dicht gefolgt von Deacon Novak. Er wollte kein Risiko eingehen.«

»Was genau findest du daran unlogisch, Stevie?«, fragte Grayson.

Stirnrunzelnd humpelte Stevie zu der weißen Tafel, die im Beobachtungsraum hing, nahm einen roten Marker und klopfte sich damit nachdenklich ans Kinn. Und dann wusste sie, was sie störte.

Rasch skizzierte sie eine Karte des Gebiets. »Hier haben wir also die Delmarva-Halbinsel. Zwischen ihr und dem Festland mit Baltimore und Annapolis liegt die Chesapeake Bay, die man oben über die Bay Bridge überqueren kann. Im Norden liegen Delaware und Philadelphia, und von dort schlängeln sich jede Menge kleine Straßen nach Süden einmal ganz durch Maryland ...« Sie zog einige leicht gewellte Linien. »... und münden an der Spitze in das Landstück, das zu Virginia gehört und von wo aus man durch den Tunnel wieder aufs Festland zurückkehren kann.«

»Daher die Bezeichnung Del-Mar-Va – Delaware, Maryland, Virginia«, sagte Joseph betont oberlehrerhaft, dann schüttelte er den Kopf. »Wissen wir, Stevie. Was willst du damit sagen?«

»Ah, jetzt verstehe ich«, murmelte Clay nickend. »Robinette hätte keinen acht Stunden langen Umweg in Kauf nehmen müssen, um den Polizeisperren und Kameras auszuweichen.«

»Ganz genau«, sagte Stevie. »Er hätte über die Halbinsel nach Osten zur Küste fahren können und dann in Richtung Norden nach Delaware. Wenn er auf den Nebenstraßen geblieben wäre, hätte er den Delaware Turnpike – die Autobahn –, die Brücke *und* den Tunnel umgehen können. Und damit natürlich sämtliche Maut-Kameras. Er wäre zum Frühstück wieder in Baltimore gewesen.«

»Stattdessen fährt er acht Stunden durch die Gegend und riskiert, dass er an der einen oder anderen Stelle gefilmt wird«, schloss Joseph. »Okay, jetzt sehe ich, worauf du hinauswillst. Warum hat er das getan?«

Stevie hob die Schultern. »Keine Ahnung. Aber ich würde annehmen, dass er einen Grund hatte, ausgerechnet nach Virginia zu fahren. Überlegt mal. Der erste Eindringling bei Clay gestern hat schockiert reagiert, als er sah, dass Robinette die zwei Polizisten ermordet hat. Von da aus ist er abgehauen, wisst ihr noch?«

»Und hat dann ein paar Stunden später das Land verlassen«, schloss Grayson. »Die meisten Flüge oder Anschlussflüge, die sich zu dem Zeitpunkt über dem Pazifik befanden, als er Henderson anrief, müssen so gegen sechs Uhr abends an der Ostküste gestartet sein.«

Stevie nickte. »Wir wissen auch, dass Robinette seine Telefonnummer am Sonntagmorgen mehrmals angerufen hat, bevor er bei Clay aufgetaucht ist und die Cops getötet hat.«

»Als wäre Robinette aus irgendeinem Grund nervös geworden«, dachte Clay laut nach. »Eben hat es sich so angehört, als glaubte Henderson, dass Robinette sie umbringen lassen will. Vielleicht passte ihm auch Eindringling Nummer eins nicht mehr so recht. Der Spitzname begeistert mich übrigens nicht. Nummer eins klingt nicht annähernd so gut wie Mr. Arschloch.«

Josephs Lippen zuckten, aber er wurde sofort wieder ernst. »Der Mann hat wahrscheinlich Culp und den Hoteljungen getötet. Warum ausgerechnet Culp, kann ich nachvollziehen. Culp hat Robinette die Adresse des sicheren Hauses verraten, und sobald klarwurde, dass Hyatt alles nur arrangiert hat, um den Maulwurf aus seinem Loch zu locken, wurde Culp zu einem Risiko, das es zu beseitigen galt. Aber der Hotelangestellte ist mir immer noch ein Rätsel.«

Stevie setzte sich, weil ihr Bein zu schmerzen begonnen hatte. »Und warum sollte Robinette Henderson töten wollen? Nur weil sie mich verfehlt hat?«

»Vielleicht hatte er Angst, dass sie erwischt wird«, antwortete Clay. »Und dann tut, was sie gerade versucht – ihn im Austausch für einen Deal ans Messer zu liefern. Sie ist genau wie Scott Culp zu einem Risiko geworden. Er hatte Informanten bei der Polizei. Falls er erfahren hat, dass ich sie angeschossen habe, machte er sich vielleicht Sorgen, dass sie Blut hinterlassen hatte, über das wir sie hätten identifizieren können. Und wieder hätte die Gefahr bestanden, dass sie ihn verraten würde.«

Aus dem Nichts tauchte erneut ein Detail in Stevies Bewusstsein auf. »Joseph, du hast Henderson doch ein Foto von ihrer ausgebrannten Wohnung gezeigt. Kann ich das mal sehen?«

»Sie hat nicht einmal mit der Wimper gezuckt, als sie es sah«, sagte Joseph und reichte Stevie das Bild. »Offensichtlich hat sie bereits davon gewusst.«

»Wann war das?«, fragte sie.

»Samstagabend, ungefähr zwei Stunden nach dem Anschlag auf dich.«

Stevie nickte. »Das ergibt Sinn. Wahrscheinlich hat sie versucht, Samstagnacht nach Hause zu gehen. Wenn ich angeschossen werden würde, würde ich mich am liebsten zu Hause verkriechen und versuchen, die Wunde zu behandeln. Aber sie konnte nicht in ihre Wohnung, weil Robinette sie bereits abgefackelt hatte.«

»Nein«, wandte Joseph ein. »Das muss ein anderer gemacht haben. Als es brannte, nahm Robinette gerade einen Preis als Wohltäter des Jahres entgegen.«

»Es könnte auch Eindringling eins gewesen sein«, sagte Grayson. »Der, der sich vermutlich auch um Culp gekümmert hat. Vielleicht ist er Robinettes Mann fürs Grobe.«

»Und könnte es nicht sein, dass Henderson in einem Hotel untergekommen ist – wahrscheinlich genau in dem, in dem der Angestellte ermordet wurde?«, schlug Stevie vor. »Sie konnte nicht nach Hause, musste sich aber irgendwo ausruhen und um die Schusswunde kümmern.«

»Und Eindringling eins ist ihr gefolgt ...« Clay zuckte die Achseln. »Scheint mir eine glaubhafte Erklärung zu sein.«

Sie rieb sich den Nacken und entspannte sich, als Clay für sie übernahm. Der Mann hatte erstaunliche Hände. »Wenn wir von diesem Ablauf ausgehen, dann muss Henderson irgendwann das Hotel verlassen und diese Praxis aufgesucht haben«, fuhr sie fort, »denn sie hat dem Arzt das Auto geklaut. Zwischen dem Arztbesuch und der Ermordung von Radcliffes Kameramann kriegt sie also den Anruf von Eindringling Nummer eins, der sich irgendwo über dem Pazifik befindet. Ein paar Stunden später bricht sie im Peabody Hotel in Clays und mein Zimmer ein und hat eine Pistole bei sich, die, wie sie später überrascht erfahren muss, bereits zweimal als Mordwaffe gedient hat. Sie glaubt sich betrogen – genug, um auch Eindringling eins ans Messer zu liefern.«

»Ich könnte mir vorstellen, dass sie befreundet waren«, sagte Clay. »Er ruft sie an, weiß, dass sie Hilfe braucht, sagt ihr, woher sie Waffen bekommen kann. Sie rechnet nicht damit, dass er ihr zwei Morde anzuhängen versucht. Aber warum sollte er das auch tun? Er ist unterwegs nach Übersee. Warum ruft er sie von unterwegs an, um ihr die Pistole zu übergeben? Vorausgesetzt, das Ganze hat sich tatsächlich so abgespielt?«

Clays Hände glitten von ihrem Hals auf ihre Schultern, und Stevie musste ein wonniges Stöhnen unterdrücken. »Sie glaubt, dass Robinette sie umbringen lassen will. Vielleicht ist Eindringling eins davon ausgegangen, dass sie sich die Waffe schnappt und Robinette jagt, anstatt in ein Hotelzimmer einzubrechen.«

Joseph schüttelte den Kopf. »Das mag ja alles so stimmen, erklärt aber immer noch nicht, warum Robinette nach Virginia gefahren ist, falls er denn tatsächlich eine bestimmte Absicht verfolgt hat.«

Stevie betrachtete wieder die grob gezeichnete Karte auf der Tafel. »Wir kennen durch die Mautkameras die Zeit, zu der er die Brücke hier oben überquert hat.« Sie zeigte auf die Stelle. »Und wir wissen, wann er von Tanners Grundstück geflohen ist – nur Sekunden nach der Schießerei am Anleger. Wieder haben wir Maut-Daten von ihm im Tunnel, also können wir seinen Weg bis dorthin recht genau nachzeichnen. Kannst du deine Agenten bitten zu überprüfen, ob sich in dieser Zeitspanne auf der Strecke irgendetwas Ungewöhnliches ereignet hat?«

»Wenn wir die Chronologie zugrunde legen, die mein Assistent erstellt hat, kann Robinette erst Sonntagnacht spät nach Wight's Landing hinausgefahren sein. Laut einer Meldung aus den Nachrichten hat er am Abend bei sich zu Hause eine Dinnerparty gegeben, auf der er sich bereit erklärt hat, eine Kandidatur in Erwägung zu ziehen.«

Stevie fiel die Kinnlade herab. »Das kann doch wohl nicht wahr sein. Ich glaube, mir wird schlecht.«

»Ja, mir auch«, sagte Joseph, »aber dass er zu so vielen Gelegenheiten öffentlich auftritt, macht es uns sehr viel einfacher, seine Bewegungen zu verfolgen. Mein Team kann auf diese Art klar eingrenzen, wo es seine Suche beginnen und wieder enden lassen soll.«

Clays Hände blieben auf Stevies Schultern liegen. »Vielleicht habt ihr auch gerade die Liste der in Frage kommenden Soldaten, die mit ihm gedient haben, stark eingegrenzt. Wir hatten aus meinem Sicherheitsvideo bereits Augenfarbe und Schuhgröße, doch jetzt können wir auch nach jemandem suchen, der in Virginia wohnt oder einmal gewohnt hat.«

»Oder noch Familie in dieser Gegend hat«, fügte Stevie hinzu, die begriffen hatte, in welche Richtung seine Gedanken liefen. »Robinette war gewillt, Cordelia umzubringen, um mich hervorzulocken. Er war gewillt, ein Verbrechen, das er selbst begangen hatte, seinem Sohn in die Schuhe zu schieben. Vielleicht hat er geglaubt, er könnte Eindringling eins auf ähnliche Weise ködern.« Sie stand auf und fasste einen Entschluss. »Sind wir fürs Erste fertig?«

»Du schon«, sagte Joseph. »Ich nicht. Warum?«

»Weil mein Kind mich braucht und ich mein Kind brauche. Ich nehme mir ein paar Stunden lang eine Auszeit für Cordelia.«

## 27. Kapitel

*Baltimore, Maryland*
*Dienstag, 18. März, 11.45 Uhr*

*Ich bin tot*, dachte Robinette und machte sich so klein er konnte. Natürlich war ihm klar, dass er nicht wirklich tot war, aber im Moment wäre er es gerne gewesen.

*Fletch hat mich vergiftet.* Es gab keine andere Erklärung. Das hier hatte nichts mit den Nachwirkungen eines leichten Sedativums zu tun. *Und dann ist Fletch gegangen und hat die Formel mitgenommen. Ich bin ruiniert. Mir bleibt nichts – gar nichts.*

»Todd?« Lisa platzte durch die Tür in sein Büro. Fletch hatte sie nicht abgeschlossen. »Ist alles in Ordnung mit dir?« Doch die Sorge wich rasch Verachtung. »Du bist ja besoffen.«

»Nein. Bin ich nicht.«

»Und was ist das dann?« Aus den Augenwinkeln konnte er sehen, dass sie eine leere Schnapsflasche hochhielt.

»Nicht von mir.« Fletch hatte sie hiergelassen. *Damit Lisa wütend auf mich wird.* Es war wie eine letzte Ohrfeige.

»Lüg mich nicht an, Todd. Welcher Skandal steht morgen in den Tageszeitungen und ruiniert deine politische Karriere, bevor sie überhaupt noch angefangen hat? Deine letzte Kneipenschlägerei auszubügeln hat mich genug Mühe gekostet. Verdammt noch mal, ich habe dich so satt.«

Sie hatte gar nichts ausgebügelt. Brenda Lee hatte es geschafft, die Klage abzuschmettern. »Gleichfalls.«

Sie packte seinen verletzten Arm und versuchte, ihn auf die Füße zu ziehen. Er stöhnte und übergab sich über ihre nagelneuen Manolos. Es gab also doch eine gewisse Gerechtigkeit auf dieser Welt.

»Das hast du mit Absicht gemacht«, zischte sie. »Wenn du mich so satthast, warum hast du mich dann gerufen?«

»Weil sonst keiner mehr da ist«, brachte er hervor. Sein Bewusstsein trübte sich wieder. Irgendwo weit hinten in seinem Verstand wusste er, dass er besser den Mund gehalten hätte, aber er konnte nicht aufhören. »Alle sind weg bis auf Brenda Lee. Und sie kann mich nicht tragen.«

Eine lange Pause entstand. »Ich hasse dich«, sagte Lisa schließlich mit tränenerstickter Stimme.

Er hatte sie zum Weinen gebracht. Schön. Er würde noch sehr viel mehr tun, wenn er wieder erwachte. Wenn er das hier überlebte.

»Schaff mich einfach nach Hause.« Bald würde die Kavallerie eintreffen. Er hatte Brenda Lee vor Lisa angerufen. Sie würde ihn bei sich zu Hause abholen und irgendwohin bringen, wo er in Sicherheit war und schlafen konnte, bis die Wirkung des Gifts nachgelassen hatte. Brenda Lee war die Letzte, der er noch vertraute.

*Hunt Valley, Maryland*
*18. März, 11.45 Uhr*

»Willst du zuerst die guten oder die schlechten Nachrichten hören?«, fragte Stevie, als sie das Gespräch auf dem Handy beendet hatte und den Arm über die Mittelkonsole streckte, um seine Hand zu nehmen. Sie hatten etwa die Hälfte der Strecke zu Daphnes Farm zurückgelegt, als Hyatts Anruf sie erreichte. Und so, wie sich das Gespräch angehört hatte, handelte es sich hauptsächlich um schlechte Nachrichten.

Obwohl es Clay im Moment schwerfiel, ernsthaft betroffen zu sein. Stevie saß neben ihm, und Stevie hatte sich ihm geöffnet. In dem Moment, in dem er fast die Hoffnung aufgegeben hatte, waren sie endlich auf einem Weg, der sie zueinander führte.

»Lieber die guten Nachrichten zuerst«, murmelte er.

»Josephs Agenten haben eine Verbindung zwischen Robinettes Route nach Virginia und seiner Vergangenheit entdeckt. In Newport News ist am Montag ein Haus abgebrannt. Es gehörte Michael und Winnifred Westmoreland, einem älteren Ehepaar, die Frau ist an den Rollstuhl gefesselt. Sie waren zum Glück nicht zu Hause.«

»Eiskalt. Überrascht aber nicht. Welche Verbindung gibt es zu Robinette?«

»Michael Westmoreland junior. Er war zwar nicht bei der Militärpolizei mit Robinette, aber zur gleichen Zeit beim gleichen Stützpunkt stationiert. Anscheinend ist er ein Computer-Crack und außerdem Sicherheitschef bei Filbert Pharmaceuticals. Seine Augenfarbe passt zu der von Eindringling eins. Und der hat jetzt also einen Namen.«

»Haben sie Westmoreland auch schon auf irgendwelchen Passagierlisten gefunden?«

»Sie arbeiten noch dran. Aber dass Robinette versucht hat, Westmorelands Eltern zu töten, wäre jedenfalls ein starkes Motiv, Henderson die Mittel an die Hand zu geben, Robinette zur Strecke zu bringen.«

»Wohl wahr. Was ist die schlechte Nachricht?«

»Robinettes Zigarettenkippe fehlt.«

Clay warf ihr einen überraschten Blick zu. »Was? Wie das?«

»Das weiß keiner. Sie ist einfach nicht da. Ich denke, es ist möglich, dass sie einfach verlorengegangen ist, zumal ich damals in Mutterschaftsurlaub gegangen bin und die Akte geschlossen wurde. Dass das Labor sie weggeworfen hat, glaube ich nicht. Entweder jemand hat sie absichtlich entfernt, oder sie ist verlegt worden.«

»Mist.«

»Ja. Aber ich bin sicher, Robinette hat noch ganz viel DNS für uns, die wir uns auf die eine oder andere Art verschaffen können.«

»Und wenn das bedeutet, ihm ohne Betäubung einen Zahn zu ziehen, richtig?«

»Ich sagte doch, ich würde ihm die Bratpfanne überziehen, nicht wahr?«

Clay lachte leise. »Ja, ich erinnere mich. Obwohl dein Stock ja auch ganz gut zu funktionieren scheint.« Aus Gewohnheit blickte er in den Rückspiegel und stockte, als etwas seine Aufmerksamkeit weckte.

Jemand folgte ihnen. Und zwar zusätzlich zu der Person, die ihnen auf der Fahrt zur Farm Rückendeckung geben sollte. Joseph hatte Deacon Novak für sie abgestellt, und sein roter SUV war zwei Wagen hinter ihnen deutlich zu erkennen.

Der neue Wagen war ein kleiner Viertürer. Ein silberner Hyundai, mindestens sieben oder acht Jahre alt.

»Was ist los?«, fragte Stevie, die offenbar spürte, dass etwas nicht stimmte.

»Wir haben einen ungebetenen Gast. Tu mir einen Gefallen und duck dich. Bitte.«

Sie sah ihn finster an, rutschte dann aber auf ihrem Sitz herab und zog ihre Pistole. »Weit genug?«

»Nein. Selbst São Paulo wäre nicht weit genug, aber für den Moment muss es reichen. Ruf Novak an. Sag ihm, er soll sich ungefähr eine Viertelmeile zurückfallen lassen. Wir nehmen die nächste Ausfahrt in einer Blitzaktion. Ich hoffe, dass ich auf die Art den Hyundai abschütteln kann, aber Deacon soll uns weiterhin folgen.«

Sie tat, worum er gebeten hatte, und er schätzte die Entfernung bis zur nächsten Ausfahrt ab. Dann wartete er bis zum letzten Moment, riss das Steuer herum, scherte unter dem zornigen Gehupe anderer Fahrer auf die Abbiegespur ein und konnte einen Blick auf das hintere Nummernschild des Hyundai werfen, als dieser links von ihnen vorbeirauschte. Novaks roter SUV nahm die Ausfahrt in etwas gemütlicherem Tempo.

»Den sind wir los«, sagte Clay zufrieden. »Du kannst wieder hochkommen.«

Sie schnitt eine Grimasse und setzte sich auf. »Hast du das Nummernschild gesehen?«

Hätte er ihr die Nummer gegeben, hätte sie sich verpflichtet gefühlt, den Fahrer ausfindig zu machen, und Clay wollte sie vorübergehend aus dem Spiel haben. Wenigstens, bis sie sich ein bisschen erholt hatte. Und er wollte, dass sie die Zeit mit Cordelia genießen konnte, ohne ständig daran denken zu müssen, was sie ihrer Meinung nach noch alles zu tun hatte.

Also log er. »Nicht genug, dass es uns wirklich etwas nützt. Du hast gerade das Gesicht verzogen. Hast du Schmerzen?«

Stevie warf ihm einen durchdringenden Blick zu. Offenbar konnte sein abrupter Themenwechsel sie nicht täuschen. »Ich bin mit der Schulter gegen die Tür gestoßen, als du auf die rechte Spur gezogen bist. Wird schon wieder. Wie weit ist es von hier aus bis zur Farm?«

»Zwanzig Minuten. Stell dir die Rückenlehne ein Stück zurück und ruh dich aus.«

Wieder ein scharfer Blick. »Ich bin kein Blümchen, Clay. Du brauchst mich nicht zu schützen und zu schonen.«

»Ich weiß«, erwiderte er ruhig. »Aber ich brauche das Gefühl, dich schützen und schonen zu dürfen. Ich hasse es, wenn du Schmerzen leidest.«

»Ich hasse es auch, wenn du Schmerzen leidest. Aber was willst du machen, wenn ich dieses Bein tatsächlich wieder funktionsfähig kriege und in den Dienst zurückkehre? Wenn ich wieder aktiver Cop bin? Kannst du damit umgehen?«

»Ich bin damit die vergangenen zwei Jahre umgegangen.« Er sah zu ihr hinüber. »Ich würde niemals von dir verlangen, dass du deinen Beruf an den Nagel hängst, Stevie. Du bist Polizistin, und das macht dich aus.«

Sie entspannte sich etwas, und er richtete den Blick wieder auf die Straße.

»Was ist mit dir?«, fragte sie neugierig. »Ich meine, warum macht dich dieser Job nicht mehr aus? Weshalb hast du bei der Washingtoner Polizei gekündigt?«

Er zuckte die Schultern. »Ich habe jahrelang bei den Marines gedient – zusammen mit anderen, die für mich gestorben wären und ich für sie. Als ich zurückkam, schrieb ich mich sofort an der Polizeiakademie ein. Ich bin von einem guten, anständigen Cop erzogen worden. Auch Dads Freunde waren gute, anständige Cops. Ich wusste zwar, dass es faule Äpfel im Korb gab, hätte aber nie erwartet, für einen arbeiten zu müssen. Jedenfalls nicht direkt.«

»Dein Vorgesetzter war korrupt?«

Er nickte knapp. »Allerdings. Er war ein echter Mistkerl. Ich konnte einfach nicht wegsehen.«

»Also hast du gekündigt?«

Sie hatte die Worte »einfach so« zwar nicht ausgesprochen, aber er hatte sie dennoch herausgehört. »Nein.«

»Dann bist du zur Dienstaufsicht gegangen?«

»Zuerst nicht, später musste ich es aber. Termine bei der IA neigen dazu, sich herumzusprechen, und mein Vater hatte nur noch eine kurze Dienstzeit bis zu seiner Pensionierung vor sich. Die wollte ich ihm nicht verderben. Also beschloss ich, erst Beweise zu sammeln.«

»Und wie?«

»Ich beschattete meinen Chef und machte Fotos davon, wie er Bestechungsgelder von Geschäftsleuten annahm, die eindeutig keine blütenweiße Weste hatten. Das allein überraschte mich nicht, denn das war etwas, wovon ich gewusst hatte. Was mich allerdings dann doch überraschte, war, dass er mit einem Drogendealer zusammenarbeitete. Diese Fotos plus Zeit und Ort für einen größeren Drogendeal machten die IA sehr, sehr hellhörig. Mein Vorgesetzter flog auf. Kam ins Gefängnis.«

»Und dann hast du gekündigt?«

»Auch da noch nicht sofort. Niemand will bestechliche Kollegen in seiner Nähe wissen, aber wer einmal mit der Dienstaufsicht gesprochen hat, hat das Vertrauen der meisten Cops verloren.«

»Das weiß ich nur zu gut«, murmelte sie, und er seufzte.

»Kann ich mir denken. Dennoch hatte ich vor, die Sache auszusitzen … bis ein weiterer korrupter Vorgesetzter die Stelle meines ehemaligen Chefs einnahm. Als Polizist auf Streife hatte ich keine weitreichenden Mittel, um ihn daran zu hindern, und ich wusste auch nicht mehr, an wen ich mich wenden konnte. Zumal kaum einer mir traute. Zu dieser Zeit hatte ich auch keinen Partner, der mir in gefährlichen Situationen Rückendeckung geben konnte, und ein paarmal geriet ich in heikle Situationen. Schließlich hatte ich genug und stieg aus. Im privaten Bereich bin ich zufrieden. Ich habe ein paar reiche Kunden, nehme aber auch viele Aufträge von Leuten an, die nichts zahlen können.« Er konnte selbst hören, wie defensiv er klang.

»Tja, so war das.«

»Du hast einfach nur die Methode gewechselt«, sagte sie. »Du verfolgst ein ganz ähnliches Ziel wie damals, als du noch Uniform getragen hast. Daran ist nichts Verwerfliches.«

Erst jetzt bemerkte er, dass er den Atem angehalten hatte, weil er sich vor ihrer Reaktion gefürchtet hatte. »Danke«, sagte er und sah aus den Augenwinkeln ihr trauriges Lächeln.

»Vielleicht hast du sogar den klügeren Weg gewählt«, murmelte sie.

Er zog die Brauen zusammen. »Das habe ich nicht gesagt.«

»Nein, hast du nicht. Aber wir fahren jetzt zu meiner Tochter, die ich zu ihrer eigenen Sicherheit verstecken muss, und wir haben gerade den Highway auf nicht sehr verkehrsgerechte Art verlassen, weil man mich verfolgt. Und das nicht zum ersten Mal. Ob du es nun aussprichst oder nicht – es ändert nichts an den Fakten.«

Er machte den Mund auf, um etwas zu erwidern, aber sie wandte sich von ihm ab und starrte tief in Gedanken versunken aus dem Fenster. Er ließ sie in Frieden und schwieg, bis sie Daphnes Farm erreichten.

Nachdem sie am Eingang zum Grundstück angehalten hatten, um sich bei Josephs Agenten anzumelden, fuhr Clay den Privatweg hinauf, wobei er der mit Flatterband abgesperrten Stelle ausweichen musste, an der in der Nacht zuvor zwei FBI-Agenten ihr Leben gelassen hatten. Sie erkannten noch mehr Flatterband in den Bäumen am Zaun, wo Alec auf den Eindringling geschossen hatte.

Clay streckte den Arm durchs Fenster, gab eine Zahlenkombination ein, wartete, dass das Tor sich öffnete, und fuhr hindurch. Agent Novak blieb außerhalb und parkte diagonal vor dem Tor, wie er es bereits am Strandhaus getan hatte.

Clay stellte den Wagen vor dem Stall ab und schaltete den Motor aus. Er nahm sich einen Moment Zeit, um seine Umgebung auf sich wirken zu lassen. Die neuen Kameras, das Gelb der Narzissen, die noch immer blühten, obwohl es ihm vorkam, als seien Wochen seit seinem letzten Besuch hier vergangen.

Dass es nur drei Tage waren, schien ihm nahezu unmöglich. »Wir sind da.«

Stevie sah sich um und nickte. »Tore, Zäune, Kameras, eine private Zufahrt. So gut geschützt, wie du gesagt hast.« Sie stieg aus dem Auto und atmete tief ein. Und lauschte.

»Was? Was hörst du?«, fragte Clay.

»Nichts.« Sie wandte sich lächelnd zu ihm um. »Es ist still und friedlich.«

Und dann zerriss ein freudiges Quieken die Stille. »Mama!« Cordelia rannte, so schnell die Beine sie trugen, aus dem Stall und warf so stürmisch ihre Arme um Stevies Taille, dass sie sie fast umwarf. »Ich hab den anderen gesagt, sie sollen dir sagen, dass du nicht zu kommen brauchst, aber das stimmt gar nicht. Ich hab dich so vermisst.«

»Ich dich auch, Spätzchen.«

»Ich weiß, Mama.« Cordelia drückte sich an sie. Auf ihrem Gesicht erschien ein sonniges Lächeln, als sie wieder losließ. »Und jetzt bist du da!«

Stevie lächelte auf sie herab und strich ihr das zerzauste Haar aus der Stirn. »Jetzt bin ich da. Nicht über Nacht, weil ich nachher noch arbeiten muss, aber ein paar Stunden haben wir Zeit, okay?«

»Okay. Komm mit.« Sie zog an Stevies Hand. »Ich will dir Gracie zeigen. Sie gehört mir.«

»Dir? Wirklich?« Stevie ließ sich von ihrer Tochter zum Stall führen.

»Wirklich. Miss Maggie sagt, wenn du sagst, dass das geht, dann kann ich sie haben. Für mich allein.«

»Darüber werden wir erst reden müssen. Ein Pferd ist eine große Verantwortung.«

»Das heißt nein.«

»Nein, das heißt, wir müssen darüber reden. Und jetzt zeig mir das Pferd. Ich bin schon riesig gespannt.«

Clay schaute ihnen einen Moment nach, dann wandte er sich dem Haus zu und sah, dass Alec und Ethan auf ihn zueilten, um ihn zu begrüßen.

Ethan wirkte ruhig. Gelassen. Ein gutes Zeichen.

Aber Alec ... Clay hätte erwartet, dass der Junge den Kopf hoch tragen würde, da er in der vergangenen Nacht verhindert hatte, dass Robinette in Cordelias Nähe gelangte. Er wirkte jedoch alles andere als stolz. Dafür umso wütender.

Clay drückte ihn fest an sich. »Mit dir ist alles okay?«, fragte er leise, trat zurück und sah ihm prüfend in die Augen.

»Ja, ja«, brummte Alec. »Mir geht's gut.«

»Spielanalyse«, sagte Ethan mit sanfter Ironie. »Er zerpflückt schon die ganze Zeit seinen gestrigen Auftritt.«

Clay musterte Alec nachdenklich. »Und was macht dich dabei so missmutig?«

»Na, alles.« Alec verdrehte die Augen. »Ganz besonders der Teil, bei dem ich dem Mistkerl aufs Herz gezielt und seinen Arm getroffen habe.«

»Der Mistkerl hat sich bewegt«, sagte Clay. »Wir haben bisher hauptsächlich mit unbeweglichen Zielscheiben trainiert. Demnächst üben wir mit beweglichen Zielen. Ich bin mir sicher, du wirst auch das hinkriegen.«

»Ich hoffe, so weit kommt es nie wieder«, flüsterte Alec und schloss die Augen. »Gott. Das war ...«

»Erschreckend?«, schlug Clay ihm vor. »Bei meinem ersten Einsatz als Marine haben meine Hände gezittert, und nachdem uns die Kugeln um die Ohren geflogen waren, musste ich mich übergeben. Und ich war nicht der Einzige.«

»Ich hätte auch gekotzt«, sagte Ethan, »wenn ich etwas im Magen gehabt hätte. Ich war so nervös, als ich wusste, dass wir losziehen und tatsächlich kämpfen würden, dass ich keinen Bissen runtergekriegt habe.«

Alec schlug die Augen auf, sah von Ethan zu Clay, und Clay nahm an, dass Alec sich ebenfalls übergeben hatte. »Meint ihr das ernst?«, fragte der Junge.

»Absolut. Auf jemanden zu schießen hat nichts Heroisches, Alec. Heroisch dagegen ist die Folge deiner Tat: Cordelia ist nicht zu Schaden gekommen.«

»Und ich stehe immer noch hier und lebe«, fügte Ethan hinzu. »Als ich mich bei dir dafür bedankt habe, meinte ich es auch so.«

Vor Verlegenheit stieg Alec das Blut in die Wangen, aber endlich verriet sein Blick auch ein wenig Stolz. »Na dann ... gern geschehen.«

Ethan lächelte mitfühlend. »Und wenn der arme Pizzabote sich wieder beruhigt hat, bedankt er sich bestimmt auch bei dir.«

»Ich würde gerne ganz genau hören, was gestern Nacht passiert ist«, sagte Clay. »Ich will bis ins kleinste Detail wissen, wie das Sicherheitssystem funktioniert hat. Aber das etwas später. Zuerst habe ich ein Nummernschild, das ihr bitte für mich nachsehen sollt.« Er gab Alec die Nummer des Hyundai. »Er ist mir erst auf dem Highway aufgefallen, aber ich denke, er war hinter uns, seit wir die Stadt verlassen haben.«

»Hat dein Bundesagent die Information schon?«, fragte Ethan mit einem Stirnrunzeln.

Clay war ziemlich sicher, dass »sein« Bundesagent es wusste, zumal er nicht angerufen hatte, um danach zu fragen. »Wahrscheinlich. Novak hat ein scharfes Auge. Ich wollte nicht vor Stevie mit ihm darüber reden, da sie nicht weiß, dass ich die Nummer gesehen habe, aber ich werde mich vergewissern.« »Ich kümmere mich drum«, sagte Alec und trabte zurück zum Haus.

Als der Junge weg war, wandte Ethan sich mit hochgezogenen

Brauen Clay zu. »Also – wo ist sie? Ich muss sie unbedingt kennenlernen und mir am besten noch Notizen machen, sonst lässt Dana mich nicht mehr nach Hause kommen. Sie meint, sie hätte viel zu viele Jahre darauf gewartet, dass eine Frau dich aus deinem Sumpf zieht.«

»Ich stecke in keinem Sumpf«, protestierte Clay. »Nicht mehr.«

»Und darüber sind wir alle froh.« Ethan schlug die Hände zusammen. »Sie ist also mit ihrer Tochter im Stall? Niedliches Ding, übrigens. Sie hält dich für Superman.«

Clay konnte nicht verhindern, dass nun auch er rot wurde. »Sie ist noch sehr leicht zu beeindrucken.«

»Na dann. Was hast du mit der Nummernschildinformation vor, sofern Alec etwas Brauchbares herausfindet?«

Clay setzte sich in Richtung Stall in Bewegung, und Ethan schloss zu ihm auf. »Genau das, was du denkst.«

Ethan zog die Brauen zusammen. »Allein?«

»Mit dir auf gar keinen Fall. Ich brauche dich hier zu ihrem Schutz. Also – ja, allein.«

»Na gut. Aber ich klebe dir einen Sender unters Auto. Ich will wissen, wo du bist, falls du in Schwierigkeiten gerätst.«

»In Ordnung.« Clay zog die Stalltür auf und entdeckte zuerst Izzy, die mit geschlossenen Augen und zusammengepressten Lippen vor einer Boxentür stand. »Izzy?«

Sie schaute erschrocken auf, erkannte ihn jedoch sofort und kam lächelnd auf ihn zu. Er sah, dass in ihren Augen Tränen standen. »Clay.« Sie stellte sich auf die Zehenspitzen und küsste ihn auf die Wange. »Danke«, flüsterte sie. »Dass du sie beschützt hast. Dass du das hier ermöglicht hast.« Sie schluckte. »Das ist mehr, als ich mir erhofft hatte.«

»Geht mir genauso«, gab er flüsternd zurück und räusperte sich. »Wo sind deine Eltern?«

»Oben im Haus bei Maggie und Emma. Sie schleppen Umzugskartons aus dem Gästezimmer, damit wir alle heute Nacht hierbleiben können. Da Ethan, Alec, Paige und Emma bereits hier waren, hatte sie gestern nicht genug Betten, weswegen

Mom, Dad und ich wieder nach Hause gefahren sind und das nächtliche Abenteuer verpasst haben.«

»Ich habe ihnen mein Bett angeboten«, sagte Ethan, »aber sie haben dankend abgelehnt.«

»Tja.« Izzy grinste. »Typisch meine Eltern.« Dann deutete sie auf die Box, vor der sie gestanden hatte. »Sie sind da drin. Ihr könnt hingehen.«

Clay trat an die Box und sah Stevie und Cordelia gemeinsam das Pferd striegeln, das Gracie genannt wurde. Stevie konzentrierte sich auf ihre Aufgabe, so, wie sie es mit allem tat, was sie in Angriff nahm. Cordelias Gesicht strahlte.

*Meine zwei*, dachte er, und mit einem Mal schien sein Herz vor Glück bersten zu wollen. Um diese beiden wollte er sich kümmern. Sie beschützen. Sie lieben.

Cordelia sah auf. »Gracie mag Mama, sehen Sie?«

Clay lächelte. »Ja, das sehe ich. Stevie, kann ich mal eben mit dir reden?«

Sie gab die Bürste Cordelia, trat aus der Box und flog in seine Arme. »Pass auf dich auf«, sagte sie und küsste ihn fest auf den Mund, und durch das laute Hämmern seines Herzens hörte er Cordelias Kichern. »Nimm wenigstens Novak mit«, fügte sie besorgt hinzu.

Der Kuss hatte ihn abgelenkt. »Hm?«

»Du willst den Besitzer des Autos überprüfen, dessen Nummernschild du nicht gesehen hast.«

Neben ihm prustete Ethan los. »War wohl nichts, du Schlaumeier.«

Stevie machte sich von ihm los und streckte Ethan die Hand entgegen. »Du musst Ethan sein. Vielen Dank, dass du gekommen bist. Du kannst dir nicht vorstellen, wie froh ich darüber bin.«

»Doch, ich glaube schon«, gab Ethan zurück und nahm ihre Hand. »Clay ist oft für mich da gewesen, und jetzt bin ich an der Reihe. Im Übrigen hat Alec die meiste Arbeit getan.«

Stevie lächelte. »Ja, das habe ich schon gehört.« Sie drehte sich wieder zu Clay um. »Also – das Nummernschild.«

Clay seufzte. »Ich hatte nicht ernsthaft gedacht, dass du mir glauben würdest, aber den Versuch war es wert.«
»Ich hätte es vermutlich nicht anders gemacht. Wie lange, denkst du, wirst du unterwegs sein?«
»Ein paar Stunden werde ich brauchen.«
Zu Cordelias Entzücken küsste sie ihn wieder. »Ich warte auf dich. Lass dich nicht erschießen. Derweil achte ich darauf, dass ich weder getreten noch zerquetscht werde.«
»Mama«, sagte Cordelia tadelnd. »Gracie ist ganz lieb.«
»Das glaube ich dir ja, Cordy, aber sie ist wirklich groß.«
»Ein Hund wäre sehr viel kleiner, Mama«, erwiderte Cordelia spitzbübisch.
»Tja, stimmt«, erklang Stevies trockene Antwort. »An Gracie kommen nicht einmal Mr. Tanners ausgewachsene Welpen heran.«
Vor der Box lächelte Izzy glücklich, und Ethan nickte Clay zu. Als Clay ging, lächelte auch er.

*Baltimore, Maryland*
*Dienstag, 18. März, 15.15 Uhr*

Sam fuhr den Computer herunter. Die Kassiererin, die vor acht Jahren von seinem Vater erschossen worden war, hatte eine Tochter und einen Enkel gehabt. Das Viertel, in dem die Tochter wohnte, war zwar nicht einmal annähernd Mittelstand, aber auch kein sozialer Wohnungsbau.

Die Mutter des Jungen hatte eine Vorstrafe wegen Ladendiebstahls – sie hatte in ausgerechnet dem Supermarkt Nahrungsmittel gestohlen, in dem ihre Mutter ermordet worden war. Der Richter hatte ihr Sozialstunden in einer Suppenküche aufgebrummt. Danach hatte sich ihr Dasein anscheinend verbessert: Jemand hatte ihr einen Job gegeben, und sie war wie Kayla Richards noch einmal zur Schule gegangen. Nun war sie Zahnhygienikerin und schien genug zu verdienen, um sich und ihren Sohn durchbringen zu können.

Wenn sich der Staub gelegt hatte und er wusste, wer seinen Vater damals zu der Tat getrieben hatte und warum, würde er sich mit der Frau in Verbindung setzen und herausfinden, wie er wenigstens etwas Wiedergutmachung leisten konnte.

Obwohl er keine Ahnung hatte, was er ihr sagen sollte. Oder was er Stevie Mazzetti sagen sollte. Auch für ihn war es wichtig.

Aber was auch immer ihm letztlich dazu einfallen würde – heute würde es nicht mehr dazu kommen. Er zog seine Jacke an, nahm seinen Schlüssel und schloss die Wohnungstür hinter sich ab. Er wollte Ruby, Kayla und den Polizeizeichner um vier auf dem Revier treffen. Und hoffentlich würde er dann das Gesicht des Mannes sehen, der ihn damals aus dem Rabbit Hole geschleift hatte.

Der Mann, der sehr wahrscheinlich dafür verantwortlich war, dass er erst eineinhalb Tage später wieder zu sich gekommen war. Der wahrscheinlich seinen Vater getötet hatte. Und der seinen Vater dazu getrieben hatte, drei unschuldige Menschen zu erschießen.

Er verließ sein Wohnhaus durch den Haupteingang – und erstarrte, als sich eine Hand um seine Schulter schloss.

»Wir müssen reden, Officer Hudson.«

*Verdammt.* All diese Fragen, die sie gestellt hatten ... Ihm war klar gewesen, dass er damit Aufmerksamkeit erregen würde. Und nun musste er dafür büßen.

*Also schön. Dann los. Lass bloß Ruby und Kayla in Frieden.*

Sam fuhr blitzartig herum, rammte dem Mann seinen Ellbogen in die Eingeweide und registrierte zufrieden das überraschte Ächzen. Er schickt eine rechte Gerade hinterher, und der Mann taumelte zurück, verpasste ihm aber einen Hieb gegen das Kinn, der ihn Sterne sehen ließ.

*Genug.* Sam rannte die Treppe hinauf, wirbelte auf einem Bein herum und trat dem Burschen gegen die Brust, so dass dieser zurückstolperte. Dann zog er seine Pistole und stellte ohne Überraschung fest, dass der andere dasselbe getan hatte.

»Waffe fallen lassen«, sagte Sam.

Der Mann lächelte, aber es lag nichts Freundliches darin. »Sie zuerst.«

Sam tastete nach seinem Handy und wählte blind die Neunelf, hielt aber inne, bevor er die Taste drückte. »Sie können mir jetzt sagen, was Sie wollen, oder ich rufe Verstärkung. Sich einfach umdrehen und weggehen können Sie allerdings nicht, denn ich schieße, sobald Sie sich bewegen.«

Ein gefährliches Glitzern trat in die dunklen Augen des Mannes. Er war vielleicht zwei, drei Zentimeter größer als Sam und breit wie ein Schrank, und er hatte die Haltung eines Kämpfers. Oder eines Soldaten. Er hatte eine Rasur nötig, aber trotz ihrer kleinen Kabbelei lag jedes Haar akkurat gekämmt an seinem Kopf. Außerdem hatte sich seine Brust wie eine Stahlwand, seine Faust wie eine Abrissbirne angefühlt. In Sams Ellbogen kehrte gerade erst das Gefühl zurück, sein Fuß war allerdings noch immer taub. Er musste gegen den Drang ankämpfen, nach Zahnlücken zu tasten.

»Also?«, fragte Sam barsch. »Wer hat Sie geschickt?« So kühl wie möglich stieg er die Treppe wieder hinunter und kam auf den Angreifer zu. »Und ich schwöre, wenn Sie eine der Frauen angerührt haben, dann schieße ich Ihnen etwas ab, was Sie wirklich vermissen werden.«

Verwirrt zog der Mann die Brauen zusammen. »Welche Frauen? Ich will nichts von irgendwelchen Frauen. Ich will wissen, warum Sie heute Nachmittag Stevie Mazzetti beschattet haben.« Sam wurde bewusst, wo er den Mann schon einmal gesehen hatte. »Ich habe Sie heute im Department gesehen. Sie haben sie begleitet.«

Das gefährliche Glitzern kehrte zurück. »Ich bin bei ihr, wohin immer sie geht. Also, Hudson, warum sind Sie ihr nachgefahren?«

*Er ist Mazzettis Leibwächter.* Sam dachte daran, wie der schwarze SUV scharf auf die Ausfahrt eingebogen war. Der Fahrer hatte offenbar sein Nummernschild notiert. Sam hob seine freie Hand. »Ich nehme jetzt die Waffe runter. Bitte tun Sie dasselbe.« Er senkte den Arm mit der Pistole, bis sie an seiner Seite ruhte.

Der Mann tat es ihm nach, holte aber sein eigenes Telefon hervor. »Sie haben die Polizei noch nicht angerufen. Ich gebe Ihnen fünf Sekunden, um mir zu sagen, warum Sie Stevie Mazzetti gefolgt sind, dann rufe ich an.«

»Gerne. Lassen Sie sich mit Detective Fitzpatrick verbinden.«

Der Mann kniff überrascht die Augen zusammen. »Ich muss zugeben, damit habe ich jetzt nicht gerechnet.«

Bevor Sam etwas erwidern konnte, ertönte eine ironische Stimme hinter ihnen. »Ich hätte es Ihnen sagen können.«

Sam und der Mann fuhren gleichzeitig herum, und Sam riss die Augen auf. Es war eine Szene wie aus einem Superhelden-Comic. Aus den Schatten trat eine große Gestalt mit weißem Haar, einer verspiegelten Sonnenbrille und einem schwarzen Trenchcoat, der im Wind flatterte.

Der Mann verdrehte die Augen. »Novak.«

Novak grinste. »Maynard.«

Also war Maynard der Mann mit der Eisenfaust. Sam runzelte die Stirn, während er sich zu erinnern versuchte, wo er den Namen gehört hatte, dann fiel es ihm wieder ein: Es war Maynards Haus, in dem man am Sonntag nach einem Einbruch zwei Polizisten mit gebrochenem Genick gefunden hatte.

»Sie haben verdammt lange gebraucht, um herzukommen«, brummelte Maynard.

Novak zuckte die Achseln. »Ich bin seit über einer Stunde hier. Sie sind direkt an mir vorbeigegangen.«

Maynard zog die Brauen zusammen. »Wo?«

»Ich hatte mich hinter den Müllcontainern versteckt. Der Mantel ist mehr als eine modische Aussage, mein Guter. Ich verschwinde im Dunkeln.«

Sam schüttelte den Kopf. »Wer sind Sie?«

Novak kam näher und hielt ihm mit einer Hand seine Marke entgegen, während er mit der anderen den Mantel zur Seite schob, um sein Holster sichtbar zu machen. »Special Agent

Deacon Novak, FBI und VCET. Das ist Clay Maynard, ein Privatermittler, der für Detective Mazzetti arbeitet.« Er wandte sich an Maynard. »Unser Officer Hudson hier hat heute Morgen Anzeige gegen unbekannt erstattet – wegen eines Angriffs gegen seine Person, der sich vor acht Jahren zugetragen hat. Am vierzehnten März. Er wurde in einer Bar betäubt und wachte eineinhalb Tage später in einem fremden Hotelzimmer auf, ohne sich erinnern zu können, was in der Zeit geschehen ist.«

Maynard sah Novak mit zusammengekniffenen Augen an »Er kann sich nicht an den fünfzehnten März erinnern? *Wie bitte?*«

»Nicht wahr? Das habe ich auch gedacht«, sagte Novak. »Genau wie J.D. Fitzpatrick, der die Anzeige aufgenommen hat. J.D. sagt, sie hätten ausdrücklich ihn angefordert.«

»*Sie?* In der Mehrzahl?«, fragte Maynard.

»Mein Anwalt, Thomas Thorne«, sagte Sam, »und ... meine Freundin Ruby Gomez aus der Rechtsmedizin. Sie sind mit mir gekommen, als ich die Anzeige erstattet habe.«

»Außerdem hatte er eine Zeugin dabei«, fügte Novak hinzu. »Eine gewisse Kayla Richards.«

»Ruby und Kayla sind vermutlich die Frauen, die ich nicht anrühren soll«, sagte Maynard, und Sam nickte. Maynard rieb sich den Nacken. »Ich denke, wir drei sollten uns ein ruhiges Plätzchen suchen und miteinander reden.«

Sam blickte von einem Mann zum anderen. »Okay.«

*Dienstag, 18. März, 15.30 Uhr*

Clay streckte die Finger, als er sich auf der Couch in Hudsons Wohnzimmer niederließ. Hudson verschwand in der Küche und kehrte mit zwei Kühlkissen zurück. Er warf Clay eins zu und drückte sich das andere gegen den Kiefer.

Clay legte sich den Eisbeutel auf die Hand und zuckte zusammen. »Sie haben ein hartes Kinn, Hudson.«

Hudsons Lächeln war unfroh. »Meine Mutter hat mich immer

schon Holzkopf genannt. Agent Novak, könnten Sie wohl die Sonnenbrille abnehmen? Ich sehe meinem Gesprächspartner gerne in die Augen.«

Mit einem Achselzucken kam Novak der Bitte nach. Hudson musterte ihn einen Moment lang ungläubig, dann zuckte auch er die Achseln. »Dieser Tag hat es echt in sich«, murmelte er. »Mr. Maynard. Um Ihre anfängliche Frage zu beantworten: Ich bin Detective Mazzetti gefolgt, weil ich mit ihr reden wollte. Nur reden.«

»Und wie und wo haben Sie sich an sie hängen können?«, wollte Novak wissen.

»Ich war heute Morgen auf dem Revier, um ein Gespräch mit Fitzpatrick zu führen, und sah sie mit ihm«, Hudson deutete auf Clay, »und ein paar anderen Leuten. Da mir klar war, dass ich mit ihr reden musste, wartete ich draußen, bis sie beide das Gebäude verließen, und fuhr ihnen nach.«

»Und worüber wollten Sie mit ihr sprechen?«, fragte Clay.

»Über den fünfzehnten März vor acht Jahren. Der Tag, an dem ihr Mann und ihr Sohn ermordet wurden. Und an den ich keine Erinnerung habe.« Hudson ging in seinem kleinen Wohnzimmer auf und ab, blieb dann aber stehen und blickte ihnen beiden nacheinander in die Augen. »Was ich bei meiner Anzeige nicht zu Protokoll gegeben habe, war, dass ich in einem Hotelzimmer mit einer Waffe neben mir aufwachte. Einer Waffe, die kurz zuvor abgefeuert worden war. Ich hatte keine Ahnung, was ich getan hatte. Ich überprüfte alle Polizeiberichte, fragte in Krankenhäusern nach Schusswunden, konnte aber nichts in Erfahrung bringen.«

»Wo ist die Waffe?«

»Ich habe sie in die Ballistik gegeben. Und dort entdeckte man eine Übereinstimmung. Ein Unbekannter, der ein paar Monate nach besagtem Datum aus dem Severn River gezogen worden war. Ich wandte mich ans Leichenschauhaus, um nach dem Autopsiebericht zu fragen. Dort lernte ich übrigens Ruby Gomez kennen. Nun, der Mann, der mit ebenjener Pistole umgebracht worden war, war mein Vater. John Hudson.«

Clay und Novak sahen sich an. »Sie denken, Sie haben Ihren Vater umgebracht?«, fragte Clay vorsichtig.

»Zuerst dachte ich das. Mein Vater war drogensüchtig. Er hat meine Mutter verprügelt. Ich hasste ihn, allerdings war ich bislang immer davon ausgegangen, dass ich ihn nicht hätte töten können. Aber mir fehlte ein kompletter Tag, daher konnte ich mir nicht sicher sein.«

»Also haben Sie sich an einen Anwalt gewandt?«, fragte Novak.

»Nein. Ruby hat es so eingefädelt, dass ich mit Thorne zusammentraf, und letztlich fand ich die Idee gut. Thorne hat mir ein paar gute Tipps gegeben. Er würde wahrscheinlich ausrasten, wenn er wüsste, dass ich mich ohne sein Beisein mit dem FBI unterhalte.«

»Wir können auf ihn warten«, bot Novak an.

»Nein, das ist nicht nötig. Jedenfalls habe ich eine Zeugin, die gesehen hat, wie ich betäubt wurde. Sie hat gleich einen Termin bei einem Zeichner. Ich will wissen, wer meinen Drink versetzt hat, um mich auszuschalten. Denn diese Person hat wahrscheinlich auch meinen Vater erschossen.«

»Und was hat das alles mit Stevie Mazzetti zu tun?«, fragte Clay. Hudson begann erneut, ruhelos auf und ab zu marschieren. »Dass man mir die Waffe hingelegt hatte, ergab für mich keinen Sinn. Hätte ein Drogendealer meinen Vater beseitigt, hätte es keinen Grund gegeben, mich in die Sache hineinzuziehen. Ich wusste, dass es sich um etwas Größeres handeln musste. Und das Einzige, was an diesem Tag passierte, war groß.«

»Der Mord an Paul Mazzetti und seinem Sohn«, murmelte Clay.

»Und an einer Kassiererin«, setzte Hudson verbittert hinzu.

»Sie kann ich auch nicht vergessen. Ruby und ich haben uns das Video des Überfalls angesehen. Ich bin überzeugt, dass es sich bei dem Mann, der auf der Aufnahme drei Menschen erschießt, um meinen Vater handelt.«

Clay wurde die Brust eng. »Man hat den Mann, der die Tat

begangen hat, verhaftet und eingesperrt. Er sitzt lebenslänglich.«

»Man hat irgendjemanden verhaftet und eingesperrt, aber ich glaube nicht, dass man den Täter geschnappt hat. Der Mann auf dem Überwachungsvideo geht wie mein Vater, und er trägt meine Kappe. Die mir am Samstag mit anderen persönlichen Dingen zugeschickt wurde, darunter ein Streichholzbriefchen von der Bar, in der man mich betäubt hat. Am gleichen Samstag wird Mazzetti beschossen – zweimal. Was für eine seltsame Übereinstimmung.«

Clay schüttelte langsam den Kopf, als er zu erfassen versuchte, was das alles bedeutete. »Das ist doch wohl ein Witz.«

»Schön wär's. Mir kommt es eher wie ein Alptraum vor. Als mein Vater damals aus unserem Leben verschwand, glaubte ich, dass er irgendwo an einer Überdosis gestorben war oder den Falschen verärgert hatte. Aber das ... das ist schlimmer, als ich mir je vorgestellt habe. Das wird meine Mutter nicht verkraften.«

»Warum haben Sie das nicht schon Fitzpatrick gesagt?«, wollte Novak wissen.

»Weil es sich nur um Vermutungen handelte. Ich bin Polizist, Novak. Ich weiß, wie solche Dinge gehandhabt werden. Und bei all den korrupten Cops, die in letzter Zeit aus ihren Löchern geschwemmt worden sind, fürchtete ich, dass die Leute mich erst für schuldig halten und dann Fragen stellen würden. Thorne hat mir geraten, Anzeige zu erstatten, so dass alle Indizien, die wir ab jetzt sammeln, zu einer eindeutigen Beweiskette zusammengefügt werden können.«

»Warum, denken Sie, hat Ihr Vater den Laden ausrauben wollen und drei Leute erschossen?«, fragte Novak.

»Als Ruby und ich das Überwachungsvideo aus dem Laden gesehen haben, ist uns aufgefallen, dass mein Vater sich ein Foto auf seinem Handy ansah. Auf dem Foto war ich zu sehen, an einen Stuhl gefesselt, und zwar in dem Hotelzimmer, in dem ich am nächsten Tag aufgewacht bin.«

»Sie denken, er wurde erpresst, damit er den Laden ausraubt?«, sagte Novak.

Hudson schluckte, und als er sprach, bebte seine Stimme. »Ich denke, dass er erpresst wurde, um zu morden. Er hat kein Geld genommen, nichts. Aber er ist erst geflohen, als Paul Mazzetti tot war.«

»Stand Ihr Vater in Verbindung mit Paul Mazzetti?«, fragte Novak. »Hat Mazzetti ihn vielleicht vor Gericht gebracht?«

»Nein. Mein Vater ist zweimal zu einer Haftstrafe verurteilt worden. Einmal, weil er meine Mutter verprügelt hat, ein anderes Mal wegen Drogenbesitzes. Aber Paul Mazzetti war in keinem Fall beteiligt. Deswegen ergibt es für mich keinen Sinn.«

*Oh, Gott.* Gesprächsfetzen zogen durch Clays Bewusstsein. Sein Magen drehte sich um, und bittere Galle brannte in seiner Kehle. Für ihn ergab es plötzlich auf entsetzliche Weise Sinn.

Wieder hörte er Stevies tränenerstickte Stimme. *Levi ist ein Sündenbock gewesen, und ich habe nichts dagegen getan. Robinette hat mich manipuliert, obwohl ich tief in meinem Inneren wusste, dass er die Frau umgebracht hatte.*

*Und deswegen warst du wütend*, hatte Clay gesagt, und Stevies Stimme war gebrochen.

*Absolut. Deswegen habe ich mich hartnäckig dafür eingesetzt, dass der Fall wieder aufgenommen wurde. Robinette ist ungestraft davongekommen. Dass er ausgerechnet jetzt wieder auftaucht und seinen Rachefeldzug gegen mich durchführt, weil ich Levi erschossen habe, bringt mich noch mehr in Rage. Der Mann ist irre.*

Nein, der Mann war nicht irre. Und hier ging es nicht um Rache für den Tod des Sohnes, den Robinette selbst als Sündenbock geopfert hatte.

»Mein Gott«, wisperte Clay, als alle Puzzleteile an ihren Platz fielen.

»Was?«, fragte Novak. »Clay, Sie sind ja weiß wie ein Laken. Ist alles in Ordnung?«

Clay schüttelte den Kopf. »Nein.« Und plötzlich bezweifelte er, dass es jemals wieder in Ordnung sein würde.

Acht lange Jahre hatte Stevie geglaubt, ihr Mann und ihr Sohn seien zufällige Opfer einer willkürlichen Gewalttat geworden. Acht Jahre lang hatte sie sich die schlimmsten Vorwürfe gemacht, weil sie an jenem Tag zu beschäftigt gewesen war, um ihren Sohn vom Kindergarten abzuholen.

Zu beschäftigt mit dem Versuch, Todd Robinette einen Mord nachzuweisen.

Bis der Schock und die Trauer über den schrecklichen Verlust ihre Bemühungen abrupt beendet hatten.

Was würde geschehen, wenn sie die Wahrheit erfuhr? Wenn sie erfuhr, dass ihr Sohn und ihr Mann keine zufälligen Opfer gewesen waren, sondern dass man ihren Mord geplant hatte, damit sie von Robinettes Spur abließ? Weil sie Robinette niemals davonkommen lassen hätte?

Es würde sie vernichten.

Clay kam langsam auf die Füße. »Wir müssen Hudson zum Revier bringen. Seine Zeugin muss dem Zeichner unbedingt ganz genau erzählen, wen sie gesehen hat.«

Der Zeichner würde ein Bild von Robinette entwerfen, dessen war Clay sich sicher. *Und dann bring ich den Mistkerl eigenhändig um. Auch wenn ich dafür auf den elektrischen Stuhl komme.*

*Dienstag, 18. März, 16.30 Uhr*

Als Sam vor dem Besprechungsraum ankam, zu dem der Zeichner ihn bestellt hatte, warteten Ruby und Thorne bereits davor. »Wo ist Kayla?«, fragte Sam.

»Drinnen, zusammen mit Officer Damon, dem Zeichner«, erklärte Ruby. »Er hatte zwischen zwei Terminen nur ein paar Minuten Zeit, also haben wir entschieden, sie sollten schon mal loslegen.«

Thorne warf einen Blick auf die zwei Männer, die Sam begleiteten, und zog die Stirn in Falten. »Sie haben ihnen alles gesagt, nehme ich an«, bemerkte er tonlos. »Ohne mich vorher zu konsultieren.«

»Ja«, sagte Sam. »Ihre Unterstützung war sehr wertvoll für mich, wirklich. Aber es war an der Zeit, reinen Tisch zu machen. Und diese beiden hier glauben zu wissen, wen Kayla in jener Nacht damals gesehen hat.«

Thorne betrachtete erst Maynard, dann Novak und schien nicht weiter überrascht. »Ich dachte mir schon, dass wir uns früher oder später begegnen. Also los, spucken Sie's aus. Wer hat meinen Mandanten Ihrer Meinung nach unter Drogen gesetzt?«

Maynard schüttelte grimmig den Kopf. »Noch nicht.«

»Klug von Ihnen, Ihrem Klienten zur Anzeige zu raten«, sagte Novak. »Dadurch hat er gerade genug Glaubhaftigkeit gewonnen, um eine recht angespannte Situation aufzulockern.«

Sam zuckte zusammen, als Ruby ihm leicht über die Wange strich. Sie warf Novak einen verärgerten Blick zu. »Sie haben ihn geschlagen?«

»Nein, ich habe ihn geschlagen«, sagte Maynard. »Aber er mich zuerst.«

»Ihr seid schlimmer als Kleinkinder«, sagte sie. »Hast du den Kiefer wenigstens gekühlt?«

»Ja, habe ich.« Sam musste grinsen. Ruby hörte sich plötzlich an wie seine Mutter. »Mir geht's gut, Ruby.«

»Er hat sich größere Sorgen gemacht, dass ich mich an Ihnen und Miss Richards vergreife«, fügte Maynard hinzu.

Rubys Blick wurde sanfter. »Wie lieb von ihm.«

Sam stieg das Blut in die Wangen, und er überlegte verzweifelt, was er darauf erwidern sollte, doch bevor seine Sprachlosigkeit auffallen konnte, ging die Tür zum Besprechungsraum von innen auf.

Der Zeichner, Sams Freund Damon, wirkte seltsam verhalten, als er herauskam. Verblüfft betrachtete er die Menschenansammlung im Flur. »Ich schätze, das sollten Sie sich ansehen«, sagte er.

Kayla riss die Augen auf, als die Truppe nacheinander hereinmarschierte. Sam klopfte ihr auf die Schulter. »Alles okay?«

Sie nickte. »Klar. Ich hoffe nur, ich habe alles richtig gemacht. Officer Damon wirkte so komisch, als ich fertig war.«

»Sehen wir es uns an«, sagte Maynard gepresst. Der Privatermittler wirkte derart angespannt, als stünde er kurz vor einer Explosion. Auch Novak schien es zu spüren, denn er legte Maynard beschwichtigend eine Hand auf den Arm.

Damon schlug das Deckblatt seines Skizzenblocks um und hielt das Bild, das er gezeichnet hatte, hoch.

Es war, als hätte jemand eine Bombe in den Raum geworfen.

Thornes Kinnlade fiel herab, Novak fluchte. Rubys Hand flog entsetzt zu ihren Lippen.

Und Maynard knickten die Knie ein. Novak und Thorne konnten ihn gerade noch packen und auf einen Stuhl setzen.

Sam beugte sich vor und starrte das Bild an. *Oh ... oh, nein.* Langsam dämmerte ihm, welche Folgen sich daraus ergaben, und nun verstand er das Ausmaß des Entsetzens, das sich über den Raum gelegt hatte.

Ruby barg ihr Gesicht an seiner Brust. Sie weinte. Hilflos streichelte Sam ihr Haar. *Ich sage mir immer, dass es nicht schlimmer kommen kann.* Und dann kam es doch schlimmer.

*Dienstag, 18. März, 18.45 Uhr*

Bevor Stevie den Kartenschlüssel zu ihrem Zimmers im Peabody Hotel durchzog, hielt sie inne. Sie sah über ihre Schulter zu Joseph, der ganz normal wirkte. Vollkommen normal. Unerschütterlich, wie immer.

Aber er war es nicht. Stevie hatte keine Ahnung, was in ihm vorging, aber irgendetwas stimmte ganz und gar nicht.

*Clay kann nichts passiert sein.* Wenn es so wäre, hätte Joseph sie bestimmt zu ihm ins Krankenhaus gebracht.

»Joseph, was ist los?«, fuhr sie ihn an.

Er hob abwehrend die Hände. »Man hat mich gebeten, dich herzubringen, und das habe ich getan. Geh bitte in dein Zimmer. Ich bin nebenan, Novak und Coppola beziehen genau wie gestern ihren Posten. Nur für alle Fälle.«

»Schön. Danke fürs Bringen.« Stevie zog die Karte durch das Lesegerät und trat ein. Es war sicher noch Zeit für eine schnelle Dusche, bevor sie sich wieder an die Arbeit machen musste. Sie hatte die ganze Zeit über die Zeugen nachgedacht, die sie damals bei der ersten Ermittlung zum Mord an Robinettes Frau befragt hatte. Zuerst würde sie sich frisch machen, dann würde sie ...

Sie blieb stehen, als ihr schwerer Blumenduft entgegenschlug. Das Zimmer war voller Rosen. Dutzende und Aberdutzende Rosen in allen erdenklichen Farben. Der Tisch im Hauptraum war mit weißer Tischdecke, Porzellan, Silberbesteck und edlen Weinkelchen »schick« gedeckt, wie Cordelia es nennen würde, eine Flasche Champagner stand in einem eisgefüllten Kühler.

Auf ihrem Teller lag eine einzelne Rose.

Sie nahm sie behutsam auf und bemerkte, dass sie keine Dornen hatte. Clay musste sie entfernt haben. Sie roch an der Rose und blickte auf. Er stand im Türrahmen zum Schlafzimmer und beobachtete sie.

»Du hast mir gefehlt«, sagte sie leise.

Er lächelte. »Ich habe dir ein Bad eingelassen. Ich dachte, du würdest bestimmt eins brauchen, wenn du heute zum ersten Mal auf einem Pferd gesessen hast.«

Sie lachte. »Morgen wird es bestimmt schlimm.«

Sein Blick flackerte so schnell, dass es ihr fast entgangen wäre. »Du kriegst noch eine Extramassage von mir, dann spürst du morgen nichts.«

Sie durchquerte das Zimmer, und er schloss sie in seine Arme und drückte sie so fest, dass sie unwillkürlich nach Luft schnappte. »Wozu das alles hier? Die Rosen, der gedeckte Tisch?«

»Ich hatte Lust, dich auszuführen«, sagte er. »Aber das kann ich im Augenblick nicht, also musste ich mir etwas anderes einfallen lassen. Also – zuerst das Bad, dann lass ich uns das Abendessen heraufschicken.«

Sie zog den Kopf ein Stück zurück, betrachtete sein Gesicht, konnte aber nichts erkennen. Dennoch spürte sie, wie sich

Furcht in ihrem Magen ausbreitete. Hier stimmte etwas ganz und gar nicht. »Okay«, sagte sie.

Die Wanne im Badezimmer war riesig, groß genug für zwei. Was er offensichtlich zu nutzen gedachte, denn er zog sie aus, hob sie auf die Arme und ließ sie ins heiße Wasser gleiten, dann streifte er seine Kleidung ab und gesellte sich zu ihr.

Er setzte sie zwischen seine Beine und zog ihren Rücken an seine Brust. »Also«, begann er. »Erzähl mir von deinem Nachmittag. Wie ist es gelaufen?«

Und so berichtete sie von ihrem stümperhaften ersten Reitversuch, von Cordelias und ihrer Suche nach einem neuen Haus und von ihrer Hoffnung, dass Cordelia sich vielleicht langsam nicht mehr wie ein Trostpreis vorkam.

Die ganze Zeit über liebkoste er sie, schäumte ihre Arme und Beine ein und wusch behutsam um die Wunde an ihrem Oberarm herum, die endlich zu verheilen begann. Sie kam zu dem Schluss, dass ihre dumpfe Furcht nur purer Gewohnheit entstammte, dass sie unbewusst stets schlechte Nachrichten erwartete, zumal der Nachmittag so ruhig und entspannt gewesen war. Alles war in Ordnung. Und als er ihre Brüste zu waschen begann, war sie ganz sicher, dass es auch Clay gutging.

Seine Hände wanderten die Innenseiten ihrer Oberschenkel herauf, und sie stellte das Denken ganz ein. Sie lehnte sich zurück, neigte den Kopf zur Seite und genoss seine Liebkosungen, bis sie vor Wonne seufzte.

Seine Hände waren sanft, und so war auch der erste Orgasmus, den er ihrem Körper entlockte. Sie streckte sich, bog den Rücken durch, presste ihren Kopf gegen seine Schulter und entspannte sich wieder. »Hmmm.«

Seine Arme schlangen sich um sie, als sie sich an ihm herab ins Wasser gleiten ließ. »Hat dir das gefallen?«

»Oh, ja.« Dann überraschte sie ihn, indem sie sich in seinen Armen umdrehte und auf ihn setzte. Sie küsste ihn ausgiebig. »Ich habe den ganzen Nachmittag an dich gedacht.«

Seine Hände umfassten ihr Hinterteil und kneteten es. Ein Lächeln erschien auf seinen Lippen. »Hast du das?«

»Das habe ich. Besonders beim Reiten.« Sie kippte die Hüften nach vorne, fand seine Erektion und ließ sich langsam auf ihn herab. Nun war er an der Reihe, den Rücken durchzubiegen, und sie strich ihm über die Brust und genoss es, ihn in sich zu spüren.

Sie begann sich zu bewegen, und er stöhnte und umklammerte die Wannenränder so fest, dass seine Muskeln hervortraten. Sein Kopf sank zurück, die Lider fielen zu, und sie ritt ihn erst langsam, dann immer schneller. Er kam mit einem Aufschrei und bäumte sich auf, so dass das Wasser aus der Wanne schwappte, und sie grub ihre Nägel in seine Schultern, hielt ihn fest und sah ihm zu, während die Wogen verebbten und er mühsam nach Atem rang.

Dann hob er den Kopf und sah sie blinzelnd an. »Du nicht?«

»Noch nicht. Ich wollte dich ansehen. Aber ich bin sicher, du kannst mir helfen, es nachzuholen.«

Er ließ die Wannenränder los und berührte mit zitternden Fingern ihr Gesicht. »Ganz bestimmt kann ich das.« Er half ihr aus der Wanne, wickelte sie in ein großes Badetuch, hob sie auf und trug sie zum Bett. »Aber zuerst kümmere ich mich um die schmerzenden Muskeln.«

»Sie schmerzen noch gar nicht«, protestierte sie.

»Ganz genau.« Er legte sie hin, kniete sich zwischen ihre Beine und begann, sie wie am Abend zuvor zu massieren. »Als ich das gestern gemacht habe, habe ich mir vorgestellt, was ich alles mit dir tun wollte«, sagte er mit rauher Stimme, und sie schauderte unwillkürlich. Er legte sich ihr Bein über die Schulter und lehnte sich mit seinem Gewicht dagegen, um es zu dehnen. »Heute will ich es mir nicht mehr nur vorstellen.«

Sie schloss die Augen, als seine Finger die Druckpunkte bearbeiteten, und ihre Erregung wuchs, als ihr Knie ihre Brust streifte. Sie war weit offen für ihn.

»Und was genau hast du dir vorgestellt?«, fragte sie heiser.

Eine Sekunde später bekam sie ihre Antwort. Seine Zunge drang in sie ein, und sie verkniff sich ein Stöhnen, da sie sich nur allzu bewusst war, dass Joseph nebenan Wache hielt und auf dem Flur seine Leute patrouillierten.

»Halt dich nicht zurück«, flüsterte Clay. »Ich will dich hören. Bitte lass mich dich hören.«

Also vergaß sie ihre Hemmungen und gab sich seiner Zunge hin, die sie leckte und kostete und ihr Laute entlockte, die sie noch nie zuvor von sich gegeben hatte. Und während der Orgasmus in der Wanne ein gemächlicher Ritt auf einer sanften Welle gewesen war, traf sie der jetzige mit der Wucht einer herabstürzenden Lawine. Clay ließ nicht locker, saugte und leckte und erlaubte ihr nicht, ihm auszuweichen, als sie sich ihm instinktiv zu entwinden versuchte. Er hörte nicht auf, bis die letzten Zuckungen nachließen und sie schlaff und zufrieden unter ihm liegen blieb.

»Oh, wow«, hauchte sie. »Was war das?«

»Hat's dir gefallen?«, fragte er mit tiefer Stimme.

»Und wie, aber du hast mich fast umgebracht.«

Er sagte nichts, stützte sich links und rechts von ihrem Kopf auf und blickte auf sie herab. Sie starrte wie gebannt in seine dunklen Augen.

»Kannst du mich noch einmal ertragen?«, flüsterte er.

»Immer.«

## 28. Kapitel

*Baltimore, Maryland*
*Dienstag, 18. März, 19.25 Uhr*

Er würde es schaffen. Er würde alles tun, damit es schön für sie war, auch wenn es ihn umbrachte. Und der Schmerz in seiner Brust war so stark, dass er genau das befürchtete.

*Immer*, hatte sie gesagt.

Er würde jede Berührung, jeden Geschmack, jede Empfindung speichern und hüten, denn wenn er ihr die Wahrheit sagte ... *Nein!* Er durfte jetzt nicht darüber nachdenken. Später war noch Zeit genug dazu. *Viel zu viel Zeit sogar.*

Er drang in sie ein und spürte, wie sie sich um ihn herum zusammenzog.

Perfekt. Sie war perfekt. Das hier ... war perfekt.

*Reiß dich zusammen, Clay. Tu es für sie.* Er schluckte mühsam, um die Galle zurückzudrängen, die seine Speiseröhre emporstieg. Seine Arme zitterten, und er drückte die Ellbogen durch, um nicht auf sie zu fallen und sie zu erdrücken.

Das würde er noch früh genug tun. Wenn er ihr sagen musste, dass sie der Grund dafür war, dass man ihre Familie zerstört hatte. Dass sie immer schon das Zielobjekt gewesen war. Sie würde sich von ihm und in sich selbst zurückziehen. Vielleicht nicht sofort. Vielleicht klammerte sie sich in ihrem Schock zunächst an ihn. Aber es würde nicht lange dauern. Sie hatte sich acht Jahre lang selbst zerfleischt, obwohl sie keinerlei Schuld traf – auch jetzt nicht, aber so würde sie das nicht sehen.

Sie würde es ihm nicht verübeln, dass er der Überbringer der Nachricht war, das wusste er. Sie würde es sich selbst verübeln. Würde sich bestrafen. Persönliches Glück? Das würde sie sich nicht mehr gestatten. Sie würde meinen, es nicht zu verdienen.

*Sie wird mich verlassen. Wird uns beide allein lassen.*

*Aber jetzt bist du nicht allein.* Denn für diesen Moment, so lang er denn dauerte, hielt er alles, was er je gewollt hatte, in seinen Armen. *Also genieß es. Und sieh zu, dass sie es auch genießt. Schenke euch beiden etwas, an das ihr euch im Guten erinnern könnt.*

Er steigerte das Tempo und die Kraft, mit der er sich in ihr bewegte, und biss die Zähne zusammen, als sie ein drittes Mal kam und ihre Muskelkontraktionen ihn massierten, aber er erlaubte sich nicht, ihr zu folgen. Noch nicht.

»Noch mal«, flüsterte er heiser in ihr Ohr. Er ließ seine Hüften kreisen, und sie schnappte nach Luft. »Noch mal.«

»Wie schaffst du das?«, keuchte sie. Ihre Augen waren geschlossen, ihr Puls pochte deutlich sichtbar an ihrem weit zurückgebogenen Hals.

»Was schaffen?«

Sie schlug die Lider auf und sah ihn voller Begierde an. »Dass ich immer wieder verrückt nach dir bin.«

»Gott, Stevie.« Der Orgasmus drohte ihn zu überwältigen, aber er hielt ihn lang genug zurück, um sich aus ihr herauszuziehen, sie auf den Bauch zu drehen und von hinten in sie einzudringen.

Ihr Schrei wurde durch das Kissen gedämpft. Sie bog den Rücken durch und schob sich zurück, um ihn tiefer in sich aufzunehmen. »Komm, Clay. Tu es.«

Und er ließ los und trieb sich so fest und schnell in sie, dass sie eine Hand gegen das Kopfende des Bettes stemmen musste, um nicht gegen das Holz zu krachen. Als ihr Körper erstarrte, hob er ab.

Es war viel zu schnell vorbei. Sein Verstand bettelte nach einem weiteren Mal, doch sein Körper flehte um Erholung. Er hielt sie fest und rollte sich mit ihr auf die Seite.

Als er wieder zu Atem gekommen war, flüsterte er ihr ins Ohr: »Ich liebe dich, Stefania. Ich muss es einfach aussprechen.« *Nur das eine Mal*, dachte er, fügte die letzten Worte jedoch nicht hinzu.

Sie sagte eine so lange Weile nichts, dass er schon fürchtete, sie sei eingeschlafen, ohne ihn gehört zu haben.

Doch als sie sprach, überraschte ihn der ernste, nüchterne Klang ihrer Stimme. »Warum hat sich das wie ein Abschied angehört?« *Meine Stefania. Schlauer, als gut für sie ist.*

Er rang noch um den Mut, ihr zu antworten, als sie sich aus seinen Armen wand. Sie glitt aus dem Bett und hinkte ins Bad. Eine Minute später kehrte sie, auf ihren Stock gestützt, in einem der Hotelbademäntel zurück. Sie warf ihm den anderen Bademantel aufs Bett.

»Was ist heute geschehen, Clay?«

Er zwang sich, sich aufzusetzen und den Bademantel anzuziehen. Dann klopfte er auf das Bett neben ihm. »Setz dich, Stevie. Es wird ein Weilchen dauern, es zu erklären.«

Sie setzte sich auf einen Stuhl, der ein ganzes Stück vom Bett entfernt stand.

Er hatte gewusst, dass sie sich von ihm zurückziehen würde. Aber, Gott im Himmel – es tat jetzt schon so weh.

»Ich ... ich habe den Namen des Burschen ausfindig gemacht, der uns im Auto heute gefolgt ist. Er ist Polizist.«

»Noch einer von der korrupten Sorte?«, fragte sie bestürzt.

»Nein. Er scheint ein guter Kerl zu sein.« Er erzählte ihr von Sam Hudsons Abend im Rabbit Hole und von dem Tag, an den er sich nicht erinnern konnte.

Alle Farbe wich aus ihrem Gesicht. »Der fünfzehnte März? Vor acht Jahren?«

»Ja.« Er erzählte ihr von der Pistole, die Hudson bei sich gefunden hatte, und von dem Päckchen, das auf den Tag genau acht Jahre später bei ihm eingetroffen war. Der Tag, an dem man zweimal auf sie geschossen hatte. Er erzählte ihr von Hudsons Suche nach Antworten. »Der Mann, der mit der Waffe getötet worden war, war sein Vater. John Hudson.«

Sie verzog das Gesicht. »Er hat seinen Vater getötet? Aber warum? Und was hat das mit mir zu tun?«

Clay stählte sich innerlich. »Nein. Er hat seinen Vater nicht getötet.« Er erzählte ihr, dass Hudson sich das Überwachungsvideo des Geschäfts angesehen hatte. Sie musste nicht erst fragen, welches.

Sie wurde noch blasser. »Man hat den Mann auf dem Video gefasst, Clay. Man hat den Kerl, der meinen Mann und meinen Sohn erschossen hat, verhaftet.«

Clay blieb eine lange Weile stumm. Er musste die Kraft aufbringen, um fortzufahren. »Nein, Liebling. Wer auch immer im Augenblick im Gefängnis sitzt, er hat es nicht getan. Er ähnelt dem Mörder. Ähnelt ihm sogar sehr. Aber er hat es nicht getan. John Hudson war es.«

Sie schüttelte den Kopf. »Warum?«

Er erzählte ihr, dass John Hudson auf sein Telefon geblickt hatte, auf dem das Bild seines Sohnes zu sehen war. »Wir denken, dass er bedroht wurde. Erpresst wahrscheinlich.«

»Deswegen hat er sich also nicht an der Kasse vergriffen«, murmelte sie. »Aber ... warum?«

Er ließ die Frage einen Moment im Raum stehen, während er sich wünschte, er könne sie für immer streichen. »Wir haben den Mann identifiziert, der Sam Hudson unter Drogen gesetzt hat. Eine Zeugin sah, wie er ihn in jener Nacht aus der Bar schleppte. Wir nehmen an, dass er auch derjenige war, der die Pistole im Hotelzimmer neben Sam legte.«

»Und der dann vermutlich Sams Vater tötete.« Sie schluckte. »Nachdem John Hudson Paul und Paulie erschossen hatte. Also handelte es sich *doch* um einen von Pauls Fällen. Das wollte mir nie aus dem Kopf gehen.«

Clay schüttelte den Kopf. »Nein. Keiner von Pauls Fällen.«

»Aber wer dann ...?« Ihr Mund blieb ein Stück offen stehen, und ihre Augen weiteten sich entsetzt, als es ihr dämmerte. »Nein. Nein. Das kann nicht sein.« Sie sprang auf die Füße und begann, auf und ab zu gehen, und ihr Stock klang dumpf auf dem dicken Teppich. »Das kann nicht wahr sein. Es war mein Fall? Meiner?«

Clay schwieg und ließ ihren Verstand arbeiten.

Abrupt blieb sie stehen, ihre Schultern krümmten sich, und ihre freie Hand legte sich flach auf ihren Bauch. »Es war Robinette. Robinette hat meinen Sohn ermordet. Und meinen Mann. Damit ich nicht weiter nachforschen würde.«

Sie wirbelte herum, ihre Augen dunkle Kreise in ihrem gefährlich bleichen Gesicht. »Ich bringe ihn um.« Sie atmete nun schneller, und ihre Worte überstürzten sich. »Ich bringe das Schwein um, das schwöre ich.«

Sie marschierte zu ihrem Koffer und zerrte eine Jeans heraus. »Dafür muss er bluten.« Ihre Stimme brach. »Er wird mich anflehen, dass ich ihn umbringe, wenn ich mit ihm fertig bin.«

»Stevie.« Clay sprang vom Bett, ging hastig zu ihr, packte ihre Schultern und zog sie zurück an seine Brust. »Stevie, warte.«

»Du kannst mich nicht daran hindern!« Sie weinte jetzt, wehrte sich gegen ihn und versuchte, sich loszumachen. »Du wirst mich nicht daran hindern.«

Er hielt sie fester. »Es war nicht Robinette. Stevie, hör mir zu.« Er schüttelte sie sanft. »Es war nicht Robinette.«

»Was?« Sie hörte auf, sich zu wehren. »Wer ... wer war es dann?«

Clay schloss die Augen und musste sich zwingen, den Namen auszusprechen. »Silas Dandridge.«

Ihr ehemaliger Partner. Der Mann, dem sie ihr Leben anvertraut hätte. Der Mann, der so viele betrogen und verraten hatte. Der so viele Menschenleben ruiniert hatte. Auch ihres.

Stevie verharrte vollkommen still, schien nicht einmal mehr zu atmen. »Was?«, flüsterte sie schließlich kaum hörbar.

»Silas war derjenige, der Sam in jener Nacht aus der Bar geschleift hat. Wir glauben, dass er Sams Vater ein Foto von seinem bewusstlosen Sohn geschickt hat, um ihm Druck zu machen, falls er den Auftrag nicht erledigte. Wir glauben, dass er von Robinette angeheuert worden war, um dich von seiner Fährte abzubringen. Weil du wusstest, dass er seine Frau umgebracht und euch seinen Sohn als Sündenbock präsentiert hatte.« Sie sagte nichts, gab keinen Laut von sich.

»Und dann hast du nach Weihnachten wieder angefangen, all die alten Fälle neu aufzurollen, wobei du auf welche gestoßen bist, die nicht auf Stuart Lippmans Liste standen. Plötzlich warst du das Ziel von Angriffen. Entweder hat Robinette seine Chance gesehen, dich jetzt auszuschalten, weil man bei all den anderen Tätern nicht auf ihn kommen würde, oder er hatte Angst, dass du sein Verbrechen aufdeckst. Vielleicht beides.«

»Und ich konnte mich nicht einmal an seinen Namen erinnern.«

»Ich weiß, Liebling. Ich weiß.«

»Silas?«, fragte sie mit dünner Stimme. »Bist du sicher?«

»Ja. Er war es.«

»Er hat immer versucht, mich von diesem Fall abzubringen. Hat mir gesagt, ich solle Levi als Täter akzeptieren. Jetzt weiß ich ja, warum. Das ist wirklich haarsträubend.« Sie machte sich von ihm los und schlang einen Arm um sich. »Ich muss nachdenken.«

Clay ließ seine Hände an seine Seiten sinken. »Ja.«

Stevie trat einen Schritt zurück. Aus seiner Reichweite. »Wer weiß davon?«

»Joseph, Hyatt, J.D., Thorne. Ruby Gomez.«

Sie zog die Brauen zusammen. »Wieso Thorne und Ruby?«

»Hudson und Ruby Gomez haben sich anscheinend angefreundet, und sie hat ihn Thorne vorgestellt, der ihn wiederum juristisch berät.«

»Oh« war alles, was sie sagte, bevor sie in den Hauptraum ging und die Schlafzimmertür hinter sich schloss.

Wie betäubt sah Clay ihr nach. Sie hatte sich bereits verschlossen. Hatte sich bereits von ihm distanziert. Alles war genau so eingetreten, wie er es erwartet hatte.

*Dienstag, 18. März, 21.55 Uhr*

Stevie blickte auf die Uhr über dem Fernseher. Zwei Stunden. Sie saß seit zwei Stunden umgeben von fünf Dutzend Rosen an dem mit weißem Tischtuch, Porzellan, Silber und Kristallglas gedeckten Tisch.

Die erste Stunde hatte sie geweint, geschluchzt und so viele Tränen vergossen, dass sie die Servietten hätte auswringen können. Als der Strom versiegte, hatte sie angefangen zu denken, zu sortieren, zu analysieren und zu planen.

Clay hatte ihr die Zeit und den Raum, den sie brauchte, gelassen, und dafür war sie ihm dankbar. Doch jetzt hatte sie genug nachgedacht. Jetzt musste sie handeln.

Sie kam auf die Füße, packte ihren Stock und betrat das Nebenzimmer. Clay saß vor seinem Laptop am Schreibtisch und arbeitete. Er war vollständig angezogen, das Hemd an den Manschetten und am Kragen zugeknöpft, und er trug sogar eine Krawatte, die mit militärischer Präzision geknotet war.

»Hi«, sagte sie und zog die Tür hinter sich zu.

Er blickte nicht auf. »Alles okay?«

Sie lehnte sich mit dem Rücken gegen die Tür. »Eigentlich nicht, nein. Aber das wird schon wieder.«

Er hatte das Bett gemacht, ihre Sachen gefaltet. Ein rascher Blick ins Bad bestätigte ihr, dass er das Wasser, das aus der Wanne geschwappt war, aufgewischt und die feuchten Badetücher aufgehängt hatte. Er hatte sich beschäftigt, während er ihr Zeit zum Nachdenken gegeben hatte.

»Was machst du da?«, fragte sie, als er sich ihr immer noch nicht zuwandte.

»Ich muss ein paar geschäftliche Dinge aufarbeiten. Ich war schon vorher in Verzug, jetzt umso mehr, und Paige wird mit dem verletzten Bein ein paar Wochen ausfallen.«

Sie hatte sich nie vor Augen gehalten, dass er alles stehen und liegen gelassen hatte, um ihr zu helfen. *Wieso habe ich nicht darüber nachgedacht? Wie egoistisch von mir!* Und sie war es nicht nur in diesem Punkt ihrer Beziehung gewesen. Er hatte ihr alles gegeben. Und sie? Was hatte sie ihm gegeben? Ihren Körper? Ihr »Alles«, so lange es denn zwischen ihnen dauerte?

Plötzlich wusste sie, dass das nicht genug war.

»Kann ich dir vielleicht helfen?«, fragte sie.

Er rieb sich den Nacken. »Nein. Aber danke.«

Er wirkte distanziert. Und viel zu höflich. »Clay, du machst mir Angst, und nach allem, was wir die letzten Tage zusammen erlebt haben, sagt das verdammt viel. Würdest du mich bitte ansehen? Bitte?«

Sie konnte sehen, wie er seine Schultern zurücknahm, als wolle er sich gegen etwas wappnen. Dann drehte er sich mit einem freundlichen Lächeln auf dem Stuhl um. Doch seine Augen wirkten leer. »Was kann ich für dich tun?«, fragte er. Seine Stimme klang liebenswürdig, aber nicht liebevoll, wie sie es vorher gewesen war.

»Ich habe nachgedacht«, sagte sie.

»Davon bin ich ausgegangen.«

»Und ziemlich viel geheult.«

»Ich weiß, ich habe dich gehört.« Er schluckte. »Es tut mir leid. Ich fand es furchtbar, es dir sagen zu müssen.«

Eine weitere Erkenntnis traf sie wie ein Backstein vor die Stirn. Er hatte es furchtbar gefunden, es ihr sagen zu müssen, weil er gewusst hatte, wie schlimm es für sie werden würde. Dennoch hatte er sich dazu durchgerungen. Nachdem er ihr einen wundervoll romantischen Abend geschenkt hatte.

Sie kam zu ihm und setzte sich auf die Bettkante, die dem Schreibtisch am nächsten war. »Und warum hast du es getan?«, fragte sie. »Wessen Idee war es, dass du es mir sagst?«

»Meine. Mit Josephs Zustimmung. Grayson und J.D. hätten dich lieber ins Revier gebeten und es dir dort mitgeteilt. Aber das wollte ich nicht. Mir war klar, dass du Zeit brauchen würdest, um das alles zu verarbeiten. Und zu reagieren.«

Und die Zeit hatte Clay ihr gegeben. Sie musterte sein Gesicht, als ihr plötzlich etwas einfiel. »Du warst damals auch da«, sagte sie leise. »An dem Tag, an dem ich Silas von Angesicht zu Angesicht mit seinen Taten konfrontierte. Ich wusste schon, was er getan hatte, aber ich wollte es nicht glauben, bis ich ihm ins Gesicht sah.«

»Und der Lauf seiner Pistole auf dich zeigte.«

»Auch das, ja.« Silas war damals bereit gewesen, sie zu töten, um zu entkommen und seine eigene Tochter zu retten. Und ein paar Stunden später hatte er ihrer Tochter den Lauf zwischen die Rippen gerammt, um Stevie dazu zu zwingen, ihm zu helfen.

*Du würdest mein Kind opfern*, hatte sie ihn gefragt, *um deines zu retten?*

*Ohne mit der Wimper zu zucken*, war seine Antwort gewesen. Darüber hatte sie, umgeben von fünf Dutzend Rosen, nachgedacht. Silas hatte bereits bewiesen, dass er keine Loyalität kannte. Er hatte bewiesen, dass er tötete, um seine Ziele zu erreichen. Zu glauben, dass Silas Dandridge jemanden erpresst hatte, damit er ihren Mann tötete, war nicht besonders schwer gewesen. »Ich weiß noch, wie ich ihn wegfahren sah und in genau diesem Moment begriff, dass ich diesem Ungeheuer nicht nur vertraut, sondern ihm sogar in vielen Fällen, ohne es zu ahnen, geholfen hatte. Mir war nur zum Heulen. Und als ich mich umdrehte, warst du da.« Sie schluckte. »Immer, wenn ich dich brauche, bist du da.«

Er schloss die Augen. »Bitte dank mir nicht. Tu's nicht. Bitte.«

»Also gut, mach ich nicht. Kann ich dich fragen, warum du die ganzen Rosen bestellt hast?«

Er hob halb die Schulter. »Wie ich schon sagte: Ich hätte dich gerne ausgeführt. Ich wollte, dass du einen schönen romantischen Abend hast, bevor ...« Er brach ab und presste die Lippen zusammen, bevor er noch mehr sagen konnte.

»Bevor? Bevor was? Bevor du mir von Silas erzählst? Warum wolltest –« Sie hielt inne, weil ihr klarwurde, dass sie die Antwort schon kannte. *Ich liebe dich, Stefania. Ich muss es einfach aussprechen.*

Sie hatte geglaubt, ein Lebwohl in seinen Worten zu hören. Und sie hatte recht gehabt.

Er glaubte, sie würde sich in ihrer Trauer wieder von ihm abwenden.

*Muss er das nicht zwangsläufig denken? Das ist es doch, was ich bisher getan habe. Ich habe mich acht Jahre lang von allem zurückgezogen.* Und zum Schluss hatte sie sich sogar von ihren Freunden abgewandt und versucht, die Welt im Alleingang zu retten. *Stevie, du bist eine dumme Kuh.*

»Du wolltest mir einen wunderschönen Abend schenken, bevor du mir diesen vernichtenden Schlag verpassen musstest, richtig?«

Er erhob sich von seinem Stuhl und ging zum Schrank, wo er die Hemden, die dort hingen, glättete. »Das war der Gedanke dahinter, ja. Ich fand, du hattest es verdient. *Wir* hatten es verdient.«

Ihre Kehle zog sich zu, und sie räusperte sich. Sie wusste, wie lange er darauf gewartet hatte, dass sie sich endlich auf ihn einließ. *Zwei Jahre.*

*Worauf wartest du, Mazzetti?*

»Clay, ich ... ich bin nicht am Ende. Ich stehe unter Schock, ja, und ich weiß nicht, wie es morgen oder übermorgen sein wird. Aber mir ist klar, dass mich die Realität irgendwann eiskalt erwischt, und dann brauche ich jemanden, der mich wieder aufbaut. Ich wünsche mir sehr, dass du dieser Jemand bist.«

Er wandte sich langsam um, und seine Miene drückte unendliche Erleichterung aus. »Das ist gut. Denn ich möchte dieser Jemand sein.«

»Glück für mich, dass du so verdammt gut darin bist«, sagte sie ernst, denn was sie zu sagen hatte, war wichtig. »Du hältst mich aufrecht, Clay. Das tust du schon seit langer Zeit, obwohl ich glaubte, es gar nicht zu wollen. Du bist immer schon für mich da gewesen.«

»Weil ich dich liebe«, sagte er ruhig. »Verzeih mir, wenn du das nicht hören willst, aber es ändert nichts an meinen Gefühlen.«

Sie hinkte zu ihm, zog seinen Kopf an der Krawatte herunter und küsste ihn. Hart. Leidenschaftlich. Als sie sich voneinander lösten, um nach Atem zu schnappen, hielt sie ihn an der Krawatte weiterhin fest, so dass er nicht zurückweichen konnte.

»Doch, ich will es hören.« Sie sah, wie er die Luft anhielt und sie abwartend und fast ängstlich anstarrte. »Weil ich dich nämlich auch liebe.«

Er schloss die Augen. »Kann ich das bitte noch mal hören?«, flüsterte er.

Sie ließ seine Krawatte los und fuhr mit den Fingerspitzen über die harten Kanten seines Gesichts, dann küsste sie ihn wieder, diesmal sanfter. »Ich liebe dich. Ich glaube, ich liebe dich schon lange, aber ich wollte es einfach nicht wahrhaben. Du willst nicht, dass ich mich bedanke, aber ich tu's trotzdem. Danke, dass du mir die Zeit und den Raum gegeben hast – sowohl heute Abend als auch in den vergangenen zwei Jahren.«

Er zog sie an sich, und sie ließ es nur allzu gerne zu und schlang die Arme um seine Taille. »Ich dachte, du würdest dir selbst die Schuld an allem geben«, sagte er mit unsicherer Stimme. »Und dich bestrafen, indem du dir alles andere versagst. Ich hatte Angst, dass du erneut eine Mauer um dich herum ziehst. Und mich nicht mehr einlässt.«

»Ich will keine Mauer mehr um mich ziehen. Mir ist so viel entgangen, weil ich das schon einmal getan habe. Aber die Schuld gebe ich mir trotzdem. Das muss dir klar sein.«

Er seufzte. »Stevie. Was Robinette getan hat ... und Silas ... das hast du nicht zu verantworten.«

»Nicht direkt, richtig. Aber ich habe wiederum Dinge getan, auf die Robinette reagiert hat, und meine Familie hat den Preis dafür bezahlt. Paul, Paulie ... sie sind tot. Und Cordelia bezahlt ihr ganzes Leben lang schon den Preis dafür, dass ich eine Mauer um mein Herz gezogen habe. Deswegen muss es dieses Mal anders laufen.«

Er legte seine Wange auf ihren Scheitel und seufzte wieder, unendlich müde. »Stevie, zu sagen, dass es anders laufen muss, ändert noch nichts. Solange du dir selbst die Schuld gibst, wird es nicht anders. Es kann nicht anders laufen.«

Sie zog den Kopf so weit zurück, dass sie sein Gesicht sah. »Oh, doch. Die Art der Schuld ist anders. Und was ich deswegen unternehme, ebenfalls. Darüber habe ich nachgedacht, während ich nebenan war.«

»Ich weiß nicht, was du meinst.«

»Na ja, als ich noch glaubte, es sei Zufall gewesen, habe ich mir nicht die Schuld daran gegeben, dass Paul erschossen wurde. Er war jeden Abend um dieselbe Zeit in dem Geschäft, um seiner Mutter ein Lotterielos zu kaufen, und dass er auf den Räuber stieß, hatte nichts mit dem zu tun, was ich getan hatte oder nicht. Aber Paulie *war* meine Schuld. Wäre ich nicht so auf meine Arbeit konzentriert gewesen, wäre mein Sohn niemals in diese Situation geraten. Ich hätte ihn davor bewahren können. Und das war für mich immer das Schlimmste.«

»Und jetzt?«

»Dass ich Paulie verloren habe, ist nun nicht leichter zu ertragen – daran hat sich nichts geändert.« Das Gesicht ihres kleinen Jungen tauchte vor ihrem geistigen Auge auf, und sie erinnerte sich, wie er gerochen hatte – nach Keksen. Tränen traten in ihre Augen. Sie blinzelte, um sie zurückzudrängen. »Wenn ich ihn abgeholt hätte, wie ich es hätte tun sollen, dann würde er noch leben. Das ist meine Schuld. Aber Silas wusste, dass er mit Paul fahren würde. Er wusste es und hat den Plan trotzdem durchgezogen.«

Clay runzelte die Stirn. »Er wusste es? Wieso?«

»Während ich nebenan allein war, habe ich mich an die letzten Stunden jenes Tages zurückerinnert, bevor Hyatt zu mir kam und mir die schlechte Nachricht überbrachte. Silas machte pünktlich Feierabend, kam aber noch an meinen Tisch und sah mich an dem Antrag sitzen, mit dem ich die Wiederaufnahme von Robinettes Fall forderte. Er seufzte theatralisch und erinnerte mich daran, dass ich an der Reihe war, Paulie abzuholen.«

»Hat er das öfter gemacht?«

»Nein, eben nicht. Deswegen kam es mir auch etwas seltsam vor, aber nachdem Hyatt mich benachrichtigt hatte … da war irgendwie nichts mehr wichtig. Ich habe nichts vergessen. Ich habe nur alles verdrängt, weil die Erinnerung zu schmerzlich war.«

»Kein Wunder. Und was ist dir wieder eingefallen?«

»Paul und ich hatten die Abholzeiten fest geplant und in unsere Terminkalender eingetragen, aber es geschah manchmal, dass wir im letzten Moment noch tauschen mussten, so, wie es in vielen Familien der Fall ist. Silas musste in meinem Kalender nachgesehen haben, um Bescheid zu wissen, aber als er mich daran erinnerte, sagte ich ihm, dass Paul das heute für mich übernehmen würde. Er wusste also, dass Paulie bei Paul sein würde.«

»Dieser Mistkerl.«

»Oh, ja. Tja, es hat sich ja bereits herausgestellt, dass er über Leichen gegangen ist, wenn er seine Ziele erreichen wollte, und ich weiß nicht, wieso ich geglaubt habe, ich sei davon ausgenommen. Und genau das macht den Unterschied zu dem vorherigen Szenario aus. Robinette hat reagiert, weil ich einfach nicht lockerlassen konnte. Aber ich hätte *niemals* lockerlassen dürfen! Verbrecher dürfen nicht gewinnen. Lässt man sie, dann trägt man zu dem Problem bei. Verstehst du halbwegs, was ich zu erklären versuche?«

Er legte seine Stirn an ihre. »Ja. Ich denke schon.«

Sie atmete tief durch. »Ich werde immer mit der Tatsache leben müssen, dass ich durch eine bewusste Entscheidung den Tod meines Mannes und meines Sohnes herbeigeführt habe. Paul ... hätte es verstanden. Und wahrscheinlich genauso entschieden. Aber Paulie ...« Sie schloss wieder die Augen, als der Schmerz in ihrer Brust unerträglich wurde. »Er hatte keine Chance, sich zu entscheiden. Dafür werde ich mir bis in alle Ewigkeit Vorwürfe machen. Und wenn ich mich fragte, ob ich mit dem heutigen Wissen noch einmal so entscheiden würde, müsste ich wohl mit nein antworten, und auch damit muss ich leben. Doch jetzt weiß ich, dass alles geplant war. Acht Jahre lang habe ich es für schlechtes Karma gehalten, für furchtbares Pech, was auch immer. Aber außer mich selbst zu zerfleischen gab es nichts, was ich tun konnte, um mich zu bestrafen. Ich fühlte mich so hilflos.«

»Jetzt aber hast du jemanden, dem du wirklich die Schuld geben kannst«, sagte er leise.

Sie nickte. »Jetzt habe ich jemanden, den ich büßen lassen kann. Und dafür brauche ich deine Hilfe. Silas ist tot, Robinette aber quicklebendig. Hilf mir, ihn festzunageln.«

Sein Lächeln war frostig. »Nichts, was ich lieber täte. Was brauchst du?«

»Eine Verbindung. Irgendwie und irgendwo kreuzen sich die Wege von Robinette und Silas. Silas hat für Stuart Lippman, den Verteidiger, gearbeitet, und die Fälle von Korruption, die wir bis dato aufgedeckt haben, hingen mit der Rechtsprechung zusammen. Lippman merkte bei Verhaftungen reicher Söhne und Töchter auf, rief die Eltern an und schlug ihnen vor, das Problem zu beseitigen ... zu einem saftigen Preis, versteht sich.«

»Aber Robinette wurde nie verhaftet«, fuhr Clay fort. »Also hatte Stuart Lippman keinen Grund, ihn mit einem Angebot zu kontaktieren. Trotzdem war Silas irgendwie in die Sache verwickelt. Deines Wissens hat er nur für Lippman gearbeitet, und das allein aus dem Grund, weil Lippman seine Tochter bedroht hat. Wenn Robinette eigenmächtig auf Silas zugekommen wäre, hätte Silas ihn vielleicht angezeigt.«

»Ganz genau. Was bedeutet, dass Robinette und Lippman irgendwie anders verbunden sein müssen.«

Clay dachte einen Moment nach. »Ich glaube, ich weiß, wo ich anfangen kann. Wie wär's, wenn du den Zimmerservice anrufst? Ich schließe mich mal eben mit Alec kurz.«

*Mittwoch, 19. März, 8.00 Uhr*

Alle Augen waren auf sie gerichtet, als Clay und Stevie den Besprechungsraum in der Mordabteilung betraten. *Sehr müde Augen*, dachte Clay. Sie beide schienen die Einzigen zu sein, die in der vergangenen Nacht ein wenig Schlaf bekommen hatten. Nach einem späten Essen war sie in seinen Armen eingeschlafen, doch vorher hatte sie ihm noch einmal gesagt, dass sie ihn liebte.

Und Clay hatte noch nie so wunderbar geschlafen wie in der vergangenen Nacht.

Den anderen Leuten am Tisch war es eindeutig anders ergangen. Hyatt, Grayson und J.D. wirkten niedergeschmettert. Joseph todmüde. Sein Team – Novak, Coppola und Dr. Brodie von der Spurensicherung – schwieg aus Sympathie. Korruption in den eigenen Reihen war schlimm genug, aber Silas' Tat war der ultimative Verrat.

»Mir geht's ganz gut«, begann Stevie ohne Einleitung, als sie und Clay sich links und rechts neben Joseph niederließen, der den Kopf des Tisches eingenommen hatte. »Wir sind uns wohl alle einig, dass Silas nicht eines Morgens aufgewacht ist und entschieden hat, dass er meinen Mann und meinen Sohn umbringen lassen will. Er hat diesen Auftrag von jemand anderem bekommen, und die Person, die davon am meisten profitierte, war Todd Robinette. Vor acht Jahren wollte er mich unbedingt loswerden, weil ich zu beweisen versuchte, dass er seine Frau umgebracht hatte. Meine Familie zu töten lenkte mich effektiv ab, so dass seine Akte schließlich geschlossen wurde. Gehen wir also davon aus, dass Robinette derjenige ist, der jetzt auf mich schießt, scheint es nur logisch, dass er Silas damals angeheuert hat und nun verhindern will, dass ich seine damaligen Taten aufdecke.«

»Das ist der Stand der Dinge«, bestätigte Joseph.

»Gut.« Sie nickte einmal. »Denn ich hab es satt und will Robinette zur Strecke bringen.« Zustimmendes Murmeln ertönte. »Haben wir eine richterliche Anordnung für seine Privat- und Büroadresse?«

Graysons Miene verfinsterte sich. »Ich konnte bisher noch keinen Richter bewegen, aufgrund von ›Geschwafel einer eindeutig gestörten Frau‹, die in ein Hotelzimmer eingedrungen ist, einen Beschluss zu unterschreiben. Darüber hinaus haben wir nur Indizienbeweise. Wir brauchen Handfestes, um ihn vorzuladen. Ich habe dem Richter gesagt, dass wir Haar- und Blutproben besitzen, und wollte eine Anordnung erwirken, dass Robinette uns Vergleichsproben liefert, bin aber abgeschmettert worden. Ich habe Robinettes PR-Maschinerie unterschätzt. Er hat sich in den vergangenen acht Jahren viele Freunde in hohen Positionen gemacht.«

»Das habe ich befürchtet«, sagte Stevie. »Wissen wir überhaupt, ob er noch im Land ist?«

»Ja, das ist er«, antwortete Joseph. »Ich habe Leute vor seinem Haus und seiner Fabrik postiert, sobald ich gestern Abend den Namen bekommen hatte. Meine Agenten bleiben außer Sicht – wir wollen ihn schließlich nicht zur Flucht treiben. Er hat seine Fabrik gestern Nachmittag verlassen und ist direkt nach Hause gefahren. Mein Agent sagte, er hätte nicht besonders gesund ausgesehen. Seine Frau hat ihn abgeholt.«

»Er müsste eine Schusswunde im Arm haben«, sagte Clay. »Wenn auch nichts Ernstes. Jedenfalls hat er nicht stark geblutet.«

»Keine Ahnung, wie schwer er verletzt ist. Mein Agent meinte, er hätte ausgesehen, als müsse er sich übergeben. Seine Frau soll überaus erbost gewirkt haben.«

»Haben wir schon mit ihr gesprochen?«, fragte Clay.

Joseph nickte. »Ja. Ich habe mich selbst mit ihr unterhalten – etwa eine Stunde nachdem sie ihn nach Hause gebracht hatte. Eine Angestellte öffnete, wollte mich aber nicht reinlassen. Lisa Robinette genauso wenig. Ich habe ihr erklärt, dass ich der Anschuldigung einer gewissen Jean Henderson nachgehen würde, die mit Robinette im Golfkrieg gedient hat.«

»Und wie hat sie reagiert?«, fragte J.D.

»Wie zu erwarten war. Henderson habe eine wahnhafte Störung. Ich solle mich mit ihren Anwälten auseinandersetzen, wenn es weitere Fragen gebe. Dann hat sie mir einfach die Tür vor der Nase zugemacht. Aber überrumpelt war sie trotzdem. Und mächtig angefressen, auch wenn sie es zu verbergen versucht hat. Ungefähr eine halbe Stunde nachdem ich weg war, traf die PR-Managerin ein – Brenda Lee Miller –, fuhr allerdings wenige Minuten später wieder ab. Einer meiner Agenten ist ihr gefolgt. Sonst hat sich nichts getan. Ich hoffe bloß, dass Lisa ihn nicht ermordet hat. Sie schien stinksauer auf ihn zu sein.«

»Ärger im Paradies?« Clay hatte Robinettes Ehe überprüft, als Stevie sich in der Nacht zuvor die Zeit zum Nachdenken genommen hatte. »Sie sind noch nicht besonders lang verheiratet. Lisa Laffley ist erst seit zwei Jahren Frau Nummer drei. Die Laffleys sind feste Größen auf dem politischen Parkett. Sehr reich. Sie hat ihm kurz nach ihrem Debüt das Jawort gegeben, und es heißt allgemein, dass er mit ihr einen lohnenden Fang gemacht hat.«

»Was für ein Debüt?«, fragte Hyatt.

»Der Ball zur Einführung in die Gesellschaft«, erklärte Stevie ihm. »Offenbar hält die Elite an solchen Traditionen fest.«

»Sie machen Witze«, sagte Agent Coppola und kniff skeptisch die Augen zusammen.

Stevie schüttelte den Kopf. »Ich war auch erstaunt, aber es ist wahr. Lisa nahm am Debütantinnenball teil, nachdem sie ihren Abschluss am Bryn Mawr gemacht hatte. Klug scheint sie also zu sein.«

»Dann fragt man sich doch, warum sie Robinette geheiratet hat«, sagte Coppola.

»Der Mann kann sehr charmant sein«, erwiderte Stevie grimmig. »Wenn sie noch verliebt ist, kann es schwierig werden. Aber sofern sie die rosarote Brille schon abgenommen hat, kommen wir vielleicht über sie an ihn heran.«

»Wir werden es versuchen«, sagte Joseph. »Aber nicht ohne einen Plan.«

Dr. Brodie breitete die Laborberichte auf dem Tisch aus. »Wenn wir sie dazu bewegen könnten, uns eine Haar- oder Zahnbürste zu geben, dann wären wir ein großes Stück weiter. Wir haben bereits die DNS-Profile des Haars am Strandhaus und des Bluts, das wir bei der Farm genommen haben. Beide sind identisch. Nun brauchen wir nur noch etwas, womit wir sie vergleichen können.«

Stevies Kopf fuhr hoch, und ihr Blick suchte Clays. »Wir haben doch eigentlich etwas. Was ist mit Levi?«

»Du hast recht«, murmelte er. »Damit hätten wir eine eindeutige Verbindung zu den Tatorten.«

»Levi? Robinettes Sohn?« Joseph lehnte sich nickend zurück. »Die familiären Ähnlichkeiten dürften ausreichen. Wurden von Levi denn vor acht Jahren Proben genommen und registriert?«

»Nein«, sagte Stevie, »da er nicht formell verhaftet und in die Kartei aufgenommen wurde, aber das können wir nachholen. Im Büro der Rechtsmedizin muss es Blutproben geben, oder? Man hat eine Autopsie gemacht.«

»Ich kümmere mich drum«, sagte Brodie und tippte bereits auf ihrem Handy. »So, ich habe eine SMS geschickt.«

»Dann hoffen wir bloß, dass die Blutprobe nicht genauso verschwunden ist wie die Kippe«, bemerkte Hyatt finster.

»Falls dem so ist, exhumieren wir ihn. Levi ist neben seiner biologischen Mutter auf einem kleinen Gemeindefriedhof südlich von Baton Rouge beerdigt worden.«

»Und wie ist die Mutter gestorben?«, fragte Joseph.

»Überdosis«, antwortete sie. »Als Robinette uns seinen Sohn auf dem Silbertablett servierte, jammerte er wiederholt, dass Levi in die Fußstapfen seiner Mutter trete. Sie starb, während er im Irak stationiert war, und man ließ ihn damals nicht nach Hause fliegen. Er bat einen Freund, Rene Broussard, sich Levis anzunehmen. Rene war mit Julie verheiratet, die sich um Levi kümmerte, als wäre er ihr eigenes Kind.«

»Moment mal.« Agent Coppola sah überrascht auf. »Robinette hat die Frau seines Freundes geheiratet? Wie das?«

»Rene war ein paar Jahre zuvor gestorben«, erzählte Stevie. »Man fand ihn halb nackt und tot in einer Absteige, die für Prostitution berüchtigt war. Julie war, der Aussage ihrer Angestellten nach, am Boden zerstört, und niemand glaubte, dass sie Robinette aus Liebe heiratete. Ihr erinnert euch an den Angestellten, der für Ablenkung sorgte, damit ich an Robinettes Zigarettenstummel kam? Seiner Meinung nach hatte Julie Angst, Robinette würde ihr Levi abnehmen, nachdem Rene gestorben war. Dieser Angestellte war überzeugt, dass Robinette Julies Liebe zu Levi ausgenutzt hatte, um sie in die Ehe mit ihm zu zwingen und dadurch einen netten Job als Vizepräsident zu bekommen.«

»Also hat Robinette Julie geheiratet und die Position bekommen, die er haben wollte«, sagte Coppola. »Dann wurde Julie getötet. Warum?«

»Ich weiß es nicht.« Stevie schluckte. »Ich hatte keine Gelegenheit, es herauszufinden. Julie wurde mit ihrem leitenden Chemiker in ihrem Auto gefunden, so dass es so aussah, als hatten die beiden zusammen durchbrennen wollen. Damals ging ich davon aus, dass Robinette machthungrig geworden war und Julie umgebracht hatte, um sich die Pharmafirma unter den Nagel zu reißen. Ihr Chef der chemischen Abteilung wäre womöglich Julie zu treu ergeben gewesen, um sich nach ihrem Tod Robinettes Willen zu beugen, daher musste auch er verschwinden, oder aber die beiden wussten etwas über Robinette, was sie nicht wissen sollten. Ich hatte keine Ahnung. Doch es gab eine Sache, von der jeder in der ganzen Firma überzeugt war: Julie hatte Levi geliebt, und Levi hatte sie geliebt. So schien es mir auch, und ich glaubte nicht, dass er sie umgebracht hatte. Robinette schien ihn jedoch nicht neben Julie beerdigen zu wollen, sondern ließ seinen Leichnam in den Süden bringen.«

Hyatt wandte sich stirnrunzelnd zu ihr um. »Moment mal. Woher wissen Sie, wo der Junge beerdigt worden ist?«

Ihr Kinn hob sich leicht. »Weil ich bei der Beerdigung war.«

J.D. zog die Brauen hoch. »Du warst wirklich heiß auf Robinette, nicht wahr? Hat er dich dort gesehen?«

»Damals dachte ich nein, heute bin ich mir nicht mehr so sicher.«

Hyatt war fassungslos. »Sie waren in Louisiana? Ich bin ziemlich sicher, dass ich die Reise nicht bewilligt habe.«

»Nein, haben Sie auch nicht«, gab sie zu. »Ich war freigestellt, weil ich Levi erschossen hatte und die Dienstaufsicht noch ermittelte. Ich hatte Zeit. Ich war überzeugt, dass der Vater seinen Sohn zum Sündenbock gemacht hatte, und wollte sehen, wie Robinette sich auf der Beerdigung benimmt.«

»Was hat denn Paul dazu gesagt?«, fragte Grayson, der ebenso fassungslos wirkte.

Sie lächelte traurig. »Er hat mir das Flugticket besorgt. Er wollte nicht, dass ich mit dem Auto fuhr, weil ich schwanger war und schnell müde wurde. Wir hatten nicht besonders viel Geld, und ich hatte ein schlechtes Gewissen, weil meine Sturheit einen Teil unserer Ersparnisse auffraß.« Sie blickte Clay in die Augen. »Er sagte damals, ich sei nicht stur, sondern hartnäckig, und das wäre kein Fehler.«

Clay drückte ihre Hand. »Womit er recht hatte.«

Wieder das traurige Lächeln. »Nur habe ich den Tiger ein bisschen zu fest am Schwanz gezogen, nicht wahr? Mittlerweile denke ich, dass Robinette mich doch gesehen hat, denn eine Woche später war Paul tot.«

»Was ist auf der Beerdigung geschehen?«, fragte Clay. »Was hast du gesehen?«

»Nicht viel. Robinette hatte Freunde um sich geschart, die mit ihm am Grab standen, aber für Levi schien niemand gekommen zu sein. Ich weiß noch, dass ich mich darüber wunderte. Keine Großeltern, keine Lehrer, kein Verwandter. Niemand. Es gab kein Aufhebens, keine Aufregung – nichts.«

»Woher wusstest du, dass es sich um Robinettes Freunde handelte?«, wollte J.D. wissen.

»Brenda Lee Miller im Rollstuhl war darunter. Die anderen hatten sich um sie und Robinette geschart, als würden sie sich schon seit Jahren kennen. Alle standen sehr aufrecht und korrekt – wie Militärangehörige eben. Moment mal ...« Sie trommelte gedankenversunken mit den Fingern auf dem Tisch. »Henderson kann durchaus ebenfalls unter ihnen gewesen sein. Und vielleicht dieser Westmoreland. Joseph, hast du ein Foto?« Joseph suchte und fand die Akte und gab ihr ein Bild. »Ist er das?«

»Ich glaube ja. Ich muss nach Hause.«

»Warum?«, fragte Clay verdutzt.

»Weil ich Fotos von den Leuten gemacht habe. Sie müssten noch in der Kamera sein, die ich benutzt habe, bevor Paul ermordet wurde. Ich weiß allerdings nicht, wo die Kamera ist – ich kann mich nicht erinnern, sie noch einmal gesehen zu haben. Vielleicht weiß Izzy es.«

»Moment.« Sie erhob sich, doch Joseph zog sie zurück auf ihren Stuhl. »Warum ist das so wichtig? Wir wissen von Brenda Lee Miller, Henderson und Westmoreland.«

»Es waren noch andere da«, sagte sie. »Nehmen wir an, Robinette hat Julie getötet, um die Firma zu übernehmen. Die Angestellten sagten damals aus, dass er nur ein Blender war, der mehr Zeit auf dem Golfplatz als bei der Arbeit verbrachte. Die wahren Köpfe waren immer Julie und ihr erster Mann Rene gewesen.«

»Dass Robinette seine Frau aus Machtgier ermordet hat, glaube ich gerne«, sagte Joseph. »Aber was hat das mit den Fotos von der Beerdigung zu tun?«

»Brenda Lee Miller wurde zur Leiterin der Öffentlichkeitsarbeit, als Julie tot war«, erklärte Stevie. »Gestern am Telefon hast du gesagt, Westmoreland sei Sicherheitschef der Filbert Pharmaceutical Labs. Robinette hat die Firmenleitung übernommen und seine alten Kumpels vom Militär mitgebracht. Wenn wir den einen oder anderen auftreiben können, führt er uns vielleicht zu Westmoreland.« Sie zögerte, fuhr aber dann achselzuckend fort. »Oder erklärt uns wenigstens, was Henderson damit meinte, dass wir ›einen Dreck‹ über Robinette wissen. Das will mich einfach nicht loslassen.«

Joseph hatte nachdenklich geschwiegen. »Mir geht's genauso. Ich glaube nämlich nicht, dass sie nur geblufft hat. Okay, holen wir uns die Kamera. Novak, das ist dein Job. Izzy ist auf der Farm. Frag sie nach Stevies altem Fotoapparat.«

»Und wenn ich die Fotos habe?«, fragte Novak.

»Dann gleichst du sie mit den Bildern auf der FPL-Website ab und schickst eine Kopie an meinen Kontakt beim Militär, der uns gestern bei Westmoreland weitergeholfen hat.« Er wandte sich wieder Stevie zu. »Ich sehe dein Hirn arbeiten. Was noch?«

»Ich denke darüber nach, welche Posten Robinette neu besetzen musste, als er Julies Firma übernahm. Julie war das Gesicht des Unternehmens, und nach ihrem Tod hat Robinette die Rolle, unterstützt von seiner PR-Frau, selbst übernommen. Aber er brauchte zum Beispiel auch einen neuen Chemiker. Der alte Chef der Abteilung war schließlich zusammen mit Julie umgekommen. Beide hatten übrigens Wunden am Hinterkopf, die von einem stumpfen Gegenstand herrührten.«

»Ziemlich schlampige Arbeit, wenn man genauer darüber nachdenkt«, sagte J.D. stirnrunzelnd. »Robinette kommt mir irgendwie zu schlau vor, um einen offensichtlichen Mord als Unfall zu tarnen.«

»Es war überhaupt nicht offensichtlich«, sagte Hyatt und bedachte Stevie mit einem Blick, der zu gleichen Teilen aus Reue und Anerkennung bestand. »Stevie hat die Unfallszene schematisch dargestellt und deutlich gemacht, wieso die Kopfwunden nicht von dem Unfall stammen konnten, so dass der Rechtsmediziner die Auswertung im Autopsiebericht ändern musste.«

»Was allerdings daran lag, dass ein paar der Angestellten mit mir Kontakt aufnahmen, um mir zu sagen, dass mit dem Unfall ihrer Meinung nach etwas nicht stimmte«, sagte Stevie. »Ich könnte mir vorstellen, dass Julies Tod nicht lange vorausgeplant war. Hätte Robinette mehr Zeit gehabt, wäre er weniger nachlässig gewesen. Die Firmenübernahme erschien mir das einzig logische Motiv, es sei denn, er hatte die beiden wirklich bei einer Affäre ertappt.«

»Selbst wenn es ein Verbrechen aus Leidenschaft war«, sagte Coppola, »hat er seinen Sohn immer noch kaltblütig ans Messer geliefert.«

Stevie stieß stockend den Atem aus. »Und Silas Dandridge damit beauftragt, mich auf die eine oder andere Art aus dem Spiel zu nehmen. Ich überlege immer wieder, wie Robinette und Silas zusammengekommen sind.«

»Robinette hatte nach Lippmans Tod bestimmt ein paar schlaflose Nächte, selbst wenn er nicht auf Lippmans Liste stand«, stellte J.D. fest. »Vermutlich hatte er genau das befürchtet. Doch als man ihn nicht behelligte, ging er vermutlich davon aus, dass er noch einmal davongekommen war. Bis du angefangen hast, dir die alten Fälle noch einmal anzusehen, Stevie. Robinette hat Angst bekommen, dass du eins seiner Verbrechen ans Licht bringst. Also versucht er, dich auszuschalten.«

»Ja, zu dem Schluss bin ich gestern Nacht auch gekommen«, sagte Stevie.

»Doch wie Robinette und Silas zusammenhängen, steht als Frage noch immer im Raum«, sagte Hyatt.

»Möglicherweise haben wir eine Antwort darauf«, meinte Stevie. »Clays Assistent Alec hat ein Programm entwickelt, mit dem er die Verbindungen von verdächtigen Personen in einer Ermittlung aufdecken kann.«

»Damit haben wir Tony Rossi mit Danny Kersey, dem ehemaligen Polizisten in Arizona, verknüpfen können. Kersey hat uns Scott Culps Namen genannt«, erklärte Clay. »Wir haben Alec gebeten, Robinette mit Leuten in Beziehung zu setzen, die irgendwie an Lippmans Fällen beteiligt waren – die Namen stammten aus Stevies Notizen und all den Polizeiberichten, die sie noch einmal durchgegangen ist. Er hat die ganze Nacht daran gesessen und uns einen Namen präsentiert: Virgil Barry.«

»Virgil Barrys Sohn steht tatsächlich auf Lippmans Liste«, fuhr Stevie fort. »Virgil junior wurde wegen Körperverletzung angeklagt, aber die Tatwaffe wurde unter dem Bett eines anderen jungen Mannes gefunden, so dass die Anklage gegen Virgil junior fallen gelassen wurde.«

»Und was hat Virgil senior mit Robinette zu tun?«, fragte Joseph.

»Sie golfen zusammen«, antwortete Clay. »Der Artikel, den Alec gefunden hat, bezog sich auf ein Wohltätigkeitsturnier des Golfclubs. Robinette und Virgil spielen seit Jahren im gleichen Team.«

»Also sollten wir mit Virgil senior sprechen«, sagte Joseph mit einem zufriedenen Nicken, doch Stevie schüttelte den Kopf.

»Das können wir leider nicht mehr«, sagte sie. »Er und seine Frau wurden bei einem Einbruch in seine Privatvilla erschossen. Ein paar Tage nach Levi Robinettes Beerdigung.«

»Und ein paar Tage bevor Paul und Paulie ums Leben kamen«, fügte Clay hinzu.

»Was sonst«, bemerkte Joseph angewidert. »Hat man die Täter erwischt?«

»Nein«, sagte Stevie. »Virgil senior und seine Frau wurden direkt neben dem Safe im Arbeitszimmer getötet. Der Ermittler schloss daraus, dass sie ermordet wurden, weil sie die Kombination nicht verraten wollten. Ich dagegen gehe davon aus, dass Robinette den Senior dazu brachte, ihm zu verraten, wie Juniors Anklage plötzlich verschwinden konnte, und ihn anschließend ausschaltete. Ich kann mir auch nicht vorstellen, dass Virgil senior ihm Lippmans Namen freiwillig überlassen hat. Die Fälle, die wir bisher neu aufgerollt haben, bestätigten uns immer wieder, dass Lippman seinen Klienten drohte, sie oder ihre Kinder umzubringen, sofern sie an irgendeiner Stelle seinen Namen verrieten. Ich denke mir, dass Robinette Mrs. Barry eine Waffe an den Kopf drückte, damit Virgil senior tat, was er sagte. Anschließend knallte er beide ab. Natürlich können wir uns von Barry nichts mehr bestätigen lassen, aber der Zeitpunkt passt zu gut, um Zufall zu sein.«

»Ja, dem stimme ich zu«, sagte Joseph. »Doch wenn wir schon nicht mit dem Vater sprechen können, was ist dann mit dem Sohn? Wenn sein Fall auf Lippmans Liste steht, dann muss doch im vergangenen Jahr ebenfalls neu ermittelt worden sein.«

Stevie schüttelte wieder den Kopf. »Theoretisch ja, aber Virgil junior hat kurz nach dem Mord an seinen Eltern Selbstmord begangen. Tabletten.«

Grayson runzelte die Stirn. »Also eine Sackgasse. Dass Robinette und Virgil Barry zusammen Golf gespielt haben, reicht nicht. Sofern wir nicht beweisen können, dass Robinette mit Lippman Kontakt aufgenommen hat, können wir keinen Zusammenhang mit dem Mord an Paul und Paulie herstellen. Mit seiner DNS könnten wir ihn wenigstens wegen Mordes und versuchten Mordes anklagen, doch auch hier haben wir keine Verbindung zu Paul. Tut mir leid, Stevie.«

»Schon gut, das dachte ich mir.« Stevie richtete ihren Blick auf Hyatt. »Aber es gibt noch eine andere Möglichkeit. Laut Lippmans Enthüllungsliste wurde Virgil juniors Straftat damals von Elizabeth Morton aufgenommen. Sie war auch die Polizistin, die im Mordfall Virgil senior und Frau ermittelte.«

Hyatt seufzte müde. Seine Miene spiegelte sich in den Gesichtern aller anderen im Raum, nur Kate Coppola blickte sich verwirrt um.

»Elizabeth Morton war doch von der Mordabteilung, oder?«, fragte Agent Coppola.

»Ja, sie gehörte zu meinen Leuten«, bestätigte Hyatt. »Aber Lippman hatte sie gezwungen, für ihn zu arbeiten. Er hat einen ›Unfall‹ arrangiert, bei dem ihr Sohn angefahren wurde. Der Junge geht noch immer auf Krücken.«

»Elizabeth war Phil Skinners Partnerin«, fügte J.D. mit gepresster Stimme hinzu. Der Mann, dessen Selbstmord er ein paar Tage zuvor miterleben musste.

»Sie hat außerdem Silas und Lippman getötet«, erklärte Stevie. »Sie hat Silas in meinem Wohnzimmer erschossen, damit er uns Lippmans Namen nicht verriet.«

»Und sie hat Lippman erschossen, weil sie darin ihre Chance sah, mit ihrem Sohn endlich abtauchen zu können«, schloss Grayson.

Stevie nickte. »Elizabeth könnte vielleicht bestätigen, dass zwischen Robinette und Lippman eine Verbindung bestand. Sie sitzt in Jessup. Dorthin schaffen wir's in weniger als einer Stunde.«

»Fragt sich allerdings, mit wem von uns sie am ehesten spricht«, gab Joseph zu bedenken. »Clay und ich waren dabei, als man sie fasste.«

»Und ich habe gegen sie ausgesagt«, fügte Grayson hinzu. »Paige ebenfalls.«

»Ich fahre hin«, sagte Hyatt. »Stevie, Sie kommen mit. Sie und Morton haben etwas gemeinsam: Ihre Kinder wurden bedroht. Elizabeths Sohn wurde verwundet, Ihre Tochter stundenlang mit einer Pistole in Schach gehalten.«

Stevie war blass geworden. »Nicht zu vergessen, mein Sohn wurde ermordet.« Plötzlich wirkte sie zu Tode erschöpft. »Wann fahren wir nach Jessup?«

»Sobald wir hier fertig sind«, sagte Hyatt. »Aber wir müssen das staatliche Ermittlungsteam informieren. Zwar hat diese Sache hier nichts mit Scott Culp oder dem IA-Skandal zu tun, aber mit einem korrupten Cop zu reden sprengt die Grenzen, die die Staatsanwaltschaft uns gesetzt hat.«

»Fassen wir kurz zusammen«, sagte Joseph. »Novak besorgt uns Stevies Kamera mit den Beerdigungsfotos, auf denen wir vielleicht noch weitere von Robinettes Mitarbeitern identifizieren können. Brodie verschafft sich DNS-Proben von Levi – entweder von der damaligen Autopsie oder durch Exhumierung. J.D.?«

»Ich fahre auch zu einem Gefängnis, aber zu einem anderen«, antwortete er. »Ich brauche die Aussage des Barkeepers, der damals Sam Hudson unter Drogen gesetzt hat. Falls er Silas' Identität bestätigt, haben wir noch einen Punkt abgesichert, wenn Grayson den Fall vor Gericht bringt. Ich hoffe außerdem, dass er etwas mehr Licht in die Sache bringt. Zum Beispiel, wie John Hudson überhaupt auf Silas gestoßen ist.«

»Gut. Viel Glück. Grayson?«

»Ich muss zum Gericht zurück, aber Daphne hat den Entwurf für die richterliche Anordnung. Sobald ihr etwas Handfestes findet, meldet ihr euch bei ihr, und sie passt das Schreiben an und legt es einem Richter zur Unterschrift vor.«

»Ich habe noch eine Frage«, sagte Stevie. »Wenn Elizabeth Morton nicht reden will, haben wir dann irgendeine Möglichkeit, ihr ein attraktives Angebot zu machen? Verkürzung der Haftstrafe? Vergünstigungen?«

Grayson verzog skeptisch die Lippen. »Vielleicht. Ich rufe meinen Chef auf dem Weg zum Gericht an und melde mich dann bei euch. Rechnet aber lieber nicht mit großartigen Zugeständnissen.«

»Ich will ihr gar nichts anbieten«, sagte Joseph kalt. »Aber falls wir keine andere Wahl haben ... Clay? Ich nehme an, du fährst mit Stevie?«

»Du nimmst richtig an.« Nie und nimmer würde Clay sie jetzt allein lassen.

»Dann lass dich bloß nicht bei Morton blicken. Ich möchte vermeiden, dass sie von Anfang an in Opposition geht. Kate, für dich habe ich zwei Aufgaben.« Er wandte sich an Agent Coppola. »Ich will mehr über die Anwältin wissen, die gestern wegen Henderson hier aufgekreuzt ist. Cecilia Wright. Henderson hat sie abgelehnt. Sie schien zu glauben, dass sie mit Robinette unter einer Decke steckt. Finde heraus, wer sie eingestellt hat oder in welcher Verbindung sie zu Robinettes Unternehmen steht. Arbeitet Wright für ihn? Erpresst er sie vielleicht auch? Besticht er sie? Hat sie mit Robinette gedient? Ich will die genauen Umstände kennen.«

»Okay«, antwortete Coppola. »Und die zweite Aufgabe?«

»Hat Priorität. Sieh zu, dass du an Lisa Robinette herankommst. Ich will noch heute Proben von der DNS ihres Mannes. Ruf mich an, bevor du irgendeinen Plan ausführst, damit ich für Rückendeckung sorgen kann. Wir treffen uns um ein Uhr wieder hier. Für den Augenblick sind wir fertig.« Er seufzte. »Ich muss jetzt zu einer Besprechung, um die Beerdigung zweier Kollegen zu arrangieren.«

»Keine schöne Aufgabe, ich weiß«, sagte Hyatt. »Ich war auch gerade bei einem solchen Treffen. Bei uns waren es drei.«

Und damit zerstreuten sie sich.

## 29. Kapitel

*Justizvollzugsanstalt, Jessup, Maryland*
*Mittwoch, 19. März, 10.30 Uhr*

Elizabeth Morton hatte sich verändert, dachte Stevie, als man die Frau in Handschellen in den Verhörraum brachte. Ihre Augen waren wie leere Höhlen, leblos, seelenlos.

Stevie warf Hyatt aus den Augenwinkeln einen Blick zu. Er wirkte gequält.

»Elizabeth«, begann er. Seine Stimme klang kratzig.

Doch Stevie konnte keine Sympathie für sie empfinden. Morton hatte ihre Seele einmal zu oft verkauft.

»Was wollen Sie?«, fragte Morton mit einer Stimme, die so tot war wie ihr Blick.

»Wir haben gestern neue Informationen bekommen«, sagte Stevie. »Über Silas.«

Elizabeth richtete den Blick gen Decke. »Ach.«

»Mein Mann und mein Sohn wurden vor acht Jahren ermordet. Am fünfzehnten März.«

Stevie bemerkte, wie Mortons Atem stockte, ansonsten ließ sich die Frau nichts anmerken.

»Acht Jahre lang habe ich geglaubt, sie seien zufällig Opfer eines Verbrechens geworden. Gestern erfuhr ich, dass Silas die Tat arrangiert hat. Er hat jemanden erpresst, meinen Mann zu ermorden. Und meinen fünfjährigen Sohn.«

»Tut mir leid für dich«, sagte Elizabeth verbittert, ohne sie anzusehen.

»Das kannst du jetzt beweisen. Wir wissen, dass Todd Robinette hinter dem Mord an meiner Familie steckt.« Stevie entging nicht, dass die andere leicht zusammenzuckte. »Robinette ist, wie wir glauben, durch Virgil Barry an Lippman gekommen.

Das Verbrechen von Barrys Sohn zu vertuschen war damals dein Job.«

»Na, dann rede doch mit Barry«, sagte Elizabeth kalt.

»Das kann ich nicht, und das weißt du. Er ist tot.«

»Steckt irgendwo auch eine Frage?« Ihr Tonfall war beißend, aber Stevie glaubte, ein Zögern herauszuhören.

»Ja«, gab sie zurück. »Mehrere sogar. Hat Virgil Barry Lippmans Namen an Robinette verraten? Hat Robinette Lippman engagiert? Hat Lippman Silas den Auftrag gegeben, meine Familie zu ermorden?«

Elizabeths Blick wurde berechnend. »Warum sollte ich euch weiterhelfen? Was springt für mich dabei raus?«

»Die Möglichkeit, etwas richtig zu machen«, antwortete Stevie. »Die Möglichkeit, etwas wiedergutzumachen.«

»Richtig ist nur, was mich hier rausbringt.« Sie stand auf. »Rede mit deinem Freund Grayson Smith. Und kommt wieder, wenn er bereit ist, sich auf einen Deal einzulassen. Wache! Ich will zurück in meine Zelle.«

»Nein«, sagte Hyatt. Seine Stimme klang wie ein Peitschenhieb, und Morton erstarrte.

»Setzen Sie sich wieder, Elizabeth.«

Ein unschönes Lächeln. »Mit Verlaub, Lieutenant, Sie sind schon länger nicht mehr mein Chef.«

»Kann sein«, antwortete Hyatt. Seine Kiefer waren fest zusammengepresst. »Aber wenn Sie jetzt nicht reden, sorge ich persönlich dafür, dass man Sie in eine Einrichtung verlegt, die so weit wie möglich von Ihrem Sohn entfernt ist.«

Elizabeth wandte sich langsam um. Sie war blass geworden. »Sie Schwein.«

»Meinetwegen. In der Verhandlung hat man Ihnen Mitgefühl entgegengebracht, weil Lippman Ihrem Kind geschadet hat, um Sie zur Mitarbeit zu zwingen. Aber Stevies Sohn ist tot. Er wurde ermordet. Weil Sie nicht den Mumm hatten, sich dagegen aufzulehnen und das zu tun, was man von jedem anständigen Menschen erwartet. Aber jetzt können Sie es. Also setzen Sie sich, Elizabeth.«

Elizabeth gehorchte, bebte aber sichtlich vor Zorn. »Ich will einen Deal.«

Einen Moment lang sagte niemand etwas. Dann atmete Stevie langsam aus. »Ich biete dir einen Deal an.«

Elizabeth verengte die Augen. »Dazu bist du gar nicht autorisiert.«

»Stevie«, begann Hyatt, aber Stevie hob die Hand.

»Hör zu, Elizabeth. Robinette hat mein verbliebenes Kind zur Zielscheibe gemacht, um mich aus der Deckung zu locken. Nicht einmal. Nicht zweimal. Sondern dreimal. Glaubst du wirklich, dein Sohn ist in Sicherheit, weil Lippman tot ist? Glaubst du wirklich, Robinette wird nicht erfahren, dass wir mit dir reden? Denkst du, dass das Leben deines Sohnes noch etwas wert ist, wenn Robinette klarwird, dass du etwas weißt, was gegen ihn verwendet werden kann?«

»Ich habe nichts, was gegen ihn verwendet werden kann«, behauptete Elizabeth trotzig, doch ihre Lippen zitterten.

»Gerade eben warst du gewillt, dich auf einen Deal einzulassen. Ich werde dafür sorgen, dass er das erfährt.«

»Du bluffst«, sagte Elizabeth, aber sie wurde noch blasser. »Das würdest du nicht tun.«

»Willst du das Leben deines Sohnes darauf verwetten?«, fragte Stevie und blickte Elizabeth in die Augen.

Elizabeth lachte verbittert. »Ich hätte nie gedacht, dass du so sein könntest, Stevie. Was bietest du mir?«

»Du versuchst es mit ein bisschen Wiedergutmachung, und ich beschütze deinen Sohn vor Robinette. Sag mir die Wahrheit, aber beleg sie mit Fakten, die wir überprüfen können, damit Grayson Smith Robinette festnageln kann.«

Elizabeth schloss die Augen. »Ja«, sagte sie schließlich. »Robinette hat versucht, Lippman dazu zu bringen, ihm die Polizei vom Hals zu halten, und er behauptete, er käme auf Empfehlung Virgil Barrys. Lippman war stocksauer. Da ich mit dem Barry-Fall betraut war, sollte ich mich auch jetzt darum kümmern, aber Barry und seine Frau waren tot. Als ich die Ermittlung wegen des

Mordes abschloss, glaubte ich, ich wäre raus aus der Sache, aber dann nahm Lippman Robinettes Auftrag an.«

»Warum hat Lippman Robinette nicht einfach beseitigen lassen?«, fragte Hyatt.

»Robinette hatte aufgenommen, was Barry ihm verraten hatte. Die Aufnahme war angeblich bei Robinettes Anwalt, der sie sofort an die Staatsanwaltschaft geschickt hätte, wenn er eines plötzlichen Todes gestorben wäre. Lippman war sozusagen mit eigenen Karten besiegt worden.«

»Aber warum Silas?«, fragte Stevie. »Warum nicht du?«

»Weil Lippman einen kranken Sinn für Humor hatte. Und weil Silas sich immer noch wehrte, wenn er einen Auftrag erhielt, den er nicht erledigen wollte. Er dachte, er könnte Silas auf diese Art endlich brechen und gleichzeitig Robinette loswerden.«

Und nun erinnerte Stevie sich. Erinnerte sich, wie Silas mit ihr getrauert hatte, fast als wäre seine eigene Familie umgekommen. Damals war es also kein echter Kummer gewesen, sondern Schuldgefühl.

»Können Sie das, was Sie sagen, beweisen, Elizabeth?«, fragte Hyatt.

»Nein. Aber es muss immer noch irgendwo die Aufnahme geben, die Robinette von Virgil Barrys Aussagen gemacht hat. Natürlich ist es möglich, dass er sie nach Lippmans Tod vernichtet hat, aber vielleicht haben Sie auch Glück und finden sie bei dem Anwalt.« Elizabeths Blick wurde scharf. »Und Sie beschützen meinen Sohn?«

Hyatt nickte. »Ja. Um ihn müssen Sie sich keine Sorgen machen.«

Dann zögerte er, als sei er nicht sicher, ob er die Antwort auf die nächste Frage wissen wollte. »Elizabeth, wussten Sie, dass Stevies Sohn und Mann umgebracht werden sollten?«

»Nein«, antwortete sie. »Als ich hörte, dass Robinette sich an Lippman gewandt hatte, ging ich davon aus, dass sie diejenige sei, die auf der Abschussliste stand, nicht ihr Sohn oder ihr Mann. Lippman war an diesem Tag sehr unzufrieden mit Silas.

Aber Robinette ganz und gar nicht. Stevie ließ von seinem Fall ab. Falls Lippman Silas bestraft hat, dann weiß ich davon nichts.«

»Und woher wissen Sie, dass Lippman unzufrieden war?«, fragte Hyatt mit gerunzelter Stirn.

»Bettgeflüster.« Man schien Stevie ihren Abscheu anzusehen, denn Elizabeth lachte wieder. »Ich hätte alles getan, um meinen Sohn zu beschützen, Stevie. Hätte ich den Job bekommen, wärst du längst tot. Aber Silas war schwach.«

Stevie fragte sich, wie sie jahrelang mit dieser Frau hatte arbeiten können, ohne sie wirklich zu kennen. *Genau wie du jahrelang mit Silas zusammengearbeitet hast.* »Und warum hat Silas mich nicht umgebracht?«

»Er mochte dich. Respektierte dich, weil du nie den Weg des geringsten Widerstands gegangen bist. Das war sein Fehler. Hätte er dich umgebracht, wäre es für uns alle langfristig leichter gewesen.«

Stevie blinzelte. »Okay. Du weißt aber, dass die Sicherheit deines Sohnes in meinen Händen liegt, nicht wahr?«

Elizabeths Lachen klang nun hohl. »Du nimmst den Mund sehr voll, Stevie, aber letztendlich wirst du ihn nicht hängenlassen. So bist du nicht gestrickt.«

»Danke«, sagte Stevie überrascht.

»Das war kein Kompliment«, fuhr Elizabeth sie an. »Wenn du diese ganze Sache auf sich hättest beruhen lassen, dann würde mein Sohn deine verdammte Hilfe gar nicht brauchen!«

»Schon okay. Ich denke nicht, dass es ein Makel ist, das Richtige tun zu wollen.«

*Baltimore, Maryland*
*Mittwoch, 19. März, 13.00 Uhr*

Nach einem Anruf, um sich zu vergewissern, dass Cordelia gesund und munter war, und einem raschen Stopp in einem Schnellrestaurant kehrten Stevie und Clay in den Besprechungsraum zurück, wo die Truppe bereits auf sie wartete. »Wir haben etwas zu essen mitgebracht«, sagte Stevie und hielt die Tüte hoch.

Unter erfreuten Blicken und gemurmelten Dankesworten wurden Sandwiches herumgereicht.

»Also?«, fragte Joseph, als er seins auspackte.

Stevie brachte sie auf den neusten Stand, während sie aßen. »Offenbar hat Silas sich nicht dazu durchringen können, mich umzubringen.«

J.D.s Augen verfinsterten sich. »Also hat er stattdessen Paul und Paulie ermordet.«

Joseph nickte. »Und dafür können wir ihn auch nicht mehr belangen. Aber wir können uns Robinette schnappen. J.D., hast du bei dem Barkeeper Glück gehabt?«

J.D. schüttelte den Kopf. »Ich war gar nicht erst im Gefängnis, denn der Barkeeper ist tot. Wurde von einem Mithäftling in der Dusche erstochen. Und ratet mal, wer diesen Mithäftling ursprünglich verhaftet hat.«

»Silas«, sagte Stevie.

Hyatt seufzte vernichtet. »Da fragt man sich doch, welches Familienmitglied dieses Mithäftlings Silas bedroht hat, um den Insassen zur Mitarbeit zu bewegen.«

»Ja, das habe ich mich auch gefragt«, sagte J.D. »Der Kerl saß wegen dreifachen Mordes lebenslänglich ohne Hoffnung auf Bewährung und hatte sonst nichts mehr zu verlieren. Aber er lebt auch nicht mehr. Herzversagen. Ich bin allerdings trotzdem einen Schritt weitergekommen. Ich habe mich noch einmal mit Sam Hudson unterhalten, der sich wiederum mit einigen alten Freunden seines Vaters unterhalten hatte. Einer kannte John Hudsons Dealer, den ich tatsächlich auch kannte. Ich habe ihn verhaftet, als ich noch im Drogendezernat war. Er hat mir erzählt, dass John ab und zu für diesen Dealer verkaufte, aber einmal mit leeren Händen zurückkam, nachdem ein Cop ihn angehalten und durchsucht hatte. Da er eine stattliche Menge bei sich trug, hätte es für eine Gefängnisstrafe gereicht, die dritte für Hudson.«

»Also keinerlei Bewährung mehr«, sagte Clay.

»Richtig. Aber der Cop ›hatte ein Herz‹, konfiszierte das Dope und ließ ihn mit einer Warnung ziehen.«

»Silas«, schloss Stevie grimmig. »Tja, das erklärt wohl, wie Silas an Hudson geraten ist.«

»Ich habe auch etwas«, sagte Agent Coppola. »Cecilia Wright, die Anwältin, die Henderson gestern so schroff abgelehnt hat, hat mit Brenda Lee Miller studiert. Sie waren in derselben Schwesternschaft.«

»Wahrscheinlich haben viele Leute mit Brenda Lee Miller studiert«, sagte Joseph stirnrunzelnd. »Das verweist noch lange nicht auf eine Verbindung zwischen den beiden.«

»Es wäre schön, wenn du mich ausreden lassen würdest. Wrights Tochter ist in einer von Robinettes Entzugskliniken in Behandlung. Es gibt lange Wartelisten, aber Wrights Tochter schaffte es wie durch Magie, an oberste Stelle vorzurücken. Miller selbst konnte Henderson nicht vertreten, da die Verbindung zu Robinette sofort offensichtlich gewesen wäre.«

Joseph nickte. »Gut. Etwas Neues von Lisa?«

Coppolas Augen leuchteten auf. »Sie war wirklich schwer angefressen, weil sie am Tag zuvor ihren sturzbetrunkenen Mann in der Fabrik abholen musste, und sie gehört anscheinend zur rachsüchtigen Sorte. Ihr wisst schon – der Typ Frau, die den Kram ihres Mannes wegwirft, sobald er unartig gewesen ist.« Clay musste grinsen. »Ernsthaft? Sie hat sein Zeug in den Müll geworfen?«

Coppola grinste ebenfalls. »Oh, ja. Und ich hab's wieder rausgefischt.«

Joseph lächelte nicht. »Ich dachte, ich hätte deutlich gesagt, dass du dich Lisa nur mit Rückendeckung nähern sollst.«

»Ich habe mich ja nicht ihr genähert, sondern nur ihrem Haus. Eigentlich nur ihren Mülleimern.«

Joseph schloss die Augen. »Verdammt, Kate. Ich will nicht noch mehr Agenten begraben müssen.«

Coppola senkte zerknirscht den Blick. »Entschuldige, aber du warst in einer Besprechung, und ich wollte kein Risiko eingehen, dass die Müllabfuhr die Tonnen leert, bevor ich eine Chance hatte, reinzusehen. Außerdem war ja der von der Überwachung da – er hat aufgepasst.«

»Okay, na gut. Aber das nächste Mal halte dich bitte an meine Anweisungen. Also – was hast du im Müll gefunden?«

Coppola holte einen Karton aus einer Ecke. »Hier sind Schuhe, Kleidung und Spielzeuge.«

Stevie schnitt ein Gesicht. »Sexspielzeuge?«

Coppola lachte. »Sie haben schmutzige Gedanken, Stevie, das gefällt mir. Nein, keine Sexspielzeuge. Golf- und Tennisschläger. Seine Xbox. Und das.« Sie zog eine Beweistüte aus dem Karton, in der sich ein alter Zauberwürfel befand. Alle Seiten waren farblich richtig zusammengestellt.

Stevie stockte. »Der stand vor acht Jahren auf Robinettes Schreibtisch. Der oder ein anderes Exemplar. Das kam mir merkwürdig vor, weil Robinette auf mich ganz und gar nicht den Eindruck eines passionierten Tüftlers machte. Ich fragte Levi danach, als ich ihn wegen Julies Tod verhörte. Er erklärte mir, der Würfel habe Rene, Julies erstem Mann, gehört, was ich gerne glaubte, denn der *war* ein passionierter Tüftler. Außerdem war er der chemische Leiter des Unternehmens.«

»Und warum hatte Robinette den Würfel auf seinem Schreibtisch stehen?«, wollte Dr. Brodie wissen.

»Laut Levi waren sein Vater und Rene seit der Highschool beste Freunde. Deswegen haben Rene und Julie Levi auch zu sich genommen, als seine Mutter gestorben war. Der Würfel war das einzige Stück, das Robinette nach Renes Tod haben wollte, weil Rene angeblich immer damit gespielt hatte, als sie noch Kinder waren. Levi meinte, sein Vater habe ihn aus sentimentalen Gründen behalten.«

»Robinette und sentimental?« Clay schüttelte den Kopf. »Kommt mir irgendwie seltsam vor.«

»Mir auch«, sagte Stevie. »Kann ich das Ding mal haben?«

»Man kann ihn nicht mehr drehen«, sagte Novak. »Scheint zusammengeklebt zu sein.«

Stevie zog die Brauen zusammen. »Da hat jemand ein paar von den Farbaufklebern abgerissen. Ob Lisa das war?«

»Könnte gut sein.« Hinter dem Karton lag eine Tasche mit Golfschlägern. Coppola zog einen heraus; er war stark verbogen. »Die möchte ich nicht zur Feindin haben. Die Tennisschläger sehen noch schlimmer aus. Und über die Xbox scheint sie mit dem Wagen gefahren zu sein.«

»Herrje. Scheint mir eine etwas extreme Reaktion auf einen betrunkenen Ehemann zu sein. Ich würde schon gerne wissen, was wirklich zwischen den beiden passiert ist.« Stevie drehte den Würfel in den Händen und untersuchte ihn. »Aus welchem Grund klebt man einen solchen Würfel zusammen?«

Clay streckte ihr auffordernd die Hand entgegen, und sie legte den Würfel hinein. »Ich hatte als Kind auch so einen. Es hat Wochen gedauert, bis ich den Dreh raushatte. Mein ehemaliger Partner Ethan schafft es in unter einer Minute.« Er runzelte die Stirn. »Fühlt sich merkwürdig an.«

»Weil er zusammengeklebt ist«, sagte Stevie.

»Nein. Er ist nicht ausbalanciert.« Clay hielt ihn ans Ohr und schüttelte ihn. »Da ist was drin.«

Dr. Brodie wog das Spielzeug in der Hand. »Sie haben recht. Sollen wir reinschauen?«

»Wollen Sie nicht erst ein Foto machen?«, fragte Joseph.

»Das haben wir schon«, sagte Coppola. »Ich habe das Labor sofort gebeten, alles zu fotografieren. Die Kleider habe ich in die Spurensicherung gegeben, damit sie sie auf Haare oder Hautschuppen untersuchen können. Ich habe nur die Spielgeräte mitgebracht, um euch Lisas Zorn zu demonstrieren.«

»Dann machen Sie auf«, sagte Joseph.

Brodie klappte ihr Utensilienköfferchen auf und holte ein Skalpell, ein weißes Tuch und ein paar Handschuhe heraus. Sie kratzte am Klebstoff, der die Würfel arretierte, und stieß einen kleinen triumphierenden Laut aus, als der erste Würfel absprang. »Die Achse wurde herausgeschnitten. Ein sauberer Schnitt – dazu braucht man Spezialwerkzeug.« Sie löste weitere Steine und schüttelte etwas aus Metall in ihre Hand. »Da haben wir es ja schon.«

Stevie beugte sich über den Tisch. »Eine Pistolenkugel. Ist das ... Blut?«

»Sieht so aus«, sagte Brodie.

*Verdammt*, dachte Stevie. »Rene Broussard wurde bei einem Überfall getötet.«

»Er soll bei einer Prostituierten gewesen sein«, sagte Joseph. »War sie bei ihm, oder woher wusste man davon?«

Stevie schnitt ein Gesicht. »Seine Hose hing auf seinen Knöcheln, und der Lippenstift prangte nicht auf seinem Hemdkragen. Bei der Autopsie stellte sich heraus, dass man die Kugel entfernt hatte. Sie war einfach rausgeschnitten worden. Der Täter wurde nie gefasst.«

»Aber wie es aussieht, wissen wir jetzt, wer es war«, bemerkte Hyatt.

»So ein Dreckskerl«, sagte Stevie ungläubig. »Robinette tötet Rene, heiratet die Witwe und bringt auch sie um? Und dann bewahrt er die Kugel wie eine Trophäe im Lieblingsspielzeug seines ehemals besten Freundes auf?«

»Alles nur, um sich die Firma unter den Nagel zu reißen?«, fügte J.D. kopfschüttelnd hinzu. »Über was für einen Wert reden wir denn hier?«

»Schwer zu sagen. Die Firma befindet sich in Privatbesitz, deswegen war es vor acht Jahren schon schwer, etwas über Robinettes Geschäfte herauszufinden. Wenn das Blut auf der Kugel tatsächlich von Rene Broussard stammt, dann *muss* das für eine richterliche Anordnung reichen.«

»Ganz sicher«, sagte Joseph. »Aber mit Elizabeth Mortons Aussage haben wir vielleicht auch so schon genug.« Er rief Daphne an und gab ihr die neuen Informationen durch. »Sie passt den Text zwar gerade an, sagt aber, wir brauchten immer noch etwas Handfestes. Sie will den Richter bitten, sich bereitzuhalten, damit sie zu ihm kann, sobald wir einen konkreten Beweis in den Fingern haben. Novak, du siehst aus, als würdest du gleich platzen. Möchtest du der Klasse etwas mitteilen?«

»Und ob«, sagte Novak. »Verschiedenes sogar. Erstens – Robinettes Spießgesellen. Stevie, Ihre Schwester wusste, wo die Kamera war, aber wir brauchten sie gar nicht. Sie hatte die Fotos schon vor Jahren auf eine CD gebrannt und sie ins Bankschließfach gelegt, falls Sie sie eines Tages ansehen wollten.«

*Oh.* Stevies Herz schmolz. »Typisch Izzy.«

»Sie hatte aber auch Kopien davon auf ihrer Festplatte, also hat sie mir die Bilder von Levis Beerdigung gemailt. Hier stehen vier Leute um Robinette. Brenda Lee Miller, Jean Henderson, Michael Westmoreland und dieser Mann.« Novak drehte den Laptop, damit sie es sehen konnten.

Der Mann sah sehr gut aus, wie Stevie fand. Er hatte dunkelblondes, sorgfältig gekämmtes Haar, und der schwarze Anzug stand ihm ausgesprochen gut. »Jetzt, da ich das Bild sehe, erinnere ich mich vage an ihn. Aber ich habe ihn neulich noch mal gesehen, auf der Filbert-Website. Er ist der jetzige Chefchemiker. James sowieso.« Das Puzzlestück rückte in ihrem Kopf an die richtige Stelle. »Fletcher. James Fletcher.«

»Wir haben sein Profil gelesen«, sagte Clay, »aber nichts über eine militärische Karriere gefunden.«

»Richtig«, sagte Novak. »Aber er hat im Irak gedient, als auch Henderson und Robinette dort stationiert waren. Er war Arzt, ist aber unehrenhaft entlassen worden.«

Clay zog die Brauen hoch. »Oh. Wissen wir, warum?«

»Noch nicht. Aber ...«

Stevie verengte die Augen. Novak hatte eindeutig noch ein As im Ärmel. »Aber was?«

»Aber er ist gegenwärtig als Gast des deutschen Bundeskriminalamts in Untersuchungshaft. Man hat ihn vor ungefähr eineinhalb Stunden festgenommen, als er in Frankfurt aus einem Flugzeug gestiegen ist.«

Novaks seltsame Augen funkelten vor Aufregung. »Stevie, als ich ging, hörte ich Sie sagen, Robinette müsse auch einen neuen Chemiker eingestellt haben, da er den letzten mitsamt seiner Frau getötet hatte. Ich rief die Firma an und wollte Fletcher sprechen, aber er war nicht da. Also ging ich zu seiner Wohnung, wo mir sein Nachbar sagte, er habe ihn gestern Morgen mit einem großen Koffer fortgehen sehen. Ich habe an den Flughäfen nachgefragt, ob er die Stadt verlassen hat. Während ich auf Auskunft wartete, bekam ich von Izzy die Fotodatei, daher wusste ich, dass ich auf der richtigen Spur war. Schließlich fand ich heraus, dass er vom Reagan National Airport nach Toronto mit Anschlussflug nach Paris und von dort nach Frankfurt unterwegs war. Zu unserem Glück mit dem richtigen Pass. Dennoch gab ich Interpol seine Beschreibung durch.«

»Sie waren ja ziemlich beschäftigt«, sagte Stevie.

»Deswegen war ich gerade auch so froh, dass Sie die Sandwiches besorgt haben. Ich hatte keine Zeit zum Essen.«

»Armes Bürschchen«, frotzelte Joseph. »Die Deutschen haben also die Suchmeldung gesehen und ihn sich geschnappt.«

»Richtig. Sie halten ihn fest und haben auch sein Gepäck konfisziert. Wir haben ein paar Stunden Zeit, uns zu überlegen, was wir tun sollen, bis sie ihn wieder laufenlassen müssen.«

»Gute Arbeit, Deacon«, lobte Joseph.

»Ach, und ich?«, sagte Coppola vorwurfsvoll. »Ich habe den Müll durchwühlt.«

»Den Müll reicher Leute«, verbesserte Novak sie.

»Trotzdem Müll.« Coppola schnitt eine Grimasse. »Trotzdem garstig.«

»Ihr kriegt später alle Fleißkärtchen«, sagte Joseph. »Wir haben Brenda Lee Miller unter Beobachtung, und die gestrige Suchmeldung nach Westmoreland ist noch in Kraft. Jetzt brauchen wir nur noch Robinette.«

»Wir haben die Blutproben von Levi Robinettes Autopsie«, sagte Brodie, »und ich habe das Labor bereits angewiesen, die Analyse durchzuführen, doch die Ergebnisse bekommen wir nicht vor morgen. Aber da wir nun Robinettes Anzüge aus dem Müll haben, können wir sie nach Haaren absuchen. Mit etwas Glück bekommen wir eine Übereinstimmung mit dem Haar am Strandhaus.«

»Machen Sie das«, sagte Joseph. »Denn haben wir die Übereinstimmung, kriegen wir auch grünes Licht vom Richter. Ich werde Teams zusammenstellen, die sofort Haus und Fabrik durchsuchen können.«

Stevie wollte gerade sagen, dass sie mitkommen würde, als Novak scharf die Luft einzog.

»Mein Gott. Joseph, warte.« Novak sah von seinem Laptop auf. Das Funkeln in seinen Augen war verschwunden. »Die Deutschen sagen, Fletcher hatte genug Sarin bei sich, um den ganzen Flughafen zu vergiften, hätte er das Siegel auf der Flasche zerbrochen.«

Stevie hörte schockiertes Luftschnappen um sich herum. »Wow«, sagte sie fassungslos. »Das hätte ich nicht erwartet.«

Clay ließ sich mit großen Augen auf seinem Stuhl zurücksinken. »Dieser Mistkerl«, murmelte er. »Robinette stellt chemische Kampfstoffe her. Deshalb wollte er die Fabrik so unbedingt unter seine alleinige Kontrolle bringen. Wie haben die Deutschen das Sarin gefunden?«

»Das BKA hat sein Gepäck durchsucht und wollte gerade öffnen, was als Parfumflasche deklariert war, als er sie panisch davon abhielt. Sie waren misstrauisch, weil das Fläschchen so gut verpackt war, hatten allerdings keinerlei Absicht, das Ding wirklich aufzumachen, sondern wollten uns mit dem Bluff einfach ein wenig Zeit verschaffen. Aber dann platzte Fletcher damit heraus.«

»Das kann ich ihm nicht verübeln«, sagte Brodie. »Mein Gott.«

»Was war Fletchers ursprüngliches Ziel?«

»Lagos. Dort hätte er sich mit einer Vielzahl verschiedener terroristischer Organisationen verbinden können.«

»Und das hätte uns gerade noch gefehlt«, schloss Joseph beißend. »Ich rufe Daphne an, damit sie die Anordnung ergänzt.« Er tat es, dann begann er, Sondereinsatzkommandos und Haz-Mat-Teams, Fachleute für gefährliche Stoffe, anzufordern.

Clay trommelte mit den Fingern auf dem Tisch. »Hendersons

Reisepass haben wir nicht gefunden, oder?«, fragte er leise genug, um Josephs Telefongespräche nicht zu stören.

»Nein«, sagte Novak. »Sie besitzt einen, hatte ihn aber nicht bei sich. Kann sein, dass er in ihrer Wohnung in Flammen aufgegangen ist.«

»Westmoreland fliegt unter einem anderen Namen«, sagte Clay. »Und bestimmt tut Henderson das normalerweise auch.«

»Worauf willst du hinaus?«, fragte Stevie.

»Ich kann mir nicht vorstellen, dass Fletcher als Lieferant unterwegs ist«, antwortete er. »Nicht wenn er mit seinem echten Reisepass fliegt und das Zeug im normal aufgegebenen Gepäck transportiert.«

»Das ist absolut amateurhaft«, stimmte Brodie zu. »Robinette kommt mir zu gerissen für eine derart stümperhafte Methode vor.«

»Fletcher ist abgehauen und brauchte vermutlich Geld für seine Flucht«, sagte Clay. »Also hat er sich das Sarin genommen, um es zu verkaufen. Nach willigen Kunden muss man bei so etwas gewiss nicht lange suchen.«

»Und wenn sie das schon öfter gemacht haben?«, fragte Stevie ruhig. »Wenn Robinette tatsächlich seit acht Jahren Giftgas in seiner Firma produziert hat? Dann braucht er Lieferanten mit Pässen, die nicht zu ihm zurückverfolgbar sind. Wie Westmoreland zum Beispiel.«

»Wir sollten Gesichtserkennungssoftware einsetzen«, schlug Novak vor. »Vielleicht können wir Westmoreland und Henderson in den Menschenmengen der Großflughäfen entdecken.«

»Sie wollen acht Jahre überprüfen?«, protestierte Brodie.

»Wenn es sein muss«, erwiderte Novak grimmig. »Aber ich wette, wir müssen uns nur die Aufnahmen aus Lagos vom vergangenen Jahr ansehen. Falls Fletcher Amateur ist und mit vorherigen Lieferungen nichts zu tun hatte, mit der Firma aber bereits Geschäftskontakte bestanden, hat er sich bestimmt einen Kunden herausgepickt, von dem er wusste.«

»Das sind aber eine Menge ›falls‹«, sagte Brodie. »Na ja, immerhin hätten wir einen Ansatzpunkt.«

Novak zuckte die Achseln. »Vielleicht erzählt Fletcher dem BKA aber auch mehr, sobald ihm klarwird, dass er aufgeflogen ist. Wer unter echter Identität mit Nervengift im Köfferchen reist, wird wohl im Verhör nicht allzu eisern schweigen. Ich zumindest würde Robinette ohne mit der Wimper zu zucken verraten.«

»Aber das hier ist der Grund, warum Robinette dich ausschalten wollte, Stevie«, sagte Clay. »Es ist ihm nie wirklich um seinen Sohn gegangen.«

»Ja.« Jetzt ergab vieles mehr Sinn. »Ich sah mir alle alten Fälle erneut an. Wäre ich bei ihm gelandet, hätte ich sein Nebengeschäft aufdecken können. Aber plötzlich hatte er eine großartige Tarnung, weil andere mich ebenfalls umzubringen versuchten.«

Joseph kam auf die Füße und hielt das Telefon hoch. »Daphne hat die richterliche Anordnung. Die Sondereinsatzteams sind bereits unterwegs. J.D., Deacon, Kate, kommt mit mir.«

»Ich fahre ins Labor zurück«, sagte Brodie, »und bereite alles vor, falls ihr Sarin-Proben findet.«

Stevie stand auf. »Ich komme auch mit euch, Joseph. Ich stehe euch nicht im Weg, versprochen, aber ich will sehen, wie Robinette in die Knie gezwungen wird.«

Joseph sah Clay an. »Du dann also auch, nehme ich an?«

»Wenn sie geht, gehe ich auch. Und sie hat wirklich verdient, dabei zu sein.«

»Ihr tut ja doch, was ihr wollt, ob ich es jetzt untersage oder nicht«, willigte Joseph schließlich ein. »Da weiß ich doch lieber, wo genau ihr euch aufhaltet. Seht bloß zu, dass ihr Schutzkleidung tragt, eine Gasmaske mitnehmt und hinter der Absperrung bleibt.«

*Mittwoch, 19. März, 14.55 Uhr*

Er war nicht tot, fühlte sich aber, als hätte man seine Eingeweide durch den Nabel herausgezerrt. Er hatte fast vierundzwanzig

Stunden auf dem Boden von Brenda Lees Garage gelegen und sich die Seele aus dem Leib gekotzt. Wenn er Fletcher zu fassen bekam ... *Dann bring ich das Miststück um.*

Aber zuerst, dachte er und starrte auf den Bildschirm des Geldautomaten am Drive-Thru-Schalter seiner Bank, würde er Lisa umbringen. Und bei Gott, das würde weh tun.

»Was ist los?«

Er wandte sich zu Cecilia Wright um, die auf dem Beifahrersitz ihres Minivans saß und ihn beobachtete, als wäre er eine gereizte Klapperschlange, die jeden Moment zustoßen würde. Brenda Lees beste Freundin war eine kluge Frau.

Er hatte sich unter einer Decke im Laderaum von Brenda Lees Auto verborgen und zu ihr fahren lassen, da er es für klüger gehalten hatte, den Bundesagenten aus dem Weg zu gehen. Sie waren an seiner Fabrik und bei ihm zu Hause ... aber auch vor Brenda Lees Haus. Das FBI wusste Bescheid.

Er wusste, dass er Blut auf der Farm hinterlassen hatte – und er hatte noch nie irgendwo DNS hinterlassen. Seine einzige Rettung war, dass das FBI nichts besaß, womit sie die Proben vergleichen konnten. Sie würden ihn bitten, ihnen etwas zum Vergleich zu überlassen, was er natürlich ablehnen würde, und eine richterliche Anordnung würden sie bei den lächerlichen Indizienbeweisen, die sie in der Hand hatten, nicht bekommen. Doch zu sehen, dass die Agenten vor seinem und vor Brenda Lees Besitz herumlungerten, hatte sie beide aus der Fassung gebracht.

Brenda Lee und er waren sich einig gewesen, dass er für eine Weile aus der Stadt verschwinden musste. Er musste sich irgendwo ausruhen, ohne erkannt zu werden. Also hatte er sich in Brenda Lees Bad geschleppt, sich gewaschen und mit dem Apparat rasiert, mit dem Brenda Lee ihrem Sohn das Haar kurz schor. Sein Schnurrbart und das meiste seines Kopfhaars steckten nun in einer Mülltüte, die er bei sich hatte.

Er würde keinerlei DNS-Spuren hinterlassen, die die Cops gegen ihn verwenden könnten.

Unter derselben Decke hatte Brenda Lee ihn wieder aus der

Garage geschmuggelt und hinter der Schule ihres Sohnes hinausgelassen. Das Tor der Privatschule hielt die Agenten davon ab, ihnen auf das Gelände zu folgen. Dort wartete schon Cecilia Wright, die soeben ihre sechzehnjährige Tochter abgeholt hatte.

Nervös und sehr blass hatte Cecilia ihre Tochter in Brenda Lees Minivan gesetzt und danach Robinette – unter einer anderen elenden Decke in einem anderen elenden Minivan – an den wartenden Agenten vorbeigeschleust. In einer ruhigen Seitenstraße hatten sie angehalten, und er war hinters Steuer geklettert.

Er hatte vorgehabt, zunächst Geld zu holen und dann zum Flughafen zu fahren, wo Cecilia ihm in ihrem Namen einen Wagen mieten würde, aber bereits Schritt eins bremste ihn aus.

»Mein Konto scheint leer zu sein«, stellte er fest.

»Ich ... ich kann Ihnen Geld leihen«, stammelte sie.

Nur mäßig interessiert überlegte er, was diese Frau wohl Brenda Lee schuldete, dass sie gewillt war, ihm zu helfen. Dann fiel ihm wieder ein, dass sie Wrights Tochter kurzfristig in einer von Robinettes Entzugskliniken untergebracht hatten, nachdem sie bereits in jeder anderen Einrichtung abgelehnt worden war. Hätten sie es nicht getan, wäre das Mädchen in eine Jugendstrafanstalt gegangen, wohin es Robinettes Meinung nach auch gehörte. Aber Brenda Lee hatte gebettelt, und Robinette hatte nachgegeben.

Und nun war er verdammt froh, dass er das getan hatte. »Vielleicht komme ich darauf zurück. Warten Sie einen Moment.«

Robinette wählte seine Privatnummer zu Hause.

»Todd?«, sagte Lisa, und ihr erleichterter Seufzer klang verdammt echt. »Ich hatte solche Angst. Wo bist du?«

»Was interessiert dich das?«

»Was mich das interessiert?«, wiederholte sie verwirrt. Die Verwirrte geben konnte Lisa gut. »Na ja, ich kann verstehen, warum du fragst. Ich habe mich gestern furchtbar benommen. Ich war so gekränkt, dass du mich nur angerufen hast, weil kein anderer da war. Tut mir leid ... ich war im Unrecht.«

Ihm gefielen die Worte. Aber er traute ihr nicht.

»Ich habe ein kleines Problem mit unserem Bankkonto.« Er besaß andere Konten, aber auf die hatte er von hier aus keinen Zugriff. Außerdem hatte er noch Bargeld in den Tresoren zu Hause und im Büro, und hätte er den vergangenen Tag nicht unaufhörlich erbrochen, hätte er sie längst geräumt. Nun, natürlich hatte er nicht vor, Lisa von diesen Reserven zu erzählen. Sie würde seine Bestände plündern, ohne mit der Wimper zu zucken. »Es ist nichts mehr drauf.«

»Ich weiß. Ich habe das Geld auf ein anderes Konto transferiert, weil das FBI uns einen Besuch abgestattet hat. Henderson hat ungeheuerliche Anschuldigungen erhoben. Ich wollte verhindern, dass das FBI vielleicht im Zuge einer Ermittlung alles einfriert.«

»Auf welches Konto hast du das Geld transferiert?«

»Auf eins, das ich schon vor unserer Ehe hatte. Aber ich habe einen großen Betrag abgehoben, falls du jemanden bezahlen musst, der sich um diese dumme Geschichte mit Henderson kümmert.«

»Dafür habe ich Brenda Lee.«

Eine lange Pause. »Dann, nehme ich an, brauchst du das Geld ja nicht«, sagte sie freundlich, und er wusste, er war ihr schon wieder auf die Zehen getreten.

Er biss die Zähne zusammen und rang um einen zivilen Tonfall. »Nein. Aber ich hätte es gerne.«

»Dann gebe ich es dir«, sagte Lisa. »Ich denke, wir sollten uns ein paar Tage bedeckt halten, damit der Tumult sich legen kann. Wenn wir es geschickt anstellen, kannst du vielleicht trotzdem noch eine politische Karriere in Angriff nehmen.«

*Klar, in einer Dritten-Welt-Nation, die kein Aas interessiert,* dachte Robinette verbittert. »Ich brauche ein Auto.«

»Ich hole dich ab. Die Polizei ist noch da, aber es ist nur ein Wagen, der in einiger Entfernung auf der Straße parkt. Die glauben anscheinend, dass ich sie nicht sehe. Ich husche hinten durch den Garten und über das Nachbargrundstück. Dad hat gesagt, er schickt mir einen Wagen. Bist du jetzt bei der Bank?«

»Ja«, sagte er misstrauisch.

»Dann hol ich dich ab, und wir fahren das Wochenende über weg. Ich kenne ein tolles Spa, wo wir uns entspannen und abwarten können, bis der Unfug, den Henderson von sich gibt, vergessen ist. Du kommst erfrischt und verjüngt zurück und stürzt dich auf die Planung der Wahlkampagne. Ich bin in einer halben Stunde bei dir.«

Glaubte sie wirklich, dass diese Sache nach einem Wochenende vorbei sein würde? *Ist sie wirklich so blöd?* »Beeil dich.«

»Aber ja«, sagte sie herzlich. »Wir machen uns eine richtig schöne Zeit. Nur wir beide.«

Robinette drückte das Gespräch weg und starrte sein Handy an. Lisa mochte ahnungslos sein, aber dumm war sie nicht. Es war eher wahrscheinlich, dass sie *ihn* in eine Falle zu locken versuchte statt umgekehrt. Also ... sollte er abwarten oder die Flucht ergreifen?

Abwarten. Dabei aber in Alarmbereitschaft bleiben und zur Not die Flucht ergreifen. Entschlossen legte er den Gang ein.

»Wohin fahren wir?«, fragte Cecilia, die ihn immer noch argwöhnisch musterte.

Robinette stellte den Wagen in der Ecke eines fast leeren Parkplatzes ab. »Sie sollten sich ein Taxi nach Hause nehmen. Ich warte hier auf meine Frau. Wenn ich den Van nicht mehr brauche, sage ich Brenda Lee Bescheid, und sie kann Sie fahren, um ihn abzuholen. Ich nehme auch Ihr Angebot an, mir Geld zu leihen und Ihre Kreditkarte zu benutzen. Keine Sorge. Brenda Lee wird Sie entschädigen.«

Wright holte ihre Tasche hervor. »Wie Sie wünschen, Mr. Robinette.«

*Wie Sie wünschen, Mr. Robinette.* Diese Worte aus Lisas Mund herauszupressen würde wie Musik klingen. Er starrte auf seine Hände und stellte sich vor, wie er sie um Lisas schlanken Hals legte. Und um Mazzettis. Aus Mazzettis Kehle würden die Worte sich sogar noch schöner anhören. Er würde die Schlampe dazu bringen, sie zu sagen – und noch andere –, bevor er ihr den Gnadenstoß versetzte.

Aber zunächst das, was im Moment wichtig war. Geld, Mietwagen, Lisa. Dann Mazzetti.

*Mittwoch, 19. März, 17.45 Uhr*

»Das gefällt mir nicht«, murmelte Stevie zum gut hundertsten Mal, während sie hinter der langen Reihe von Polizeifahrzeugen, die vor Robinettes Privathaus parkten, auf und ab ging. Die Villa lag am Ende einer sehr, sehr langen privaten Auffahrt mit einem kunstvoll geschmiedeten Tor davor. Sie und Clay befanden sich zwar innerhalb der Mauern, aber doch so weit vom Haus entfernt, dass sie die Eingangstür kaum ohne Fernglas erkennen konnten.

Vor dem Tor säumten TV-Transporter und mindestens doppelt so viele Autos die Straße. Die Reporter warteten schon den ganzen Nachmittag; sie waren ausgeschwärmt, sobald sie gehört hatten, dass Spezialteams Robinettes Haus und Fabrik umstellten.

Der Officer, der das Tor bewachte, hatte sie durchgelassen, aber nur zu Fuß. Kein nicht autorisiertes Fahrzeug war auf dem Gelände erlaubt, daher hatten sie den SUV vor dem Tor stehen lassen müssen. Sobald sie hinter dem Tor waren, hatte ein Officer sie darüber informiert, dass Special Agent Carter ihn angewiesen hatte, sie so weit als möglich vom Haus fernzuhalten. Selbstverständlich nur zu ihrer eigenen Sicherheit.

Was Stevies Fluchwortschatz immer umfangreicher und farbenfroher werden ließ, je weiter der Nachmittag fortschritt. Endlich blieb sie stehen, um durch das Fernglas zu sehen.

»Was machen die denn da drin?«, fauchte sie. »Es ist ja nicht so, als ob ihnen die Cops fehlten. Wieso brauchen die bloß so lange?«

Clay ließ sie fluchen. Besser sie fiel über Joseph her als über ihn. Im Übrigen hatte sie recht. Die Spezialeinheiten, die sich zusammengetan hatten, bildeten einen wirren Buchstabensalat von FBI, ATF, BPD, SWAT und sogar CIA. Und bei dem großen Personalaufgebot der unterschiedlichen Organisationen verhieß ein Mangel an Neuigkeiten nichts Gutes.

»Sie sind jetzt seit Stunden da drin«, fuhr Stevie fort. »Warum haben sie ihn denn noch nicht? Wie viele Verstecke kann es da schon geben?«

Sie klang nun etwas ruhiger, so dass Clay es wagte, etwas zu erwidern. »In einem derart großen Haus? Einige, würde ich sagen.«

Sie seufzte, und ihre Stimme klang plötzlich verzagt. »Und wenn er gar nicht dort ist, Clay?«

Er drückte sanft ihren Nacken, die einzige Stelle, wo er an Haut kam. Sie trugen beide von der Hüfte aufwärts Schutzkleidung – Josephs Bedingung, dass sie überhaupt hier sein durften. »Du hast Joseph doch gehört: Niemand hat den Besitz verlassen, seit Brenda Lee Miller gestern weggefahren ist, und einer von seinen Agenten ist ihr gefolgt.«

»Ja, ich weiß. Ich finde es nur so ärgerlich, dass ich nicht auch dort im Haus sein kann. Ich hasse es, hier Däumchen drehen zu müssen und nicht zu wissen, was geschieht.«

»Das gefällt mir auch nicht besonders«, gab er zu und blickte eben durch sein Fernglas, als sich die Haustür der Villa öffnete. »Endlich. Da kommt Joseph.«

Joseph blieb viermal stehen, um mit verschiedenen Leuten zu sprechen, bis er endlich bei ihnen war. Seine verschlossene Miene war kein gutes Zeichen. Und dass überall Dienstfahrzeuge gestartet wurden und die lange Reihe geparkter Wagen sich aufzulösen begann, sagte noch sehr viel mehr.

»Tut mir leid, Stevie«, sagte Joseph. »Ich wollte dich informieren, aber es ging bisher einfach nicht.«

»Habt ihr ihn gefasst?«, fragte sie leise und eindringlich.

»Nein.« Joseph presste die Kiefer zusammen. »Er ist nicht im Haus. Irgendwie ist er uns entwischt.«

Stevie starrte ihn an. »Wie das?«

»Meine Agenten haben mir versichert, dass niemand das

Grundstück betreten oder verlassen hat, seit Brenda Lee Miller gestern gefahren ist. Wir haben soeben den Durchsuchungsbeschluss für ihr Haus bekommen. Wie es aussieht, hat sie ihn rausgeschmuggelt; sie besitzt wegen des Rollstuhls einen Minivan, und er kann sich leicht im Laderaum versteckt haben. Meine Leute haben sie außerdem einen kurzen Augenblick aus den Augen verloren, als sie ihr Kind von der Schule abgeholt hat. Es ist eine Privatschule, und mein Agent wollte nicht auffallen, indem er ihr aufs Gelände folgte. Aber dort kann Robinette ausgestiegen sein.«

Stevie wurde blass. »Vielleicht ist er schon unterwegs zur Farm. Zu Cordelia.«

Joseph schüttelte den Kopf. »Wir haben auf der Auffahrt und im Wald Leute postiert, wir haben Kameras und Infrarotsensoren. Niemand kann sich ungesehen nähern, weder im Auto noch zu Fuß, noch zu Pferd.«

»Was sagt Robinettes Frau?«, fragte Clay.

»Rein gar nichts. Sie hat sich auf der Couch niedergelassen und kein einziges Wort geäußert, außer dass sie ihren Anwalt sprechen will. Zum Glück besteht das Personal aus vernünftigen Menschen, die wissen, wann sie sich auf einem sinkenden Schiff befinden. Die Köchin, die auf dem Anwesen wohnt, hat erzählt, dass sie Lisa gestern toben gehört hat. Zuerst hat sie Brenda Lee angeschrien, und als die weg war, soll sie ihren Mann mit einer sehr langen Reihe nicht druckreifer Schimpfnamen betitelt haben. Das muss zu dem Zeitpunkt gewesen sein, als sie seine Schränke ausgeräumt und seine Sportgeräte weggeworfen hat. Sie ist übrigens tatsächlich über die Xbox gefahren – es liegen immer noch Teile auf dem Garagenboden. Dann war nichts mehr zu hören, und die Köchin hat sich Sorgen gemacht. Sie entdeckte Lisa in ihrem Zimmer, wo sie weinend mit ihrer Mutter telefonierte. Angeblich hat sie gesagt, sie wolle die Scheidung.«

»Hat die Köchin Robinette gesehen?« Clay legte Stevie einen Arm um die Schultern. Sie zitterte.

»Nein. Nicht mehr, seit Brenda Lee weggefahren ist, sagt sie.«

Stevie holte tief Luft. »Warum will Lisa denn die Scheidung?«

»Offenbar hat Robinette eine Affäre. Das hat Lisa jedenfalls laut Köchin ihrer Mutter erzählt.«

Stevie zog die Brauen zusammen. »Mit Brenda Lee?«

»Nein. Mit James Fletcher.«

Stevie richtete sich kerzengerade auf. »Oh. Das erklärt zumindest ihren Tobsuchtsanfall. Keine Frau lässt sich gerne die Schau stehlen. Schon gar keine dreiundzwanzigjährige Debütantin.«

»Wenn sie vorher nicht gewusst hat, dass Robinette bisexuell ist, muss das ein Schock gewesen sein«, bemerkte Clay.

»Es war wohl weniger Fletchers Geschlechtszugehörigkeit«, sagte Joseph, »sondern die Tatsache, dass er schon vor Lisa eine Beziehung zu Robinette hatte. Lisa ist anscheinend immer schon ziemlich eifersüchtig auf sein Team gewesen. Die Köchin meint, dass Lisa mit Brenda Lee am meisten Schwierigkeiten hatte, da Robinette immer das tat, was Brenda Lee ihm riet. Dass Brenda Lee herkam, nachdem Lisa ihn aus dem Büro abgeholt hatte, war der Tropfen, der das Fass zum Überlaufen gebracht hat.«

»Er hat sie also auch angerufen?«, fragte Stevie.

»Das hat Lisa jedenfalls angenommen. Es kam zum Eklat, Lisa warf Brenda Lee vor, ihr den Mann zu klauen, woraufhin auch Brenda Lee sauer wurde und zurückbrüllte. Die Köchin sagt übrigens, sie habe sich alle Mühe gegeben, nicht zu lauschen, aber ...« Joseph verdrehte die Augen. »Jedenfalls schrie Brenda Lee irgendwann, dass nicht sie etwas mit Robinette hätte, sondern Fletcher, was jeder wüsste. Sie wären schließlich schon seit einer Ewigkeit zusammen. Noch bevor Lisa aufgetaucht war. Noch bevor Lisa auf die Highschool gekommen war.«

Clay schnitt ein Gesicht. »Autsch. Das ging unter die Gürtellinie.«

»Ja. Die Köchin erzählte, es sei plötzlich sehr still geworden. Brenda Lee habe sich entschuldigt, dass Lisa es auf diese Art habe erfahren müssen, sie solle sich aber besser daran gewöhnen, dass Fletcher ›nicht einfach gehen‹ würde.«

»Was allerdings bereits geschehen war«, sagte Stevie. »Zu dem Zeitpunkt war er schon unterwegs nach Paris. Fast kann Lisa einem leidtun.«

»Spar dir die Taschentücher noch auf. Schließlich hat Lisa Brenda Lee beschuldigt, die Sache künstlich aufzubauschen, um Robinettes politische Ambitionen im Keim zu ersticken. Darauf muss Brenda Lee geantwortet haben, dass sie sich einen anderen Mann suchen müsse, wenn sie unbedingt eine Politikerehefrau sein wolle, da Robinettes Verhältnis mit Fletcher dann die geringste ihrer Sorgen wäre. Und damit ist Brenda Lee wohl gegangen.«

»Moment mal«, sagte Stevie stirnrunzelnd. »Sie ist gegangen, ohne auch nur mit Robinette zu reden? Wahrscheinlich hat er sich direkt zu ihrem Van geschlichen, um sich dort zu verstecken. Sie haben das vorher abgemacht.«

»Das können wir ihr auf jeden Fall anhängen«, sagte Joseph. »Ich fahre jetzt zu Brenda Lee. Sobald ich Neues weiß, gebe ich dir Bescheid.« Er winkte einem jungen Agenten, der im Laufschritt zu ihm kam. »Holen Sie mir bitte einen Wagen.«

Joseph setzte sich in Bewegung, aber Stevie hielt ihn am Arm fest. »Und die Fabrik? Kann er nicht dorthin gegangen sein?«

»Nein. Aber wir haben tatsächlich die HazMat-Truppe einsetzen müssen – wir haben Unmengen Sarin in Aluminiumflaschen gefunden.«

»Darin bleibt das Zeug länger frisch und tödlich«, sagte Clay grimmig.

Joseph sah ihn finster an. »Ich will gar nicht wissen, wieso du dich damit auskennst. Die Labortechniker in der Fabrik schwören, dass sie keine Ahnung hatten, und die Protokollbücher der Tagesschicht bestätigen das. Tagsüber werden Impfstoffe hergestellt, aber man hat uns gesagt, dass Fletcher nachts häufig für andere Unternehmen produziert. Es gibt keine Unterlagen über diese Posten, und die genannten Unternehmen existieren auch nur auf Papier. Oh, und das wird euch besonders gut gefallen: Das Sarin, das Coppola und Novak gefunden haben, war bereits in Kisten verpackt und zum Versand fertig gemacht. Ratet mal, wie es etikettiert war.«

»Nicht als Parfum, nehme ich an«, sagte Clay.

»Nein. Als Impfstoff natürlich. Auf diese Art kommt die Ware zu den Kunden. Robinettes Menschenfreundlichkeit, das ganze Trara um Impfstoffe, die zu einem Bruchteil der Kosten an Dritte-Welt-Länder geliefert werden, ist nichts als Tarnung für das wahre Geschäft gewesen. Ah, da ist mein Wagen. Ich werde jetzt ein bisschen mit Brenda Lee Miller plaudern. Aber ich lasse ein paar Leute hier, die das Haus für alle Fälle bewach... Moment.« Joseph zog sein Handy aus der Tasche. »Es ist Coppola. Kate, hi. Was gibt's?«

Sie sahen, wie Joseph sich plötzlich straffte und sein Blick scharf wurde. »Welcher? Wann?« Dann: »Hast du die Flughafenpolizei alarmiert? Wunderbar. In einer halben Stunde bin ich da.« Er legte auf und nickte Clay und Stevie zu. »Es wurde eben mit Cecilia Wrights Kreditkarte ein Ticket nach Mexiko gekauft – und nicht für Wright selbst.«

»Für Robinette?«, fragte Clay stirnrunzelnd. »So blöd kann er doch nicht sein.«

»Nein. Er weiß, dass wir nach ihm suchen. Das Ticket ist auf den Namen Eric Johnson ausgestellt worden. Mit Sicherheit hat Robinette genau wie Westmoreland noch einen zweiten Reisepass.«

»Welcher Flughafen?«, fragte Stevie. »BWI, Reagan oder Dulles?«

»Ich lasse euch von einem meiner Leute zur Farm bringen«, sagte Joseph, ohne auf ihre Frage einzugehen. »Bleibt dort, bis ich euch anrufe. Bitte, Stevie. Ich will mir nicht noch Sorgen um dich machen müssen. Ich muss jetzt los.«

Clay sah ihm nach, wie er in den Wagen stieg und davonfuhr. Einige andere Polizeifahrzeuge folgten sowie der letzte aus der Reihe der TV-Transporter, dessen Insassen ganz offenbar weitere Sensationen witterten. Als alle Rücklichter in der Ferne verschwunden waren, wandte er sich an Stevie. »Farm? Oder Flughafen?«

Sie atmete geräuschvoll aus. »Ich bin nicht davon überzeugt, dass er nach Mexiko will. Er muss sich doch denken können, dass wir Cecilia Wright überprüfen und rausfinden, dass sie mit Brenda Lee befreundet ist.«

»So sehe ich das auch.«

Sie blickte mit einem schuldbewussten Lächeln auf. »Das dachte ich mir. Ich würde zu gerne miterleben, wie Robinette in Handschellen abgeführt wird, aber falls er uns reinzulegen versucht und stattdessen noch irgendwo in der Gegend herumläuft ...« Sie zuckte die Achseln. »Ich glaube, in diesem Fall möchte ich lieber bei Cordelia sein.«

Sie gingen durchs Tor hinaus. Da die meisten Wagen abgefahren waren, sah der schwarze SUV am Straßenrand fast verloren aus. »Vorsicht«, sagte Clay und packte hastig ihren Arm, als sie über eine Wurzel stolperte, »Fall n...«

Sein Bein knickte plötzlich ein, und er stürzte vornüber in den Dreck *Fall nicht*, dachte er noch, als weißglühender Schmerz sein Bein hinaufraste. Das Krachen des Schusses drang erst einen Sekundenbruchteil später in sein Bewusstsein.

Er war getroffen. *Stevie*.

»Clay? Clay!« Ihre Stimme war zunächst nah, dann weiter weg, dann gar nicht mehr zu hören.

Die Panik niederkämpfend, mühte sich Clay auf ein Knie, um nach ihr zu sehen. Die Angst wurde übermächtig, als er ihren Stock im Gras liegen sah.

Dann erblickte er sie. Robinette schleifte sie auf den SUV zu. Mit einer Hand hielt er ihr den Mund zu, mit der anderen presste er ihr den Lauf der Pistole gegen die Schläfe. Stevies Holster war leer; er hatte ihre Waffe genommen. Clay sah sich panisch nach Verstärkung um, aber die Agenten waren alle weg. Und Robinette hatte Stevie!

»Wenn du um Hilfe rufst, bringe ich sie um«, sagte Robinette leise. »Das schwöre ich.«

## 30. Kapitel

*Baltimore, Maryland
Mittwoch, 19. März, 18.05 Uhr*

*Perfekt*, dachte Robinette. Besser als perfekt. Er war hergekommen, weil er vorgehabt hatte, sich an dem einen Cop, der laut Lisas Aussage draußen vor dem Tor wartete, vorbeizuschleichen, seinen falschen Pass zu holen und ein für alle Mal abzuhauen.

Aber nun hatte er den Hauptpreis gewonnen. *Stevie Mazzetti gehört endlich mir.*

Dummerweise war sie ein ganzes Stück stärker, als sie aussah, und sie kämpfte wie eine Wildkatze. Er drückte ihr den Lauf fester an die Schläfe. »Reg dich ab«, flüsterte er ihr ins Ohr. »Oder der nächste Schuss trifft deinen Liebhaber.« Der zwar noch am Boden lag, sich aber zu regen begann. »Du willst doch nicht, dass er stirbt, oder?«

Stevie schüttelte den Kopf und atmete schnaufend durch die Nase. Sie hörte auf, sich zu wehren, blieb jedoch angespannt wie eine Sprungfeder. Sie wartete auf eine Chance, sich von ihm loszumachen, das wusste er.

Aber er hatte nicht die Absicht, ihr diese Chance zu geben. »Du gehst jetzt ganz lieb und brav mit mir zu eurem Auto.« Der SUV war genau dasselbe Modell wie der, den er vor Culps Haus durchlöchert hatte, aber als er die Nummernschilder überprüft hatte, war ihm ein Licht aufgegangen: Dieses Auto gehörte Grayson Smith, Joseph Carters Bruder. Mit etwas Glück würde das Fahrzeug auch dieselbe Sonderausstattung haben – kugelsichere Scheiben nämlich.

Er setzte sich wieder in Bewegung, aber sie wollte nicht gehorchen, also schleifte er sie. Sie war nicht nur stärker, als er gedacht hatte, sondern auch schwerer. Dummerweise war er im Augenblick nicht auf der Höhe, was er Fletcher zu verdanken hatte.

Er würde den Mistkerl finden, und dann würde Fletcher sich wünschen, niemals geboren worden zu sein. Der Gedanke löste in ihm ein Gefühl der Erschöpfung aus. Die Liste der Leute, die sich bald wünschen würden, sie seien niemals geboren worden, hatte ungeahnte Ausmaße angenommen.

Mit Lisa musste er sich auch noch auseinandersetzen, aber das konnte warten.

Er war nicht davon ausgegangen, dass seine Frau sich an ihre Verabredung halten würde, aber er hatte dennoch gewartet, bis Brenda Lee ihn angerufen hatte. Sie war besorgt gewesen, dass Lisa ihn nun, da sie von seiner Langzeitaffäre mit Fletcher wusste, aus purer Bosheit der Polizei ausliefern würde.

Robinette hatte sich selbst keine großen Sorgen gemacht ... bis er an seiner Fabrik vorbeigefahren war und das enorme Aufkommen von Reportern und Polizei gesehen hatte. Einen echten Schrecken hatten ihm die Jungs in den weißen HazMat-Overalls eingejagt. Mit einem Schlag war Lisa seine allerletzte Sorge.

Das FBI wusste also, was Fletcher des Nachts herstellte. Er war wie vom Donner gerührt. Zur Hölle mit seinen Sorgen, dass Mazzetti den Fall um den Tod seiner Frau Julie neu aufrollen würde. Jetzt hatte er den Heimatschutz im Nacken sitzen. Er musste das Land verlassen, und dazu brauchte er den anderen Pass, der im Safe in seinem privaten Arbeitszimmer lag. In Anbetracht der Tatsache, dass er Cecilia Wrights Minivan fuhr, sein Äußeres drastisch verändert hatte und ihm das Wasser bis zum Hals stand, hatte er beschlossen, es zu wagen.

Doch ihm war flau im Bauch geworden, als er an der langen Reihe von TV-Transportern vorbeigefahren war. Hier hatten sich noch mehr Medien und Cops versammelt als vor der Fabrik, und er würde unter keinen Umständen an den falschen Reisepass gelangen. Die Polizei durchsuchte wahrscheinlich gerade sein Büro, und wenn sie den Safe noch nicht gesprengt hatten, dann würde das jeden Moment geschehen.

Er hatte sich noch den Kopf zerbrochen, wie er sein Problem lösen sollte, als er sein Ticket zur Flucht entdeckte: Stevie Mazzetti und Clay Maynard, die durch sein Tor marschierten. Joseph Carter würde Mazzettis Leben eintauschen. Eine Polizistin, die nur Ärger machte, gegen einen Freifahrtschein überallhin.

*Wie ich sie dann später umbringe, ist eine ganz andere Frage.*

Die Armee von Gesetzhütern, die ihn suchten, hatte ihm plötzlich keine großen Sorgen mehr bereitet. Sie würden ihn nicht im Haus finden, weil er nicht dort war. Irgendwann würden sie aufgeben und abziehen, Mazzetti eingeschlossen, und dann würde er seinen Zug machen. Doch sie waren nicht schnell genug abgezogen, also hatte er ihnen einen kleinen Schubs gegeben.

Ein Ticket nach Mexico City für einen nicht existenten Eric Johnson, gekauft mit Wrights Kreditkarte – sechshundert Mäuse.

Das FBI aufgeregt einem Phantom nachjagen zu sehen – unbezahlbar.

Nur noch ein paar Schritte, dann wäre er hier raus.

*Mittwoch, 19. März, 18.07 Uhr*

Stevies dunkle Augen waren weit aufgerissen vor Furcht. Bis sie sah, dass Clay sich bewegte. Plötzlich verengten sich ihre Augen und schleuderten Blitze. Sie war nicht vor Furcht gelähmt, sondern bebte vor Zorn.

*Braves Mädchen.* Eine angefressene Stevie war eine Naturgewalt.

Clay schaute auf und sah Robinette, der auf ihn herabblickte.

»Ich will die Hände sehen«, befahl Robinette. Clay gehorchte.

»Gut. Jetzt die Waffe. Mit zwei Fingern. Du kennst das. Eine falsche Bewegung, und ihr fliegt das Hirn raus. Verdammt!«, brüllte er plötzlich, als Stevie sich heftig zu wehren begann, damit Robinette sich darauf konzentrieren musste, sie festzuhalten.

*Und ich Zeit habe, etwas zu unternehmen.*

Robinette packte sie fester und hob sie hoch, bis ihre Füße nicht mehr den Boden berührten. Sie trat um sich und wand sich, aber Robinette schüttelte sie, und Clay sah, dass sie heftig zu zwinkern begann.

Anscheinend hatte er sie so fest geschüttelt, dass sie Sterne sah. Ihre Tritte ließen nach, und endlich hing sie schlaff in seinem Griff. »Gut. Okay, Maynard, hol die Pistole am Lauf raus und wirf sie hier rüber. Alles mit langsamen Bewegungen.«

Zähneknirschend gehorchte Clay und warf ihm die Pistole zu, die über den Boden rutschte und ein paar Zentimeter vor dem SUV liegen blieb.

Stevie packte Robinettes Arm und zog sich hoch, um wieder zu Atem zu kommen. Dann begann sie erneut, sich heftig zu wehren.

»Sag ihr, dass sie damit aufhören soll, wenn sie leben will.«

»Spar dir deine Kräfte, Stevie.«

Robinette verzog die Lippen und richtete den Lauf der Waffe auf Stevies Stirn, die nicht durch ihren Helm geschützt war.

Clay blickte über seine Schulter. Ein paar Agenten befanden sich noch in Robinettes Haus, aber hier, vor dem Tor, waren sie so weit weg, dass sie kaum etwas sehen konnten. Clay hoffte nur, dass jemand den Schuss gehört hatte.

Seine Hose war vom Knie aufwärts bereits mit Blut getränkt. Er hatte Glück gehabt: Die Kugel hatte die Arterie verfehlt und war ein paar Zentimeter unterhalb des Schritts in den Oberschenkel gedrungen.

*Auch dafür danke ich dem Allmächtigen*, dachte er grimmig. Diverse Körperteile brauchte er noch, sobald sie beide das hier lebend überstanden hatten. Und dass sie das täten, stand fest. Clay würde kein anderes Ende zulassen.

»Jetzt den Autoschlüssel«, befahl Robinette. »Los.«

*Von wegen.* Nie und nimmer würde Clay ihm den Schlüssel geben. Robinette würde Stevie niemals am Leben lassen.

Clay machte eine rasche, kalkulierte Bewegung, so dass Robinette glauben musste, er wolle nach der Pistole im Gras greifen, und stöhnte, als eine weitere Kugel seinen Arm traf. Unter dem Hemd trug er eine Kevlar-Weste mit Ärmeln, aber das konnte Robinette nicht sehen. Also stöhnte er, packte seinen Arm und rollte sich zusammen, als wäre er getroffen worden.

Robinettes zorniges Knurren belohnte ihn. Während der Sekunde, in welcher der Mann auf ihn geschossen hatte, war der Lauf nicht mehr auf Stevies Kopf gerichtet gewesen, und sie hatte diese Zeit offenbar effektiv genutzt.

Wie ein Tornado warf sie sich gegen ihn und schlug und trat auf ihn ein. Robinette holte aus, und bevor ihr Knie sich in seine Weichteile rammte, verpasste er ihr einen so heftigen Hieb, dass sie gegen den Wagen zurückflog.

*Dafür bringe ich dich um!*

Noch immer zusammengerollt, griff Clay zuerst in seine Hosentasche, wo sein zweiter Revolver steckte. Dann verlagerte er seine Position, damit er in die andere Hosentasche greifen und sein Handy hervorholen konnte, und verzog vor Schmerz das Gesicht, als er zu nah an die Schusswunde geriet. Stumm fluchte er. Sein Telefon ließ sich nicht anschalten. Blutgetränkt, wie es war, verweigerte es seinen Dienst.

Er streckte sich und rappelte sich auf ein Knie, als Robinette Stevie mit einer Hand an den Verschlüssen der Flakjacke packte und erneut in die Luft hob. Er drückte ihr mit der anderen Hand den Revolver unters Kinn und zog sie an sich. Stevie wirkte noch immer betäubt.

»Die Schlüssel, Maynard! Ich will die Schlüssel.«

»Okay, okay«, keuchte Clay und ließ den Arm an der Seite herabhängen. Vielleicht würde Robinette die Waffe nicht sehen. Er wagte es noch nicht zu schießen, da der Mistkerl Stevie wie einen Schild vor sich hielt. »Tu ihr nichts, ja? Tu ihr nichts an.« Es kostete ihn Mühe, noch einen klaren Gedanken zu fassen, und seine

Angst um Stevie drohte übermächtig zu werden. Er wühlte in seiner Hosentasche nach dem Schlüssel und zögerte einen Moment, um sich etwas einfallen zu lassen. Etwas, *irgendetwas*, was auch immer.

Mit einem Mal fiel ihm auf, dass Robinette die Pistole seltsam ungelenk hielt, als habe er noch nie geschossen. Mit links.

War Robinette Rechtshänder? Warum wechselte er dann nicht einfach die Hand? Warum hatte er nicht ...

*Oh.* Und dann verstand er. Nur einer von Robinettes Armen war stark genug, um Stevie festzuhalten. Der rechte. Weil ein gewisser junger Bursche ihn in den linken Arm geschossen hatte. *Alec, ich liebe dich.* Der Junge musste ihn schlimmer verwundet haben, als sie angenommen hatten.

Clay warf die Schlüssel so, dass sie ein paar Zentimeter außerhalb von Robinettes Reichweite liegen blieben.

»Du Scheißkerl«, knurrte Robinette.

»Meine rechte Hand ist voller Blut.« Das war die Wahrheit. Das Bein blutete nach seiner theatralischen Rolle über den Boden noch stärker als zuvor. »Ich kann mit links nicht werfen. Der Schlüssel ist mir weggerutscht.« Das wiederum war gelogen, aber er wollte Stevies Aufmerksamkeit auf Robinettes linke Hand lenken.

Und er wollte, dass Robinette näher kam. Dazu musste er entweder Stevie loslassen oder sie vor sich herschieben. Ersteres würde er nie im Leben tun. Zweites verschaffte Clay etwas Zeit.

Robinette warf Clay einen hasserfüllten Blick zu. »Du bist ein verdammter Lügner. Ich sollte sie direkt erschießen.«

»Wirst du aber nicht, weil du sie brauchst, um von hier zu verschwinden.« Clay bemühte sich, seine Stimme knallhart klingen zu lassen. Robinette drehte Stevie mit Schwung herum, so dass sie sich ihm zuwandte, und schob sie vor sich her, bis er einen Schuh auf den Schlüssel stellen konnte. »Knie dich hin.«

Stevie blinzelte. »Dann falle ich.«

Robinette rammte ihr die Waffe gegen die Luftröhre. »Dann bist du tot. Knie dich hin.«

*Mittwoch, 19. März, 18.10 Uhr*

Stevie verlagerte ihr Gewicht auf das rechte Bein und hob das linke an, während sie vorsichtig in die Knie ging. *Genau wie beim Yoga*, dachte sie. Sie hatte Izzy dabei schon hundertmal zugesehen. *Zu dumm, dass ich nie mitgemacht habe.*

*Morgen*, dachte sie. *Morgen fange ich mit Yoga an.*

Heute hatte sie noch andere Kleinigkeiten zu erledigen. Zum Beispiel musste sie ihre Pistole zurückholen. Sie hatte den Schuss gehört, Clay zu Boden gehen sehen und sofort ihre Waffe gezogen. Doch Robinette hatte sie von hinten gepackt und ihr Waffe und Handy abgenommen. Das Telefon hatte er zwischen die Bäume geworfen. *Verdammt.*

Ihre Pistole hatte er behalten. Nun ging er in exakt derselben Geschwindigkeit mit ihr in die Knie. Der Lauf drückte ihr gegen die Kehle. *Verdammt, verdammt, verdammt.*

Robinette nahm den Fuß von dem Schlüssel, den Clay geworfen hatte. Mit der *linken* Hand.

In diesem Augenblick wurde Stevie bewusst, wie ungelenk Robinette die Waffe hielt – mit links. Alec hatte ihm in den linken Arm geschossen, und nun hielt er sie die ganze Zeit mit rechts. *Kapiert.* Rechter Arm stark, linker schwach. Robinettes Linke war seine Achillesferse.

Ohne den Lauf von ihrer Kehle zu nehmen, bückte Robinette sich, um den Schlüssel mit der Rechten aufzuheben. Absichtlich ließ sie sich leicht zur Seite sinken, von ihm aus gesehen nach links. Die Waffe folgte ihrer Bewegung, brachte ihn aus dem Gleichgewicht und lenkte ihn ab. Nur ganz kurz. Aber es reichte.

Sie rammte ihm die Faust gegen den linken Oberarm und stieß den Lauf der Pistole mit dem Ballen der anderen Hand von ihrer Kehle. Robinette zog den Hahn durch, war aber zu spät. Der Schuss ging daneben, die Kugel flog in die Bäume.

Sofort ertönte der Schuss einer anderen Waffe, und Robinette heulte auf. Reflexartig streckte er die Finger. Die Waffe plumpste zu Boden. Clay hatte Robinette dort getroffen, wo auch Alec getroffen hatte. Robinette sank auf die Knie und suchte nach der Waffe, die er fallen gelassen hatte, aber Stevie war schneller.

Sie holte sich ihre Pistole zurück und rammte sie ihm unters Kinn.

Jetzt hatte sie Robinette dort, wo sie ihn hatte haben wollen. *Er ist mir ausgeliefert.* Ihre Hand war ruhig, als sie ihm in die Augen blickte. Mit tödlichem Hass starrte er zurück.

»Wenn du willst, dass ich dich anflehe, mich nicht umzubringen, kannst du lange warten«, sagte er.

Es war nicht, was sie wollte. Es war, was sie brauchte. Sie musste diesen Parasiten, diesen psychopathischen Dreckskerl, umbringen. Er hatte es verdient. Er hatte viel Schlimmeres verdient. Er hatte Paul getötet. *Er hat meinen Sohn getötet.* Um seinen eigenen elenden Hintern zu retten.

Sie war nicht mehr voller Zorn. Ihr Kopf war klar. Sie konnte es tun. Mit einer einzigen Kugel wäre es vorbei. Jetzt und hier. Sie würde nie wieder Angst vor Robinette haben müssen.

Das war sie Cordelia schuldig. Cordelia musste ohne Angst aufwachsen können.

Paul war gestorben, als er seinen Sohn zu schützen versucht hatte. Sie hatte das Video öfter gesehen, als sie zählen konnte. Sie hatte das Aufblitzen der Gewissheit in den Augen ihres Mannes gesehen. Die Verzweiflung. Er hatte gewusst, dass er sterben würde. *Er muss an mich gedacht haben. An das Kind, das er nun nie kennenlernen würde. An den Sohn, den er nicht retten konnte.*

Sie war es Paul schuldig, Cordelia zu beschützen.

»Ich sollte dich umbringen«, sagte sie, noch immer ein wenig heiser.

»Aber du wirst es nicht tun«, stellte Robinette mit einem selbstsicheren Lächeln fest.

Sie ging nicht auf den Köder ein. Sah ihn einfach nur an. *Paul. Paulie. Auge um Auge.* Nur schade, dass sie ihn bloß einmal töten konnte.

»Bist du sicher?«, flüsterte sie. »Ganz sicher?«

Sein Blick flackerte, der erste Hinweis auf Angst. Er sah weg, konzentrierte sich auf einen Punkt hinter ihrem Kopf, und Stevie brauchte nicht hinzusehen, um zu wissen, dass Clay seinen Zweitrevolver auf Robinette gerichtet hatte.

Clay sagte nichts, aber sie wusste, dass er sie decken würde, wenn sie Robinette nun erschoss. Er würde behaupten, es sei ein Unfall gewesen. Schwören, es sei aus Selbstschutz geschehen. Er hatte sie mit seinem eigenen Leben beschützt, hatte ihr sein Herz und seine Seele geschenkt. Er würde für sie lügen, dessen war sie sich sicher. *Aber das kann ich nicht verlangen.* Weil es ihn beflecken würde. *Und das, was wir haben, auch.*

Auf dieser Basis konnten sie kein gemeinsames Leben beginnen.

Und so konnte sie auch Cordelia nicht beschützen. Denn wenn ihre Tochter jemals nach der Wahrheit über Robinettes Tod fragen würde, würde sie genauso wenig lügen können, wie sie es von Clay verlangen konnte.

*Bist du sicher?*, fragte sie erneut, diesmal sich selbst. *Du musst dir ganz sicher sein. Eine solche Gelegenheit bekommst du nie wieder.*

»Clay, geht's dir gut?«, rief sie, ohne sich umzudrehen, als sie die Entscheidung getroffen hatte.

»Erstklassig. Und dir?«

Die Antwort klang gepresst. Gequält. *Er blutet schon die ganze Zeit, braucht dringend Hilfe.* »Bestens.«

Rasch nahm sie die Handschellen, die an ihrem Gürtel hingen. »Du drehst dich auf den Bauch und streckst die Hände aus, so dass ich sie sehen kann«, befahl sie Robinette, stützte sich auf ein Knie, nahm den Lauf von seinem Kinn und richtete ihn auf sein Herz. »Dreh dich um. Los.«

Mit einem Blick voller Hass gehorchte Robinette, rollte herum, doch zu weit. Zu spät sah Stevie die Pistole, die in seinem Hosenbund am Rücken steckte. Und dann lag sie in seiner Hand und zielte direkt auf ihr Gesicht.

Sie dachte nicht nach. Sie tat, wozu sie ausgebildet war, richtete den Lauf neu aus, drückte ab und sah, wie er heftig zusammenzuckte und entsetzt die Augen aufriss, als die Kugel in seine Stirn schlug. Bevor sie noch Luft holen konnte, zerrissen zwei weitere Schüsse die Luft.

Robinettes Kopf war plötzlich gut belüftet. Er würde nicht mehr aufstehen. Nie mehr. Stevie schob sich rückwärts, um zu Clay zu gelangen. Er senkte die Pistole. Sein Gesicht war leichenblass.

*Oh, Gott. Von wegen erstklassig. Das ist weit schlimmer, als ich dachte.*

Erinnerungsfetzen vom vergangenen Dezember kreisten in ihrem Kopf, und Stevie sah sich panisch nach ihrem Telefon um, während sie sich ihre Jacke herunterriss. »Er hat mein Handy irgendwohin geworfen, der Mistkerl. Ich sehe zu, dass ich die Blutung stoppe, dann hole ich Hilfe.« Sie zog sich das langärmelige T-Shirt aus, unter dem die Kevlar-Weste zum Vorschein kam. »Wie viel Blut hast du verloren?«

Clay hatte sich auf den Rücken gerollt und versuchte nun, sich aufzurichten. »Wer hat das andere Mal geschossen?«

Stevie starrte ihn an. »Ich dachte du.«

»Nein, nur das eine Mal. Wer noch?«

»Ich«, sagte Hyatt und drückte das Tor auf. »Ich habe auch schon die Zentrale angerufen. Der Krankenwagen ist unterwegs.«

»Wie lange stehen Sie schon da?«, fragte Clay und verzog das Gesicht, als Stevie ihr T-Shirt um sein Bein zurrte, wie er es damals im Dezember für sie gemacht hatte.

»Eine ganze Weile. Ich hörte die Schüsse, konnte jedoch Robinette nicht klar anvisieren, bis Stevie ihm den Lauf unters Kinn rammte.«

»Warum haben Sie sich denn nicht bemerkbar gemacht?« Stevie sah ihn einen Moment lang an, dann verstand sie. »Sie hätten zugelassen, dass ich ihn umbringe, nicht wahr?«

Hyatt zuckte die Achseln. »Sie haben Gerechtigkeit verdient. Ich hatte Silas und Elizabeth eingestellt. Sie konnten jahrelang ihr Unwesen treiben, ohne dass ich sie überprüfen ließ.«

Stevie konzentrierte sich darauf, Druck auf die Wunde auszuüben. »Das war nicht Ihre Schuld, Sir.«

»Nun, das sehe ich anders. Hätte ich vor acht Jahren in Bezug auf Robinette auf Sie gehört, wären Ihr Mann und Ihr Sohn noch am Leben. Mich heute hier zurückzuhalten war das mindeste, was ich tun konnte.«

Da sie nicht wusste, was sie sagen sollte, beugte sie sich über Clay und sah sich die Wunde an. Die Blutung schien zum Stillstand zu kommen, aber er hatte schon ziemlich viel Blut verloren. Seine Hose war völlig durchweicht.

»Ich konnte es nicht tun«, sagte sie leise. »Ich konnte ihn nicht kaltblütig erschießen. Wahrscheinlich werde ich später bereuen, dass ich diese eine Chance nicht ergriffen habe, aber ... ich konnte einfach nicht.«

Clay packte ihren Arm. »Wenn du dir sicher gewesen wärest, hätte ich dich in jedem Fall unterstützt. Aber solange du nicht sicher warst, hast du das Richtige getan. Manches kann man nicht rückgängig machen.«

Sie beugte sich zu ihm herab und küsste leicht seine Lippen. »Danke. Wieder hast du mir Zeit und Raum gegeben, damit ich nachdenken konnte.«

»Immer gern.«

Tränen quollen in ihre Augen. »Ich liebe dich.«

»Ich dich auch, aber hör auf zu weinen. Ich sterbe nicht. Ich habe dich doch gerade erst an meiner Seite. Ich gehe nicht weg.«

Sie hörte schon die Sirenen. »Nein, du gehst nur ins Krankenhaus.«

Er schloss erschöpft die Augen. »Bleib bei mir, Stefania.«

»Immer gerne.«

*Donnerstag, 20. März, 9.15 Uhr*

Sams Hand verharrte reglos vor dem Türknauf zum Haus seiner Mutter. »Ich glaube, ich kann das nicht, Ruby.«

»Doch, du kannst. Ich helfe dir.« Sie drehte den Knauf und ließ ihn herein. »Hallo?«

Seine Mutter kam um die Ecke und blieb verblüfft stehen, als sie Ruby bei ihrem Sohn sah. »Sam. Ich habe dich erst heute Abend erwartet. Warum bist du nicht bei der Arbeit? Und wen hast du mir da mitgebracht?«

»Das ist Ruby Gomez, Mom. Sie und ich, wir ... na ja, wir sind ...« Hilflos brach er ab.

»Ich bin seine Freundin«, sagte Ruby. »Ich freue mich, Sie kennenzulernen, Mrs. Hudson.«

Seine Mutter lächelte. »Was für eine nette Überraschung. Kommen Sie rein, setzen Sie sich. Möchten Sie einen Kaffee? Tee?«

»Nein, danke, nett von Ihnen. Sie haben aber ein schönes Haus.«

»Ich danke Ihnen. Es ist mir allerdings ein bisschen zu groß und zu still hier, seit Sam woanders wohnt. Er ist hier aufgewachsen, müssen Sie wissen.«

»Ich weiß. Er hat es mir erzählt.«

Sam fühlte sich sehr seltsam in dem Haus seiner Kindheit, während er Ruby und seiner Mutter ins Wohnzimmer folgte. Seine Mutter setzte sich in ihren Lieblingssessel und Ruby sich aufs Sofa. Sie klopfte auf den Platz neben sich. »Komm, setz dich, *cariño*«, sagte sie aufmunternd.

Sam ließ sich neben ihr nieder und nahm seinen Mut zusammen. »Mom, ich ... ich muss mit dir reden.«

»Oje«, sagte seine Mutter besorgt. »Sind Sie schwanger, Ruby?«

Ruby fing an zu lachen, aber sie verwandelte es rasch in ein Husten. »Nein, nein, Ma'am. Wir kennen uns erst ein paar Tage.«

»Oh, ähm, gut. Nicht dass es wirklich schlimm wäre, das meine ich nicht.« Seine Mutter bedachte ihn mit einem bedeutungsvollen Blick. »Ich wäre gerne Großmutter.«

»Mom«, stöhnte Sam. »Bitte.«

»Ich sag ja nur.« Plötzlich weiteten sich ihre Augen, und ihr

Mund bildete ein entsetztes O. »Du bist krank. Oh, mein Gott, du bist krank.«

»Nein, Mom, auch nicht, bitte lass mich reden. Es ist nicht einfach. Ich habe Ruby vor ein paar Tagen kennengelernt. Im Büro der Rechtsmedizin. Da werden Todesfälle untersucht«, fügte er erklärend hinzu.

»Ich gucke mir immer Quincy an«, sagte seine Mutter mit bebender Stimme. »Ich weiß, was Rechtsmedizin ist.«

»Ruby hat mir geholfen, an bestimmte Informationen zu kommen. Sie war von Anfang an dabei. Sie ist ein guter Mensch, Mom.«

»Sam«, murmelte Ruby. »Du machst es nur schwerer für sie. Spuck's einfach aus.«

Ruby hatte recht. Seine Mutter war beängstigend grau im Gesicht geworden. »Es geht um Dad.«

Seine Mutter sah Ruby eine lange Weile an, bevor sie sich wieder ihrem Sohn zuwandte. »Er ist also tot. Das wussten wir, Sam. Wenn es das ist, was du dich zu sagen fürchtest – ich weiß es schon.«

Er schüttelte den Kopf. »In dem Päckchen, das wir am Samstag bekommen haben, war noch etwas, was nicht Dad gehörte.« Er erzählte ihr von dem Streichholzbriefchen, von der Zeit, die er verloren hatte, von seiner Suche nach der Wahrheit. Und dann sagte er ihr die Wahrheit. Die ganze Wahrheit.

Seine Mutter atmete inzwischen sehr flach, aber als er ihr von Paul Mazzetti und seinem Sohn erzählte, fing sie an zu weinen. »Oh, lieber Gott, Sam. Wie konnte er das tun? Wie kann man so etwas Schreckliches, Grausiges tun?«

»Jemand hat Dad gedroht, mir etwas anzutun, wenn er Paul Mazzetti nicht tötete. Er hat versucht, mich zu beschützen.«

Sie presste sich die Hand auf die Lippen, doch die Tränen strömten ungehindert. »Es wäre doch nie so weit gekommen, wenn er keine Drogen genommen hätte. Die arme Mrs. Mazzetti. Weiß sie es?«

»Ja, jetzt ja.«

Die Tränen liefen immer weiter. »Mein Mann hat ihren Mann getötet. Und ihr Kind. Wie sollen wir das je wiedergutmachen?«

»Das erwartet sie gar nicht, Mom. Weder von dir noch von mir. Sie hat mich heute Morgen noch angerufen, um mir das zu sagen.« Und das hatte Sam enorm beeindruckt. Bei allem, was die Frau in den vergangenen Tagen durchgemacht hatte, hatte sie sich dennoch die Zeit genommen, ihn anzurufen. Und sie war so nett gewesen, so besorgt um seine Mutter. »Ich soll dir ausrichten, dass du nicht für seine Taten verantwortlich bist. Du sollst dich nicht dafür schämen oder dich ewig deswegen zerfleischen. Sie hatte Angst, dein Herz würde durch diese Nachricht Schaden davontragen.«

Sams Mutter blinzelte und wischte sich mit bebenden Händen die Wangen ab. »Mazzetti ...«, sagte sie nachdenklich. »Den Namen habe ich doch erst vor kurzem in den Nachrichten gehört. Sie ist doch die Frau, die ständig angegriffen wird, oder?«

»Ja«, sagte Sam.

Der Blick seiner Mutter wurde durchdringend. »Warum sie? Warum hat jemand John bedroht, um ihren Mann zu töten?«

Stevie Mazzetti hatte Sam nicht nur getröstet, sie hatte ihm auch die Erlaubnis gegeben, seiner Mutter zu erzählen, was sie wissen musste. Es würde bald genug ans Licht der Öffentlichkeit gelangen, hatte sie gesagt.

Also erzählte Sam seiner Mutter alles. Entsetzt hörte sie zu, doch als er zum Ende kam, blickten ihre Augen unendlich traurig.

»Ich verstehe einfach nicht, wie Menschen so grausam sein können«, sagte sie schließlich leise. Dann zog sie die Brauen zusammen. »Aber woher wusste sie das von meinem Herzen?«

*Das ist eine verdammt gute Frage.* Sam warf Ruby einen Blick zu. »Hast du vielleicht etwas damit zu tun?«

»Ich bin heute Morgen beim Krankenhaus vorbeigefahren, um sie zu besuchen.« Ruby hob die Schultern. »Ich musste dort ohnehin eine Leiche abholen. Ich kenne Stevie Mazzetti seit Jahren, und sie ist ein guter Mensch. Ich wusste ja, dass Sam furchtbare Angst davor hatte, Ihnen das alles zu sagen, Mrs. Hudson.

Er hat sich Sorgen gemacht, dass diese Neuigkeiten einen neuen Herzanfall auslösen würden, und mir war klar, dass Stevie sich ebenfalls sorgen würde. Ich hoffe, Sie sind mir nicht böse, dass ich es ihr erzählt habe.«

»Aber nein.« Seine Mutter tätschelte Rubys Hand. »Es ist sehr lieb von Ihnen, dass Sie sich kümmern.«

»Mom, das wird bald alles in den Nachrichten breitgetreten werden. Gestern Abend gab es eine Schießerei, bei der der Mann, der den Mord an Paul Mazzetti in Auftrag gegeben hat, getötet wurde. Dads Name wird auch genannt werden. Ich wollte, dass du darauf vorbereitet bist.«

»Aber vielleicht stellen die Medien ihn als eine Art Opfer dar«, sagte Ruby. »Vielleicht wird es gar nicht so schlimm.«

»Wie auch immer die Medien es darstellen«, gab seine Mutter fest zurück, »ich werde schon damit umgehen können. Hör auf, dir Sorgen um mich zu machen, Sam. Ich komme klar. Bestimmt. Sieh du zu, dass du dir ein eigenes Leben aufbaust. Selbst eine Familie gründest. Ein Enkelkind wäre für mich natürlich ein großer Trost.«

»Mom«, stöhnte er.

Ruby lachte. »Schon okay, Sam. Warum holst du deiner Mutter nicht einen Tee? Dann kann sie mir all die Fragen stellen, die ihr auf der Zunge liegen.«

»Ja, ich hätte wirklich gerne einen Tee«, sagte seine Mutter lächelnd. »Und ich habe Unmengen an Fragen.«

Sam drückte ihr einen Kuss auf den Scheitel, als er sich erhob. »Das glaube ich dir.«

»Also, Ruby«, hörte er seine Mutter sagen, als er in die Küche ging. »Wo lassen Sie Ihre Nägel machen? Die sind toll.«

»Die sind nur aufgeklebt. Ich kann Ihnen welche besorgen.«

Seine Mutter lachte. »Damit würde ich mir nur die Augen ausstechen.«

Sam merkte, dass er lächelte. Dann war es also wahr: Alles würde wieder gut werden.

*Donnerstag, 20. März, 12.30 Uhr*

Clays Lider wogen fünfhundert Pfund. Aber als er es endlich schaffte, sie zu öffnen, stellte er fest, dass sich die Mühe gelohnt hatte, denn es war Stevie, die er zuerst sah. Sie war in dem Sessel neben seinem Krankenhausbett eingeschlafen. Er nahm sich Zeit, sie einfach nur zu betrachten.

Sie wirkte so sorglos, wie er sie noch nie erlebt hatte. Genau das hatte er sich immer gewünscht, und vielleicht würde ja doch alles wieder gut werden.

Er warf einen kurzen, prüfenden Blick unter seine Decke. Da war auch alles intakt, was ihn immens erleichterte.

»Hast du gefunden, was du suchst?«, fragte Stevie. Ihre Stimme klang tief und belegt und sexy vom Schlaf.

Clay grinste schwach. »Wollte nur mal nachsehen.«

»Es ist noch alles da«, sagte sie und hielt ihm eine Tasse an die Lippen. »Trink. In kleinen Schlucken. Nicht viel, sonst musst du dich übergeben.«

»Ja, Mama.«

Sie setzte eine finstere Miene auf, die ihr aber nicht recht gelingen wollte. »Der Arzt meint, die Operation sei großartig verlaufen.« Sie setzte sich auf die Bettkante. »Es hat keine Komplikationen gegeben, und du solltest spätestens morgen wieder entlassen werden.«

Er musterte ihr Gesicht. Sie hatte Prellungen, und eine Platzwunde über der Schläfe war mit einem speziellen Pflaster versorgt worden, aber darüber hinaus war sie ... »Perfekt«, sagte er heiser. »Du bist perfekt.«

»Ich bin ein bisschen ramponiert, habe aber alles in allem verdammtes Glück gehabt. Und du auch. Der Arzt meint, wäre die Kugel ein bisschen weiter links eingedrungen, hättest du dasselbe Problem gehabt wie ich. Dann hätten wir Stöcke im Partnerlook kaufen können. Physiotherapie für sie und ihn. Und wir hätten uns gegenseitig die Treppe hochhieven müssen.«

Ihre Stimme hatte lustig geklungen, aber er konnte ihre Sorge heraushören. »Ich weiß, dass du wieder richtig rennen können willst, und darum kümmern wir uns, sobald ich hier raus bin«, sagte er. »Aber du musst dir unbedingt klarmachen, dass es mir vollkommen egal ist, wenn dem nicht so sein wird. Ich nehme dich mit Freuden genau so, wie du jetzt bist.«

Stevie schluckte. »Das war ... wow. Du weißt wirklich, wann man was sagen muss.«

»Natürlich. Ich liebe dich.«

Ihr Lächeln ließ sein Herz anschwellen. »Ich liebe dich auch.« Sie strich ihm mit den Fingerspitzen über die Wange. »Also. Willst du die große Auflösung hören – jetzt, da der Staub sich ein bisschen gelegt hat?«

Er lehnte sich gegen sein Kissen zurück. »Schieß los.«

»Robinette ist mit Brenda Lee Millers Hilfe geflüchtet. Sie hat ihn an der Schule ihres Sohnes abgesetzt, genau wie Joseph es sich gedacht hat. Sie hat sich beim Verhör enorme Mühe gegeben, Robinette als ›ehrbaren Bürger und Wohltäter‹ darzustellen, knickte aber ziemlich schnell ein, als sie hörte, dass man Fletcher in Deutschland mit Sarin erwischt hatte. Sie war jedoch wirklich von Robinettes Unschuld am Tod seiner letzten Frau überzeugt: Sie hielt Levi definitiv für den Täter. Als wir ihr von der Kugel im Zauberwürfel erzählten, an der das Blut von Rene Broussard klebte, war sie am Boden zerstört.«

»Somit hat Robinette sie von Anfang an für seine Zwecke missbraucht.«

»Ja, sie scheint noch einen Hauch Gewissen zu haben, aber wirklich nur einen Hauch. Immerhin wusste sie von dem Sarin. Sie hat Joseph verraten, wo er die Bücher für das ›andere Geschäft‹ findet.«

»Hat Brenda Lee denn geglaubt, dass Robinette seinen Sohn zum Sündenbock gemacht hat?«

»Ja. Aber es war ein Schlag für sie. Sie ist immer davon ausgegangen, dass auch er seinen Sohn liebte.«

»Anscheinend hat Todd Robinette niemanden geliebt außer sich selbst.«

»Stimmt. Brenda Lee hat uns erzählt, dass jeder der vier – sie, Fletcher, Henderson und Westmoreland – Robinette etwas schuldig war. Sie hat er aus einem brennenden Truppentransporter gezogen. Für Henderson hat er ein Verbrechen vertuscht – ihre Trinkgewohnheiten waren anscheinend nichts Neues. Man hatte sie in Verdacht, unter Alkoholeinfluss im Streit einen ehemaligen Liebhaber getötet zu haben, aber man hat die Leiche nicht finden können, und Robinette war ihr Alibi.«

»Und Fletcher?«

»Klarer Fall von posttraumatischer Belastungsstörung. Ist eines Tages einfach durchgedreht und eingewiesen worden, allerdings hat man ihn vorher noch der sexuellen Belästigung angeklagt und unehrenhaft entlassen. Anschließend fand er keine Stelle mehr, daher war er nur allzu froh, dass Robinette ihn als Chemiker einstellte. Brenda Lee sagt, alle wussten von dem Verhältnis zwischen Robinette und Fletcher, aber man sprach nicht drüber. Fletcher war eifersüchtig auf Lisa, wusste jedoch, dass Robinette niemals öffentlich zu ihm stehen würde. Brenda Lee scheint Mitleid mit ihm gehabt zu haben.«

»Obwohl er ein Terrorist ist?«

»Sie sieht ihn als gepeinigte Seele. Es kommt mir vor, als hätte Robinette ein unheimliches Talent, sich Leute herauszupicken, die nicht ganz in der Realität verwurzelt sind. Westmoreland ist ein Rätsel. Keiner weiß, was Robinette für ihn getan hat, aber Brenda Lee glaubt, es ging um etwas Finanzielles. Robinette hat seine Position bei der Militärpolizei ausgenutzt, um Gefallen, nichtmaterielle Schulden und Erpressungsmöglichkeiten anzuhäufen.«

»Wie Silas als Polizist.«

»Genau so. Von den vieren hatte Westmoreland offenbar die geringste emotionale Bindung. Dass er der Erste war, der das sinkende Schiff verließ, als Robinette den Boden unter den Füßen verlor, wundert Brenda Lee nicht.«

»Sie glaubt, er hat den Boden unter den Füßen verloren?«

»So haben sie es wohl alle gesehen. Sie dachten, dass er anfing, an seine eigenen Märchen zu glauben. Brenda Lee sagte, sie hätte fast einen Herzinfarkt bekommen, als er ihr erzählte, er wolle für ein politisches Amt kandidieren. Treibende Kraft dahinter war wohl Lisa. Robinette ist bitterarm aufgewachsen, und die Anerkennung der Oberschicht war ihm wichtig. Lisa erkannte das und bot ihm diese Chance, während sie ihn gleichzeitig von seinen vier Freunden lösen wollte, von denen sie sich bedroht fühlte.«

»Okay, das ist nachvollziehbar. Haben wir Westmoreland schon?«

»Nein, wie es aussieht, ist er untergetaucht. Er hat Kontakte zu terroristischen Vereinigungen auf der ganzen Welt. Er wird genug Freunde haben, die ihn verstecken.«

Clay knirschte unwillkürlich mit den Zähnen. »Verdammt.«

Sie zuckte die Achseln. »Nicht alles kann aufgelöst werden. Interpol hat ihn auf die Liste der meistgesuchten Verbrecher gesetzt. Man hat festgestellt, dass Westmoreland und Henderson sehr häufig mit gefälschten Pässen in kriegsgebeutelten Gegenden unterwegs waren. Sie brachten Robinettes Impfstoffe in die Dritte-Welt-Nationen und machten anschließend Abstecher zu den wahren Geschäftspartnern. Fletcher scheint eine Art Genie zu sein. Er hat eine Methode der Herstellung und Verpackung entwickelt, die die Lagerbeständigkeit des Sarins um das Zwei- oder Dreifache erhöht. Mit dieser neuen Formel hat man ihn auch erwischt. Er kooperiert mit den deutschen Behörden, aber mehr wollte Joseph uns nicht verraten.«

»Was hat Robinette gestern Abend bei seinem Haus gemacht? Wieso ist er zurückgekehrt, obwohl er dem FBI schon entkommen war?«

»Wahrscheinlich weil Lisa seine Konten geräumt und die Karten gesperrt hat. Er hatte einen falschen Pass in seinem Privatsafe zu Hause und brauchte ihn.«

»Und warum hat Lisa die Konten geräumt und die Karten sperren lassen?«

»Sie war sauer wegen seiner Affäre mit Fletcher. Die Köchin

hat ausgesagt, Lisa habe ihrer Mutter am Telefon erzählt, dass sie ihn ›an die Leine gelegt‹ hätte. *Sie* würde man nicht betrügen.«

»Hat die Köchin eigentlich je gekocht?«, fragte Clay trocken.

»Hört sich an, als hätte sie meistens mit dem Ohr an Türen geklebt.«

»Ich denke, sie hatte einen kleinen Nebenverdienst im Sinn. Sie hat auch ein Gespräch zwischen Robinette und den Leuten belauscht, die ihn für eine Kandidatur aufstellen wollten. Wahrscheinlich wollte sie ein paar saftige Brocken Klatsch an die Presse verkaufen.«

»So funktioniert er eben, der gute alte Kapitalismus.« Er drückte ihre Hand und wechselte das Thema. »Warst du gestern Abend noch auf der Farm?«

Sie schüttelte den Kopf. »Die Farm ist hergekommen – die ganze, bis auf die Pferde. Sie sind alle da, Clay, das Wartezimmer quillt über. Emma und Ethan und Maggie, Paige, Izzy, meine Eltern. Grayson und Daphne waren vorhin hier, mussten heute Morgen aber wieder zum Gericht und kommen später zurück. Joseph und seine Leute ebenso. Sie haben einen Berg von Berichten zu schreiben. Hyatt ist hier. Er versteht sich übrigens blendend mit deinem Vater.«

»Irgendwie überrascht mich das nicht. Ist Nell mit Dad mitgekommen?«

»Oh, ja. Sie und meine Mutter« – sie verdrehte die Augen – »suchen bereits das Porzellan aus, und Izzy stachelt sie noch an.«

»Macht dir das Sorgen?«, fragte er behutsam. Er selbst konnte sie beide vor seinem inneren Auge bereits als Familie in einem großen Haus mit einem Hundewelpen sehen. Und mehr Kindern. Definitiv mehr Kindern.

Sie lächelte, und er entspannte sich. »Gar nicht. Obwohl ich mir langsam Sorgen wegen der Menagerie mache. Maggie hat Cordelia ein Pferd geschenkt, und dein Vater will uns einen Welpen geben.«

*Uns.* »Das klingt gut.«

»Ein sabbernder, Schuhe zernagender Welpe klingt gut?« Aber er sah ihr an, dass sie wusste, was er gemeint hatte.

»Nein. ›Uns‹.«

»Ja, finde ich auch. Dass ›uns‹ gut klingt. Das mit dem Welpen ist allerdings noch diskussionswürdig.«

Er zeichnete ihre Lippenkonturen mit dem Zeigefinger nach. »Du weißt sehr gut, dass du letztlich ja sagen wirst. Warum nicht gleich, dann hast du es hinter dir.«

»Ja, ja«, murmelte sie finster. »Ich bin ein Weichei, das Sabber aufwischen und ständig neue Schuhe kaufen wird.«

»Nein. Du bist eine Mutter, die ihr Kind liebt ... Ein Kind, wie ich hinzufügen möchte, das die effektivste Pro-Hunde-Kampagne geführt hat, die ich je erleben durfte.«

»Ja, ich weiß. Sie hat sich den Welpen verdient.« Dann runzelte Stevie die Stirn.

»Wenn du derart gegen einen Hund bist, kann ich es ihr vielleicht doch noch ausreden.«

»Nein. Das ist es nicht. Ich musste gerade an Sam Hudson denken. Ich habe ihn angerufen, um ihm zu erzählen, was geschehen ist, aber etwas an seiner Geschichte störte mich. Er sagte, er hätte ein Paket mit den Sachen seines Vaters bekommen.«

»In dem sich auch das Streichholzbriefchen befand, das ihn wiederum auf die Spur brachte. Fragst du dich, wer das Päckchen geschickt hat?«

»Nein, das weiß ich. Ich bin davon ausgegangen, dass es nur Silas' Frau Rose oder sein Anwalt gewesen sein konnte. Ich habe Rose gestern nach Sam angerufen und sie direkt darauf angesprochen, und sie hat es zugegeben. Ihr Notar habe ihr Briefe von Silas mitsamt der Anweisung gegeben, dieses Päckchen exakt so abzuschicken, dass es am Samstag ankam – an John Hudsons Todestag.«

Nun runzelte auch Clay die Stirn. »Hätte der Notar die Sachen nicht als Beweisstücke der Polizei überlassen müssen?«

»Das habe ich Grayson auch gefragt, aber er meinte, nicht

wenn es sich um private Kommunikation zwischen Mann und Frau handelt. Nun, da wir wissen, woraus diese Kommunikation bestand, muss sie allerdings unbedingt den Beweisen hinzugefügt werden. In Sams Fall ist das schon passiert.«

»Aber?«

»Und wenn es weitere Briefe gibt? Wenn es sogar für mich welche gibt? Als Rose zugab, dass sie das Päckchen an Sam geschickt hat, habe ich sie danach gefragt. Sie hat einfach aufgelegt.«

»Was willst du also tun?«

»Ihr einen Besuch abstatten. Persönlich. Ich will ihr ins Gesicht sehen, wenn ich sie frage, ob Silas auch etwas für mich hinterlassen hat.«

»Aber was erwartest du dir davon?«, fragte Clay leise. »Ich meine, sobald ich hier entlassen werde, fahren wir hin, kein Problem. Aber was hoffst du zu hören? Zu erfahren? Eine Entschuldigung? Und würdest du sie überhaupt hören – lesen – wollen?«

»Ich weiß es nicht. Vielleicht will ich eine Entschuldigung, auch wenn die im Grunde nichts wert ist. Er hätte das Päckchen an Sam jederzeit schicken können, wenn er die Tat wirklich bereut hätte. Er hätte aufhören können, für Lippman zu arbeiten, wenn er es wirklich bereut hätte. Er hätte sich auch weigern können, jemanden zu bezahlen, der meine Familie umbringt, wo wir schon dabei sind.«

»Ja, so etwas Ähnliches habe ich auch gedacht«, sagte er.

»Entschuldigungen und Wiedergutmachung erst nach seinem Tod schicken zu lassen ist feige. Nein, du hast recht. Ich will es gar nicht wissen. Und ich brauche keine leeren Entschuldigungen. Ich denke, ich muss es einfach gut sein lassen.«

»Das sollten wir im Kalender rot anstreichen«, bemerkte er lächelnd.

»Blödmann«, sagte sie, doch sie erwiderte sein Lächeln. »Also – bist du bereit, die Massen zu unterhalten?«

»Je eher wir das tun, desto eher sind wir auch wieder allein, oder?«

»So was Ähnliches habe ich auch gedacht«, wiederholte sie seine Worte von zuvor.

»Dann bin ich mehr als bereit.«

*Donnerstag, 20. März, 13.00 Uhr*

Alles verstummte, als Stevie den Wartebereich betrat. »Er ist wach«, sagte sie. Das Geplapper setzte erneut ein, und alle kamen auf die Füße und bestürmten sie mit Fragen. »Ihm geht's gut, und er ist ansprechbar. Er möchte zuerst Cordelia und Alec sprechen. Alec, nimmst du Cordelia mit rein? Ich bin gleich wieder da, ich muss mir etwas zu essen besorgen.« Nun, da Clay wieder bei sich war, kehrte ihr Appetit zurück.

»Wir kommen mit dir«, sagte Emma. Sie, Izzy und Maggie Van-Dorn sammelten Zettel vom Tisch zusammen, um den sie gesessen hatten.

Stevie kniff argwöhnisch die Augen zusammen. »Was habt ihr denn da gerade gemacht?«

»Nicht deine Hochzeit geplant, wenn du das befürchtest«, erwiderte Izzy prompt. »Das ist Moms Spielwiese.«

Maggie schüttelte den Kopf. »Du Arme.«

Emma kicherte, hatte aber offenbar Mitleid mit ihrer Freundin. »Wir schreiben mein nächstes Buch«, sagte sie. »Über die Pferdetherapie. Maggie und ich entwickeln es zusammen, und Izzy wird die Fotos beisteuern.«

»Damit ich mich nicht vor lauter Langeweile im Glücksspiel versuche«, sagte Izzy trocken.

»Ich finde die Idee großartig«, sagte Stevie. »Du hast den richtigen Blick dafür, Izzy. Und das Herz einer großen Fotografin.« Da Stevie sich hatte beschäftigen müssen, während Clay auf dem OP-Tisch gelegen hatte, hatte sie Izzy gebeten, ihr die Fotos zu zeigen, die sie von der alten Kamera heruntergeladen hatte. Mit Cordelia auf dem Schoß und Izzy an ihrer Seite, hatte sie Hunderte von Fotos von Paul und Paulie betrachtet. Einige hatte sie selbst aufgenommen, die meisten jedoch stammten von Izzy; sie war schon immer die Fotografin der Familie gewesen. Ihre Schwester hatte alle Aufnahmen zusammengefasst und ein wunderschönes Andenken an eine Familie zusammengestellt, über die sie nie gesprochen hatten. Sie hatten zusammen gegrinst, gelacht und geweint, und als sie damit fertig waren, hatte Stevie das Gefühl gehabt, als sei sie ... nicht geheilt, nein, aber auf einem Weg der Heilung. Und das war ein Fortschritt.

»Danke, Stevie.« Der verdutzte Ausdruck in den Augen ihrer Schwester verriet ihr, dass sie auch Izzy gegenüber zu egoistisch gewesen war. Wie Clay war Izzy immer für sie da gewesen und hatte niemals etwas dafür verlangt. Stevie hatte natürlich gewusst, dass Izzy gerne mit Fotoapparaten experimentierte, hatte aber noch nie ihr Talent gesehen. Sie schlang einen Arm um ihre Schwester und drückte sie kurz, und das winzige Zögern, bevor ihre Schwester die Umarmung erwiderte, war ebenfalls vielsagend. »Heißt das, wir sehen dich demnächst öfter, Emma?«

»Ja, aber es gibt auch in Florida Einrichtungen, die sich auf Pferde spezialisiert haben. Überall im Land übrigens.«

»Wir denken an eine Art Forschungsreise«, fügte Maggie hinzu. »Ach, gebt doch einfach zu, dass ihr zusammen Urlaub machen wollt«, sagte Stevie und entlockte den anderen ein Grinsen. »Ich sehe euch schon alle im offenen Cabrio über die berühmten Straßen quer durch die Staaten brausen. Ich wäre gerne dabei.«

»Und was hält dich davon ab?«, fragte Emma. »Wir wollten es etappenweise angehen, über sechs Monate verteilt. Du kommst einfach ab und zu mit. Und im Sommer bringst du Cordelia mit und ich Christopher und die Jungs, und wir haben einfach Spaß.«

»Spaß haben.« Stevie zog nachdenklich die Brauen zusammen. »Könnte klappen. Das kann ich bestimmt.«

Izzy drückte sie vergnügt. »Ich kann dich ja vorher anlernen.«

Stevie sah ihrer Schwester in die Augen. »Das ist eine schöne

Idee.« Dann räusperte sie sich. »Im Übrigen weiß ich nicht, für welche Art Job ich in Zukunft geeignet bin. Vielleicht kann ich nie wieder in den aktiven Dienst zurückkehren.«

»Das weißt du doch noch gar nicht«, protestierte Izzy. »Bestimmt kannst du.«

»Na ja, wenn nicht, ist das vielleicht gar nicht so wild.«

Emma blinzelte. »Von welcher Galaxie kommst du, und was hast du mit meiner Freundin gemacht?«

Stevie lächelte. »Vor einem Jahr – ach was, vor einer Woche hätte ich das bestimmt nicht über die Lippen gebracht. Aber ich habe meine Prioritäten neu gesetzt. Cordelia ist Nummer eins. Mein Beruf hat sie in zwei Jahren öfter in traumatische Situationen gebracht, als man in einem ganzen Leben durchmachen sollte. Das kann ich ändern. Das *werde* ich ändern.«

»Und was ist mit Silas?«, fragte Emma. »Es wird vermutlich noch weitere nicht aufgedeckte Fälle geben.«

»Die gibt es bestimmt«, antwortete Stevie. »Aber ich werde nicht mehr diejenige sein, die dafür zuständig ist. Ich habe Hyatt gebeten, überall zu erzählen, dass ich aufhöre, in alten Akten zu wühlen. Ich bin schließlich nicht die einzige Polizistin, die manipulierte Fälle aufdecken kann. Am wenigsten, da nun die State Police mit den Ermittlungen beauftragt ist, während die Dienstaufsicht im eigenen Haus die Scherben auffegen muss. Ich will nicht mehr dauernd Kugeln ausweichen müssen. Das habe ich zur Genüge getan.«

»Ich könnte es nicht besser ausdrücken«, sagte Emma leise.

»Aber was hast du jetzt vor? Ich kann mir dich nicht untätig vorstellen.«

»Und ich kann mir auch nicht vorstellen, dass sich meine Rechnungen von allein zahlen«, fügte Stevie trocken hinzu.

»Ich werde schon etwas finden. Etwas, das zu mir passt. Ich weiß nur noch nicht, was es sein wird.«

Aber das entsprach nicht ganz der Wahrheit. Eine vage Idee hatte sich bereits in ihr festgesetzt, aber sie musste sie erst gründlich durchdenken, bevor sie jemandem davon erzählte. Sie deutete auf die Tür. »Ladys, ich komme um vor Hunger. Lasst uns etwas essen gehen.«

Sie waren am Fahrstuhl angelangt, als sie hörte, wie jemand ihren Namen rief.

»Detective? Detective Mazzetti?«

Stevie wandte sich um und sah ein Paar zögernd auf sie zukommen. Die Frau war ihr fremd, den Mann kannte sie jedoch. Das letzte Mal, als sie ihn gesehen hatte, hatte er Todd Robinette von draußen in die Fabrik gelockt, damit sie freie Bahn hatte und Robinettes Zigarettenstummel aufsammeln konnte.

»Frank Locke«, sagte sie und ging ihm entgegen. »Ich freue mich, Sie zu sehen.«

»Das Gleiche gilt für Sie«, gab er zurück. »Meine Frau Amy.«

Amys Miene war ernst. »Detective.«

Stevie sah von Locke zu seiner Frau. »Was kann ich für Sie tun?«

»Es geht darum, was wir für Sie tun können.« Locke streifte seinen Rucksack von den Schultern und reichte ihn ihr. »Hier drin sind Harveys Labornotizen. Ich habe sie auf DVD überspielt.«

Sie nahm den Rucksack mit gerunzelter Stirn entgegen. »Harvey? Sie meinen Harvey Ballantine, Julies damaligen Chemiker, der mit ihr zusammen umgebracht wurde?«

Locke nickte. »Harveys Frau hat sie mir ein paar Wochen nach seiner Beerdigung gegeben. Es hat eine Weile gedauert, bis ich hineinsehen konnte. Harveys Tod war ein enormer Schock für uns.«

»Das weiß ich«, sagte Stevie sanft. »Aber ich war in Chemie immer eine ziemliche Niete, ich werde also vermutlich nichts verstehen, wenn ich die Bücher lese. Warum geben Sie sie mir?«

Locke atmete tief ein. »Weil darin steht, warum Harvey und Julie sterben mussten.«

Stevie starrte den Rucksack an, dann wieder Locke. »Dann erklären Sie mir, warum.«

»Robinette wurde von Rene und Julie eingestellt, als er aus der

Armee entlassen worden war«, begann Locke. »Er wurde zuerst im Lager eingesetzt, ein Einsteigerjob, den jeder irgendwann einmal machen musste, selbst wenn er einen Uni-Abschluss hatte, dafür hat Rene immer gesorgt. Er wollte, dass seine Mitarbeiter genau wussten, wie sein Unternehmen funktionierte, und jeder sollte die Aufgaben der anderen zu schätzen wissen. Robinette aber fühlte sich herabgesetzt. Er hasste den Lagerjob und fand es unerträglich, mit Leuten zu arbeiten, die er als unter seiner Würde betrachtete.«

»Und warum hat Rene ihn nicht rausgeschmissen?«, fragte Stevie.

»Das hätte er am liebsten getan, aber Robinette war sein Freund. Und immer, wenn Rene ihm ins Gewissen reden wollte, drohte Robinette damit, mit Levi zu verschwinden.«

»Was Julie nicht verkraftet hätte«, murmelte Stevie.

»Rene auch nicht«, sagte Amy. »Die beiden liebten Levi, als wäre er ihr eigener Sohn.«

Locke seufzte. »Oh, ja. Robinette machte sich nichts aus dem Jungen, aber er brauchte ihn als Unterpfand. Dann als Waffe. Und noch später als Sündenbock. Robinette kümmerte sich im Lager um den Versand. Harvey fand heraus, dass er die Firma beklaute.«

»Und wie?«

»Kurz bevor er starb, bemerkte Harvey einen Anstieg von Chargen, die nicht den Qualitätsansprüchen genügten. Er versuchte herauszufinden, woran das liegen konnte, ob beispielsweise etwas mit den Apparaten oder den Rohstoffen nicht stimmte. Doch alles war in Ordnung. Man hatte einfach nur einwandfreie Güter als mangelhaft deklariert und dorthin gebracht, wo auch die abgelaufenen Impfstoffe gelagert wurden. Harvey wurde misstrauisch – nicht zuletzt, weil er Robinette nicht mochte. Wir mochten ihn alle nicht. Rene war gestorben, und Robinette hatte Julie mit Levi erpresst, ihn zu heiraten. Außerdem führte Robinette sich auf wie ein Pfau.«

»Frank«, mahnte Amy sanft. »Bleib beim Wesentlichen.«

»Entschuldigung, Detective. Jedenfalls brachte Harvey versteckt eine Kamera im Lager an.«

»Und stellte fest, dass Robinette an eigene Kunden lieferte?«

»Richtig. Aber nicht nur das einwandfreie Zeug, das er beiseitegeschafft hatte. Harvey entdeckte, dass er auch die abgelaufenen Medikamente verschiffte. Die Impfstoffe, die hätten vernichtet werden sollen. Sie richten keinen Schaden an, haben aber auch keine Wirkung mehr. Die Medikamente beiseitezuschaffen, die noch zu gebrauchen waren, war Diebstahl. Aber abgelaufene als gebrauchsfähige teuer zu verkaufen, das ist ... kriminell. Schlimmer jedenfalls als Diebstahl.«

»Hat Harvey Robinette darauf angesprochen?«

»Er hat zumindest nichts davon geschrieben. In einem der letzten Einträge deutet er an, dass er das, was er entdeckt hatte, Julie mitteilen wollte. Wenn sie Robinette damit konfrontiert hat ...« Er zuckte die Achseln. »Julie war wie Rene. Sie hätte Diebstahl nicht gutgeheißen, klar, aber mit der Gesundheit von Kindern zu spielen, die die Hauptempfänger dieser Impfstoffe waren ... das hätte Julie nie und nimmer hingenommen. Wahrscheinlich hätte sie ihn trotzdem nicht sofort angezeigt. Sie hat immer erst versucht, mit den Leuten zu reden. Außerdem behandelte sie Robinette wegen Levi ohnehin wie ein rohes Ei.«

»Sie hat ihm also vermutlich gesagt, was sie wusste, und deswegen musste sie sterben. Genau wie Harvey.« Stevie seufzte. »Herrgott.«

»Noch eine Sache«, sagte Locke. »Harvey bemerkte, dass nach Renes Tod immer mehr Impfstoffe im Entsorgungsbereich landeten. Ich weiß nicht, ob es irgendeine Bedeutung hat, aber bis dato hatte er geglaubt, Rene hätte von dem Nebengeschäft gewusst.«

Stevie dachte an die Kugel im Zauberwürfel. »Es hat eine Bedeutung«, sagte sie. »Wie ist es Ihnen ergangen? Ich hatte damals Sorge, Sie wären in Schwierigkeiten geraten, weil Sie mir zu der Kippe verholfen hatten.«

»Ich wäre wahrscheinlich in jedem Fall in Schwierigkeiten geraten. Nach Julies Tod hat Robinette aufgeräumt. Hat jeden entlassen, der sich offen gegen ihn ausgesprochen hat. Ich war einer der Ersten, die gehen mussten. Amy und ich zogen weg, in die Nähe unserer Enkel, und es dauerte lange, bis ich mir die Bücher ansah. Eines Tages beim Aufräumen fielen sie mir wieder in die Hände. Ich begann zu lesen und fand heraus, wie es wirklich war.« Er sah zur Seite. »Ich hätte sofort zu Ihnen kommen müssen.«

»Sie hatten Angst.«

»Ja, das war das eine.« Er nickte. »Harveys Tod war uns allen eine Warnung. Dass Robinette aber auch Levi opferte, seinen eigenen Sohn ... Ich fürchtete um meine ganze Familie. Als ich nach langer Zeit schließlich Harveys Notizen las, glaubte ich, es sei ohnehin zu spät. Schon damals hatte niemand Robinette für einen Mörder gehalten – zumindest keiner außer Ihnen. Als ich herausfand, was wirklich geschehen war, hatte Robinette sein Image aufpoliert, und ich war überzeugt, dass niemand mir glauben würde. Außer Ihnen, wie mir hätte klar sein müssen. Es tut mir leid.«

Stevie nickte. Rang sich ein Lächeln ab. Versuchte, nicht daran zu denken, wie viel Elend hätte vermieden werden können, wenn er tatsächlich sofort zur Polizei gegangen wäre. Aber Locke *hatte* damals reagiert, sagte sie sich. Er hatte ihr geholfen, an wichtige Beweise zu kommen, und damit riskiert, seinen Job zu verlieren. »Warum bringen Sie mir die Notizen jetzt?«

»Auch wir haben natürlich die Nachrichten gesehen und mitbekommen, was Robinette getan hat. Uns ist klar, dass es für vieles inzwischen zu spät ist, aber ich dachte, Sie wollten vielleicht die Wahrheit wissen.«

Stevie holte tief Luft. »Danke. Es ist immer gut, die Wahrheit zu wissen.«

Locke hob zögernd die Hand. »Passen Sie auf sich auf, Detective.«

»Sie auch auf sich.« Sie sah ihnen nach, bis sie fort waren, und schloss dann die Augen.

»Alles okay mit dir, Stevie?«

Sie wandte sich um und sah J.D. vor sich. »Wo kommst du denn jetzt her?«

»Aus den Fahrstühlen der anderen Seite. In diesem Krankenhaus verirre ich mich immer. Ich wollte eigentlich zu Clay, sah dich aber gerade mit den beiden reden. Ich nehme die DVDs mit aufs Revier, es sei denn, du willst es selbst machen.«

Ohne zu zögern, gab sie ihm den Rucksack. »Nimm du sie. Das ist nicht mehr mein Job.«

J.D. zog die Brauen hoch. »Dieser spezielle oder grundsätzlich?«

»Das weiß ich noch nicht genau. Ich verspreche dir, dass du als Erster informiert wirst, wenn ich mich entschieden habe. Trotzdem solltest du vielleicht anfangen, einen neuen Partner anzulernen. Selbst wenn ich zurückkehre, wird es verdammt lange dauern, bis ich wieder voll einsatzfähig bin.«

J.D. musterte sie traurig, wenn auch nicht überrascht. »Mein nächster Partner tritt ein verflucht schweres Erbe an. Ich gehe jetzt zu Clay. Ihr ruft mich an, falls ihr was braucht.«

Er ging davon, und Stevie seufzte. Dann runzelte sie die Stirn. »Was wollte ich denn jetzt?«

»Essen«, sagte Emma. »Du wolltest etwas essen.«

Stevie warf ihr einen Seitenblick zu. Emma stand mit Izzy und Maggie etwas abseits. Sie hatten ihr die ganze Zeit stumm zugesehen. »Oh, stimmt. Ich habe immer noch einen Mordshunger.«

Izzy schlang einen Arm um ihre Taille. »Komm. Wir machen das schon. Lass dich einfach ein bisschen verhätscheln, okay?«

Stevie schluckte mühsam. »Das hört sich gut an, finde ich.«

*Hunt Valley, Maryland*
*Freitag, 4. April, 13.30 Uhr*

Es war ein wunderschönes Haus. Es raubte Stevie den Atem, wenn sie an die Vielfalt der Möglichkeiten dachte, die dieses

Haus bot. Und Cordelia würde es lieben. Das Haus war im viktorianischen Stil gebaut, aber es war relativ neu, was es laut Clay leichter machen würde, Sicherheitssysteme zu installieren.

Es stand in der Nähe von Daphnes Anwesen auf drei Morgen hügeligem Farmland. Was bedeutete, dass Cordelia öfter reiten gehen und Stevie es öfter versuchen konnte.

Sie hatte sich noch immer nicht an den Gedanken gewöhnt, auf einem großen Tier mit riesigen Zähnen zu sitzen. Obwohl eins der Pferde auf Daphnes Farm sie zu mögen schien. Zumindest konnte sie den Wallach striegeln, ohne in Schweiß auszubrechen. Ein bisschen mochte sie ihn vermutlich auch.

Ihre Tochter jedenfalls war stolz, dass sie so mutig war. Noch ein Fortschritt also.

»Und?«, fragte Clay, der hinter ihr stand. »Was denkst du?«

Sie riss sich von dem Anblick los und wandte sich zu ihm um.

»Ein Traum. Aber ich kann es mir nicht leisten.«

»Ich schon«, sagte er.

Sie war unendlich gerührt und ein bisschen eingeschüchtert. »Habe ich dir heute schon gesagt, dass ich dich liebe?«

»Dreimal. Nicht dass ich mitzählen würde«, antwortete er.

»Hör zu, ich will nicht, dass du das falsch verstehst. Ich habe vor, den Rest meines Lebens mit dir zu verbringen. Aber ich habe eine siebenjährige Tochter.« Er runzelte finster die Stirn, und sie wusste, dass er sie schon jetzt falsch verstanden hatte.

»Moment! Reg dich ab!«, befahl sie. »Das hat nichts damit zu tun, dass meine Tochter ihr Herz zu sehr an dich hängt. Der Zug ist schon lange abgefahren. Nein, hier geht es darum, dass ich mit gutem Beispiel vorangehen will.«

Seine finstere Miene entspannte sich ein wenig. »Was meinst du damit?«

»Einfach ausgedrückt: Nach drei Wochen ist es einfach zu früh, von dir ein Haus anzunehmen. Das hat keinen guten Vorbildcharakter.«

Seine Stirn glättete sich. »Okay, das sehe ich ein. Unter anderem aus diesem Grund habe ich dich ja auch nicht gebeten, bei mir einzuziehen, obwohl ich es mir wirklich wünsche.«

»Unter anderem?«

»Ja. Der andere Grund ist, dass in meinem Haus zwei Menschen umgebracht wurden. Cordelia soll sich sicher fühlen und nicht daran denken müssen, dass hier schon jemand gewaltsam zu Tode gekommen ist. Außerdem möchte ich Platz haben, damit auch Freunde zu Besuch kommen können. In diesem Haus ist sogar genug Platz für Izzy, falls sie mit einziehen will. Es gibt eine Art Einliegerwohnung mit eigenem Eingang.«

Nun war sie sogar noch gerührter. »Es würde dir nichts ausmachen, wenn Izzy bei uns wohnte?«

»Nein, bestimmt nicht. Ich will ein großes Grundstück, auf dem ein großer Hund herumlaufen kann. Und hier gibt es nicht einmal eine Baubeschränkung. Ich könnte einen Stall für Gracie bauen, damit Cordelia jeden Tag reiten kann. Für mich erfüllt dieses Haus hier alle Bedingungen.«

»Aber der Preis dafür ist monströs. Ich könnte mir nicht einmal die Zinsen leisten, selbst wenn eine Bank so irre sein und mir einen Kredit gewähren sollte. Was keine Bank auch nur in Erwägung zieht, solange meine berufliche Situation noch völlig unklar ist. Was mich allerdings zu einem Thema führt, das ich mit dir besprechen möchte.«

»Ich denke noch gar nicht daran, das Thema Haus hier abzuhaken«, sagte Clay. Offenbar war sie allzu leicht zu durchschauen. »Aber ich bin gewillt, es für den Moment ruhen zu lassen. Also? Worum geht es?«

»Um meine Stelle. Hyatt rief mich gestern an.«

Seine Miene verschloss sich. »Was wollte er?«

»Dass ich zurückkomme, allerdings nicht als Detective. Es ist eine neue Stelle geschaffen worden, eine Art Verbindungsstelle zur State Police, solange gegen die Dienstaufsicht ermittelt wird. Scott Culp stand auf Robinettes Gehaltsliste. Man will sich vergewissern, dass der Rest der IA sauber ist. Ich soll diese Verbindungsperson sein. Es wäre eine Beförderung, die auch mehr Geld bedeutet.«

»Und wie hast du dich entschieden?«

»Noch gar nicht. Ich wollte erst mit dir reden.« Als sie seine erleichterte Miene sah, wusste sie, dass sie das Richtige gesagt hatte. Er wollte nicht, dass sie zur Polizei zurückkehrte, in welcher Funktion auch immer, aber das war ihr bisher nicht klar gewesen. »Ich habe nämlich eine andere Idee. Als du mir an jenem Abend das von Silas mitgeteilt hast, hast du auch gesagt, dass du wegen Paiges Verletzung mit deiner Arbeit im Rückstand bist und kaum noch nachkommst. Paige ist nun wieder da – bist du noch immer im Rückstand?«

Er zuckte die Schultern und betrachtete sie nachdenklich. »Es ist weniger eine Frage des Rückstands als von verlorenem Potenzial. Die Security-Sparte läuft recht gut. Alec nimmt mir sehr viel ab, und Alyssa kümmert sich um alles Organisatorische. Im Bereich Personenschutz könnte ich mehr machen, wenn ich mehr Leute hätte, die sich als Bodyguards einsetzen ließen. Nach Tuzaks Tod ... na ja. Bisher habe ich mich noch nicht dazu durchringen können, jemand anderen einzustellen.«

»Und Paige?«

»Sie brauche ich auf der Ermittler-Seite. Allerdings wäre sie als Bodyguard nahezu ideal.«

»Und wenn ich die Ermittlerseite abdecken würde?«, fragte Stevie, die es plötzlich eilig hatte, bevor der Mut sie verließ. »Ich kann inzwischen schon wieder ganz gut gehen. Vielleicht werde ich niemals mehr richtig schnell laufen können, aber ich bin eine verdammt gute Ermittlerin. Ich werde mir eine Lizenz besorgen müssen, aber das dürfte ja kein ...« Sie sah ihn beleidigt an. »Warum lachst du?«

Er zog sie in die Arme und küsste sie. »Ich habe die ganze Zeit überlegt, wie ich das Thema zur Sprache bringen soll. Ich hatte schon gehofft, Hyatt würde dir sagen, du wärest dauerhaft freigestellt, so dass du andere Optionen in Erwägung ziehen müsstest. Aber bist du wirklich sicher? Willst du wirklich kündigen?«

»Clay, ich bin Polizistin geworden, weil ich Leuten helfen und mich für Recht und Gerechtigkeit einsetzen wollte. Das habe ich, glaube ich, so gut getan, wie es mir möglich war, und ich will es immer noch, aber es muss schließlich nicht das BPD sein. Paige hat gesagt, sie hätte dann und wann Aufträge, bei denen sie auch nachts unterwegs ist, sei aber an den meisten Tagen zum Abendessen zu Hause. Ich will für Cordelia abends zu Hause sein. Und für dich. Und wenn ich dir nebenbei noch helfen kann, anderen Leuten zu helfen, was spricht dagegen? Also – was denkst du?«

»Ich denke, du bist eingestellt.«

Sie lächelte und stellte sich auf die Zehenspitzen, um die Abmachung mit einem Kuss zu besiegeln, aber er hinderte sie daran. »Nicht so schnell. Wir müssen uns erst über bestimmte Kriterien einig werden. Ich hatte übrigens nicht vor, das Haus hier auf meinen eigenen Namen zu kaufen.«

Sie verdrehte die Augen. »Ach. Sind wir wieder beim Haus?«

»Allerdings. Ich kaufe meine Immobilien stets über Unternehmen, die ich in anderen Unternehmen vergrabe. Falls jemand mich ausfindig macht, dann nur, weil er richtig gut ist und es unbedingt will.«

»Deinen Vater hat man gefunden«, gab sie zu bedenken.

»Weil er das Haus auf seinen Namen eingetragen hat. Bei den meisten Menschen ist das ja auch kein Problem, aber du und ich, Stevie, wir gehören nicht zu den meisten Menschen. Wir machen uns Feinde. Ich beschütze, was mein ist, und die erste Regel dabei lautet: Lass dich gar nicht erst finden. Ich werde dieses Haus also über das Geschäft kaufen.«

»Theoretisch würde ich von dir Bürofläche mieten«, sagte sie. »Anstatt mir ein Haus kaufen zu lassen.«

»So kommst du in Cordelias Augen jedenfalls nicht als gefallene Frau daher. Also – Partner?«

Sie blinzelte. »Ich bin kein Partner. Ich fange doch gerade erst an.«

»Du bringst die Erfahrung von der Straße mit. Genau wie

Paige. Du bist eine landesweit bekannte Polizistin. Sie ist eine landesweit bekannte Kampfsportlerin. Ich könnte mir keine besseren Partner für die Ermittler- und Personenschutzabteilung denken. Ich habe bereits meinen Notar gebeten, Papiere aufzusetzen, die uns drei als vollwertige Partner ausweisen. Ich habe Paige allerdings noch nichts davon gesagt. Ich wollte erst deine Meinung dazu hören.«

Ihre Brust war plötzlich zu eng für all die Emotionen, die sie empfand – Aufregung, Liebe, Dankbarkeit. Es war die ideale Lösung, was sie nicht hätte überraschen sollen. Clay war Spezialist für ideale Lösungen. »Dann kriege ich doch auch spezielle Partnervergünstigungen, oder?«

»Was zum Beispiel?«

»Zum Beispiel exklusiven Zugang zum Senior-Partner, zu welcher Tages- oder Nachtzeit auch immer.«

Seine Augen leuchteten auf. »Na gut.«

»Dann bleibt mir vermutlich nur noch die Frage, wann ich einziehen kann.«

»Sobald du dir die Farbe für die Wände ausgesucht hast. Ich habe das Haus gestern gekauft.«

Ihr blieb der Mund offen stehen. »Du Schuft. Du hast mich reingelegt.«

Er schlang die Arme um ihre Taille. »Bist du sauer?«

»Nicht ernsthaft. Zumindest nicht so, dass du es nicht wiedergutmachen könntest. Wir haben zwei Stunden, bevor ich Cordelia von der Schule abholen muss. Ich würde vorschlagen, dass du die Zeit gut nutzt.«

Er knabberte an ihrem Hals. »Ich glaube, ich weiß schon, wie ich anfangen könnte.«

»Irgendwie dachte ich mir das.«

# Dank

An Marc Conterato für alles, was mit Medizin zu tun hat.

An Sonie Lasker, die selbst mitten in der Nacht noch auf meine irren SMS reagiert.

An Terri und Kay für ihre Hilfe, wann immer es heikel wird.

Alle Fehler gehen wie immer auf mein Konto.

## Eine Liste aller Karen-Rose-Romane in chronologischer Reihenfolge:

1. *Eiskalt ist die Zärtlichkeit (Don't tell)*
   Chicago, North Carolina
   Dr. Max Hunter/Caroline Stewart
   Dana Dupinski/David Hunter/Eve Wilson/Special-Agent Steven Thatcher/Nicky Thatcher/Aunt Helen

   Die Rolle der glücklichen Ehefrau spielt Grace Winters perfekt – doch in Wahrheit ist ihr Leben die Hölle. Ihr Ehemann Robb ist ein unberechenbarer Psychopath. Schließlich setzt die junge Frau alles auf eine Karte: Sie täuscht ihren eigenen Tod vor, um endlich frei zu sein. Und der Plan geht zunächst auch auf. Doch während Grace sich in ihrem neuen Leben einrichtet und sich schließlich sogar einer neuen Liebe zu öffnen wagt, hat Robb ihre Spur aufgenommen. Er will sich zurückholen, was ihm gehört!

2. *Das Lächeln deines Mörders (Have You Seen Her?)*
   Raleigh, North Carolina
   Fortsetzung der Ereignisse aus Eiskalt ist die Zärtlichkeit um Familie Thatcher
   Steven Thatcher/Dr. Jenna Marshall
   Detective Neil Davies/Brad Thatcher/Nicky Thatcher/Aunt Helen

   Sie alle verschwinden in der Nacht, sie alle sind hübsch, haben lange dunkle Haare, und sie alle werden wenig später tot aufgefunden. Special Agent Steven Thatcher hat sich geschworen, den Serienmörder zu stellen, der die jungen Frauen auf dem Gewissen hat. Die Zeit drängt ... Und wie soll Steven in dieser Situation die Zeit finden, sich um seinen schwierigen Sohn zu kümmern? Bei dessen höchst attraktiven Lehrerin Jenna Marshall findet er Verständnis – und mehr. Was die beiden nicht ahnen: Der Mörder hat sein nächstes Opfer gewählt. Er hat seine Fallen ausgelegt. Er wartet bereits – auf Jenna.

3. **Des Todes liebste Beute (I'm Watching You)**
*Chicago*
*Detective Abe Reagan/Kristen Mayhew*
*Detective Mia Mitchell/Aidan Reagan*

Staatsanwältin Kristen Mayhew hat einen Verehrer. Er bezeichnet sich selbst als ihren ergebenen Diener – und schickt ihr regelmäßig Fotos seiner grausam zugerichteten Opfer: alles Verbrecher, gegen die Kristen vor Gericht keine Verurteilung durchsetzen konnte. Als der selbst ernannte Rächer den Sohn eines Mafiapaten auf seine Todesliste setzt, ist Kristen in Gefahr. Denn nun hetzt die Mafia ihre Killer auf sie. Detective Abe Reagan, der in der Mordserie ermittelt, setzt alles daran, die schöne Staatsanwältin zu schützen.

4. **Der Rache süßer Klang (Nothing to Fear)**
*Chicago*
*Detective Ethan Buchanan/Dana Dupinski*
*Caroline Stewart/David Hunter/Eve Wilson*

Als Sue und ihr Sohn Zuflucht im Frauenhaus suchen, hat dessen Leiterin Dana Dupinski keinen Grund, an ihrer Geschichte vom gewalttätigen Ehemann zu zweifeln. Wie sollte sie auch ahnen, dass sie damit dem Tod die Türe öffnet? Denn Sue ist eine psychopathische Killerin, die vor nichts zurückschreckt, um ihre Rachegelüste zu befriedigen: nicht vor der Entführung eines taubstummen Jungen, nicht vor mehrfachem Mord. Danas Name steht schon bald ganz oben auf ihrer Abschussliste – und nur der Privatdetektiv Ethan Buchanan, der Sues Spur verfolgt hat, könnte Dana retten.

5. *Nie wirst du entkommen (You Can't Hide)*
   *Chicago*
   *Detective Aidan Reagan/Dr. Tess Ciccotelli*

»Komm zu mir!«, lockt die Stimme, die Cynthia seit Wochen verfolgt. Gequält von entsetzlichen Erinnerungen, stürzt sich die junge Frau schließlich vom Balkon ihrer Wohnung. Sie ist nur die Erste in einer ganzen Serie von Toten. Allen ist eines gemeinsam: Es sind Patientinnen von Tess Ciccotelli. Detective Reagan, der die Ermittlungen leitet, hält die bildschöne Psychiaterin zunächst für eine äußerst gefährliche Frau. Bis er endlich erkennt, dass Tess Opfer einer bösen Intrige zu werden droht, ist es beinahe zu spät.

6. *Heiß glüht mein Hass (Count to Ten)*
   *Chicago*
   *Lieutenant Reed Solliday/Detective Mia Mitchell*
   *Aidan und Abe Reagan/Ethan Buchanan/Todd Murphy*

Zu spät erkennt die Studentin Caitlin, dass ihr Leben in Gefahr ist – wenig später verschlingen Flammen ihren toten Körper ... Sie ist nicht das erste Opfer eines Mörders, der in Chicago wütet und seine Taten dann durch Brandanschläge zu vertuschen sucht. Um ihn zu fassen, muss Detective Mia Mitchell mit dem eigenwilligen Brandexperten Reed Solliday zusammenarbeiten. Als der Killer Mia auf seine Todesliste setzt, ist Reed ihre einzige Hoffnung.

7. *Todesschrei (Die for Me)*
   *Philadelphia*
   *Detective Vito Ciccotelli/Dr. Sophie Johannsen*

Als die Polizei von Philadelphia auf einem verwilderten Grundstück eine Leiche findet, bittet sie Sophie Johannsen, Archäologin und Spezialistin für mittelalterliche Kunst, um Hilfe. Mit einem Ausgrabungsdetektor sucht sie nach weiteren Toten – und wird fündig. Und noch während sich Detective Vito Ciccotelli fragt, warum der Mörder die Leichen wie mittelalterliche Grabfiguren drapiert hat, nähert sich der Täter schon seinem nächsten Opfer.

8. *Todesbräute (Scream for Me)*
   *Dutton, Georgia*
   *Special Agent Daniel Vartanian/Alex Fallon*
   *Luke Papadopoulos/Meredith Fallon/Deputy Randy Mansfield*

In Dutton geschieht ein kaltblütiger Mord an einer jungen Frau, der dreizehn Jahre zuvor schon einmal genau so passiert ist. Als Special Agent Daniel Vartanian die grausam zugerichtete Frauenleiche sieht, setzt er alles daran, den Mörder zu finden. Eine erste heiße Spur führt zu seinem toten Bruder Simon.

Zur gleichen Zeit macht sich in Washington D.C. Alexandra Fallon auf die Suche nach ihrer verschwundenen Stiefschwester Bailey und muss dazu nach Dutton, an den Ort, an den sie niemals zurückkehren wollte. Dort angekommen, gerät sie ins Visier des gnadenlosen Killers.

9. *Todesspiele (Kill for Me)*
   *Dutton, Georgia*
   *Luke Papadopoulos/Susannah Vartanian*
   *Daniel Vartanian/Meredith Fallon/Dr. Felicity Berg*

Ein Bunker voller Mädchenleichen, die von ihren Mördern versklavt, vergewaltigt und gebrandmarkt wurden, bevor sie qualvoll sterben mussten. Susannah Vartanian und Special Agent Luke Papadopoulos stehen vor einem Alptraum. Die

Suche nach dem Kopf des Mädchenhändlerrings ist schwierig und lebensgefährlich. Susannah fühlt sich am Scheideweg ihres Lebens, ihrer Karriere und ihrer Träume. Auch sie hat ein Brandzeichen auf der Haut. Um diesen Fall zu lösen, muss sie sich ihren Ängsten und ihrer traumatischen Vergangenheit stellen. Und dieses Mal will sie das Richtige tun.

10. *Todesstoß (I Can See You)*
*Minneapolis, Minnesota*
*Noah Webster/Eve Wilson*
*Caroline (Stewart) Hunter/Max Hunter/Dana (Dupinski) Buchanan*

Eve Wilson hat die Hölle auf Erden erlebt: Ein Wahnsinniger hatte einen Mordanschlag auf sie verübt und sie dabei schwer verletzt. Nach einer Reihe langwieriger Operationen versucht sie nun in Minneapolis ein neues Leben zu beginnen. Sie studiert Psychologie. Für ihren Abschluss untersucht sie die Teilnehmer einer virtuellen Plattform. Doch als sechs ihrer Versuchsobjekte auf grausame Art ermordet werden, erlebt Eve ein schockierend grausames Déjà-vu. Kann es sein, dass sie erneut auf der Liste eines verrückten Killers steht?

11. *Feuer (Silent Scream)*
*Minneapolis, Minnesota*
*David Hunter/Detective Olivia Sutherland*
*Noah Webster/Micki Ridgewell/Tom Hunter/Phoebe Hunter*

Eine verheerende Brandserie hält Feuerwehrmann David Hunter und Detective Olivia Sutherland in Atem. Wer könnte Interesse daran haben, ganz Minneapolis in Angst und Schrecken zu versetzen? Eine fatalistische Umweltorganisation, die eigentlich seit zwölf Jahren nicht mehr aktiv ist? Oder doch die vier College-Studenten, die sich aus unerfindlichen Gründen immer in der Nähe der Tatorte aufhalten? Ein Wettlauf gegen die Zeit und gegen einen skrupellosen Erpresser beginnt ...

12. *Todesherz (You Belong to Me)*
*Baltimore, Maryland*
*Lucy Trask/J.D. Fitzpatrick*

Die erfahrene Gerichtsmedizinerin Lucy Trask ist einiges gewöhnt. Doch der Anblick dieser verstümmelten Leiche schockiert selbst sie nachhaltig. Zunge und Herz wurden dem Toten fachmännisch entfernt. Nur wenige Tage später erhält Lucy ein grauenvolles Paket. Darin: ein blutiges Herz. Detective J.D. Fitzpatrick vermutet einen persönlich motivierten Rachefeldzug. Doch wer könnte solchen Hass auf die attraktive Gerichtsmedizinerin haben? Als die Polizei auf eine weitere brutal zugerichtete Leiche stößt, drehen sich Lucys Gedanken nur noch um folgende Fragen: Gibt es tatsächlich eine Verbindung zwischen ihr und dem Killer? Und wer weiß von ihrem gefährlichen Doppelleben?

13. *Todeskleid (No One Left to Tell)*
*Baltimore, Maryland*
*Privatdetektivin Paige Holden*
*Staatsanwalt Grayson Smith*

Privatdetektivin Paige Holden ermittelt für einen Klienten, der wegen Mordes im Gefängnis sitzt. Unschuldig, behauptet er. Doch dann wird seine Frau auf offener Straße von einem Scharfschützen erschossen. Ein zweiter Schuss fällt – und verfehlt die attraktive Paige um ein paar Millimeter. Die Geschehnisse der nächsten fünf Minuten entscheiden über Leben und Tod ...

## 14. *Todeskind (Did You Miss Me?)*
*Baltimore, Maryland*
*Anwältin Daphne Montgomery*
*FBI-Agent Joseph Carter*

»Habe ich dir gefehlt?«, stammelt der 20-jährige Ford wieder und wieder. Er liegt verwirrt im Krankenhaus. Tagelang irrte er durch verschneite Wälder, auf der Flucht vor seinen Entführern. Doch er kann sich an nichts mehr erinnern. Seine Mutter, Daphne Montgomery, ist schockiert, als sie hört, was ihr Sohn wie ein Mantra vor sich hin murmelt. Seit Jahren wird sie von quälenden Erinnerungen gepeinigt. Ausgerechnet diese Worte flüsterten die Männer, die sie selbst als Kind gefangen gehalten und missbraucht haben. Sie vertraut sich FBI-Agent Carter an, der alle Hebel in Bewegung setzt, um der attraktiven Anwältin und ihrem Sohn zu helfen. Die Wahrheit muss endlich ans Licht ...

## Verzeichnis der auftretenden Figuren in den Romanen von Karen Rose

Die Numerierung in Klammern entspricht den jeweiligen Titeln.

1. Eiskalt ist die Zärtlichkeit
2. Das Lächeln deines Mörders
3. Des Todes liebste Beute
4. Der Rache süßer Klang
5. Nie wirst du entkommen
6. Heiß glüht mein Hass
7. Todesschrei
8. Todesbräute
9. Todesspiele
10. Todesstoß
11. Feuer
12. Todesherz
13. Todeskleid
14. Todeskind

Dr. Russell Bennett (12)
Dr. Felicity Berg (8, 9)
Dana Buchanan (1, 4, 6, 10)
Ethan Buchanan (4, 6)
Joanna Carmichael (5, 6)
Joseph Carter (13, 14)
Michael Ciccotelli (5, 7)
Tess Ciccotelli (5, 7)
Vito Ciccotelli (5, 7)
Bailey Crighton (8, 9)
Hope Crighton (8, 9)

Neil Davies (2)
Dana Dupinski (1, 4)
Alex Fallon (8)
Meredith Fallon (8, 9)
J.D. Fitzpatrick (12)
Aunt Helen (1, 2)
Page Holden (13)
Caroline Hunter (1, 10)
David Hunter (1, 4, 6, 10, 11)
Dr. Max Hunter (1, 10)
Phoebe Hunter (1, 4, 11)

Tom Hunter (1, 4, 10, 11)
Sophie Johannsen (7)
Randy Mansfield (8, 9)
Dr. Jenna Marshall (2)
Kristen Mayhew (3)
Stevie Mazzetti (12)
Mia Mitchell (1, 3, 4, 6)
Daphne Montgomery (14)
Todd Murphy (3, 5, 6)
Luke Papadopoulos (8, 9)
Abe Reagan (3, 4, 5, 6)
Aidan Reagan (3, 5, 6)
Kristen Reagan (3, 5, 6)
Micki Ridgewell (10, 11)
Grayson Smith (13)
Reed Solliday (6)
Marc Spinelli (3, 4, 5, 6)
Caroline Stewart (1, 4)
Olivia Sutherland (6, 10, 11)
Steven Thatcher (1, 2)
Brad Thatcher (2)
Nicky Thatcher (1, 2)
Thomas Thorne (12)
Lucie Trask (12)
Sg. Jack Unger (3, 5, 6)
Daniel Vartanian (8, 9)
Susannah Vartanian (9)
Noah Webster (10, 11)
Myrna Westcott (12)
Chase Wharton (8, 9)
Eve Wilson (1, 4, 10)